L'AÎNÉ

CHRISTOPHER PAOLINI

L'AÎNÉ
L'héritage
II

Traduit de l'anglais (États-Unis)
par Marie-Hélène Delval

BAYARD JEUNESSE

Ouvrage publié originellement par Random House Children's Books,
un département de Random House, Inc.
sous le titre *Eldest*
Texte © 2005, Christopher Paolini
Illustration de couverture © 2005, John Jude Palencar
Illustrations pages 8 et 9 © 2002, Christopher Paolini

Pour la traduction
© Bayard Éditions Jeunesse, 2006
3, rue Bayard, 75008 Paris
ISBN : 2 7470 1455 X
Dépôt légal : février 2006
Cinquième édition

Loi 49-956 du 16 juillet 1949 sur les publications destinées à la jeunesse
Reproduction, même partielle, interdite.

*Comme toujours, ce livre est dédié
à une famille.
Ainsi qu'à tous mes fans,
vous qui m'avez permis de réaliser cette aventure.
Sé onr sverdar sitja hvass !*

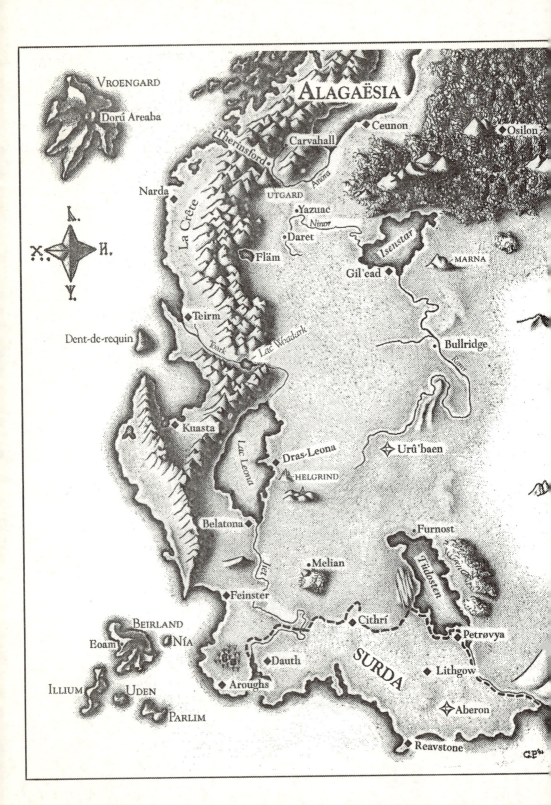

Résumé de Eragon
Livre I de L'héritage

Alors qu'il chasse dans une chaîne de montagnes, la Crête, Eragon, un jeune paysan de quinze ans, a la surprise de voir tomber non loin de lui une grosse pierre bleue. Il la rapporte à la ferme où il vit avec son oncle, Garrow, et son cousin, Roran. Garrow et sa femme, Marian – aujourd'hui décédée –, ont élevé le garçon. On ne sait rien de son père ; sa mère, Selena, la sœur de Garrow, n'a plus donné signe de vie depuis la naissance de l'enfant.

Quelques jours plus tard, la pierre se brise, et il en sort un bébé dragon. Lorsqu'Eragon le touche, une marque argentée apparaît sur sa paume, et son esprit se trouve indéfectiblement relié à celui de la créature, faisant du garçon l'un des légendaires Dragonniers.

La caste des Dragonniers fut créée des milliers d'années auparavant, à la suite de la grande guerre entre les elfes et les dragons, afin que les hostilités ne reprennent jamais entre les deux espèces. Les Dragonniers devinrent les gardiens de la paix, des éducateurs, des guérisseurs, des alchimistes et, également, les plus puissants des magiciens, grâce au lien unique que chacun entretenait avec son dragon. Sous leur autorité et leur protection, le pays connut un véritable âge d'or.

Quand les humains arrivèrent en Alagaësia, certains d'entre eux rejoignirent cet ordre d'élite. Après de longues années de paix, de monstrueux guerriers, les Urgals, tuèrent le dragon d'un jeune Dragonnier humain du nom de Galbatorix. Cette perte cruelle le rendit fou, et plus encore le refus des Anciens de la caste de lui fournir un nouveau dragon. Galbatorix mit alors tout en œuvre pour détruire les Dragonniers.

Il vola un dragon, qu'il nomma Shruikan, et l'asservit par la puissance de la magie noire. Il rassembla alors autour de lui un groupe de traîtres, au nombre de treize : les Parjures. Avec l'appui de ces féroces disciples, Galbatorix anéantit les Dragonniers, tua leur chef, Vrael, et se proclama roi de l'Alagaësia.

Sa victoire, cependant, ne fut pas totale, car les elfes et les nains restèrent des peuples autonomes, réfugiés dans leurs repaires cachés. Des humains, eux, créèrent un pays indépendant, le Surda, au sud du royaume. La disparition des Dragonniers entraîna quatre-vingts années de conflits, suivies par un statu quo entre les différentes factions, qui, lorsque cette histoire commence, dure depuis vingt ans.

C'est au cœur de cette situation politique troublée qu'Eragon se trouve propulsé. Il se sent en danger, car chacun sait que Galbatorix a tué tous les Dragonniers refusant de lui faire allégeance. Aussi le garçon élève-t-il en secret le petit dragon – qui se révèle être une dragonne –, cachant son existence à sa famille. Il l'appelle Saphira, comme un dragon dont parlait Brom, le conteur du village de Carvahall. Peu de temps après, Roran quitte la ferme ; il va travailler chez un meunier des environs afin de gagner assez d'argent pour épouser Katrina, la fille du boucher.

Alors que Saphira est devenue un dragon de belle taille, deux étrangers à l'allure menaçante, évoquant d'énormes scarabées, arrivent à Carvahall. Ce sont des Ra'zacs, à la recherche de l'œuf perdu. Effrayée, Saphira enlève Eragon et s'envole vers la Crête. Eragon réussit à la convaincre de revenir. Or, durant leur absence, la ferme a été investie par les Ra'zacs. Dans les décombres, Eragon découvre Garrow, torturé à mort.

Le garçon jure de traquer les Ra'zacs et de les tuer pour venger son oncle.

Eragon est alors rejoint par Brom. Le vieux conteur connaît l'existence de Saphira, et demande à les accompagner pour des raisons personnelles. Eragon accepte. Brom lui donne une épée, nommée Zar'roc, qui a appartenu à un Dragonnier, tout en refusant de révéler comment l'arme est venue en sa possession.

Brom transmet son savoir à Eragon, pendant leur périple, en particulier l'art du combat à l'épée et la pratique de la magie. Ayant perdu la trace des Ra'zacs, ils se rendent dans la cité de Teirm, où vit Jeod, un vieil ami de Brom. Jeod pourrait les aider à découvrir le repaire des créatures.

À Teirm, une herboriste quelque peu excentrique et diseuse de bonne aventure, Angela, annonce à Eragon que des forces puissantes contrôlent sa destinée ; qu'une fantastique histoire d'amour lui est promise avec une personne de noble naissance ; qu'il devra un jour quitter l'Alagaësia pour n'y jamais revenir ; et qu'il sera trahi par quelqu'un de sa propre famille. Le compagnon de l'herboriste, un chat-garou nommé Solembum, lui donne quelques conseils. Puis Eragon, Brom et Saphira partent pour Dras-Leona, où ils espèrent retrouver les Ra'zacs.

Brom finit par révéler à Eragon qu'il est un agent des Vardens, un peuple rebelle décidé à détrôner Galbatorix : il se cachait à Carvahall sous l'apparence d'un vieux conteur, dans l'attente que surgisse un nouveau Dragonnier. En effet, vingt ans plus tôt, Brom et Jeod ont volé à Galbatorix l'œuf de Saphira. Ce faisant, Brom a tué Morzan, le premier et le dernier des Parjures. Il n'existe plus que deux autres œufs de dragon, toujours en possession de Galbatorix.

Non loin de Dras-Leona, les Ra'zacs croisent la route d'Eragon, Brom et Saphira. En protégeant le garçon, Brom est grièvement blessé. Les Ra'zacs sont mis en fuite par un mystérieux jeune homme, Murtagh, qui déclare les traquer lui aussi. Brom meurt la nuit suivante. Avant de s'éteindre, il révèle qu'il a été Dragonnier, et que son dragon s'appelait aussi Saphira. Eragon ensevelit Brom dans une tombe de granit, que Saphira transforme en pur diamant.

Restés seuls, Eragon et Saphira décident de rejoindre les Vardens. Par malheur, Eragon est capturé dans la cité de Gil'ead et amené à Durza, un Ombre, le bras droit de Galbatorix. Avec l'aide de Murtagh, le garçon s'évade, emmenant avec lui une autre captive, Arya, une elfe, restée inconsciente à la suite des tortures qu'elle a subies. Cette aventure fait naître entre Eragon et Murtagh une profonde amitié.

Communiquant en esprit avec Eragon, Arya lui raconte qu'elle convoyait l'œuf de Saphira depuis le pays des elfes chez les Vardens – dans l'espoir de le voir éclore, désignant ainsi pour son Dragonnier un de leurs enfants – quand elle était tombée dans une embuscade tendue par Durza. Elle avait dû projeter l'œuf loin d'elle par magie ; c'est ainsi qu'il était tombé en la possession d'Eragon. Pour l'heure, Arya est dans un état critique, il lui faut l'aide médicale des Vardens. Par le moyen d'images mentales, elle explique à Eragon comment trouver les rebelles. Un voyage épique commence. Eragon et ses amis parcourent presque quatre cents lieues en quelques jours. Ils sont poursuivis par une horde d'Urgals, qui les forcent à se réfugier dans les Montagnes du Beor. Mais Murtagh se refuse à rejoindre les Vardens. Il est contraint d'en avouer la raison à Eragon : le jeune homme est le fils de Morzan.

Murtagh, cependant, n'a pas cautionné les actes de son père ; il s'est enfui, échappant à l'autorité de Galbatorix pour suivre sa propre destinée. Il montre à Eragon une longue cicatrice qui lui traverse le dos. Cette blessure lui a été infligée par Morzan, qui a lancé Zar'roc sur son fils quand celui-ci était enfant. Eragon apprend du même coup que son épée appartenait auparavant au père de Murtagh, le Parjure qui a vendu les Dragonniers à Galbatorix et massacré un grand nombre de ses pairs.

Sur le point d'être débordés par une attaque des Urgals, Eragon et ses amis sont secourus par les Vardens, qui semblent sortis tout droit de la paroi rocheuse ! Il s'avère que les rebelles sont basés à Farthen Dûr, un large et profond cratère au centre d'une haute montagne. C'est là que se dresse Tronjheim, la capitale des nains. Eragon est amené à Ajihad, le chef des Vardens. Quant à Murtagh, il est jeté en prison, à cause de son ascendance. Ajihad confie bien des choses à Eragon, en particulier que les Vardens, les elfes et les nains savent qu'un nouveau Dragonnier est apparu, qu'il devait d'abord être entraîné par Brom, puis envoyé chez les elfes pour achever sa formation. C'est maintenant à Eragon de décider s'il veut continuer sur cette voie.

Eragon a une entrevue avec Hrothgar, le roi des nains, et avec la fille d'Ajihad, Nasuada ; il est mis à l'épreuve par les Jumeaux, deux magiciens, chauves et antipathiques, au service d'Ajihad. Arya, guérie, le teste à l'épée. Et il retrouve Angela et Solembum, qui ont rejoint les Vardens. Un jour, à la demande de la foule, Eragon et Saphira bénissent l'un des bébés orphelins des Vardens.

On apprend alors qu'une armée d'Urgals approche, empruntant les galeries creusées par les nains dans la montagne. Au cours de la bataille qui s'ensuit, Eragon est séparé de Saphira. Au centre de la cité, il est contraint d'affronter Durza, seul. Plus puissant que n'importe quel humain, l'Ombre domine facilement le garçon, et lui ouvre le dos d'un coup d'épée, de l'épaule à la hanche. À cet instant, Saphira et Arya brisent le plafond du hall – une étoile de saphir de soixante pieds de large, fierté de la cité des nains. Cette diversion permet à Eragon de frapper son agresseur au cœur. Libérés des enchantements de l'Ombre, qui les maintenaient sous son emprise, les Urgals sont repoussés dans les galeries.

Après la bataille, tandis qu'Eragon gît, inconscient, il est contacté mentalement par un être mystérieux, qui se présente sous le nom de Togira Ikonoka, l'Estropié qui est Tout. Il promet de répondre aux questions du garçon, et le presse de le rejoindre à Ellesméra, la cité des elfes.

Quand Eragon revient à lui, il découvre que, en dépit des efforts d'Angela, il garde sur le dos une énorme cicatrice, semblable à celle de Murtagh. Il comprend également avec dépit qu'il a abattu Durza grâce à un simple coup de chance, et qu'il manque cruellement d'une véritable formation.

À la fin du premier livre, Eragon décide que, oui, il ira trouver Togira Ikonoka pour que celui-ci l'instruise. Car le Destin aux yeux gris marche à grands pas, les premiers échos de la guerre résonnent à travers le pays. Le temps approche où Eragon devra affronter son seul et véritable ennemi : le roi Galbatorix.

1
DOUBLE DÉSASTRE

« Les lamentations des vivants sont un chant, pour les morts. »

Ainsi songeait Eragon en enjambant le cadavre disloqué d'un Urgal.

Il lui sembla que le monstre le suivait d'un regard torve tandis qu'alentour s'élevaient les plaintes des femmes cherchant des êtres aimés dans la boue sanglante de Farthen Dûr. Saphira marchait derrière lui, attentive à ne pas écraser les corps ; seul l'éclat bleu de ses écailles apportait une touche de couleur à la morne obscurité qui tombait des montagnes.

Trois jours s'étaient écoulés depuis que les Vardens et les nains avaient défendu Tronjheim, la ville-montagne, la cité de marbre bâtie au centre de Farthen Dûr, contre l'attaque des Urgals ; mais le champ de bataille offrait encore une vision de carnage. Le nombre des morts était tel qu'on n'avait pu tous les enterrer. La lueur sinistre d'un brasier dansait au loin, sur les parois du cratère : les dépouilles des monstres brûlaient. Il n'y aurait pour eux ni funérailles ni lieu où reposer en paix.

Depuis qu'il avait repris conscience, et découvert qu'Angela avait soigné sa blessure, Eragon avait tenté par trois fois de participer au dégagement des corps ; chaque fois, une douleur fulgurante avait explosé dans sa colonne vertébrale. Les guérisseurs lui avaient administré des potions diverses. Arya et Angela le prétendaient parfaitement rétabli. Pourtant, il souffrait. Saphira elle-même ne pouvait rien pour lui, sinon compatir à son mal, qu'elle ressentait par le biais de leur lien mental.

Eragon passa une main sur son visage et leva les yeux vers les étoiles, brouillées par la fumée fuligineuse qui montait des bûchers. *Cela faisait trois jours.* Trois jours qu'il avait tué Durza ; trois jours que les gens lui donnaient ce nom de Tueur d'Ombre ; trois jours pendant lesquels la mémoire du sorcier avait dévoré son esprit, avant qu'il fût sauvé par le mystérieux Togira Ikonoba, l'Estropié qui est Tout. Il n'avait parlé de cette vision à personne d'autre qu'à Saphira. Cette expérience l'avait transformé. Pour le meilleur ou pour le pire ? Lui-même n'aurait su le dire. Il était d'une telle fragilité que le moindre choc, lui semblait-il, risquait de désintégrer son corps et sa conscience tout juste reconstitués.

Il s'était rendu sur le théâtre du combat, poussé par le désir morbide de mesurer de ses yeux l'étendue de la victoire. Mais, au lieu de la gloire telle qu'il l'avait entendue célébrer par les chants héroïques, il n'y trouvait que l'insupportable évidence de la mort et de la décomposition.

Avant que son oncle, Garrow, ait été assassiné, quelques mois auparavant, par les Ra'zacs, être témoin d'un tel déchaînement de violence entre les humains, les nains et les Urgals l'aurait brisé. Maintenant, cela le glaçait. Il avait compris depuis longtemps, avec l'aide de Saphira, que la seule façon de ne pas perdre la raison face à l'horreur était d'agir. Cependant, il avait cessé de penser que la vie avait un sens. Comment le croire après avoir vu les corps des villageois massacrés par les Kulls, ces Urgals géants ? Comment le croire ici, en marchant sur cette terre couverte de membres déchiquetés, si imprégnée de sang qu'elle collait à la semelle de ses bottes ? Il n'y avait nul honneur à faire la guerre, concluait-il, sinon pour protéger des innocents.

Il se pencha et ramassa une dent dans la boue – une molaire. Il la fit sauter dans sa paume tout en parcourant lentement la plaine bouleversée. Saphira le suivait. Ils s'arrêtèrent en voyant la haute silhouette de Jörmundur, le commandant en second, sortir de Tronjheim et courir à leur rencontre. Il tenait un rouleau de parchemin.

Parvenu devant eux, Jörmundur s'inclina – ce qu'il n'aurait jamais fait quelques jours plus tôt, nota Eragon.

– Je suis heureux de te trouver, dit le Varden. Ajihad est sur le chemin du retour ; il souhaite que tu sois là à son arrivée. Les autres l'attendent déjà devant la porte ouest de la cité. Nous devons faire vite si nous voulons les rejoindre à temps.

Eragon approuva d'un signe de tête et s'avança dans cette direction, une main posée sur l'encolure de Saphira. Le chef des Vardens était parti depuis trois jours à la poursuite des Urgals. Ceux qui avaient réussi à s'échapper s'étaient enfoncés dans les tunnels creusés par les nains dans la roche des montagnes du Béor. La dernière fois qu'Eragon avait vu Ajihad, il fulminait contre sa fille, Nasuada : désobéissant à ses ordres, elle avait – croyait-il – quitté la cité avant la bataille, avec les femmes et les enfants. En réalité, la jeune fille s'était glissée incognito dans les rangs des archers pour combattre à leurs côtés.

Murtagh et les Jumeaux avaient accompagné Ajihad, le premier par désir de prouver qu'il n'avait aucune rancœur envers les Vardens, les deux autres parce que l'entreprise était périlleuse, et que leur maître avait besoin de leur protection. Eragon était surpris de constater à quel point l'attitude de tous vis-à-vis de Murtagh avait changé. On savait que son père avait été le Dragonnier Morzan, le premier et le dernier des Parjures, qui avait livré les autres Dragonniers au roi Galbatorix. Même si Murtagh méprisait son père et se montrait loyal envers Eragon, les Vardens ne lui avaient pas fait confiance. Mais, à présent, personne n'avait d'énergie à dépenser en vaine hostilité alors qu'une tâche autrement importante les attendait. Les discussions avec son ami lui manquaient ; il avait hâte de le voir revenir pour parler avec lui des derniers événements.

Comme ils approchaient de Tronjheim, Eragon et Saphira distinguèrent un petit groupe de gens, devant le portail, dans la flaque de lumière d'une lanterne. Orik et Arya étaient parmi eux. Le nain se balançait nerveusement sur ses courtes jambes ; le bandage entourant le bras de l'elfe formait une tache blanche qui semblait se refléter sur le noir de sa chevelure. Eragon éprouva le curieux frémissement qui le parcourait chaque fois qu'il se trouvait en présence de la jeune femme. Elle lui jeta un bref regard, ses yeux verts étincelèrent ; puis elle se détourna pour guetter Ajihad.

Bien que l'intervention d'Arya eût permis à Eragon de tuer Durza – et par là même de gagner la bataille –, les nains ne pardonnaient pas à l'elfe d'avoir brisé Isidar Mithrim, l'Étoile de saphir. La perte était trop grande. Ils refusaient d'enlever les débris, les laissant entassés en une masse compacte au centre du vaste hall de Tronjheim. Autant que les nains, le jeune Dragonnier déplorait ce désastre : une telle beauté à jamais détruite !

Saphira et lui s'arrêtèrent près d'Orik et scrutèrent la plaine vide autour de la cité, où le regard s'étendait dans toutes les directions jusqu'aux bases du cratère de Farthen Dûr.

– D'où viendra Ajihad ? demanda Eragon.

Orik désigna une grappe de lanternes éclairant l'ouverture d'un tunnel qui s'enfonçait dans le roc, à deux ou trois milles de là :

– Il ne devrait plus tarder.

Eragon patienta avec les autres, répondant à ceux qui lui adressaient la parole, mais préférant converser avec Saphira dans le secret de son esprit. Le silence qui régnait sur Farthen Dûr lui convenait.

Une demi-heure passa avant qu'un mouvement s'esquisse du côté du tunnel. Une dizaine d'hommes s'en extirpèrent, puis aidèrent des nains à sortir. L'un des hommes – Ajihad, probablement – leva la main, et les guerriers se rangèrent en double ligne derrière lui. Au signal de leur chef, ils avancèrent d'un pas fier vers Tronjheim.

La troupe avait parcouru quelques mètres quand une curieuse agitation se produisit à l'entrée de la galerie : d'autres silhouettes en jaillissaient, comme des abeilles surgissant d'une ruche.

Eragon plissa les yeux pour mieux voir, mais c'était trop loin. Il sentit alors le corps de Saphira vibrer comme la corde d'un arc trop tendue :

« Ce sont des Urgals. »

Eragon ne posa pas de question. Il cria :

– Des Urgals !

Et il sauta sur le dos de la dragonne, se maudissant d'avoir laissé son épée dans sa chambre. Personne n'avait envisagé la possibilité d'une nouvelle attaque après que l'armée des monstres eut été mise en fuite.

Sa blessure l'élança lorsque Saphira déploya ses ailes bleues et prit son essor. Au-dessous d'eux, Arya fonçait vers le tunnel, et sa course était presque aussi rapide que le vol de la dragonne. Orik et quelques soldats galopaient à la suite de l'elfe, tandis que Jörmundur retournait en hâte au casernement pour donner l'alerte.

Eragon vit les Urgals fondre sur l'arrière de la petite troupe sans pouvoir intervenir, car il était encore trop loin pour utiliser la magie. Les monstres avaient l'avantage de la surprise. Ils abattirent quatre soldats, forçant les autres – hommes et nains – à se masser autour d'Ajihad pour tenter de le protéger.

Les épées et les haches s'entrechoquèrent. L'un des Jumeaux lança un trait de lumière, et un Urgal tomba en portant la main au moignon de bras qui lui restait.

Il sembla un instant que les soldats tiendraient tête aux assaillants. Mais l'air tourbillonna soudain, une molle écharpe de brouillard s'enroula autour des combattants. Quand elle se dissipa, seuls quatre hommes étaient encore debout : Ajihad, les Jumeaux et Murtagh. Les Urgals se ruèrent sur eux, les soustrayant au regard horrifié d'Eragon.

« Non ! Non ! Non ! »

Avant que Saphira ait pu atteindre le lieu du combat, la meute monstrueuse avait reflué vers le tunnel et s'y engouffrait en désordre, ne laissant derrière elle que des corps étendus, éparpillés çà et là.

À peine la dragonne s'était-elle posée qu'Eragon sauta à terre. Il chancela, accablé de douleur et de colère.

« Je ne peux pas... »

Le souvenir le frappait de plein fouet : il revenait à la ferme, découvrait Garrow agonisant...

Refoulant ses appréhensions, il se força à avancer, un pas après l'autre, à la recherche de survivants.

L'endroit ressemblait au champ de bataille qu'il avait parcouru peu de temps auparavant, à la différence que, ici, le sang était frais. Au cœur du carnage gisait Ajihad, le plastron de sa cuirasse entaillé et enfoncé en plusieurs endroits, entouré par cinq Urgals qu'il avait abattus. Il respirait encore, avec des hoquets douloureux. Eragon s'agenouilla près de lui, se détournant un peu afin que ses larmes ne tombent pas sur la poitrine du chef, où le sang roulait, noir sur sa peau noire, comme de l'encre sur du charbon. Il savait que nul guérisseur ne soignerait pareilles blessures ; le dommage était trop grand. Arya arriva, vit qu'il n'y avait plus rien à faire, et attendit, le visage empreint d'une tristesse sans nom.

Un son s'échappa des lèvres d'Ajihad, à peine un murmure :
– Eragon...
– Je suis là.
– Écoute-moi, Eragon ! J'ai une dernière chose à te demander.

Le jeune Dragonnier s'approcha plus près encore, pour saisir les paroles du mourant.

– Il faut que tu me promettes... Promets-moi que tu ne laisseras pas les Vardens tomber dans le chaos. Ils sont l'ultime espoir de ceux qui résistent à l'Empire... Ils doivent rester forts. Promets-moi, Eragon...

– Je vous promets.

– Alors, la paix soit avec toi, Eragon, le Tueur d'Ombre !

Dans un dernier souffle, Ajihad ferma les yeux ; son noble visage se détendit, et il mourut.

Eragon s'inclina. Le nœud douloureux qui lui serrait la gorge lui coupait la respiration. Arya murmura une bénédiction en ancien langage, puis dit de sa voix harmonieuse :

– Hélas, sa mort va provoquer bien des conflits. Ajihad a vu juste ; tu devras empêcher la lutte pour le pouvoir. Je t'assisterai de mon mieux.

Incapable de parler, Eragon fixait l'amoncellement de cadavres. Saphira poussa l'un d'eux du nez :

« Un tel malheur n'aurait pas dû arriver ; qui plus est au moment où nous pensions être sauvés et victorieux. »

Elle examina une autre dépouille, puis regarda autour d'elle en balançant la tête :

« Où sont Murtagh et les Jumeaux ? Je ne les vois pas parmi les morts. »

Eragon inspecta l'endroit plus attentivement :

« Tu as raison ! »

Soulevé par un fol espoir, il courut vers la bouche du tunnel. Des flaques de sang coagulé emplissaient les creux des marches de marbre usées, tels de sombres et luisants miroirs, laissant penser qu'on avait traîné par là des corps blessés.

« Les Urgals ont dû les emmener ! Mais pourquoi ? Comme otages ? »

Accablé, il soupira :

« De toute façon, on ne peut pas se lancer à leur poursuite sans renforts. Tu ne passerais même pas par l'ouverture... »

« Ils sont peut-être encore vivants. Vas-tu les abandonner ? »

« Qu'attends-tu de moi ? Les galeries creusées par les nains forment un dédale sans fin ; Arya et moi serions assurés de nous perdre. Et, à pied, je ne rattraperai jamais des Urgals, même si elle, sans doute, y réussirait. »

« Alors, demande-lui. »

« Que je...? »

Il grommela, hésitant, partagé entre son désir d'agir et sa réticence à mettre Arya en danger. D'un autre côté, si une personne était capable de tenir tête aux Urgals, c'était elle.

Il lui fit part de leur découverte. L'elfe leva ses sourcils arqués :

– Ça n'a pas de sens...

– Les poursuivras-tu ?

...gea intensément avant de murmurer :
...our toi.
...ça, brandissant son épée, dont la lame étincela,
... elle plongeait dans le ventre de la montagne.

...ouillant de frustration, Eragon s'accroupit près de la dépouille du chef des Vardens et laissa son regard errer sur les cadavres. Il n'arrivait pas à réaliser qu'Ajihad était mort, que Murtagh avait disparu. Murtagh ! Le fils de l'un des Parjures – ces treize Dragonniers félons qui avaient aidé Galbatorix à détruire leur confrérie et à se sacrer lui-même roi – et l'ami du jeune Dragonnier. Un temps, Eragon avait désiré le départ du jeune homme, mais maintenant qu'il lui était si durement enlevé, cette perte lui causait une terrible sensation de vide. Lorsque Orik le rejoignit avec les hommes, il ne réagit pas.

En découvrant Ajihad, le nain frappa du pied, jura dans sa langue et planta sa hache dans le corps d'un Urgal. Les autres s'étaient figés, choqués. Le nain fit rouler une poignée de terre entre ses paumes calleuses et gronda :

– Barzûln ! Malédiction ! Nous avons mis le pied sur un nid de frelons ! Les Vardens ne connaîtront plus la paix, désormais. Étais-tu là pour entendre ses derniers mots ?

Eragon échangea un coup d'œil avec Saphira avant de répondre :

– J'attendrai, pour les répéter, d'être en présence de ceux à qui ils sont destinés.

– Et où est Arya ?

Le Dragonnier désigna le tunnel.

Orik jura de nouveau, secoua la tête et s'accroupit sur ses talons.

Jörmundur arriva bientôt, menant douze rangées de six soldats. Il leur fit signe d'attendre à la lisière du champ de bataille tandis qu'il s'approchait d'Ajihad. S'agenouillant, il posa la main sur l'épaule de son chef :

– Pourquoi le destin se montre-t-il si cruel, mon vieil ami ? Je serais revenu plus tôt, si ce maudit cratère n'était pas aussi vaste, et tu aurais pu être sauvé. Au lieu de ça, nous voilà abattus au faîte même de notre triomphe.

Eragon lui apprit la disparition de Murtagh et des Jumeaux, et lui parla d'Arya. Jormündur se raidit :

– Elle n'aurait pas dû... Mais nous ne pouvons rien faire pour elle maintenant. Nous allons poster des gardes ici ; il nous faudra bien une heure pour trouver des guides nains et organiser une expédition dans les tunnels.

Orik se proposa aussitôt :

– Je suis prêt à la conduire.

Jormündur tourna vers Tronjheim, au loin, un regard songeur :

– Non. Hrothgar, ton roi, aura besoin de toi. Quelqu'un d'autre s'en chargera. Désolé, Eragon, mais toutes les personnes importantes resteront dans la cité jusqu'à ce que le successeur d'Ajihad soit désigné. Arya devra se débrouiller seule. De toute façon, nous n'aurions aucune chance de la rattraper.

D'un signe de tête, Eragon accepta l'inéluctable.

Jörmundur balaya l'assemblée des yeux et déclara, de sorte que tous pussent entendre :

– Ajihad est mort en guerrier. Voyez ! Il a massacré cinq Urgals, quand un seul de ces monstres aurait pu venir à bout du plus vaillant d'entre nous. Nous lui rendrons les honneurs comme il se doit, et prierons pour que son âme soit agréée des dieux. Portez-le sur vos boucliers, ainsi que nos compagnons morts, jusqu'à la cité, et n'ayez pas honte de vos larmes, car ce jour est un jour de deuil dont, tous, nous garderons la mémoire. Que bientôt les monstres qui ont tué notre chef connaissent la morsure de nos épées !

D'un même mouvement, les soldats s'agenouillèrent et inclinèrent la tête, en hommage à Ajihad. Puis quatre d'entre eux vinrent le soulever avec respect, allongé sur leurs boucliers, qu'ils posèrent sur leurs épaules. Beaucoup de Vardens pleuraient, et leurs larmes roulaient dans leurs barbes.

Eragon et Saphira se joignirent au cortège, qui s'ébranla, marchant d'un pas solennel vers la cité de Tronjheim.

2
Le Conseil des Anciens

Eragon se força à sortir du sommeil, et roula vers le bord du lit. La faible lumière d'une lanterne à volets éclairait vaguement la chambre. Il s'assit et regarda Saphira dormir. Les flancs de la dragonne se dilataient et se rétractaient au rythme des énormes soufflets de ses poumons, tandis que l'air sifflait entre ses narines écailleuses. Le Dragonnier pensa à la fournaise que sa gueule pouvait désormais vomir à volonté. Que des flammes assez brûlantes pour fondre le métal puissent passer ainsi sur sa langue et sur ses dents d'ivoire sans leur causer le moindre mal était quelque chose de stupéfiant ! Depuis qu'elle avait craché son premier jet de feu en plongeant du sommet de Tronjheim, pendant le combat contre Durza, Saphira se montrait fière de son nouveau talent au point d'en être insupportable. Elle lâchait des flammèches à tout bout de champ, et ne ratait jamais une occasion de porter un objet à incandescence.

Depuis la destruction de Isidar Mithrim, Eragon et Saphira avaient dû quitter la maison des dragons, située au-dessus de l'Étoile de saphir. Les nains les avaient logés dans un ancien corps de garde, dans les sous-sols de la cité. La salle était vaste, mais sombre et basse de plafond.

Au souvenir des événements de la veille, l'angoisse saisit Eragon. Les larmes montèrent, débordantes. Il en recueillit une dans le creux de sa main. Arya n'avait donné aucun signe de vie durant les dernières heures de la soirée, jusqu'au moment où elle avait enfin émergé du tunnel, épuisée, les pieds douloureux. L'elfe avait mis dans cette poursuite toute son énergie – et toute sa magie – en vain : les Urgals lui avaient échappé. « J'ai ramassé ceci », avait-elle dit en montrant la robe pourpre de l'un des Jumeaux, déchirée et tachée de sang, ainsi que la tunique de Murtagh et ses deux gantelets de cuir. « Ils étaient abandonnés au bord d'un gouffre noir, au fond duquel ne menait aucune galerie. Je suppose que les Urgals se sont emparés de leurs armures et de leurs armes, et ont jeté leurs corps dans l'abîme. J'ai examiné les alentours ; je n'ai vu que les ombres peuplant les abysses. » Elle avait planté son regard dans celui du Dragonnier : « Je suis désolée ; j'ignore ce qu'ils sont devenus. »

À présent, dans les confins de son esprit, Eragon pleurait Murtagh. Il éprouvait une affreuse sensation de perte, une impression d'horreur sans nom, d'autant plus insupportables que ces sentiments lui étaient devenus familiers au cours des mois écoulés.

Il regarda la larme dans sa paume, minuscule dôme scintillant, et décida de chercher lui-même les trois hommes. C'était une quête désespérée et probablement vaine, il le savait. Mais il devait la mener pour se convaincre de la disparition de Murtagh, quoiqu'il ne fût pas certain de vouloir réussir là où Arya avait échoué, ni de souhaiter découvrir son ami gisant, l'échine brisée, au bas d'une des falaises de Farthen Dûr.

– Draumr kopa, murmura-t-il.

La larme s'obscurcit, devint une petite tache de nuit sur la marque argentée de sa paume. Un frémissement la traversa, tel le coup d'aile d'un oiseau devant une lune voilée par les nuages. Puis plus rien.

Eragon inspira profondément, s'appuya contre le mur et laissa le calme l'envahir. Depuis que la blessure infligée par Durza avait guéri, il avait reconnu – aussi humiliant que cela fût – que seule la chance lui avait permis de l'emporter.

« Si jamais je dois affronter un autre Ombre ou un Ra'zac, ou Galbatorix en personne, il me faudra être plus fort pour espérer être vainqueur. Brom aurait pu m'enseigner encore bien des choses, je le sais. Sans lui, il ne me reste qu'un seul recours : les elfes. »

La respiration de Saphira s'accéléra. Elle ouvrit les yeux et bâilla largement.

« Bonjour, petit homme. »

Le garçon baissa la tête, enfonçant ses poings dans le matelas.

« C'est terrible... Murtagh, Ajihad... Pourquoi aucune sentinelle, dans les tunnels, n'a-t-elle signalé l'approche des Urgals ? Ces monstres n'ont pu suivre le chef des Vardens et ses hommes à la trace sans être remarqués. Arya a raison, ça n'a pas de sens... »

« Nous ne connaîtrons sans doute jamais la vérité », dit doucement la dragonne.

Elle se leva, et ses ailes balayèrent le plafond :

« Tu as besoin de manger. Après quoi, nous tâcherons de découvrir les projets des Vardens. Il n'y a pas de temps à perdre ; un nouveau chef pourrait être désigné dans les prochaines heures. »

Eragon acquiesça, se rappelant les faits et gestes de chacun, la veille : Orik courant annoncer les nouvelles au roi Hrothgar ; Jörmundur faisant porter le corps d'Ajihad dans un lieu où il reposerait jusqu'aux funérailles ; et Arya, debout à l'écart, qui observait les allées et venues.

Eragon se leva, ceignit Zar'roc, son épée, et passa un arc à son épaule. Puis il se baissa et souleva la selle de Saphira. L'éclair de douleur qui lui déchira l'échine le jeta au sol. Il se contorsionna, essayant de tâter son dos. C'était comme d'être scié en deux ! Saphira grogna quand l'horrible sensation l'atteignit. Elle tenta de soulager le garçon par la force de son esprit, mais ne réussit pas à calmer sa souffrance.

Impuissante, elle battit l'air de sa queue.

Il fallut plusieurs minutes pour que la crise passe et que les derniers élancements s'apaisent, laissant Eragon pantelant, la peau moite, les cheveux collés par la sueur et les yeux brûlants.

Il tordit le bras et passa avec précaution un doigt sur sa cicatrice. Elle était chaude, enflée et sensible au toucher. Saphira appuya le nez sur son épaule :

« Oh, petit homme... »

« C'était pire, cette fois », dit-il en se relevant péniblement.

Il s'appuya contre le flanc de la dragonne, essuya son front trempé, puis fit quelques pas vers la porte.

« Es-tu assez fort pour sortir ? »

« Il le faut. En tant que dragon et Dragonnier, nous devons prendre publiquement position quant à la nomination du prochain chef des Vardens, et, qui sait, influer même sur ce choix. Je dois tenir compte de notre statut ; nous exerçons désormais une grande autorité, ici. Au moins, les Jumeaux ne sont plus là pour tirer les choses à leur profit. C'est le seul point positif dans la situation où nous sommes. »

« Certes. Mais Durza mériterait d'endurer mille morts pour ce qu'il t'a fait. »

Eragon grommela :

« Contente-toi de rester près de moi. »

Marchant l'un à côté de l'autre, ils se mirent à la recherche de la cuisine la plus proche. Dans les halls et les corridors de Tronjheim, tous ceux qu'ils croisaient s'arrêtaient et s'inclinaient en murmurant :

– Argetlam !

Ou bien :

– Tueur d'Ombre !

Les nains eux-mêmes – du moins quelques-uns – faisaient un signe de tête. Eragon fut frappé par les mines sombres, l'expression égarée des humains, et par les tenues de deuil témoignant de leur affliction. Beaucoup de femmes s'étaient vêtues de noir, et des voiles de dentelle couvraient leur visage.

Ayant trouvé une cuisine, Eragon déposa sur une table basse un plat chargé de nourriture. Saphira, qui craignait une nouvelle attaque de son mal, ne le quittait pas des yeux. Plusieurs personnes voulurent s'approcher du garçon, mais la dragonne retroussa la lèvre et émit un grondement qui les fit détaler aussitôt. Eragon fit mine d'ignorer cette agitation et se mit à manger. Finalement, s'efforçant d'éloigner ses pensées de Murtagh, il demanda :

« Qui crois-tu susceptible de prendre le contrôle des Vardens, maintenant qu'Ajihad et les Jumeaux ne sont plus là ? »

Saphira hésita :

« Toi, peut-être, si les dernières paroles d'Ajihad sont interprétées comme une bénédiction pour t'assurer l'autorité. Personne, pratiquement, ne pourrait s'y opposer. Toutefois, ce ne serait pas la voie de la sagesse. À mon avis, cela ne nous attirerait que des ennuis. »

« Je suis d'accord. D'ailleurs, Arya n'approuverait pas, et elle serait une ennemie redoutable. Les elfes ne mentent jamais, en ancien langage, mais ils n'ont pas ce scrupule quand ils emploient le nôtre. Elle serait capable de prétendre qu'Ajihad n'a jamais prononcé ces mots, si cela servait ses desseins. Non, je ne veux pas de cette position... Et Jörmundur ?

« Ajihad l'appelait son bras droit. Malheureusement, nous ne savons pas grand-chose de lui, ni des autres chefs Vardens. Nous ne sommes pas ici depuis assez longtemps pour connaître l'histoire de ce peuple. Nous devrons fonder notre jugement sur nos intuitions et nos impressions. »

Eragon mélangeait son poisson à une purée de tubercules.

« N'oublie pas Hrothgar et les clans des nains ; ils vont se mêler à l'affaire. Arya exceptée, les elfes n'ont pas voix au chapitre ; une décision aura été prise avant qu'ils aient vent de tout cela. Mais les nains n'accepteront pas d'être tenus à l'écart. Hrothgar est en faveur des Vardens ; toutefois, si plusieurs clans s'opposent à lui, il sera sans doute obligé de soutenir un candidat inapte à ce poste. »

« Qui cela pourrait-il être ? »

« Quelqu'un d'aisément manipulable. »

Le garçon ferma les yeux et s'adossa à son siège :

« Ce pourrait être n'importe qui, à Farthen Dûr, absolument n'importe qui... »

Tous deux considérèrent un long moment les différentes alternatives. Puis Saphira reprit :

« Eragon, quelqu'un est là, qui désire te voir. Je n'ai pas réussi à le faire fuir. »

« Hein ? »

Eragon battit des paupières. Un adolescent à la peau claire se tenait près de la table. Il regardait Saphira comme s'il s'attendait à être mangé tout cru.

– Que veux-tu ? demanda Eragon sans brusquerie.

Le garçon sursauta, s'empourpra, puis s'inclina :

– Vous êtes convoqué, Argetlam, pour vous entretenir avec le Conseil des Anciens.

– De qui s'agit-il ?

La question acheva de perturber le jeune messager :

– Le... le Conseil est... Ce sont des gens... Des Vardens, en fait, choisis pour être nos porte-parole auprès d'Ajihad. Ils étaient ses fidèles conseillers. Aujourd'hui, ils souhaitent votre présence.

Esquissant un sourire, il ajouta :

– C'est un grand honneur.

– Est-ce toi qui dois me conduire à eux ?

– Oui, c'est moi.

Saphira lança à Eragon un regard interrogateur ; il lui répondit d'un haussement d'épaules. Abandonnant son repas à peine entamé, il fit signe au garçon de lui montrer le chemin.

Son guide jeta un œil admiratif sur Zar'roc, puis baissa timidement la tête.

– Comment t'appelle-t-on ? demanda Eragon.

– Jarsha, monsieur.

– C'est un beau nom. Et tu t'es fort bien acquitté de ta tâche.

Jarsha rougit de fierté et s'élança dans un corridor.

Ils atteignirent bientôt une porte de pierre de forme convexe. Jarsha la poussa.

La porte ouvrait sur une salle circulaire, dont le dôme représentait un ciel bleu sur lequel se déployaient des constellations. Une lourde table de marbre, ronde elle aussi, où était gravé un marteau entouré de douze étoiles – les armoiries du Dûrgrimst Ingeitum, le clan des Forgerons – en occupait le centre. Autour étaient assis Jörmundur et deux autres hommes, un grand et un ventru ; une femme aux lèvres pincées, les paupières mi-closes, les joues savamment maquillées ; et une deuxième femme dont le visage de matrone était surmonté d'un échafaudage de cheveux gris. Son aspect débonnaire se trouvait démenti par le manche d'un poignard émergeant entre les deux collines de son énorme poitrine.

– Tu peux te retirer ! dit Jörmundur à Jarsha, qui fit une courbette et sortit en hâte.

Conscient que tous les yeux étaient fixés sur lui, Eragon examina la pièce et alla s'asseoir au milieu d'une grappe de chaises vides, de sorte que les membres du Conseil furent obligés de pivoter sur leurs sièges pour le regarder. Saphira vint s'accroupir derrière lui, et il sentit la chaleur de son souffle sur son crâne.

Jörmundur se souleva à demi pour saluer le Dragonnier d'un signe de tête, puis se rassit :

– Merci d'être venu, Eragon, bien que tu aies toi-même subi une grande perte ! Voici Umérth (c'était le grand), Falberd (le ventru), Sabrae et Elessari (les deux femmes).

Le Dragonnier s'inclina, puis demanda :

– Et les Jumeaux ? Étaient-ils membres du Conseil ?

Sabrae tapota sèchement la table du bout de l'ongle :

– Les Jumeaux ? Des limaces gluantes ! De vraies sangsues, uniquement soucieuses de leur propre intérêt ! Ils n'avaient aucun désir de servir les Vardens. De ce fait, ils n'avaient pas leur place dans notre assemblée.

Depuis l'autre côté de la table, Eragon sentait son parfum, lourd et gras comme celui d'une fleur putréfiée. À cette pensée, il dissimula un sourire.

– Assez ! intervint Jörmundur. Nous ne sommes pas ici pour parler des Jumeaux. Nous affrontons une crise qui doit être réglée avec autant de rapidité que d'efficacité. Si nous ne désignons pas le successeur d'Ajihad, d'autres s'en chargeront.

Hrothgar nous a déjà contactés pour nous offrir ses condoléances. Bien qu'il se soit montré des plus courtois, il forme certainement des plans personnels à l'heure où nous parlons. Il faut aussi compter avec le Du Vrangr Gata, le Cercle des magiciens. La plupart sont loyaux envers les Vardens, mais il est difficile de prévoir leurs réactions, même dans les périodes de tranquillité. Ils seraient capables de s'opposer à notre autorité pour prendre l'avantage. C'est pourquoi nous requérons ton assistance, Eragon ; nous avons besoin de toi pour assurer la légitimité de celui, quel qu'il soit, qui est destiné à remplacer Ajihad.

Falberd se souleva de son siège, appuyant sur la table ses mains épaisses :

– Les cinq membres de ce Conseil ont déjà arrêté leur choix. Aucun de nous ne doute que ce soit la bonne personne. Mais...

Il leva un doigt boudiné :

– Avant de te révéler de qui il s'agit, tu dois nous donner ta parole d'honneur, que tu approuves ou non notre décision, de ne rien ébruiter de cette discussion après avoir quitté cette pièce.

« Pourquoi cette exigence ? » s'inquiéta Eragon.

« Je ne sais pas, grogna Saphira. Ça cache peut-être un piège... Mais c'est un risque à courir. Note bien qu'ils ne me demandent pas de promesse, à moi. Je pourrai toujours mettre Arya au courant, si besoin est. Tant pis pour eux s'ils oublient que j'ai autant d'intelligence qu'un humain ! »

Rasséréné par cette idée, Eragon répondit :

Très bien, vous avez ma parole. Qui voulez-vous nommer comme chef des Vardens ?

– Nasuada.

Eragon baissa les yeux pour cacher sa surprise, réfléchissant à toute vitesse. Il n'avait pas songé à Nasuada, à cause de sa jeunesse – elle n'avait que quelques années de plus que lui. Certes, il n'y avait aucun motif de la refuser comme chef ; mais pourquoi le Conseil des Anciens l'avait-il choisie ? Quel bénéfice en attendaient-ils ? Se souvenant des conseils de Brom, il tâcha d'examiner l'affaire sous tous ses angles, conscient qu'il devait prendre une prompte décision.

« Nasuada a des nerfs d'acier, lui fit observer Saphira. Elle deviendra comme son père. »

« Peut-être. Je m'interroge pourtant sur leurs raisons... »

Pour gagner du temps, Eragon demanda :

– Pourquoi pas vous, Jörmundur ? Ajihad vous désignait comme son bras droit. Ne devriez-vous pas prendre sa place, maintenant qu'il n'est plus là ?

Un malaise perceptible parcourut le Conseil. Sabrae se raidit, mains crispées devant elle ; Umérth et Falberd se jetèrent des regards noirs ; Elessari se contenta de sourire, tandis que le manche du poignard se soulevait en même temps que ses énormes seins.

Jörmundur choisit ses mots avec soin :

– Parce qu'Ajihad parlait en chef militaire, rien de plus. En outre, j'appartiens à ce Conseil, dont le pouvoir dépend de la cohésion de ses membres. Il serait aussi fou que dangereux que l'un de nous prétendît s'élever au-dessus des autres.

Tous se détendirent, et Elessari posa une main approbatrice sur le bras de Jörmundur.

« Ah ! s'exclama Saphira. Il aurait sûrement pris le pouvoir s'il avait pu obliger ses pairs à le soutenir. Vois comme ils l'observent ! Il est comme un loup au milieu des loups. »

« Un loup dans une meute de chacals, plutôt... »

– Nasuada a-t-elle assez d'expérience ? s'enquit Eragon.

Elessari se pencha vers lui, s'appuyant contre le bord de la table :

– J'étais là depuis sept ans quand Ajihad a rejoint les Vardens. J'ai vu Nasuada grandir, et la fillette se transformer en jeune femme, un peu étourdie, parfois, mais digne d'être à la tête des Vardens. Le peuple l'aimera. Mes amis et moi-même, ajouta-t-elle en se tapotant benoîtement la poitrine, serons là pour l'aider à traverser ces temps troublés. Elle aura toujours quelqu'un à ses côtés pour lui montrer le chemin. De ce fait, son inexpérience ne sera pas un handicap.

Eragon comprit soudain :

« Ils veulent une marionnette ! »

– Les funérailles d'Ajihad seront célébrées dans deux jours, intervint Umérth. Nous prévoyons d'introniser Nasuada aussitôt après. Nous devons d'abord obtenir son accord, mais elle acceptera sûrement. Nous souhaitons ta présence à cette cérémonie – personne, pas même Hrothgar, ne pourra s'y opposer – afin que tu prêtes serment d'allégeance aux Vardens. Cela restaurera la confiance du peuple, ébranlée par la mort d'Ajihad, et empêchera quiconque de mettre en péril notre organisation.

« Allégeance ! »

L'esprit de Saphira rencontra celui du Dragonnier :

« Tu as remarqué ? Ils ne te demandent pas de jurer fidélité à Nasuada, seulement aux Vardens. »

« Oui. Et ils se réservent le droit de convoquer Nasuada ; ce qui laisse entendre que le Conseil est plus puissant qu'elle. Ils auraient pu nous en charger, nous ou Arya. C'est donc que cet acte met ceux qui s'en acquittent au-dessus de tous les Vardens. De cette façon, ils affirment leur supériorité sur Nasuada, nous contrôlent par le biais de l'allégeance, et s'offrent le soutien officiel d'un Dragonnier. »

– Que se passerait-il, voulut savoir Eragon, si je décidais de ne pas accepter votre offre ?

– Notre offre ? répéta Falberd, confus. Eh bien... rien, rien du tout... Sinon que ton absence en un tel moment serait extrêmement offensante. Que pensera Nasuada si le héros de la bataille de Farthen Dûr se désintéresse de sa nomination ? Elle comprendra qu'il la méprise, et qu'il considère les Vardens comme indignes de sa fidélité ! Qui supporterait une telle honte ?

Le message ne pouvait être plus clair. Les doigts d'Eragon se crispèrent sur le pommeau de son épée. Il eut envie de hurler qu'il n'était pas nécessaire de l'obliger à soutenir les Vardens, qu'il l'aurait fait, de toute façon. Par instinct, cependant, il s'insurgea, secouant les chaînes dont on cherchait à l'entraver :

– Puisque vous tenez les Dragonniers en si haute estime, j'emploierais sans doute mieux mes efforts en dirigeant moi-même les Vardens.

Autour de la table, la tension remonta d'un cran.

– Ce ne serait pas judicieux, lâcha Sabrae.

Eragon se creusa la cervelle pour trouver un moyen de s'en sortir.

« Sans Ajihad, lui souffla Saphira, il nous sera peut-être impossible de garder notre indépendance face aux différents groupes, comme il le souhaitait. Nous ne pouvons irriter les Vardens et, si le Conseil a l'intention de les contrôler dès que Nasuada sera intronisée, nous devons même les apaiser. Dans cette affaire, ils cherchent autant que nous à se protéger, ne l'oublie pas ! »

« Mais qu'exigeront-ils à partir du moment où nous serons entre leurs mains ? Respecteront-ils le pacte des Vardens avec les elfes ? Nous enverront-ils terminer notre formation à Ellesméra, ou nous imposeront-ils autre chose ? Jörmundur me semble être un homme d'honneur, mais qu'en est-il des autres ? Je ne saurais le dire... »

Saphira effleura du museau le sommet de sa tête :

« Accepte d'assister à la cérémonie avec Nasuada ; cela, au moins, nous devons le faire. Quant au serment d'allégeance, vois s'il y a moyen de l'éviter. Il peut fort bien se passer quelque chose, d'ici là, qui modifiera notre situation... Arya aura peut-être une solution. »

Sans transition, Eragon hocha la tête et déclara :

– Comme vous voudrez ! Et je serai présent à l'entretien avec Nasuada.

Jörmundur parut soulagé :

– Bien, bien. Il ne nous manque donc plus que l'assentiment de l'intéressée. Puisque nous sommes rassemblés, inutile de perdre du temps. Je vais l'envoyer chercher immédiatement, ainsi qu'Arya. Nous ne rendrons pas notre décision publique sans l'accord de l'elfe. Ce ne devrait pas être difficile de l'obtenir ; Arya ne s'opposera ni au Conseil *ni* à toi, Eragon. Elle acceptera notre décision.

Elessari lança à Eragon un regard acéré :

– Ta parole, Dragonnier ! Feras-tu serment d'allégeance à la cérémonie ?

– Il le faut, insista Falberd. Sinon, nous ne serions pas en mesure d'assurer ta protection ; les Vardens en seraient déshonorés.

« C'est une façon de voir les choses... »

« Ça vaut le coup d'essayer, souffla Saphira. Je crains que tu n'aies plus le choix, maintenant. »

« Ils n'oseraient pas nous nuire si je refusais. »

« Non, mais ils nous empoisonneraient la vie. Ce n'est pas pour ma propre sécurité que je te conseille d'accepter, mais pour la tienne. Il y a bien des dangers dont je ne saurai te garder, Eragon. Avec Galbatorix dressé contre toi, il te faut t'entourer d'alliés, non d'ennemis. Nous ne pouvons nous permettre d'affronter à la fois l'Empire et les Vardens. »

– Je le ferai, déclara enfin Eragon.

L'assemblée se décontracta visiblement ; Umérth poussa même un léger soupir de soulagement.

« Ils ont peur de nous ! »

« Avec raison », railla Saphira.

Jörmundur fit appeler Jarsha et l'envoya à la recherche de Nasuada et d'Arya. Après son départ, un silence gêné tomba sur l'assemblée. Eragon ignora la présence du Conseil, uniquement préoccupé du moyen de résoudre son dilemme. Rien ne lui vint à l'esprit.

Tous se tournèrent vers la porte, impatients, lorsque celle-ci s'ouvrit de nouveau. Nasuada entra la première, le menton levé et le regard ferme. Sa robe brodée était d'un noir profond, plus sombre encore que sa peau, seulement ornée d'un trait de pourpre qui courait de l'épaule à la hanche. Arya la suivait de sa souple et silencieuse démarche de chat ; puis venait Jarsha, empli d'un respect craintif.

Jörmundur congédia le gamin et avança un siège à Nasuada. Eragon s'empressa de faire de même pour Arya, mais elle dédaigna la chaise qu'on lui offrait et resta debout à quelques pas de la table.

« Saphira, souffla le Dragonnier, mets-la au courant de la situation ! J'ai l'impression que le Conseil se gardera bien de lui dire comment il m'a contraint de me soumettre aux Vardens. »

– Arya ! salua Jörmundur avec un signe de tête.

Puis il porta son attention sur Nasuada :

– Nasuada, fille d'Ajihad, le Conseil des Anciens souhaite t'adresser officiellement ses vives condoléances pour la perte qui t'atteint plus cruellement que n'importe qui, et...

Il baissa la voix pour ajouter :

– ... et t'assurer en privé de toute sa sympathie. Nous savons tous ce qu'est la douleur de perdre un membre de sa famille, tué par l'Empire.

– Merci, murmura la jeune fille, fermant à demi ses paupières en amande.

Elle s'assit, timide et réservée, avec un tel air de vulnérabilité qu'Eragon ressentit le désir de la réconforter. Quelle différence avec l'énergique jeune femme qui était venue leur rendre visite avant la bataille, quand il était, avec Saphira, dans la maison des dragons !

– Bien que tu sois en grand deuil, il y a un dilemme que tu dois résoudre. Ce Conseil ne peut diriger les Vardens. Et quelqu'un doit remplacer ton père après les funérailles. Nous te demandons d'accepter sa charge. En tant que son héritière, elle te revient de droit. Voilà ce que les Vardens attendent de toi.

Nasuada inclina la tête, les yeux brillants. La douleur fit vibrer sa voix lorsqu'elle répondit :

– Je n'avais jamais pensé que je serais appelée si jeune à prendre la succession de mon père. Cependant..., si vous m'assurez que tel est mon devoir..., je m'acquitterai de cette tâche.

3
Paroles de vérité

Les visages des Anciens s'illuminèrent : le Conseil triomphait ! Nasuada se pliait à leur volonté.

– Nous te l'assurons, confirma Jörmundur. Tel est ton devoir, pour ton bien et pour celui des Vardens.

Les autres Anciens renchérirent, et Nasuada les remercia d'un sourire mélancolique. Eragon restant impassible, Sabrae lui jeta un regard noir.

Tout au long de ces échanges, le Dragonnier guetta une réaction d'Arya. Mais rien n'altérait l'impassibilité de ses traits. Saphira lui glissa toutefois :

« Elle souhaite nous parler tout à l'heure. »

Avant qu'Eragon eût pu répondre, Falberd se tourna vers Arya :

– Les elfes donneront-ils leur accord ?

Elle darda sur lui son œil perçant jusqu'à ce qu'il perdît contenance, puis leva un sourcil :

– Je ne peux parler pour ma souveraine, mais je ne vois rien à objecter. Nasuada a ma bénédiction.

« Que pourrait-elle dire d'autre, après ce que Saphira lui a expliqué ? pensa Eragon avec amertume. On est tous le dos au mur. »

De toute évidence, la réponse d'Arya plut au Conseil. Nasuada la remercia et demanda :

– Devons-nous discuter d'autre chose ? Car je suis lasse.

Jörmundur secoua la tête :

– Nous nous occuperons des préparatifs. Je te promets qu'on ne te dérangera plus jusqu'aux funérailles.

– Encore une fois, je vous remercie. Voudriez-vous me laisser, maintenant ? J'ai besoin de temps pour déterminer la meilleure façon d'honorer mon père et de servir les Vardens. Vous m'avez donné matière à réflexion.

Nasuada passa ses doigts délicats sur le sombre tissu recouvrant ses genoux.

Elle renvoyait le Conseil ! Umérth parut sur le point de protester, mais Falberd l'en dissuada d'un geste de la main :

– Bien entendu ! Nous ferons tout pour garantir ta sérénité. Si tu as besoin d'aide, nous sommes là, désireux de te servir.

Faisant signe aux autres de le suivre, il se dirigea vers la porte, frôlant Arya au passage.

– Eragon, veux-tu rester, je te prie ?

Surpris, le garçon se rassit sur son siège, sans se soucier des mines alarmées des conseillers. Falberd s'attarda sur le seuil, puis finit par sortir à contrecœur. Arya s'en alla la dernière. Avant de refermer la porte, elle lança à Eragon un regard chargé de toute l'inquiétude qu'elle avait dissimulée jusqu'alors.

Nasuada était assise de sorte qu'elle tournait partiellement le dos à Eragon et Saphira :

– Ainsi, nous nous retrouvons, Dragonnier. Tu n'as pas manifesté ton accord. T'aurais-je offensé ?

– Non, Nasuada ; j'ai préféré garder le silence de peur de paraître grossier ou imprudent. Les circonstances actuelles ne sont pas propices aux décisions hâtives.

Une crainte paranoïaque d'être espionné venait de le saisir. S'enfonçant dans les profondeurs de son esprit, il éveilla sa magie et psalmodia :

– Atra nosu waise vardo fra eld hórnya... Désormais, ici, nous pouvons parler sans risque d'être écoutés par une oreille humaine, naine ou elfique.

Nasuada perdit de sa raideur :

– Merci, Eragon ! Me voilà plus tranquille.

Elle s'exprimait avec une assurance retrouvée.

Derrière Eragon, Saphira s'agita, puis elle contourna la table avec précaution et vint se placer face à la jeune fille. Elle abaissa sa belle tête jusqu'à ce que son œil bleu plongeât dans la prunelle noire de Nasuada. La dragonne la fixa une longue minute avant de se redresser en reniflant doucement.

« Dis-lui que je compatis à son chagrin. Dis-lui aussi que la force qui est en elle doit devenir celle des Vardens, quand elle prendra sur ses épaules le manteau d'Ajihad. Ils auront besoin d'un guide sûr. »

Eragon transmit le message et ajouta :

– Ajihad était un grand homme. On fera mémoire de son nom à jamais… À présent, j'ai quelque chose à te révéler. Avant d'expirer, Ajihad m'a chargé, m'a *commandé*, d'empêcher les Vardens de sombrer dans le chaos. Ce furent ses dernières paroles. Arya les a entendues, elle aussi. Je pensais les garder secrètes, à cause de ce qu'elles impliquent, mais, toi, tu as le droit de savoir. Je ne suis pas sûr d'avoir compris ce qu'Ajihad voulait dire, ni ce qu'il désirait exactement. Néanmoins, je suis certain de ceci : je défendrai les Vardens en tout temps et de tout mon pouvoir. Je tenais à ce que tu le comprennes, et que tu saches que je n'ai nul désir d'usurper le rôle de chef des Vardens.

Nasuada eut un petit rire cassant :

– Mais ce rôle de chef n'est pas pour moi, n'est-ce pas ?

Sa réserve avait disparu, révélant son sang-froid et sa détermination. Elle continua :

– Je sais pourquoi le Conseil t'a convoqué avant moi, et ce qu'il tente de faire. Crois-tu que, durant ces années où j'assistais mon père, nous n'avons jamais envisagé ce cas de figure ? Le Conseil s'est comporté exactement comme je l'avais prévu. Maintenant, les choses sont en place pour que je prenne le commandement.

– Et tu n'as nulle intention de te laisser mener par le Conseil ! devina Eragon.

– Non. Garde secrètes les paroles d'Ajihad ! Il serait imprudent de les révéler, car les gens pourraient en déduire qu'il te désignait comme son successeur. Mon autorité en serait affaiblie, et les Vardens seraient déstabilisés. Il a dit ce qu'il pensait devoir dire pour les protéger. J'aurais fait de même. Mon père...

Sa voix se fêla. Elle continua :

– Mon père a entrepris une tâche qu'il m'appartient d'achever, même si elle risque de me conduire au tombeau. C'est ce que je te demande de comprendre, en tant que Dragonnier. Tous les plans conçus par Ajihad, ses stratégies, ses buts sont les miens désormais. Je ne montrerai aucune faiblesse, ce serait le trahir. L'Empire *doit* être abattu, Galbatorix *doit* être détrôné, et un gouvernement juste *doit* être constitué.

Elle se tut, et une larme roula sur sa joue. Eragon la fixait, conscient de la difficulté de sa position. Il découvrait en elle une force de caractère qu'il n'avait pas soupçonnée auparavant.

– Et moi, Nasuada ? demanda-t-il. Quel sera mon rôle auprès des Vardens ?

Elle le regarda droit dans les yeux :

– Agis comme tu l'entends. Les membres du Conseil sont stupides d'imaginer qu'ils pourront te contrôler. Tu es un héros, pour les Vardens comme pour les nains, et les elfes eux-mêmes salueront ta victoire sur Durza quand ils l'apprendront. Si tu vas contre la volonté du Conseil ou contre la mienne, nous serons forcés de céder, car le peuple te soutiendra d'un seul cœur. Actuellement, tu es le personnage le plus puissant de la cité. Cependant, si tu acceptes mon autorité, je continuerai sur la voie tracée par Ajihad : tu iras avec Arya chez les elfes pour y terminer ta formation. Après quoi, tu reviendras chez les Vardens.

Eragon s'adressa silencieusement à Saphira :

« Pourquoi est-elle si honnête avec nous ? Si elle a raison, n'aurions-nous pu refuser la demande du Conseil ? »

La réponse se fit attendre un moment :

« De toute façon, il est trop tard. Tu as déjà satisfait leurs exigences. Je pense que Nasuada est honnête parce que ta magie lui permet de parler librement, et aussi parce qu'elle espère gagner notre loyauté en dépit des Anciens. »

Une idée frappa soudain Eragon, mais, avant d'en faire part à la dragonne, il reprit :

« Crois-tu qu'elle tiendra sa promesse ? C'est très important ! »

« Oui, répondit Saphira. Elle a parlé avec son cœur. »

Le garçon expliqua alors son projet. Elle l'approuva. Il tira donc Zar'oc du fourreau et s'avança vers Nasuada. Il discerna un éclair de peur dans ses yeux. Elle jeta un bref regard vers la porte, et sa main se referma sur un objet dissimulé dans les plis de sa robe. Eragon s'arrêta devant elle, puis s'agenouilla, Zar'roc posée à plat sur ses paumes :

– Nasuada, Saphira et moi ne sommes ici que depuis peu. Mais cela nous a suffi pour apprendre à respecter Ajihad, et te respecter à ton tour. Tu as combattu sous Farthen Dûr quand les autres femmes avaient fui, y compris celles qui sont membres du Conseil ; et tu nous as traités sans défiance. C'est pourquoi je t'offre mon épée et te fais allégeance en qualité de Dragonnier.

Eragon avait prononcé ce serment sur un ton irrévocable, conscient qu'il n'aurait jamais parlé ainsi avant la bataille : avoir vu tomber et mourir tant d'hommes autour de lui avait modifié son jugement. Désormais, il ne résisterait plus à l'Empire à des fins personnelles, mais pour les Vardens et tous les peuples écrasés sous la férule de Galbatorix. Il se consacrerait à cette tâche aussi longtemps qu'il le faudrait. À présent, la meilleure chose qu'il pût faire était de se mettre au service des rebelles.

Néanmoins, Saphira et lui prenaient un grand risque en se soumettant à Nasuada. Le Conseil n'aurait rien à objecter, car tout ce qu'Eragon avait promis, c'était de jurer fidélité, sans préciser à qui. Par ailleurs, rien ne garantissait que Nasuada serait un bon chef.

« Mieux vaut donner sa parole à un ignorant honnête qu'à un félon érudit », décida Eragon.

Un frémissement de surprise passa sur le visage de la jeune fille. Elle referma la main sur le pommeau de Zar'roc et l'éleva devant elle, examinant sa lame cramoisie. Puis elle posa la pointe de l'épée sur la tête d'Eragon :

– J'accepte ton serment et j'en suis honorée, Dragonnier, de même que tu acceptes toutes les responsabilités qu'entraîne ta décision. Tu es désormais mon vassal ; relève-toi et reprends ton arme !

Eragon obéit.

– Maintenant, dit-il, je peux te révéler ouvertement que le Conseil m'a fait promettre de jurer fidélité aux Vardens dès ton intronisation. C'était le seul moyen pour Saphira et moi de donner le change.

Nasuada éclata d'un rire ravi :

– Ah ! Je vois que vous avez déjà appris à jouer leur jeu. Fort bien ! En tant que mon premier et unique vassal, accepteras-tu de me faire de nouveau allégeance en public, quand le Conseil s'attendra à ce que tu te soumettes à lui ?

– Bien sûr.

– Parfait ! La question du Conseil est réglée. Maintenant, laisse-moi ! J'ai de multiples décisions à prendre, et je dois me préparer pour les funérailles... Souviens-toi, Eragon, le lien que nous venons de nouer nous attache l'un et l'autre. Si tu es tenu de me servir, je suis responsable de tes actes. Ne me déshonore pas !

– Ni toi !

Nasuada se tut un instant, puis, plongeant son regard dans celui du Dragonnier, elle ajouta d'une voix plus douce :

– Reçois mes condoléances, Eragon ! Je prends seulement conscience que d'autres, autour de moi, ont aussi leurs chagrins. J'ai perdu mon père, et toi, tu as perdu un ami. J'aimais beaucoup Murtagh, et sa disparition m'attriste. Au revoir, Eragon.

Le garçon la salua, un goût amer dans la bouche, et quitta la pièce avec Saphira.

Le couloir aux murs grisâtres était vide. Les mains sur les hanches, Eragon renversa la tête en arrière et souffla. La journée commençait à peine, et il se sentait déjà épuisé. Trop d'émotions en même temps.

Saphira le poussa du bout du nez et dit :
« Par ici ! »
Sans s'expliquer davantage, elle prit un tunnel sur la droite. Ses griffes cliquetaient sur le sol dur.
Eragon fronça les sourcils, mais lui emboîta le pas.
« Où allons-nous ? »
Pas de réponse.
« Saphira, s'il te plaît...! »
Elle se contenta de balayer l'air de sa queue. Résigné à attendre, Eragon reprit :
« Notre situation a bien changé. Je ne sais plus quoi espérer, d'un jour à l'autre, sinon afflictions et effusions de sang. »
« Les choses ne vont pas si mal. Nous venons de remporter une grande victoire. Il faut se réjouir, non se lamenter », le gourmanda la dragonne.
« Si tu crois m'aider avec ce genre de réflexion... »
Elle tourna son museau vers lui avec un grognement irrité. Une fine langue de flamme s'échappa de ses narines et roussit l'épaule du garçon. Il bondit en arrière en retenant un chapelet d'injures.
« Houps ! » lâcha Saphira, secouant la tête pour dissiper la fumée.
« Quoi ? Tu as manqué de me rôtir, et tout ce que tu sais dire, c'est "houps !"? »
« Je ne m'y attendais pas. J'oublie que le feu jaillit spontanément si je n'y prends pas garde. Imagine que la foudre frappe le sol chaque fois que tu lèves un bras ! À chaque moment d'inattention, tu risquerais de détruire quelque chose par inadvertance. »
« Tu as raison... Excuse-moi. »
Le clin d'œil qu'elle lui adressa fit cliqueter sa paupière écailleuse :
« Ce n'est rien. Mais je voudrais insister sur un point : Nasuada elle-même ne peut t'obliger à quoi que ce soit. »
« Je lui ai donné ma parole de Dragonnier ! »
« Soit ! Cependant, si pour te protéger ou accomplir ce qui me paraît juste je suis obligée d'être parjure, je n'hésiterai pas.

Je porterai sans peine le poids de cette faute. Que mon honneur soit engagé par ta promesse à cause du lien qui nous unit ne m'ôte pas ma liberté. Je te kidnapperai si nécessaire. Ainsi, nulle désobéissance ne saura t'être imputée. »

« On n'aura pas besoin d'en arriver là. Si nous en étions réduits à de telles extrémités, c'est que Nasuada et les Vardens auraient perdu toute intégrité. »

Saphira s'arrêta. Ils étaient arrivés devant une arche sculptée : l'entrée de la bibliothèque de Tronjheim. La vaste salle silencieuse semblait vide. Toutefois, les rangées d'étagères dressées dos à dos entre les colonnades pouvaient dissimuler n'importe qui. La douce lumière des lanternes coulait sur les rouleaux de parchemins, illuminant les alcôves destinées à la lecture réparties le long des murs.

Louvoyant entre les rayonnages, Saphira mena Eragon vers l'une des alcôves. Arya y était assise. Eragon prit le temps de l'observer. Jamais, à ce qu'il lui sembla, il ne l'avait vue aussi agitée, bien que cela ne se manifestât que par une tension inhabituelle. Elle portait de nouveau à la ceinture son épée au pommeau ornementé, sur lequel une de ses mains était refermée.

Eragon s'assit en face d'elle, de l'autre côté de la table de marbre. Saphira se plaça entre eux, de sorte que ni l'un ni l'autre ne pût échapper à son regard.

– Qu'as-tu fait ? lui reprocha Arya avec une surprenante agressivité.

– Que veux-tu dire ?

Elle redressa le menton :

– Qu'as-tu promis aux Vardens ? « Qu'as-tu fait ? »

Les derniers mots lui parvinrent mentalement. Il s'aperçut que l'elfe était sur le point de perdre le contrôle de soi. Une onde de peur l'atteignit.

– Nous n'avons fait que ce qu'il fallait faire. J'ignore tout des coutumes elfiques, et, si nos actes t'ont troublée, je te prie de me pardonner. Tu n'as aucune raison d'être en colère.

– Espèce de fou ! Tu ne sais rien de moi. J'ai passé ici sept décennies comme émissaire de ma reine, dont quinze années consacrées à porter l'œuf de Saphira alternativement des Vardens aux elfes. Et pendant tout ce temps j'ai lutté pour assurer aux Vardens des chefs forts et sages, capables de résister à Galbatorix et de respecter nos vœux. Brom m'a aidée à faire l'unanimité autour du nouveau Dragonnier – toi, Eragon ! Ajihad devait veiller à ce que tu restes indépendant, afin que l'équilibre du pouvoir ne soit pas bouleversé. Et voilà que je te découvre siégeant au Conseil des Anciens – de ton plein gré ou pas – pour contrôler Nasuada ! Tu as anéanti une vie de travail ! « Oui, qu'as-tu fait ? »

Consterné, Eragon renonça à toute arrogance. En phrases brèves et claires, il expliqua pourquoi il s'était soumis aux exigences des Anciens, et comment Saphira et lui-même avaient fait en sorte de saper leur autorité.

– Ah ! fit Arya quand il eut terminé.

« Soixante-dix ans ! » Bien qu'il connût l'extraordinaire longévité des elfes, Eragon n'aurait jamais deviné qu'Arya pût être aussi vieille, car elle avait l'apparence d'une fille de vingt ans à peine. Dans son visage dépourvu de rides, seul son regard d'émeraude, profond, averti et souvent solennel, témoignait de sa maturité.

S'appuyant contre le dossier de son siège, Arya fixa le garçon :

– Ta situation n'est pas telle que je l'aurais souhaitée, mais moins dramatique que je l'ai cru. Je me suis montrée discourtoise. Saphira et toi avez fait preuve de discernement, je m'en rends compte. Ton compromis pourra être accepté par les elfes, bien que tu ne doives jamais oublier ta dette envers nous : sans nos efforts pour garder l'œuf de Saphira, il n'y aurait pas eu de Dragonnier.

– Cette dette est inscrite dans mon sang et dans ma paume, déclara Eragon.

Pendant le silence qui suivit, il se prépara à aborder un autre sujet, désireux de prolonger cette conversation et d'en apprendre peut-être un peu plus sur Arya.

– Tu es loin de chez toi depuis bien longtemps. Ellesméra ne te manque pas ? Ou peut-être vis-tu ailleurs ?

– Ellesméra était et sera toujours ma patrie, répondit-elle, le regard perdu. Je n'ai pas vécu dans la maison des miens depuis que je l'ai quittée pour les Vardens, au temps où un rideau de fleurs printanières drapait nos murs et nos fenêtres. Je n'y suis retournée que pour de brèves périodes, poussières de mémoire vite dispersées dans notre mesure du temps.

Une fois encore, il fut frappé par son odeur d'épines de pin. C'était un parfum délicat, épicé, qui exaltait tous ses sens et rafraîchissait son esprit.

– Cela doit être dur de vivre parmi ces nains et ces humains, sans personne de ton peuple.

Elle répliqua, moqueuse :

– Tu parles des humains comme si tu n'en étais pas un !

– Peut-être...

Il hésita.

– Peut-être suis-je quelque chose d'autre, un mélange de deux races. Saphira vit en moi comme je vis en elle. Nous partageons nos sensations, nos sentiments, nos pensées, au point de n'être qu'un seul esprit.

Saphira approuva, hochant la tête avec tant de conviction que son museau heurta presque la table.

– Cela devait être ainsi, dit Arya. Vous êtes liés par un pacte plus ancien et plus puissant que tu ne l'imagines. Tu comprendras pleinement ce qu'est un Dragonnier lorsque tu auras achevé ta formation. Mais il faut d'abord que les funérailles soient célébrées. En attendant, puissent les étoiles veiller sur toi !

Sur ses mots, elle se leva et disparut dans les profondeurs obscures de la bibliothèque.

Eragon battit des paupières :

« Je me fais des idées, ou bien tout le monde est à bout de nerfs, aujourd'hui ? Arya elle-même... Elle fulmine contre moi, et, l'instant d'après, elle me donne sa bénédiction ! »

« Personne ne retrouvera la sérénité tant que les choses ne seront pas redevenues normales. »

« Qu'est-ce que tu entends par *normales*...? »

4
RORAN

Roran gravissait péniblement la colline.

Il plissa les yeux pour estimer la position du soleil à travers les mèches tombant de sa chevelure hirsute.

« Plus que cinq heures avant le crépuscule. Je ne pourrai pas rester longtemps... »

Il soupira et reprit son chemin entre les ormes, dont les troncs émergeaient de l'herbe haute.

C'était sa première visite à la ferme depuis que lui-même, Horst le forgeron et six autres hommes de Carvahall étaient venus récupérer le peu qui avait pu être sauvé dans le logis détruit et la grange brûlée. Cinq mois s'étaient écoulés avant qu'il trouve le courage de retourner sur les lieux.

Au sommet de la colline, Roran s'arrêta et croisa les bras. Devant lui gisaient les ruines de la maison où il avait grandi. Seul un angle noirci et branlant tenait encore debout ; la végétation et les herbes folles recouvraient déjà les murs écroulés. Il ne restait rien de la grange. Les quelques arpents de terre, qu'ils avaient cultivés pendant tant d'années, étaient maintenant envahis de pissenlits, de moutardiers sauvages et de graminées. Ici et là, de rares plants de betteraves ou de navets avaient résisté, rien d'autre. Derrière la ferme, une épaisse ceinture d'arbres étendait son ombre sur la rivière Anora.

Roran serra les poings, et ses mâchoires se crispèrent tandis qu'il refoulait sa rage et sa douleur. Il demeura sur place de longues minutes, comme enraciné, frémissant sous l'afflux des souvenirs heureux. Cet endroit, c'était toute sa vie, et plus encore. C'était son passé... et son futur. Son père, Garrow, avait un jour déclaré : « La terre est unique. Prends soin d'elle, et elle prendra soin de toi. Il y a bien peu de choses dont on puisse dire ça. » Roran était décidé à suivre ce conseil, jusqu'au jour où son univers avait basculé.

Il s'arracha à sa contemplation et redescendit vers la route. Tout ce qu'il aimait lui avait été arraché en un instant. Jamais il ne se remettrait d'un tel bouleversement. Sa façon d'être en avait été profondément altérée, ses perspectives d'avenir anéanties.

Cela l'avait obligé aussi à réfléchir plus qu'il l'avait jamais fait. Il lui semblait que des bandelettes enserrant jusqu'alors son cerveau avaient soudain craqué, libérant des raisonnements qui lui auraient paru inimaginables autrefois. Il avait découvert, par exemple, qu'il ne redeviendrait peut-être jamais fermier ou que la notion de justice – tant célébrée par les chansons et les légendes – n'avait guère d'existence réelle. Ces réflexions encombraient sa conscience au point qu'il avait du mal à se lever le matin tant elles pesaient en lui.

Il obliqua vers le nord et suivit la route qui traversait la vallée de Palancar en direction de Carvahall. Les sommets des montagnes, de chaque côté, étaient encore chargés de neige, alors que le printemps verdissait la plaine depuis quelques semaines. Au-dessus de sa tête, un unique nuage gris voguait lentement vers les pics.

Roran passa une main sur son menton, faisant crisser sous ses doigts une barbe de plusieurs jours. « Tout ça, c'est la faute d'Eragon et de sa maudite curiosité. S'il n'avait pas rapporté cette pierre de la Crête... »

Il avait fallu du temps à Roran pour parvenir à cette conclusion. Il avait écouté les récits des uns et des autres. Gertrude, la guérisseuse, lui avait lu et relu la lettre que Brom avait laissée pour lui. Il n'y avait pas d'autre explication : « Quelle que soit la nature de cette pierre, elle a dû attirer les étrangers. »

Il imputait la mort de Garrow à Eragon sans pour autant ressentir de colère contre lui ; il savait que son cousin n'avait pas pensé à mal. Non, ce qui excitait sa fureur, c'était que le garçon n'eût pas assumé ses responsabilités : il avait laissé Garrow sans sépulture et s'était enfui de Palancar avec le vieux conteur pour une quête insensée.

« Comment a-t-il pu montrer si peu de considération pour ceux qu'il abandonnait derrière lui ? Se sentait-il coupable ? Avait-il peur ? Brom l'avait-il embobiné avec ses fables à dormir debout ? Pourquoi Eragon l'avait-il écouté en un pareil moment ? »

Roran ne savait même pas si son cousin était mort ou vivant. Il s'ébroua, les sourcils froncés :

« La lettre de Brom...Bah ! » Un ramassis d'allusions inquiétantes, d'insinuations sinistres. Le seul élément clair qu'il en avait tiré était le conseil d'éviter les étrangers, ce qui tombait sous le sens.

« Le vieux était fou... », conclut Roran.

Quelque chose remua dans son dos. Il se retourna.

Une douzaine de biches et un jeune mâle aux bois de velours s'enfonçaient sous le couvert des arbres. Il nota soigneusement la direction qu'ils avaient prise afin de les retrouver le lendemain. Il s'enorgueillissait d'être assez bon chasseur pour payer sa quote-part dans la maison de Horst, bien qu'il n'eût jamais égalé Eragon.

Tout en marchant, il mettait de l'ordre dans ses pensées. Après la mort de son père, il avait renoncé à travailler au moulin de Dempton, à Therinsford, pour retourner à Carvahall. Horst avait accepté de le loger et l'avait embauché à la forge. Accablé de chagrin, il avait repoussé les décisions à prendre jusqu'à ce que, deux jours auparavant, il se fût enfin résolu à agir.

Il désirait épouser Katrina, la fille du boucher. Il avait pris cet emploi de meunier à Therinsford afin de gagner assez d'argent pour assurer dignement leurs débuts dans la vie à deux. Mais, à présent, sans ferme, sans maison, sans moyen d'entretenir une épouse, Roran ne se sentait pas le droit de demander la main de Katrina. Sa fierté le lui interdisait. D'ailleurs, Sloan, le père de la jeune fille, n'accepterait sûrement pas un soupirant à l'avenir aussi incertain. La situation du jeune homme eût-elle été meilleure, il aurait déjà eu du mal à convaincre le boucher de lui accorder sa fille : ses relations avec lui n'avaient jamais été cordiales. Et Roran ne pouvait envisager de se marier avec Katrina sans le consentement paternel, à moins de diviser la famille, fâcher le village en défiant les traditions et, très probablement, entraîner des querelles sanglantes avec son beau-père.

En y réfléchissant, il lui parut que la seule option valable était de reconstruire la ferme, même s'il devait remonter la maison et la grange pierre par pierre de ses propres mains. Ce serait dur, car il partirait de rien. Cependant, une fois installé, il pourrait affronter Sloan la tête haute.

« Il me faudra attendre au moins le prochain printemps... », songea Roran, le front plissé de contrariété.

Il savait que Katrina patienterait – mais combien de temps ?

Il marcha jusqu'au soir d'un pas régulier. Le village apparut enfin, avec ses maisons, ses jardins, le linge séchant aux fenêtres. Les hommes rentraient des champs, où le blé d'hiver mûrissait en épis compacts. Derrière Carvahall, les chutes d'Igualda, hautes d'une demi-lieue, dégringolaient de la Crête pour se jeter dans l'Anora et scintillaient dans la lumière du couchant. Ce spectacle réconforta Roran par sa simplicité. Rien de plus rassurant que de trouver les choses à leur place !

Quittant la route, il monta jusqu'à la maison de Horst, bâtie sur un coteau d'où l'on voyait la Crête. La porte était ouverte. Roran entra et se dirigea vers la cuisine, attiré par un bruit de conversation.

Horst était là, les manches relevées, accoudé à la table de bois grossier. Près de lui se tenait sa femme, Elain, enceinte de cinq mois, souriante et sereine. Leurs fils, Albriech et Baldor, debout, leur faisaient face.

À l'arrivée de Roran, Albriech disait :

– ... et j'étais encore à la forge ! Thane jure qu'il m'a vu, alors que je me trouvais de l'autre côté de la ville.

– Que s'est-il passé ? s'enquit Roran en laissant tomber son sac.

Elain échangea un regard avec son mari. Puis, s'adressant à Roran :

– Assieds-toi ! Mange quelque chose !

Elle posa devant lui un morceau de pain et une assiettée de ragoût et le dévisagea comme pour lire sur ses traits :

– Comment était-ce ?

Roran haussa les épaules :

– Toutes les parties en bois sont brûlées ou pourries, irrécupérables. Le puits est intact ; je suppose qu'il faut en rendre grâce au ciel. Je devrai tailler des poutres pour la charpente dès que possible si je veux avoir un toit au-dessus de ma tête à l'époque des semailles. Maintenant, dites-moi ce qu'il se passe ici.

– Ah ! s'exclama Horst. Thane a égaré une faux, et il accuse Albriech de la lui avoir prise. Ça a fait tout un foin !

– Il l'a probablement laissée dans l'herbe, et il ne se souvient plus à quel endroit, grogna Albriech.

– Probablement, acquiesça son père avec un sourire.

Roran mordit dans son pain :

– Si tu avais eu besoin d'une faux, tu en aurais forgé une. C'est stupide de t'accuser.

– Je sais, dit Albriech en s'asseyant sur une chaise. Mais, au lieu de chercher son outil, il s'est mis à marmonner. Soi-disant il aurait vu partir de son champ quelqu'un qui me ressemblait... Et comme personne, ici, ne me ressemble, il en déduit que c'est moi qui ai pris sa faux.

Que personne ne ressemblât à Albriech, c'était la vérité. Il avait hérité de la haute taille et la carrure de son père, et des cheveux couleur de miel de sa mère, ce qui le rendait unique, à Carvahall, où les chevelures brunes étaient les plus communes. Baldor, lui, était menu et brun.

– Je suis sûr que ça va s'arranger, déclara tranquillement celui-ci. Ne te fais pas tant de bile !

– Facile à dire !

Tout en attaquant son ragoût, Roran demanda à Horst :

– As-tu besoin de moi demain ?

– Pas spécialement. Je compte travailler à la charrette de Quimby. Le foutu châssis ne veut pas rester droit.

Roran hocha la tête, satisfait :

– Bien. Alors, je vais passer la journée à la chasse. J'ai repéré une petite troupe de biches, de l'autre côté de la vallée, qui n'ont pas l'air trop maigrichonnes. En tout cas, on ne leur voyait pas les côtes.

Le visage de Baldor s'épanouit :

– Je peux t'accompagner ?

– Bien sûr ! On partira à l'aube.

Lorsqu'il eut terminé son repas, Roran se lava le visage et les mains. Puis il s'étira paresseusement et alla flâner dans le village pour se changer les idées.

À mi-chemin, un tapage de voix excitées provenant des Sept Gerbes attira son attention. Intrigué, il se dirigea vers la taverne de Morn, où il découvrit un curieux spectacle. Sur le seuil de l'établissement était assis un homme d'âge mûr, enveloppé dans un manteau fait d'un patchwork de cuir. Près de lui était posé un sac orné de mâchoires d'acier, insigne de la corporation des trappeurs. Une douzaine de villageois l'écoutaient tandis qu'il pérorait avec force gesticulations :

– Alors, dès mon arrivée à Therinsford, je suis allé trouver ce Neil. Un brave homme, bien honnête. Je travaille dans ses champs au printemps et en été.

Roran approuva de la tête ; il savait cela. Les trappeurs passaient l'hiver à chasser dans les montagnes, amassant des peaux qu'ils revenaient vendre aux tanneurs dès les premiers beaux jours. Ils se louaient alors généralement comme ouvriers agricoles. Carvahall étant situé le plus au nord par rapport à la

Crête, beaucoup de trappeurs s'y arrêtaient. C'est pourquoi le village possédait sa taverne, son forgeron et son tanneur, un certain Gedric.

– Je me suis accordé quelques pintes de bière pour m'assouplir le gosier – six mois sans sortir un mot, à part, peut-être, pour jurer et blasphémer quand j'ai été berné par une saleté d'ours, vous imaginez ça ? – et je suis donc allé chez Neil, des brins de mousse encore plein la barbe, et on a causé. On a fait affaire, tous les deux. Après quoi je lui ai demandé, bien poliment, des nouvelles de l'Empire et de notre roi – que la gangrène le fasse tomber en pourriture ! Qui était mort ? Qui était né ? Qui avait été banni, de ceux que je connaissais ? Et, devinez quoi ? Neil s'est penché vers moi, avec la mine qu'on prend quand c'est du sérieux, et il m'a appris qu'une rumeur courait, qu'il se passait des choses pas normales, ici et là, dans tout l'Alagaësia. Que les Urgals avaient carrément disparu des terres civilisées – bon débarras ! Mais qu'on ne savait ni pourquoi ils étaient partis, ni où ils étaient allés. Que le commerce dans l'Empire avait périclité à cause de raids et d'attaques qui, d'après ce que j'ai compris, n'étaient pas le fait de brigands ordinaires, parce que trop bien organisés et sur une trop grande échelle. Que les marchandises n'étaient pas volées, seulement brûlées ou détruites. Et que ce n'était pas près de se terminer, oh, que non ! Croyez-m'en, par les moustaches de vos bonnes grand-mères !

Le trappeur secoua la tête et aspira une goulée de vin à sa gourde avant de continuer :

– On murmure qu'un Ombre hanterait les territoires du nord. On l'aurait vu à la lisière de la forêt du Du Weldenvarden et du côté de la cité de Gil'ead. Il aurait des dents taillées en pointe, des yeux couleur vinasse et des cheveux aussi rouges que le sang qu'il boit. Et le pire, c'est que quelque chose aurait mis notre fêlé de monarque hors de lui. Il y a cinq jours, un jongleur qui remontait du sud vers Ceunon s'est arrêté à Therinsford. Il a déclaré que des troupes faisaient mouvement. Dans quel but ? Il n'en savait rien !

Il leva un doigt sagace :

– Comme disait mon paternel quand je n'étais encore qu'un môme barbouillé de lait : où il y a de la fumée, il y a du feu. Ça pourrait être des Vardens. Ils ont botté le cul au vieil Os de Fer plus d'une fois, ces dernières années ! À moins que Galbatorix n'ait finalement décidé qu'il ne tolérait plus l'indépendance du Surda. Ce pays-là, au moins, il sait où le trouver. Il ne peut en dire autant des rebelles Vardens. Auquel cas, il écrasera le Surda comme un ours une fourmilière ; ouais, c'est ce qu'il fera !

Roran resta perplexe, tandis qu'un bourdonnement de questions montait autour de l'homme des bois. Il doutait de la présence d'un Ombre dans le coin ; cette histoire avait tout du racontar d'ivrogne. Le reste, en revanche, semblait assez inquiétant pour être vrai. Le Surda... On avait peu d'informations, à Carvahall, sur ce pays éloigné. Cependant, Roran n'ignorait pas que, même si le Surda se déclarait ostensiblement en paix avec l'Empire, les Surdans vivaient dans la terreur constante d'être envahis par les troupes de leur puissant voisin. Voilà pourquoi, disait-on, leur roi, Orrin, soutenait les Vardens.

Si le trappeur avait raison quant aux intentions de Galbatorix, cela signifiait qu'une sale guerre menaçait, dans un futur proche, avec son cortège d'impôts supplémentaires et d'enrôlement forcé. « J'aimerais mieux vivre à une époque ennuyeuse par manque d'événements. Trop de bouleversements rendent l'existence impossible... », pensa Roran.

– Mais le plus beau, reprit le trappeur, c'est que...

Là, il fit une pause et, de l'index, se caressa le bout du nez d'un air entendu :

– ... C'est qu'un nouveau Dragonnier serait apparu en Alagaësia.

Il éclata d'un rire énorme et se renversa en arrière en se tapant sur le ventre.

Roran rit de concert. Ces histoires de Dragonniers revenaient régulièrement. Les deux ou trois premières fois, elles avaient suscité son intérêt. Mais il avait vite compris qu'elles n'étaient fondées sur rien. Ce n'étaient que les élucubrations de pauvres gens rêvant d'un avenir meilleur.

Il allait s'éloigner quand il aperçut Katrina, à l'angle de la taverne, vêtue d'une longue robe brune ornée de rubans verts. Leurs regards se croisèrent, s'accrochèrent l'un à l'autre. Il s'approcha, prit la jeune fille par l'épaule ; et tous deux s'esquivèrent.

Ils marchèrent jusqu'à la sortie du village et restèrent silencieux, à contempler les étoiles. Le firmament étincelait, cette nuit-là ; les astres y clignotaient par milliers. Et, telle une arche au-dessus de leurs têtes, la Voie lactée étendait d'un horizon à l'autre sa blancheur scintillante, comme si une main mystérieuse avait jeté par poignées dans le ciel une poussière de perles et de diamants.

Sans le regarder, Katrina posa sa tête sur l'épaule du jeune homme et demanda :

– Tu as passé une bonne journée ?

– Je suis retourné à la maison.

Il la sentit se raidir.

– Comment était-ce ?

– Terrible.

La voix lui manqua. Il se tut et serra son aimée contre lui. Des boucles rousses lui caressaient la joue ; il respira leur parfum d'épices et de vin doux, le laissant pénétrer au fond de lui, chaud et réconfortant.

– La maison, la grange, les champs, reprit-il, tout est détruit. Je n'aurais même pas retrouvé leur emplacement si je n'avais su où chercher.

Elle se leva vers lui un visage crispé de chagrin :

– Oh, Roran !

Elle lui effleura les lèvres d'un baiser :

– Tu as subi un deuil cruel et, malgré tout, tu n'as jamais perdu courage. Envisages-tu de reprendre la ferme, à présent ?

– Oui. Je suis un fermier, je ne sais rien faire d'autre.

– Et moi, que vais-je devenir ?

Il hésita. Depuis le jour où il avait commencé à la courtiser, il y avait toujours eu entre eux la promesse tacite qu'ils se marieraient. Il n'était nul besoin d'en parler ; c'était clair comme le jour. C'est pourquoi la question de Katrina le troublait ; il lui semblait malhonnête de prendre une décision formelle tant qu'il n'y était pas prêt. C'était à lui de faire sa demande – auprès de Sloan d'abord, puis auprès de Katrina –, pas à elle. Cependant, il devait tenir compte de l'inquiétude de la jeune fille, maintenant qu'elle l'avait exprimée :

– Katrina... Je ne peux parler à ton père comme je l'avais prévu. Il me rirait au nez, et il aurait raison. Nous devons attendre. Dès que j'aurai une maison où habiter et que j'aurai engrangé ma première moisson, il m'écoutera.

Elle leva de nouveau son visage vers le ciel et murmura quelque chose, si bas qu'il ne saisit pas.

– Quoi ?
– J'ai dit : as-tu peur de lui ?
– Bien sûr que non ! Je...
– Alors, tu dois obtenir sa permission, dès demain. Et prendre un engagement. Fais en sorte qu'il comprenne que, bien que tu ne possèdes rien pour l'instant, tu me donneras un bon foyer, et qu'il sera fier de son gendre. Pourquoi perdre des années à attendre, séparés l'un de l'autre en dépit de nos sentiments ?

– Je ne peux pas faire ça, se récria-t-il, une note de désespoir dans la voix. Je n'ai aucun moyen d'assurer ta subsistance, je ne...

– Tu ne comprends donc pas ?

Elle recula et reprit d'un ton insistant :

– Je t'aime, Roran, et je veux vivre avec toi. Mais mon père a d'autres projets pour moi. Il y a des tas de partis plus intéressants que toi, et, plus tu tardes, plus il me presse de consentir à une alliance qu'il approuve. Il craint que je ne reste vieille fille, et je le crains aussi. Ce ne sont pas les soupirants qui me manquent, à Carvahall.... Et, si je dois finalement agréer l'un d'eux, je le ferai.

Elle le fixa avec insistance, les yeux brillants de larmes, dans l'attente d'une réponse. Puis elle ramassa ses jupes et partit en courant vers le village.

Roran resta pétrifié. La fuite de Katrina le blessait aussi cruellement que la perte de sa ferme. Le monde lui parut soudain hostile et glacé. Il lui sembla qu'un morceau de lui-même venait de lui être arraché.

Plusieurs heures s'écoulèrent avant qu'il trouve la force de remonter chez Horst et de se glisser dans son lit.

5
Les chasseurs chassés

Le sable crissait sous les bottes de Roran tandis qu'il descendait vers la vallée, dans le petit matin pâle, Baldor sur ses talons. Il faisait frais, le ciel s'était couvert. Les deux jeunes gens portaient des arcs puissants. Ils se taisaient, attentifs à repérer les traces des biches.

– Ici ! fit Baldor à voix basse en désignant les empreintes qui menaient vers un roncier, sur la berge de l'Anora.

Roran hocha la tête et suivit la piste. Elle datait apparemment de la veille. Aussi se risqua-t-il à parler :

– Peux-tu me donner un conseil, Baldor ? À ce qu'il me semble, tu as un jugement sûr.

– Dis-moi ! De quoi s'agit-il ?

Pendant quelques instants, on n'entendit que le bruit de leurs pas.

– Sloan veut marier Katrina, mais pas à moi. Chaque jour qui passe augmente le danger qu'il arrange une union à sa convenance.

– Qu'en dit Katrina ?

Roran eut un geste las :

– C'est son père. Elle ne peut indéfiniment lui opposer un refus, alors que le seul prétendant qui lui plaît tarde à faire sa demande.

– Toi, autrement dit.

– Exact.

– Voilà pourquoi tu étais debout si tôt, commenta Baldor sur le ton de l'évidence.

En réalité, trop perturbé pour dormir, Roran avait passé la nuit à penser à Katrina, essayant de trouver une solution à leur problème.

– Je ne supporte pas l'idée de la perdre. Mais je ne crois pas que Sloan nous accordera sa bénédiction, étant donné ma situation.

– Je ne le crois pas non plus.

Baldor observa Roran du coin de l'œil :

– Tu me demandes conseil à propos de quoi, finalement ?

Le jeune homme laissa échapper un rire amer :

– Par quel moyen convaincre Sloan ? Comment résoudre ce dilemme sans provoquer une querelle sanglante ? Que puis-je faire ?

– Tu n'as vraiment aucune idée ?

– J'en ai une, mais elle ne me plaît guère. Il m'est venu à l'esprit que Katrina et moi pourrions tout simplement annoncer nos fiançailles – bien que ce ne soit pas encore décidé – et en supporter les conséquences. Sloan serait bien obligé d'accepter notre engagement.

Un pli creusa le front de Baldor. Avec gravité, il dit :

– Peut-être ; mais ça provoquerait un tas d'embrouilles dans le village. Peu de gens vous approuveraient. Et ce ne serait pas très sage de forcer Katrina à choisir entre toi et sa famille ; elle serait capable de te le reprocher plus tard.

– Je sais. Hélas, je ne vois pas d'autre solution.

– Avant de prendre une décision aussi radicale, je te suggère de tenter de te faire un allié de Sloan. Tu as peut-être une chance de réussir, après tout, s'il devient évident pour lui que personne ne voudra épouser une Katrina insatisfaite et irascible. D'autant que, si tu rôdes autour d'elle, le mari pourrait bien être cocu !

Roran grimaça et garda les yeux fixés sur le sol. Baldor se mit à rire :

– Si ça ne marche pas, ma foi, tu n'auras qu'à opter résolument pour la première solution. Sachant que tu auras épuisé les autres possibilités, les gens seront moins enclins à vous jeter la pierre pour avoir attenté aux traditions, et plus disposés à critiquer le comportement autoritaire de Sloan.

– Ça ne sera pas facile.

– Tu le savais depuis le début.

Baldor redevint sérieux :

– C'est sûr, attends-toi à de rudes altercations si tu affrontes le boucher. Mais les choses finiront bien par se calmer. La situation ne sera peut-être pas confortable ; au moins sera-t-elle supportable. En dehors de Sloan, les seuls à s'offusquer seront des puritains dans le genre de Quimby. Encore que... Comment ce type peut-il avaler une telle quantité de boissons fortes, et se montrer aussi rigide, aussi fielleux ? Ça dépasse mon entendement !

Roran approuva, à demi convaincu. Les rancœurs pouvaient mijoter des années dans Carvahall.

– Je suis content qu'on ait pu parler. C'était...

Il s'interrompit, se rappelant soudain les discussions qu'il avait autrefois avec Eragon. Ils étaient alors, comme le disait son cousin, frères en tout, sauf par le sang. C'était si rassurant de savoir que quelqu'un était là, toujours prêt à vous écouter quels que fussent le moment ou les circonstances, toujours prêt à vous venir en aide quoi qu'il en coûtât. La rupture d'un tel lien laissait un grand vide en lui.

Baldor ne le pressa pas de finir sa phrase. Il s'arrêta pour boire à sa gourde. Roran continua d'avancer, puis fit halte quelques mètres plus loin, quand une odeur de viande rôtie et de feu de bois perturba le fil de ses pensées.

« Qui peut être ici, en dehors de nous ? »

Humant l'air, il décrivit un cercle pour déterminer d'où cela provenait. Un léger coup de vent venu de la route, en contrebas, lui apporta une chaude bouffée de fumée, dont l'arôme lui mit l'eau à la bouche.

Il fit signe à Baldor, qui le rejoignait :

– Tu sens ça ?

Baldor fit signe que oui. Ils descendirent jusqu'à la route et la suivirent en direction du sud. Environ cent pas plus loin, elle faisait un coude, et un bosquet de peupliers la dissimulait.

En approchant du tournant, ils entendirent des éclats de voix, montant et diminuant, comme étouffés par l'épais brouillard qui recouvrait la vallée.

À hauteur des peupliers, Roran ralentit et s'arrêta. C'était stupide de surprendre des gens qui étaient probablement eux aussi à la chasse. Cependant, quelque chose le troublait. La multiplicité des voix, peut-être ? Le groupe semblait important, trop pour n'être qu'une quelconque famille de la vallée. D'un mouvement instinctif, il se faufila derrière des buissons, à la lisière du petit bois.

– Qu'est-ce que tu fais ? chuchota Baldor.

Roran posa un doigt sur ses lèvres, puis progressa courbé, assourdissant de son mieux le bruit de ses pas. De l'autre côté du tournant, il se figea.

Dans un pré, en bordure de route, campait un détachement de soldats. Une trentaine d'individus, dont les casques luisaient dans les premiers rayons du soleil, dévoraient des volailles qui rôtissaient sur plusieurs feux. Les hommes étaient sales et couverts de boue ; mais, sur leurs tuniques rouges, on distinguait clairement les armoiries de Galbatorix, une flamme contournée, surlignée de fils d'or. Sous les tuniques, ils portaient de lourdes brigandines de cuir renforcées avec des pièces d'acier, des cottes de mailles ou des hauberts matelassés. La plupart étaient armés de larges épées ; six d'entre eux étaient des archers, et six autres portaient des hallebardes d'aspect redoutable.

Et, accroupies au milieu des soldats, il y avait deux silhouettes noires et difformes. Roran les reconnut d'après les innombrables descriptions que les villageois lui avaient fournies à son retour de Therinsford : les étrangers qui avaient détruit sa ferme !

Son sang se glaça. Des serviteurs de l'Empire ! Il s'avançait déjà, ses doigts se refermant sur une flèche, quand Baldor l'agrippa par le gilet et le tira en arrière :

– Ne fais pas ça ! On sera tués tous les deux !

Roran lui jeta un coup d'œil et feula :

– Ce sont eux ! Ce sont les bâtards qui...

Il se tut, prenant conscience du tremblement de ses mains. *Ils sont revenus !*

– Roran, chuchota Baldor avec véhémence, tu ne peux rien faire. Regarde, ils sont au service du roi ! Même si tu parviens à leur échapper, tu deviendras un hors-la-loi, où que tu ailles ; et tu attireras le malheur sur Carvahall !

– Que veulent-ils ? Que peuvent-ils bien chercher ?

Une autre question surgit dans la tête de Roran : « Pourquoi Galbatorix a-t-il fait torturer mon père ? »

– S'ils n'ont pas obtenu ce qu'ils désiraient de Garrow, et puisque Eragon a fui avec Brom, alors c'est toi qu'ils cherchent !

Baldor attendit que ces mots pénètrent dans l'esprit de son compagnon. Puis il reprit :

– Il faut retourner au village et donner l'alerte. Ensuite, tu te cacheras. Les deux étrangers sont les seuls à posséder des chevaux. En courant, nous pouvons arriver avant la troupe.

À travers les buissons, Roran fixait les soldats inconscients de sa présence. Son cœur palpitait, gonflé par un féroce désir de vengeance. Il aurait voulu se jeter sur eux en hurlant, se battre, transpercer de flèches les deux responsables de son malheur, leur faire payer leur barbarie. Qu'importe s'il devait en mourir, puisqu'il se libérerait du même coup de sa douleur et de son chagrin ! Il lui suffisait de se montrer à découvert ; la suite se déciderait d'elle-même.

Faire un pas, un seul...

Un sanglot le secoua. Il serra les poings et baissa la tête. « Je ne peux pas abandonner Katrina. »

Il se raidit, ferma les paupières avec force. Puis, au désespoir, il s'obligea à reculer ;

– Alors, rentrons !

Sans attendre la réponse de Baldor, il se faufila hors des broussailles aussi vite que la prudence le permettait, bondit sur la route et s'élança sur la piste poussiéreuse, la vitesse de sa course décuplée par sa frustration, sa rage et sa peur.

Baldor crapahuta derrière lui, et regagna du terrain dès qu'il fut sorti des buissons. Roran ralentit, prit une allure régulière et attendit que son compagnon l'eût rattrapé :

– Tu feras passer le message dans le village. Moi, je préviens Horst.

Baldor acquiesça, et ils accélérèrent.

Deux lieues plus loin, ils s'accordèrent une brève halte pour boire et reprendre haleine. Ayant un peu calmé leur essoufflement, ils repartirent, coupant par les collines basses en bordure de Carvahall. Les irrégularités du terrain les freinaient considérablement, cependant les premières maisons apparurent enfin.

Roran fonça aussitôt vers la forge, laissant Baldor se diriger vers le centre de l'agglomération. Au rythme de sa course, Roran élaborait de folles stratégies pour s'enfuir, ou tuer les étrangers sans encourir la fureur de l'Empire.

Il fit irruption dans la forge, où Horst martelait un rivet tout en chantant :

> *Hé oh !*
> *Bing et bang sur le fer,*
> *Sur le bon fer qui tinte et sonne !*
> *Bing et bang sur les os de la Terre,*
> *Je suis le maître du fer !*

Horst resta le marteau en l'air en voyant surgir Roran :

– Que se passe-t-il, mon gars ? Il est arrivé quelque chose à Baldor ?

Roran secoua la tête et s'adossa au mur, pantelant. En phrases brèves et saccadées, il fit le récit de ce qu'ils avaient vu et de ce que cela impliquait, en particulier que les étrangers étaient sans le moindre doute des agents de l'Empire.

Horst fourragea dans sa barbe :

– Il faut que tu quittes Carvahall. Prends des provisions à la maison. Puis va chercher ma jument – Ivor l'a empruntée pour arracher des souches – et chevauche jusqu'aux contreforts des montagnes. Dès que nous saurons ce que veulent les soldats, j'enverrai Albriech ou Baldor te prévenir.

– Que leur direz-vous s'ils me réclament ?

– Que tu es parti à la chasse, et qu'on ne sait pas quand tu reviendras. C'est tout à fait crédible, et je doute qu'ils prennent le risque de te poursuivre au hasard dans la forêt de peur de te manquer. En supposant que ce soit vraiment toi qu'ils cherchent.

Roran acquiesça et se dirigea vers la maison. Il décrocha les sacs, la selle et les harnais de la jument pendus au mur ; il enveloppa dans un torchon des navets, des betteraves, de la viande séchée et une miche de pain, s'empara d'un pot d'étain, résuma la situation à Elain et sortit en hâte.

Embarrassé par tout ce chargement, il quitta Carvahall par l'est et courut jusqu'à la ferme d'Ivor. Celui-ci travaillait derrière la maison, stimulant la jument à petits coups avec une badine de saule tandis qu'elle extirpait du sol un enchevêtrement de racines d'orme.

– Allez ! criait le fermier. Allez, tire !

Le cheval s'arc-bouta, la bouche écumante. Dans un dernier effort, il arracha la souche, qui bascula, ses racines dressées vers le ciel comme une grappe de doigts tordus. Ivor se frotta les reins et flatta le flanc de la bête :

– C'est bon ! On l'a eue !

Roran le héla de loin et, dès qu'il fut assez près, désigna l'animal :

– J'en ai besoin !

Il s'expliqua en quelques mots. Ivor jura, puis il se mit à dételer en grommelant :

– C'est toujours quand je suis en plein travail qu'on vient m'interrompre. À croire qu'on le fait exprès...

Il croisa les bras et fixa Roran d'un air contrarié pendant que celui-ci réglait les sangles de la selle, concentré sur sa tâche.

La jument harnachée, il l'enfourcha, puis ajusta son arc sur son épaule :

– Désolé pour l'embêtement ! Mais c'est un cas d'urgence.

– Ce n'est rien. Surtout, ne te fais pas prendre !

– Compte sur moi !

Alors qu'il talonnait sa monture, Roran entendit Ivor lui lancer :

– Et tâche de ne pas nous mettre dans le pétrin !

Roran eut un rire amer. Il prit le galop, penché sur l'encolure de la bête.

Il atteignit rapidement les contreforts de la Crête et se dirigea vers le massif qui, au nord, fermait la vallée de Palancar. Il monta alors à flanc de montagne jusqu'à un point d'où il pouvait observer Carvahall sans être vu. Il mit pied à terre, attacha la jument et s'assit, n'ayant rien d'autre à faire qu'à patienter. Il jeta des regards inquiets vers les hauteurs. Peu de villageois osaient s'aventurer de ce côté de la Crête ; et ceux qui s'y étaient risqués n'en étaient pas toujours revenus.

Roran aperçut bientôt une double file de soldats qui marchaient sur la route, deux sinistres silhouettes noires chevauchant à leur tête. Leur avance fut stoppée, avant les premières maisons, par une petite troupe d'hommes aux tenues disparates, dont certains étaient armés de piques. Les deux groupes parlementèrent, puis demeurèrent face à face, tels des chiens montrant les crocs sans se décider à attaquer. Au bout d'un long moment, les hommes de Carvahall s'écartèrent et laissèrent passer les intrus.

« Que va-t-il arriver, maintenant ? » se demanda Roran en se balançant sur ses talons.

Le soir venu, les soldats avaient dressé le camp dans un pré non loin du village. Leurs tentes formaient une longue masse grise, sous laquelle se mouvaient des ombres inquiétantes, tandis que les sentinelles arpentaient le périmètre. Au centre flambait un grand feu qui lançait vers le ciel des tourbillons de fumée.

Roran avait installé son propre campement ; les yeux dans le vague, il se perdit dans ses pensées. Il avait cru jusqu'alors que les étrangers qui avaient détruit sa maison y avaient récupéré l'objet de leur recherche : la pierre rapportée de la Crête par Eragon. À présent, il n'en était plus aussi sûr. « Peut-être ne l'ont-ils pas trouvée. Peut-être Eragon a-t-il réussi à s'échapper avec… Peut-être a-t-il senti qu'il devait s'éloigner pour la protéger. »

Le jeune homme réfléchissait, les sourcils froncés. S'il ne s'expliquait toujours pas la fuite d'Eragon, il subodorait qu'elle n'avait rien à voir avec lui, Roran. « Pour une raison que j'ignore, cette pierre a certainement pour le roi une valeur inestimable, voilà pourquoi il a envoyé tant d'hommes à sa recherche. Peut-être est-ce une pierre magique ? »

Il inspira une longue goulée d'air frais tout en écoutant une chouette ululer. Quelque chose qui remuait dans l'ombre attira son attention. Dans la forêt, au-dessous de lui, un homme approchait. Roran saisit son arc et se dissimula derrière un rocher. Il attendit, immobile, jusqu'à être bien sûr qu'il s'agissait d'Albriech. Alors il siffla doucement.

Le fils du forgeron parvint bientôt à sa hauteur. Il portait sur le dos un sac volumineux, qu'il déposa avec un grognement :

– J'ai cru que je ne te trouverais jamais !

– Je m'étonne que tu aies réussi !

– Je ne peux pas dire que ça me réjouissait d'arpenter la forêt à la nuit tombée. Je redoutais à chaque instant de me trouver nez à nez avec un ours ou pire encore. La Crête est un endroit qu'il vaut mieux éviter, si tu veux mon avis.

Roran désigna Carvahall, tout en bas :

– Alors ? Pourquoi sont-ils ici ?

– Pour t'arrêter. Et ils patienteront le temps qu'il faudra, jusqu'à ton retour de « la chasse ».

Roran s'affaissa, les tripes nouées par l'angoisse :
– Ont-ils donné une raison ? Ont-ils parlé de la pierre ?
Albriech fit signe que non.
– Tout ce qu'ils ont su dire, c'est qu'ils agissaient sur ordre du roi. Ils n'ont cessé de poser des questions sur toi et sur Eragon, rien d'autre ne les intéressait.

Il hésita, puis reprit :
– J'aimerais rester, mais ils risquent de remarquer mon absence. Je t'ai apporté des provisions et des couvertures, ainsi que quelques onguents de la part de Gertrude, au cas où tu te blesserais. Tu seras en sécurité, ici.

Roran fit un effort pour lui sourire :
– Merci de ton aide !
– N'importe qui en aurait fait autant, fit Albriech avec un geste embarrassé.

Il entama la descente, puis lança par-dessus son épaule :
– Au fait, les deux étrangers... On les appelle les Ra'zacs.

6
La promesse de Saphira

Le lendemain de sa rencontre avec le Conseil des Anciens, Eragon s'efforçait de s'occuper tranquillement en astiquant la selle de Saphira quand, dans la matinée, Orik lui rendit visite. Le nain laissa Eragon finir de lustrer une lanière avant de demander :

– Comment te sens-tu, aujourd'hui ?

– Un peu mieux.

– C'est bien. Nous avons tous besoin de refaire nos forces. Je suis venu prendre des nouvelles de ta santé, et aussi te transmettre un message de Hrothgar : il aimerait te parler, si tu es libre.

– Je suis toujours libre pour lui, il devrait le savoir, railla Eragon.

Cette repartie fit rire le nain :

– Ça ne coûte rien de demander poliment !

Le Dragonnier rangea la selle, et Saphira, déroulant son long corps, quitta sa couche matelassée pour saluer le nain d'un grognement amical.

– Je te souhaite le bonjour moi aussi, répondit Orik.

Le nain les conduisit par l'une des galeries principales vers le hall central de Tronjheim. De là partaient les deux volées de marches qui descendaient, dans une élégante circonvolution, jusqu'à la salle du trône du roi des nains. Toutefois, un peu avant d'arriver dans le hall, Orik s'engagea dans un étroit escalier. Il fallut quelques secondes à Eragon pour comprendre : Orik empruntait un chemin détourné pour éviter de passer devant les débris d'Isidar Mithrim.

Ils s'arrêtèrent devant la double porte de granit ornée d'une couronne à sept pointes. Les sept nains en armure qui montaient la garde de chaque côté frappèrent ensemble le sol du manche de leur pioche. Tandis que le bruit du bois contre la pierre résonnait en écho sous la voûte, les battants de la porte s'ouvrirent vers l'intérieur.

Eragon remercia Orik d'un geste de la main, puis entra dans la salle obscure, Saphira à son côté. Ils parcoururent la longue galerie, passant entre les hírnas, ces statues de pierre représentant les anciens rois nains. Arrivé au pied du trône massif de marbre noir, Eragon se courba avec déférence. Le roi des nains inclina sa tête chenue ; les rubis et les diamants incrustés dans son casque d'or luisaient dans la pénombre comme des éclats de métal incandescent. Volund, le marteau de guerre, reposait en travers de ses jambes gainées de fer.

Hrothgar prit la parole :

– Bienvenue dans ma demeure, Tueur d'Ombre ! Tu as accompli bien des choses, depuis notre dernière rencontre. Ainsi, on a eu tort de me mettre en garde contre Zar'roc. L'épée de Morzan sera toujours la bienvenue dans Tronjheim tant que tu la porteras.

– Merci, dit Eragon en se redressant.

– De même souhaitons-nous, continua le nain de sa voix tonnante, que tu conserves l'armure qui fut la tienne pendant la bataille de Farthen Dûr. Nos meilleurs forgerons sont déjà en train de la réparer. Ils s'occupent également de celle de ton dragon, et, dès qu'elle sera restaurée, Saphira pourra l'utiliser aussi longtemps qu'elle voudra, tant qu'elle sera à sa taille. C'est le moins que nous puissions faire pour te prouver notre gratitude. Sans cette guerre contre Galbatorix nous aurions organisé de grandes fêtes en ton honneur. Les célébrations devront attendre un moment plus favorable.

Parlant en son nom et en celui de Saphira, Eragon répondit :

– Votre générosité est au-delà de nos espérances. Nous chérirons de si nobles présents.

Hrothgar dissimula sa satisfaction derrière un froncement de ses sourcils broussailleux :

– Ne prolongeons pas davantage ces échanges de civilités ! Les clans me pressent de participer d'une façon ou d'une autre à la succession d'Ajihad. Lorsque le Conseil des Anciens a fait savoir hier qu'il soutenait Nasuada, cela a provoqué un tollé ; je n'en avais jamais connu de semblable depuis mon accession au trône. Les chefs ont dû décider si ce choix leur agréait ou s'ils cherchaient un autre candidat. La majorité s'est finalement prononcée en faveur de la fille d'Ajihad. Mais il me faut connaître ta position, Eragon, avant d'apporter ma voix à l'un ou l'autre parti. La pire attitude, pour un roi, est de se montrer borné.

Eragon interrogea rapidement Saphira :

« Que peut-on lui révéler ? »

« Il s'est toujours montré loyal envers nous, cependant nous ignorons ce qu'il a pu promettre ailleurs. Mieux vaut être prudents tant que Nasuada n'a pas officiellement pris le pouvoir. »

« Très bien. »

– Saphira et moi avons approuvé le choix du Conseil. Nous ne nous opposerons pas à l'investiture de Nasuada. Et...

Là, Eragon se demanda s'il n'allait pas trop loin.

– Et je vous prie instamment de faire de même. Les Vardens ne peuvent se permettre des luttes intestines. Ils ont besoin d'unité.

– Oeí ! approuva Hrothgar en s'adossant à son trône. Tu parles avec une autorité nouvelle. Ta suggestion est intéressante, mais elle entraîne une question : penses-tu que Nasuada sera un chef avisé ou as-tu une autre motivation ?

« Il te met à l'épreuve, le prévint Saphira. Il veut savoir *pour quelle raison* nous la soutenons. »

Les lèvres d'Eragon s'étirèrent en un semblant de sourire :

– Je la crois sage et avertie, en dépit de sa jeunesse. Elle représente une chance pour les Vardens.

– Et c'est pourquoi tu la soutiens ?

– Oui.

Hrothgar enfonça son menton dans sa longue barbe neigeuse :

– Voilà qui me rassure. Depuis quelque temps, on s'inquiète peu de bien public, et beaucoup trop de pouvoir personnel. Difficile d'observer de tels comportements sans en être irrité.

Le silence s'installa, rendant l'atmosphère de la grande salle pesante et inconfortable. Pour briser ce malaise, Eragon demanda :

– Et la maison des dragons ? Va-t-on en reconstruire la base ?

Une expression de profonde tristesse creusa les rides qui se déployaient comme les rayons d'une roue autour des yeux de Hrothgar. Jamais Eragon n'avait été aussi près de voir un nain pleurer.

– Bien des délibérations seront nécessaires avant qu'une telle décision soit prise. Ce qu'Arya et Saphira ont fait, c'est une chose terrible. Nécessaire probablement, mais terrible. Ah, il aurait mieux valu que les Urgals nous envahissent avant qu'Isidar Mithrim vole en éclats ! Le cœur de Tronjheim s'est brisé, brisant aussi les nôtres.

Hrothgar se frappa la poitrine du poing, puis, lentement, ouvrit la main et la referma sur la poignée de Volund, enveloppée de bandes de cuir.

Saphira mêla son esprit à celui d'Eragon. Parmi les diverses émotions qui animaient la dragonne, le garçon discerna, à sa grande surprise, du remords et de la culpabilité. Elle regrettait sincèrement la destruction de l'Étoile de saphir, bien qu'elle eût été inévitable.

« Aide-moi, petit homme, le pria-t-elle. Il faut que je sache. Demande à Hrothgar si les nains auraient la capacité de restaurer Isidar Mithrim à partir de ses débris. »

Eragon posa la question. Le roi marmonna quelque chose dans sa langue avant de répondre :

– Nous l'aurions, mais à quoi cela servirait-il ? Cette tâche nous prendrait des mois, des années peut-être, pour n'obtenir qu'un piètre succédané de la beauté qui fut autrefois l'orgueil de Tronjheim ! Ce serait une abomination à laquelle je ne consentirai jamais.

Saphira fixait toujours le roi sans cligner des paupières.

« Maintenant, dis-lui ceci : si Isidar Mithrim était reconstituée, sans le moindre morceau manquant, je crois que je pourrais lui rendre sa splendeur d'origine. »

Eragon la regarda, bouche bée, la stupéfaction lui faisant oublier la présence de Hrothgar :

« Saphira ! Et la dépense d'énergie que cela exigerait ? Tu m'as dit toi-même que tu ne pouvais utiliser la magie à volonté. Qu'est-ce qui te rend si sûre de réussir ? »

« Je peux le faire si c'est d'une utilité capitale. Ce sera mon cadeau au peuple des nains. Souviens-toi de la tombe de Brom ; chasse tes doutes. Et ferme la bouche ! C'est inconvenant, et le roi te regarde. »

Lorsque Eragon lui rapporta les paroles de Saphira, Hrothgar eut un haut-le-corps et s'exclama :

– Est-ce possible ? Les elfes eux-mêmes ne réussiraient pas un tel exploit !

– Elle a confiance en ses pouvoirs.

– Alors, nous restaurerons Isidar Mithrim, cela devrait-il nous prendre cent ans ! Nous fabriquerons un cadre pour ce joyau, et nous encastrerons chaque morceau à sa place. S'il faut briser les plus gros pour les soulever, nous le ferons, avec tout notre talent de tailleurs de pierre, de sorte que pas un éclat, pas un grain de poussière ne soit perdu. Tu viendras alors, quand nous en aurons terminé, et tu guériras l'Étoile de saphir.

– Nous viendrons, promit Eragon en s'inclinant.

Hrothgar sourit, et on eût dit qu'un mur de granit se fendait :

– Tu m'as donné une grande joie, Saphira. J'ai retrouvé une raison de vivre et de gouverner. Si tu accomplis cela, les nains de toutes nos cités béniront ton nom de génération en génération.

Va, à présent, avec ma bénédiction, tandis que je répands la nouvelle parmi les clans ! Et toi, Dragonnier, ne te sens pas obligé d'attendre une annonce officielle, car chaque nain doit être mis au courant. Parle à tous ceux que tu rencontreras ! Que notre peuple jubile, et que les murs de la ville résonnent de ses cris d'allégresse !

Avec un nouveau salut, Eragon et Saphira se retirèrent, laissant le roi nain, tout sourire, sur son trône. Arrivé dans le hall, Eragon fit à Orik le récit de l'entrevue. Le nain se jeta aussitôt à genoux et baisa le sol devant Saphira. Puis il se releva, le visage épanoui, et saisit le bras du garçon :

– C'est merveilleux ! Vous nous avez rendu l'espoir dont nous avions besoin pour tenir bon, après les derniers événements. La bière va couler à flots, ce soir, j'en fais le pari !

– Et, demain, nous célébrons les funérailles.

Orik redevint pensif :

– Demain, oui. Mais, jusque-là, nous ne laisserons pas la tristesse gâter notre plaisir. Viens !

Prenant Eragon par la main, il l'entraîna à travers la cité jusqu'à une vaste salle de banquet, où de nombreux nains étaient assis à des tables de pierre. Orik sauta d'un bond sur l'une d'elles, envoya valdinguer les assiettes et les plats, et, d'une voix tonitruante, annonça la résurrection prochaine d'Isidar Mithrim. Eragon fut totalement assourdi par les hurlements de joie. Chaque nain tint absolument à venir embrasser le sol devant Saphira, comme Orik l'avait fait. Après quoi, ils remplirent à ras bord leurs chopes de bière et d'hydromel.

Eragon se joignit aux festivités avec une décontraction qui l'étonna lui-même ; la mélancolie qui emplissait son cœur se faisait moins pesante. Cependant, il ne sombra pas dans l'ivrognerie. Il était trop respectueux des devoirs qui l'attendaient le lendemain, et désirait garder les idées claires.

Saphira elle-même accepta une gorgée d'hydromel. Constatant que la boisson lui plaisait, les nains roulèrent jusqu'à elle une barrique pleine. Elle la saisit délicatement entre ses mâchoires, la vida en trois longues gorgées. Puis elle renversa la tête et rota bruyamment, projetant vers le plafond un puissant jet de flammes. Il fallut plusieurs minutes à Eragon pour persuader les nains qu'il n'y avait aucun danger à s'approcher d'elle de nouveau. Mais, une fois rassurés, ils lui apportèrent une deuxième barrique – sans s'occuper des protestations du cuisinier – et s'émerveillèrent de la voir en avaler le contenu de la même manière.

Saphira étant de plus en plus ivre, ses émotions et ses pensées se déversaient dans la tête d'Eragon avec de plus en plus d'insistance. Le garçon en perdait les limites de sa propre conscience. Les visions de la dragonne se mêlaient aux siennes, des images floues aux couleurs changeantes. Les odeurs qui lui parvenaient étaient fortes, âcres.

Les nains commencèrent à chanter. Se balançant en rythme, Saphira ronronnait, ponctuant chaque refrain d'un grognement. Eragon ouvrit la bouche pour se joindre au chœur et sursauta, stupéfait, quand un grondement rauque sortit de sa gorge. Il secoua la tête : « Non, là, c'est trop... Je suis soûl ou quoi ? »

Puis, décidant que ça n'avait pas d'importance, il brailla à pleins poumons, et tant pis si sa voix était celle d'un dragon !

Les nains se pressaient dans la salle, de plus en plus nombreux à mesure que la nouvelle se répandait. Ils furent bientôt des centaines, agglutinés autour des tables, enserrant Eragon et Saphira dans leur anneau compact. Orik alla quérir des musiciens, qui se tassèrent dans un coin et sortirent leurs instruments de leurs étuis de velours vert. Bientôt des harpes, des luths et des flûtes d'argent dominèrent la cacophonie de leurs lignes mélodiques.

Des heures passèrent avant que le bruit et l'excitation se calment enfin. Alors, Orik grimpa de nouveau sur la table. Il se tint là, jambes écartées pour garder son équilibre, une chope à la main, le couvre-chef de travers, et cria :

– Écoutez-moi ! Écoutez tous ! Nous avons dignement célébré l'événement. Les Urgals sont partis, l'Ombre est mort, et nous sommes vainqueurs !

L'assemblée des nains cogna bruyamment du poing sur les tables pour marquer son approbation. C'était un bon discours, bref, et qui allait droit au but. Mais Orik n'avait pas terminé.

– À Eragon et Saphira ! beugla-t-il en brandissant sa chope.

Tous reprirent l'acclamation.

Eragon se mit debout et salua, ce qui suscita de nouvelles ovations. Près de lui, Saphira rugit et leva une patte, tentant d'imiter son geste. Mais elle chancela, et les nains, comprenant soudain le danger, s'écartèrent avec précipitation. Il était temps ! La dragonne s'écroula lourdement, affalée de tout son long entre deux tables.

Une violente douleur transperça le dos d'Eragon, qui tomba, évanoui, dans un repli de sa queue.

7
Requiem

— Réveille-toi, Knurlheim ! Ce n'est plus le moment de dormir. Ils nous attendent au portail ; ils ne commenceront pas sans nous.

Eragon ouvrit les yeux avec effort et découvrit qu'il était étendu sur une surface de pierre dure et froide.

La tête lui faisait mal, il était courbatu de partout.

– Quoi ? marmonna-t-il, la langue pâteuse.

Orik triturait sa barbe brune :

– Le cortège d'Ajihad. Nous devons y être.

– Mais… Comment m'as-tu appelé ?

La salle de banquet était vide, à présent. Seuls s'y trouvaient encore Eragon, Orik et Saphira, allongée sur le flanc. Elle s'agita, releva la tête et promena autour d'elle un regard vaseux.

– Knurlheim ! Tête de Pierre ! Je t'ai appelé Tête de Pierre, parce que je te secoue depuis une heure !

Eragon se redressa et descendit de la table. Les événements de la nuit lui revenaient en mémoire par bribes. Il s'approcha de la dragonne d'un pas incertain :

« Saphira, comment te sens-tu ? »

Elle balança prudemment la tête, fit aller et venir sa langue écarlate comme un chat qui aurait des plumes entre les dents :

« Je suis entière, à ce qu'il me semble. Mais j'ai l'impression d'avoir un millier de flèches plantées dans le crâne, et mon aile gauche est bizarrement ankylosée ; j'ai dû tomber dessus. »

– Personne n'a été blessé par sa chute ? s'inquiéta Eragon.

Un gros rire secoua la large poitrine du nain :

– Personne, à part ceux qui ont dégringolé de leur siège à force de rigoler ! Un dragon ivre qui fait la révérence ! Je suis sûr qu'on célébrera ça en chanson pendant des siècles !

Saphira secoua ses ailes, l'air pincé.

– On s'est dit que le mieux était de te laisser où tu étais, vu qu'on n'aurait jamais pu te transporter, Saphira. Notre chef cuisinier a eu grand-peur que tu n'épuises sa réserve du meilleur hydromel. Tu as tout de même avalé le contenu de quatre barriques !

« Et dire qu'une fois tu m'as sermonné parce que j'avais bu ! ironisa Eragon. Si j'avais vidé quatre barriques, je serais mort ! »

« C'est que tu n'es pas un dragon. »

Orik lui fourra un paquet de vêtements dans les bras :

– Tiens, enfile ça ! Ce sera plus convenable pour des funérailles que ta tenue habituelle. Dépêche-toi, on n'a pas beaucoup de temps !

Le garçon se tortilla pour revêtir une chemise à manches bouffantes, une veste rouge brodée et ornée de tresses d'or, des chausses noires, des bottes noires dont les talons claquaient sur les dalles, et une cape ondoyante attachée sur le devant de sa poitrine par une agrafe de métal. Un baudrier de cuir repoussé remplaça la simple ceinture qui retenait d'ordinaire le fourreau de Zar'roc.

Eragon s'aspergea le visage d'eau fraîche et remit un peu d'ordre dans sa chevelure. Puis Orik le poussa hors de la salle, ainsi que Saphira, et les conduisit vers le portail sud de Tronjheim, se déplaçant sur ses jambes trapues à une vitesse surprenante.

– Nous partirons de là, expliqua-t-il, car c'est là que la procession a mené le corps d'Ajihad il y a trois jours. Son voyage vers la tombe doit suivre une seule trajectoire, sinon son âme ne trouverait pas le repos.

« Une ancienne coutume », commenta Saphira.

Eragon acquiesça. À Carvahall, les gens étaient habituellement enterrés dans leur ferme ou, s'ils habitaient le village, dans un petit cimetière. Le seul rituel consistait en une lecture d'extraits de ballades populaires et en un festin réunissant les parents et les amis du défunt.

Remarquant la démarche incertaine de la dragonne, Eragon demanda, inquiet :

« Tu crois que tu tiendras le coup, le temps des funérailles ? »

Celle-ci grimaça :

« Les funérailles et l'intronisation de Nasuada. Après quoi, j'irai dormir. Maudit soit cet hydromel ! »

Le Dragonnier reprit sa conversation avec Orik :

– Et où Ajihad va-t-il être inhumé ?

Le nain lui lança un regard circonspect :

– Il y a eu discussion entre les clans. Selon nos croyances, quand un nain meurt, son corps doit être scellé dans la pierre afin qu'il puisse rejoindre les ancêtres. C'est assez complexe, et je ne peux en dire davantage à un étranger. Mais nous nous donnons beaucoup de mal pour assurer ce type de funérailles. Honte sur la famille ou sur le clan qui laisserait l'un des siens reposer dans un élément moins noble ! Il existe sous Farthen Dûr une chambre funéraire, dernière demeure des knurlans – les nains – qui sont morts ici. C'est là que nous déposerons Ajihad. Nous avons préparé pour lui une alcôve à part. Les Vardens pourront venir vénérer sa tombe sans troubler la paix de nos grottes sacrées, et Ajihad recevra les honneurs qui lui sont dus.

– Votre roi fait beaucoup pour les Vardens, commenta Eragon.

– Trop, parfois.

Le lourd portail sud avait été relevé par les chaînes cachées, laissant la faible clarté du jour se déverser sur Farthen Dûr. Un cortège soigneusement organisé attendait là. En tête se trouvait Ajihad, étendu, rigide, dans un cercueil de marbre blanc porté par six hommes en armures noires. Un heaume incrusté de pierres précieuses lui recouvrait la tête. Ses mains jointes à la hauteur des clavicules tenaient la poignée d'ivoire de son épée, dont la lame nue reposait sous le long bouclier dissimulant sa poitrine et ses jambes. L'argent de sa cotte de mailles luisait comme des rayons de lune.

Derrière le cercueil se tenait Nasuada, revêtue d'un manteau couleur de nuit, grave et fière malgré ses larmes. Hrothgar venait ensuite, en tunique sombre, ainsi qu'Arya ; puis le Conseil des Anciens, dont chacun des membres affichait une mine de circonstance. Après eux, une longue file de gens en deuil s'étirait sur plus d'une lieue au-delà de Tronjheim.

Toutes les portes, toutes les arches des quatre étages de galeries qui menaient au hall central de la cité avaient été ouvertes. Humains et nains s'y pressaient. Lorsqu'Eragon et Saphira apparurent, les tapisseries pendues aux murs ondulèrent, comme agitées par des centaines de soupirs et de murmures.

Jörmundur leur fit signe de le rejoindre. S'efforçant de ne pas troubler l'ordre du cortège, ils se faufilèrent jusqu'à lui, essuyant au passage un coup d'œil désapprobateur de Sabrae. Orik vint se placer à la suite de Hrothgar.

Puis ils attendirent, bien qu'Eragon ignorât ce qu'ils étaient censés attendre.

Les volets des lanternes étaient à demi fermés, de sorte qu'une froide lumière crépusculaire donnait à la scène un aspect surnaturel. On eût dit que rien ne bougeait, que personne ne respirait. Un bref instant, Eragon eut l'illusion qu'ils formaient un cortège de statues figées pour l'éternité. Une volute d'encens montait du cercueil et s'effilochait sous l'immensité de la voûte, répandant un parfum de cèdre et de genièvre. Cette mince ligne sinueuse était le seul mouvement au milieu de toute cette immobilité.

Des profondeurs de Tronjheim monta alors un coup sourd frappé sur un tambour. *Bong!* Chacun sentit résonner dans ses os cette note basse et vibrante. La cité-montagne en renvoya l'écho comme une énorme cloche de pierre.

Le cortège s'ébranla.

Bong! Avec ce deuxième coup, un autre tambour, plus grave, s'ajouta au premier, et son battement roulant dans le hall avait quelque chose d'inexorable. Sa puissance imposait au cortège un rythme majestueux. Elle donnait un sens à chaque pas, imposant la gravité qui convenait à un tel événement.

Des sanglots incontrôlables montèrent de la foule, un débordement d'émotion provoqué par le son envoûtant des tambours, provoquant les larmes et une joie douce-amère.

Bong!

À la sortie de la galerie, les porteurs s'arrêtèrent un instant entre les colonnes d'onyx avant de pénétrer lentement dans le hall central. Là, Eragon observa que les nains devenaient plus solennels encore, face aux débris d'Isidar Mithrim.

Bong!

Le cortège traversa ce cimetière de cristal. Au centre du hall, des tessons recouvraient le motif – un marteau et un pentacle – ornant le sol de cornaline ; certains étaient plus gros que Saphira. Le rayonnement de l'Étoile de saphir palpitait encore dans ces fragments, où l'on distinguait, parfois, les pétales de rose gravés.

Bong!

Les porteurs avancèrent, évitant les arêtes coupantes comme des rasoirs. Puis ils s'engagèrent dans les larges escaliers menant aux galeries souterraines. Ils franchirent de nombreuses cavernes, dépassèrent des huttes de pierre, où des enfants nains, accrochés à leurs mères, les regardaient passer en ouvrant des yeux effarés.

Bong!

Avec un dernier roulement de tambour, ils s'arrêtèrent sous un plafond de stalactites, dans une vaste catacombe aux murs creusés d'alcôves. Chacune abritait un tombeau portant le nom d'une famille et les armoiries de son clan. Des milliers, des centaines de milliers de nains reposaient là. La seule lumière provenait de rares lanternes dont la lueur rouge luttait faiblement avec les ombres.

Les porteurs se dirigèrent vers une petite pièce attenante à la salle principale. Au milieu, sur une plate-forme surélevée, l'entrée d'un caveau donnait sur les ténèbres. Au-dessus, une inscription était gravée, en caractères runiques :

> *Que chacun, qu'il soit nain, humain ou elfe,*
> *Se souvienne de cet homme !*
> *Car il fut noble, brave et sage.*
> *Gûntera Arûna !*

Quand la foule endeuillée se fut réunie autour du caveau, on y déposa Ajihad, et ceux qui l'avaient connu personnellement furent autorisés à s'approcher. Eragon et Saphira venaient en cinquième position, derrière Arya. Alors qu'il montait les marches de marbre pour saluer une dernière fois le défunt, Eragon fut submergé par un violent chagrin, car ces funérailles lui semblaient être autant celles de Murtagh que celles d'Ajihad.

Parvenu près du cercueil, il fixa celui qui avait été le chef des Vardens. Il semblait infiniment plus serein qu'il l'avait jamais été de son vivant, comme si la mort, reconnaissant sa grandeur, lui rendait hommage en effaçant de son visage toute trace des soucis du monde. Eragon n'avait côtoyé Ajihad que bien peu de temps, mais suffisamment pour apprendre à le respecter en tant qu'homme, et pour ce qu'il représentait : la liberté face à la tyrannie. Ajihad avait aussi été le premier à offrir au Dragonnier et à sa dragonne un havre sûr après qu'ils eurent fui la vallée de Palancar.

Anéanti, Eragon chercha quel éloge funèbre il pourrait lui offrir. Finalement, il murmura d'une voix rauque d'émotion :

– Tu ne seras pas oublié, Ajihad. Je le jure. Repose en paix ; sois assuré que Nasuada continuera ton œuvre, et que l'Empire sera abattu grâce à tout ce que tu as accompli.

Sentant le museau de Saphira sur son bras, Eragon se retira et laissa la place à Jörmundur.

Quand chacun eut honoré Ajihad, Nasuada s'inclina sur le cercueil et pressa doucement sa main sur les mains croisées de son père. D'une voix douloureuse, elle entama un chant de deuil dans une langue inconnue, emplissant la crypte de ses lamentations.

Puis douze nains entrèrent pour sceller le lourd couvercle de marbre.

Ajihad n'était plus.

8
ALLÉGEANCE

Eragon, épuisé, se couvrit la bouche pour dissimuler un bâillement tandis que la foule emplissait le vaste amphithéâtre souterrain. Un brouhaha de voix montait dans les gradins. Chacun commentait les funérailles, qui venaient de s'achever.

Eragon était assis au premier rang, au niveau du podium, ainsi qu'Orik, Arya, Hrothgar, Nasuada et le Conseil des Anciens. Saphira s'était installée sur les marches de l'escalier, au centre des gradins.

Orik se pencha vers le Dragonnier :

– Depuis l'élection de Korgan, chacun de nos rois a été intronisé ici. C'est une bonne chose que les Vardens suivent cette coutume.

« Espérons que cette passation de pouvoirs se déroulera sans trop de remous », pensa Eragon. Il se frotta les yeux pour essuyer ses larmes ; la cérémonie l'avait profondément secoué.

Plus forte que son chagrin, l'angoisse lui tordait maintenant les entrailles. Le rôle qu'il aurait à jouer dans un instant l'effrayait. Même si tout se passait bien, Saphira et lui ne manqueraient pas de se faire de puissants ennemis. Sa main se crispa sur le pommeau de Zar'roc.

Il fallut plusieurs minutes avant que chacun ait pris place dans l'amphithéâtre. Jörmundur monta alors sur le podium :

– Peuple des Vardens, nous nous sommes réunis ici il y a quinze ans, à la mort de Deynor. Ajihad, son successeur, a tenu tête à l'Empire et à Galbatorix mieux qu'aucun de nos chefs avant lui. Il a presque réussi à abattre Durza, marquant d'une balafre la lame de l'Ombre. Plus encore, il a accueilli dans Tronjheim le Dragonnier Eragon et Saphira. Cependant, un nouveau chef doit être choisi, qui nous apportera plus de gloire encore.

Des hauteurs des gradins, une voix lança :

– Le Tueur d'Ombre !

Eragon s'efforça de rester impassible, heureux de constater que Jörmundur n'avait même pas cillé.

Celui-ci répondit :

– Dans quelques années, peut-être. Mais, pour l'instant, d'autres devoirs et d'autres charges l'attendent. Non, le Conseil des Anciens a longuement réfléchi : il nous faut quelqu'un qui comprend nos besoins et nos désirs, quelqu'un qui a vécu et souffert parmi nous. Quelqu'un qui a refusé de fuir alors que la bataille était imminente.

À cet instant, Eragon sentit que l'auditoire commençait à comprendre. Un nom courut dans les gradins, murmuré par des centaines de bouches, repris enfin à haute voix par Jörmundur :

– Nasuada !

Jörmundur salua et recula d'un pas.

Arya s'avança à son tour. Elle promena son regard sur l'assistance attentive, puis déclara :

– Aujourd'hui, les elfes rendent hommage à Ajihad. Et, au nom de la reine Islanzadí, j'approuve la nomination de Nasuada. Elle recevra de nous le même soutien et la même amitié que son père. Que les étoiles veillent sur elle !

Hrothgar gagna le podium et lâcha d'un ton bourru :

– Moi-même et les clans des nains, nous apportons notre appui à Nasuada.

Il se mit de côté, et Eragon se présenta devant la foule, en compagnie de Saphira, conscient que tous les yeux étaient braqués sur lui.

– Nous agréons Nasuada, affirma-t-il.

Saphira poussa un grognement approbateur.

Ces paroles ayant été prononcées, le Conseil des Anciens vint s'aligner de chaque côté du podium ; Jörmundur se plaça au centre. Droite et digne, Nasuada s'approcha. Elle s'agenouilla devant lui, et les pans de son manteau se déployèrent comme les ailes d'un corbeau. Jörmundur s'exprima d'une voix forte :

– Par le droit de l'héritage et de la succession, nous avons choisi Nasuada. Par les mérites de son père et la bénédiction de ses pairs, nous avons choisi Nasuada. Je vous le demande, à présent : avons-nous fait le bon choix ?

Un cri puissant monta de la foule : « OUI ! »

Jörmundur hocha la tête :

– Alors, par le pouvoir de votre approbation, nous déclarons transmettre les privilèges et les responsabilités accordés à Ajihad à son unique descendante, Nasuada.

Il plaça délicatement un diadème d'argent sur le front de la jeune fille. La prenant par la main, il la releva et proclama :

– Je vous présente votre nouveau chef !

Pendant dix bonnes minutes, les Vardens et les nains firent retentir l'amphithéâtre d'un tonnerre d'applaudissements et de vibrantes clameurs. Lorsque les acclamations se furent apaisées, Sabrae s'approcha d'Eragon et lui chuchota :

– Le moment est venu de tenir ta promesse.

Il sembla à Eragon qu'un grand silence tombait sur lui. Son anxiété se dissipa, absorbée par l'intensité du moment. Il inspira profondément et, Saphira près de lui, marcha vers Jörmundur et Nasuada. Chaque pas lui paraissait durer une éternité. En même temps, il observait Sabrae, Elessari, Umérth et Falberd, notant leur demi-sourire et leurs mines suffisantes. Sabrae affichait même ostensiblement son dédain. Derrière les membres du Conseil se tenait Arya. Elle encouragea le Dragonnier d'un signe de tête.

« Nous allons changer le cours de l'histoire », dit Saphira.

« Nous allons nous jeter du haut d'une falaise sans connaître la profondeur de l'eau en contrebas. »

« Oui, mais quel envol glorieux ! »

Jetant un bref coup d'œil au visage serein de Nasuada, Eragon s'inclina et s'agenouilla. Sortant Zar'roc du fourreau, il plaça l'épée à plat sur ses paumes et l'éleva comme pour la présenter à Jörmundur. Un bref instant, la lame resta suspendue, vacillant sur un fil tendu entre deux destinées. Eragon cessa de respirer – sur ce choix si simple, il jouait une vie. Et bien plus qu'une vie : il jouait un dragon, un roi, un empire !

Puis il emplit longuement ses poumons d'air et pivota face à la jeune fille :

– Avec un profond respect, et conscient des difficultés que tu devras affronter, moi, Eragon, Tueur d'Ombre, Argetlam et premier Dragonnier des Vardens, je t'offre mon épée et je te fais allégeance, Nasuada.

Nains et Vardens, tous se figèrent. En une seconde, le Conseil des Anciens passa de la jubilation triomphante à la rage impuissante. L'éclat venimeux de ceux qui ont été trahis flamba dans leurs yeux. Elessari en perdit son aspect débonnaire. Seul Jörmundur, après un bref sursaut dû à la surprise, parut accueillir cette déclaration avec sérénité.

Nasuada sourit, empoigna Zar'roc, toucha de la pointe la tête d'Eragon, comme elle l'avait fait deux jours plus tôt, et redit les paroles qu'elle avait prononcées :

– J'accepte ton serment et j'en suis honorée, Dragonnier, de même que tu acceptes toutes les responsabilités qu'entraîne ta décision. Tu es désormais mon vassal ; relève-toi et reprends ton arme !

Eragon obéit et se replaça près de Saphira. La foule se mit debout avec une clameur d'approbation ; les nains firent résonner le sol sous les coups rythmés de leurs bottes ferrées, tandis que les soldats cognaient leurs épées contre leurs boucliers.

Nasuada balaya le podium des yeux, puis se tourna vers l'assistance, le visage rayonnant de joie :

– Peuple des Vardens !

Le silence s'installa.

– Comme mon père avant moi, je fais don de ma vie à notre cause. Je combattrai sans trêve, jusqu'à ce que les Urgals soient vaincus, que Galbatorix soit mort, et que l'Alagaësia soit à nouveau libre !

Les acclamations et les applaudissements montèrent, plus forts encore.

– Ainsi donc, je vous le dis, le temps est venu de vous préparer. Ici, à Farthen Dûr – après des escarmouches incessantes –, nous avons gagné notre plus grande bataille. C'est à notre tour de frapper. La perte d'une partie de ses troupes a affaibli Galbatorix, et nous ne retrouverons jamais une telle opportunité. Ainsi donc, je le répète, préparons-nous afin de remporter une fois pour toutes la victoire !

Plusieurs discours suivirent, dont celui de Falberd, qui avait encore du mal à masquer son courroux ; puis l'amphithéâtre se vida peu à peu. Alors qu'Eragon s'apprêtait à sortir, Orik l'arrêta en le prenant par le bras et lui demanda, les yeux écarquillés :

– Eragon, tu avais prémédité ça ?

Le garçon se demanda s'il était sage de répondre, puis il hocha la tête :

– Oui.

Le nain lâcha un soupir :

– Que voilà une action hardie ! Tu mets Nasuada en position de force, pour ses débuts. Toutefois, ce n'est pas sans danger, si j'en juge par la réaction du Conseil des Anciens. Arya approuve-t-elle tout cela ?

– Je n'aurais pu le faire sans son approbation.

Le nain le dévisagea pensivement :

– C'est sûr... Tu as faussé l'équilibre du pouvoir, Eragon. Personne ne te sous-estimera plus, à présent. Prends garde aux pavés glissants ! Tu t'es fait aujourd'hui des ennemis redoutables.

Il lui flanqua une tape sur le dos et continua son chemin.

Saphira le regarda s'éloigner, puis elle dit :

« Préparons-nous à quitter Farthen Dûr. Le Conseil a soif de vengeance. Plus vite nous serons hors d'atteinte, mieux cela vaudra. »

9

Une sorcière, un serpent et un parchemin

Ce soir-là, quand Eragon retourna dans ses quartiers après avoir pris un bain, il eut la surprise de trouver une visiteuse qui patientait dans le hall. C'était une grande femme aux longs cheveux noirs, aux yeux d'un bleu extraordinaire et à la bouche ironique. Autour de son poignet était enroulé un bracelet en forme de serpent. Eragon espéra qu'elle ne venait pas lui demander conseil, comme la plupart des Vardens.

Elle le salua d'une gracieuse révérence :

– Argetlam.

Il inclina la tête :

– Puis-je faire quelque chose pour toi ?

– Je le pense. Je suis Trianna, sorcière du Du Vrangr Gata.

– Sorcière, vraiment ? fit-il, intrigué.

– Et mage de combat, espionne ou toute autre chose utile aux Vardens. Trop peu d'entre eux pratiquent la magie, et les rares personnes dans mon genre sont surchargées de travail.

Elle sourit, découvrant une rangée de dents parfaites :

– C'est pourquoi je viens te trouver aujourd'hui. Nous serions très honorés si tu pouvais prendre la direction de notre petit groupe de magiciens. Toi seul es capable de remplacer les Jumeaux.

Sans même réfléchir, il lui sourit en retour. Elle était charmante, amicale, et il regrettait de devoir refuser :

– Je crains que ce ne soit pas possible. Saphira et moi allons bientôt quitter Tronjheim. De toute façon, il me faudrait d'abord consulter Nasuada.

« Et je n'ai plus l'intention de me trouver mêlé à des intrigues politiques... en particulier celles menées auparavant par les Jumeaux », songea-t-il à part lui.

Trianna se mordit la lèvre :

– Je suis désolée d'apprendre cette nouvelle.

Elle avança d'un pas :

– Peut-être pourrions-nous passer un moment ensemble avant ton départ. Je te montrerais comment convoquer et contrôler les esprits... Ce serait riche d'enseignement pour nous deux.

Eragon sentit une rougeur lui monter aux joues :

– J'apprécie ton offre, mais je suis vraiment trop occupé pour l'instant.

Un éclair de colère passa dans les yeux de la sorcière et s'évanouit si vite que le garçon douta d'avoir bien vu. Elle soupira légèrement :

– Je comprends.

Elle semblait si désappointée, si malheureuse, qu'Eragon se sentit coupable de la décevoir.

« Ça ne coûte pas grand-chose de lui accorder quelques minutes », se dit-il.

– Tu m'intrigues. Comment as-tu appris la magie ?

Le visage de Trianna s'éclaira :

– Ma mère était guérisseuse au Surda. Elle avait de vrais dons, et m'a instruite selon les anciennes méthodes. Bien sûr, je suis loin de posséder les pouvoirs d'un Dragonnier. Personne, parmi ceux du Du Vrangr Gata, n'aurait pu vaincre Durza seul, comme tu l'as fait. C'est un acte digne d'un héros.

Embarrassé, Eragon gratta le sol du bout de sa botte :

– Je n'aurais pas survécu sans Arya.

– Tu es trop modeste, Argetlam, le gronda-t-elle. C'est *toi* qui as donné le coup fatal. Tu devrais être fier de cet exploit, digne de Vrael lui-même.

Elle se pencha vers lui, et son parfum riche et musqué, relevé d'une pointe d'épice, fit battre plus vite le cœur du garçon :

– N'as-tu pas entendu les hymnes composés en ton honneur ? Les Vardens les entonnent chaque nuit, autour des feux. Ces chants racontent que tu es venu prendre le trône de Galbatorix.

– Certainement pas ! répliqua-t-il vivement, d'un ton presque acerbe.

Il ne tolérerait pas ce genre de rumeur.

– Ils peuvent le chanter, mais ils se trompent. Quel que soit mon destin, je n'aspire pas au pouvoir.

– Et c'est sagesse de ta part. Qu'est-ce qu'un roi, après tout, sinon un homme prisonnier de ses devoirs ? Ce serait une piètre récompense pour le dernier Dragonnier libre et son dragon ! Non ! À toi le loisir d'aller et venir à ta guise, et de façonner ainsi l'avenir de l'Alagaësia !

Elle se tut un instant, puis reprit :

– As-tu encore de la famille dans l'Empire ?

« Quoi ? »

– Il me reste un cousin.

– Et tu n'es pas fiancé ?

Il fut aussitôt sur ses gardes. Personne ne lui avait jamais posé cette question.

– Non, je ne suis pas fiancé.

– Il y a sûrement quelqu'un qui compte pour toi.

Elle vint plus près, et les rubans de sa manche frôlèrent le bras du garçon. Il se troubla :

– Je ne fréquentais personne, à Carvahall. Et, depuis que j'ai quitté le village, j'ai toujours été sur les routes.

Trianna recula un peu et leva son poignet, plaçant le serpent d'or à hauteur de visage :

– Te plaît-il ?

Eragon cligna des yeux et hocha la tête, quelque peu déconcerté.

– Son nom est Lorga. C'est mon compagnon et mon protecteur.

Elle souffla sur le bracelet, puis elle murmura :

– Sé orúm thornessa hávr sharjalví lífs.

Il y eut un bruissement sec, et le serpent s'anima. Eragon, fasciné, vit la créature s'enrouler autour du bras blanc de Trianna, puis se dresser et fixer sur lui ses yeux de rubis en fouettant l'air de sa langue bifide. Il sembla à Eragon que ces yeux devenaient de plus en plus larges, l'attirant dans leurs profondeurs ardentes. Il ne pouvait en détacher son regard, en dépit de sa résistance.

Sur un ordre bref, le serpent se raidit et reprit sa forme première.

Trianna soupira, épuisée, et s'appuya contre le mur :

– Peu de gens comprennent ce que nous, magiciens, sommes capables de faire. Mais je voulais que tu saches qu'il y en a d'autres, ici, comme moi, et que nous t'aiderons de notre mieux.

D'un geste impulsif, Eragon lui prit la main. Jamais encore il n'avait osé se comporter ainsi avec une femme, mais un instinct le poussait à prendre ce risque. C'était effrayant, et grisant !

– Allons manger quelque chose, si tu veux, lui proposa-t-il. Il y a une cuisine tout près d'ici.

Elle posa son autre main sur celle du garçon. Il sentit contre ses doigts une paume douce et fraîche. C'était tellement différent des rudes contacts auxquels il était habitué !

– J'en serais ravie. Pourrons-nous...

La sorcière sursauta : la porte venait de s'ouvrir d'un coup derrière elle. Elle pivota et lâcha un petit cri en se trouvant face à Saphira.

La dragonne était immobile ; seule sa lèvre supérieure se relevait lentement sur une rangée de dents acérées. Puis elle grogna. Ce fut un grognement prodigieux, un grognement à vous faire dresser les cheveux sur la tête, chargé de toutes les nuances de la menace et du mépris, dont l'écho résonna dans la galerie pendant une longue minute. L'avertissement était clair !

Eragon la regardait d'un air furieux. Trianna triturait nerveusement sa robe. Quand ce fut fini, la sorcière était blême de peur. Elle esquissa une brève révérence, et, contrôlant à grand-peine le tremblement qui agitait tout son corps, elle détala.

Saphira leva une patte et se lécha les griffes comme si de rien n'était.

« Cette porte était presque impossible à ouvrir », fit-elle en reniflant.

Incapable de se contenir plus longtemps, Eragon explosa :
« Qu'est-ce que tu as fait ? Tu n'avais pas à te mêler de ça ! »

« Tu avais besoin d'aide », répondit-elle, imperturbable.

« Si j'avais eu besoin d'aide, je t'aurais appelée ! »

« Cesse de hurler ! » répliqua-t-elle avec un claquement de mâchoires.

Il sentait à présent les émotions de Saphira fusionner avec les siennes, leurs deux cerveaux pareillement en ébullition.

« Je ne pouvais laisser tourner autour de toi une mégère plus intéressée par le Dragonnier que par le garçon que tu es ! »

« Ce n'était pas une mégère », rugit Eragon.

De rage, il martelait le mur de son poing :
« Je suis un homme, maintenant, Saphira, pas un ermite ! Ne t'imagine pas que je vais rester... rester insensible aux femmes à cause du rôle que j'ai à jouer. Et ce n'est certainement pas à toi d'en décider. J'aurais au moins pu profiter d'une conversation agréable, qui m'aurait changé des tragédies dans lesquelles nous baignons depuis trop longtemps. Tu es assez dans ma tête pour savoir ce que je ressens. Tu ne pouvais pas me ficher la paix ? Où était le mal ? »

« Tu ne comprends pas », dit-elle en évitant son regard.

« Je ne comprends pas ! As-tu l'intention de m'empêcher d'avoir un jour une femme et des enfants ? De fonder une famille ? »

« Eragon... »

Elle posa enfin ses grands yeux sur lui :
« Nous sommes intimement liés. »

« C'est une évidence ! »

« Si donc tu engages une relation, avec ou sans ma bénédiction, et si tu... t'attaches à quelqu'un, mes propres sentiments seront engagés aussi. Tu devrais le savoir. C'est pourquoi – et je ne te mettrai en garde qu'une seule fois – tu devras choisir avec soin, car cela nous impliquera tous les deux. »

Il pesa brièvement ces mots :

« Ce lien marche dans les deux sens. Si tu hais quelqu'un, cela m'influencera de la même manière. Je comprends ton inquiétude. Tu n'étais donc pas jalouse ? »

Saphira se lécha de nouveau une griffe :

« Peut-être un petit peu... »

Cette fois, ce fut au tour d'Eragon de rugir. Il entra vivement dans la pièce, empoigna Zar'roc, ressortit et, glissant l'épée à sa ceinture, s'éloigna d'un pas furieux.

Il arpenta Tronjheim pendant des heures, évitant tout le monde. Ce qui venait de se produire le tourmentait, bien qu'il ne pût nier la justesse des paroles de Saphira. De tout ce qu'ils partageaient, ce sujet était le plus sensible, et celui sur lequel ils pouvaient le moins s'entendre.

Pour la première fois depuis qu'il avait été emprisonné à Gil'ead, il passa la nuit loin de Saphira, dans l'une des casernes des nains.

Eragon rejoignit leurs quartiers le lendemain matin. D'un accord tacite, ni lui ni Saphira ne relancèrent la discussion. Argumenter davantage n'aurait servi à rien, aucun des deux n'étant prêt à céder du terrain. De plus, ils étaient si soulagés d'être de nouveau ensemble qu'ils ne voulaient pas mettre en danger leur amitié.

Ils étaient en train de déjeuner – Saphira déchirant à belles dents un cuissot sanguinolent – quand Jarsha surgit. Comme la première fois, il regarda Saphira, les yeux écarquillés.

– Oui ? fit Eragon en s'essuyant la bouche.

Le Conseil des Anciens l'envoyait-il chercher ? Il n'avait eu aucune nouvelle d'eux depuis les funérailles d'Ajihad.

Jarsha décrivit un arc de cercle pour éviter la dragonne et dit :

– Nasuada désire vous voir, monsieur. Elle vous attend dans le bureau de son père.

Monsieur ! Eragon faillit éclater de rire. Naguère, c'était lui qui appelait les gens « monsieur », pas le contraire. Il jeta un coup d'œil à Saphira :

« As-tu fini, ou devons-nous attendre un peu ? »

Elle enfourna le reste de viande dans sa gueule et fit craquer bruyamment les os sous ses dents :

« J'ai fini. »

Eragon se leva :

– Très bien. Tu peux t'en aller, Jarsha ; nous connaissons le chemin.

Il leur fallut presque une demi-heure pour arriver au bureau, tant la ville-montagne était étendue. Comme au temps d'Ajihad, la porte était gardée. Mais, au lieu de deux hommes, une escouade entière de soldats en armure de combat se tenait devant, prête à agir au moindre signe de danger. Ces hommes étaient visiblement décidés à donner leur vie pour protéger leur nouveau chef de toute attaque ou traquenard. Bien qu'ayant bien évidemment reconnu Eragon et Saphira, ils leur barrèrent l'accès le temps que Nasuada fût prévenue de leur présence. Alors seulement ils furent autorisés à entrer.

Eragon remarqua aussitôt un petit changement : un vase sur le bureau. Le bouquet de fleurs pourpres était bien modeste, mais il répandait une chaude senteur qui rappelait au garçon les framboises d'été fraîchement cueillies et les chaumes brunissant au soleil. Il huma ce parfum, appréciant l'art avec lequel Nasuada avait imposé sa personnalité sans manquer à la mémoire de son père.

Elle était assise derrière l'imposante table de travail, encore vêtue de sa robe de deuil. Tandis que son visiteur prenait un siège, la dragonne près de lui, elle dit :

– Eragon.

C'était un simple constat, ni amical ni hostile. Elle parcourut la pièce des yeux, puis fixa sur lui un regard volontaire :

– J'ai passé ces derniers jours à étudier les affaires des Vardens. C'est consternant. Nous sommes pauvres, incapables de faire face à nos engagements, presque à court de ravitaillement, et bien peu de nouvelles recrues viennent augmenter nos forces pour affronter l'Empire. J'ai l'intention de changer cela. Nous ne pouvons compter plus longtemps sur l'aide des nains, car, cette année, les récoltes ont été mauvaises, et ils ont subi eux aussi de lourdes pertes. Pour toutes ces raisons, j'ai décidé de mener les Vardens au Surda. Ce sera dur de les convaincre, mais c'est, à mon avis, la seule façon d'assurer notre sécurité. Une fois au Surda, nous serons plus facilement en mesure d'attaquer l'Empire.

Saphira elle-même eut un sursaut de surprise ; Eragon lui fit remarquer :

« C'est une entreprise insensée ! Il faudra des mois pour transporter les biens des Vardens au Surda, sans parler des gens ! Et ils peuvent être attaqués en chemin. »

À voix haute, il objecta :

– Je doute qu'Orrin, le roi du Surda, prenne le risque de s'opposer ouvertement à Galbatorix.

Nasuada eut un sourire amer :

– Sa position a évolué depuis que nous avons défait les Urgals. Il nous abritera, il nous nourrira et livrera bataille à nos côtés. Beaucoup de Vardens sont déjà au Surda, principalement des femmes et des enfants, qui ne pouvaient pas ou ne voulaient pas combattre. Les Surdans nous apporteront leur soutien, sinon, je n'allierai plus jamais leur nom au nôtre.

– Comment as-tu réussi à communiquer si vite avec le roi Orrin ?

– Les nains utilisent un système de miroirs et de lanternes pour transmettre des informations par un réseau de tunnels. Ils sont capables d'expédier un message à l'extrémité ouest des montagnes du Béor en moins d'une journée. Des courriers les transportent alors jusqu'à Aberon, la capitale du Surda. Aussi rapide qu'elle soit, cette méthode reste cependant trop lente. Si Galbatorix voulait nous surprendre avec une armée d'Urgals, nous n'aurions même pas ce délai. J'ai l'intention de mettre au point quelque chose de plus efficace avant notre départ entre les magiciens du Du Vrangr Gata et ceux de Hrothgar.

Ouvrant un tiroir, Nasuada en sortit un épais rouleau de parchemin :

– Les Vardens quitteront Farthen Dûr dans un mois. Hrothgar a accepté de nous ouvrir une route sûre à travers les souterrains. De plus, il a envoyé des troupes à Orthiad pour nettoyer les dernières traces du passage des Urgals et obturer ces tunnels, de sorte que personne ne puisse de nouveau envahir le territoire des nains par cette voie. Mais tout cela ne suffira pas à garantir la protection des Vardens. C'est pourquoi j'ai une faveur à te demander.

Eragon s'inclina. Il s'attendait à recevoir une requête ou des instructions. Nasuada ne pouvait l'avoir convoqué pour une autre raison.

– Je suis à tes ordres.

– Il ne s'agit pas de ça...

Elle jeta un bref coup d'œil à Saphira :

– Ce n'est pas un ordre, et je te prie de peser soigneusement ta réponse. Pour gagner des appuis aux Vardens, je désire répandre dans tout l'Empire le bruit qu'un nouveau Dragonnier – appelé Eragon, le Tueur d'Ombre – et son dragon, Saphira, se sont ralliés à notre cause. Toutefois, avant de le faire, je voudrais ton accord.

« C'est trop dangereux », protesta Saphira.

« De toute façon, rétorqua Eragon, notre présence ici sera bientôt connue de l'Empire. Les Vardens se vanteront de leur victoire et de la mort de Durza, avec notre approbation ou non. Autant accepter de les aider. »

La dragonne grommela :

« Je crains la réaction de Galbatorix. Jusqu'à présent, nous n'avons pas fait savoir officiellement où allait notre sympathie. »

« Nos actes ont été assez clairs. »

« Oui, mais, même quand Durza t'a combattu dans Tronjheim, il ne cherchait pas à te tuer. Si nous déclarons ouvertement notre opposition à l'Empire, Galbatorix ne se montrera pas aussi clément. Qui sait quelles forces ou quelles ruses il garde en réserve dans l'espoir de nous contrôler ! Tant que nos intentions restaient ambiguës, il hésitait sur le parti à prendre. »

« Le temps de l'ambiguïté est révolu, affirma Eragon. Nous avons combattu les Urgals, tué Durza et fait allégeance au chef des Vardens. Il n'y a plus d'ambiguïté. Non, si tu le permets, je vais accepter. »

Saphira resta un moment silencieuse, puis elle inclina la tête :

« Comme tu veux. »

Il posa une main sur le flanc de la dragonne avant de s'adresser à Nasuada :

– Fais ce qui te paraît convenir. Si, de cette façon, nous servons mieux les Vardens, qu'il en soit ainsi !

– Merci. Je sais que je te demande beaucoup. À présent, comme je te l'ai dit avant les funérailles, je souhaite que tu te rendes à Ellesméra pour compléter ta formation.

– Avec Arya ?

– Bien sûr. Depuis sa capture, les elfes refusent tout contact avec les humains et les nains. Seule Arya saura les convaincre de sortir de leur isolement.

– Ne pouvait-elle utiliser la magie pour les informer de sa libération ?

– Non, malheureusement. Quand les elfes se sont retirés dans le Du Weldenvarden après la disparition des Dragonniers, ils ont placé des arcanes protecteurs autour de la forêt afin d'empêcher toute pensée, tout objet ou être vivant d'y pénétrer, si j'ai bien compris les explications d'Arya. Aussi doit-elle absolument se présenter en personne au Du Weldenvarden avant que la reine Islanzadí apprenne qu'elle est encore en vie, que Saphira et toi existez, et que bien des événements ont bouleversé l'existence des Vardens ces derniers mois.

Nasuada lui tendit le parchemin. Il était fermé avec un sceau de cire :

– C'est une missive pour la reine Islanzadí, lui exposant notre situation et mes plans. Garde-la comme ta propre vie ! Cela causerait de grands malheurs si elle tombait en de mauvaises mains. J'espère qu'après tout ce qui s'est passé, Islanzadí sera assez indulgente pour restaurer les liens diplomatiques entre nos deux peuples. Notre victoire ou notre défaite pourrait bien dépendre de son assistance. Arya le sait et a accepté de plaider notre cause, mais je voulais que tu sois au courant également, car tu pourras ainsi profiter de chaque opportunité qui se présentera.

Eragon glissa le rouleau dans son pourpoint :

– Quand partirons-nous ?

– Demain matin... À moins que tu aies prévu autre chose ?

– Non.

– C'est bien.

Elle frappa dans ses mains :

– Il faut que tu le saches : quelqu'un d'autre va voyager avec vous.

Il lui jeta un regard interrogateur.

– Le roi Hrothgar a insisté, dans un souci d'impartialité, pour qu'un représentant des nains assiste à ton entraînement, puisque son peuple aussi est concerné. Il a chargé Orik de cette mission.

Eragon en conçut d'abord de l'irritation. Saphira aurait pu les emmener, Arya et lui, par la voie des airs jusqu'au Du Weldenvarden, leur évitant de passer inutilement des semaines à voyager. La présence d'Orik les clouait au sol : la dragonne ne supporterait pas le poids de trois passagers.

À la réflexion, toutefois, Eragon reconnut la sagesse de la requête du roi. Il était important que Saphira et lui respectent un semblant d'égalité dans leurs relations aux différents peuples. Il sourit :

– Ah, très bien ! Cela va nous ralentir, mais je suppose que nous devons contenter Hrothgar. À la vérité, je suis heureux qu'Orik nous accompagne. Traverser l'Alagaësia avec Arya pour seule compagnie a quelque chose de gênant. Elle est...

Nasuada lui rendit son sourire :

– Elle est différente.

– C'est le mot.

Redevenant sérieux, il ajouta :

– As-tu réellement l'intention d'attaquer l'Empire ? Tu as dit toi-même que les Vardens étaient affaiblis. Ça ne me paraît pas très sage. Si nous attendons...

– Si nous attendons, répliqua-t-elle fermement, Galbatorix n'en sera que plus fort. C'est la première fois depuis la mort de Morzan qu'une opportunité, si mince soit-elle, nous est offerte de le prendre par surprise. Il ne pouvait imaginer notre victoire sur les Urgals – ce dont nous te sommes redevables –, il n'a donc pas préparé l'Empire à une invasion.

« Une invasion ! s'exclama Saphira. Et comment compte-t-elle s'y prendre pour tuer Galbatorix, alors qu'il a le pouvoir de défaire une armée par la simple magie ? »

Nasuada balaya l'objection d'un signe de tête lorsqu'Eragon lui en fit part :

– D'après ce que nous savons de lui, il ne combattra pas tant que Urû'baen, sa capitale, ne sera pas menacée. Peu lui importe que nous détruisions la moitié de l'Empire, du moment que nous venons à lui sans détour. Pourquoi s'inquiéterait-il ? Si nous réussissons à l'atteindre, nos troupes seront battues, nos forces diminuées ; il lui sera encore plus facile de nous anéantir.

– Tu n'as pas répondu à la question de Saphira, protesta Eragon.

– Parce que je ne le peux pas pour l'instant. Ce sera une longue campagne. Lorsqu'elle s'achèvera, ou tu seras devenu assez puissant pour abattre Galbatorix, ou les elfes nous auront rejoints, et leurs jeteurs de sorts sont les plus talentueux de toute l'Alagaësia. Quoi qu'il en soit, nous ne pouvons nous permettre d'attendre. Le moment est venu de jouer notre va-tout, et d'oser ce que personne ne nous croit capables d'accomplir. Les Vardens ont vécu trop longtemps dans l'ombre. Ou nous affrontons Galbatorix, ou nous nous soumettons et nous mourons.

Le tableau dressé par Nasuada troublait Eragon. Prendre de tels risques, affronter tant de dangers inconnus paraissait insensé. Cependant, ce n'était pas à lui de décider, il l'admettait. Il ne chercherait donc pas à discuter davantage.

« Maintenant, nous devons faire confiance à son jugement. »

– Mais toi, Nasuada ? Seras-tu en sécurité après notre départ ? Je dois tenir mon serment. Il est de ma responsabilité qu'on n'assiste pas prochainement à tes propres funérailles !

Il crispa les mâchoires en la voyant désigner la porte, derrière laquelle se tenaient les gardes :

– Tu n'as pas de raison d'avoir peur, ma sécurité est bien assurée.

Baissant les yeux, elle ajouta :

– Je dois reconnaître que… une des raisons qui me poussent à chercher refuge au Surda est que le roi Orrin me connaît depuis longtemps et m'offrira sa protection. Je ne peux demeurer ici sans toi, sans Arya, alors que le Conseil des Anciens se cramponne au pouvoir. Ils ne m'accepteront jamais pour chef tant que je ne leur aurai pas prouvé, au-delà de toute contestation, que les Vardens sont sous mon autorité, non sous la leur.

Ramassant toutes ses forces intérieures, elle se carra sur son siège et releva le menton d'un air hautain, distant :

– À présent, va, Eragon ! Selle ton cheval, rassemble des provisions, et sois au portail nord à l'aube !

Il s'inclina profondément, respectant ce retour à l'étiquette, puis il sortit avec Saphira.

Après le dîner, il enfourcha Saphira et ils allèrent planer très haut au-dessus de Tronjheim. Des rangées de stalactites, pendues au bord du gigantesque cratère de Farthen Dûr, formaient autour d'eux un cercle d'une blancheur éblouissante. La nuit ne tomberait pas avant plusieurs heures, mais, au cœur de la montagne, il faisait déjà presque noir.

Eragon renversa la tête, savourant la caresse de l'air sur son visage. Le vent lui manquait, le grand vent qui court dans les hautes herbes, ébouriffe les nuages et rafraîchit toute chose. Le vent qui apporte la pluie et la tempête, fouette les arbres et les oblige à se tordre.

« C'est aussi pourquoi les arbres me manquent, songea-t-il. Farthen Dûr est un lieu extraordinaire, mais il est aussi vide d'animaux et de végétaux que la tombe d'Ajihad. »

« Les nains ont l'air d'estimer que les gemmes valent bien les fleurs », commenta Saphira.

Elle resta silencieuse tandis que la lumière continuait à baisser. Quand il fit trop sombre pour qu'Eragon distinguât quoi que ce fût, elle déclara :

« Il est tard. Rentrons ! »

« D'accord. »

Décrivant de larges cercles paresseux, elle entama la descente vers Tronjheim, qui rougeoyait tel un phare au centre de Farthen Dûr. Ils étaient encore loin de la ville-montagne quand la dragonne courba le cou :

« Regarde ! »

Eragon scruta l'obscurité, mais ne vit rien d'autre que la plaine grise et morne au-dessous d'eux.

« Quoi ? »

Saphira inclina les ailes sans répondre et vira sur la gauche, se laissant glisser dans l'axe d'une des quatre routes rayonnant depuis Tronjheim vers les quatre points cardinaux. Alors qu'elle se posait, Eragon aperçut une tache blanche sur une colline proche. Bizarrement, cette tache vacillait dans le crépuscule comme la flamme d'une chandelle. Elle se révéla bientôt être Angela, vêtue d'une tunique de laine claire.

La sorcière portait un large panier d'osier rempli d'un assortiment de champignons sauvages. Eragon n'en reconnaissait pas les trois quarts. Quand elle fut tout près, il désigna sa cueillette :

– Tu as ramassé des champignons vénéneux ?

– Bonsoir ! le salua gaiement Angela en posant son fardeau à terre. Oh, le terme « vénéneux » est trop vague !

Elle les étala de la main, les nommant un à un :

– Celui-ci est un Sulfure huppé, celui-ci une Casquette noire. Voici un Crâne roux, un Bouclier de Nain, un Pied brun, un Anneau de sang, et celui-là est un Requin à pois.

Sur le chapeau de ce dernier étaient disposées en cercles concentriques une multitude de taches roses, lavande et jaunes.

– Joli, n'est-ce pas ?

– Et celui-là ? demanda le garçon en montrant un champignon au pied bleu vif, aux lamelles couleur de braise et au chapeau double, d'un noir luisant.

Angela contempla sa trouvaille avec une sorte de tendresse :

– Un Fricai Andlát ! Ainsi l'appellent les elfes. Son pied assure une mort instantanée, alors que son chapeau est un excellent contre-poison. C'est de lui qu'on extrait le Nectar Tunivor. Le Fricai Andlát ne pousse que dans les grottes du Du Weldenvarden et de Farthen Dûr, et l'espèce disparaîtrait si les nains déposaient leur fumier ailleurs.

Eragon observa la colline et constata qu'il s'agissait en effet d'un énorme tas de crottin.

– Bonjour, Saphira, dit Angela en tapotant le museau de la dragonne.

Celle-ci cligna des paupières et battit l'air de sa queue avec contentement. C'est alors que Solembum apparut. La dépouille d'un rat pendait entre ses dents solidement refermées. Sans même un frémissement de moustaches, le chat-garou s'assit et se mit à grignoter sa proie, ignorant superbement les trois personnages qui l'observaient.

– Ainsi, reprit Angela en tortillant une boucle de son opulente chevelure, tu pars pour Ellesméra.

Eragon hocha la tête sans oser demander comment elle l'avait appris ; elle semblait toujours au courant de tout. Comme il restait silencieux, elle lui lança un regard réprobateur :

– Ne fais pas cette tête ! On dirait que tu montes à l'échafaud !

– Je sais.

– Allons, haut les cœurs ! Tu devrais être heureux, non ? Tu me parais aussi flasque que le rat de Solembum. *Flasque*. Un mot merveilleux, tu ne trouves pas ?

La remarque arracha un sourire à Eragon, et Saphira émit un gloussement de gorge amusé.

– Je ne suis pas sûr de le trouver aussi merveilleux que toi, mais je vois ce que tu veux dire.

– Eh bien, tu m'en vois ravie !

Elle enfonça un ongle sous un champignon, le retourna et inspecta ses lamelles, les sourcils levés :

– C'est une chance qu'on se soit rencontrés, ce soir, alors que tu es sur le départ, et que moi, je... je vais suivre les Vardens au Surda. Comme je te l'ai déjà dit, j'aime être là où les choses se passent.

Le sourire d'Eragon s'élargit :

– En ce cas, nous voyagerons en toute tranquillité, sinon, tu aurais voulu nous accompagner !

Angela haussa les épaules, puis déclara gravement :

– Sois prudent quand tu atteindras le Du Weldenvarden. Ce n'est pas parce que les elfes ne montrent pas leurs émotions qu'ils ne sont pas sujets à la colère et aux passions comme le reste des mortels. Seulement, ils sont capables de les dissimuler, parfois pendant des années ; c'est ce qui les rend si redoutables.

– Tu es allée là-bas ?

– Une fois, il y a bien longtemps.

Il se tut un instant, puis demanda :

– Que penses-tu des plans de Nasuada ?

– Hmmm... Elle suit sa destinée, tu suis ta destinée, les Vardens suivent leur destinée !

Elle se plia en deux en pouffant, puis lâcha avec le plus grand sérieux :

– Note bien que je ne précise pas quelle sera cette destinée ! De ce fait, quoi qu'il arrive, je l'aurai prédit. Vois quelle sagesse est la mienne !

Elle ramassa son panier et le coinça contre sa hanche :

– Je suppose que je ne te reverrai pas avant un moment. Alors, adieu ! Bonne chance ! Ne mange pas de choux pourris, ne mets pas les doigts dans ton nez, et prends la vie du bon côté !

Après un clin d'œil malicieux, elle s'éloigna d'un pas léger, laissant Eragon totalement décontenancé.

Solembum prit tranquillement son casse-croûte entre ses dents, et suivit sa maîtresse avec la plus grande dignité.

10
LE PRÉSENT DE HROTHGAR

Eragon et Saphira arrivèrent devant le portail nord une heure avant l'aube. La porte massive était juste assez élevée pour laisser passer la dragonne. Ils s'arrêtèrent entre les deux griffons dorés de trente pieds de haut, semblables à ceux qui étaient postés devant les trois autres portails de la cité. Puis ils attendirent devant les statues de bêtes fantastiques, qui grimaçaient parmi les piliers de jaspe couleur de sang. Personne en vue ; l'endroit était désert.

Eragon tenait Feu de Neige par la bride. Les sacs de selle débordaient de provisions. L'étalon avait été ferré, brossé et harnaché. Il frappait du sabot, impatient. Eragon ne l'avait pas monté depuis plus d'une semaine.

Orik arriva bientôt, sans se presser, un gros sac sur le dos et un baluchon volumineux dans les bras.

– Tu n'as pas de cheval ? demanda Eragon, quelque peu surpris.

« On ne va tout de même pas faire la route à pied ! » songea-t-il.

– On s'arrêtera à Tarnag, un peu plus au nord, grommela le nain. De là, on descendra l'Az Ragni en radeau jusqu'à Hedarth, un de nos postes de commerce avec les elfes. Sur le fleuve, on n'aura pas besoin de montures ; pour le moment, je me servirai donc de mes jambes.

Il déposa son baluchon, qui heurta le sol avec un bruit de ferraille, et le déballa. Il contenait l'armure d'Eragon. Le bouclier avait été repeint, de sorte que le chêne du blason ressortait clairement en son centre. Les endroits cabossés avaient été redressés, les éraflures effacées. La longue cotte de mailles, huilée et astiquée, étincelait ; on n'y voyait plus trace de la déchirure infligée par l'épée de Durza. Le heaume, le plastron, les gantelets, les cuissardes et les jambières, tout était restauré.

– Nos meilleurs forgerons y ont travaillé, expliqua Orik, de même qu'à ton armure, Saphira. Toutefois, comme nous ne pouvions pas l'emporter avec nous, elle a été confiée aux Vardens, qui en prendront soin jusqu'à notre retour.

« Remercie-le pour moi, s'il te plaît. »

Eragon s'acquitta du message, puis il passa la cotte de mailles et rangea les autres pièces d'armure dans ses sacs. Quand il voulut prendre le heaume, il vit qu'Orik le tournait et le retournait entre ses mains.

– Ne sois pas si pressé de t'en emparer, Eragon, dit-il. Tu dois d'abord faire un choix.

– Quel choix ?

Levant le heaume, Orik mit en évidence la pièce frontale, et Eragon remarqua alors un changement : dans l'acier poli, la marque de l'Ingeitum avait été gravée : un marteau et des étoiles, blason du clan de Hrothgar et d'Orik. Le nain, les sourcils froncés, semblait hésiter entre satisfaction et inquiétude. D'une voix solennelle, il déclara :

– Hrothgar, mon roi, souhaite que je t'offre ce heaume en signe de l'amitié qu'il te porte. Ce faisant, il exprime également le désir de faire de toi l'un des Dûrgrimst Ingeitum, de t'adopter comme un membre de sa propre famille.

Eragon regardait fixement la pièce d'armure ; de la part de Hrothgar, un tel geste le stupéfiait.

« Cela signifie-t-il que je devrais me soumettre à son autorité… ? Si je continue de multiplier ainsi les allégeances, je vais me trouver paralysé avant longtemps, incapable de rien entreprendre sans transgresser la loi de l'un ou de l'autre ! »

« Tu n'es pas obligé d'accepter », fit remarquer Saphira.

« Et je prendrais le risque d'offenser Hrothgar ? Une fois de plus, nous sommes pris au piège. »

« Tu peux aussi considérer ce cadeau comme une nouvelle marque honorifique, et non un piège. Je suppose qu'il veut nous remercier à cause de ma promesse de réparer Isidar Mithrim. »

Cette idée n'avait pas effleuré l'esprit d'Eragon, tant il avait craint une manigance du roi nain pour l'assujettir.

« C'est vrai. Mais c'est aussi, à mon avis, une tentative de rétablir l'équilibre des forces après que je me suis soumis à l'autorité de Nasuada. Les nains n'ont peut-être pas apprécié ce revirement de situation. »

Il regarda Orik, qui attendait anxieusement une réponse :
– A-t-il déjà fait une offre semblable ?
– À un humain, jamais ! Hrothgar a dû délibérer avec les familles de l'Ingeitum toute une journée et toute une nuit avant qu'ils t'acceptent. Si tu consens à porter nos armoiries, tu seras considéré de plein droit comme un membre du clan. Tu assisteras à nos conseils et ta voix comptera dans les votes. De plus...

Le visage d'Orik s'assombrit :
– Si tu le désires, le moment venu, tu seras enseveli parmi nos morts.

Eragon mesura alors l'ampleur et la noblesse du geste de Hrothgar. Les nains ne pouvaient lui faire plus grand honneur. D'un geste vif, il prit le heaume des mains d'Orik et l'enfonça sur sa tête :
– C'est pour moi un privilège de rejoindre Dûrgrimst Ingcitum !

Orik approuva de la tête et déclara :
– Alors, reçois ce Knurlnien, ce Cœur de Pierre, dans le creux de ta main – oui, comme ça ! Maintenant, arme-toi de courage et ouvre une de tes veines pour humidifier la pierre de ton sang. Quelques gouttes suffiront... Pour finir, répète après moi : Os il dom qirânû carn dûr thargen, zeitmen, œn grimst vor formv edaris rak skilfz. Narho is belgond...

C'était une sorte de long poème, et sa récitation prit du temps, car le nain traduisait chaque phrase à mesure. Lorsque ce fut fini, Eragon referma sa blessure en prononçant un bref sort de guérison.

– Quoi que les clans puissent penser, fit remarquer Orik, tu t'es comporté en personne intègre et respectueuse. Ils ne peuvent le nier.

Avec un large sourire, il ajouta :

– Nous sommes du même clan, maintenant, hé ? Tu es mon frère adoptif ! En des circonstances moins troublées, Hrothgar t'aurait lui-même présenté le heaume, et ton intronisation comme membre du Dûrgrimst Ingeitum aurait donné lieu à une longue cérémonie ; mais les événements nous ont pris de court. N'en sois pas froissé, cependant ! Ton adoption sera célébrée avec tout le rituel nécessaire quand vous reviendrez à Farthen Dûr, Saphira et toi. Nous festoierons, nous danserons, et tu auras un tas de paperasses à signer pour officialiser ta nouvelle position.

– J'attends ce jour avec joie, dit Eragon.

Toutefois, son appartenance au Dûrgrimst Ingeitum entraînait une infinité de conséquences qu'il devrait examiner avec soin, et cela le préoccupait.

Orik s'assit contre un pilier. Se débarrassant de son sac d'un coup d'épaule, il en sortit sa hache, dont il fit tourner le manche entre ses paumes. Plusieurs minutes passèrent. Le nain se pencha alors, observant l'entrée de la cité :

– Barzûl knurlar ! Qu'est-ce qu'elles fabriquent ? Arya avait dit qu'elle serait à l'heure. Ah ! Les elfes ont une conception du temps bien particulière !

– Les as-tu souvent côtoyés ? demanda Eragon en s'accroupissant à son côté.

Saphira tendit le cou d'un air intéressé. Le nain s'esclaffa :

– Eta ! Seulement Arya, et de façon intermittente, car elle voyage beaucoup. En sept décennies, je n'ai appris qu'une seule chose : on ne peut obliger un elfe à se hâter. Autant frapper à coups de marteau sur une barre d'acier : elle cassera peut-être, mais ne pliera pas.

– Ne peut-on dire la même chose des nains ?

– Ah, mais la forme d'une pierre change, avec le temps.

Orik secoua la tête en soupirant :

– Et, de toutes les races, les elfes sont ceux qui changent le moins, c'est une des raisons pour lesquelles je pars à contrecœur.

– Pense que nous rencontrerons la reine Islanzadí, que nous verrons Ellesméra et des quantités d'autres choses ! Quand un nain a-t-il été invité au Du Weldenvarden pour la dernière fois ?

Orik dévisagea le garçon d'un air sombre :

– Les beaux paysages ne m'intéressent pas. Des tâches urgentes nous attendent à Tronhjeim et dans nos autres cités, et me voilà obligé d'arpenter l'Alagaësia en faisant la causette ; après quoi, je devrai rester assis à me tourner les pouces en attendant qu'on t'instruise, ce qui peut prendre des années !

« Des années...! songea Eragon. Mais, si cela me donne le pouvoir de vaincre les Ombres et les Ra'zacs, j'en passerai par là. »

Saphira entra dans ses pensées :

« Je doute que Nasuada nous laisse à Ellesméra plus de quelques mois. D'après ce qu'elle nous a dit, elle aura besoin de nous très bientôt. »

– Enfin, les voilà ! s'écria Orik en se levant.

Nasuada approchait ; ses mules de satin pointaient l'une après l'autre sous sa robe comme des souris sortant la tête hors de leur trou. À ses côtés venaient Jörmundur et Arya, équipée, comme le nain, d'un sac à dos. Elle portait les mêmes vêtements de cuir noir qu'au jour de leur première rencontre, et la même épée pendait à sa ceinture.

L'idée qu'Arya et Nasuada pourraient désapprouver son adoption par l'Ingeitum frappa soudain Eragon. Une violente agitation s'empara de lui : il aurait été de son devoir de consulter d'abord Nasuada ! Et Arya ! Il se sentit affreusement coupable en se rappelant la colère de l'elfe après sa rencontre avec le Conseil des Anciens.

Lorsque Nasuada s'arrêta devant lui, il baissa les yeux, plein de honte. Mais elle dit simplement :

– Tu as accepté.

La voix était douce, le ton mesuré.

Il hocha la tête sans oser la regarder.

– Je me demandais si tu le ferais. Désormais, nos trois peuples ont autorité sur toi. Les nains peuvent faire valoir ton appartenance au Dûrgrimst Ingeitum, les elfes vont t'entraîner et assurer ta formation – et leur influence sera puissante, car Saphira et toi êtes reliés à leur magie – et tu m'as fait allégeance à moi, une humaine... Sans doute est-ce une bonne chose que nous nous partagions ta loyauté.

Remarquant son air ahuri, elle eut un curieux sourire. Elle lui remit une bourse remplie de pièces de monnaie et recula d'un pas.

Jörmundur tendit la main, et le garçon la serra. Il se sentait un peu étourdi.

– Bon voyage, Eragon ! Et sois prudent !

– Allons-y ! intervint Arya.

L'elfe se glissa entre eux comme un ombre dans l'obscurité de Farthen Dûr.

– Il est grand temps de partir, reprit-elle. Aiedail, l'étoile du matin, s'est levée, et nous avons une longue route à faire.

– Oui ! acquiesça Orik.

Et il tira d'une poche de son sac une lanterne rouge.

Nasuada promena encore une fois son regard sur eux :

– Eragon et Saphira, la bénédiction des Vardens vous accompagne, ainsi que la mienne. Et revenez-nous sains et sauf ! N'oubliez pas : en vous reposent tous nos espoirs ; aussi, acquittez-vous de votre tâche avec honneur !

– Nous ferons de notre mieux, promit le Dragonnier.

Attrapant fermement la bride de Feu de Neige, il emboîta le pas à Arya, déjà loin devant. Orik le suivit, ainsi que Saphira. En se retournant, Eragon vit la dragonne donner au passage un petit coup de langue sur la joue de Nasuada. Puis elle força l'allure et le rejoignit.

Ils suivirent la route en direction du nord. Le portail, derrière eux, rétrécit peu à peu jusqu'à n'être plus qu'un point lumineux, près duquel se tenaient deux silhouettes solitaires, immobiles, qui les regardaient.

Quand ils atteignirent enfin la base du cratère, ils se retrouvèrent face à une porte gigantesque, haute de trente pieds, dont les doubles battants étaient ouverts.

Les trois soldats nains qui la gardaient s'inclinèrent et s'écartèrent. La porte donnait dans un tunnel aux proportions identiques, bordé de colonnes et éclairé par des lanternes sur une longueur de cinquante pieds. Au-delà, l'endroit était aussi vide et silencieux qu'un mausolée.

Bien que cette entrée ressemblât en tous points à celle située à l'ouest de Farthen Dûr, Eragon savait que ce tunnel était différent. Au lieu de traverser un massif montagneux d'une lieue de large pour mener à l'extérieur, il courait souterrainement de massif en massif jusqu'à la cité naine de Tarnag.

– Voici notre chemin, dit Orik en levant sa lanterne.

Arya et lui franchirent le seuil, mais Eragon hésita, soudain irrésolu. S'il n'avait pas peur du noir, il n'appréciait guère de marcher jusqu'à Tarnag environné par une nuit éternelle. Pénétrer dans cet espace vide, c'était se jeter une fois encore dans l'inconnu, abandonner les quelques repères acquis au contact des Vardens pour une destinée incertaine.

« Qu'y a-t-il ? » demanda Saphira.

« Rien. »

Il inspira longuement avant de s'enfoncer dans les profondeurs de la montagne.

11
Concertation

Depuis trois jours, Roran ne cessait d'arpenter nerveusement son campement sur la Crête. Il n'avait eu aucune nouvelle depuis la visite d'Albriech, et n'en apprenait pas davantage en observant Carvahall. Parfois, il s'arrêtait un instant, fixant les tentes qui abritaient les soldats, puis il recommençait à marcher de long en large.

À la mi-journée, il mangea un peu. Tout en s'essuyant la bouche d'un revers de main, il s'interrogea : « Combien de temps les Ra'zacs sont-ils disposés à attendre ? »

S'il s'agissait d'un concours de patience, il était bien décidé à le remporter.

Pour s'occuper, il s'entraînait au tir à l'arc en visant une souche pourrie, ne s'interrompant que lorsqu'une flèche se brisait sur une pierre prise dans les racines. Après quoi, il n'avait plus qu'à reprendre ses allées et venues le long de l'étroit sentier menant au rocher à l'abri duquel il dormait.

Il en était là de ses activités quand il entendit un bruit de pas en contrebas. Il empoigna son arc, se cacha et attendit. Il soupira de soulagement en reconnaissant Baldor et courut l'accueillir.

Ils s'assirent.

– Pourquoi n'es-tu pas venu plus tôt ? demanda Roran.

Baldor épongea son front couvert de sueur :

– C'était impossible. Les soldats nous surveillent de près. J'ai saisi la première occasion qui se présentait, mais je ne dois pas m'attarder.

Levant les yeux vers le pic montagneux, au-dessus d'eux, il frissonna :

– Tu es plus courageux que moi. Je ne pourrais jamais rester seul ici ! Tu n'as pas eu de problème avec les loups, les ours, les pumas ?

– Non, non, ça va. Que disent les soldats ?

– L'un d'eux s'est vanté auprès de Morn, à la taverne, la nuit dernière : ils auraient été sélectionnés un par un pour cette mission. Ils sont plutôt excités ; beaucoup d'entre eux se soûlent chaque soir. Le premier jour, ils ont dévasté la salle de l'auberge.

– Ont-ils remboursé les dégâts ?

– Bien sûr que non !

Roran s'agita, les yeux fixés sur le village :

– Je n'arrive pas à croire que l'Empire se donne autant de mal pour me capturer. Que puis-je leur donner ? Que *pensent-ils* que je puisse leur donner ?

Baldor suivit son regard :

– Les Ra'zacs ont interrogé Katrina, aujourd'hui. Quelqu'un leur a dit que vous étiez intimes, et ils étaient curieux d'apprendre si elle savait où tu te terrais.

Roran s'efforça de lire sur le franc visage de Baldor :

– Est-ce qu'elle va bien ?

– Il en faut plus pour l'impressionner, le rassura son compagnon.

Puis il le sonda d'un ton prudent :

– Ne devrais-tu pas envisager de te rendre ?

– Plutôt me pendre de mes propres mains ! s'exclama Roran en sautant sur ses jambes. Comment peux-tu dire une chose pareille ? Tu ne te souviens donc pas comment ils ont torturé mon père ?

Baldor se leva à son tour et le retint par un bras :

– Qu'arrivera-t-il si tu restes caché, et si les soldats n'abandonnent pas la partie ? Ils comprendront que nous leur mentons pour t'aider à leur échapper. L'Empire ne pardonne pas aux traîtres.

Roran se dégagea, vira sur lui-même, frappa du pied, puis se rassit brusquement.

« Si je ne me montre pas, les Ra'zacs s'en prendront à ceux qui sont à leur portée. Si je trouvais un moyen de les entraîner ailleurs... »

Mais Roran ne connaissait pas assez la forêt pour échapper à trente hommes et aux Ra'zacs. « Eragon en serait capable, songea-t-il, pas moi. » Toutefois, à moins d'un changement inattendu, ce serait sa seule chance.

Il se tourna vers Baldor :

– Je ne veux pas que qui que ce soit souffre par ma faute. Je vais attendre encore un peu et, si les Ra'zacs s'impatientent et deviennent menaçants... alors, je trouverai un moyen.

– On est dans une sale situation, reconnut Baldor.

– Et j'ai bien l'intention d'en sortir.

Baldor le quitta peu après, le laissant seul avec ses pensées. Roran reprit son va-et-vient incessant, creusant une ornière sous ses semelles au rythme de ses ruminations. Quand la fraîcheur du soir tomba, il ôta ses bottes de peur de les user, et continua de déambuler pieds nus.

À l'instant où une lune cireuse montait dans le ciel nocturne, transformant les fûts des arbres en lumineuses colonnes de marbre, Roran remarqua qu'on s'agitait dans Carvahall. Des lanternes s'allumaient dans l'ombre, apparaissaient et disparaissaient entre les maisons. Leurs lueurs jaunes se rassemblèrent au centre du village telle une nuée de lucioles, puis s'éparpillèrent en désordre vers la sortie du bourg, avant de s'aligner devant une rangée de torches portées par des soldats.

Deux heures durant, les groupes restèrent face à face, les flammes dansantes des lanternes luttant en vain contre l'intense flamboiement des torches. Finalement, les unes et les autres se dispersèrent et s'éteignirent peu à peu, avalées par les tentes ou les maisons.

Quand il n'y eut plus rien de notable à observer, Roran déroula la natte où il dormait et se glissa sous les couvertures.

Toute la journée du lendemain, Carvahall connut une activité inhabituelle. Des silhouettes couraient de maison en maison, et, à la surprise de Roran, des cavaliers s'élancèrent même vers les différentes fermes de la vallée de Palancar. À midi, il vit deux hommes pénétrer dans le camp des soldats et disparaître dans la tente des Ra'zacs, où ils passèrent près d'une heure.

Aussi concerné fût-il par ce remue-ménage, Roran ne bougea pas.

Il était en train de dîner quand il vit Baldor réapparaître, ainsi qu'il l'espérait. Désignant un coin d'herbe près de lui, il l'invita :

– Tu as faim ?

Baldor secoua la tête et s'assit, l'air épuisé. Des cernes bleus soulignaient ses yeux comme des meurtrissures.

– Quimby est mort, fit-il.

Roran lâcha son écuelle, qui rebondit sur le sol. Il jura, essuya les légumes tombés sur sa jambe, puis souffla :

– Comment ça ?

– Hier soir, deux soldats se sont mis à embêter Tara.

Tara était la femme de Morn, l'aubergiste.

– Elle n'y a pas trop prêté attention, jusqu'au moment où les deux hommes ont commencé à se battre, chacun exigeant qu'elle le serve en premier. Quimby était là, en train de goûter le vin d'un tonneau que Morn disait tourné, et il a voulu s'interposer.

Roran hocha la tête d'un air entendu. C'était bien Quimby, ça ! Toujours à faire la leçon aux autres !

– Seulement, un des soldats lui a lancé son pichet ; il l'a reçu en pleine tempe. Tué sur le coup.

Les mains sur les hanches, Roran fixa le sol, tâchant de reprendre sa respiration. La nouvelle lui coupait le souffle. « Quimby, mort ? Ce n'est pas possible… » Le fermier – brasseur de bière à ses heures – faisait partie du paysage au même titre que les montagnes dominant Carvahall ; on ne remettait pas sa présence en question, elle appartenait à la trame même du village.

— Les soldats ont-ils été punis ?

Baldor eut un geste las :

— Tout de suite après, les Ra'zacs ont sorti son cadavre de la taverne et l'ont emporté dans leur tente. Nous avons essayé de le récupérer la nuit dernière, mais ils n'ont même pas voulu discuter avec nous.

— J'ai vu.

Baldor se frotta le visage en grognant :

— Papa et Doring ont parlementé avec les Ra'zacs, aujourd'hui, et ont obtenu qu'ils restituent le corps. Quant aux soldats, ils ne recevront aucune sanction.

Il se tut un instant.

— J'étais sur le point de partir quand la dépouille de Quimby leur a été rendue. Sais-tu ce que sa femme, Birgit, a retrouvé de lui ? Des os.

— Des os ?

— Chacun d'eux avait été soigneusement rongé ; on voyait les marques de dents. Et presque tous avaient été broyés et vidés de leur moelle.

Une vague de dégoût submergea Roran, ainsi qu'une profonde horreur devant le destin de Quimby. Chacun savait que l'âme d'un défunt ne trouvait pas le repos tant que son corps n'avait pas reçu une sépulture décente. Révolté par un tel sacrilège, il demanda :

— Et *qui* l'a mangé ?

— Les soldats étaient aussi horrifiés que nous. Ce ne peut être que les Ra'zacs.

— Pourquoi ont-ils fait ça ?

— Je pense... que les Ra'zacs ne sont pas humains. Toi, tu ne les as jamais vus de près, mais leur haleine est putride, et ils dissimulent constamment leur visage sous une étoffe noire. Ils sont bossus, leur colonne vertébrale est tordue, et ils communiquent entre eux avec des sortes de claquements de langue. Même leurs hommes les craignent.

– S'ils ne sont pas humains, alors, quel genre de créatures peuvent-ils être ? demanda Roran. Ce ne sont pas des Urgals.

– Va savoir...

Dans l'esprit de Roran, la peur se mêlait maintenant à la répulsion, la peur du surnaturel. Il lut un sentiment identique sur le visage de Baldor. Malgré tous les récits entendus, retraçant les méfaits de Galbatorix, c'était un choc de sentir son esprit maléfique s'infiltrer au cœur même de leurs foyers. Roran se tordit nerveusement les mains. La conscience d'une autre réalité s'insinuait en lui, tandis qu'il se découvrait cerné par des forces dont il n'avait entendu parler jusqu'alors qu'au travers des chansons et des contes.

– Il faut faire quelque chose, grommela-t-il.

L'air tiédit, cette nuit-là, et, le lendemain, la vallée de Palancar s'assoupissait dans une chaleur printanière inattendue. Carvahall semblait paisible, sous le ciel uniformément bleu. Pourtant, Roran percevait l'amer ressentiment qui retenait chacun de ses habitants entre ses griffes venimeuses. Le calme était celui d'un drap tendu attendant le vent.

En dépit de cette tension, sa journée fut particulièrement ennuyeuse. Il passa la plus grande partie de son temps à étriller la jument de Horst. Finalement, il s'allongea pour dormir, contemplant par-delà la cime des pins la poussière d'étoiles qui émaillait le ciel noir. Elles paraissaient si proches qu'il avait l'impression de foncer vers elles, aspiré par le grand vide sidéral.

La lune se levait quand Roran s'éveilla, la gorge irritée. Il inhala de la fumée et se mit à tousser. Il roula hors de sa couche en clignant des paupières : les yeux le piquaient, il larmoyait.

Il ramassa ses couvertures, sella la jument paniquée, l'enfourcha et la talonna pour qu'elle escalade la pente, espérant trouver dans les hauteurs une atmosphère plus pure. Il s'aperçut très vite que la fumée montait en même temps que lui. Aussi fit-il virer sa monture pour couper horizontalement à travers les arbres.

Après avoir erré quelque temps dans l'obscurité, il atteignit une corniche balayée par le vent, où l'air était enfin respirable. Roran se décrassa les poumons en inspirant longuement, puis regarda vers la vallée pour y chercher l'origine du feu. Il la repéra tout de suite.

Le silo à blé de Carvahall n'était plus qu'un brasier crépitant, un tourbillon de flammes transformant son précieux contenu en une fontaine d'escarbilles ambrées. Impuissant devant la destruction des réserves de nourriture du village, Roran se mit à trembler de tous ses membres. Il aurait voulu dégringoler la pente en hurlant pour prêter main-forte aux villageois armés de seaux, mais ne put se résoudre à se mettre ainsi en danger.

Des particules incandescentes retombèrent sur la maison de Delwin. Quelques secondes après, le toit de chaume s'embrasait.

Roran jura et s'arracha les cheveux, tandis que les larmes ruisselaient sur ses joues. Voilà pourquoi manier imprudemment le feu était passible de la pendaison, à Carvahall ! « Est-ce un accident ? Est-ce l'œuvre des soldats ? Est-ce les représailles des Ra'zacs parce que le village m'a protégé ? Est-ce... à cause de moi ? »

La maison de Fisk fut la suivante à s'enflammer. Horrifié, Roran ne put que détourner le visage en maudissant sa lâcheté.

À l'aube, les incendies avaient été maîtrisés ou s'étaient éteints d'eux-mêmes. Seule une bonne part de chance et une nuit sans vent avaient évité au reste du village de partir en fumée.

Roran regarda jusqu'à ce qu'il fût sûr que tout était fini. Puis il retourna à son campement et s'allongea pour se reposer. Toute la journée, il n'eut conscience du monde alentour qu'à travers le prisme de ses rêves agités.

Quand il eut retrouvé sa lucidité, il se contenta d'attendre le visiteur qui ne tarderait sans doute pas. Cette fois, ce fut Albriech. Il arriva au crépuscule, las et préoccupé.

– Viens avec moi, dit-il.

Roran se raidit :

– Pourquoi ?

« Ont-ils décidé de m'abandonner à mon sort ? » S'il était responsable de l'incendie, il comprenait que le village souhaitât son départ. Il accepterait de s'éloigner s'il le fallait. Il ne pouvait raisonnablement demander aux gens de Carvahall de se sacrifier pour lui. Mais il ne les laisserait pas le livrer aux Ra'zacs. Sachant ce que ces monstres avaient fait à Quimby, Roran se battrait jusqu'à la mort pour ne pas tomber entre leurs mains.

– Parce que, répondit Albriech en crispant les mâchoires. Les soldats ont mis le feu. Morn leur a interdit de revenir aux Septs Gerbes, alors ils se soûlent avec leur propre bière. L'un d'eux a jeté sa torche au pied du silo à blé en rentrant se coucher.

– Y a-t-il eu des blessés ?

– Quelques-uns. Gertrude a pu soigner leurs brûlures. Nous avons tenté de négocier avec les Ra'zacs. Nous avons demandé que l'Empire nous rembourse nos pertes et que le coupable soit jugé. Ils ont craché sur notre requête. Ils ont même refusé de consigner les soldats dans leurs tentes.

– Pourquoi reviendrais-je, dans ce cas ?

Albriech ricana :

– Pour mettre le paquet. Nous avons besoin que tu nous aides à… nous débarrasser des Ra'zacs.

– Vous feriez ça pour moi ?

– Nous ne prendrons pas un tel risque uniquement pour toi. Cela concerne tout le village, maintenant. Viens au moins en parler avec mon père et les autres, et écouter leurs arguments. Je suppose que tu ne seras pas mécontent de quitter ces maudites montagnes !

Roran examina la proposition un long moment avant de se décider. « C'est ça ou ficher le camp, et je pourrai toujours prendre la fuite plus tard. » Il alla chercher la jument, attacha ses sacs à la selle, puis suivit Albriech vers la vallée.

Ils ralentirent l'allure en approchant de Carvahall, se dissimulant entre les arbres et les buissons. À l'entrée du village, Albriech se glissa derrière un tonneau d'eau de pluie pour vérifier si la voie était libre. Puis il fit signe à Roran. Ils progressèrent de zones d'ombre en encoignures, craignant à chaque instant que surgisse un des serviteurs de l'Empire. Arrivé à la forge de Horst, Albriech entrouvrit l'un des battants de la porte juste assez pour laisser entrer Roran et la jument.

L'intérieur de la forge n'était éclairé que par une unique chandelle, qui projetait sa lueur tremblotante sur un cercle de visages. Le reste de la salle était dans l'ombre. Il y a avait là Horst, sa barbe épaisse accrochant la lumière, et près de lui les rudes visages de Delwin, de Gedric et de Loring. Les autres membres du groupe étaient des jeunes gens : Baldor, les trois fils de Loring, Parr, et le fils de Quimby, Nolfavrell, qui n'avait que treize ans.

Tous tournèrent la tête vers Roran quand celui-ci entra.

– Ah ! fit Horst. Tu as pu venir ! Pas trop d'ennuis, sur la Crête ?

– Non, j'ai eu de la chance.

– Bien, nous pouvons commencer.

– De quoi est-il question, exactement ? demanda Roran tout en attachant la jument à une enclume.

Ce fut Loring, le cordonnier, dont la face parcheminée n'était qu'un entrelacs de rides et de sillons, qui répondit :

– Nous avons tenté de faire entendre raison à ces Ra'zacs, ces... envahisseurs.

Il se tut, et sa respiration siffla désagréablement dans sa frêle cage thoracique.

– Mais la raison, reprit-il, c'est une chose qu'ils n'entendent pas ! Ils mettent nos vies en danger, et ne montrent aucun signe de gêne ou de remords.

Le cordonnier se racla la gorge ; puis il ajouta en détachant les mots, sur un ton de profonde détermination :

– Ils – doivent – partir ! De telles créatures…

– Non, le coupa Roran. Non, pas des créatures. Des profanateurs.

Les regards se durcirent et les têtes oscillèrent en signe d'acquiescement. Delwin prit alors la parole :

– Le fait est que nous sommes tous en sursis. Si le feu s'était répandu, des dizaines de gens auraient peut-être péri, et ceux qui auraient échappé à l'incendie auraient perdu leur maison et leurs biens. En conséquence, nous sommes tombés d'accord : il faut chasser les Ra'zacs de Carvahall. Es-tu des nôtres ?

Roran hésita :

– Et s'ils reviennent ? Ou s'ils envoient des renforts ? Nous ne pouvons pas espérer vaincre l'Empire.

– C'est vrai, reconnut Horst avec gravité. Mais nous ne pouvons pas non plus laisser les soldats nous tuer et détruire ce qui nous appartient. Il y a des limites à ce qu'un homme est capable d'endurer. Après quoi, il doit se battre.

Loring éclata de rire, renversant la tête en arrière de sorte que la lumière de la bougie fit briller ses chicots. Puis il chuchota avec une sorte de jubilation :

– D'abord, nous réunissons nos forces. Ensuite, nous combattons. On va leur faire regretter d'avoir osé poser leurs yeux chassieux sur Carvahall ! Ha, ha, ha !

12
Représailles

Après que Roran eut donné son accord, Horst distribua bêches, fourches, fléaux, et tout autre outil pouvant servir d'arme contre les soldats et les Ra'zacs.

Roran soupesa une lourde pioche, puis la reposa. Bien qu'il n'eût jamais trop prêté attention aux récits de Brom, l'un d'eux, intitulé « la chanson de Gerand », le touchait chaque fois particulièrement. Il contait l'histoire d'un grand guerrier, qui avait abandonné l'épée pour une femme et une ferme. Pourtant, il n'avait pas trouvé la paix, car un seigneur jaloux avait provoqué une sanglante querelle contre sa famille, forçant Gerand à tuer de nouveau. Or, ce jour-là, il n'avait pas combattu à l'épée, mais avec un simple marteau.

Roran se dirigea vers le mur et décrocha un marteau de taille moyenne au long manche, dont la tête était arrondie. Il le fit passer d'une main à l'autre, puis interpella Horst :

– Je peux prendre ça ?

Le forgeron jeta un œil à l'outil, puis regarda Roran :

– Fais-en bon usage !

Il s'adressa alors au reste du groupe :

– Écoutez-moi ! Nous voulons leur faire peur, pas les tuer. Brisez quelques os, si besoin est, mais ne vous laissez pas déborder par votre ressentiment. Et ne vous attardez en aucun cas. Aussi braves, aussi héroïques que vous vous sentiez, rappelez-vous que ce sont des soldats entraînés.

Lorsque chacun fut équipé, ils quittèrent la forge l'un après l'autre et traversèrent le village jusqu'au bivouac des soldats. Tous étaient couchés, à l'exception de quatre sentinelles qui arpentaient le campement. Les deux chevaux des Ra'zacs étaient attachés à un pieu près d'un feu à demi éteint.

Horst donna ses ordres à voix basse : Albriech et Delwin se chargeraient des deux premières sentinelles, Parr et Roran des deux autres.

Retenant son souffle, Roran s'approcha par derrière du soldat, inconscient du danger. Son cœur battit plus fort, un courant d'énergie lui électrisa la peau. Il se dissimula dans l'angle d'une maison et guetta, frémissant, le signal de Horst.

« Attends ! s'ordonnait-il à lui-même. Attends ! »

Horst surgit soudain de sa cachette avec un rugissement et chargea. Roran s'élança, leva son marteau. Lorsqu'il l'abattit sur l'épaule de la sentinelle, l'os émit un sinistre craquement. L'homme hurla, lâcha sa hallebarde, tituba sous les coups de Roran, qui lui frappait les côtes et le dos. Puis il s'enfuit en appelant au secours.

Roran le poursuivit avec des cris hystériques. Il heurta le pan d'une tente, piétina il ne savait quoi, écrabouilla de son arme le sommet d'un casque qui émergeait d'une autre tente. Le métal sonna comme une cloche. Roran entrevit Loring, qui passait dans la nuit de sa drôle de démarche de marionnette. Le vieil homme caquetait et hululait tout en piquant les soldats à coups de fourche. Dans tout le camp, ce n'était plus qu'affolement et confusion.

Pivotant sur ses talons, Roran surprit un soldat en train d'encocher une flèche. Il se rua sur lui et fracassa l'arc de son maillet de fer. Le soldat prit la fuite.

Les Ra'zacs surgirent de leurs tentes, l'épée à la main. Avant qu'ils aient pu attaquer, Baldor avait détaché les chevaux et les avaient lancés au grand galop contre les deux épouvantails. Les Ra'zacs se séparèrent, se rejoignirent, et furent finalement balayés par une vague de soldats paniqués qui couraient à toutes jambes.

C'était fini.

Roran haletait dans le silence revenu, les mains crispées sur le manche de son marteau. Il finit par rebrousser chemin, marchant dans un amas de tentes écroulées. Lorsqu'il retrouva Horst, le forgeron souriait dans sa barbe :

– Je n'avais pas assisté à une aussi belle bagarre depuis bien longtemps !

Derrière eux, Carvahall s'animait, les gens cherchant à savoir ce qui avait causé un tel tapage. Des lampes s'allumaient derrière les volets.

Entendant de légers sanglots, Roran chercha autour de lui. C'était le jeune Nolfavrell, agenouillé près du corps d'un soldat ; il lui frappait méthodiquement la poitrine à coups de couteau tandis que les larmes dégoulinaient sur ses joues.

Gedric et Albriech empoignèrent le garçon et l'éloignèrent du cadavre.

– On n'aurait pas dû le laisser venir, dit Roran.

Horst haussa les épaules :

– C'était son droit.

« Tout de même... tuer un des hommes des Ra'zacs ! Ça sera encore plus difficile de nous débarrasser des profanateurs, à présent », songea Roran. À voix haute, il reprit :

– On devrait construire une barricade sur la route et dans les rues, de sorte qu'ils ne nous prennent pas par surprise.

Cherchant à savoir s'il y avait des blessés, Roran vit que Delwin portait une longue balafre au front ; il était en train de la panser avec une bande de tissu déchirée dans sa chemise.

En quelques appels, Horst rassembla les hommes. Il chargea ses fils d'aller à la forge pour en ramener la charrette de Quimby, et envoya Parr et le fils de Loring fouiller le village pour amasser tout ce qui pourrait servir à sa défense.

Pendant qu'il donnait ses instructions, les gens se regroupaient à la lisière du champ, découvrant d'un air effaré le soldat mort et le campement dévasté.

– Que s'est-il passé ? cria Fisk.

Loring marcha droit sur lui :

– Ce qui s'est passé ? Je vais te dire ce qui s'est passé ! On a mis en déroute cette bande de fumiers. On les a chassés comme des chiens !

– Je suis contente, dit une femme d'une voix forte.

C'était Birgit, une belle rousse, qui serrait Nolfavrell contre sa poitrine sans se soucier du sang maculant le visage du garçon.

– Ces lâches méritent de mourir, après ce qu'ils ont fait à mon mari, ajouta-t-elle.

Il y eut un murmure approbateur, interrompu par une intervention rageuse de Thane :

– Es-tu devenu fou, Horst ? Tu as peut-être fichu la frousse à deux Ra'zacs et à une bande de soldats, mais Galbatorix va en envoyer d'autres, voilà tout ! L'Empire ne lâchera pas prise tant qu'il n'aura pas Roran.

– Il faut le lui livrer ! aboya Sloan.

Horst leva la main :

– Je vous l'accorde, un seul homme a moins de prix que tout un village. Mais, même si nous livrons Roran, croyez-vous vraiment que Galbatorix nous épargnera ? Notre résistance mérite punition. À ses yeux, nous ne valons pas mieux que les Vardens.

– Alors, pourquoi les avez-vous attaqués ? s'indigna Thane. Qui vous a donné autorité pour prendre une telle décision ? Vous nous avez tous condamnés !

– Tu les laisserais tuer ta femme ? se récria Birgit.

Elle serra le visage de son fils entre ses mains, puis présenta ses paumes à Thane, comme un sanglant reproche :

– Tu les laisserais nous brûler ? Conduis-toi en homme, espèce de cul-terreux !

Il baissa les yeux, incapable de soutenir son regard accusateur.

– Ils ont détruit ma ferme, dit Roran. Ils ont dévoré Quimby, et ont failli brûler tout Carvahall. De tels crimes ne peuvent rester impunis. Sommes-nous des lièvres effrayés, pour nous terrer ainsi dans nos trous et accepter notre destin ? Non ! Nous avons le droit de nous défendre !

Il se tut, car Albriech et Baldor descendaient la rue, tirant péniblement la charrette de Quimby.

– Nous reprendrons ce débat plus tard, décida-t-il. Pour le moment, nous devons nous tenir prêts. Qui veut nous aider ?

Une quarantaine d'hommes se proposèrent. Ensemble, ils s'attelèrent à une tâche difficile : rendre Carvahall imprenable. Roran travaillait sans relâche, clouant des barricades de planches entre les maisons, empilant des tonneaux remplis de pierres pour construire des murailles de fortune, traînant des troncs au travers de la route, sur lesquels il renversa deux charrettes.

Alors que Roran courait d'une besogne à l'autre, Katrina l'arrêta au passage. Elle le serra dans ses bras et dit :

– Je suis heureuse que tu sois revenu et que tu ailles bien.

Il l'embrassa doucement :

– Katrina... Il faudra que je te parle, dès que j'aurai fini.

Avec un sourire hésitant, mais une lueur d'espoir au fond des yeux, elle murmura :

– Tu avais raison. J'étais folle de te mettre au pied du mur. Chaque moment que nous passons ensemble est précieux, et je ne veux pas gaspiller ceux qui nous sont donnés alors qu'un caprice du destin peut nous séparer à tout instant.

Roran lançait de l'eau sur le toit de la maison de Kiselt pour que le chaume ne puisse s'enflammer quand Parr hurla :

– Les Ra'zacs !

Lâchant son seau, Roran courut vers la barricade où il avait laissé son marteau. Dès qu'il l'eut saisi, il aperçut un Ra'zac à cheval, encore loin sur la route, presque hors de portée de flèche. La créature était éclairée par une torche qu'elle tenait dans la main gauche. Sa main droite était levée, comme prête à envoyer quelque chose. Roran se mit à rire :

– Est-ce qu'il veut nous jeter des pierres ? Il est bien trop loin pour...

Il n'eut pas le temps d'en dire plus. Le bras du Ra'zac se détendit soudain ; une ampoule de verre décrivit un long arc de cercle et vint se briser contre une des charrettes. Une seconde plus tard, une boule de feu soulevait la voiture dans les airs, tandis qu'un souffle brûlant projetait Roran contre un mur.

Il retomba sur les mains et les genoux, sonné, la respiration coupée. À travers le bourdonnement emplissant ses oreilles, il perçut un galop de chevaux. Il s'obligea à se relever pour faire face au bruit. Il n'eut que le temps de plonger sur le côté : les deux Ra'zacs entraient dans Carvahall par la brèche ouverte dans la barricade.

Les Ra'zacs ralentirent leurs coursiers, les lames de leurs épées étincelèrent tandis qu'ils tailladaient la foule. Roran vit trois hommes tomber, morts. Horst et Loring attaquèrent alors, repoussant les agresseurs à coups de fourche. Mais, avant que les villageois aient eu le temps de réagir, les soldats s'étaient engouffrés par la brèche, tuant au hasard, dans l'obscurité.

Roran savait qu'il fallait les arrêter tout de suite, sinon Carvahall serait pris. Il se dressa devant un soldat, le prenant par surprise, et lui abattit son marteau en pleine face. L'homme s'affaissa sans un cri. D'autres soldats se jetèrent sur lui. Roran arracha le bouclier au bras flasque du mort, juste à temps pour parer un coup d'épée. Puis il balança son marteau sous le menton de l'attaquant, l'envoyant rouler à terre.

– À moi ! hurla-t-il ! Défendez vos maisons !

Il évita un deuxième coup alors qu'un petit groupe tentait de l'encercler.

– À moi !

Baldor fut le premier à répondre à son appel, aussitôt suivi d'Albriech. Quelques secondes plus tard, le fils de Loring les rejoignait, ainsi que quelques autres. De chaque côté de la rue, les femmes et les enfants bombardaient les envahisseurs avec des pierres.

– Restez groupés ! ordonna Roran. Nous sommes nombreux, nous devons tenir le terrain.

Les soldats eurent une hésitation : derrière Roran, une centaine d'hommes se rassemblaient. Il avança lentement.

– Attaquez, imbéciles ! glapit l'un des Ra'zacs en esquivant un coup de fourche de Loring.

Une flèche siffla, visant Roran. Il l'arrêta avec son bouclier en éclatant de rire. Les Ra'zacs avaient maintenant rejoint la ligne de soldats. Ils émettaient des sifflements de rage et fixaient les villageois de leur regard de braise, luisant sous la noirceur de leur capuchon. Roran se sentit soudain envahi d'une bizarre léthargie ; il n'arrivait plus à bouger, ni même à penser ; une énorme fatigue lui alourdissait bras et jambes.

Un hurlement rauque s'éleva quelque part dans son dos. C'était la voix de Birgit. Au même instant, une pierre passa au-dessus de sa tête, visant un Ra'zac. Le monstre s'écarta avec une rapidité surnaturelle pour éviter le projectile. Aussi brève qu'elle eût été, cette diversion libéra l'esprit de Roran de l'espèce d'envoûtement qui le paralysait.

« Était-ce de la magie ? » se demanda-t-il.

Il laissa tomber le bouclier, saisit son marteau à deux mains et le brandit, du même geste que Horst lorsqu'il travaillait le métal. Il se dressa sur la pointe des pieds, arqua le dos, puis projeta ses bras en avant avec un grand « han ! ». Le marteau tournoya dans les airs et heurta le bouclier du Ra'zac, l'entaillant profondément.

Ces deux attaques suffirent à perturber l'étrange pouvoir des Ra'zacs. Ils se concertèrent brièvement avec des claquements de langue, cependant que la foule s'avançait en grondant. Puis les créatures tirèrent sur les rênes pour faire virer leurs montures.

– Retraite ! ordonnèrent-ils en s'élançant au galop.

Les hommes en tuniques cramoisies obéirent d'un air maussade et quittèrent les lieux à reculons, frappant quiconque les approchait de trop près. Ce ne fut qu'en arrivant à bonne distance de la barricade brûlée qu'ils osèrent tourner le dos au village.

Roran poussa un long soupir et alla ramasser son marteau. Son dos et ses côtes, qui avaient violemment heurté le mur, lui faisaient mal. Il baissa la tête avec tristesse en découvrant que l'explosion de la charrette avait tué Parr. Neuf autres villageois étaient morts. Déjà leurs femmes et leurs mères emplissaient la nuit de cris et de lamentations.

« Comment tout cela a-t-il pu arriver ? »

– Venez ! Venez tous ! appela alors Baldor.

Roran se secoua et s'avança vers le milieu de la route, où se tenait le fils du forgeron.

Un Ra'zac était là, à vingt mètres, posé sur son cheval tel un horrible cafard. La créature tendit vers Roran un doigt crochu et chuinta :

– Toi... tu as la même odeur que ton cousin, je le sens. Nous n'oublions jamais une odeur.

– Que voulez-vous ? cria Roran. Que cherchez-vous ici ?

Le Ra'zac éclata d'un rire aussi sec qu'un crépitement d'élytres :

– Nous voulons... des *informations*.

Il jeta un coup d'œil derrière lui, du côté où les soldats avaient disparu, puis menaça :

– Livrez-nous Roran, et vous ssserez vendus comme esssclaves ! Protégez-le, et nous vous mangerons tousss ! Nous voulons une réponsssse à notre retour. Faites en ssorte que ce sssoit la bonne !

13
Les larmes d'Anhûin

La lumière s'engouffra dans le tunnel lorsque les portes s'ouvrirent. Eragon grimaça ; après ce long séjour au cœur de la montagne, ses yeux ne supportaient pas la clarté du jour. Près de lui, Saphira siffla et arrondit le cou pour mieux observer les alentours.

La traversée ne leur avait pris que deux jours. Mais ces deux journées avaient paru interminables à Eragon, la nuit sans fin qui les environnait les ayant tous plongés dans un silence oppressant. À peine avaient-ils réussi à échanger trois mots durant leur périple souterrain.

Eragon avait espéré profiter du voyage pour en apprendre un peu plus sur Arya, et la seule information qu'il avait pu glaner résultait simplement de ses observations. Jusqu'alors, il n'avait jamais partagé de repas avec elle, et il avait été surpris de découvrir qu'elle avait apporté ses provisions personnelles, et qu'elle ne mangeait pas de viande. Quand il lui en avait demandé la raison, elle avait répondu :

– Tu ne mangeras plus jamais la chair d'un animal après avoir achevé ta formation, ou alors à de très rares occasions.

– Et pourquoi devrai-je renoncer à la viande ? avait-il raillé.

– Je ne peux te l'expliquer avec des mots. Tu comprendras quand nous arriverons à Ellesméra.

Tout cela était oublié, maintenant qu'il franchissait le seuil du tunnel, impatient de découvrir leur destination. Il se trouvait sur un affleurement de granit, surplombant de plus de cent pieds un lac que le soleil levant teintait de toutes les nuances du rouge. Comme à Kóstha-mérna, l'eau s'étendait de montagne à montagne, emplissant entièrement la vallée. Partant de la rive opposée, l'Az Ragni coulait vers le nord, puis serpentait entre les pics avant de se ruer, au loin, dans les plaines de l'est.

À droite, les montagnes étaient nues, à peine striées de quelques sentiers. Mais à gauche... À gauche s'élevait la cité naine de Tarnag. Là, les nains avaient remodelé les immuables Beors, y créant des séries de terrasses. Les plus basses étaient occupées en majeure partie par des cultures, larges courbes de terre brune attendant d'être ensemencées, ponctuées de constructions trapues, tout en pierre. Au-dessus, des bâtiments étroitement imbriqués escaladaient la pente, degré après degré, culminant en un dôme géant, blanc et or. La cité évoquait un gigantesque escalier menant vers ce dôme. Sa coupole étincelait telle une pierre de lune polie, perle laiteuse posée au sommet d'une pyramide d'ardoises grises.

Orik anticipa l'interrogation d'Eragon :

– C'est Celbedeil, le plus grand temple du royaume des nains, et la demeure du Dûrgrimst Quan – le clan des Quan –, les serviteurs et les messagers des dieux.

« Gouvernent-ils Tarnag ? » demanda Saphira.

Eragon répéta la question.

– Non, dit Arya en s'avançant. Les Quan sont puissants, mais peu nombreux, en dépit de leur pouvoir sur l'au-delà... et sur l'or. C'est le Ragni Hefthyn, le Gardien de la Rivière, qui contrôle Tarnag. Nous serons les hôtes du chef de leur clan, Ûndin, le temps de notre séjour.

Alors qu'ils suivaient l'elfe à travers les arbres noueux qui tapissaient la montagne, Orik chuchota à Eragon :

– Ne te fie pas à ses paroles. Elle est en bisbille avec les Quan depuis plus d'un an. Chaque fois qu'elle vient à Tarnag et discute avec un prêtre, il s'ensuit des altercations d'une violence à faire pâlir un Kull.

– Arya ?

Orik hocha la tête d'un air farouche :

– Je ne connais pas le fin mot de l'histoire, mais j'ai cru comprendre qu'elle n'était pas d'accord avec certaines pratiques des Quan. Il semble que les elfes désapprouvent fortement leur façon de « marmonner dans le vide pour appeler à l'aide ».

Eragon fixa le dos d'Arya, qui marchait devant, se demandant si le nain disait vrai, et, si c'était le cas, quelle était l'opinion de l'elfe. Puis il décida qu'il y réfléchirait plus tard. C'était si agréable de se retrouver en plein air, de respirer l'odeur des arbres, des mousses et des fougères, de sentir la chaleur du soleil sur sa peau et d'écouter le doux bourdonnement des abeilles et autres insectes !

Le sentier les conduisit tout en bas, jusqu'à la rive du lac, avant de remonter vers Tarnag, dont les portes étaient ouvertes.

– Comment avez-vous réussi à cacher Tarnag à Galbatorix ? Farthen Dûr, je comprends. Mais une ville comme celle-ci... Je n'ai jamais rien vu de semblable !

Orik se mit à rire :

– Cacher Tarnag ? C'était impossible ! Non, après la chute des Dragonniers, nous avons dû abandonner toutes nos cités bâties en surface, et nous réfugier dans les tunnels pour échapper à Galbatorix et aux Parjures. Ils survolaient fréquemment les Beors, tuant quiconque se trouvait sur leur passage.

– Je croyais que les nains avaient toujours vécu sous terre.

Orik fronça ses épais sourcils :

– Pourquoi ça ? Même si nous avons un rapport privilégié à la pierre, nous aimons l'air libre tout autant que les elfes et les humains. Cependant, nous n'avons osé revenir à Tarnag et dans quelques autres de nos anciennes résidences que depuis une décennie et demie, après la mort de Morzan. Galbatorix possède peut-être des pouvoirs supranaturels, il ne se risquerait pas pour autant à attaquer seul une de nos cités. Certes, son dragon et lui pourraient nous harceler sans fin, s'ils le désiraient, mais, ces derniers temps, ils quittent rarement Urû'baen, même pour de courts déplacements. D'autre part, Galbatorix ne nous enverrait pas une armée avant d'avoir écrasé d'abord Buragh ou Farthen Dûr.

« Ce qu'il a failli faire », commenta Saphira.

Au détour d'une petite butte, Eragon eut un recul de surprise en voyant un animal surgir des buissons et se poster sur le sentier. C'était une créature difforme, rappelant un peu les chèvres sauvages de la Crête, sauf que celle-ci était trois fois plus grosse, et que les cornes annelées qui s'enroulaient de chaque côté de sa tête ramenaient celles d'un Urgal à la taille d'un nid d'hirondelle. Encore plus surprenants étaient la selle sanglée sur le dos de la bête et le nain crânement assis dessus, s'apprêtant à bander son arc.

– Hert dûrgrimst ? Fild rastn ? cria l'étrange personnage.

– Orik Thrifkz menthiv oen Hrethcarach Eragon rak Dûrgrimst Ingeitum, répondit Orik. Wharn, az vanyali-carharûg Arya. Né oc Ûndinz grimstbelardn.

L'espèce de chèvre observait Saphira d'un œil inquiet. Eragon fut frappé par l'intelligence brillant dans son regard, malgré sa drôle de tête barbichue et son expression butée. Elle lui rappelait Hrothgar, et ça lui donnait envie de rire. La bête était réellement assortie au peuple des nains !

– Azt jok jordn rast, déclara en réponse le curieux cavalier.

Sans qu'il eût donné aucun ordre visible, sa monture s'élança, couvrant à chaque bond une telle distance qu'elle semblait s'envoler. Le nain et son destrier disparurent derrière les arbres.

– Qu'est-ce que c'était ? demanda Eragon, médusé.

– Un Feldûnost, l'une des cinq espèces d'animaux qu'on ne trouve que dans ces montagnes, expliqua Orik en repartant. Chacune a donné son nom à un clan. Mais le Dûrgrimst Feldûnost est probablement le plus brave et le plus vénéré de tous.

– Pourquoi cela ?

– Le Feldûnost nous procure du lait, de la laine et de la viande. Sans cette réserve alimentaire, nous ne pourrions survivre dans les Beors. Au temps où Galbatorix et ses Dragonniers félons nous terrorisaient, le clan du Dûrgrimst Feldûnost a pris le risque de continuer à entretenir les champs et les troupeaux. Nous lui en sommes grandement redevables.

– Tous les nains savent-ils monter les… Feldûnosts ? voulut savoir le Dragonnier, butant légèrement sur ce mot inconnu.

– Seulement ceux des montagnes. Les Feldûnosts sont robustes et ils ont le pied sûr ; ils sont bien adaptés aux pentes rocheuses.

Saphira donna un coup de museau à Eragon, et Feu de Neige fit un écart.

« Je pourrais chasser, ici, encore mieux que sur la Crête ou ailleurs. Si j'ai le temps, à Tarnag… »

« Non. Ne prenons pas le risque d'offenser les nains. »

Elle renâcla, irritée :

« Je demanderai d'abord la permission. »

Le sentier, qui les avait maintenus jusqu'alors sous l'obscurité des arbres, déboucha soudain dans le vaste espace découvert environnant Tarnag. De petits groupes de curieux se rassemblaient déjà dans les champs, quand sept Feldûnosts aux harnais incrustés de pierres précieuses s'élancèrent hors de la cité. Les piques des cavaliers étaient garnies d'oriflammes qui claquaient comme des fouets dans le vent. Tirant sur les rênes pour retenir son étonnante monture, le chef du petit détachement déclara :

– Soyez les bienvenus dans notre cité de Tarnag ! Par l'otho d'Ûndin et du prêtre Gannel, moi, Thorv, fils de Brokk, je vous accueille en paix et vous offre l'abri de nos murs.

Son accent rocailleux et grasseyant était très différent de celui d'Orik.

Celui-ci répondit :

– Et par l'otho de Hrothgar, nous qui sommes de l'Ingeitum, nous acceptons votre hospitalité.

– Ainsi que je l'accepte, au nom de la reine Islanzadí, ajouta Arya.

Apparemment satisfait, Thorv fit signe à ses compagnons. Éperonnant leurs Feldûnosts, ils se déployèrent autour des arrivants pour leur faire escorte et les menèrent en grande pompe vers les portes de la cité.

Le mur d'enceinte avait bien quarante pieds d'épaisseur. Ils le franchirent par un sombre tunnel avant d'arriver devant l'une des nombreuses fermes qui ceinturaient Tarnag. Cinq terrasses – toutes défendues par une fortification – leur permirent d'accéder à travers champs à la cité proprement dite.

À l'intérieur, par contraste avec les massifs remparts de Tarnag, le talent des bâtisseurs avait réussi à donner aux constructions – quoique toutes en pierre – une grâce et une légèreté inattendues. Des sculptures aux formes audacieuses, représentant le plus souvent des animaux, ornaient maisons et boutiques. Mais le plus étonnant, c'était la pierre elle-même : vernissée, translucide, elle était veinée de vives couleurs, du rouge éclatant aux verts les plus subtils. Et, partout dans la ville, les fameuses lanternes sans flammes des nains projetaient leurs miroitements multicolores, signe avant-coureur du crépuscule et de la longue nuit des Beors.

Au contraire de Tronjheim, Tarnag avait été construite en proportion de la taille de ses habitants, sans aucune concession faite aux visiteurs humains, elfes ou encore moins dragons. Les portes mesuraient tout au plus cinq pieds de haut, souvent même quatre et demi. Eragon était de taille moyenne, mais il avait l'impression d'être un géant transporté sur la scène d'un théâtre de marionnettes.

Les rues étaient bondées. Des nains de divers clans couraient à leurs affaires ou marchandaient à l'étal des boutiques. Beaucoup étaient vêtus de façon extravagante. On voyait par exemple des individus à la barbe noire et à l'air féroce arborant des casques d'argent surplombés de têtes de loup.

Eragon s'intéressait surtout à la gent féminine, car il n'en avait eu qu'un bref aperçu durant son séjour à Tronjheim. Le corps des femmes était plus épais que celui des hommes, les traits de leurs visages plus lourds. Mais leurs yeux étincelaient, leurs cheveux lustrés brillaient, et leurs mains étaient douces pour leurs enfants minuscules. Elles évitaient les fanfreluches, à l'exception de petites broches de fer et de pierre finement ouvragées.

En entendant le pas sonore des Feldûnosts, les nains se retournaient pour examiner les nouveaux arrivants. Il n'y eut pas d'acclamations, comme Eragon s'y attendait, mais beaucoup s'inclinaient en murmurant :

– Tueur d'Ombre !

Cependant, lorsqu'ils découvraient le marteau et les étoiles gravés sur le casque d'Eragon, ils se montraient choqués, voire outragés. Les plus furieux, abrités derrière les Feldûnosts, commencèrent à lancer des imprécations.

Eragon sentit les cheveux se hérisser sur sa nuque :

« Il semble que mon adoption ne soit pas la décision la plus populaire qu'ait prise Hrothgar. »

« Oui, approuva Saphira. Il a peut-être renforcé son autorité sur toi, mais il le paie en s'attirant beaucoup d'ennemis chez les nains... On ferait bien de disparaître de leur vue avant que le sang ne coule ! »

Thorv et les autres gardes continuaient de chevaucher, indifférents à la foule hostile, montant de terrasse en terrasse jusqu'à un portail qui les séparait de l'imposante masse de Celbedeil. Ils prirent alors à gauche, en direction d'un vaste hall adossé d'un côté à la montagne, et défendu à l'avant par une barbacane renforcée de deux tours à mâchicoulis.

Comme ils approchaient, une troupe de nains en armes surgit d'entre les maisons, s'aligna devant eux en rangs serrés et leur barra le passage. De longs voiles pourpres leur couvraient le visage et les épaules comme les coiffes de mailles d'une armure.

Les gardes tirèrent aussitôt sur les rênes, immobilisant leurs Feldûnosts, le regard dur.

– Que se passe-t-il ? demanda Eragon à Orik.

Pour toute réponse, le nain secoua la tête et referma la main sur le manche de sa hache.

– Etzil nithgech ! cria l'un des nains voilés en levant le poing. Formv Hrethcarach... formv Jurencarmeitder nos eta goroth bahst Tarnag, dûr encestri rak kythn ! Jok is warrev az barzûlegûr dûr dûrgrimst, Az Sweldn rak Anhûin, môgh tor rak Jurgenvren ? Né ûdim etal os rast knurlag. Knurlag ana...

Il fulmina ainsi pendant une longue minute, de plus en plus courroucé.

– Vrron ! l'interrompit Thorv d'une voix tonnante.

Les deux nains commencèrent à se quereller. En dépit de la rudesse du ton, Eragon sentit la déférence de Thorv pour son adversaire.

Le Feldûnost de Thorv l'empêchant de bien voir, le garçon fit un pas de côté. Le nain voilé se tut soudain et fixa le heaume d'Eragon avec une expression horrifiée.

– Knurlag qana qirânû Dûrgrimst Ingeitum ! cria-t-il. Qarzûl ana Hrothgar oen volfild...

– Jok is frekk dûrgrimstvren ? intervint Orik d'une voix calme en levant sa hache.

Eragon jeta un coup d'œil inquiet à Arya, mais elle était trop attentive à la confrontation pour le remarquer. Il glissa subrepticement la main vers Zar'roc et la posa sur le pommeau de l'épée.

L'étrange nain défia Orik du regard, puis sortit de sa poche un anneau de fer, arracha trois poils à sa longue barbe, les enroula autour de l'anneau et le jeta sur la chaussée. L'anneau rebondit avec un claquement sourd, puis le nain cracha. Alors, sans un mot, les nains enveloppés de pourpre se retirèrent l'un après l'autre.

Lorsque l'anneau avait heurté les pavés, Thorv, Orik et les autres guerriers avaient tressailli. Arya elle-même paraissait décontenancée. Deux des plus jeunes gardes, blêmes, s'apprêtaient à prendre leur arme. Thorv les en empêcha d'un brusque « Eta ! ».

Leur réaction perturba Eragon bien plus que la rude altercation. Voyant qu'Orik ramassait l'anneau et le rangeait dans une petite bourse, il demanda :

– Qu'est-ce que ça signifie ?

– Ça signifie, répondit Thorv, que tu as des ennemis.

Ils franchirent la barbacane et pénétrèrent dans une vaste cour décorée de lanternes et de bannières, où étaient dressées trois tables de banquet. Un groupe de nains attendait devant les tables. Le plus remarquable d'entre eux était un barbu grisonnant enveloppé d'une peau de loup. Il leva un bras en déclarant :

– Bienvenue à Tarnag, demeure du Dûrgrimst Ragni Hefthyn. Nous avons entendu bien des éloges à ton sujet, Eragon le Tueur d'Ombre. Je suis Ûndin, fils de Derûnd et chef de ce clan.

Un autre nain s'avança. Il avait la stature d'un guerrier, et, sous ses paupières tombantes, son regard noir fixait sans ciller le visage d'Eragon :

– Et moi, je suis Gannel, fils d'Orm-Hache-sanglante, prêtre, et chef du clan des Dûrgrimst Quan.

– C'est un honneur d'être votre hôte, dit Eragon en s'inclinant.

Sentant que Saphira s'irritait d'être ignorée, il lui murmura avec un sourire forcé :

« Patience. »

Elle répondit d'un grognement.

Les chefs de clan saluèrent également Arya et Orik. Mais leurs belles paroles d'accueil laissèrent le nain de marbre. Pour toute réponse, il tendit la main, leur présentant l'anneau de fer sur sa paume ouverte.

Ûndin ouvrit de grands yeux. Saisissant l'objet avec précaution entre le pouce et l'index comme s'il s'agissait d'un serpent venimeux, il demanda :

– Qui vous a donné ça ?

– Az Sweldn rak Anhûin. Il le destinait à Eragon.

Leur expression alarmée ramena aussitôt le garçon à ses précédentes appréhensions. Il avait vu des nains isolés affronter une armée de Kulls sans hésiter. Cet anneau devait représenter une menace terrible, pour ébranler ainsi leur légendaire courage.

Ûndin tint conseil à voix basse avec ses compagnons, les sourcils froncés. Puis il annonça :

– Nous devons nous consulter à ce sujet. Tueur d'Ombre, une fête est prévue en ton honneur. Si tu veux bien, un serviteur va te conduire à tes appartements, où tu pourras te rafraîchir. Ensuite, nous festoierons.

– Bien sûr, dit Eragon.

Il tendit les rênes de Feu de Neige à un palefrenier qui attendait, et suivit son guide dans le hall. En passant le portail, il se retourna et vit qu'Arya et Orik avaient une discussion animée avec les chefs de clan. Leurs têtes se touchaient presque.

« Je ne serai pas long », promit-il à Saphira.

Après avoir parcouru, à demi courbé, des corridors taillés pour des nains, il découvrit avec soulagement la chambre qui lui était réservée : elle était assez haute pour qu'il s'y tînt droit. Le serviteur s'inclina et dit :

– Je reviendrai quand Grimstborith Ûndin sera prêt.

Après le départ du nain, Eragon respira à fond, savourant le silence. Cependant, la rencontre avec les nains voilés ne lui sortait pas de l'esprit et l'empêchait de se détendre vraiment. « Au moins, songea-t-il, nous ne nous attarderons pas à Tarnag. Ça ne leur laissera pas le temps de nous créer des ennuis. »

Tout en ôtant ses gants, Eragon s'approcha du bassin de marbre posé près du lit bas. Il y plongea la main, et la retira vivement avec un cri involontaire : l'eau était presque bouillante. « C'est sans doute une coutume naine », se dit-il. Il attendit que l'eau refroidisse un peu, puis s'aspergea le visage et le cou tandis que la vapeur lui caressait la peau.

Ragaillardi, il se débarrassa de ses chausses et de sa tunique, et enfila les vêtements qu'il avait portés aux funérailles d'Ajihad. Il prit Zar'roc, puis la reposa, estimant qu'il serait insultant de la porter à la table d'Ûndin. À la place, il passa à sa ceinture son couteau de chasseur.

Puis il sortit de son paquetage le parchemin que Nasuada l'avait chargé de remettre à Islanzadí. Il le soupesa, se demandant où le cacher. Cette missive était trop importante pour être laissée dans cette pièce, où elle pourrait être lue ou volée. Ne trouvant rien de mieux, il fourra le rouleau dans sa manche. « Ici, il sera en sécurité, sauf si je suis obligé de me battre. Auquel cas, j'aurai de plus graves problèmes à résoudre. »

Quand le serviteur revint enfin le chercher, il n'était qu'une heure de l'après-midi, mais le soleil disparaissait déjà derrière la masse menaçante de la montagne, plongeant Tarnag dans une obscurité crépusculaire. Eragon fut frappé de voir combien la cité en était transformée. Avec cette arrivée prématurée de la nuit, les lanternes des nains montraient leur vrai pouvoir, emplissant les rues d'une lumière pure, immuable, qui illuminait toute la vallée.

Ûndin et les autres nains étaient rassemblés dans la cour. Saphira s'était installée d'emblée en tête de table, et personne ne semblait vouloir lui disputer la place.

« S'est-il passé quelque chose ? » demanda Eragon.

«Ûndin a fait appeler des guerriers supplémentaires, et il a ordonné qu'on fermât les portes. »

« Il s'attend à une attaque ? »

« Du moins en envisage-t-il la possibilité. »

– Eragon, rejoins-moi, s'il te plaît ! l'invita Ûndin en désignant un siège à sa droite.

Le chef de clan attendit qu'Eragon se fût assis pour s'asseoir à son tour, et les autres convives s'empressèrent d'en faire autant.

Eragon se réjouit qu'Orik vînt se placer à côté de lui, et Arya juste en face, bien que tous deux parussent fort sombres. Avant qu'il eût pu interroger Orik à propos de l'anneau, Ûndin abattit son poing sur la table et rugit :

– Ignh az voth !

Un flot de serviteurs surgit alors du hall, portant des plateaux d'or martelé, qui débordaient de mets de toutes sortes. Ils se divisèrent en trois colonnes, une pour chaque table, et y déposèrent les plats avec solennité.

Il y avait des potages, des ragoûts garnis de légumes, du gibier rôti, des miches de pain au levain, des gâteaux au miel fourrés à la confiture de framboise. Des filets de truite persillés étaient étendus sur des lits de légumes ; des anguilles garnies de piments contemplaient d'un air affligé une pyramide de fromages, comme si elles espéraient sauter par-dessus et retourner dans la rivière. Sur chaque table fut dressé un cygne entouré de perdrix, d'oies et de canards.

Les champignons étaient partout : grillés en lamelles, coiffant les têtes des volailles comme un petit chapeau, ou découpés en forme de château baignant dans une douve de jus de viande. Il y en avait une incroyable variété : des blancs aussi gros que le poing, des noueux semblables à des morceaux d'écorce, et même des non comestibles aux délicates teintes bleutées, simplement pour faire joli.

C'est alors qu'apparut le clou du festin : un sanglier gigantesque, tout luisant de sauce. Du moins Eragon pensa-t-il qu'il s'agissait d'un sanglier, car la carcasse avait la taille de Feu de Neige, et il fallait six nains pour la porter. Les défenses de la bête étaient aussi longues que l'avant-bras du garçon, le groin aussi large que sa tête. Quant à son fumet, il se répandait en vagues âcres, si puissant qu'il lui fit monter les larmes aux yeux.

– Un Nagra, chuchota Orik. Un sanglier géant. Ûndin te fait un grand honneur, Eragon. Les nains qui osent chasser le Nagra sont des braves, et on ne le sert qu'aux hôtes les plus valeureux. J'en déduis qu'il va te soutenir auprès du clan qui porte son nom, le Dûrgrimst Nagra.

Eragon se pencha vers lui de sorte que personne ne pût l'entendre :

– C'est donc un autre de ces animaux particuliers aux Beors ? Qu'y trouve-t-on encore ?

– Des loups des forêts assez gros pour s'attaquer à un Nagra, et assez rapides pour attraper un Feldûnost. Des ours des cavernes, des Urzhadn, que les elfes nomment Beorn, ce pourquoi ils ont donné à ces montagnes le nom de Beors. Ce n'est pas ainsi que nous les appelons ; elles portent un nom secret que nous ne partageons avec aucun autre peuple. D'autre part...

– Smer voth ! ordonna alors Ûndin en souriant aux convives.

Les serviteurs s'armèrent aussitôt de petits couteaux à lame courbe et découpèrent le Nagra, déposant une portion dans chaque assiette, excepté celle d'Arya. Saphira eu droit à une belle part. Ûndin, toujours souriant, prit sa dague et coupa sa viande.

Eragon saisit son couteau, mais Orik lui retint le bras :

– Attends !

Ûndin mâcha longuement, roulant les yeux et remuant la tête avec exagération. Puis il avala sa bouchée et proclama :

– Ilf gauhnith !

– Tu peux commencer, dit Orik en se penchant vers son assiette, tandis que la rumeur des conversations montait de nouveau parmi les tables.

Eragon n'avait jamais rien mangé de pareil. C'était juteux, moelleux et curieusement épicé, comme si la viande avait mariné dans un mélange de cidre et de miel rehaussé de menthe.

« Je me demande comment ils s'y prennent pour cuisiner une bête aussi grosse. »

« Ils la font cuire très longtemps », commenta Saphira en grignotant son morceau de Nagra.

Entre deux bouchées, Orik expliqua :

– C'est une coutume datant de l'époque où les pratiques d'empoisonnement étaient courantes, entre les clans. L'hôte goûte la nourriture le premier, et la déclare sans danger pour ses invités.

Tout le temps que dura le banquet, Eragon conversa avec Arya, Orik et d'autres nains assis autour de la table, sans oublier de goûter à chacun des multiples mets. Les heures passèrent ainsi, et, lorsque le dernier plat fut servi, la dernière bouchée avalée, le dernier gobelet vidé, l'après-midi finissait. Alors que les serviteurs débarrassaient la table, Ûndin se tourna vers Eragon :

– Eh bien ? Qu'as-tu pensé de ce repas ?
– C'était délicieux !
Le chef de clan hocha la tête :
– Je suis content que ça t'ait plu. J'ai fait installer les tables dehors, hier, pour que ton dragon puisse manger avec nous.
Son regard n'avait pas quitté Eragon.
Le Dragonnier se crispa. Intentionnellement ou pas, Ûndin avait traité Saphira guère mieux qu'un animal. Eragon, qui avait projeté de l'interroger sur les nains voilés en privé, eut soudain envie de déstabiliser Ûndin.
– Saphira et moi, nous vous remercions, dit-il.
Puis il ajouta :
– Savez-vous, monsieur, pourquoi on nous a jeté cet anneau ?
Un silence pénible tomba sur l'assistance. Du coin de l'œil, Eragon vit Orik grimacer. Mais, au sourire d'Arya, il comprit que l'elfe appréciait sa manœuvre.
Ûndin posa son poignard sur la table, la mine sombre :
– Le clan de ces knurlan que tu as rencontrés a une histoire tragique. Avant la disparition des Dragonniers, leurs familles comptaient parmi les plus anciennes et les plus riches de notre royaume. Leur destin fut scellé à cause de deux erreurs : ils s'étaient établis sur le versant ouest des montagnes du Beor, et leurs meilleurs guerriers s'étaient mis au service de Vrael, le chef des Dragonniers, qui luttait contre Galbatorix.
La colère fit trembler sa voix :
– Galbatorix et ses Parjures – qu'ils soient à jamais maudits ! – les ont massacrés dans Urû'baen. Puis ils ont fondu sur nous, tuant beaucoup des nôtres. De leur clan, seul Grimstcarvlorss Anhûin et ses gardes ont survécu. Anhûin a fini par mourir de chagrin ; ses hommes ont alors pris le nom d'Az Sweldn rak Anhûin, Les Larmes d'Anhûin. Ils se sont couvert le visage en signe de deuil, et pour ne pas oublier leur soif de vengeance.
Eragon s'efforça de rester impassible, mais il sentit la honte lui brûler les joues. Ûndin fixait d'un œil noir un plat de pâtisseries. Il reprit :

– Décennie après décennie, ils ont reconstitué leur clan, vivant de la chasse et attendant leur heure. Et voilà que toi, un Dragonnier, tu te présentes devant eux portant sur ton heaume le blason de Hrothgar ! En dépit des services que tu as rendus à Farthen Dûr, c'est pour eux l'offense suprême. D'où cet anneau, la provocation suprême. Cela signifie que le Dûrgrimst Az Sweldn rak Anhûin s'opposera à toi de toutes ses forces et en toute occasion, petite ou grande ; il se déclare ton ennemi mortel.

– Ont-ils l'intention de s'en prendre à ma personne physique ? demanda Eragon avec raideur.

Ûndin jeta un regard incertain à Gannel, puis il secoua la tête et s'esclaffa bruyamment – peut-être un peu plus bruyamment qu'il n'était nécessaire :

– Non, Tueur d'Ombre ! Ils n'oseraient jamais s'en prendre à un hôte. Notre loi l'interdit. Ils veulent que tu partes ! Oui, que tu partes !

Comme Eragon semblait peu convaincu, il reprit :

– S'il te plaît, ne parlons plus de ces choses désagréables ! Gannel et moi t'avons offert ce repas en toute amitié ; n'est-ce pas le plus important ?

Le prêtre marmonna une approbation.

– Je vous en suis reconnaissant, finit par admettre Eragon.

Saphira lui lança un regard solennel :

« Ils ont peur, Eragon. Et ils sont pleins de rancœur, parce qu'ils ont été obligés d'accepter l'aide d'un Dragonnier. »

« Oui. Ils combattront peut-être avec nous, mais ils ne combattront pas pour nous. »

14
CELBEDEIL

Le matin sans aube vit Eragon entrer dans la pièce principale de la demeure d'Ûndin alors que le chef de clan conversait avec Orik dans le langage des nains. Ûndin s'interrompit à son approche :

– Ah, Tueur d'Ombre ! As-tu bien dormi ?

– Oui.

– Tant mieux.

Il désigna Orik :

– Nous parlions de votre départ. J'espérais que vous passeriez un peu de temps parmi nous. Étant donné les circonstances, il semble préférable que vous repreniez la route demain très tôt, à l'heure où les rues sont presque désertes, ce qui vous évitera de fâcheuses rencontres. Au moment où je te parle, on vous prépare déjà des vivres et des moyens de transport. Hrothgar avait donné des ordres pour que des gardes vous escortent jusqu'à Céris. J'ai fait porter leur nombre de trois à sept.

– Et d'ici là ?

Ûndin écarta ses bras enveloppés de fourrure :

– J'avais l'intention de te montrer les merveilles de Tarnag, mais ce serait folie de te laisser arpenter ma ville en ce moment. Cependant, Grimstborith Gannel t'invite à passer la journée à Celbedeil. Tu peux accepter si cela te convient. Tu seras en sécurité auprès de lui.

Le chef de clan semblait oublier avoir affirmé la veille qu'Az Sweldn rak Anhûin ne s'attaquerait jamais à un hôte.

– Merci, dit Eragon. Je vais y réfléchir.

En quittant les lieux, il prit Orik à part et lui demanda :

– Qu'en est-il exactement de cette querelle de clans ? J'ai besoin de savoir la vérité.

Orik répondit avec une évidente réticence :

– Jadis, des luttes sanglantes pouvaient se poursuivre pendant des générations. Des familles entières ont été exterminées ainsi. Heureusement, rien de semblable ne s'est produit depuis la dernière guerre de clans. Az Sweldn rak Anhûin s'est montré fort imprudent en faisant allusion à ces pratiques anciennes. Mais, tant qu'ils n'auront pas brisé leur serment de vengeance, que ce soit dans un siècle ou dans un an, tu devras craindre leur traîtrise. Cela me navre que ton amitié avec Hrothgar te mette dans une telle situation, Eragon. Mais tu n'es pas seul. Tu peux compter sur le soutien du Dûrgrimst Ingeitum.

Aussitôt dehors, Eragon courut vers Saphira, qui avait passé la nuit roulée en boule dans la cour.

« Cela t'ennuie si je visite Celbedeil ? »

« Va si tu le dois. Mais prends Zar'roc avec toi. »

Il suivit ce conseil, et fourra également le parchemin de Nasuada dans sa tunique.

Lorsqu'Eragon s'approcha pour sortir, cinq nains tirèrent les poutres grossièrement équarries qui fermaient le portail. Puis ils se groupèrent autour de lui, la main sur le manche de leurs haches, inspectant les alentours. Eragon frissonna. Tarnag semblait anormalement vide. Les portes étaient closes, les volets tirés ; les rares passants détournaient le visage et s'engouffraient dans les ruelles latérales pour éviter de passer à proximité. « Ils ont peur d'être vus près de moi, comprit-il. Peut-être craignent-ils les représailles d'Az Sweldn rak Anhûin s'ils sont soupçonnés de m'avoir aidé. »

Les gardes ne quittèrent pas le Dragonnier d'une semelle tandis qu'il montait vers l'entrée barricadée de la dernière enceinte, au plus haut niveau de la cité. Pressé de quitter l'espace découvert de la rue, il levait la main pour toquer lorsqu'une poterne s'ouvrit en grinçant, et un prêtre en robe noire lui fit signe d'entrer. La main sur le fourreau de son épée, Eragon obéit, laissant les gardes à l'extérieur.

Sa première impression fut un chatoiement de couleurs. Le vert éclatant d'une pelouse s'étendait autour des piliers soutenant la masse imposante de Celbedeil, tel un manteau drapé sur la colline. Le lierre enserrait chaque pouce des antiques murailles, ses feuilles encore scintillantes de rosée. Et, surmontant le tout, la grande coupole nervurée d'or éclatait de blancheur.

Puis il fut frappé par les odeurs. Le parfum des fleurs mêlé à celui de l'encens formait un arôme si sublime qu'Eragon eut le sentiment de pouvoir survivre rien qu'en le respirant.

Enfin vint le son. Car, en dépit du lourd piétinement des prêtres arpentant la mosaïque des allées, le seul bruit qu'Eragon perçût fut le doux froissement d'ailes d'un corbeau planant au-dessus de sa tête.

D'un geste de la main, le nain l'invita à le suivre le long de l'avenue principale menant vers Celbedeil. En pénétrant sous les avant-toits, Eragon s'émerveilla de la richesse du bâtiment. La façade était sertie de gemmes de toutes tailles et de toutes couleurs, d'une extraordinaire pureté, et des entrelacs d'or rouge incrustés dans les veines de la pierre soulignaient les plafonds, les murs et le sol. À un moment, ils longèrent une cloison entièrement taillée dans le jade.

Le temple était dépourvu de tapisseries. En revanche, il était encombré d'une profusion de statues, la plupart représentant des animaux ou des divinités figées dans d'épiques scènes de batailles.

Après avoir monté plusieurs volées de marches, ils franchirent une porte de cuivre repoussé, décorée de motifs compliqués et ternie de vert-de-gris, et entrèrent dans une salle nue au simple plancher de bois. Des armures étaient accrochées aux murs, ainsi que des râteliers garnis de ces étranges épées-bâtons semblables à celle qu'Angela avait en main à Farthen Dûr.

Gannel était là, s'entraînant avec trois jeunes nains. Le chef de clan avait noué sa robe autour de sa taille pour être plus libre de ses mouvements ; l'air féroce, il faisait tournoyer les longs manches de bois de son arme, les doubles lames ronflant tels des frelons furieux.

Deux des attaquants se fendirent, aussitôt écartés dans un claquement de bois et de métal tandis que le prêtre bondissait derrière eux, les frappant à la tête et aux jambes et les envoyant rouler sur le sol. La façon dont il se débarrassa de son dernier adversaire, dans une rafale imparable de coups, fit sourire Eragon.

Le chef de clan s'aperçut alors de sa présence et renvoya ses jeunes compagnons. Gannel accrocha son arme à l'un des râteliers, et Eragon lui demanda :

– Tous les Quan sont-ils aussi habiles au maniement des armes ? Cela me semble un curieux talent, pour des prêtres.

Gannel lui fit face :

– Ne devons-nous pas être capables de nous défendre ? Les ennemis ne manquent pas dans ce pays !

Eragon acquiesça :

– Ces épées sont particulières. Je n'en avais encore vu qu'une fois ; une herboriste l'utilisait pendant la bataille de Farthen Dûr.

Le nain retint son souffle, puis il siffla entre ses dents :

– Angela.

D'un ton aigre, il commenta :

– Un prêtre avait mis son arme en jeu lors d'un concours d'énigmes ; elle a gagné. Ce fut un sale tour, car nous seuls avons le droit de manier le hûthvírn. Elle et Arya...

Il soupira et s'approcha d'une petite table pour remplir deux chopes de bière. Il en tendit une à Eragon en disant :

– Je t'ai invité ici aujourd'hui à la demande de Hrothgar. Puisque tu as accepté son offre de devenir Ingeitum, il m'a chargé de t'instruire des traditions des nains.

Eragon but une gorgée de bière et resta silencieux, observant la lumière jouer dans les épais sourcils du nain, les ombres creuser ses joues sous les pommettes saillantes. Le chef de clan reprit :

– Jamais encore nos croyances secrètes n'ont été révélées à un étranger, et jamais tu ne devras en parler à un humain ou à un elfe. Cependant, sans ces connaissances, tu ne pourrais concevoir ce que cela implique d'être un knurla. Tu es un Ingeitum, maintenant : notre sang, notre chair, notre honneur. Comprends-tu ?

– Je comprends.

– Viens !

Sa chope à la main, Gannel quitta la salle d'armes et précéda Eragon le long de cinq larges corridors. Il s'arrêta sous la voûte obscure d'une salle imprégnée de vapeurs d'encens. Devant eux, la silhouette massive d'une statue de granit brun emplissait tout l'espace, du sol au plafond ; une faible lueur soulignait sa face menaçante, d'une facture inhabituellement grossière.

– Qui est-ce ? demanda Eragon, impressionné.

– Gûntera, le Roi des Dieux, un guerrier et un savant, mais d'humeur changeante. Aussi brûlons-nous des offrandes pour nous assurer sa bienveillance, aux solstices, avant les semailles, à l'occasion des morts et des naissances.

Gannel fit un curieux geste de la main et s'inclina devant la statue.

– Nous le prions avant les batailles, car il a modelé cette Terre avec les ossements d'un géant, et c'est lui qui dirige le monde. Tous les royaumes appartiennent à Gûntera.

Le prêtre instruisit alors Eragon des cultes dédiés au dieu, lui expliquant les rituels et les mots utilisés pour lui rendre hommage. Il lui révéla la signification de l'encens, symbole de vie et de bonheur, et lui conta longuement les légendes concernant le dieu : comment il était né, tout formé, d'une louve, en même temps que les étoiles ; comment il avait combattu les monstres et les géants afin de conquérir une place pour sa famille en Alagaësia, et comment il avait pris pour compagne Kîlf, déesse des fleuves et des mers.

Puis Gannel conduisit Eragon devant la statue de Kílf, taillée avec une exquise délicatesse dans une pierre d'un bleu très pâle. Ses cheveux cascadaient souplement le long de son cou, encadrant un visage rieur aux yeux d'améthyste. Elle tenait dans le creux de ses mains une fleur de nénuphar et un morceau de roche rouge, poreuse, qu'Eragon ne reconnut pas. Il pointa le doigt :

– Qu'est-ce que c'est ?

– Du corail pêché dans les profondeurs de la mer qui borde les Beors.

– Du corail ?

Gannel but une gorgée de bière et expliqua :

– Nos plongeurs l'ont trouvé en cherchant des perles. Il semble que, dans l'eau de mer, certains minéraux poussent à la manière des plantes.

Eragon fixait le corail, ébahi. Il n'aurait jamais pensé que des cailloux ou des rochers pussent être vivants ! Pourtant, il avait devant lui la preuve que certains n'avaient besoin que d'eau et de sel pour s'épanouir comme des fleurs. Cela expliquait sans doute pourquoi les pierres continuaient d'apparaître dans les champs de Palancar après que le sol eut été soigneusement labouré et nettoyé chaque printemps. *Elles poussaient !*

Ils passèrent ensuite devant Urûr, maître de l'air et du ciel, et son frère Morgothal, dieu du feu. Devant la statue carmin de Morgothal, le prêtre raconta que ces deux frères s'aimaient tant qu'ils ne pouvaient exister l'un sans l'autre. Ainsi donc, le palais de Morgothal flamboyait dans le ciel pendant le jour, et les étincelles de sa forge se répandaient chaque nuit dans l'espace, tandis qu'Urûr nourrissait constamment son frère pour qu'il ne meure pas.

Il ne restait plus que deux autres dieux : Sindri, mère de la Terre, et Helzvog.

La statue de Helzvog était différente des autres. Le dieu, nu, était courbé au-dessus d'un morceau de silex de la taille d'un nain, le caressant du bout de son index. Les muscles de son dos, tordus et noueux, saillaient douloureusement ; pourtant son visage exprimait une infinie tendresse, comme s'il contemplait un nouveau-né.

– Gûntera est peut-être le Roi des Dieux, confia Gannel en baissant la voix, mais nos cœurs appartiennent à Helzvog. C'est lui qui trouva bon que la Terre fût peuplée après que les géants eurent été vaincus. Les autres dieux le désapprouvaient, mais Helzvog ne tint pas compte de leur avis. En secret, il tailla le premier nain dans le roc d'une montagne.

Lorsque son acte fut découvert, la jalousie s'empara des autres dieux, et Gûntera créa les elfes, afin qu'ils contrôlent l'Alagaësia pour son propre compte. Puis Sindri modela l'humus pour en faire les humains, tandis qu'Urûr et Morgothal, combinant leurs pouvoirs, lâchaient les dragons sur la Terre. Seule Kílf se tint à l'écart. C'est ainsi que les différentes espèces peuplèrent le monde.

Eragon assimilait les paroles de Gannel. Sans mettre en cause la sincérité du prêtre, il ne pouvait s'empêcher de penser : « Comment le sait-il ? » Conscient, toutefois, que la question serait malvenue, il se contenta d'écouter en hochant la tête.

– Tout cela nous amène, reprit Gannel en finissant sa bière, à notre rituel le plus important, dont je sais que Hrothgar t'a parlé... Les nains doivent être ensevelis dans la pierre, sinon, leur esprit ne rejoindra jamais la demeure de Helzvog. Car nous ne sommes pas faits de terre, d'air ou de feu, mais de *pierre*. En tant qu'Ingeitum, il est désormais de ton devoir d'assurer à chaque nain mourant auprès de toi une sépulture qui lui convienne. Si tu faillis à cette tâche – à moins que tu sois blessé ou prisonnier – Hrothgar t'exilera, et aucun nain n'entendra plus parler de toi jusqu'après ta mort.

Il se redressa, fixant le garçon durement :

– Il te reste encore beaucoup à apprendre ; mais retiens déjà ce que je t'ai enseigné aujourd'hui, et ce sera bien.

– Je n'oublierai pas, promit Eragon.

Satisfait, Gannel l'entraîna hors du temple par un escalier empli de courants d'air. Tout en montant, le chef de clan enfonça une main dans les plis de sa robe et en sortit une simple chaîne, à laquelle pendait, accroché par le manche, un minuscule marteau d'argent. Il la tendit à Eragon.

– Encore une faveur que Hrothgar a sollicitée pour toi, expliqua le prêtre. Il craint que Galbatorix ait pu dérober une image de toi dans l'esprit de Durza, le Ra'zac, ou dans celui des soldats qui t'ont vu n'importe où dans l'Empire.

– Pourquoi devrais-je m'en inquiéter ?

– Parce qu'alors sa magie lui permettrait de te tenir sous son regard. Peut-être y a-t-il déjà réussi.

Le serpent glacé de la peur rampa dans le dos du garçon. « J'aurais dû y penser », se blâma-t-il.

– Ce collier empêchera quiconque de vous visualiser de cette façon, toi et ton dragon, aussi longtemps que tu le porteras au cou. Je me suis chargé moi-même du sort de protection ; aussi devrait-il résister aux inquisitions des plus puissants esprits. Mais je dois te prévenir : il ne possède pas d'énergie par lui-même et puisera dans la tienne pour fonctionner. Une fois activé, il absorbera tes forces jusqu'à ce que tu l'enlèves ou que le danger soit écarté.

– Et si je suis endormi ? Le collier consumera-t-il toute mon énergie avant que je m'en rende compte ?

– Non. Il te réveillera.

Eragon fit rouler le marteau entre ses doigts. Il était difficile de contrer les sorts d'un autre sorcier, et par-dessus tout ceux de Galbatorix. « Si Gannel a tant de pouvoir, combien d'autres enchantements ce cadeau peut-il receler ? » Il remarqua une ligne de runes gravée le long du manche. Il déchiffra : « Astim Hefthyn ».

Ils arrivaient en haut des escaliers quand il demanda :

– Pourquoi les nains se servent-ils des même runes que les humains ?

Pour la première fois depuis leur rencontre, Gannel éclata

d'un rire qui secoua sa massive carcasse, sa voix résonnant en écho dans les profondeurs du temple :

– C'est le contraire ! Les humains se servent de *nos* runes ! Quand vos ancêtres se sont installés en Alagaësia, ils étaient aussi illettrés que des lapins. Cependant, ils adoptèrent bientôt notre alphabet. Certains de vos mots viennent d'ailleurs de notre langue, comme *père*, prononciation déformée de *farthen*.

– Donc, devina Eragon en passant le collier à son cou et en le dissimulant dans le col de sa tunique, Farthen Dûr signifie...

– Notre Père.

Gannel s'arrêta devant une porte et introduisit Eragon dans un passage voûté situé juste sous la coupole. La galerie faisait le tour de Celbedeil, et, à travers ses arcades, on découvrait d'un côté la montagne, au-delà de Tarnag et, de l'autre, les terrasses de la cité en contrebas.

Eragon jeta à peine un coup d'œil au paysage, car le mur intérieur de la galerie était recouvert sur toute sa longueur d'une fresque gigantesque. La première partie racontait la création des nains par la main de Helzvog. Le relief des personnages et des objets, l'intensité et la fraîcheur des couleurs, la minutie des détails, tout donnait à l'ensemble un réalisme stupéfiant.

Fasciné, Eragon demanda :

– Quelle a été la technique employée ?

– Chaque scène est constituée de petites plaques de marbre émaillées au feu, puis réunies en un seul morceau.

– N'aurait-il pas été plus simple d'utiliser de la peinture ?

– Certes, dit Gannel. Sauf si on espère que l'œuvre traversera les siècles, voire les millénaires, sans s'altérer. Les couleurs de l'émail ne s'usent jamais, elles ne perdent pas leur brillance, à la différence de la peinture. Cette œuvre a été commencée une décennie seulement après la découverte de Farthen Dûr, bien avant l'apparition des elfes en Alagaësia.

Prenant Eragon par le bras, le prêtre le guida le long de la fresque. Chaque pas leur faisait traverser des années d'histoire. Eragon apprit que les nains avaient d'abord été des nomades parcourant une plaine qui semblait sans limites, jusqu'à ce que l'endroit devînt si torride, si désolé, qu'ils furent forcés de migrer au sud, vers les montagnes du Beor. « Voilà donc à quel moment s'est formé le désert du Hadarac », songea-t-il, étonné.

Au fur et à mesure qu'ils progressaient, se dirigeant vers l'arrière de Celbedeil, Eragon fut le témoin admiratif de toute l'histoire des nains, depuis la domestication des Feldûnosts jusqu'à la taille d'Isidar Mithrim. Il assista à leur première rencontre avec les elfes, et au couronnement de chacun de leurs rois. Les dragons étaient souvent représentés, brûlant et détruisant tout sur leur passage. Eragon eut du mal à contenir ses propres commentaires face à ces scènes.

Il ralentit le pas devant l'événement qu'il espérait voir représenté : la guerre entre les elfes et les dragons. Les nains y avaient consacré une large surface, montrant comment la lutte entre ces deux races avait ravagé l'Alagaësia. Eragon frémit d'horreur à la vue de ce massacre. Les batailles occupaient plusieurs mètres, chaque nouvelle représentation plus sanglante que la précédente, jusqu'à ce que les ténèbres s'éclaircissent et qu'apparaisse un jeune elfe agenouillé au bord d'une falaise, tenant dans ses mains un œuf de dragon tout blanc.

– Est-ce... ? murmura Eragon.

– Oui, c'est lui, Eragon, le premier Dragonnier. Il est très ressemblant, car il a accepté de poser pour nos artistes.

Fasciné, Eragon s'approcha pour mieux regarder le visage de son homonyme. « Je l'imaginais plus vieux... » Ses yeux obliques, son nez busqué et son menton pointu donnaient à l'elfe une apparence farouche.

Ce curieux visage était totalement étranger. Pourtant, l'attitude de l'elfe, à la fois fière et tendue, rappelait à Eragon ce qu'il avait ressenti en ramassant l'œuf de Saphira. « Nous ne sommes pas si différents, toi et moi, songea-t-il en touchant l'émail froid. Et, si mes oreilles avaient la forme des tiennes, nous pourrions être frères par-delà les années. Je me demande si tu approuveras mes actions... » Du moins avaient-ils fait le même choix : tous deux avaient gardé l'œuf.

Il entendit une porte s'ouvrir et se refermer. Il se retourna et vit Arya apparaître au fond de la galerie. Elle examina la fresque du même regard impénétrable que lors de la confrontation avec le Conseil des Anciens. Quels que pussent être ses sentiments, il comprit qu'elle n'appréciait pas la situation.

Elle inclina la tête :

– Grimstborith.

– Arya.

– Vous avez instruit Eragon de votre mythologie ?

Gannel eut un sourire placide :

– Il faut connaître les croyances de la société à laquelle on appartient.

– Cependant, la connaissance n'implique pas la croyance.

Elle désigna du doigt la colonne d'une arcade :

– Et cela ne signifie pas non plus que ceux qui véhiculent ces croyances ne le font pas pour... un simple bénéfice matériel.

– Mets-tu en doute les sacrifices consentis par mon clan pour le bien de nos frères ?

– Je ne mets rien en doute, je me pose seulement une question : ne vaudrait-il pas mieux, pour leur bien, distribuer vos richesses aux nécessiteux, aux affamés, aux sans-logis, voire les utiliser pour fournir des vivres aux Vardens, plutôt que de les entasser dans un monument pour votre propre satisfaction ?

– Il suffit !

Le nain serra les poings, le visage de marbre :

– Sans nous, les récoltes sécheraient sur pied ; rivières et lacs déborderaient ; des bêtes à un œil naîtraient dans nos troupeaux. Les cieux eux-mêmes se déchireraient sous la colère des dieux !

Arya écoutait en souriant.

– Seuls notre culte et nos prières empêchent tout cela ! À part Helzvog, qui donc...

Eragon se désintéressa vite de la controverse. Il ne comprenait pas l'attitude critique d'Arya vis-à-vis du Dûrgrimst Quan ; cependant, d'après les réponses de Gannel, il devinait ce que l'elfe laissait entendre : que les dieux des nains n'existaient pas, et qu'elle doutait des capacités mentales de chaque nain appartenant au temple. Elle mettait le doigt sur la faiblesse des arguments du prêtre, tout cela sur un ton d'exquise politesse.

Au bout de quelques minutes, Arya leva la main, interrompant Gannel :

– Voilà ce qui fait la différence entre nous, Grimstborith. Vous vous dédiez à ce que vous croyez être vrai, mais ne pouvez rien prouver. Sur ce point, nous devons reconnaître notre désaccord !

Elle se tourna alors vers Eragon :

– Az Sweldn rak Anhûin a excité les citoyens de Tarnag contre toi. Ûndin pense, comme moi, qu'il vaut mieux que tu restes à l'abri de ses murailles jusqu'à notre départ.

Eragon hésita. Il aurait voulu mieux découvrir Celbedeil, mais, si les choses tournaient mal, sa place était au côté de Saphira. Il s'inclina devant Gannel en le priant de l'excuser.

– Tu n'as pas besoin de te justifier, Tueur d'Ombre, dit le chef de clan.

Il lança à Arya un regard peu amène :

– Fais ce que tu dois, et que la bénédiction de Gûntera soit sur toi !

Eragon et Arya quittèrent le temple ensemble ; puis, escortés par une douzaine de guerriers, ils traversèrent en hâte la cité. Eragon entendit des cris hostiles monter d'une foule massée sur une terrasse inférieure. Une pierre fut même jetée du haut d'un toit.

Arrivé dans le vestibule, Eragon courut à sa chambre. Là, il revêtit sa cotte de mailles, attacha cuissardes et brassards, ajusta la coiffe de cuir sur sa tête, passa le heaume par-dessus et empoigna son bouclier. Ramassant son paquetage et ses sacs de selle, il retourna dans la cour et s'assit, le dos contre la patte avant de Saphira.

« Tarnag ressemble à une fourmilière bouleversée », lui fit-elle remarquer.

« Espérons que nous ne serons pas mordus. »

Arya ne tarda pas à les rejoindre, ainsi qu'une troupe de cinquante nains lourdement armés, qui s'installèrent au milieu de la cour. Ils attendirent, impassibles, communiquant par de sourds grognements, surveillant du regard le portail fermé par d'épaisses poutres de bois, et la montagne qui se dressait derrière eux.

– Ils ont peur, dit Arya en s'asseyant près d'Eragon. Ils craignent que la foule les empêche d'atteindre les radeaux.

– Saphira peut toujours nous transporter jusqu'au lac par la voie des airs.

– Et Feu de Neige ? Et Orik ? Et les gardes d'Ûndin ? Non, si nous sommes bloqués, il nous faudra attendre que l'indignation des nains s'apaise.

Elle observa le ciel qui s'obscurcissait :

– C'est regrettable que tu aies offensé tant de nains, mais peut-être était-ce inévitable. Les clans ont toujours été querelleurs. Ce qui plaît aux uns irrite les autres.

Jouant avec le bord de sa cotte de mailles, Eragon soupira :

– Aujourd'hui, je regrette d'avoir accepté les présents de Hrothgar.

– Oui, je comprends. Mais, comme envers Nasuada, tu as fait le seul choix valable. Tu n'as rien à te reprocher. La faute, s'il y en a une, c'est Hrothgar qui l'a commise en te faisant une telle offre. Il aurait dû réfléchir un peu plus aux conséquences.

Pendant quelques minutes, ils restèrent silencieux. Une demi-douzaine de nains arpentaient la cour pour se dégourdir les jambes. Finalement, Eragon demanda :

– As-tu de la famille, au Du Weldenvarden ?

La réponse se fit attendre longtemps :

– Personne dont je sois vraiment proche.

– Et... pourquoi ?

De nouveau, elle hésita :

– Ils n'ont pas approuvé mon choix de devenir l'ambassadeur de la reine. Cela leur semblait inconvenant. Je n'ai pas tenu compte de leurs objections, et j'ai continué de porter le yawë tatoué sur mon épaule, signe que j'ai dédié ma vie au bien de notre peuple – comme toi l'anneau que tu as reçu de Brom. Et ma famille a refusé de me revoir.

– Mais c'était il y a soixante-dix ans ! se récria-t-il.

Arya regarda au loin, le visage à demi masqué par le voile de ses cheveux.

Eragon essaya d'imaginer ce que cela avait dû être, pour elle : se savoir ainsi rejetée par sa famille, contrainte de vivre au milieu de deux peuples totalement différents. « Pas étonnant qu'elle soit si peu communicative », songea-t-il.

– Y a-t-il d'autres elfes ailleurs qu'au Du Weldenvarden ?

Sans dévoiler son visage, elle répondit :

– Trois d'entre nous ont été envoyés hors d'Ellesméra. Fäolin et Glenwin ont toujours voyagé avec moi quand nous transportions l'œuf de Saphira entre le Du Weldenvarden et Tronjheim. Je suis la seule à avoir survécu à l'embuscade de Durza.

– Comment étaient-ils ?

– C'étaient de fiers guerriers. Glenwing aimait parler mentalement aux oiseaux. Il pouvait rester dans la forêt, entouré d'une nuée de ces petits chanteurs, pendant des heures. Après, il nous interprétait les plus ravissantes mélodies.

– Et Fäolin ?

Cette fois, Arya refusa de répondre, et ses mains se crispèrent sur son arc. Sans se laisser démonter, Eragon changea de sujet :

– Pourquoi détestes-tu Gannel à ce point ?

Brusquement, elle lui fit face et lui caressa la joue du bout des doigts. Eragon en frémit de surprise.

– De cela, dit-elle, nous discuterons une autre fois.

Puis elle se leva et se remit à marcher tranquillement dans la cour.

Confus, Eragon la suivit du regard.

« Je ne comprends pas », fit-il en s'appuyant contre le ventre de Saphira.

La dragonne s'ébroua, amusée. Puis elle enroula son cou et sa queue autour de lui et s'endormit aussitôt.

Tandis que l'ombre envahissait la vallée, Eragon s'efforça de rester éveillé. Il tira de son col la chaîne de Gannel et l'examina à plusieurs reprises en utilisant la magie, mais il ne vit rien d'autre que l'inscription protectrice. Il renonça, replaça le talisman sous sa tunique, se couvrit de son bouclier et se prépara à la longue attente de la nuit.

Dès que le ciel commença à s'éclaircir au-dessus de sa tête – alors que la vallée baignait encore dans l'obscurité et y resterait pratiquement jusqu'à la mi-journée – Eragon réveilla Saphira. Les nains étaient déjà debout, occupés à envelopper leurs armes dans des chiffons de façon à quitter Tarnag le plus discrètement possible. On fournit à Eragon de quoi emmailloter les griffes de la dragonne et les sabots de Feu de Neige.

Quand tout fut prêt, Ûndin et ses guerriers se placèrent en groupe compact autour d'Eragon, de Saphira et d'Arya. On ouvrit les portes avec précaution – les gonds huilés n'émirent aucun bruit –, et la troupe descendit vers le lac.

Tarnag semblait déserte, ses rues étaient vides, ses habitants endormis. Les rares nains qu'ils croisaient leur jetaient un bref regard, puis s'éloignaient en hâte, fantômes silencieux avalés par l'obscurité.

Au portail de chaque terrasse, un garde les faisait sortir sans un mot. Ils quittèrent bientôt les lieux habités et traversèrent les champs nus, au pied de la cité. Au-delà des champs, ils atteignirent le quai de pierre bordant une eau grise et immobile.

Deux grands radeaux les attendaient, amarrés le long d'une jetée. Trois nains se tenaient accroupis sur le premier, quatre sur le second. Ils se levèrent en voyant approcher Ûndin.

Eragon aida à entraver Feu de Neige et lui banda les yeux. Puis il fallut convaincre le cheval récalcitrant de monter sur le deuxième radeau, où on le força à s'agenouiller pour l'attacher. Pendant ce temps, Saphira se laissait glisser dans le lac. Elle se mit à nager, et seule sa tête émergeait de l'eau.

Ûndin prit Eragon par le bras :

– C'est ici que nous nous séparons. Tu es escorté par mes meilleurs guerriers ; ils assureront ta sécurité jusqu'à ce que tu aies atteint le Du Weldenvarden.

Eragon voulut le remercier, mais le chef de clan l'interrompit :

– Non, tu ne me dois aucune gratitude. J'agis selon mon devoir. Je suis seulement consterné que la haine d'Az Sweldn rak Anhûin ait assombri ton séjour.

Eragon le salua, puis monta à bord du premier radeau avec Orik et Arya. On détacha les amarres, et les nains éloignèrent l'embarcation du quai à l'aide de longues perches. Dans la faible lumière de l'aube, les radeaux commencèrent à dériver lentement vers l'extrémité du lac, là où l'Az Ragni prenait son cours, Saphira nageant entre les deux embarcations.

15

DES DIAMANTS DANS LA NUIT

« L'Empire a violé nos foyers. »

Cette pensée amère ne quittait pas Roran, alors que retentissaient les plaintes angoissées des blessés, après la bataille nocturne contre les Ra'zacs et les soldats. Roran, le corps parcouru de frissons, les joues brûlantes et la respiration oppressée, tremblait de fièvre et de rage. Mais la tristesse l'emportait, une tristesse profonde, comme si les Ra'zacs avaient détruit l'innocence même de ses souvenirs d'enfance.

Laissant Gertrude, la guérisseuse, soigner les plaies, Roran retourna chez Horst. Les barricades improvisées dressées entre les bâtiments, les planches, les tonneaux, les pierres et la carcasse tordue du chariot détruit par l'explosion, tout cela lui paraissait d'une ridicule fragilité.

Quelques personnes erraient dans Carvahall, choquées, épuisées, le regard vide. Roran accusait la fatigue, lui aussi, ainsi que le manque de sommeil. Jamais il ne s'était senti vidé à ce point. Ses bras et son dos lui faisaient mal.

Arrivé à maison, il vit Elain debout dans l'embrasure d'une porte, écoutant un bourdonnement de voix provenant de la salle à manger. Elle lui fit signe d'entrer.

Après avoir repoussé la contre-attaque des Ra'zacs, les membres les plus importants de la communauté s'étaient enfermés pour délibérer. Il s'agissait de décider quelle action le village pouvait entreprendre, et s'il fallait punir Horst et ses compagnons d'avoir déclenché les hostilités. Le conseil avait duré toute la matinée.

Roran jeta un coup d'œil dans la pièce. Autour de la longue table étaient assis Birgit, Loring, Sloan, Gedric, Delwin, Fisk, Morn et quelques autres. Horst présidait l'assemblée.

– ... et je maintiens que c'était stupide et imprudent, s'exclama Kiselt, qui se soulevait à moitié de son siège en appuyant sur la table ses coudes pointus. Il n'y avait aucune raison de mettre ainsi en danger...

Morn leva une main :

– On a déjà abordé ce point. La question n'est pas de décider si ce qui a été fait *devait* être fait. Personnellement, je l'approuve. Quimby était mon ami, et je frémis en pensant au sort que ces monstres réserveraient à Roran. Mais... mais ce que j'aimerais savoir, c'est comment nous allons nous sortir de ce pétrin.

– C'est simple, aboya Sloan. On n'a qu'à tuer les soldats.

– Et après ? D'autres viendront, jusqu'à ce que nous soyons noyés dans un océan de tuniques rouges. Même si nous livrons Roran, cela n'arrangera pas nos affaires. Vous avez entendu ce qu'a dit le Ra'zac ; de toute façon, ils nous enverront en esclavage. Et, si nous le protégeons, ils nous tueront. Pensez-en ce que vous voudrez ; pour ma part, j'aime mieux mourir que finir ma vie comme esclave.

Le tavernier secoua la tête, un sourire désabusé aux lèvres, avant d'ajouter :

– Nous n'avons aucune chance de survivre.

Se penchant en avant, Fisk suggéra :

– Nous pourrions partir !

– Pour aller où ? rétorqua Kiselt. Derrière nous, il y a la Crête ; devant nous, les soldats barrent toujours la route ; et au-delà, c'est le reste de l'Empire.

– Tout ça est de ta faute ! rugit Thane en pointant sur Horst un doigt accusateur. Ils vont mettre le feu à nos maisons et assassiner nos enfants à cause de toi ! De toi !

Horst se leva si brusquement que sa chaise se renversa :

– N'as-tu donc aucun honneur ? Vas-tu te laisser dévorer sans combattre ?

– Oui, si toute autre attitude est suicidaire.

Thane promena sur l'assemblée un regard lugubre, le visage contracté par une terreur indicible.

Gedric aperçut alors Roran et l'invita d'un geste :

– Viens ! Viens, nous t'attendions.

Roran croisa les mains dans son dos tandis qu'une vingtaine d'yeux le dévisageaient durement :

– Comment puis-je vous aider ?

– Je crois, commença Gedric, que nous sommes d'accord : étant donné la situation, cela ne servirait à rien de te livrer à l'Empire. La question ne se pose même pas. Il ne nous reste qu'une chose à faire : nous préparer à résister à une nouvelle attaque. Horst va nous forger des lances, ainsi que d'autres armes, s'il en a le temps. Et Fisk accepte de fabriquer des boucliers. Par chance, son atelier de menuiserie n'a pas brûlé. À présent, nous avons besoin de quelqu'un qui coordonne notre défense. Nous souhaitons que ce soit toi. Nous t'apporterons tout notre soutien.

– Je ferai de mon mieux, acquiesça Roran.

Tara se tenait près de Morn, dominant son mari d'une demi-tête. C'était une forte femme aux cheveux noirs, striés de mèches grises, et aux mains puissantes, capable de séparer deux ivrognes en pleine bagarre aussi facilement qu'elle tordait le cou à un poulet.

– Oui, Roran, fais de ton mieux, dit-elle. Sinon, nous devrons célébrer d'autres funérailles.

Se tournant vers Horst, elle ajouta :

– Avant de nous organiser, nous avons des hommes à ensevelir. Et il faudra mettre les jeunes enfants en lieu sûr, peut-être à la ferme de Cawley, sur la Crête de Nost. Tu devrais y aller aussi, Elain.

– Je reste près de Horst, déclara calmement celle-ci.

– Ce n'est pas la place d'une femme enceinte de cinq mois, rétorqua Tara avec irritation. Tu perdras le bébé, à force de t'agiter ainsi.

– Être tenue au loin, dans l'ignorance, serait bien pire que de demeurer ici. J'ai déjà mis des fils au monde ; je reste, comme toi tu le feras, j'en suis persuadée, ainsi que toutes les épouses de Carvahall.

Horst se leva et vint prendre tendrement la main de sa femme :

– De même que je ne supporterais pas de te savoir autre part qu'à mes côtés. Que les enfants s'en aillent, cependant. Cawley s'en occupera bien ; auparavant, assurons-nous que la route qui mène à sa ferme est sûre.

– Ce n'est pas tout, intervint Loring d'une voix grinçante. Pas un homme de chez nous, pas un seul sacré bougre ne doit mêler les gens de la vallée à nos histoires, en dehors de Cawley, bien entendu. Ils ne peuvent rien pour nous, et il ne faudrait pas que ces *profanateurs* s'en prennent à eux

Chacun approuva, puis l'assemblée se dispersa. Peu de temps après, cependant, ils se retrouvèrent, ainsi que presque tout le village, dans le petit cimetière derrière la maison de Gertrude. Dix corps enveloppés d'un linceul blanc étaient allongés près de leur fosse, un brin de ciguë sur leur poitrine glacée, une amulette d'argent autour du cou.

Gertrude s'avança et fit l'appel des noms :

– Parr, Wyglif, Ged, Bardrick, Farold, Hale, Garner, Kelby, Melkof, Albem.

Elle posa des pierres noires sur leurs yeux, puis, les bras levés, le visage tendu vers le ciel, elle entama le bouleversant chant des morts. Des larmes filtraient au coin de ses paupières fermées tandis que sa voix, accompagnant les soupirs et les sanglots des villageois, psalmodiait les phrases venues du fond des temps. Elle chanta la terre et la nuit, et la peine immémoriale des hommes, à laquelle nul ne peut échapper.

Après que la dernière note du chant de deuil se fut éteinte, les membres de chaque famille firent l'éloge funèbre de ceux qu'ils avaient perdus. Et les corps furent ensevelis.

Pendant la cérémonie, le regard de Roran erra sur la butte anonyme où les trois soldats avaient été enterrés. « L'un tué par le jeune Nolfavrell, les deux autres par moi. » Il sentait encore viscéralement les muscles s'écraser sous son marteau, les os craquer. Une bile aigre lui monta dans la bouche, et il dut lutter pour ne pas vomir devant tout le village.

« Je suis un meurtrier. » Roran n'aurait jamais pensé être un jour obligé de tuer, et voilà qu'il avait détruit plus de vies qu'aucun autre à Carvahall. Il lui semblait que son front portait une marque sanglante.

Il quitta les lieux aussitôt que possible, ne s'arrêtant pas même pour parler à Katrina, et grimpa sur une éminence, d'où il observa l'ensemble de l'agglomération pour envisager la meilleure protection. Les habitations étaient malheureusement trop distantes les unes des autres pour qu'on puisse dresser un périmètre défensif en fortifiant simplement les espaces entre elles. De toute façon, Roran ne supportait pas l'idée que les soldats puissent monter à l'assaut des maisons et piétiner les jardins. « La rivière Anora protège notre flanc gauche, nota-t-il. Mais, pour le reste de Carvahall, on n'empêcherait même pas un gamin d'y pénétrer... Que peut-on bâtir en quelques heures qui puisse former une barrière assez solide ? »

Quelques instants plus tard, il surgissait au milieu du village en criant :

– J'ai besoin de bras pour couper des arbres ! Venez ! Tout le monde doit aider !

Les hommes sortirent aussitôt des maisons, emplissant les rues.

Darmmen, l'un des fils de Loring, fut le premier à rejoindre Roran.

– Quel est ton plan ? demanda-t-il.

Roran attendit que le groupe fût suffisamment important. Puis il éleva la voix pour que tous pussent entendre :

– Nous allons construire une sorte de rempart autour de Carvahall, le plus épais possible. Si nous coupons de gros arbres, que nous les couchions en épointant leurs branches, les Ra'zacs devraient avoir quelque peine à passer par-dessus.

– À ton avis, il nous faudra combien d'arbres ? demanda Orval.

Roran hésita, le temps d'évaluer le périmètre du village :

– Au moins cinquante. Peut-être soixante, pour faire bonne mesure.

Les uns jurèrent, d'autres commencèrent à discutailler.

Le jeune homme compta les présents ; il y avait là quarante-huit hommes. Il leur fit signe de se taire :

– Écoutez-moi ! Si chacun de vous abat un arbre dans l'heure qui vient, on y sera presque. Pourrez-vous y arriver ?

– Pour qui nous prends-tu ? rétorqua Orval. La dernière fois qu'il m'a fallu une heure pour couper un arbre, j'avais dix ans !

– Et les ronces ? intervint Darmmen. On pourrait en disposer par-dessus les arbres. Je ne connais personne qui puisse franchir un enchevêtrement d'épineux !

Roran sourit :

– Excellente idée ! Ceux d'entre vous qui ont des fils, envoyez-les harnacher vos chevaux pour tirer les troncs abattus.

Les hommes acquiescèrent et s'éparpillèrent dans le village pour rassembler des haches et des scies. Roran retint Darmmen :

– Assure-toi qu'on sélectionne des arbres avec des branches tout le long du tronc, sinon, ça ne servira à rien.

– Et toi, où seras-tu ?

– Je vais renforcer notre ligne de défense.

Roran courut jusqu'à la maison de Quimby, où il trouva Birgit en train d'obturer ses fenêtres avec des planches.

– Oui ? fit-elle en se tournant vers lui.

Il lui résuma son projet et expliqua :

– Pour ralentir quiconque réussirait à franchir la barrière d'arbres, je voudrais la border d'une tranchée. On pourrait même y planter des pieux aiguisés, et...

– Viens-en au fait, Roran !

– Pourrais-tu réunir les femmes et les enfants, tous ceux que tu pourras, pour creuser ? Seul, je ne m'en sortirai jamais, et nous avons peu de temps...

Il la regarda droit dans les yeux :

– S'il te plaît !

Birgit fronça les sourcils :

– Pourquoi me le demander à moi ?

– Parce que, comme moi, tu hais les Ra'zacs, et je sais que tu feras ton possible pour les arrêter.

– Oui..., murmura-t-elle.

Puis elle claqua des mains avec énergie :

– Très bien ! Comme tu veux ! Mais je n'oublierai jamais, Roran, fils de Garrow, que c'est toi et ta famille qui avez attiré le malheur sur mon mari !

Elle s'éloigna à grands pas avant que le jeune homme ait pu répliquer.

Il acceptait son animosité avec une certaine sérénité ; il s'y était attendu, étant donné la perte qu'elle avait subie. Il avait déjà de la chance qu'elle ne lui en veuille pas à mort. Sans s'attarder davantage, il courut jusqu'à l'endroit où la route principale entrait dans le village. C'était le point le plus faible, qui devait être doublement protégé. « On ne peut laisser les Ra'zacs s'engouffrer par ici. »

Roran embaucha Baldor, et tous deux commencèrent à creuser un fossé en travers de la chaussée.

– Je vais bientôt devoir te laisser, le prévint Baldor entre deux coups de pioche. Papa a besoin de moi à la forge.

Roran acquiesça d'un grognement sans même lever les yeux. Ses mains étaient occupées, mais le souvenir des soldats hantait de nouveau son esprit : leur regard quand il les avait frappés, et cette sensation horrible de la chair qui s'écrase comme une souche pourrie. Il marqua une pause, nauséeux, et observa l'agitation, d'un bout à l'autre du village : toute la population se préparait au prochain assaut.

Après le départ de Baldor, Roran acheva de creuser le profond fossé, puis il se rendit à l'atelier de Fisk. Avec la permission du charpentier, il fit tirer par des chevaux cinq troncs, coupés à la saison précédente, jusqu'à la route. Puis il les dressa verticalement dans la tranchée, pour qu'ils forment une barrière impénétrable à l'entrée de Carvahall.

Alors qu'il tassait la terre autour, Darmmen courut vers lui :
– On a les arbres. On est en train de les mettre en place.

Roran l'accompagna à l'extrémité nord du village, où une douzaine d'hommes travaillaient à aligner quatre grands pins feuillus, tandis qu'un attelage de chevaux de trait remontait la colline, sous le fouet d'un jeune garçon.

– On s'occupe de disposer les arbres. Quant aux autres, vu l'ardeur avec laquelle ils se démenaient quand je les ai quittés, ils étaient partis pour abattre le reste de la forêt !

– Parfait ! On pourra toujours utiliser les troncs en surplus.

Darmmen désigna un tas de ronces touffues déposé au bord d'un champ :

– Je les ai coupées sur la berge de l'Anora. Ce ne sera pas suffisant, j'en trouverai davantage.

Roran lui donna une claque sur l'épaule, puis se dirigea vers le côté est du village, où une longue ligne d'hommes, de femmes et d'enfants creusaient la terre. Birgit menait ses troupes tel un général d'armée, et distribuait de l'eau aux travailleurs. La tranchée faisait déjà cinq pieds de largeur et deux pieds de profondeur.

– Beau boulot ! approuva-t-il.

Birgit repoussa une mèche de cheveux sans le regarder :
– On a labouré avant de commencer, ça facilite la tâche.

– As-tu encore une bêche ?

Birgit lui montra un tas d'outils, au bout de la tranchée. En s'y rendant, Roran perçut un éclat de cheveux roux. Katrina était là, dans la file des dos courbés. Près d'elle, Sloan, l'œil fou, les mâchoires contractées, le visage maculé de poussière, abattait sa pioche avec l'énergie d'un forcené, comme s'il voulait déchirer la peau glaiseuse de la terre pour mettre au jour ses ossements cachés. Roran passa près de lui en se détournant, afin d'éviter son regard meurtrier. Il s'empara d'une pelle et l'enfonça aussitôt dans le sol avec l'espoir que l'effort physique lui ferait oublier ses angoisses.

Chacun se trouva plongé, tout au long de la journée, dans une furieuse activité, sans aucune pause ni pour le repos ni pour le repas. La tranchée s'allongeait, de plus en plus profonde, ceinturant bientôt les deux tiers du village et atteignant la rive proche de l'Anora. La terre retirée formait une digue le long de la bordure intérieure du fossé, de sorte qu'on ne pût sauter par-dessus et qu'il fût fort difficile de s'en extraire si on y tombait.

La muraille d'arbres fut achevée en début d'après-midi. Roran abandonna alors sa pelle pour aider à épointer les innombrables branches, étroitement emmêlées, et les recouvrir d'un enchevêtrement de ronces. De temps à autre, ils devaient écarter un arbre pour qu'un fermier pût faire entrer des vivres à l'abri de l'enceinte.

Au soir, les fortifications étaient plus solides et plus importantes que Roran avait osé l'espérer, même si plusieurs heures de travail s'avéraient encore nécessaires pour les terminer au mieux.

Il s'assit sur le sol pour mâcher un trognon de pain, et leva les yeux vers les étoiles, qui lui apparurent brouillées, tant il était épuisé. Une main se posa sur son épaule. Il tourna la tête et découvrit Albriech.

– Voilà ! fit celui-ci.

Il lui présentait un bouclier grossier, fait de planches chevillées ensemble, et une lance de six pieds de long. Roran les accepta avec gratitude. Albriech continua sa distribution, octroyant lance et bouclier à tous ceux qu'il croisait.

Roran se remit péniblement debout, alla prendre son marteau chez Horst et, ainsi équipé, se dirigea vers l'entrée du village, où Baldor et quelques hommes montaient la garde.

– Réveillez-moi quand vous aurez besoin de repos, leur dit-il en s'allongeant dans l'herbe, sous l'auvent de la maison la plus proche.

Il disposa ses armes de façon à les trouver aisément dans le noir et ferma les yeux, espérant dormir un peu.

– Roran, lui murmura une voix à l'oreille.

– Katrina ?

Il s'assit, clignant des paupières à cause d'un vif rayon de lumière. La jeune fille avait entrouvert le volet d'une lanterne.

– Que fais-tu ici ?

– Je voulais te voir.

Ses yeux, qui reflétaient les ombres de la nuit, lui semblèrent plus grands, plus mystérieux qu'à l'ordinaire dans son visage pâli. Elle le tira par le bras et l'entraîna à l'abri d'un porche, loin des oreilles indiscrètes de Baldor et des autres. Là, elle prit entre ses mains le visage du jeune homme, l'attira vers elle et l'embrassa doucement. Mais il était si fatigué et si troublé qu'il ne sut répondre à sa tendresse comme il l'aurait voulu. Elle recula d'un pas et l'examina :

– Qu'est-ce qui ne va pas, Roran ?

Un éclat de rire sans joie lui échappa :

– Ce qui ne va pas ? Mais rien ne va ! La Terre entière tourne de travers, comme une roue cabossée !

Il se frappa l'estomac de son poing :

– Et moi non plus, je ne vais pas ! À chaque fois que j'essaie de me détendre, je revois ces soldats saignant sous mes coups de marteau. Les hommes que j'ai *tués*, Katrina ! Et leurs yeux... leurs yeux ! Ils savaient qu'ils allaient mourir et qu'ils n'y pouvaient rien.

Tout son corps tremblant, dans le noir, il continua :

– Ils le savaient... Je le savais... et pourtant je l'ai fait. Je...

Les mots lui manquèrent, et des larmes brûlantes roulèrent sur ses joues.

Katrina berça contre sa poitrine la tête du jeune homme tandis qu'il pleurait sur toute l'horreur vécue depuis tant de temps. Il pleura sur Garrow et sur Eragon ; il pleura sur Parr, sur Quimby et tous les autres morts ; il pleura sur lui-même et sur le destin de Carvahall. Il sanglota jusqu'à ce que ce trop-plein d'émotions fut évacué, le laissant aussi sec et aussi vide qu'une vieille cosse égrenée.

Prenant une longue inspiration, il regarda Katrina et remarqua ses propres larmes, tels des diamants dans la nuit. Il les écrasa du plat de son pouce :

– Katrina, ma bien-aimée...

Il répéta les mots pour mieux les savourer :

– Ma bien-aimée, je n'ai rien d'autre à te donner que mon amour. Pourtant... je dois encore te le demander : veux-tu m'épouser ?

Dans la faible lumière de la lanterne, il vit la joie et l'émerveillement illuminer son visage. Puis elle hésita, troublée. Il n'avait pas le droit de lui demander cela, ni elle d'accepter, sans la permission de Sloan. Mais Roran ne s'en souciait plus ; il devait savoir dès à présent si Katrina et lui passeraient leur vie ensemble.

Alors, doucement, elle répondit :

– Oui, Roran, je le veux.

16
Sous un ciel assombri

Il plut, cette nuit-là.
D'épaisses couches de nuages ventrus bouchèrent la vallée de Palancar, accrochant leurs bras tenaces aux montagnes, saturant l'air d'un brouillard dense et froid. Derrière une fenêtre de la maison de Horst, Roran regardait les cordes grises de la pluie cribler les feuilles des arbres, emplir de boue le fossé entourant le village, tambouriner sur les toits de chaume, tandis que les nuées déversaient sans relâche leurs réserves d'eau. Tout semblait haché, mâchuré par les traits inexorables du déluge.

Vers le milieu de la matinée, l'orage s'apaisa, bien qu'un crachin ininterrompu s'infiltrât toujours à travers la brume. Il trempa rapidement Roran jusqu'aux os lorsque le jeune homme alla se poster derrière la barricade de la route. Il s'accroupit près des troncs dressés, secoua son manteau, rabattit un peu plus le capuchon sur son front et s'efforça d'ignorer le froid. En dépit des intempéries, Roran exultait : Katrina l'avait accepté ! Ils étaient fiancés ! Il lui semblait qu'une pièce manquante au grand puzzle de l'univers venait de trouver sa place, lui conférant l'assurance d'un guerrier invincible. Qu'importaient les soldats, les Ra'zacs, l'Empire lui-même, devant un amour comme le leur ? Ils n'étaient qu'étincelles dans un brasier !

Toutefois, malgré sa félicité, son esprit restait obsédé par ce qui était devenu son plus grand souci : comment protéger

Katrina du courroux de Galbatorix ? Il ne pensait à rien d'autre depuis qu'il s'était réveillé, après avoir dormi quelques heures. « Le mieux serait qu'elle se réfugie chez Cawley », songea-t-il en fixant la route brumeuse. « Mais elle ne consentira jamais à partir... À moins que Sloan le lui ordonne. Je devrais réussir à le convaincre ; je suis sûr qu'il souhaite autant que moi la savoir en sécurité. »

Pendant qu'il réfléchissait à la meilleure façon d'aborder le boucher, les nuages s'étaient amoncelés, et la pluie assaillit de nouveau le village de ses lances serrées. Autour du jeune homme, les flaques s'animaient sous l'assaut des gouttes qui frappaient leur surface grise, où elles rebondissaient comme des sauterelles effrayées.

Lorsque Larne, le plus jeune fils de Loring, vint prendre la relève, Roran rentra chez Horst en courant d'une maison à l'autre à l'abri des avant-toits pour prendre un peu de nourriture. Au tournant de la rue, il fut surpris de découvrir Albriech, debout sous le porche, se disputant violemment avec un groupe d'hommes.

– Vous êtes donc aveugles ! hurlait Ridley. Si on suit la ligne des peupliers, ils ne peuvent pas nous voir ! Vous vous conduisez comme des écervelés !

– Tu n'as qu'à essayer ! lui rétorqua Albriech.

– J'y compte bien !

– Et tu me raconteras l'effet que ça fait d'être criblé de flèches !

– On est peut-être un peu moins traîne-la-patte que toi ! intervint Thane.

Albriech le toisa avec un ricanement de mépris :

– Vos paroles sont aussi creuses que vos têtes ! Je ne suis pas assez stupide pour entraîner ma famille à l'abri de trois malheureuses feuilles !

Thane suffoqua, le visage cramoisi, les yeux lui sortant de la tête.

– Eh bien, quoi ? railla Albriech. Tu as perdu ta langue ?

Thane jura et envoya son poing dans la figure du jeune homme. Celui-ci éclata de rire :

– Tu n'as pas plus de force qu'une femmelette !

Attrapant alors Thane par une épaule, il l'envoya valdinguer. L'homme s'étala dans la boue, où il resta allongé, sonné.

Roran brandit sa lance comme un bâton et bondit au côté d'Albriech pour empêcher Ridley et les autres de porter la main sur lui.

– Ça suffit ! gronda-t-il. Nous avons d'autres ennemis. Convoquons l'assemblée et nommons des arbitres pour décider qui, de Thane ou d'Albriech, est dans son tort. Ce n'est pas le moment de nous battre entre nous !

– Tu en parles à ton aise ! cracha Ridley. Tu n'as ni femme ni enfants !

Il aida Thane à se remettre sur ses pieds et s'éloigna avec le groupe des mécontents.

Roran fixa durement Albriech, dont l'œil droit se marbrait d'une ecchymose violette :

– Qui a commencé ?

– Je...

Albriech s'interrompit avec une grimace et se frotta le menton avant de poursuivre :

– Je suis parti en éclaireur avec Darmmen. Les Ra'zacs ont posté des hommes sur plusieurs collines. Ils peuvent surveiller la vallée de haut en bas, et au-delà de l'Anora. Un ou deux d'entre nous réussiraient peut-être – je dis bien *peut-être* – à passer sans être repérés. Mais nous ne pourrons jamais conduire les enfants chez Cawley si nous ne tuons pas les soldats. En ce cas, autant prévenir tout de suite les Ra'zacs de nos intentions !

Le froid de la peur coula comme un poison dans les veines de Roran et lui glaça le cœur. « Que puis-je faire ? » Pressentant l'imminence d'un désastre, il entoura de son bras les épaules d'Albriech :

– Viens. Gertrude va s'occuper de toi.

Son ami l'écarta d'un geste impatient :
– Non. Elle a des blessures plus graves à soigner.
Il inspira profondément, comme un homme prêt à se jeter dans un lac, et s'élança sous la pluie, tête baissée, en direction de la forge.

Roran le suivit un instant du regard, puis il secoua la tête et entra dans la maison. Il trouva Elain, assise à même le plancher avec un groupe d'enfants, en train d'affûter des pointes de lances à l'aide de limes et de pierres à aiguiser. Roran lui fit signe. Lorsqu'ils furent à l'écart dans une autre pièce, il lui raconta ce qui venait de se passer.

Elain jura, ce qui le surprit, car il ne l'avait jamais entendue proférer de grossièretés. Puis elle demanda :
– Thane est-il en droit de demander réparation ?
– Ça se peut, admit Roran. S'il y a eu des insultes des deux côtés, celles d'Albriech ont été les plus violentes. Toutefois, Thane a frappé le premier. Vous pouvez donc vous considérer comme les offensés.
– Ça n'a pas de sens, déclara Elain en s'enveloppant dans un châle. Il faut porter cela devant le conseil de village. Si nous devons payer une amende, que ce soit fait ! Tout plutôt que de voir couler le sang !

Elle sortit de la maison, la lance qu'elle aiguisait toujours à la main.

Troublé, Roran alla prendre un morceau de pain et un peu de viande dans la cuisine, puis il se mit lui aussi à l'affûtage des armes.

Lorsque Felda, l'une des mères, arriva, il lui laissa la garde des enfants et, d'un pas lourd, retraversa le village jusqu'à la route.

Alors qu'il s'accroupissait dans la boue, un rayon de soleil transperça les nuées, illuminant les traits de pluie, dont chaque goutte jeta mille feux tel un cristal. Il s'arrêta un instant, ébloui, laissant l'eau ruisseler sur son visage. La trouée s'élargit jusqu'à ce que la masse de cumulonimbus suspendue au-dessus de la vallée de Palancar laissât apparaître une ligne de ciel d'un bleu très pur. À cause de ce noir édredon ventru et de la lumière oblique du soleil, le paysage détrempé était brillamment éclairé d'un côté et, de l'autre, teint des mille nuances de l'ombre, ce qui donnait aux champs, aux buissons, aux arbres, à la rivière et aux montagnes les plus extraordinaires couleurs. Le monde entier semblait transformé en une immense sculpture de métal poli.

Un mouvement attira alors l'attention de Roran. Baissant les yeux, il vit un soldat, sur la route, dont la cotte de mailles étincelait comme de la glace. L'homme observait d'un air ébahi les nouvelles fortifications de Carvahall. Finalement, il fit volte-face et s'enfonça en hâte dans la brume dorée.

– Ils sont là ! hurla Roran en sautant sur ses pieds.

Il regretta de ne pas avoir son arc, qu'il avait laissé à l'abri de la pluie à l'intérieur de la maison, et se réconforta un peu à l'idée que les soldats avaient dû avoir beaucoup de difficultés à garder leurs armes au sec.

Hommes et femmes sortirent en courant, se rassemblèrent au bord de la tranchée et scrutèrent la route à travers la muraille de pins et de ronces enchevêtrés. Les longues branches dégouttaient, lâchant de lourds cabochons d'eau où se reflétait une rangée de visages anxieux.

Roran se retrouva debout à côté de Sloan. Le boucher tenait dans sa main gauche un des boucliers de Fisk, et dans la droite un couperet en forme de demi-lune. À sa ceinture étaient glissés au moins une douzaine de couteaux, dont les larges lames semblaient aussi effilées que des rasoirs. Les deux hommes échangèrent un bref salut, puis fixèrent de nouveau le point où le soldat avait disparu.

Une minute plus tard à peine, la voix désincarnée d'un Ra'zac s'insinua à travers le brouillard :

– En vous obssstinant à défendre Carvahall, vous proclamez votre choix et ssscellez votre destin ! Vous mourrez !

– Montrez-nous vos faces d'asticots, si vous l'osez ! rugit Loring en réponse. Bande de crevures, charognes, sales vipères !

On vous brisera le crâne et on engraissera nos cochons avec votre sang !

Une forme sombre fonça sur eux, suivie par un choc sourd ; une lance s'était empalée dans le bois d'une porte, à un pouce du bras gauche de Gedric.

– Abritez-vous ! cria Horst.

Roran s'agenouilla derrière son bouclier et regarda à travers le mince espace entre deux planches. Il était temps ! Une demi-douzaine de lances sifflèrent au-dessus de la muraille d'arbres et se plantèrent entre les villageois recroquevillés.

Quelque part dans le brouillard monta un cri déchirant.

Le cœur de Roran sauta douloureusement dans sa poitrine. Il haleta, bien qu'il fût resté immobile, et la paume de ses mains se mouilla de sueur. Il entendit un faible tintement de verre brisé, du côté nord de Carvahall, puis une déflagration et un craquement de bois qui éclate.

Sloan et lui bondirent dans cette direction, et découvrirent six soldats en train d'évacuer les débris de plusieurs arbres. Derrière eux, silhouettes spectrales sous le scintillement de la pluie, les Ra'zacs attendaient sur leurs chevaux noirs. Sans ralentir sa course, Roran abattit sa lance sur l'un des soldats. Son premier et son second coup furent détournés ; mais Roran déstabilisa l'homme en le frappant à la hanche, et le coup suivant lui traversa la gorge.

Sloan hurlait comme une bête enragée. Il leva son couperet et fendit un casque en deux, laissant l'arme plantée dans le crâne, que la pièce d'armure protégeait. Deux soldats le chargèrent, l'épée au poing. Sloan esquiva. Il riait, à présent, à l'abri de son bouclier. L'un des soldats frappa dessus si violemment que sa lame se coinça dans la bordure de métal. D'un coup sec, Sloan attira l'homme vers lui et lui enfonça dans l'œil la pointe d'un couteau tiré de sa ceinture. Puis le boucher saisit un deuxième couteau, et asticota son autre adversaire avec un sourire dément.

– Je t'étripe ou je te coupe les jarrets ? ricana-t-il, caracolant autour de lui avec une jubilation féroce.

Roran perdit sa lance dans un nouvel affrontement. Il réussit à se saisir de son marteau juste à temps pour empêcher une épée de lui faucher une jambe. Le soldat qui lui avait arraché la lance retourna celle-ci contre lui, visant la poitrine. Roran laissa tomber le marteau, attrapa la hampe au vol – ce qui le stupéfia autant que son adversaire –, la fit tournoyer et planta la pointe acérée à travers l'armure dans les côtes du soudard. Désarmé, il voulut faire retraite, mais buta sur un corps, s'entailla le mollet contre une lame, roula sur lui-même pour éviter l'épée qu'un soldat abattait sur lui à deux mains. Il fouilla avec frénésie la boue gluante à la recherche de quelque chose, n'importe quoi, qui pût lui servir d'arme. Ses doigts heurtèrent le manche d'une hache ; il l'arracha à la fange et frappa l'une des mains qui tenaient l'épée, lui tranchant le pouce.

Le blessé regarda sa main amputée d'un air ahuri en marmonnant :

– Voilà ce qui arrive quand on ne se protège pas...

– Tu l'as dit ! approuva Roran.

Et il le décapita.

Le dernier soldat en lice, pris de panique, abandonna le terrain et courut vers les spectres impassibles, tandis que Sloan l'accablait d'un flot d'insultes et de mots orduriers. À travers le rideau luisant de la pluie, Roran vit avec horreur les deux sinistres silhouettes se pencher de leurs montures et soulever le fuyard chacun d'un côté. Ils refermèrent leurs mains crochues sur sa nuque. Les doigts cruels se resserrèrent ; l'homme poussa un cri aigu, désespéré ; son corps se convulsa, puis retomba, flasque. L'un des Ra'zacs jeta le cadavre sur sa selle, puis tous deux firent volter leurs chevaux et s'éloignèrent.

Roran, frissonnant, se tourna vers Sloan, qui nettoyait les lames de ses coutelas :

– Tu t'es bien battu.

Il n'aurait jamais cru le boucher capable d'une telle férocité. Sloan répondit d'une voix sourde :

– Ils ne me prendront pas Katrina. Jamais. Même si je dois tous les écorcher vifs, combattre le roi et mille Urgals ! Je déchirerais le ciel lui-même et laisserais l'Empire baignant dans son propre sang pour lui éviter ne serait-ce qu'une écorchure !

Puis il serra les dents, remit le dernier de ses couteaux dans sa ceinture, et commença à tirer les troncs pour les remettre en place.

Pendant ce temps, Roran roula les morts hors des fortifications à travers le terrain boueux et piétiné. « J'en ai tué cinq, maintenant. » Sa tâche achevée, il se redressa et regarda autour de lui, surpris, car seul le chuintement de la pluie troublait le silence. « Pourquoi personne n'est-il venu nous prêter main-forte ? »

Se demandant si quelque chose d'autre s'était produit, il retourna avec Sloan jusqu'au lieu de la première attaque. Deux soldats pendaient, sans vie, sur les branches luisantes de la muraille d'arbres ; mais un autre spectacle attira leur attention : Horst et plusieurs villageois étaient agenouillés en cercle autour d'un corps menu. Roran retint son souffle. C'était Elmund, fils de Delwin ; il avait dix ans. Le petit garçon avait reçu une lance dans le côté. Ses parents étaient assis près de lui, à même la boue, le visage blanc comme la pierre.

« Que pouvons-nous faire ? » frémit Roran en tombant à genoux, appuyé sur la hampe de sa lance. Peu d'enfants survivaient au-delà de cinq ou six ans. Mais perdre ainsi un fils premier-né, quand tout permettait d'espérer qu'il allait devenir grand et fort, et qu'il prendrait un jour la place de son père au village, il y avait de quoi être anéanti. « Katrina..., les enfants..., il faut les mettre à l'abri. Mais où...? Où...? Où...? »

17
AU FIL DE L'EAU QUI COURT...

Lors de la première journée de voyage, après avoir quitté Tarnag, Eragon voulut apprendre comment s'appelaient les gardes d'Ûndin. Il y avait Ama, Tríhga, Hedin, Ekkasvar, Shrrgnien – nom qu'Eragon trouva imprononçable, même quand on lui eut expliqué qu'il signifiait Cœur de Loup –, Dûthmér et Thorv.

Chaque radeau était équipé en son centre d'une petite cabine, mais Eragon préféra rester assis au bord des troncs, à contempler au fil de la rivière les Montagnes des Beors. Des martins-pêcheurs et des choucas voltigeaient au-dessus des eaux claires ; des hérons se tenaient immobiles, comme plantés sur pilotis, le long des rives marécageuses, parsemées de taches de lumière là où le soleil traversait les rameaux de noisetiers, de hêtres et de saules. De temps à autre, on entendait coasser une grenouille-taureau, cachée dans un lit de fougères.

– C'est beau, dit Eragon à Orik, qui s'installait près de lui.
– Oui, très beau.

Le nain alluma tranquillement sa pipe, puis s'allongea sur le dos en soufflant des bouffées de fumée.

Eragon écoutait le craquement du bois et des cordages tandis que Tríhga dirigeait l'embarcation à l'aide de la longue godille fixée à l'arrière.

– Orik, pourrais-tu me dire pourquoi Brom a rallié les Vardens ? Je sais si peu de chose sur lui ! Pour moi, il n'a été longtemps que le vieux conteur du pays.

– Il n'a pas rallié les Vardens ; il a aidé à les fonder.

Orik tapota sa pipe pour faire tomber les cendres dans l'eau.

– Après l'accession de Galbatorix au trône, reprit-il, Brom était le seul Dragonnier encore en vie, en dehors des Parjures.

– Mais il n'était plus un Dragonnier, alors. Son dragon a été tué à la bataille de Doru Areaba.

– Disons qu'il avait la formation d'un Dragonnier. Brom fut le premier à structurer le groupe des amis et des alliés des Dragonniers qui avaient été contraints à l'exil. C'est lui qui a convaincu Hrothgar de permettre aux Vardens de vivre à Farthen Dûr, et qui a obtenu l'assistance des elfes.

Ils restèrent un moment silencieux. Puis Eragon demanda :

– Pourquoi Brom a-t-il renoncé au pouvoir ?

Orik eut un sourire ironique :

– Peut-être ne l'a-t-il jamais désiré. C'était avant que Hrothgar m'ait adopté, aussi ai-je peu connu Brom à Tronjheim... Il était toujours au loin, à combattre les Parjures, ou bien engagé dans une affaire ou une autre.

– Tes parents sont morts ?

– Oui. La variole les a emportés quand j'étais petit ; Hrothgar a été assez bon pour m'accueillir dans sa demeure et, comme il était sans enfant, pour faire de moi son héritier.

Eragon songea à son heaume, marqué des armoiries de l'Ingeitum. « Hrothgar a eu la même bonté pour moi... »

Quand le crépuscule tomba, au milieu de l'après-midi, les nains suspendirent une lanterne ronde à chaque coin des radeaux. Elles étaient rouges, et Eragon se souvint que cela améliorait la vision nocturne. Debout près d'Arya, il sonda la profondeur immobile et pure des lanternes.

– Sais-tu de quoi elles sont faites ? demanda-t-il.

– C'est un charme que nous avons appris aux nains il y a très longtemps, expliqua l'elfe. Ils l'utilisent avec beaucoup de talent.

Eragon s'étira, se gratta les joues et le menton, sentant sous ses doigts les plaques de poils drus qui commençaient à apparaître.

– Pourrais-tu m'enseigner un peu plus de magie, pendant le voyage ?

Elle le dévisagea, plantée en parfait équilibre sur les troncs instables :

– Ce n'est pas à moi de le faire. Un professeur t'attend.

– Dis-moi au moins ce que signifie le nom de mon épée !

La voix d'Arya se fit très douce :

– *Souffrance* est ton épée. Ainsi s'appelait-elle avant que tu l'aies en main.

Eragon lança à Zar'roc un regard chargé d'aversion. Plus il en apprenait sur cette arme, plus elle lui paraissait malveillante, comme si la lame apportait le malheur de sa libre et propre volonté. « Non seulement Morzan a tué les Dragonniers avec elle, mais le nom même de Zar'roc est maléfique. » Si Brom ne la lui avait pas donnée, et si l'épée n'avait eu le don de ne jamais s'émousser et de ne pouvoir être brisée, Eragon l'aurait jetée dans la rivière à l'instant.

Avant que l'obscurité ne fût complète, Eragon rejoignit Saphira à la nage. Tous deux s'envolèrent pour la première fois depuis leur départ de Tronjheim, et s'élevèrent très haut au-dessus de l'Az Ragni, là où l'air se raréfiait. La rivière, tout en bas, n'était plus qu'une mince ligne pourpre.

Chevauchant Saphira sans selle, Eragon sentait, entre ses genoux serrés, les dures écailles frotter contre les cicatrices que leur premier vol ensemble lui avait laissées.

Alors que la dragonne virait vers la gauche, portée par un courant ascendant, il vit trois taches brunes s'élancer du flanc de la montagne, en contrebas, et monter rapidement. Eragon les prit d'abord pour des faucons ; mais, comme les volatiles se rapprochaient, il s'aperçut qu'ils mesuraient presque vingt pieds de long, qu'ils étaient dotés de courtes queues et d'ailes membraneuses. En vérité, ils ressemblaient à des dragons, même si leur corps était plus petit, plus fin et plus reptilien que celui de Saphira ; même si leurs écailles, mouchetées de vert et de brun, n'avaient pas la même brillance.

Tout excité, il les désigna du doigt :
« Crois-tu que ce soit des dragons ? »
« Je ne sais pas. »

Elle suspendit son vol, examinant les nouveaux venus qui tournoyaient autour d'elle. Les créatures paraissaient perplexes. Elles fonçaient sur la dragonne, sifflaient, et faisaient volte-face au dernier moment.

Eragon sourit et projeta son esprit vers elles, essayant de toucher leurs pensées. Lorsqu'il y réussit, elles reculèrent en piaillant, la gueule ouverte comme celle d'un serpent affamé. Leur cri strident était aussi physique que mental ; il transperça Eragon avec une violence sauvage, cherchant à le paralyser. Saphira elle-même en ressentit les effets. Sans cesser de les assaillir de leurs piaulements suraigus, les créatures déployèrent leurs griffes tranchantes comme des rasoirs.

« Tiens bon », prévint Saphira.

Elle replia son aile gauche et pivota sur elle-même, évitant deux des bêtes, puis, s'élevant rapidement, elle passa au-dessus de la troisième. De son côté, Eragon employait toute son énergie à bloquer les cris. Dès que son esprit fut libéré, il invoqua la magie.

« Ne les tue pas, dit Saphira. Laisse-moi tenter une expérience. »

Bien que les créatures fussent plus agiles, elle avait l'avantage de la taille et de la force. L'une d'elles piqua sur la dragonne, qui se retourna, ventre en l'air, et lui flanqua un coup de patte en pleine poitrine.

L'ennemi blessé battit en retraite avec un coassement étranglé.

Saphira déploya ses ailes et se remit d'aplomb pour faire face aux deux autres qui convergeaient vers elle. Elle arqua le cou ; Eragon entendit monter entre ses côtes un sourd ronflement, et un jet de flammes fusa hors de sa gueule. Un halo d'un bleu aveuglant enveloppa la tête de Saphira, fit étinceler ses écailles tels des joyaux, comme si elle était éclairée de l'intérieur.

Les deux bêtes s'écartèrent avec des glapissements affolés. Leur assaut mental cessa, et elles filèrent, cherchant la protection de la montagne.

« Tu m'as presque désarçonné ! » protesta Eragon en assurant des deux bras sa prise autour du cou de Saphira.

Elle lui jeta un coup d'œil crâneur :

« Presque, mais pas tout à fait. »

« C'est vrai », admit-il en riant.

Tout enfiévrés par cette victoire, ils redescendirent vers la rivière. Au moment où Saphira se posait en soulevant deux gerbes d'eau, Orik lança :

– Vous n'êtes pas blessés ?

– Non, le rassura Eragon.

L'eau glacée tourbillonna autour de ses jambes tandis que Saphira nageait vers le radeau.

– Était-ce une de ces espèces animales spécifiques aux Beors ? voulut-il savoir.

– Nous les appelons Fanghurs, dit le nain en le tirant à bord. Ils n'ont pas l'intelligence des dragons, et ils ne crachent pas le feu, mais ce sont néanmoins des adversaires redoutables.

– On s'en est aperçus !

Eragon se massa les tempes pour atténuer le mal de tête provoqué par les cris des Fanghurs.

– Malgré tout, ajouta-t-il, ils n'étaient pas de taille face à Saphira.

« Évidemment. »

– C'est ainsi qu'ils chassent, expliqua Orik. Ils se servent de leur pouvoir mental pour paralyser leur proie avant de la tuer.

Saphira éclaboussa Eragon d'un coup de queue :

« C'est une bonne idée. Je devrais essayer, la prochaine fois que j'irai à la chasse. »

Le garçon approuva de la tête :

« Ça pourrait aussi être utile pendant une bataille. »

Arya s'approcha :

– Je suis heureuse que vous ne les ayez pas tués. Les Fanghurs sont rares ; la destruction de trois individus aurait été une perte regrettable.

De l'intérieur de la cabine, Thorv grommela :

– Ils sont bien assez nombreux pour décimer nos troupeaux !

Orik fourrageait nerveusement dans sa barbe emmêlée :

– Ne vole plus tant qu'on sera dans les Beors, Tueur d'Ombre. Il est déjà assez difficile de vous garder indemnes, toi et ta dragonne, sans que vous vous amusiez à combattre ces vipères des airs !

– Nous resterons à terre jusqu'à ce qu'on atteigne les plaines, promit le Dragonnier.

– C'est bien.

Lorsqu'ils s'arrêtèrent pour la nuit, les nains amarrèrent les radeaux à des trembles, à l'embouchure d'un ruisseau. Ama alluma un feu pendant qu'Eragon aidait Ekksvar à faire descendre Feu de Neige sur la rive. Ils attachèrent l'étalon près d'un coin herbeux.

Thorv supervisa le montage de six grandes tentes. Hedin ramassa du bois en quantité, pour que le feu brûle jusqu'au matin, et Dûthmér, ayant transporté des provisions depuis le second radeau, entreprit de préparer le repas. Arya montait la garde à une extrémité du camp, et, leurs tâches achevées, Ekksvar, Ama et Tríhga la rejoignirent.

Voyant qu'il n'avait rien à faire, Eragon s'accroupit près du feu en compagnie d'Orik et de Shrrgnien. Lorsque ce dernier retira ses gants pour tendre ses mains couturées de cicatrices au-dessus des flammes, le garçon remarqua que des pièces de métal poli, de la longueur d'un ongle, dépassaient des jointures de ses doigts à l'exception des pouces.

– Qu'est-ce que c'est ? demanda-t-il.

Shrrgnien regarda Orik et rit :

– Ce sont mes Ascûdgamln..., mes « poings d'acier ».

Sans même se lever, il tourna le buste et frappa le fût d'un tremble, laissant quatre trous symétriques dans l'écorce.

Il rit de nouveau :

– Efficace, hein ?

Un mélange d'envie et de curiosité envahit Eragon :

– Comment est-ce fabriqué ? Je veux dire, comment ces piques sont-elles attachées à tes mains ?

Shrrgnien hésita, cherchant les mots justes :

– Un guérisseur te plonge dans un profond sommeil, de sorte que tu ne sentes pas la douleur. Puis, avec un... un *trépan* – c'est ça ? –, il creuse un trou dans tes articulations.

Il s'interrompit pour échanger quelques mots avec Orik en langage nain, et ce fut Orik qui continua :

– Un alvéole de métal est placé dans chaque trou, et scellé grâce à la magie. Quand le guerrier est tout à fait remis de cette intervention, il peut enfiler dans les alvéoles des pointes de tailles variées.

– Voilà ! Tu vois ? dit Shrrgnien avec un large sourire.

Il saisit l'espèce de griffe dépassant de son index gauche, l'ôta délicatement de son articulation et la tendit à Eragon.

Le garçon fit rouler dans sa paume la pièce de métal.

– J'aimerais bien avoir des « poings d'acier », moi aussi, dit-il en la rendant à Shrrgnien.

Orik le mit en garde :

– L'opération n'est pas sans danger. Peu de knurlan s'équipent d'Ascûdgamln, car tu risques de perdre l'usage de tes mains si le trépan s'enfonce trop.

Il éleva son poing devant Eragon :

– Nos os sont plus épais que les vôtres. Ça ne marcherait sans doute pas avec un humain.

– Je m'en souviendrai...

Néanmoins, le Dragonnier imaginait déjà ce que serait un combat, équipé d'Ascûdgamln ; pouvoir frapper n'importe quoi en toute impunité, même un Urgal en armure. L'idée le séduisait.

Après le repas, Eragon se retira dans sa tente. La lumière du feu dessinait sur la paroi de toile la silhouette de Saphira, roulée en boule à côté, telle une figurine découpée dans du papier noir.

Eragon resta assis, fixant ses genoux, une couverture sur ses jambes ; il avait sommeil, mais ne se décidait pas à dormir. Malgré lui, ses pensées le ramenaient à Carvahall. Que pouvaient bien faire Roran, Horst et tous les habitants du village à cet instant ? Le temps était-il assez clément, dans la vallée de Palancar, pour que les fermiers se mettent à ensemencer leurs champs ? Le mal du pays l'envahit brusquement, l'emplissant de tristesse.

Il sortit de son paquetage une écuelle de bois et, prenant sa gourde de peau, emplit le récipient jusqu'au bord. Puis il évoqua dans sa tête l'image de Roran et murmura :

– Draumr kópa.

Comme à chaque fois, la surface de l'eau s'obscurcit avant d'étinceler pour refléter le sujet invoqué. Eragon vit Roran assis, seul, éclairé par une chandelle, dans un lieu qu'il reconnut : une chambre de la maison de Horst. « Il a dû abandonner son travail à Therinsford », comprit-il. Son cousin s'agenouilla et frappa dans ses mains, regardant droit devant lui. À son expression, Eragon sut qu'il était aux prises avec quelque difficile problème. Cependant, Roran, quoique fatigué, semblait aller bien, ce qui réconforta Eragon. Au bout d'une minute, il relâcha sa tension, mettant fin au charme, et l'eau retrouva sa limpidité.

Ayant repris courage, il vida l'écuelle, s'allongea et tira la couverture sous son menton. Il ferma les yeux et s'enfonça dans la chaude et obscure frontière qui sépare la veille du sommeil, où la réalité oscille et se déforme au souffle des pensées, où l'imagination fleurit en liberté, où toute chose devient possible.

Il fut bientôt endormi, et rien ne troubla son repos. Mais, juste avant qu'il s'éveillât, les rêves ordinaires furent remplacés par une vision aussi claire, aussi vive que n'importe quelle expérience vécue en pleine conscience.

Il voyait un ciel torturé, envahi de fumées noires et rougeoyantes. Des corbeaux et des aigles planaient très haut, au-dessus de volées de flèches sifflant d'un bout à l'autre d'un champ de bataille. Un homme rampait dans une boue épaisse, portant un casque ébréché et une cotte de mailles sanglante, le visage dissimulé derrière son bras levé.

Une main couverte de métal entra dans la vision. Le gantelet était si proche qu'il masquait la moitié de la scène. Telle une machine inexorable, le pouce et les trois derniers doigts se refermèrent, dégageant l'index, qui se pointa vers l'homme à terre avec l'autorité du destin lui-même.

La vision emplissait encore l'esprit d'Eragon quand il s'extirpa de la tente. Il trouva Saphira à quelque distance du camp, mâchant une chose inerte encore couverte de fourrure. Quand il lui eut fait part de ce qu'il avait vu, elle interrompit sa mastication, puis elle tendit le cou et avala un lambeau de viande.

« La dernière fois que cela s'est produit, dit-elle, ta vision s'est avérée être une véritable prédiction. Une bataille se déroulerait-elle en Alagaësia ? »

Il repoussa du pied une branche morte :

« Je ne suis pas sûr... Brom disait qu'on ne peut avoir qu'une image de gens, de lieux, d'objets déjà vus auparavant. Or, je ne connais pas cet endroit. Mais je n'avais jamais rencontré Arya quand j'ai rêvé d'elle pour la première fois à Teirm. »

« Peut-être Togira Ikonoka saura-t-il expliquer cela. »

Togira Ikonoka, l'Estropié qui est Tout ! Son esprit avait communiqué avec celui d'Eragon après la bataille de Farthen Dûr ; il avait déclaré avoir des réponses à toutes ses questions...

Ils se préparèrent à lever le camp. Les nains semblaient beaucoup plus détendus maintenant qu'ils étaient à bonne distance de Tarnag. Quand ils se remirent à godiller le long de l'Az Ragni, Ekksvar – qui dirigeait le radeau où se trouvait Feu de Neige – entonna un chant de sa rauque voix de basse :

Au fil de l'eau qui court,
Sang de Kîlf, la déesse bleue,
Nous chevauchons les troncs mouvants
Pour nos foyers et pour nos clans,
Et pour l'honneur.

Sous l'eau tombant des réservoirs du ciel,
Par les bois où le froid tel un loup mord,
Nous chevauchons les troncs sanglants
Pour le fer et pour l'or,
Et pour les diamants.

Par l'anneau de ma main, que ma poigne soit sûre !
Que les arbres se battent pour garder ma demeure
Quand je m'en vais, quittant la maison de mes pères,
Vers les terres vides, au loin,
Là-bas !

Les autres nains se joignirent à Ekksvar pour chanter la suite des couplets en langage nain. La sourde vibration de leurs voix accompagna Eragon tandis qu'il avançait prudemment vers l'avant du radeau, où Arya était assise en tailleur.

– J'ai eu... une vision pendant mon sommeil, déclara-t-il.

Arya le regarda avec intérêt, et il décrivit une deuxième fois les images qui l'avaient assailli.

– Si c'était un rêve, il...

– Ce n'était pas un rêve, dit l'elfe.

Avec une lenteur délibérée, elle poursuivit, comme pour empêcher tout malentendu :

– J'ai longtemps réfléchi à la façon dont tu m'avais vue, enfermée dans la prison de Gil'ead ; et je crois que, tandis que je gisais, inconsciente, mon esprit cherchait de l'aide là où il pouvait la trouver.

– Mais pourquoi moi ?

Arya désigna d'un geste du menton Saphira qui ondulait dans les eaux :

– Je me suis habituée à la présence de Saphira durant les quinze années où j'ai eu la garde de son œuf. Quand je suis entrée dans ton rêve, j'essayais d'atteindre n'importe quoi qui me fût familier.

– Es-tu vraiment assez forte pour réussir à contacter quelqu'un à Teirm depuis Gil'ead ? En étant droguée, de surcroît ?

Une ombre de sourire étira les lèvres de l'elfe :

– Je serais aux portes mêmes de Vroengard que je converserais avec toi avec autant de facilité que je le fais actuellement.

Elle resta un instant silencieuse, puis elle reprit :

– Si ta vision de Teirm était réelle, alors celle-ci l'est aussi. C'est certainement une prémonition. Ces phénomènes se produisent chez tous les êtres doués de sensibilité, mais plus souvent encore chez ceux qui usent de magie.

Le radeau fit une embardée, et Eragon retint le filet qui enveloppait un ballot de provisions pour l'empêcher de tomber à l'eau.

– Si ce que j'ai vu *doit* advenir, comment peut-on changer le cours des choses ? Nos choix ont-ils une importance ? Qu'arrivera-t-il si je saute du radeau et que je me noie ?

– Mais tu ne le feras pas.

Arya plongea son index dans la rivière et contempla la goutte d'eau suspendue au bout de son doigt, minuscule cristal tremblant :

– Une fois, il y a très longtemps, l'elfe Maerzadí eut la prémonition qu'il tuerait accidentellement son fils dans une bataille. Plutôt que de vivre et de voir arriver ce malheur, il se suicida, sauvant son fils, et prouvant du même coup que l'avenir n'est pas fixé. À moins de te tuer, tu ne peux pas faire grand-chose pour changer ta destinée, d'autant que tu ignores lequel de tes choix te mènera à l'instant particulier que tu as visualisé.

Elle secoua la main, et la goutte tomba entre eux deux.

– Nous savons, reprit-elle, qu'il est possible d'arracher des informations au futur – les devins pressentent souvent sur quel chemin la vie mènera l'une ou l'autre personne. Nous sommes incapables, en revanche, d'affiner le procédé au point de décider de ce que nous voulons voir, à tel endroit et à tel moment.

Cette idée qu'un savoir puisse franchir les tunnels du temps troubla profondément Eragon. Cela soulevait trop de questions sur la nature de la réalité. « Si le destin et la prédestination existent vraiment, il ne reste qu'à profiter du présent et à vivre aussi honorablement que possible. »

Toutefois, il ne put s'empêcher de demander :

– Mais qu'est-ce qui m'interdit de puiser des images dans ma mémoire ? Elle contient tout ce que j'ai vu... Je pourrais peut-être susciter ces visions du passé par magie ?

Arya lui jeta un regard acéré :

– Si tu tiens à ta vie, ne tente jamais ça. Il y a bien des années, plusieurs de nos devins se sont consacrés à la résolution des énigmes du temps. Quand ils essayèrent d'invoquer le passé, ils ne réussirent qu'à créer sur leur miroir une image brouillée, avant que le sort ne les tue, ayant consommé toute leur énergie. Nous n'avons jamais renouvelé l'expérience. Certains prétendent que cela marcherait si un plus grand nombre de magiciens conjuguaient leurs forces, mais plus personne n'est prêt à prendre le risque, et la théorie reste à démontrer. À supposer qu'on puisse ressusciter le passé, ce serait d'un usage limité. Quant à visualiser le futur, il faudrait savoir exactement ce qui va arriver, où et quand ; ce qui rendrait le processus absurde. Que certains aient des prémonitions pendant leur sommeil, qu'ils puissent agir de façon inconsciente, c'est un mystère que nos plus grands sages n'ont su résoudre. Les prémonitions ont probablement un lien avec la nature et l'essence même de la magie... ou alors elles fonctionnent de la même manière que la mémoire ancestrale des dragons. Nous ne savons pas. Bien des voies de la magie sont encore inexplorées.

L'elfe se leva d'un mouvement plein de grâce :

– Tâche de ne pas te perdre sur ces chemins-là.

18
Un casse-tête

Au cours de la matinée, la vallée s'élargit, tandis que les radeaux progressaient vers une vaste ouverture entre deux montagnes. Les voyageurs l'atteignirent à la mi-journée, émergeant de la pénombre pour découvrir une plaine herbeuse et ensoleillée, dont les contours disparaissaient dans le lointain.

Poussés par le courant, ils dépassèrent les derniers rochers couverts de givre, et les murailles du monde tombèrent, révélant un ciel immense et un horizon plat. Presque aussitôt, l'air se réchauffa. L'Az Ragni tourna vers l'est, longeant, d'un côté, les contreforts d'une montagne et, de l'autre, la plaine.

Les nains semblaient perturbés de se trouver ainsi exposés dans une telle immensité. Ils marmonnaient entre eux et jetaient des regards de regret à la falaise rocheuse qu'ils laissaient derrière eux.

Eragon, lui, se sentait revigoré par le soleil. Il était difficile de rester éveillé en passant les trois quarts de la journée dans une lumière crépusculaire. Derrière le radeau, Saphira s'élança hors de l'eau et s'éleva jusqu'à n'être plus qu'un point clignotant dans le dôme d'azur qui les surplombait.

– Que vois-tu ? lui demanda-t-il.

– Je vois des hordes de gazelles au nord et à l'est. À l'ouest, le désert du Hadarac. C'est tout.

– Personne ? Pas d'Urgals ? Pas de marchands d'esclaves ni de nomades ?

– Nous sommes seuls.

Ce soir-là, Thorv choisit un étroit vallon pour y dresser leur camp. Pendant que Dûthmér préparait le dîner, Eragon débroussailla un espace près de sa tente, puis il tira Zar'roc et prit la position d'attaque que Brom lui avait enseignée la première fois qu'ils s'étaient entraînés. Il savait qu'il ne faisait pas le poids face aux elfes, et il n'avait pas l'intention d'arriver à Ellesméra en ayant oublié ce qu'il avait appris.

Tenant Zar'roc à deux mains, il la fit tourner au-dessus de sa tête avec une lenteur exagérée, et la rabattit pour fendre le casque d'un adversaire fictif. Il garda la pose une seconde. Puis, contrôlant chacun de ses mouvements, il pivota vers la droite, décrivit de la pointe de l'épée une parade à un coup virtuel, et s'arrêta, bras tendus.

Du coin de l'œil, il nota qu'Orik, Arya et Thorv le regardaient. Il les ignora et se concentra sur la lame couleur de rubis. Il la tint ainsi, tel un serpent se tortillant pour échapper à sa poigne afin de le mordre.

Pivotant de nouveau, il entama une série de figures, les enchaînant avec aisance et maîtrise, augmentant progressivement la vitesse de ses gestes. En pensée, il n'était plus dans le vallon ombreux, mais environné par une horde féroce d'Urgals et de Kulls. Il se baissait, se fendait, parait, ripostait, sautait de côté, frappait, aussi vif qu'un feu follet. Il combattait avec une énergie brutale, ainsi qu'il avait combattu à Farthen Dûr, sans s'occuper de sa propre peau, mettant en pièces des ennemis imaginaires.

Alors qu'il lançait Zar'roc, dans l'intention de faire passer le pommeau d'une main à l'autre, une douleur aiguë lui déchira le dos. Il lâcha l'épée, tituba et s'écroula.

Il entendait autour de lui les voix brouillées d'Arya et des nains, mais ne voyait qu'une brume constellée d'étincelles rouges, comme si on avait tendu sur le monde un voile sanglant. La douleur envahissait tout, annihilant ses facultés mentales, ne laissant à terre qu'une bête sauvage hurlant qu'on la délivre.

Quand Eragon revint à lui, il constata qu'on l'avait allongé dans une tente, étroitement enroulé dans des couvertures. Arya était près de lui, et Saphira passait la tête entre les pans de toile de l'ouverture.

– Suis-je resté évanoui longtemps ?
– Un bon moment. Tu as dormi un peu, à la fin. J'ai essayé de prendre ton esprit dans le mien pour soulager la douleur, mais je ne pouvais pas faire grand-chose tant que tu restais inconscient.

Eragon hocha la tête et referma les yeux. Il avait mal partout. Il respira profondément, se tourna vers Arya et demanda tout bas :

– Comment pourrai-je m'entraîner... ? Comment pourrai-je combattre ou utiliser la magie... ? Je suis comme un bateau brisé.

Il lui semblait, en parlant, que le poids des ans altérait son visage.

Tout aussi bas, elle répondit :
– Tu peux t'asseoir et observer ; tu peux écouter ; et tu peux apprendre.

Derrière les mots rassurants, il perçut une touche d'incertitude, d'effroi même, dans sa voix. Il roula sur le côté pour éviter son regard, confus d'apparaître si démuni devant elle.

– Comment l'Ombre m'a-t-il fait ça ?
– Je n'ai pas de réponse, Eragon. Je ne suis ni la plus sage ni la plus forte des elfes. Nous agissons tous au mieux, et tu n'as pas à avoir honte. Peut-être le temps guérira-t-il ta blessure.

Arya appuya ses doigts sur le front du garçon et murmura :
– Sé mor'ranr ono finna.
Puis elle quitta la tente.

Eragon s'assit, ce qui étira douloureusement les muscles contractés de son dos. Il grimaça, fixa ses mains sans les voir.

Je me demande si Murtagh souffrait autant que moi de ses cicatrices.

– Je ne sais pas, dit Saphira.

Il y eut un long silence. Puis :

– J'ai peur.

– Pourquoi ?

– Parce que... Il hésita. Parce que je suis incapable de prévenir une autre crise. Je ne sais ni où ni quand cela se produira, mais je *sais* que c'est inéluctable. Alors, j'attends et, à chaque instant, j'ai peur de soulever un objet trop lourd ou de faire un faux mouvement, et que la douleur revienne. Mon propre corps est devenu un ennemi.

Saphira émit un profond bruit de gorge :

– Je n'ai pas de réponse, moi non plus. La vie est douleur et plaisir. Si c'est le prix que tu dois payer pour tes heures de bonheur, est-ce trop ?

– Oui ! aboya-t-il.

Il rejeta les couvertures et sortit. Il avança d'un pas incertain jusqu'au milieu du campement. Arya et les nains étaient réunis autour du feu.

– Il y a encore à manger ?

Sans un mot, Dûthmér emplit une écuelle et la lui tendit. Thorv lui demanda avec déférence :

– Te sens-tu mieux, à présent, Tueur d'Ombre ?

Comme tous les nains, ce qu'il avait vu l'emplissait d'une crainte respectueuse.

– Ça va.

– Tu portes un lourd fardeau, Tueur d'Ombre.

Eragon lui jeta un regard noir, retourna vers les tentes et s'assit dans l'obscurité. Il sentait la proximité de Saphira, mais elle le laissa tranquille. Il jura entre ses dents et planta sa cuillère dans le ragoût de Dûthmér d'un geste rageur.

Comme il avalait la première bouchée, Orik surgit à son côté, l'air contrarié :

Tu n'as pas à les traiter de cette façon.

Eragon dévisagea le nain :
— Quoi ?
— Thorv et ses hommes sont là pour vous protéger, toi et Saphira. Ils donneront leur vie, s'il le faut, et compteront alors sur toi pour leur assurer leurs funérailles sacrées, ne l'oublie pas !

Eragon retint une réplique acerbe et laissa son regard errer sur la sombre surface de la rivière – cette eau qui court sans cesse, qui jamais ne s'arrête – pour tenter de se calmer :
— Tu as raison. Je n'aurais pas dû m'emporter.

Le nain sourit et ses dents étincelèrent dans la nuit :
— C'est une leçon que tout chef doit apprendre. Hrothgar me l'a fait rentrer dans la tête à coups de poing après que j'ai lancé ma botte à un nain qui avait abandonné sa hallebarde à un endroit où on risquait de marcher dessus.
— L'as-tu atteint ?
— Je lui ai cassé le nez, gloussa Orik.

Eragon ne put s'empêcher de rire :
— Je m'en souviendrai pour ne pas réagir comme toi.

Il entendit un tintement métallique : Orik extrayait quelque chose d'une bourse de cuir.
— Tiens, dit le nain en déposant dans la paume du garçon une ribambelle de petits maillons d'or. C'est un puzzle que nous utilisons pour tester notre dextérité et nos capacités de déduction. Il y a huit anneaux. Si tu les disposes comme il faut, ils forment un seul anneau. Ce casse-tête me change efficacement les idées quand j'ai un problème.
— Merci, murmura Eragon, déjà captivé par la complexité de la chaîne dorée.
— Tu pourras le garder si tu réussis.

De retour dans sa tente, Eragon s'allongea à plat ventre et examina les maillons à la faible lumière du feu, qui pénétrait par l'ouverture de toile. Quatre anneaux passaient à travers les quatre autres. Chacun était poli sur la première moitié, et présentait un décrochement asymétrique sur la seconde, à l'endroit où on pouvait l'entrelacer avec la suite des maillons.

Eragon essaya diverses configurations, et se trouva rapidement mis en échec par une simple évidence : il paraissait impossible de disposer en parallèle les deux ensembles d'anneaux de façon à les placer côte à côte.

Absorbé par ce défi, il oublia le tourment de la peur.

Le garçon s'éveilla peu avant l'aube. Frottant ses yeux ensommeillés, il écarta l'ouverture de la tente, s'étira. Son souffle se condensait en une buée blanche dans l'air froid du matin. Il salua Shrrgnien, qui montait la garde près du feu, courut à la rivière et se lava le visage. Le choc glacé de l'eau le fit grimacer.

Ayant repéré mentalement Saphira, il alla prendre Zar'roc, la passa à sa ceinture, et se dirigea, guidé par l'esprit de la dragonne, vers un bosquet de hêtres en bordure de l'Az Ragni. Il fut vite trempé par la rosée dégouttant d'un enchevêtrement de buissons qui obstruaient le passage. Il se fraya un chemin à travers les ramures et déboucha sur la plaine silencieuse. Une colline ronde s'élevait devant lui. Au sommet, telles deux statues antiques, se tenaient Arya et Saphira. Elles étaient tournées vers l'est, où une vague lueur montant dans le ciel teintait d'ambre les herbes de la prairie.

Lorsque la clarté de l'aube illumina les deux silhouettes, Eragon se rappela comment Saphira avait regardé le soleil se lever, perchée sur la colonne de son lit, quelques heures après être sortie de son œuf. Avec ses yeux perçants étincelant sous l'arcade osseuse, l'arc féroce de son cou, et la souple puissance que soulignait chaque ligne de son corps, elle lui évoquait un gigantesque épervier ou un faucon. C'était une chasseresse, dans toute la sauvage beauté du mot. Les traits fins d'Arya et sa grâce de panthère s'accordaient parfaitement à la présence de la dragonne, à son côté. Tout, dans leur maintien, les accordait l'une à l'autre tandis qu'elles étaient là, debout, baignées par la lumière du petit matin.

Un frémissement de joie et de respectueuse admiration parcourut le dos d'Eragon. Il avait part à *ça*, en tant que Dragonnier.

Parmi toutes les merveilles de l'Alagaësia, il avait eu la chance insigne d'être associé à *ça*. Cette pensée lui fit monter les larmes aux yeux ; un sourire exalté illumina son visage ; tous ses doutes, toutes ses peurs se dissolvaient dans une bouffée de pure émotion.

Toujours souriant, il monta sur la colline et vint se placer près de Saphira pour assister à la naissance du jour.

Arya le regarda. Eragon rencontra ce regard, et son cœur fit une embardée. Il s'empourpra sans savoir pourquoi, prenant conscience d'une soudaine connivence avec elle ; il sut qu'elle le comprenait mieux que quiconque, à l'exception de Saphira. Jamais il n'avait ressenti un tel trouble auparavant ; il en était bouleversé.

Sur le radeau, Eragon passa le reste de la journée à se remémorer cet instant, ce qui lui arrachait des sourires involontaires et remuait en lui un mélange d'impressions bizarres, qu'il n'arrivait pas à identifier. Il passa presque tout son temps adossé à la paroi de la cabine, à manipuler les anneaux d'Orik et à laisser ses yeux errer sur le paysage changeant.

Vers midi, ils franchirent l'ouverture d'une vallée, et une autre rivière vint mêler ses eaux à celles de l'Az Ragni, doublant sa largeur et sa vitesse. Tout ce que les nains pouvaient faire, c'était maintenir les radeaux à égale distance des deux rives – maintenant éloignées d'une bonne lieue – pour éviter qu'ils ne soient ballottés comme des épaves par la violence du courant, et entrent en collision avec les troncs qui dérivaient çà et là.

Une lieue après la jonction des deux rivières, l'Az Ragni vira vers le nord et longea un pic solitaire environné de nuages, qui se dressait en dehors de la masse des Beors, telle une tour de garde gigantesque bâtie là pour surveiller les plaines.

Les nains s'inclinèrent devant le pic, et Orik dit à Eragon :

– C'est Moldûn le Fier, la dernière vraie montagne que nous croiserons pendant ce voyage.

Quand les radeaux furent amarrés pour la nuit, Eragon vit Orik déballer une longue boîte noire, incrustée de perles fines, de rubis et d'un entrelacs de fils d'argent. Le nain fit claquer un fermoir et souleva le couvercle, révélant un arc sans corde posé sur une garniture de velours rouge. Le corps de l'arc était noir, décoré à l'or fin d'un dessin compliqué, représentant des vignes, des fleurs, des animaux et des runes. C'était un objet si luxueux qu'Eragon se demanda comment on pouvait oser s'en servir.

Orik mit une corde à l'arc – presque aussi haut que lui, quoique pas plus grand qu'une arme d'enfant selon les proportions humaines –, repoussa la boîte et déclara :

– Je vais nous chercher un peu de viande fraîche. Je serai de retour dans une heure.

Sur ce, il disparut dans les buissons. Thorv poussa un grognement désapprobateur, mais ne fit pas un geste pour le retenir.

Fidèle à sa parole, Orik revint avec une paire d'oies à long cou.

– J'en ai trouvé toute une bande perchée sur un arbre, dit-il en jetant les volailles à Dûthmér.

Comme Orik reprenait le coffret décoré, Eragon demanda :
– Dans quel bois est taillé ton arc ?
– Du bois ?

Le nain éclata de rire :
– Un arc aussi court, s'il était en bois, n'enverrait pas une flèche à plus de vingt pas ; il se briserait ou bien la corde casserait au bout de quelques tirs. Non, celui-ci est taillé dans une corne d'Urgal !

Eragon lui jeta un regard soupçonneux, persuadé que le nain se payait sa tête :
– La corne n'est pas assez souple et n'a pas assez de ressort !
– Ah ! gloussa Orik. C'est qu'il faut savoir la préparer ! On a d'abord expérimenté la technique avec des cornes de Feldûnosts, mais ça marche aussi bien avec de la corne d'Urgal. On coupe la corne en deux dans le sens de la longueur, puis on taille la couche externe à la bonne épaisseur. On ébouillante la bande ainsi obtenue, on l'aplatit et on la ponce pour lui donner sa

forme définitive, avant de la fixer sur une lamelle de cœur de frêne, avec une colle faite d'écailles de poisson et de peau de museau de truite. Le frêne est recouvert de plusieurs couches de tendons, ce qui donne à l'arc son ressort. La dernière étape est la décoration. Le processus complet peut prendre presque une décennie.

– Je n'avais encore jamais entendu parler de ce genre d'arc, lui fit remarquer Eragon.

Son arme à lui, à côté, avait tout de la branche mal dégrossie.

– Quelle est sa portée ?

– Vois par toi-même, dit Orik.

Il passa l'arc à Eragon, qui le tint avec précaution de peur d'abîmer sa décoration. Le nain prit une flèche dans son carquois et la lui tendit :

– Mais tu me devras une flèche !

Eragon l'encocha, visa du côté de l'Az Ragni, et banda l'arc. Celui-ci ne mesurait pas deux pieds de long, pourtant, à son étonnement, le garçon constata qu'il était bien plus lourd que le sien. Il était à peine assez fort pour tirer sur la corde. Il lâcha la flèche, qui disparut en sifflant et réapparut loin au-dessus de la rivière. Eragon la regarda, stupéfait, s'enfoncer dans une gerbe d'eau au beau milieu de l'Az Ragni.

Il fit aussitôt appel, dans les arcanes de son esprit, à la puissance de la magie et dit :

– Gath sem oro un lam iet.

Au bout de quelques secondes, la flèche jaillit hors de l'eau et traversa les airs dans l'autre sens pour se poser dans sa main tendue.

– Et voici la flèche que je te dois, fit-il.

Orik se frappa la poitrine du poing, saisit la flèche et s'inclina profondément, l'air ravi :

– Magnifique ! Ainsi, mes deux douzaines sont inentamées ! Sinon, j'aurais dû attendre d'être à Hedarth pour compléter mon stock.

Il ôta adroitement la corde, rangea l'arc et enveloppa la boîte dans des chiffons pour la protéger.

Voyant qu'Arya les observait, Eragon lui demanda :

– Les elfes utilisent-ils aussi des arcs en corne ? Vous êtes si forts qu'une arme en bois se briserait entre vos mains.

– Le bois de nos arcs naît de nos chants, dit-elle.

Après cette réponse énigmatique, elle s'éloigna.

Pendant des jours, ils naviguèrent entre des étendues d'herbe printanière, les montagnes des Beors disparaissant derrière eux dans un voile de brume. D'importants troupeaux de gazelles parcouraient souvent les rives, et de petits daims roux les regardaient passer de leurs grands yeux limpides.

Maintenant que les Fanghurs n'étaient plus une menace, Eragon volait presque en permanence avec Saphira. C'était la première fois, depuis leur séjour à Gil'ead, qu'ils pouvaient rester aussi longtemps ensemble dans les airs, aussi en profitaient-ils largement. Et le garçon appréciait d'échapper à l'inconfort du radeau, d'autant que la proximité d'Arya le rendait gauche et nerveux.

19
ARYA SVIT-KONA

Les voyageurs suivirent le cours de l'Az Ragni jusqu'à ce qu'il se jette dans l'Edda, qui s'enfonçait dans les territoires inconnus de l'Est. À la jonction des deux rivières, ils visitèrent Hedarth, le dernier poste de commerce des nains, où l'escorte d'Eragon échangea ses radeaux contre des ânes. À cause de leur taille, les nains ne montaient jamais de chevaux.

Arya refusa la monture qu'on lui offrait, déclarant :
– Je ne rentrerai pas dans le pays de mes ancêtres sur le dos d'un baudet !

Thorv fronça les sourcils :
– Comment suivras-tu notre allure ?
– Je courrai.

Et elle courut, devançant Feu de Neige et les ânes, s'asseyant pour les attendre à la colline ou au boqueteau suivants. Malgré ce rythme, quand ils firent halte pour la nuit, elle ne montrait pas plus de signes de fatigue que de dispositions à communiquer, n'articulant pas trois mots du dîner au petit déjeuner. Sa tension semblait augmenter à chaque pas.

Partis d'Hedarth, ils remontèrent le cours de l'Edda en direction de sa source, le lac Eldor.

Le Du Weldenvarden apparut après trois jours de route. La forêt forma d'abord une ligne brumeuse à l'horizon, qui se dilata en une mer émeraude de vieux chênes, de hêtres et d'érables. Depuis le dos de Saphira, Eragon vit que rien, de l'est au nord, n'entamait l'épaisseur des bois, et il savait qu'ils s'étendaient bien plus loin encore, couvrant toute la longueur de l'Alagaësia.

La pénombre qu'il devinait, sous la voûte des branches, lui semblait mystérieuse et attirante tout autant que dangereuse, car là était la demeure des elfes. Enfouies quelque part dans le cœur tacheté d'ombre et de lumière du Du Weldenvarden, se dressaient Ellesméra – où il terminerait sa formation – ainsi qu'Osilon et les autres cités elfiques, que bien peu d'étrangers avaient visitées depuis la chute des Dragonniers. La forêt était un lieu rempli de pièges pour les simples mortels, Eragon le sentait, sûr d'être confronté à une étrange magie et à de tout aussi étranges créatures.

– C'est un autre monde, fit-il remarquer.

Deux papillons, surgis des profondeurs noires de la futaie, dansaient l'un avec l'autre.

– J'espère, dit Saphira, qu'il y aura assez de place pour moi entre les arbres, sur quelque sentier d'elf. Je ne peux pas voler en permanence.

– Ils avaient sûrement trouvé moyen d'accueillir les dragons, au temps des Dragonniers.

– Mmmm...

Cette nuit-là, au moment où Eragon prenait ses couvertures, Arya se matérialisa contre son épaule, tel un esprit sorti de l'air. Cette apparition furtive le fit sursauter ; il n'arrivait pas à comprendre comment elle parvenait à se mouvoir ainsi sans faire le moindre bruit. Avant qu'il ait pu lui demander ce qu'elle désirait, l'esprit de l'elfe rencontra le sien :

– Suis-moi aussi discrètement que tu pourras.

Le contact le surprit autant que la requête. Il avait échangé des pensées avec elle pendant le vol vers Farthen Dûr – c'était alors le seul moyen de lui parler à travers son coma volontaire. Mais, depuis la guérison d'Arya, il n'avait jamais plus tenté de l'atteindre mentalement. C'était une expérience trop intime.

Chaque fois qu'il touchait la conscience d'autres personnes, il avait l'impression qu'une facette de son âme nue se frottait à la leur. Prendre une telle initiative sans y avoir été invité aurait été impoli, grossier ; il lui aurait semblé trahir – fût-ce un peu seulement – la confiance d'Arya. Eragon craignait également qu'un tel lien révélât ses sentiments pour l'elfe, aussi confus que nouveaux, et il n'avait aucune envie de se ridiculiser à cause de ça.

Il la suivit tandis qu'elle se glissait hors du cercle des tentes et évitait prudemment Tríhga, qui avait pris le premier tour de garde, passant loin de portée de son oreille. Eragon sentait au fond de lui Saphira surveiller chacun de ses déplacements, prête à bondir à son côté s'il était besoin.

Arya s'assit à croupetons sur une souche couverte de mousse et referma ses bras autour de ses genoux sans le regarder :

— Il y a des choses que tu dois savoir avant d'atteindre Ceris et Ellesméra, de sorte que tu ne nous mettes pas l'un et l'autre dans l'embarras à cause de ton ignorance.

Il s'accroupit en face d'elle, curieux :

— Quel genre de choses ?

Arya parut indécise. Puis elle répondit :

— Pendant les années où j'étais l'ambassadrice de notre reine Islanzadí, j'ai pu observer que les nains et les humains étaient fort semblables. Vous partagez beaucoup de croyances et de passions. Bien des humains ont vécu sans problème parmi les nains parce que ceux-ci comprennent votre culture, comme vous comprenez la leur. Les uns et les autres, vous aimez, vous convoitez, vous haïssez, vous combattez et vous créez. Ton amitié avec Orik et ton entrée dans le Dûrgrimst Ingeitum en sont de bons exemples.

Eragon approuva de la tête, quoique les différences entre nains et humains lui apparussent clairement.

— Les elfes, cependant, continua-t-elle, ne sont pas comme les autres peuples.

— Tu parles comme si tu n'en étais pas une, dit-il, reprenant les mots qu'elle avait employés à son sujet à Farthen Dûr.

– J'ai passé assez d'années avec les Vardens pour m'habituer à leurs traditions, répliqua-t-elle sèchement.
– Ah...! Veux-tu dire, alors, que les elfes n'ont pas les mêmes émotions que les nains et les humains ? Je trouve ça difficile à croire. Tous les êtres vivants ressentent les mêmes besoins et les mêmes désirs fondamentaux.
– Ce n'est pas ce que je voulais dire.

Eragon encaissa, puis l'observa, les sourcils froncés. Ce n'était pas dans ses habitudes de se montrer aussi cassante. Arya ferma les yeux, plaça ses doigts sur ses tempes et inspira profondément :

– À cause de notre longévité, la courtoisie est la vertu la plus haute de notre société. On ne peut se permettre d'offenser qui que ce soit si la rancune doit durer des décennies ou des siècles. Rester courtois est le seul moyen d'empêcher que l'hostilité s'installe. Nous n'y réussissons pas toujours, mais nous respectons rigoureusement nos rituels, car ils nous préservent des excès. D'autre part, les elfes sont peu féconds, il est donc vital d'éviter les conflits entre nous. Si nous avions le taux de criminalité des humains ou des nains, notre race serait bientôt éteinte.

Il y a une façon particulière de saluer les sentinelles à Ceris, certaines manières et formules à observer quand on est présenté à la reine Islanzadí, et une centaine de formules de politesse à employer vis-à-vis des uns ou des autres, quand il n'est pas préférable de se taire, tout simplement.

– Avec toutes ces coutumes, se risqua Eragon, il me paraît surtout plus facile d'offenser les gens !

Un sourire flotta sur les lèvres d'Arya :

– Peut-être. Tu sais aussi bien que moi que l'on t'accordera la plus haute considération. Si tu commets une erreur, les elfes penseront que tu l'as fait exprès. Mais, s'ils découvrent que c'est une conséquence de ton ignorance, ce sera pire. Mieux vaut que l'on te prenne pour un rustre compétent que pour un rustre incapable, sinon, tu risques d'être manipulé, tel le Serpent dans une partie de Runes. Nos changements de politique sont à la fois lents et subtils. Ce que tu verras ou entendras dire d'un elfe un jour ne correspondra peut-être qu'à une infime évolution dans une stratégie vieille d'un millénaire, et n'aura aucune incidence sur la façon dont cet elfe se comportera demain. C'est un jeu que tous jouent, mais que peu contrôlent, un jeu auquel tu vas bientôt participer.

« Tu comprends sans doute, à présent, pourquoi je dis que les elfes ne ressemblent à aucune autre espèce. Les nains ont également une longue vie, bien qu'ils ne soient pas aussi nombreux que nous et ne partagent pas notre goût pour les intrigues. Quant aux humains...

Elle baissa la voix et s'abstint de tout commentaire.

– Les humains, répliqua Eragon, font de leur mieux avec ce qu'ils ont.

– Quand même...

– Pourquoi ne dis-tu pas ça à Orik ? Il va séjourner à Ellesméra, tout comme moi.

La voix d'Arya se fit tranchante :

– Il est déjà quelque peu familiarisé avec nos coutumes. Cependant, en tant que Dragonnier, tu ferais bien de paraître mieux éduqué que lui.

Eragon accepta la rebuffade sans protester :

– Que dois-je apprendre ?

Arya se mit donc à l'instruire, et à travers lui Saphira, des subtilités de la société des elfes. Elle expliqua d'abord que, lorsqu'un elfe en rencontre un autre, chacun s'arrête et porte deux doigts à ses lèvres pour signifier : « Je ne déformerai pas la vérité pendant notre conversation. » Après quoi, l'un prononce la phrase : « Atra esterní ono thelduin », à laquelle l'autre répond : « Atra du evarínya ono varda. »

– Et si tu veux te montrer particulièrement cérémonieux, continua-t-elle, tu ajoutes : « Un atra mor'ranr lífa unin hjarta onr », c'est-à-dire : « Que la paix règne dans ton cœur. » Ces formules viennent d'une bénédiction prononcée par un dragon au temps où notre pacte avec eux fut définitivement adopté. Le texte en est :

*Atra esterní ono thelduin,
Mor'ranr lífa unin hjarta onr,
Un du evarínya ono varda.*

Autrement dit : « Que la chance t'accompagne, que la paix règne dans ton cœur, et que les étoiles veillent sur toi ! »
– Et comment sait-on qui doit commencer ?
– Si tu salues quelqu'un d'un plus haut rang que toi ou si tu souhaites honorer un subordonné, tu prends la parole le premier. Si tu rencontres une personne moins importante que toi, tu parles après elle. Si tu n'es pas sûr de la hiérarchie entre vous, tu laisses à ton interlocuteur le temps de s'exprimer ; s'il reste silencieux, c'est toi qui parles. Telle est la règle.
– Devrai-je aussi adopter cette règle ? demanda Saphira.
Arya ramassa une feuille morte et la froissa entre ses doigts. Derrière elle, l'obscurité tombait sur le campement ; les nains étouffaient le feu, répandant sur les flammes une couche de terre afin que les braises couvent jusqu'au matin.
– Dans notre société, répondit l'elfe, nul n'est supérieur à un dragon. La reine elle-même n'a aucune autorité sur toi. Tu peux faire et dire ce que tu veux. Nous n'attendons pas des dragons qu'ils se soumettent à nos lois.
Arya apprit ensuite à Eragon un geste curieux, consistant à retourner sa main droite pour la placer au-dessus du sternum :
– Voilà ce que tu feras lorsque tu rencontreras Islanzadí. Par ce signe, tu l'assures de ta loyauté et de ton obéissance.
– Cela me lie-t-il à elle, comme mon serment d'allégeance à Nasuada ?
– Non, ce n'est qu'une marque de courtoisie, et des plus simples.
Eragon s'efforça de mémoriser les différentes formules qu'Arya lui enseigna ensuite. Les salutations différaient selon

qu'elles s'adressaient à un homme ou à une femme, à un adulte ou à un enfant, à un garçon ou à une fille, et dépendaient également du rang et du prestige de l'interlocuteur. La liste était impressionnante, mais Eragon savait qu'il devrait s'en souvenir parfaitement.

Quand il eut enregistré le maximum d'informations, Arya se leva en se frottant les mains pour en ôter les salissures :

– Si tu n'oublies rien de tout ça, tu te comporteras comme il faut.

– Attends ! fit Eragon, alors qu'elle s'éloignait.

Il tendit le bras pour la retenir, mais interrompit son geste avant qu'elle eût remarqué son intention. Elle lui lança par-dessus son épaule un regard interrogateur. Le choc de ses yeux noirs fit perdre au garçon tous ses moyens. Malgré ses efforts pour mettre sa pensée en mots, il ne sut que bredouiller :

– Arya, est-ce que... tu vas bien ? Tu me sembles être... ailleurs, depuis qu'on a quitté Hedarth.

Il tressaillit intérieurement en la voyant blêmir. Il comprit qu'il s'y était mal pris, sans deviner comment la question avait pu l'offenser.

– Quand nous serons au Du Weldenvarden, lui fit-elle savoir, j'espère que tu ne parleras pas sur un ton aussi familier, à moins que tu aies l'intention de me provoquer.

Et elle s'éloigna à grands pas.

– Cours après elle ! s'exclama Saphira.

– Quoi ?

– Nous ne pouvons pas nous permettre de la laisser en colère contre toi ! Va t'excuser !

Le garçon fut piqué au vif :

– Non ! C'est elle qui est en faute, pas moi.

– Va lui faire tes excuses, Eragon, où je remplis ta tente de charognes !

Ce n'était pas une menace en l'air.

– Comment vais-je m'y prendre ?

Saphira réfléchit un instant, puis lui expliqua ce qu'il devait faire. Sans discuter, il bondit et coupa la route à l'elfe, la forçant à s'arrêter. Elle le toisa d'un air hautain.

Il porta deux doigts à ses lèvres et, se servant de ce qu'il venait d'apprendre, utilisa le titre honorifique réservé à une femme de grande sagesse :

– Arya Svit-kona ! Je t'ai mal parlé, et je t'en demande pardon. Saphira et moi sommes soucieux de ta santé et de ton bien-être. Après tout ce que tu as fait pour nous, la moindre des choses est que nous t'offrions notre aide en retour, si tu en as besoin.

Arya se détendit :

– J'apprécie ta sollicitude. Moi aussi, je t'ai mal parlé.

Elle baissa les yeux. Sa fine silhouette se découpait, rigide, dans le noir.

– Tu te demandes ce qui me trouble, Eragon ? Tu veux vraiment le savoir ? Alors, je vais te le dire.

Sa voix était à présent aussi douce qu'un duvet de chardon flottant au vent :

– J'ai peur.

Abasourdi, Eragon resta muet. Elle le contourna et s'éloigna, le laissant seul dans la nuit.

20
Ceris

Au matin du quatrième jour, alors qu'Eragon chevauchait au côté de Shrrgnien, le nain demanda :

– Est-ce vrai, ce qu'on dit, que les hommes ont dix doigts de pieds ? Je dois avouer que je possède peu de connaissances, n'ayant jamais voyagé hors de nos frontières jusqu'à présent.

– Bien sûr, nous en avons dix ! s'écria Eragon. Pas vous ?

Il se tortilla sur sa selle, leva un pied, retira sa botte et sa chaussette, et agita ses orteils sous les yeux stupéfaits de son compagnon.

Shrrgnien secoua la tête :

– Nous, nous en avons sept à chaque pied. C'est ainsi qu'Helzvog nous a créés. Cinq, c'est trop peu, six est un mauvais chiffre, mais sept... Sept, c'est juste ce qu'il faut.

Il jeta un dernier coup d'œil au pied d'Eragon, puis talonna son âne pour rejoindre Ama et Hedin, avec qui il se mit à palabrer avec animation. À la fin, les deux autres lui donnèrent quelques pièces d'argent.

– J'ai comme l'impression d'avoir fait l'objet d'un pari, dit Eragon en se rechaussant.

Sans qu'il en comprenne la raison, Saphira eut l'air de trouver cela fort drôle.

Lorsque vint le crépuscule et que la lune monta, toute ronde, dans le ciel, l'Edda coulait presque en lisière du Du Weldenvarden. Les voyageurs suivirent une piste étroite, se frayant un chemin dans un enchevêtrement de cornouillers et d'églantiers en fleurs, qui répandaient un chaud parfum dans l'air du soir.

Un frémissement d'impatience parcourut Eragon à l'approche de la sombre forêt, car il foulait désormais les terres des elfes, et Ceris n'était plus très loin. Il raccourcit les rênes et se pencha sur l'encolure de Feu de Neige. Saphira se montrait aussi excitée que lui ; elle marchait en tête, agitant sa queue d'un mouvement nerveux.

Eragon avait l'impression de chevaucher en rêve.

– Ça semble irréel, dit-il.

– Oui. Ici, les légendes du temps passé parcourent encore la terre.

Ils débouchèrent finalement dans une petite prairie, entre la rivière et la forêt.

– Arrêtez-vous ! ordonna Arya à voix basse.

Elle s'avança, seule, au milieu de l'herbe drue, et s'écria en ancien langage :

– Approchez, mes frères ! Vous n'avez rien à craindre. C'est moi, Arya d'Ellesméra. Mes compagnons sont des amis et des alliés ; ils ne nous veulent aucun mal.

Elle prononça encore quelques mots qu'Eragon ne comprit pas. Pendant plusieurs minutes, il n'y eut pas d'autre bruit que le grondement de la rivière derrière eux, jusqu'à ce que, sous la frondaison immobile, une ligne d'elfes apparût, si soudainement qu'Eragon n'aurait su dire comment la chose s'était produite.

Dans un bruissement de feuilles, deux elfes armés de longs javelots se placèrent en bordure de la forêt, deux autres se juchèrent avec légèreté sur les branches noueuses d'un chêne, des arcs à la main. Tous étaient vêtus d'une tunique couleur de mousse et d'une cape doublée d'écorce souple, retenue à l'épaule par une broche d'ivoire. Les tresses de l'un étaient aussi noires que celles d'Arya. Les cheveux des trois autres brillaient comme des étoiles.

— Oui, c'est moi, dit Arya.

Alors, les elfes perchés sur les branches sautèrent dans l'herbe, et tous les quatre coururent serrer Arya dans leurs bras avec de grands rires clairs. Puis ils se prirent par la main et, comme des enfants qui font la ronde, entamèrent une chanson, tournant autour d'elle joyeusement.

Eragon observait la scène avec stupéfaction. Arya ne lui avait jamais laissé entendre que les elfes aimaient – ou simplement *savaient* – rire ! Ils émettaient des sons surprenants, telles des flûtes et des harpes se répondant en trilles allègres. Le garçon aurait voulu écouter ces rires éternellement.

Saphira vint alors se placer au côté d'Eragon. En la voyant surgir, les elfes poussèrent des cris d'effroi et ramassèrent leurs armes. Arya se mit à parler très vite, sur un ton rassurant, désignant d'abord la dragonne, puis Eragon. Quand elle se tut pour reprendre haleine, Eragon retira son gant droit et leva sa paume de sorte que le gedwëy ignasia captât la lumière de la lune, et il dit, comme il l'avait fait pour Arya bien longtemps auparavant :

— Eka fricai un Shur'tugal. Je suis un Dragonnier et un ami.

Se souvenant de la leçon de la veille, il porta deux doigts à ses lèvres et ajouta :

— Atra esterní ono thelduin.

Les visages étroits des elfes s'illuminèrent de joie. Pressant à leur tour leur index sur leurs lèvres, ils s'inclinèrent, murmurant leur réponse en ancien langage.

Puis ils désignèrent les nains et s'esclaffèrent comme à une bonne plaisanterie. Après quoi, ils s'élancèrent vers la forêt en agitant les mains :

— Venez ! Venez !

Eragon et Saphira suivirent Arya ; les nains venaient derrière, marmonnant entre eux. Dès qu'ils furent entrés sous le couvert des arbres, la canopée les plongea dans une pénombre velouteuse, trouée ici et là par un rayon de lune traversant la voûte des feuilles. Eragon entendait autour de lui des rires et des chuchotements, mais il ne voyait personne. Parfois, une voix indiquait la direction aux voyageurs s'ils hésitaient.

Ils virent bientôt briller entre les arbres la lumière d'un feu, qui faisait danser les ombres comme des lucioles. Lorsque Eragon pénétra dans le cercle de lumière, il remarqua trois huttes rondes serrées les unes contre les autres au pied d'un énorme chêne. Des bouquets de plantes séchaient, accrochés à une perche. Du sommet de l'arbre, un guetteur installé sur une plate-forme recouverte d'un toit surveillait la rivière et la forêt.

Les quatre elfes disparurent dans les huttes, et en ressortirent les bras chargés de fruits et de légumes – mais pas de viande – et se mirent à préparer le repas pour leurs hôtes. Ils chantonnaient en travaillant, passant d'un air à un autre selon leur envie. Lorsque Orik leur demanda leurs noms, l'elfe aux nattes noires se désigna en disant :

– Je suis Lifaen, de la Maison de Rílvenar. Mes compagnons s'appellent Edurna, Celdin et Narí.

Eragon s'assit près de Saphira, heureux de pouvoir se reposer en observant les elfes. Quoique tous quatre fussent des hommes, leur visage ressemblait à celui d'Arya, avec des lèvres délicates, un nez fin et de grands yeux fendus en amande étincelant sous la ligne des sourcils. De même leur silhouette aux épaules étroites, aux membres longs et minces, évoquait celle de la jeune femme. Ils faisaient preuve – à leur façon particulière et insolite – d'une noblesse et d'une distinction qu'Eragon n'avait rencontrées chez aucun humain.

« Qui aurait cru qu'un jour je visiterais la terre des elfes ? » songea-t-il. Il sourit et s'appuya au coin d'une hutte. La chaleur du feu le rendait somnolent. Au-dessus de lui, Saphira observait les elfes de son œil bleu avec une attention extrême. Au bout d'un moment, elle fit remarquer :

– Cette race est plus imprégnée de magie que ne le sont les humains ou les nains. Ils n'ont pas le sentiment d'avoir été tirés de la terre ou de la pierre, mais plutôt de venir d'un autre royaume, moitié d'ici, moitié d'ailleurs, telles des images reflétées dans l'eau.

– Ils ont une grâce certaine.

Les elfes bougeaient comme des danseurs, chacun de leurs gestes était harmonieux.

Brom avait appris à Eragon qu'il était grossier de parler mentalement au dragon d'un Dragonnier sans la permission de celui-ci, et les elfes respectaient cette coutume, s'adressant à voix haute à Saphira, qui leur répondait alors par la pensée. La dragonne évitait d'ordinaire de toucher l'esprit d'un nain ou d'un humain, et chargeait Eragon de transmettre ses paroles, car peu d'individus de l'une ou l'autre race étaient assez entraînés pour protéger le domaine privé de leur esprit s'ils le souhaitaient. Il paraissait également abusif d'utiliser une forme de contact aussi intime pour parler de choses quotidiennes. Les elfes, en revanche, ne montraient pas ce genre d'inhibition. Ils accueillaient volontiers Saphira dans leur mental, prenant plaisir à sa présence.

Enfin, le repas fut prêt, et servi dans des assiettes qui semblaient taillées dans de l'os, quoiqu'un grain semblable à celui du bois fût apparent à travers les motifs de fleurs et de vignes qui en décoraient le pourtour.

On fournit à Eragon un cruchon de vin de groseille, fait du même étrange matériau, dont l'anse sculptée figurait un dragon.

Pendant qu'ils mangeaient, Lifaen prit une sorte de flûte formée de tiges de roseaux, et joua une mélodie fluide, ses doigts courant sur les trous. Bientôt, l'un des elfes aux cheveux d'argent, le plus grand, Narí, joignit sa voix à celle de l'instrument et chanta :

> *Oh !*
> *Le jour n'est plus ; les étoiles brillent,*
> *Les feuilles se taisent ; la lune est blanche.*
> *Ris du malheur et ris de l'ennemi,*
> *Pour la protégée de Menoa, la nuit est sûre !*

Le conflit nous a pris l'enfant de la forêt,
La vie nous a enlevé la fille des arbres !
Libérée de la peur, libérée de la flamme,
Elle a tiré un Dragonnier de la rumeur des ombres.

De nouveau les dragons chevaucheront le vent,
Et nous vengerons leurs souffrances !
Notre lame est forte, et fort est notre bras,
Voici venu le temps de tuer un roi !

Oh !
Le vent est doux, la rivière est profonde ;
Que dans les hauts arbres dorment les oiseaux !
Ris du malheur et ris de l'ennemi,
L'heure est venue de récolter la joie !

Quand Narí se tut, Eragon put recommencer à respirer. Jamais il n'avait entendu une telle voix ; elle révélait l'être même de l'elfe, son âme profonde.

– C'était beau, Narí-vodhr.

– Une simple chanson, Argetlam, protesta l'elfe modestement. Mais je te remercie.

– Très joli, Maître Elfe, grogna Thorv. Cependant nous, les nains, avons mieux à faire que d'écouter des vers. Devrons-nous accompagner Eragon plus loin ?

– Non, répondit vivement Arya.

Tous les elfes la dévisagèrent.

– Vous prendrez demain matin le chemin du retour, poursuivit-elle. Nous assurerons la protection d'Eragon jusqu'à Ellesméra.

Thorv inclina la tête :

– En ce cas, notre tâche est achevée.

En s'allongeant sur la couche que les elfes lui avaient préparée, Eragon tendit l'oreille pour écouter ce que disait Arya, dans une autre hutte. Bien qu'elle utilisât beaucoup de termes d'ancien langage qui ne lui étaient pas familiers, il devina qu'elle expliquait à leurs hôtes comment elle avait perdu l'œuf de Saphira et les événements qui avaient suivi. Quand elle se tut, il y eut un long silence, puis un elfe dit :

– C'est bien que tu sois revenue, Arya Dröttningu. Islanzadí a souffert un dur tourment en apprenant ta capture et le vol de l'œuf, par les Urgals de surcroît ! Elle a été – elle est encore – blessée au cœur.

– Chut, Edurna... chut ! le réprimanda un autre. Les Dvergars sont petits, mais ils ont l'oreille fine, et je suis sûr qu'ils vont tout raconter à Hrothgar.

Les elfes baissèrent la voix, et Eragon n'entendit plus qu'un murmure mêlé au frémissement du feuillage. Il s'endormit, la chanson de Narí résonnant sans fin dans ses rêves.

Un lourd parfum de fleurs emplissait l'air quand Eragon s'éveilla pour découvrir un Du Weldenvarden baigné de soleil. Toute une variété de feuilles scintillantes s'agitait au-dessus de lui, portées par les larges troncs, dont les racines s'enfonçaient dans le sol sec et nu. Seuls des mousses, des lichens et quelques arbrisseaux survivaient dans l'omniprésente ombre verte. Grâce à cette quasi-absence de broussailles, la vue s'étendait loin entre les colonnes noueuses des arbres, et il était aisé de se déplacer sous ce plafond moucheté de taches de lumière.

Eragon trouva Thorv et ses gardes sur le départ, leurs affaires empaquetées. L'âne d'Orik était attaché à la monture d'Ekksvar. Eragon s'approcha de Thorv :

– Merci, merci à tous d'avoir veillé sur moi et sur Saphira. Exprime, je te prie, notre gratitude à Ûndin.

Thorv pressa ses poings contre sa poitrine :

– Je lui porterai ton message.

Il eut un mouvement d'hésitation et tourna son regard vers les huttes :

– Les elfes sont des êtres bizarres, un **mélange d'ombre et de lumière**. Ils trinquent avec toi le matin, et te flanquent un coup de poignard le soir. Prends soin d'avoir toujours un mur derrière ton dos, Tueur d'Ombre ! Ce sont des êtres capricieux, c'est moi qui te le dis.

– Je m'en souviendrai.

– Mmmm...

Thorv fit un geste du côté de la rivière :

– Ils prévoient de traverser le lac Eldor en barque. Que vas-tu faire de ton cheval ? Nous pouvons le ramener à Tarnag, et de là à Tronjheim.

– En barque ? s'écria Eragon, dépité.

Il avait toujours eu dans l'idée de garder Feu de Neige lors de son séjour à Ellesméra. Il était pratique de posséder un cheval lorsque Saphira s'éloignait ou que l'endroit se révélait inadapté à sa corpulence. Il passa ses doigts dans les rares poils de barbe ornant son menton :

– J'apprécie ton offre. Peux-tu m'assurer que Feu de Neige sera bien soigné ? Je ne supporterais pas qu'il lui arrive quelque chose.

– Je m'y engage, sur mon honneur, promit Thorv. Tu le retrouveras gras et lustré à ton retour.

Eragon alla chercher l'étalon et le remit entre les mains de Thorv, ainsi que sa selle et le matériel de toilettage. Il fit ses adieux à chacun des guerriers nains. Puis, aux côtés de Saphira et d'Orik, il les regarda s'éloigner sur le sentier par où ils étaient arrivés. Après quoi, avec ses compagnons restants, il suivit les elfes jusqu'à un hallier, au bord de l'Edda. Là, deux canoës blancs, aux flancs décorés de motifs de feuillages, étaient amarrés de part et d'autre d'un rocher.

Eragon monta à bord du plus proche et coinça son paquetage sous ses pieds. Il était stupéfait par la légèreté de l'embarcation, il aurait pu la soulever d'une seule main. Plus surprenant encore, la coque paraissait faite de panneaux en écorce de bouleau, sur lesquels on ne décelait aucune trace d'assemblage. Curieux, il passa la main dessus. L'écorce était dure, tendue comme un parchemin, et aussi froide que l'eau dans laquelle elle était plongée. Il la tapota de son doigt replié ; la carcasse fibreuse vibra tel un tambour muet.

— Tous vos bateaux sont-ils construits ainsi ? demanda-t-il.

— Nous fabriquons ceux-ci en chantant pour le cèdre ou le chêne le plus fin.

Avant qu'Eragon ait pu lui demander ce qu'il entendait par là, Orik monta dans leur canot, tandis qu'Arya et Lifaen s'appropriaient l'autre. Arya s'adressa à Edurna et Celdin, restés sur la rive :

— Surveillez le chemin, de sorte que nous ne soyons pas suivis, et ne révélez notre présence à personne. La reine doit être la première à l'apprendre. Je vous enverrai deux autres compagnons dès notre arrivée à Sílthrim.

— Arya Dröttningu.

— Que les étoiles veillent sur vous ! répondit-elle.

Narí et Lifaen tirèrent du fond des canoës des perches de dix pieds de long et poussèrent les embarcations dans le sens contraire du courant. Saphira se laissa glisser dans l'eau derrière eux et les rattrapa en marchant dans le lit de la rivière. Elle lança à Eragon un clin d'œil nonchalant, puis s'immergea en projetant une montagne d'eau par-dessus son dos puissant. Les elfes éclatèrent de rire et lui firent maints compliments sur sa taille et sa force.

Au bout d'une heure, ils atteignirent le lac Eldor, agité de petites vagues dentelées. Les oiseaux et les insectes fourmillaient dans les bois recouvrant la rive ouest, tandis que la berge opposée s'élevait en pente douce vers une plaine où paissaient des centaines de daims.

Dès que les embarcations échappèrent au courant de la rivière, Narí et Lifaen rangèrent leurs perches et distribuèrent à chaque passager des pagaies en forme de feuille. Orik et Arya en connaissaient déjà le maniement, mais Narí dut l'expliquer à Eragon :

— Le canoë tourne du côté où tu pagaies. Donc, si je pagaie vers la droite et Orik vers la gauche, tu devras donner alternativement un coup à droite et un coup à gauche, sinon, nous n'irons pas droit.

Les cheveux de l'elfe scintillaient dans la lumière du jour tels des fils d'argent.

Eragon maîtrisa vite le mouvement, et, dès que le geste devint machinal, il laissa ses pensées vagabonder. C'est ainsi qu'il remonta le lac aux eaux froides, perdu dans le monde fantastique de son regard intérieur. S'arrêtant un peu pour reposer ses bras, il tira de nouveau de sa ceinture le casse-tête que lui avait offert Orik et se débattit avec les anneaux d'or, qui refusaient obstinément de se regrouper en un seul.

Narí se retourna, intrigué :

– Puis-je voir cet objet ?

Eragon le lui passa. Pendant un petit moment, Eragon et Orik pagayèrent seuls tandis que Narí manipulait les anneaux emmêlés. Puis, avec une exclamation satisfaite, il leva la main : l'anneau terminé brillait à son doigt.

– Merveilleux, ce petit jeu ! apprécia-t-il.

Il ôta l'anneau, le secoua pour lui redonner sa forme de ribambelle et le rendit à Eragon.

– Comment as-tu fait ? demanda le garçon, stupéfait et un peu jaloux que l'elfe eût maîtrisé l'objet aussi facilement.

Puis il se reprit :

– Non, attends…! Ne me dis rien ! J'y arriverai seul.

– Bien sûr, approuva Narí en souriant.

21
LES BLESSURES DU PASSÉ

Les habitants de Carvahall parlèrent de la dernière attaque pendant trois jours. La mort tragique du jeune Elmund et les moyens d'échapper à une situation mille fois maudite occupaient toutes les conversations. Dans chaque pièce de chaque maison, les débats faisaient rage, de plus en plus amers, de plus en plus furieux. Un mot suffisait pour que les gens se dressent ami contre ami, mari contre femme, enfants contre parents, et se réconcilient quelques instants plus tard dans une tentative désespérée pour imaginer un plan de survie.

Puisque, de toute façon, Carvahall était condamné, disaient les uns, autant tuer les Ra'zacs et les soldats rescapés, et avoir au moins la satisfaction de s'être vengé. Si Carvahall était perdu, prétendaient les autres, le plus logique était de se rendre et de s'en remettre à la clémence du roi, même si cela signifiait l'esclavage pour tous, la torture et la mort pour Roran. D'autres encore n'avaient pas d'opinion et s'enfermaient dans une rage sombre dirigée contre tous ceux qui avaient attiré sur le village une telle calamité. Beaucoup s'employaient à noyer de leur mieux leur terreur dans le fond d'une chope de bière.

Les Ra'zacs eux-mêmes avaient apparemment admis qu'avec onze soldats tués ils n'étaient plus de force à attaquer Carvahall, et s'étaient retirés en contrebas de la route. Là, ils se contentèrent de placer des sentinelles à divers points de la vallée de Palancar, et d'attendre.

– Ils attendent des renforts de Ceunon ou de Gil'ead, des troupes fraîches, excitées comme des puces, si vous voulez mon avis, déclara Loring à l'une des assemblées.

Roran écoutait les uns et les autres, gardait ses réflexions pour lui et examinait en silence les différentes possibilités. Toutes lui paraissaient dangereuses et aléatoires.

Il n'avait pas encore dit à Sloan que Katrina et lui étaient fiancés. Il savait que c'était folie de retarder le moment, mais il craignait la réaction du boucher quand il apprendrait que les jeunes gens avaient passé outre à la tradition et, de ce fait, sapé son autorité de père. Par ailleurs, beaucoup de soucis plus urgents occupaient son attention ; renforcer les fortifications autour de Carvahall lui paraissait, pour le moment, de la première importance.

Convaincre des gens de lui prêter main-forte fut plus facile qu'il ne l'avait espéré. Depuis le dernier combat, les villageois se montraient mieux disposés à l'écouter et à lui obéir, du moins ceux qui ne l'accusaient pas d'être la cause de leurs malheurs. Sa nouvelle autorité le laissa perplexe, jusqu'à ce qu'il comprît qu'elle était due au respect, à la crainte, et peut-être même à la peur, suscités par sa tuerie. On l'appelait à présent Puissant Marteau. Roran Puissant Marteau.

Le surnom ne lui déplaisait pas.

Tandis que la nuit emplissait la vallée, Roran s'appuya contre un mur, dans la salle à manger de Horst, les yeux fermés. La conversation roulait entre les hommes et les femmes assis autour de la table, à la lumière d'une chandelle. Kiselt achevait son rapport sur l'état des stocks de nourriture :

– Nous ne mourrons pas de faim, conclut-il. Mais, si nous ne pouvons pas nous occuper bientôt de nos champs et de nos troupeaux, autant nous couper la gorge avant l'arrivée de l'hiver. Ce sera un destin plus doux.

– Foutaises ! jura Horst.

– Foutaises ou pas, intervint Gertrude, je doute que nous ayons une chance de nous en sortir. Lorsque les soldats sont arrivés, ils étaient à un contre dix. Ils ont perdu onze hommes ; nous en avons perdu douze, sans compter les neuf blessés que je soigne. Que se passera-t-il, Horst, quand ce sera notre tour d'être à un contre dix ?

– Nous offrirons aux bardes et aux conteurs une raison de se souvenir de nos noms, répliqua le forgeron.

Gertrude secoua tristement la tête, et Loring abattit son poing sur la table :

– Et moi, je dis que c'est à notre tour de frapper, avant d'être submergés par le nombre ! Tout ce qu'il nous faut, c'est une poignée d'hommes décidés, des boucliers, des lances, et nous balaierons cette pourriture ! Nous pouvons le faire cette nuit !

Roran s'agita nerveusement. Il avait entendu ces arguments vingt fois, et, comme à chaque fois, la proposition de Loring alluma les feux d'une dispute qui consuma les forces de tout le monde. Après une heure de débats, aucune nouvelle idée n'avait été avancée, à part la suggestion de Thane à Gedric d'aller se faire tanner le cuir, ce qui faillit entraîner une bataille rangée.

Dès que survint une accalmie, Roran boitilla jusqu'à la table aussi vite que son mollet douloureux le lui permettait :

– J'ai quelque chose à dire.

Il était comme un homme qui vient de marcher sur une longue épine et s'apprête à l'arracher d'un coup sans s'occuper de la douleur : cela devait être fait, et plus vite ce serait fait, mieux ce serait.

Tous les regards – durs, attentifs, furieux, aimables, indifférents ou curieux – se tournèrent vers lui. Il prit une longue inspiration :

– Notre indécision nous tuera plus sûrement qu'une épée ou qu'une flèche.

Orval leva les yeux au ciel, mais les autres attendirent en silence.

– Je ne sais pas s'il faut attaquer ou fuir...

– Fuir où ? ricana Kiselt.

– ... mais je suis sûr d'une chose : nos enfants, nos mères et nos infirmes doivent être protégés du danger. Les Ra'zacs nous empêchent d'accéder à la ferme de Cawley et aux autres fermes de la vallée. Et alors ? Nous connaissons cette terre mieux que quiconque en Alagaësia, et il y a un endroit... Il y a un endroit où ceux que nous aimons seront en sécurité : la Crête.

Roran frémit sous le torrent d'injures qui se déversèrent sur lui. Sloan était le plus virulent. Il vociféra :

– Que je sois pendu si je mets un pied dans ces maudites montagnes !

– Roran, intervint Horst, dominant le tapage, tu es mieux placé que quiconque pour savoir à quel point la Crête est dangereuse. C'est là qu'Eragon a trouvé la pierre qui nous a amené les Ra'zacs. Les montagnes sont glacées, peuplées de loups, d'ours et autres monstres. Comment peux-tu seulement envisager une chose pareille ?

« Pour sauver Katrina ! » eut-il envie de crier. Au lieu de ça, il répondit :

– Parce que, quel que soit le nombre de soldats engagés par les Ra'zacs, aucun d'eux n'osera pénétrer sur la Crête. Pas après que Galbatorix y a perdu la moitié de son armée.

– C'était il y a bien longtemps, observa Morn, dubitatif.

Roran saisit l'argument au vol :

– Et cet événement est devenu de plus en plus effrayant au fil des récits ! Il existe un sentier menant en haut des chutes de l'Igualda. Tout ce que nous avons à faire est d'y envoyer les enfants et ceux qui ne peuvent pas se battre. Ce n'est qu'en bordure de montagne, mais ils y seront à l'abri. Si Carvahall est pris, ils pourront attendre le départ des soldats, et trouver plus tard refuge à Therinsford.

– C'est trop dangereux, grommela Sloan.

Le boucher agrippa le bord de la table si fort que ses jointures blanchirent :

– Le froid, les bêtes sauvages... Aucun homme sensé ne voudrait envoyer sa famille là-bas.

– Mais..., balbutia Roran, décontenancé.

Bien qu'il sût que le boucher haïssait la Crête plus que n'importe qui depuis que sa femme avait été déchiquetée en tombant d'une falaise du côté de la cascade, il avait espéré que son désir farouche de protéger Katrina serait assez fort pour dominer cette aversion. Roran comprenait maintenant qu'il devrait convaincre Sloan tout comme les autres. Adoptant un ton apaisant, le jeune homme reprit :

– L'endroit n'est pas si terrible. La neige est en train de fondre sur les sommets. Il ne fait pas plus froid sur la Crête qu'ici il y a quelques mois. Et je doute que des loups ou des ours osent s'attaquer à un groupe aussi important.

Sloan grimaça, sa lèvre tordue découvrant ses dents :

– On ne trouvera rien d'autre, sur la Crête, que la mort.

Les autres acquiescèrent, ce qui ne fit que renforcer la détermination de Roran, car il était sûr que Katrina périrait s'il ne réussissait pas à l'éloigner du village. Il promena son regard sur le cercle des visages, quêtant une expression bienveillante :

– Delwin, je sais que c'est cruel de ma part de parler de la sorte, mais, si Elmund avait été en dehors de Carvahall, il serait encore en vie. Il faut éviter à d'autres parents la douleur que tu éprouves. Je suis sûr que tu es d'accord !

Personne ne parla.

– Et toi, Birgit !

Roran se traîna jusqu'à elle en s'accrochant aux chaises.

– Veux-tu que Nolfavrell subisse le même sort que son père ? Il faut qu'il parte ! Ne vois-tu donc pas que c'est le seul moyen de le mettre hors de danger ?

Malgré ses efforts pour les refouler, Roran sentit les larmes lui brouiller les yeux.

– Songez aux enfants ! s'emporta-t-il.

L'assemblée resta silencieuse. Roran agrippait le dossier de la chaise, luttant pour contenir sa colère. Delwin fut le premier à se manifester :

– Je ne quitterai pas Carvahall tant que les assassins de mon fils seront encore ici. Toutefois...

Il s'interrompit, puis reprit d'une voix lente et chargée de tristesse :

– Je ne peux nier la justesse de ton propos, Roran ; il faut protéger les enfants.

– C'est ce que je dis depuis le début, intervint Tara.

Baldor prit alors la parole :

– Roran a raison. Ne laissons pas la peur nous aveugler. La plupart d'entre nous sont montés au-dessus des chutes, une fois ou l'autre. Il n'y a pas de danger.

– Je suis d'accord, moi aussi, ajouta finalement Birgit.

Horst hocha la tête :

– Je préférerais une autre solution, mais, étant donné les circonstances... je ne crois pas que nous ayons d'autre choix.

Après une minute de réflexion, les autres acceptèrent la proposition à contrecœur.

– C'est stupide ! explosa alors Sloan.

Il se dressa en pointant un doigt accusateur sur Roran :

– Ça peut durer des semaines ! Ils n'auront jamais assez de vivres ; comment les transporteraient-ils ? S'ils allument des feux, ils seront repérés ; comment résisteront-ils au froid ? Comment ? Comment ? Comment ? S'ils ne meurent pas de faim, ils gèleront sur place. S'ils ne meurent pas de froid, ils seront dévorés par les bêtes sauvages. S'ils ne sont pas dévorés... Qui sait ? Ils peuvent tomber de la falaise.

Roran leva les mains :

– Si nous participons tous, ils auront assez de nourriture. Le feu ne sera pas un problème s'ils s'enfoncent un peu dans la forêt, ce qu'ils devront faire, de toute façon, car il n'y a pas la place d'établir un campement près des chutes.

– Tu dis n'importe quoi !

– Que proposes-tu, en ce cas, Sloan ? lui demanda Morn avec curiosité.

Le boucher eut un rire amer :

– Pas ça.

– Quoi donc, alors ?

– N'importe quoi d'autre. Ce n'est pas le bon choix.

– Tu n'es pas obligé d'y souscrire, fit remarquer Horst.

– Et je ne le veux pas, dit le boucher. Faites ce que vous voulez, mais personne de mon sang ne mettra les pieds sur la Crête tant que j'aurai de la moelle dans les os.

Il ramassa sa casquette et sortit en lançant un regard venimeux à Roran, qui le lui retourna. Ainsi, cette tête de cochon de Sloan mettait la vie de Katrina en danger ! « S'il n'accepte pas la Crête comme seul refuge possible, décida le jeune homme, il est désormais un adversaire, et je prends moi-même les choses en mains. »

Horst se pencha en avant, appuyé sur ses coudes :

– Donc..., si nous approuvons le plan de Roran, que devons-nous préparer ?

L'assemblée échangea des coups d'œil incertains, puis, peu à peu, la discussion démarra.

Roran attendit d'être sûr que les choses étaient en route ; alors, ayant rempli sa mission, il quitta discrètement la pièce. Il arpenta les rues assombries par le crépuscule, cherchant Sloan le long du périmètre des fortifications. Il finit par repérer le boucher, accroupi sous la lumière d'une torche, son bouclier contre les genoux. Roran fit demi-tour, courut jusqu'à la boucherie et surgit dans la cuisine par la porte de derrière.

Katrina, qui mettait le couvert, le dévisagea avec stupéfaction :

– Roran ? Que fais-tu ici ? As-tu parlé à mon père ?

– Non.

Il s'avança et posa la main sur son bras, savourant la douceur de ce contact. Le simple fait de se trouver dans la même pièce qu'elle le remplissait de joie.

– J'ai une grande faveur à te demander. L'assemblée a décidé d'envoyer les enfants et quelques autres personnes se réfugier sur la Crête, au-dessus des chutes de l'Igualda.

Katrina laissa échapper un cri.

– Je voudrais que tu les accompagnes.

L'air choqué, la jeune fille se dégagea et se tourna vers la cheminée, contre laquelle elle s'appuya, le regard fixé sur les braises rougeoyantes. Elle resta silencieuse un long moment. Puis elle déclara :

– Père m'interdit de m'approcher des chutes, depuis la mort de ma mère. La ferme d'Albem est l'endroit le plus proche de la Crête où je sois allée depuis dix ans.

Frissonnante, elle poursuivit d'un ton lourd de reproche :

– Comment peux-tu me demander de vous abandonner tous les deux, toi et mon père ? C'est mon village autant que le vôtre. Et pourquoi devrais-je le quitter alors qu'Elain, Tara et Birgit resteront ?

– Katrina, je t'en prie !

Il posa timidement les mains sur les épaules de son aimée :

– Les Ra'zacs sont là pour moi, et je ne veux pas que tu souffres par ma faute. Tant que tu seras en danger, je ne pourrai pas me concentrer sur la défense de Carvahall.

– Et qui me respectera si je m'enfuis lâchement ?

Elle releva le menton :

– J'aurai honte, plus tard, de me présenter devant les femmes de Carvahall et de me déclarer ton épouse.

– Lâchement ? Il n'y a aucune lâcheté à accepter d'encadrer et protéger les enfants sur la Crête. D'autant qu'il faut plus de courage pour affronter les montagnes que pour rester !

– Quel odieux discours, murmura Katrina.

Elle pivota entre ses bras et lui fit face, les yeux brillants et la bouche dure :

– L'homme qui m'a demandée en mariage ne veut plus de moi à son côté ?

Il secoua la tête :

– Ce n'est pas vrai ! Je...

– C'est vrai ! Et si tu es tué alors que je serai loin de toi ?

– Ne dis pas ça, je...

– Non ! Carvahall a peu de chances de survie, et, si nous devons mourir, je préfère que nous soyons ensemble, plutôt que me terrer sur la Crête, plus morte que vive. Laisse ceux qui ont des enfants prendre leur décision ; la mienne est prise.

Une larme roula le long de sa joue.

La force de son attachement pour lui emplit Roran d'émerveillement et de gratitude. Il la regarda au fond des yeux :

– C'est au nom de cet amour que je te veux loin de moi. Je sais ce que tu ressens. Je sais que c'est le plus grand sacrifice auquel toi et moi puissions consentir, et je l'exige de toi aujourd'hui.

Katrina frémit, tout son corps se raidit, et ses mains blanches se crispèrent sur son écharpe de mousseline :

– Si j'accepte, dit-elle d'une voix tremblante, tu dois me promettre, ici et maintenant, que jamais plus tu ne me feras une telle requête. Tu dois me promettre que, même face à Galbatorix en personne, et même si un seul de nous deux a une chance de lui échapper, tu ne m'obligeras plus jamais à t'abandonner.

Roran eut une expression d'impuissance :

– Je ne peux pas.

– Comment oses-tu exiger de moi ce que tu ne veux pas m'accorder ? s'écria-t-elle. C'est le prix que je te demande, et ni or, ni joyaux, ni belles paroles ne remplaceront ton serment. Tu tiens donc si peu à moi que tu ne puisses consentir à ce sacrifice, Roran Puissant Marteau ? Alors va-t'en ! Je souhaite ne plus jamais revoir ton visage !

« Je ne veux pas la perdre… » Quoi qu'il lui en coûtât, il s'inclina et dit :

– Tu as ma parole.

Katrina hocha la tête et se laissa tomber sur une chaise. Puis, droite et digne, elle essuya ses larmes d'un revers de manche. Posément, elle ajouta :

– Père va me haïr.

– Comment vas-tu lui en parler ?

– Je ne lui dirai rien, déclara-t-elle d'un ton de défi. Il ne me laisserait jamais me rendre sur la Crête. Mais il devra comprendre que c'est ma décision. De toute façon, il n'osera pas me poursuivre dans les montagnes ; il les craint plus que la mort elle-même.

– Il craint peut-être plus encore de te perdre...

– Nous verrons. Lorsque je reviendrai – je ne sais quand –, j'attends de toi que tu lui aies parlé de nos fiançailles. Cela lui donnera le temps d'en accepter l'idée.

Roran se surprit à lui faire un signe d'agrément, tout en pensant qu'ils auraient beaucoup de chance si les choses tournaient aussi bien.

22
Les blessures du présent

Roran s'éveilla à l'aube et resta allongé, les yeux au plafond, écoutant le lent chuchotement de sa respiration. Au bout d'une minute, il roula hors du lit, s'habilla et se dirigea vers la cuisine, où il prit un morceau de pain qu'il garnit de fromage, puis il sortit sous le porche pour manger en admirant le lever du soleil.

Sa quiétude fut bientôt brisée par le passage d'une troupe d'enfants surgie d'un jardin voisin, jouant à grands cris au jeu de « C'est toi le chat ». Les gamins étaient suivis de quelques adultes chargés de les canaliser. Roran regarda la bruyante procession disparaître au coin de la rue, enfourna sa dernière bouchée de pain et rentra dans la cuisine, où il trouva la maisonnée rassemblée.

– Bonjour, Roran, le salua Elain.

Elle repoussa les volets et observa le ciel :

– On dirait qu'il va encore pleuvoir.

– Plus il pleuvra, mieux ce sera, affirma Horst. Cela nous aidera à passer inaperçus quand nous escaladerons le Narnmor.

– Nous ? releva Roran.

Il s'assit devant la table, à côté d'Albriech, qui frottait ses yeux ensommeillés.

Horst confirma d'un geste :

– Sloan avait raison quant aux vivres et au matériel ; nous devrons aider à les transporter jusqu'aux chutes, sinon, il n'y en aura pas suffisamment.

– Restera-t-il assez d'hommes pour défendre Carvahall ?
– Bien sûr, bien sûr.

Dès que tous eurent pris leur petit déjeuner, Roran aida Baldor et Albriech à envelopper des vivres et des couvertures dans trois gros baluchons, qu'ils jetèrent sur leurs épaules avant de se diriger vers la sortie nord du village. Roran avait toujours mal au mollet, mais la douleur était supportable. En chemin, ils furent rattrapés par Darmmen, Larne et Hamund. Les trois frères étaient pareillement chargés. Juste devant la tranchée qui faisait le tour du village, Roran et ses compagnons rejoignirent un important rassemblement d'enfants, de parents et de grands-parents, en train de se préparer pour l'expédition. Plusieurs familles avaient prêté leurs ânes pour porter les sacs et les plus jeunes enfants. Les bêtes bronchaient, impatientes, et leurs braiments ajoutaient à la confusion générale.

Roran posa son chargement sur le sol et examina le groupe. Il repéra Svart, l'oncle d'Ivor – qui, à presque soixante ans, était l'homme le plus âgé de Carvahall –, assis sur un ballot de vêtements, chatouillant un bébé d'une mèche de sa longue barbe ; Nolfavrell, surveillé par Birgit ; Felda, Nolla, Caitha et de nombreuses mères aux visages anxieux. D'autres, hommes et femmes, semblaient être là malgré eux. Roran aperçut Katrina dans la foule, occupée à ficeler un paquet. Elle leva la tête et lui sourit avant de se remettre à l'ouvrage.

Comme personne n'avait l'air de prendre la direction des opérations, Roran fit de son mieux pour organiser le chaos, superviser l'emballage et la répartition des armes et des bagages. Constatant qu'il n'y avait pas assez de gourdes, il en réclama, et se retrouva avec une douzaine de récipients en trop. Ces retards entamèrent les premières heures de la matinée.

Alors qu'il évaluait avec Loring le stock de chaussures, il remarqua Sloan à l'entrée d'une allée.

Le boucher observait ce déploiement d'activité, la bouche méprisante. Son sourire sarcastique se transforma en un rictus incrédule quand il vit Katrina jeter un sac sur son dos, preuve évidente qu'elle n'était pas venue là simplement pour aider.

Roran s'élança vers la jeune fille, mais Sloan fut près d'elle le premier. Agrippant le sac, il le secoua violemment et hurla :

– Qui t'a permis de faire ça ?

Katrina marmonna quelque chose à propos des enfants et tâcha de se libérer. Mais Sloan lui arracha le sac, lui tordant les épaules pour en faire glisser les lanières, et le jeta à terre, éparpillant son contenu. Sans cesser de vociférer, il saisit sa fille par le bras et la tira en arrière. Elle se débattit, les talons plantés dans le sol, sa chevelure voltigeant devant son visage comme une tornade rousse.

Furibond, Roran se jeta sur Sloan et lui fit lâcher prise d'un coup de poing en pleine poitrine, qui le repoussa, titubant, à plusieurs mètres de là :

– Arrêtez ! C'est moi qui lui ai demandé de partir !

– Tu n'as pas le droit ! aboya le boucher, l'œil flamboyant.

– J'ai tous les droits !

Roran avisa le cercle de curieux qui s'était formé autour d'eux et annonça, de sorte que tous pussent entendre :

– Katrina et moi sommes fiancés, et je ne supporterai pas que ma future épouse soit traitée ainsi !

Pour la première fois, dans la confusion de cette matinée, un silence complet tomba sur le village. Les ânes eux-mêmes cessèrent de braire. La stupeur ainsi qu'un profond et inconsolable chagrin marquèrent la face désemparée du boucher. Ses yeux s'emplirent de larmes, et, l'espace d'un instant, Roran fut saisi de compassion. Puis le visage de Sloan se tordit de la plus affreuse manière, prenant la couleur de la betterave cuite. Il jura et coassa :

– Traître ! Triple lâche ! Comment osais-tu me regarder dans les yeux et me parler en honnête homme, alors que, dans le même temps, tu courtisais ma fille sans permission ? J'ai traité avec toi en toute bonne foi, et tu pilles ma maison quand j'ai le dos tourné ?

– J'avais espéré faire les choses dans les règles, dit Roran. Mais les événements ont joué contre moi. Il n'a jamais été dans mon intention de vous causer de la peine. Même si les choses ne se sont pas passées de la manière que chacun de nous souhaitait, je désire toujours obtenir votre bénédiction, si vous voulez bien me l'accorder.

– J'aimerais mieux pour gendre un porc bouffé aux vers qu'un type comme toi ! Tu n'as pas de ferme, tu n'as pas de famille ; et tu n'as rien à faire avec ma fille !

Il jura encore et conclut :

– Et elle n'a rien à faire sur la Crête !

Il voulut saisir Katrina, mais Roran s'interposa, le visage aussi dur que ses poings serrés. À une largeur de main l'un de l'autre, les deux hommes s'affrontèrent du regard, frémissants de fureur. Une lueur hystérique s'alluma dans les yeux du boucher.

– Katrina, ordonna-t-il, viens ici !

Roran s'écarta, si bien que tous trois se trouvèrent disposés en triangle, et il fixa Katrina. Les larmes ruisselaient sur le visage de la jeune fille, dont les yeux passaient de son père à son fiancé. Elle fit un pas, hésita, puis, avec une plainte déchirante, s'arracha les cheveux de désespoir, ne sachant quel parti prendre.

– Katrina ! grasseya Sloan, effrayé.

– Katrina, murmura Roran.

Au son de cette voix, elle essuya ses larmes, se redressa fièrement et déclara avec calme :

– Pardonnez-moi, père, mais j'ai décidé d'épouser Roran.

Et elle vint se placer au côté du jeune homme.

Le visage de Sloan vira au blanc crayeux. Il se mordit la lèvre si fort qu'une goutte de sang vermeil roula sur son menton :

– Tu ne peux pas me quitter ! Tu es ma fille !

Il tendit vers elle des mains implorantes. Poussant un mugissement, Roran frappa, et le boucher s'étala dans la poussière devant tout le village.

Il se releva lentement, blême d'humiliation. Les yeux rivés sur sa fille, il parut se dégonfler de l'intérieur, se tasser sur lui-même, et Roran eut l'impression d'avoir en face de lui non plus un homme, mais un spectre. D'un ton presque inaudible, Sloan souffla :

– C'est toujours comme ça ; les êtres les plus chers à votre cœur vous causent les plus grandes douleurs. Tu n'auras pas de dot, serpent ! Et tu n'auras pas l'héritage de ta mère.

Pleurant amèrement, il se détourna et s'enfuit vers sa boutique.

Katrina se laissa aller contre Roran, et il referma ses bras sur elle. Ils se tinrent ainsi enlacés, tandis que les gens se pressaient autour d'eux, exprimant leurs condoléances, leurs conseils, leurs félicitations ou leur désapprobation. Malgré le brouhaha, Roran n'avait conscience que de la présence de son aimée qu'il serrait dans ses bras, et qui le serrait dans les siens.

Elain s'avança alors, aussi vite que sa grossesse le lui permettait.

– Ma pauvre petite ! s'écria-t-elle.

Elle arracha Katrina à l'étreinte de Roran :

– Ainsi vous êtes fiancés ?

Katrina opina et sourit, puis éclata en sanglots incontrôlés contre l'épaule d'Elain.

– Là, là, c'est fini ! fit celle-ci, berçant la jeune fille, lui tapotant gentiment le dos pour l'apaiser, mais sans grand résultat : à chaque fois que Roran la pensait remise, ses pleurs redoublaient de violence.

Finalement, Elain regarda le jeune homme par-dessus l'épaule hoquetante de Katrina et dit :

– Je l'emmène chez nous.

– Je viens avec vous.

– Non, rétorqua Elain. Elle a besoin de temps pour se calmer, et toi, tu as de l'ouvrage. Puis-je te donner un conseil ?

Roran acquiesça en silence.

– Tiens-toi à l'écart jusqu'à ce soir ! Je te promets que tu la retrouveras alors aussi fraîche que la rosée ; elle pourra toujours rejoindre les autres demain.

Sans attendre de réponse, Elain entraîna Katrina, toujours secouée de sanglots, loin de la muraille d'arbres épointés.

Roran resta là, les bras ballants, hébété, impuissant. « Qu'ai-je fait ? » se maudit-il. Il regrettait de ne pas avoir annoncé leurs fiançailles à Sloan plus tôt. Il regrettait que le boucher et lui ne pussent pas agir ensemble pour protéger Katrina de l'Empire. Et il regrettait que Katrina eût été forcée de renier, à cause de lui, la seule famille qui lui restât. Il était désormais doublement responsable d'elle et n'avait plus d'autre choix que de l'épouser. « Quels dégâts j'ai causés ! » Il soupira et serra le poing ; ses articulations contusionnées lui faisaient mal.

Baldor s'approcha :

– Ça va ?

Roran se força à sourire :

– Les choses n'ont pas tourné comme je l'espérais. Sloan devient fou quand il est question de la Crête.

– Et Katrina ?

– Là aussi, je...

Loring surgit devant eux, et Roran se tut.

– C'était le dernier foutu truc à faire, grommela le cordonnier en plissant le nez.

Puis il sourit, le menton en avant, découvrant ses chicots :

– Mais je vous souhaite bonne chance à tous deux ! Tu vas en avoir besoin, Puissant Marteau !

– On en aura tous besoin, intervint sèchement Thane qui passait près d'eux.

Loring agita la main :

– Bah, la peste soit des grincheux ! Écoute-moi, Roran ; je vis à Carvahall depuis bien des années, et, crois-en mon expérience, mieux vaut que cela arrive maintenant plutôt qu'à l'époque où nous étions au chaud, bien tranquilles.

Baldor acquiesça, mais Roran voulut en savoir davantage :

– Pourquoi ?

– Ça crève les yeux, non ?

Loring se tapota le bout du nez :

– En temps ordinaire, Katrina aurait fait l'objet de tous les commérages durant les neuf prochains mois... Mais votre histoire sera vite oubliée, vu qu'on aura des problèmes plus urgents à régler, et on vous laissera en paix.

Roran fronça les sourcils :

– Je préférerais qu'on médise de moi, plutôt que d'avoir ces profanateurs à nos portes.

– On préférerait tous ! Tu as quand même une bonne raison d'être reconnaissant ; ça aide, tu verras, une fois qu'on est marié.

Loring gloussa et pointa sur Roran un doigt moqueur :

– Te voilà rouge comme une tomate, mon gars !

Roran grogna et s'occupa de ramasser les affaires de Katrina répandues sur le sol. Il ne put cependant ignorer les commentaires de ceux qui passaient près de lui.

– Cloportes ! jura-t-il entre ses dents, après une remarque particulièrement blessante.

Bien que l'expédition vers la Crête eût été retardée par la scène inattendue dont le village avait été témoin, la caravane entama, au milieu de la matinée, l'ascension vers les chutes de l'Igualda, le long d'un sentier pierreux taillé dans le flanc de la montagne du Narnmor. La montée était rude et devait se faire lentement, à cause des enfants et du poids des ballots dont tous étaient chargés.

Roran marcha la plupart du temps derrière Calitha, la femme de Thane, et ses cinq enfants. Ça lui était égal. Il pouvait ainsi ménager son mollet blessé et réfléchir enfin tranquillement aux récents événements. Sa confrontation avec Sloan le perturbait. « Au moins, songea-t-il, Katrina ne restera pas à Carvahall. »

Car, au tréfonds de son cœur, Roran en avait la certitude : le village serait bientôt défait. C'était dur à imaginer ; c'était pourtant inévitable.

Il s'arrêta aux trois quarts du chemin pour se reposer et s'appuya contre un arbre, d'où il admira la vue sur la vallée de

Palancar. Il essaya de repérer le campement des Ra'zacs, qui, à ce qu'il savait, se dressait sur la gauche, entre l'Anora et la route du sud ; mais il ne put rien discerner, pas même un filet de fumée.

Roran entendit le grondement des chutes de l'Igualda bien avant qu'elles fussent visibles. On les comparait habituellement à une grande crinière couleur de neige, qui dégringolait en ondulant du sommet escarpé du Narnmor jusqu'à la vallée, une demie-lieue plus bas, et se séparait en plusieurs cascades, selon la découpe des rochers.

Passé la saillie de schiste d'où jaillissait l'Anora, au creux d'un vallon couvert de prunelliers sauvages, Roran découvrit une vaste clairière protégée d'un côté par un éboulis de rochers. Ceux qui marchaient en tête de la colonne avaient déjà commencé à y installer un campement. La forêt résonnait des appels et des cris des enfants.

Déposant son ballot, Roran prit une hache et vint prêter main-forte à plusieurs hommes qui débroussaillaient. Cette tâche achevée, ils abattirent assez de pins pour en entourer le camp, et un parfum de sève emplit l'atmosphère. Roran travaillait vite, les copeaux de bois volaient autour de lui au rythme de ses coups.

Le temps que les fortifications fussent achevées, dix-sept tentes de laine avaient été montées, quatre foyers dressés pour servir de cuisine, et tous, les humains comme les ânes, échangeaient des regards lugubres. Personne ne voulait rester, et personne ne voulait partir.

Roran supervisa l'entraînement au maniement du javelot de jeunes garçons et d'hommes âgés en se disant : « Trop d'expérience d'un côté et pas assez de l'autre. Les grands-pères savent combattre les ours et les fauves féroces, mais les petits-fils auront-ils la force nécessaire ? »

Il remarqua alors l'éclat dur qui brillait dans les yeux des femmes, et constata que, tout en berçant un bébé ou en soignant un bras égratigné, elles gardaient à portée de main leurs propres armes et leurs boucliers. Le jeune homme sourit. « Peut-être... Peut-être y a-t-il encore de l'espoir. »

Il aperçut Nolfavrell, assis sur une souche, à l'écart, fixant la vallée. Il s'approcha, et le garçon le regarda avec gravité.

– Vas-tu repartir bientôt ? demanda-t-il.

Impressionné par son sang-froid et sa détermination, Roran fit signe que oui.

– Tu feras tout, n'est-ce pas, pour tuer les Ra'zacs et venger mon père ? J'aurais voulu le faire de mes mains, mais maman dit que je dois m'occuper de mes frères et sœurs.

– Je t'apporterai moi-même leur tête, si je réussis, promit Roran.

Le menton du garçon se mit à trembler.

– C'est bien, dit-il.

– Nolfavrell...

Roran hésita, cherchant ses mots.

– Tu es le seul ici, à part moi, à avoir tué un homme. Cela ne nous rend ni meilleurs ni pires que quiconque, mais cela signifie que je peux avoir confiance en toi : tu sauras te battre si vous êtes attaqués. Lorsque Katrina vous rejoindra demain, pourras-tu la protéger ?

La poitrine de Nolfavrell se gonfla de fierté :

– Je veillerai sur elle, où qu'elle aille !

À regret, il se reprit :

– Enfin..., je dois aussi...

Roran comprit aussitôt :

– Oh, ta famille d'abord ! Mais Katrina n'aura qu'à s'installer dans la même tente que tes frères et sœurs !

– Oui, dit Nolfavrell, pensif. Oui, ça doit être possible. Tu peux compter sur moi.

– Merci !

Roran lui donna une claque sur l'épaule. Il aurait pu s'adresser à quelqu'un de plus âgé et de mieux entraîné, mais les adultes étaient trop pris par leurs propres responsabilités pour assurer comme il le souhaitait la sécurité de Katrina. Nolfavrell, lui, aurait la possibilité autant que le désir de la protéger. « Il tiendra ma place auprès d'elle pendant que nous serons séparés. »

Voyant approcher Birgit, Roran se leva. Impassible, elle lui dit :

– Viens, il est temps de partir.

Elle serra son fils dans ses bras, et prit le chemin des chutes avec Roran et les autres villageois qui retournaient à Carvahall. Dans le campement, derrière eux, ceux qui restaient se pressèrent contre les arbres abattus, l'air misérable, les regardant s'éloigner à travers les barreaux de branches.

23
LE VISAGE DE SON ENNEMI

Malgré les tâches qui l'occupaient, Roran ressentit toute la journée, au plus profond de lui, l'impression de vide que donnait le village, comme si on lui avait arraché une part de son âme pour la cacher sur la Crête. Avec le départ des enfants, Carvahall avait à présent l'allure d'une place forte. Dans les rues, les gens affichaient une mine inquiète et pleine de gravité.

Lorsque le soleil plongea enfin entre les dents immobiles de la Crête, Roran monta jusqu'à la maison de Horst. Il s'arrêta devant la porte, la main posée sur la poignée, incapable d'entrer : « Pourquoi cela m'effraie-t-il plus que de me battre ? »

Au bout du compte, il renonça et se dirigea vers l'arrière du bâtiment, d'où il se glissa dans la cuisine. À son grand désarroi, il vit Elain en train de tricoter devant la table et bavardant avec Katrina, assise en face d'elle. Toutes deux se tournèrent vers lui, et Roran bafouilla :

– Est-ce que... euh... vous allez bien ?

Katrina se leva et vint à lui :

– Je vais bien.

Elle sourit et ajouta avec douceur :

– J'ai seulement été très choquée quand mon père... Quand...

La tête basse, elle continua :

– Elain a été merveilleusement gentille. Elle m'a permis de m'installer dans la chambre de Baldor pour cette nuit.

– Je suis content que tu te sentes mieux, dit Roran.

Il la serra dans ses bras, essayant de mettre tout son amour, toute sa tendresse, dans ce simple geste.

Elain rangea son tricot :

– Viens, Katrina ! Le soleil s'est couché, il est temps que tu fasses de même.

Roran lâcha la jeune fille à contrecœur. Elle l'embrassa sur la joue en murmurant :

– On se verra demain matin.

Il s'apprêtait à la suivre, lorsque Elain lança sèchement :

– Roran !

– Oui ?

Elain attendit jusqu'à ce que le craquement des marches indiquât que Katrina ne pouvait plus les entendre. Puis, le visage sévère, elle dit :

– J'espère que tu es prêt à tenir chacune des promesses que tu as faites à cette fille, et, si ce n'est pas le cas, je convoquerai l'assemblée et te ferai exiler dès la fin de la semaine.

Roran resta abasourdi :

– Bien sûr, j'y suis prêt ! Je l'aime.

– Pour toi, Katrina vient de sacrifier tout ce qu'elle possédait, tout ce qui comptait pour elle jusqu'alors.

Elain le fixait d'un regard qui ne cillait pas :

– J'ai vu bien des garçons jeter leurs serments d'amour à la tête des filles comme on lance du grain aux poules. Les filles soupirent et pleurent et se croient uniques, alors que, pour les garçons, ce n'est qu'un jeu sans conséquences. Tu t'es toujours conduit avec honneur, Roran. Mais le désir peut transformer l'individu le plus sensé en nigaud vantard ou en renard sournois. Est-ce ton cas ? Car Katrina n'a pas besoin d'une tête brûlée ou d'un filou ; et elle n'a pas seulement besoin d'amour. Ce qu'il lui faut par-dessus tout, c'est un homme qui lui procure sa subsistance. Si tu l'abandonnes, elle sera la créature la plus misérable de Carvahall, notre première et unique mendiante. Par le sang qui coule dans mes veines, je ne permettrai pas que cela soit !

— Et cela ne sera pas ! protesta Roran. Il faudrait que je sois sans cœur, et pire encore, pour agir ainsi !

Elain pointa le menton :

— Exactement ! N'oublie pas que tu as l'intention d'épouser une fille qui vient de perdre à la fois sa dot et l'héritage de sa mère ! Comprends-tu ce que cela signifie pour Katrina d'avoir perdu son héritage ? Elle n'a plus ni argenterie, ni linge, ni dentelles, ni rien de ces objets indispensables pour tenir une maison. De tels biens sont tout ce que nous possédons, nous nous les transmettons de mère en fille depuis le premier jour où nos familles se sont fixées en Alagaësia. Ils représentent ce que nous valons. Une femme sans héritage, c'est comme... comme...

— C'est comme un homme sans terre et sans métier.

— Tout juste. C'est cruel de la part de Sloan de retirer son héritage à Katrina, mais on ne peut rien y faire, maintenant. L'un et l'autre, vous n'avez ni argent ni ressources. La vie est déjà assez difficile sans qu'il soit utile d'y ajouter tant de privations. Vous partirez de rien, commencerez avec rien. Cette perspective ne t'effraie-t-elle pas ? Ne te paraît-elle pas insupportable ? Je te le demande encore une fois – et ne mens pas, sinon vous le déplorerez tous les deux jusqu'à la fin de vos jours –, prendras-tu soin d'elle sans réticence ni rancune ?

— Oui.

Elain soupira, décrocha un pot pendu à une poutre et emplit deux chopes de cidre. Elle en tendit une à Roran en s'asseyant de nouveau devant la table :

— En ce cas, je suggère que tu te consacres à remplacer la maison et l'héritage de Katrina de sorte qu'elle-même et les filles que vous pourrez avoir puissent se présenter sans honte devant les femmes de Carvahall.

Roran aspira une fraîche goulée de cidre :

— Si nous vivons assez longtemps...

— Certes.

Repoussant une de ses mèches blondes, elle secoua la tête :

— Tu as choisi un rude chemin, Roran.

Je devais empêcher Katrina de rester à Carvahall.
Elain leva un sourcil :
– C'était donc ça ! Bon, je ne veux pas discuter là-dessus, mais pourquoi diable n'as-tu pas parlé à Sloan de vos fiançailles avant ce matin ? Quand Horst a demandé ma main à mon père, celui-ci nous a offert douze moutons, une truie et huit paires de chandeliers en fer forgé, avant même de savoir si les parents de Horst donneraient leur accord. C'est ainsi que les choses doivent se faire. Tu aurais sûrement pu trouver une meilleure tactique, plutôt que de frapper ton futur beau-père !

Roran laissa échapper un rire amer :
– J'aurais pu, mais ce n'était jamais le bon moment, avec toutes ces attaques.
– Il n'y a pas eu d'attaque des Ra'zacs depuis six jours.
Il se renfrogna :
– Oui, mais... C'était... Oh, je ne sais pas !
Il abattit un poing rageur sur la table.

Elain reposa sa chope et plaça ses mains fines sur celles du jeune homme :
– Si tu pouvais raccommoder les choses entre toi et Sloan *maintenant*, avant de laisser s'accumuler des années de ressentiment, ta vie avec Katrina serait plus facile. Tu devrais te rendre chez lui demain matin, et lui demander son pardon.
– Je ne demanderai rien ! Pas à lui !
– Roran, écoute-moi ! La paix de ton ménage vaut bien cet effort. Crois-en mon expérience, les querelles n'entraînent que du malheur.
– Sloan hait tout ce qui touche à la Crête. Il ne voudra rien avoir à faire avec moi.
– Tu dois essayer quand même, insista Elain avec fermeté. S'il repousse tes excuses, au moins il ne pourra pas te reprocher de ne pas y avoir mis du tien. Si tu aimes Katrina, ravale ta fierté et fais ce qui est bon pour elle. Ne la laisse pas souffrir par ta faute.

Elle finit son cidre, moucha les chandelles et laissa Roran assis, seul, dans le noir.

Plusieurs minutes s'écoulèrent avant que le jeune homme eût la force de bouger. Bras tendu, il suivit les contours du buffet pour trouver la porte, puis il gravit l'escalier, laissant courir ses doigts le long du mur pour garder son équilibre. Une fois dans sa chambre, il se déshabilla et s'allongea sur son lit.

Refermant ses bras sur son oreiller, Roran écouta les légers bruits qui courent à travers une maison la nuit : le trottinement d'une souris dans le grenier, les craquements des poutres de bois, le chuchotement du vent derrière la fenêtre, et... et le glissement furtif de chaussons sur le palier.

Il vit le loquet de la porte se soulever, puis le battant tourna avec un bref cri de protestation. Une forme sombre se glissa dans la chambre, la porte se referma, et Roran sentit un rideau de cheveux lui balayer le visage ainsi que le contact de lèvres aussi douces que des pétales de rose. Il soupira :

– Katrina.

Un coup de tonnerre tira Roran du sommeil.

Une vive lumière l'éblouit, et il s'efforça de reprendre conscience, tel un plongeur luttant pour remonter à la surface. Il ouvrit les yeux et découvrit à la place de la porte un trou aux bords déchiquetés. Six soldats se ruèrent par l'ouverture béante, suivis des deux Ra'zacs, dont la présence fantomatique parut emplir toute la chambre. La pointe d'une épée s'appuya contre le cou de Roran. À côté de lui, Katrina hurla et tira les couvertures sur elle.

– Debout ! ordonna l'un des Ra'zacs.

Le jeune homme se leva d'un mouvement circonspect. Son cœur lui semblait sur le point d'exploser.

– Attachez-lui les mains et amenez-le !

Comme un soldat s'approchait avec une corde, Katrina hurla de nouveau et bondit hors du lit. Elle se jeta sur les hommes, mordant, griffant, leur labourant le visage de ses ongles pointus, creusant sur leur peau des sillons sanglants. Ils jurèrent, aveuglés.

Roran mit un genou au sol, empoigna son marteau posé sur le plancher, se planta fermement sur ses pieds, leva l'arme au-dessus de sa tête et rugit comme un ours. Les soldats se jetèrent sur lui, tentant de l'écraser sous le nombre, en vain : Katrina était en danger, il était invincible. Les boucliers éclataient sous ses coups, les brigandines et les cottes de mailles se fendaient, les casques s'écrasaient. Deux soldats reculèrent, blessés ; trois autres tombèrent pour ne plus se relever.

Le vacarme et les cris avaient alarmé la maisonnée. Roran entendit vaguement Horst et ses fils s'interpeller dans le couloir. Les Ra'zacs échangèrent un sifflement de concertation avant de fondre sur Katrina ; ils l'empoignèrent avec une puissance inhumaine et s'élancèrent hors de la pièce en la soulevant du sol. Elle poussa un cri perçant :

— Roran !

D'un seul élan, Roran renversa ses derniers adversaires et fit irruption sur le palier. Les Ra'zacs allaient sauter par la fenêtre. Il se précipita et abattit son marteau sur l'un d'eux juste avant qu'il eût franchi le rebord. Mais, se redressant d'un mouvement vif, le Ra'zac attrapa au vol le poignet de Roran avec un ricanement de satisfaction et lui souffla en pleine face son haleine putride :

— Je le sssavais ! Tu es celui que nous voulons !

Roran tenta de se dégager ; le Ra'zac ne broncha pas. De sa main libre, le jeune homme lui frappa la tête et les épaules ; elles étaient dures comme du fer. Fou de rage et de désespoir, il saisit la pointe du capuchon qui couvrait la tête de la créature et tira, dévoilant ses traits.

Une face hideuse, difforme, apparut. Le crâne était chauve, la peau d'un noir luisant, telle une carapace d'insecte. Les yeux sans paupière, sans iris, sans pupille, aussi gros qu'un poing, rougeoyaient à la manière d'un globe d'hématite. Au-dessous, un large bec crochu dardait une langue pourpre et effilée.

Roran hurla, arc-bouta ses talons contre le cadre de la fenêtre, se tortilla pour échapper à cette monstruosité. Mais le Ra'zac l'entraînait inexorablement vers l'extérieur. Il aperçut Katrina, en bas, qui criait et se débattait encore.

Les genoux de Roran allaient céder quand Horst surgit à son côté et le retint en lui ceinturant la poitrine d'un bras solide.

– Qu'on apporte une lance ! rugit le forgeron.

Les veines de son cou saillant sous l'effort, il gronda :

– Si ce fils de démon s'imagine qu'il nous aura !

Le Ra'zac donna une dernière secousse, puis, ne réussissant pas à arracher Roran à la prise de Horst, il redressa la tête et siffla :

– Tu ssseras à nous !

Il eut un geste d'une rapidité inouïe, et Roran mugit de douleur quand le bec du Ra'zac entailla le muscle de son épaule droite. Au même instant, les os de son poignet craquèrent. Avec un ricanement mauvais, la créature le lâcha, sauta et disparut dans la nuit.

Horst et Roran s'affalèrent l'un contre l'autre.

– Ils ont pris Katrina, gémit le jeune homme.

Lorsqu'il se releva en s'appuyant sur son bras gauche – le droit pendait, inutile –, la tête lui tourna et, l'espace d'une seconde, tout devint noir autour de lui. Albriech et Baldor sortirent de sa chambre, éclaboussés de sang. Derrière eux, il ne restait que des cadavres.

« À présent, j'en ai tué huit », pensa Roran. Il ramassa son marteau, descendit l'escalier en titubant et, au rez-de-chaussée, se heurta à Elain, dans sa chemise de nuit blanche.

Elle le dévisagea avec de grands yeux ; puis, le tirant par le bras, elle le fit asseoir sur un coffre de bois, contre le mur :

– Il faut que tu voies Gertrude.

– Mais...

– Tu vas mourir, si on n'arrête pas cette hémorragie.

Il baissa les yeux vers son épaule droite, et constata que sa chemise était rouge et trempée.

– Il faut sauver Katrina avant...

Il serra les dents pour dominer la douleur.

– ... avant qu'ils lui fassent du mal.
– Il a raison, intervint Horst, qui les avait rejoints. On ne peut pas attendre. Panse-le de ton mieux, Elain, nous y allons.

Avec une moue de désapprobation, Elain se dirigea vers l'armoire à linge. Elle revint avec des bandes de tissu qu'elle enroula bien serrées autour de l'épaule déchirée de Roran, et de son poignet fracturé. Pendant ce temps, Albriech et Baldor récupéraient les armures et les épées des soldats. Horst se contenta de prendre une lance.

Elain posa les mains sur la poitrine de son mari et dit :
– Sois prudent !
Elle se tourna vers ses fils :
– Et vous aussi !
– Tout ira bien, Mère, promit Albriech.
Elle se força à sourire et les embrassa sur la joue.

Ils quittèrent la maison et coururent à la lisière de Carvahall. Ils virent que la muraille d'arbres avait été repoussée, et que Byrd, la sentinelle, était mort. Baldor s'agenouilla pour examiner le corps et s'écria, indigné :
– Il a été poignardé par derrière.

Roran l'entendit à peine tant le sang battait à ses tempes. Pris de vertige, il s'adossa au mur d'une maison, suffoquant.
– Ho ! Qui va là ?

Les autres sentinelles disposées sur le périmètre du village avaient quitté leur poste et se rassemblaient autour de leur compagnon assassiné, dans un cercle de lanternes. D'une voix sourde, Horst leur raconta l'attaque des Ra'zacs et l'enlèvement de Katrina.
– Qui veut nous aider ? demanda-t-il.

Après une rapide discussion, cinq hommes acceptèrent de les accompagner ; les autres resteraient pour surveiller la brèche et alerter les villageois.

Roran se décolla du mur et prit la tête de la petite troupe, qui se faufila à travers champs vers le fond de la vallée, où se trouvait le camp des Ra'zacs. Chaque pas était une torture, mais il n'y prenait pas garde ; seule Katrina importait. Soudain, il chancela, et Horst le soutint sans un mot.

À une demie-lieue de Carvahall, Ivor repéra une sentinelle, postée sur une butte, ce qui les obligea à un large détour. Une centaine de mètres plus bas, ils purent distinguer la lueur rougeoyante de torches. Roran leva son bras valide pour leur faire signe de ralentir ; puis il se mit à ramper sous le couvert des hautes herbes, provoquant la fuite d'un gros lièvre. Les hommes le suivirent alors qu'il crapahutait jusqu'à l'abri d'un bosquet de joncs. Là, il s'arrêta et écarta le rideau de tiges pour observer les treize hommes restants.

« Où est-elle ? »

Les soldats, silencieux, hagards, avaient une tout autre allure qu'à leur arrivée. Leurs armes étaient ébréchées, leurs armures bosselées. Beaucoup portaient des bandages maculés de sang séché. Ils étaient massés face aux deux Ra'zacs, dont les capuchons étaient rabattus, de part et d'autre d'un feu à demi éteint.

L'un des hommes les invectivait :

– ... Plus de la moitié d'entre nous ont été tués par une bande de putois dégénérés, qui ne distinguent pas une pique d'une hache d'arme, et ne reconnaissent pas la pointe d'une épée même si elle leur rentre dans les boyaux ; tout ça parce que vous n'avez pas plus de bon sens qu'un porte-bannière ! Peu nous importe que Galbatorix vous lèche les bottes ! Nous ne bougerons plus d'ici tant que nous n'aurons pas un nouveau commandant.

Les autres approuvèrent :

– Un qui soit *humain*.

– Vraiment ? demanda doucement l'un des Ra'zacs.

– On en a assez de recevoir des ordres de tordus dans votre genre. Vous nous rendez malades avec vos claquements de langues et vos sifflements de bouilloires ! Et peut-on savoir ce que vous avez fait de Sardson, notre compagnon ? Si vous restez ici une nuit de plus, on vous enfoncera de l'acier dans le ventre, et on verra bien si vous ne saignez pas tout comme nous ! Mais vous pouvez nous laisser la fille ; elle sera...

L'homme n'eut pas le loisir de poursuivre, car le plus grand des Ra'zacs sauta par-dessus le feu et s'abattit sur ses épaules tel un corbeau géant. Le soldat hurla et s'effondra sous le choc. Il tenta de tirer son épée, mais le Ra'zac le frappa dans le cou à deux reprises, de son bec invisible, et l'homme ne bougea plus.

Derrière Roran, Baldor marmonna :

– Et nous devons affronter ça ?

Les autres soldats demeurèrent pétrifiés en regardant les deux Ra'zacs aspirer la moelle épinière du cadavre. Quand les noires créatures se redressèrent, elles frottèrent l'une contre l'autre leurs mains noueuses comme si elles les lavaient, et l'une d'elles déclara :

– Sssoit, nous partirons. Ressstez sssi vous voulez, les renforts ne sssont qu'à quelques jours de marche.

Rejetant la tête en arrière, les Ra'zacs lancèrent vers le ciel un appel strident, qui monta dans les aigus jusqu'à devenir inaudible par des oreilles humaines.

Roran leva les yeux. D'abord, il ne vit rien. Puis une terreur sans nom le submergea quand deux ombres effilées apparurent, très haut au-dessus de la Crête, éclipsant les étoiles. Elles progressaient vite et furent bientôt gigantesques, au point que leur sinistre apparition obscurcit une partie du ciel. Un vent fétide courut sur la terre, apportant des miasmes sulfureux qui firent tousser Roran et lui donnèrent la nausée.

Ces remugles produisirent le même effet sur les soldats. Pestant et jurant, ils pressèrent leurs manches et leurs écharpes contre leurs nez.

Les sombres sihouettes s'immobilisèrent dans les airs, puis elles entamèrent leur descente, emprisonnant le campement sous un dôme d'une noirceur implacable. Les torches affaiblies vacillaient et menaçaient de s'éteindre, mais produisaient encore suffisamment de lumière pour laisser voir les deux bêtes qui se posaient entre les tentes.

Leur corps était glabre, sans plume ni poil, tel celui d'un souriceau nouveau-né, couvert d'une peau grise, membraneuse, bien ferme sur leur ventre et leur poitrail où saillaient les tendons. Leur allure rappelait celle de chiens faméliques, à l'exception de leurs pattes arrière, dotées de muscles assez puissants pour écraser un rocher. Une mince crête descendait derrière leur tête étroite, prolongée à l'avant par un long bec osseux, propre à déchiqueter les proies, qui pointait entre deux yeux proéminents, froids, identiques à ceux des Ra'zacs. Deux immenses ailes attachées à leur échine faisaient gémir l'air sous leurs lourds battements.

Se jetant au sol, les soldats se recroquevillèrent pour se protéger le visage. Une impression de redoutable intelligence émanait de ces monstres venus d'ailleurs, de ces représentants d'une race bien plus ancienne et bien plus puissante que les humains. Roran craignit soudain que sa mission échouât. Dans son dos, Horst souffla aux hommes :

– Ne bougez pas ! Restez cachés ou vous êtes morts !

Les Ra'zacs s'inclinèrent devant les bêtes, puis se glissèrent dans une tente. Lorsqu'ils en ressortirent, ils portaient Katrina, entravée par des cordes. Sloan les suivait. Le boucher marchait librement.

Roran le fixa avec effarement, incapable de comprendre comment Sloan avait pu être capturé. « Sa maison n'est pourtant pas à proximité de celle de Horst. » L'évidence le frappa soudain :

– Il nous a trahis ! lâcha-t-il, stupéfait.

L'horreur de la situation l'envahit tout entier ; son poing se referma lentement sur le manche de sa hache. « Il a tué Byrd et il nous a trahis ! » Des larmes de rage ruisselèrent sur ses joues.

– Roran, murmura Horst en rampant jusqu'à lui. On ne peut pas attaquer maintenant, on se ferait massacrer. Roran...? Tu m'entends ?

Mais Roran ne percevait qu'un chuchotement lointain ; il regardait le plus petit des Ra'zacs sauter sur les épaules de l'une des bêtes, et l'autre lui lancer Katrina. Sloan paraissait troublé et effrayé, à présent. Il se mit à parlementer avec les Ra'zacs, secouant la tête et pointant le doigt vers le sol. Le grand Ra'zac finit par l'assommer en le frappant en pleine bouche. Jetant le boucher sur les épaules de l'autre bête, il enfourcha sa monture et siffla à l'adresse des soldats :

– Nous ssserons de retour quand le danger sssera écarté. Sssi l'un de vous tue le garçon, il le paiera de sssa vie !

Les bêtes fléchirent leurs puissantes pattes, décollèrent, et redevinrent deux ombres dans le champ des étoiles.

Vide de mots, vide de sentiments, Roran était totalement anéanti. Tout ce qu'il lui restait à faire, c'était tuer les soldats. Il se leva et brandit son marteau, prêt à charger. Mais, à l'instant où il s'élançait, la souffrance explosa dans son épaule et irradia dans son cerveau ; un éblouissement effaça le sol devant ses yeux, et il sombra dans l'inconscience.

24
Une flèche dans le cœur

Depuis que les voyageurs avaient laissé derrière eux la cité de Ceris, les chauds après-midi passés à traverser à coups de rame le lac Eldor, puis à remonter le cours de la rivière Gaena, se confondaient en un rêve brumeux. L'eau clapotait autour des canots, les entraînant sous la voûte verdoyante des pins, de plus en plus profondément dans le Du Weldenvarden.

Eragon appréciait la compagnie des elfes. Narí et Lifaen ne cessaient de sourire, de rire et de chanter, surtout lorsque Saphira se tenait à proximité. En sa présence, ils ne parlaient que d'elle, ne regardaient qu'elle.

Cependant, les elfes n'étaient pas des humains, en dépit de leur apparence physique. Leur rapidité, leur aisance n'étaient pas comparables à celles de simples créatures de chair et de sang. Et, quand ils s'exprimaient, ils employaient des circonlocutions et des aphorismes qui laissaient le Dragonnier perplexe. Entre deux accès de gaieté, Narí et Lifaen pouvaient rester silencieux pendant des heures, à observer les alentours, le visage empreint d'un paisible ravissement. Si Eragon ou Orik tentaient de leur parler quand ils étaient plongés dans leur contemplation, ils n'obtenaient qu'une brève parole en réponse.

Eragon appréciait d'autant plus les manières directes d'Arya. À vrai dire, elle semblait mal à l'aise auprès de Lifaen et de Narí, comme si elle n'était plus certaine de la conduite à tenir avec ceux de son espèce.

À la proue du canoë, Lifaen jeta un coup d'œil par-dessus son épaule et demanda :

– Dis-moi, Eragon-finiarel... Que chantent les tiens, en ces jours si sombres ? Je me rappelle les épopées et les lais que j'ai entendus à Ilirea – contant les fières légendes de vos comtes et de vos rois –, mais c'était il y a bien, bien longtemps, et leur souvenir n'est plus que fleur flétrie dans ma mémoire. Quelles nouvelles œuvres ton peuple a-t-il créées ?

Eragon fronça les sourcils, tâchant de se remémorer les titres des légendes que Brom avait déclamées. Lorsqu'il les cita, Lifaen secoua la tête d'un air chagriné :

– Alors, c'est que beaucoup de textes ont été perdus. Les poèmes courtois ont disparu, et, si tu dis vrai, il ne doit pas rester grand-chose de votre histoire ou de vos arts, en dehors de quelques récits fantaisistes dont Galbatorix a autorisé la transmission.

– Un jour, Brom nous a conté la chute des Dragonniers, argua Eragon, sur la défensive.

À cet instant, Saphira lui transmit la vision d'un cerf bondissant par-dessus des souches pourries. La dragonne chassait.

– Ah, Brom ! Un homme de courage !

Lifaen pagaya un moment en silence.

– Nous aussi, reprit-il, nous chantons la Chute... mais rarement. La plupart d'entre nous étions déjà nés quand Vrael entra dans le néant, et nous pleurons encore nos cités brûlées – les lys rouges d'Éwayëna, les cristaux de Luthivíra – et nos familles massacrées. Le temps sera impuissant à calmer la douleur de ces blessures, des millions de millions d'années devraient-elles passer, et le soleil lui-même s'éteindre, laissant le monde flotter dans une nuit éternelle.

À l'arrière, Orik grommela :

– Ainsi en est-il pour les nains. Rappelle-toi, elfe, que, à cause de Galbatorix, nous avons perdu un clan entier.

– Et nous avons perdu notre roi, Evandar.

– J'ignorais cela, intervint Eragon, surpris.

Lifaen confirma d'un signe de tête, tout en évitant d'un coup de rame un rocher qui affleurait :

– Peu le savent. Brom aurait pu t'en parler ; il était présent lorsque le coup fatal fut frappé. Avant la mort de Vrael, les elfes ont affronté Galbatorix sur les plaines d'Ilirea, dans une dernière tentative pour le vaincre. Là, Evandar...

– Où se trouve Ilirea ?

– C'est Urû'baen, mon gars, dit Orik. Elle fut autrefois une cité elfique.

Imperturbable, Lifaen poursuivit :

– Comme tu le dis, Orik, Ilirea était une de nos cités. Nous l'avons abandonnée au cours de la guerre contre les dragons, et, des siècles plus tard, les humains en ont fait leur capitale après que le roi Palancar a été exilé.

– Le roi Palancar ? répéta Eragon. Qui était-ce ? Est-ce lui qui a donné son nom à la vallée ?

L'elfe se retourna et le regarda d'un air amusé :

– Ta tête est aussi garnie de questions qu'un arbre de feuilles, Argetlam !

– C'est ce que me disait Brom.

Lifaen sourit, puis se tut comme pour rassembler ses idées.

– Quand vos ancêtres arrivèrent en Alagaësia il y a huit cents ans, reprit-il, ils la parcoururent d'un bout à l'autre, à la recherche d'un lieu qui leur convienne. Ils s'installèrent finalement dans la vallée de Palancar – qui ne s'appelait pas ainsi, à cette époque – parce que c'était un des rares endroits défendables dont ni les elfes ni les nains n'avaient encore revendiqué la possession. Votre roi, Palancar, commença alors à bâtir un puissant État.

Désireux d'élargir ses frontières, il nous déclara la guerre, quoique nous ne l'eussions en rien provoqué. Il attaqua trois fois, et trois fois nous le repoussâmes. Notre puissance effraya les nobles de Palancar ; avec leurs vassaux, ils se déclarèrent en faveur de la paix. Le roi n'écouta pas leur recommandation. Les seigneurs nous proposèrent alors un traité, qui fut signé à son insu.

« Avec notre aide, Palancar fut renversé de son trône et banni ; mais lui-même, sa famille et ses vassaux refusèrent de quitter la vallée. N'ayant aucun désir de le tuer, nous construisîmes la tour de Ristvak'baen, afin que les Dragonniers pussent surveiller Palancar et s'assurer qu'il ne tenterait jamais de reprendre le pouvoir, ni d'attaquer qui que ce fût en Alagaësia.

« Peu de temps après, Palancar fut assassiné par un de ses fils, trop impatient pour attendre que le temps fasse son œuvre. Dès lors, meurtres, trahisons et autres félonies se succédèrent, et la maison de Palancar ne fut bientôt plus que l'ombre de son ancienne splendeur. Cependant, ses descendants sont restés, et du sang royal court encore dans Therinsford et Carvahall.

– Je vois, dit Eragon.

Lifaen leva un sourcil :

– Vraiment ? Les conséquences de tout cela dépassent ce que tu peux imaginer. Ce sont ces événements qui ont convaincu Anurin – le prédécesseur de Vrael en tant que chef des Dragonniers – de permettre à des humains de devenir Dragonniers, afin d'éviter à l'avenir de telles querelles.

Orik éclata de rire :

– Il y a dû y avoir de sacrées palabres !

– Ce fut une décision impopulaire, reconnut Lifaen. Aujourd'hui encore, certains remettent en cause son bien-fondé. Elle provoqua un tel désaccord entre Dellanir, notre reine, et Anurin, que celui-ci s'émancipa de notre autorité pour établir les Dragonniers en toute indépendance sur l'île de Vroengard.

– Mais, si les Dragonniers n'étaient plus soumis à votre gouvernement, comment ont-ils pu préserver la paix, ainsi qu'ils étaient censés le faire ?

– Ils n'ont pas pu, dit Lifaen. Du moins jusqu'à ce que la reine Dellanir eût compris que c'était sagesse de libérer les Dragonniers de toute soumission à un seigneur ou à un roi, et qu'elle leur eût rouvert l'accès du Du Weldenvarden. Toutefois, qu'une autre autorité surpassât la sienne lui a toujours déplu.

Eragon plissa le front :

– N'était-ce pas le bon choix, pourtant ?

– Oui... et non. Les Dragonniers avaient pour tâche d'empêcher les erreurs des gouvernements et des différents peuples. Mais qui surveillait les surveillants ? Voilà ce qui a causé la chute des Dragonniers. Personne n'était en mesure de discerner les défauts à l'intérieur même de leur système, puisqu'ils étaient au-dessus de toute investigation. C'est pourquoi ils ont péri.

Eragon frappa l'eau d'un côté, puis de l'autre, méditant les paroles de Lifaen. La force du courant faisait vibrer la pagaie dans ses mains.

– Qui a succédé à votre reine Dellanir ?

– Evandar. Il a accédé au trône il y a cinq cents ans – quand la reine Dellanir eut abdiqué pour étudier les mystères de la magie – et il l'a conservé jusqu'à sa mort. À présent c'est sa compagne, Islanzadí, qui nous gouverne.

– Mais c'est...

Eragon resta bouche bée. Il allait dire « impossible », et venait de se rendre compte que la formulation était ridicule. Au lieu de ça, il demanda :

– Les elfes sont-ils immortels ?

Lifaen répondit d'une voix douce :

– Nous étions comme vous, jadis, vifs, fugaces, aussi éphémères que la rosée du matin. Maintenant nos vies s'étirent sans fin à travers la poussière des ans. Oui, nous sommes immortels, quoique vulnérables aux blessures de la chair.

– Vous êtes devenus immortels, alors ?

L'elfe refusa d'en dire davantage, malgré l'insistance d'Eragon. Finalement, le garçon demanda :

– Quel âge a Arya ?

Lifaen se tourna vers lui, des étincelles dans le regard, le scrutant avec une acuité déconcertante :

– Arya ? En quoi t'intéresse-t-elle ?

– Je...

Eragon se troubla, plus tout à fait sûr de ses intentions. Son attirance pour Arya se compliquait du fait de sa nature d'elfe, et parce que, quel que fût son âge, elle était infiniment plus vieille que lui. « Elle me considère comme un gamin », songea-t-il.

– Je ne sais pas, avoua-t-il en toute franchise. Mais elle nous a sauvé la vie deux fois, à moi et à Saphira, et j'ai envie d'en apprendre davantage sur elle.

– J'ai honte de t'avoir posé cette question, avoua Lifaen en détachant chaque mot. Chez nous, il est grossier de se mêler des affaires des autres… Du moins puis-je te dire, et je pense qu'Orik m'approuvera, que tu ferais bien de surveiller ton cœur, Argetlam. Ce n'est pas le moment de le perdre, ni d'en faire don à mauvais escient.

– C'est juste, grogna Orik.

Eragon sentit le sang lui monter au visage, qui le brûla comme si on avait versé de la cire fondue sur ses joues. Sans lui laisser le temps de répliquer, Saphira entra dans son esprit :

« Et maintenant tu ferais bien de surveiller aussi ta langue. Ils ont bien parlé, ne les insulte pas. »

Il respira un grand coup, s'efforçant d'évacuer sa confusion. « Tu es d'accord avec eux ? »

« Je crois, Eragon, que tu es rempli d'amour, et que tu cherches qui va répondre à tes sentiments. Il n'y a pas de honte à ça. »

Il fit de son mieux pour digérer ces paroles, puis demanda : « Seras-tu de retour bientôt ? »

« Je suis en route. »

S'intéressant de nouveau à ce qui l'entourait, Eragon s'aperçut que l'elfe et le nain le regardaient.

– Je comprends votre perplexité, dit-il. Mais… j'attends tout de même une réponse à ma question.

Lifaen marqua une brève hésitation :

– Arya est très jeune. Elle est née un an avant l'anéantissement des Dragonniers.

« Cent ans ! » Bien qu'il se fût attendu à quelque chose de ce genre, Eragon éprouva un choc. Il dissimula son trouble derrière une expression impassible, tout en calculant : « Elle pourrait avoir des arrière-petits-enfants plus vieux que moi ! »

Il rumina l'information quelques minutes puis, pour changer de sujet, il reprit :

– Tu as déclaré que les humains avaient découvert l'Alagaësia il y a huit cents ans. Pourtant, Brom disait que nous étions arrivés trois siècles après la création des Dragonniers, c'est-à-dire il y a plusieurs milliers d'années.

– Deux mille sept cent quatre ans, d'après nos calculs, intervint Orik. Brom avait raison, si tu considères l'arrivée d'un unique bateau transportant trente soldats comme « l'installation » des humains en Alagaësia. Ils ont accosté au sud, où se trouve à présent le Surda. Nous les avons rencontrés alors qu'ils exploraient l'endroit, et nous avons échangé des cadeaux. Mais ils sont repartis, et nous n'en avons pas vu de nouveaux pendant près de deux mille ans, avant que le roi Palancar se présentât à la tête de toute une flotte. Ils nous ont complètement ignorés, alors, se contentant de faire courir de vagues histoires « de petits êtres des montagnes couverts de poils qui venaient voler les enfants la nuit ». Bah !

– Sais-tu d'où venait Palancar ? demanda Eragon.

Orik tortilla le bout de sa moustache d'un air concentré :

– Nos légendes disent seulement que son pays d'origine se situait loin au sud, au-delà des Beors, et que la guerre et la famine l'avaient forcé à s'expatrier.

Cette révélation enflamma Eragon :

– Il existerait donc d'autres contrées, ailleurs, qui pourraient nous aider à lutter contre Galbatorix !

– C'est possible, dit le nain. Mais elles seront difficiles à trouver, même à dos de dragon, et je doute qu'on y parle nos langues. D'ailleurs, qui serait prêt à nous soutenir ? Les Vardens n'ont pas grand-chose à offrir en échange ; il est déjà compliqué de lever une armée entre Farthen Dûr et Urû'baen ; alors, recruter des troupes à des centaines, peut-être même des milliers de lieues d'ici…!

– Nous ne pourrions pas nous passer de toi, de toute façon, dit Lifaen à Eragon.

– Pourtant, je...

Le garçon s'interrompit en voyant Saphira survoler la rivière, poursuivie par une horde furieuse de merles et de moineaux bien décidés à la chasser loin de leurs nids. Au même instant, une armée d'écureuils cachés dans les branches se mit à protester dans un charivari de cris et de jacassements.

Lifaen s'écria, radieux :

– N'est-elle pas magnifique ? Regardez ses écailles, comme elles accrochent la lumière ! Il n'y a pas un trésor au monde qui vaille ce spectacle !

Du canoë qui suivait, Narí lançait les mêmes exclamations émerveillées.

– Une sacrée emmerdeuse, voilà ce qu'elle est, grommela Orik dans sa barbe.

Eragon dissimula un sourire, bien qu'il fût d'accord avec le nain. Les elfes, eux, ne semblaient jamais las de chanter les louanges de Saphira.

« Un petit compliment, ça fait toujours plaisir », dit la dragonne.

Elle se posa dans un éclaboussement gigantesque, et plongea la tête pour éviter un moineau qui piquait sur elle.

« C'est bien vrai », fit Eragon.

À travers l'eau, Saphira lui jeta un coup d'œil :

« Tu te moques ? »

Il gloussa sans rien ajouter, et s'intéressa à l'autre canoë ; où Arya pagayait, parfaitement droite, son visage impénétrable moucheté de taches de lumière tombant des arbres moussus. Elle paraissait si sombre, si tourmentée qu'il eut envie de la réconforter.

– Lifaen, souffla-t-il, de sorte qu'Orik n'entendît pas, pourquoi Arya est-elle si... malheureuse ?

Il vit le dos de l'elfe se raidir sous sa tunique couleur de feuille. Lifaen chuchota, si bas qu'Eragon dut prêter l'oreille :

– C'est pour nous un honneur de servir Arya Dröttningu. Elle a enduré pour notre peuple des souffrances que tu ne peux imaginer. Nous célébrons avec joie ce qu'elle a fait avec Saphira, et nous pleurons dans nos rêves ce qu'elle a sacrifié... et perdu. Cependant, son chagrin est le nôtre, et je ne peux t'en révéler la cause sans sa permission.

Ce soir-là, alors qu'Eragon était assis près du feu, caressant une touffe de mousse aussi douce que la fourrure d'un lapin, des froissements et des craquements lui parvinrent des profondeurs de la forêt. Il échangea un regard avec Saphira et Orik, prit Zar'roc et se faufila entre les arbres en direction du bruit.

Parvenu au bord d'un étroit ravin, il aperçut, de l'autre côté, un gerfaut à l'aile brisée, pris dans un buisson d'obiers. Le rapace se figea en le voyant, puis, ouvrant le bec, il poussa un cri perçant.

« Ne plus pouvoir voler, quel affreux destin ! » murmura Saphira.

Lorsque Arya les rejoignit, elle regarda le gerfaut, saisit son arc, encocha une flèche et, avec un sang-froid impressionnant, lui transperça le cœur. Eragon crut d'abord qu'elle l'avait tué pour qu'il leur serve de repas, mais elle n'esquissa pas un mouvement pour récupérer ni l'oiseau, ni la flèche.

– Pourquoi as-tu fait ça ?

Elle détendit la corde de son arc, le visage dur :

– Sa blessure était trop grave pour que je puisse le soigner ; il serait mort cette nuit ou demain. C'est dans la nature des choses. Je lui ai épargné des heures de souffrance.

Saphira courba la tête et posa son museau sur l'épaule de l'elfe, puis elle retourna au campement, sa queue arrachant l'écorce des arbres au passage. Eragon s'apprêtait à la suivre quand il sentit Orik le tirer par la manche. Il se baissa, et le nain lui fit remarquer d'un ton plein de sous-entendus :

– Ne demande jamais secours à un elfe ! Si jamais il estime que tu serais mieux mort que vivant, hé...?

25
Le pouvoir du Dagshelgr

Malgré la fatigue du voyage, Eragon fut debout avant l'aube pour tenter de surprendre l'un des elfes endormi. C'était devenu pour lui un jeu : tenter de découvrir quand les elfes se levaient – et s'ils dormaient ou pas – car il ne les avait jamais vus avec les yeux fermés. Ce jour-là ne fit pas exception.

– Bonjour ! lancèrent Narí et Lifaen, au-dessus de lui.

Eragon renversa la tête et les aperçut, perchés au sommet d'un pin, à plus de cinquante pieds de haut. Dégringolant de branche en branche avec une grâce féline, les elfes se laissèrent tomber à ses côtés.

– On a monté la garde, expliqua Lifaen.

– Pour quelle raison ?

Arya surgit de derrière un arbre et dit :

– À cause de mes craintes. Le Du Weldenvarden recèle bien des mystères et bien des dangers, surtout pour un Dragonnier. Nous vivons ici depuis des milliers d'années, et de vieux sorts traînent encore un peu partout ; l'air, l'eau et la terre sont imprégnés de magie. En certains endroits, les animaux eux-mêmes en sont affectés. De temps à autre, on rencontre d'étranges créatures errant par la forêt, et toutes ne sont pas animées des meilleures intentions.

– Sont-elles...

Il s'interrompit, car, dans sa paume, sa gedwëy ignasia le picotait. Au bout de sa chaîne, le marteau d'argent que Gannel lui avait donné devint brûlant contre sa poitrine, et le garçon sentit le pouvoir du talisman absorber son énergie.

Quelqu'un essayait de le visualiser.

« Est-ce Galbatorix ? » se demanda-t-il avec effroi. Il tira la chaîne de dessous sa tunique, prêt à la jeter loin de lui si sa faiblesse augmentait. De l'autre extrémité du campement, Saphira bondit à ses côtés pour le soutenir avec ses propres réserves d'énergie.

Au bout d'un moment, le marteau refroidit. Eragon le fit sauter dans sa main, puis le glissa de nouveau sous ses vêtements.

« Nos ennemis sont à notre recherche », conclut Saphira.

« Des ennemis ? Ne serait-ce pas simplement l'un des magiciens du Du Vrangr Gata ? »

« Nasuada n'emploierait pas ce moyen. Elle sait sûrement que Gannel a enchanté ce talisman pour toi, Hrothgar a dû le lui dire... Elle pourrait même avoir eu cette idée la première. »

Arya parut soucieuse quand Eragon la mit au courant de l'incident :

– Il nous faut gagner Ellesméra au plus vite, afin que tu achèves ta formation ; c'est le plus important. Les choses bougent, en Alagaësia, et je crains que tu n'aies pas suffisamment de temps pour étudier.

Eragon aurait voulu discuter davantage, mais il n'en eut pas le loisir : tous se hâtèrent de lever le camp. Une fois le feu éteint et les canoës chargés, ils continuèrent à remonter le cours de la Gaena.

Au bout d'une heure de navigation, Eragon remarqua que la rivière s'élargissait, devenait plus profonde. Quelques minutes plus tard, ils virent apparaître un torrent, dont le grondement furieux emplissait le Du Weldenvarden. La cascade, haute de cent pieds, dégringolait le long d'une faille rocheuse depuis une corniche en surplomb, qui rendait la paroi impossible à escalader.

– Comment allons-nous passer ? s'inquiéta Eragon.

Une bruine fraîche lui humidifiait déjà le visage.

Lifaen lui montra sur la rive gauche, un peu en amont des chutes, un sentier creusé dans le rocher :

– Il nous faudra porter les embarcations et le matériel sur une demi-lieue avant que la rivière redevienne navigable.

Ils s'y mirent tous les cinq pour détacher les ballots entassés sous les sièges des canoës ; ils disposèrent le matériel en plusieurs tas qu'ils fourrèrent dans leurs sacs.

– Ouch ! souffla Eragon en soulevant son chargement.

C'était deux fois plus lourd que ce qu'il transportait habituellement, quand il voyageait à pied.

Saphira se hissa sur la rive boueuse et s'ébroua pour se sécher.

« Je pourrais transporter tout ça pour vous au-delà du torrent », proposa-t-elle.

Quand Eragon fit part de sa suggestion, Lifaen prit un air horrifié :

– Jamais nous n'imaginerions traiter un dragon comme une bête de somme. Ce serait déshonorant pour toi, Saphira – et pour Eragon en tant que Shur'tugal – ; et quelle honte pour nous, quel manque d'hospitalité !

Un jet de flammes sortit des narines de Saphira, et un nuage de vapeur monta au-dessus de l'eau.

« Sottise ! » grogna-t-elle.

Levant sur Eragon une patte écailleuse, elle referma ses griffes sur les courroies du sac et s'envola au-dessus de leurs têtes.

« Essayez donc de me rattraper ! »

Un éclat de rire argentin éclata, tel le trille d'un oiseau moqueur. Stupéfait, Eragon se retourna et regarda Arya. C'était la première fois qu'il l'entendait rire ; il aimait ce rire. Elle sourit à Lifaen :

– Tu as encore beaucoup à apprendre, si tu t'imagines pouvoir dire à un dragon ce qu'il doit ou ne doit pas faire !

– Mais quel déshonneur...

— Il n'y a pas de déshonneur pour Saphira tant qu'elle agit en toute liberté, affirma Arya. Maintenant, en route ! Ne perdons pas davantage de temps.

Priant pour que l'effort ne réveillât pas la douleur dans son dos, Eragon souleva le canoë avec Lifaen et le plaça sur ses épaules. Il dut compter sur l'elfe pour le diriger le long du sentier, car il ne voyait rien d'autre que le sol sous ses pieds.

Une heure plus tard, ayant atteint la corniche et dépassé la cascade écumante, ils retrouvèrent le cours apaisé de la rivière Gaena.

Saphira les attendait, occupée à attraper des poissons dans les trous d'eau, y plongeant sa tête triangulaire à la manière d'un héron.

Arya l'appela et expliqua, autant pour elle que pour Eragon :

— Le lac Ardwen se situe juste derrière le prochain coude, et, sur sa rive ouest, s'élève Sílthrim, une de nos plus grandes cités. Après quoi, une vaste étendue de forêt nous sépare encore d'Ellesméra. Nous rencontrerons beaucoup d'elfes, aux abords de Sílthrim. Toutefois, je souhaite que personne ne vous repère avant votre entrevue avec la reine Islanzadí.

« Pourquoi ? » demanda Saphira, en écho à la question muette d'Eragon.

De sa voix harmonieuse, Arya répondit :

— Votre présence est signe de terribles changements dans notre royaume, et de tels bouleversements sont dangereux quand ils ne sont pas gérés avec prudence. La reine doit être la première à avoir une entrevue avec vous. Elle seule possède l'autorité et la sagesse nécessaires pour superviser cette transition.

— Tu la tiens en haute estime, remarqua Eragon.

À ces mots, Narí et Lifaen lancèrent à Arya un regard circonspect. Elle pâlit, puis se redressa fièrement :

— Elle nous a bien gouvernés... Eragon, je sais que tu as dans tes bagages un manteau à capuchon que l'on t'a donné à Tronjheim. Jusqu'à ce que nous soyons hors de vue d'éventuels curieux, veux-tu la porter et garder la tête couverte, de sorte que personne ne remarque tes oreilles arrondies et s'aperçoive que tu es un humain ?

Il acquiesça.

– Et toi, Saphira, tu devras te cacher pendant la journée et nous rejoindre de nuit. Ajihad m'a dit que tu avais opéré ainsi pour traverser l'Empire.

« Et chaque minute a été un calvaire… », grommela la dragonne.

– Ce ne sera nécessaire qu'aujourd'hui et demain. Ensuite, Sílthrim se trouvera assez loin derrière nous pour que tu n'aies plus à craindre de rencontres inopportunes, promit Arya.

Saphira tourna son regard bleu vers Eragon :

« Quand nous avons fui l'Empire, j'ai juré de rester toujours près de toi pour te protéger. Chaque fois que je te quitte, il y a des problèmes. Souviens-toi : Yazuac, Daret, Dras-Leona, les marchands d'esclaves… »

« Pas à Teirm. »

« Tu sais ce que je veux dire ! Je répugne particulièrement à te laisser, alors que tu ne peux pas te défendre, avec ton handicap. »

« Je peux compter sur Arya et les autres pour assurer ma protection, tu ne crois pas ? »

Saphira hésita :

« J'ai confiance en Arya. »

Elle s'éloigna, arpenta la berge, s'assit un instant, puis revint :

« Très bien. »

Elle exprima donc son accord à Arya, et ajouta :

« Mais je n'attendrai que jusqu'à demain soir, même si vous êtes au beau milieu de Sílthrim à cette heure-là. »

– Je comprends, dit Arya. Sois cependant très prudente si tu voles après la tombée du jour, car il faut une obscurité totale pour empêcher les elfes d'y voir la nuit. Si par malheur tu étais repérée, tu pourrais être attaquée par magie.

« Charmant ! » railla Saphira.

Laissant Orik et les elfes charger les embarcations, Eragon et Saphira explorèrent la sombre forêt à la recherche d'une bonne cachette. Ils optèrent pour un creux encadré de rochers éboulés et tapissé d'une couche d'aiguilles de pins, agréablement moelleuse sous les pieds. Saphira se roula en boule et hocha la tête :

« Va, maintenant ! Tout ira bien pour moi. »

Eragon passa les bras autour de son cou et l'étreignit avec tendresse – en évitant soigneusement ses écailles acérées –, puis s'éloigna à regret sans cesser de jeter des coups d'œil en arrière. Sur la berge de la rivière, il revêtit sa cape et poursuivit le voyage avec ses compagnons.

L'air était immobile quand le lac Ardwen apparut ; sa vaste surface liquide était lisse et plate, miroir sans défaut où se reflétaient les arbres et les nuages. L'illusion était si parfaite qu'Eragon eut l'impression de découvrir un autre monde à travers une vitre ; s'ils continuaient d'avancer, les canoës tomberaient sans fin dans ce ciel inversé. Cette pensée le fit frissonner.

Dans la brume, au loin, de nombreux bateaux blancs, sans doute en écorce de bouleau, filaient le long des rives comme des araignées d'eau, propulsés à une vitesse incroyable par les rameurs elfes. Eragon baissa la tête et tira sur le bord de son capuchon pour mieux dissimuler son visage.

Plus ils s'éloignaient, plus sa communication mentale avec Saphira s'amenuisait, jusqu'à ce qu'ils ne fussent plus reliés que par un mince filament de pensée. Le soir venu, il ne ressentait plus du tout sa présence, même en étirant son esprit jusqu'à son extrême limite. Le Du Weldenvarden lui apparut soudain solitaire et désolé.

Lorsque l'obscurité tomba, des grappes de lumières blanches, accrochées à bonne hauteur dans les arbres, se mirent à palpiter à une lieue de là. Leur lueur évoquait l'éclat argenté de la pleine lune, inquiétante et mystérieuse.

– Voici Sílthrim, annonça Lifaen.

Un bateau noir allant en sens inverse les croisa dans un clapotis. L'elfe qui le conduisait les salua au passage :

– Kvetha Fricai.

Arya vint aligner son canoë contre celui d'Eragon :

– Nous allons nous arrêter ici pour la nuit.

Ils établirent leur camp à une certaine distance du lac, là où le sol était assez sec pour s'y étendre. Des escadrilles furieuses de moustiques obligèrent Arya à jeter un sort de protection, de sorte qu'ils pussent dîner dans un confort relatif.

Après le repas, ils s'assirent tous les cinq autour du feu, fixant les flammes dorées. Eragon appuya la tête contre un arbre et vit un météore traverser le ciel. Ses paupières étaient sur le point de se fermer quand une voix de femme passa à travers bois, venant de Sílthrim, un murmure très doux qui vint caresser son oreille avec la légèreté d'un duvet. Perplexe, il se redressa, essayant de mieux entendre ce chuchotement ténu.

De même qu'un filet de fumée s'épaissit au moment où le bois s'enflamme, la voix monta, plus forte, et la forêt sembla interpréter une mélodie moqueuse, capricieuse, qui montait et retombait avec une liberté sauvage. D'autres voix se mêlèrent à cette chanson d'un autre monde, enrichissant le thème principal d'une infinité de variations. L'air lui-même semblait vibrer sous l'impétuosité de la musique.

Des accords raffinés faisaient courir des frissons de crainte et d'exaltation dans le dos d'Eragon ; ils l'enveloppaient dans le velours de la nuit, étouffant ses sens. Charmé par ces notes envoûtantes, il sauta sur ses pieds, prêt à foncer à travers la forêt jusqu'à ce qu'il trouvât l'origine de ces voix, prêt à danser parmi les arbres, sur la mousse, prêt à quoi que ce fût pourvu qu'il pût se joindre à la fête des elfes. Mais, avant qu'il eût avancé d'un pas, Arya le saisit par le bras, l'obligeant brutalement à la regarder en face :

– Eragon ! Libère ton esprit !

Il se débattit dans une vaine tentative de lui faire lâcher prise

— Eyddr eyreya onr ! Vide tes oreilles !

Le silence tomba aussitôt, comme s'il était devenu sourd. Il cessa de gigoter et regarda autour de lui, se demandant ce qui lui était arrivé. De l'autre côté du feu, Lifaen et Narí luttaient sans bruit pour maîtriser Orik.

Eragon voyait remuer les lèvres d'Arya ; puis il y eut un *pop* !, et il retrouva les bruits du monde alentour, quoiqu'il n'entendît plus la musique.

— Qu'est-ce que… ? balbutia-t-il, abasourdi.

— Enlevez vos pattes ! grommela Orik.

Lifaen et Narí le lâchèrent et reculèrent.

— Veuille bien nous pardonner, Orik-vodhr, dit Lifaen.

Arya avait les yeux fixés sur Sílthrim :

— J'ai mal décompté les jours ; je voulais éviter qu'on se trouve près d'une ville pendant les fêtes de Dagshelgr. Nos Saturnales sont dangereuses pour les mortels. Nous chantons en ancien langage, et nos poèmes lyriques combinent des incantations si passionnées, si envoûtantes qu'il est difficile d'y résister, même pour nous.

Narí s'agita nerveusement :

— On devrait être avec les nôtres…

— On devrait, admit Arya. Mais nous ferons notre devoir, et nous attendrons.

Encore sous le choc, Eragon s'accroupit près du feu, regrettant l'absence de Saphira ; la dragonne aurait protégé son esprit de l'emprise de la musique, il en était sûr.

— À quoi sert la célébration de Dagshelgr ?

Arya vint s'asseoir à côté de lui et croisa ses longues jambes :

— À préserver la santé et la fertilité de la forêt. Chaque printemps, nous chantons pour les arbres, nous chantons pour les plantes, et nous chantons pour les animaux. Sans nous, le Du Weldenvarden serait moitié moins grand.

Comme pour appuyer ses paroles, des oiseaux, des daims, des écureuils — des roux et des gris —, des blaireaux rayés, des renards, des lapins, des loups, des grenouilles, des crapauds, des tortues et beaucoup d'autres habitants de la forêt quittèrent leurs cachettes et se mirent à courir follement autour d'eux dans une cacophonie d'appels et de cris.

– Ils cherchent des partenaires, expliqua Arya. À travers tout le Du Weldenvarden, dans chacune de nos cités, les elfes chantent cette mélodie. Plus ils sont nombreux à participer, plus l'enchantement est puissant, et plus prospère sera la forêt, cette année.

Eragon retira vivement sa main quand un trio de hérissons passa en trottinant le long de sa cuisse. La forêt entière bruissait et jacassait. « Je suis entré au royaume des fées », pensa le garçon en s'entourant la poitrine de ses bras.

Orik s'approcha du feu et dit d'une voix assez forte pour couvrir le tapage :

– Par ma barbe et par ma hache, il n'est pas question que je me laisse mener contre mon gré par la magie ! Si cela arrive de nouveau, Arya, je jure sur la statue de Helzvog, le dieu qui nous créa, de repartir aussitôt à Farthen Dûr ! Vous devrez alors affronter la colère du Dûrgrimst Ingeitum.

– Ce n'était pas mon intention de vous soumettre à cela, se défendit Arya. Je vous prie de me pardonner cette erreur. Quoi qu'il en soit, bien que je vous protège à présent des effets du Dagshelgr, vous ne pourrez échapper à la magie ; elle imprègne toutes choses, dans le Du Weldenvarden.

– Tant que ça ne me met pas la cervelle à l'envers...

Orik caressa du bout des doigts le manche de sa hache, observant les silhouettes des animaux qu'on entendait piétiner dans la pénombre, au-delà de la flaque de lumière du feu.

Personne ne dormit, cette nuit-là. Eragon et Orik ne purent fermer l'œil, inquiets de l'agitation sans fin des bêtes autour de leurs tentes ; les elfes, eux, restèrent éveillés parce qu'ils écoutaient les chants. Narí et Lifaen ne cessaient de tourner en rond, tandis qu'Arya dardait sur Sílthrim un regard de colère, le visage si tendu que sa peau dorée s'étirait sur les pommettes.

Au bout de quatre heures passées dans cette débauche de bruits et d'agitation, Saphira se laissa tomber du ciel, une étrange lueur dans les yeux. Elle frissonna et arqua le cou. Gueule ouverte, haletante, elle dit :

« La forêt est vivante. Et je suis vivante. Je ressens comme jamais auparavant la chaleur de mon sang. Il brûle comme le tien brûle, Eragon, lorsque tu penses à Arya. Je... comprends ! »

Le garçon posa la main sur son épaule. La dragonne tremblait ; elle émettait au rythme de la musique un bourdonnement qui faisait vibrer ses flancs. Ses griffes d'ivoire plantées dans le sol, les muscles raidis et saillants, elle s'efforçait de rester immobile. Mais l'extrémité de sa queue se tortillait comme si elle s'apprêtait à bondir.

Arya rejoignit Eragon et se plaça de l'autre côté de la dragonne, appuyant aussi la main sur l'épaule de Saphira. Ensemble, ils firent face à l'obscurité, vivants maillons d'une même chaîne.

Lorsque l'aube pointa, la première chose qu'Eragon remarqua, ce furent les bouquets d'aiguilles d'un vert éclatant qui garnissaient à présent les branches des pins. Il se pencha pour examiner les buissons d'obiers, et constata que tous, du plus petit au plus grand, avaient développé de nouvelles pousses pendant la nuit. La forêt palpitait de mille couleurs ; tout était luxuriant, frais, pur. L'air avait un parfum d'après la pluie.

Saphira se frotta à Eragon et dit :

« La fièvre est tombée ; je suis de nouveau moi-même. Ce que j'ai éprouvé, c'était... comme si le monde naissait de nouveau et que j'aidais à sa création grâce au feu de mes poumons. »

« Tu te sens bien ? À l'intérieur, je veux dire. »

« Il me faudra un peu de temps pour assimiler cette expérience. »

La musique ayant cessé, Arya annihila le sort dont elle avait protégé Eragon et Orik. Puis elle ordonna :

– Lifaen, Narí, allez à Sílthrim et ramenez des chevaux. Nous ne pouvons faire le chemin à pied jusqu'à Ellesméra. Prévenez également la capitaine Damítha que Ceris a besoin de renforts.

Narí s'inclina :

– Et que devrons-nous répondre si elle demande pourquoi nous avons déserté notre poste ?

– Dites-lui que ce qu'elle a jadis espéré – et craint – est advenu ; le destin s'est mordu la queue. Elle comprendra.

Les deux elfes se mirent en route après avoir vidé les canoës de tout leur contenu. Trois heures plus tard, Eragon entendit une branche craquer et leva la tête : c'étaient eux. Ils revenaient par la forêt, chevauchant deux fiers étalons blancs, et menant par la bride quatre autres bêtes identiques. Les magnifiques créatures avançaient entre les arbres d'une démarche étrange, furtive ; leurs robes miroitaient dans la pénombre couleur d'émeraude. Elles n'étaient ni sellées ni harnachées.

– Blöthr, blöthr, murmura Lifaen, et sa monture s'arrêta, frappant le sol de ses sabots noirs.

– Tous vos chevaux ont-ils aussi noble allure ? voulut savoir Eragon.

Il s'approcha prudemment de l'un d'eux, frappé par sa beauté. Les étalons étaient à peine plus grands que des poneys, et se glissaient d'autant plus aisément entre les troncs serrés. Ils ne parurent nullement effrayés par Saphira.

– Pas tous, dit Narí en riant et en secouant sa chevelure d'argent. Mais la plupart. Nous les élevons depuis des siècles.

– Et comment les dirige-t-on ?

Ce fut Arya qui répondit :

– Un cheval elfe obéit sur-le-champ à tout ordre donné en ancien langage ; tu lui dis où tu veux aller, il t'y conduit. Cependant, ne le maltraite jamais ! Ni coups ni mots blessants, car ils ne sont pas nos esclaves, mais nos amis et nos partenaires. Ils ne te portent qu'aussi longtemps qu'ils y consentent ; c'est un grand privilège d'en chevaucher un. Si j'ai pu sauver l'œuf de Saphira des mains de Durza, c'est parce que nos chevaux ont senti que quelque chose n'allait pas et nous ont empêchés de nous jeter dans l'embuscade... Tu ne tomberas jamais de leur dos, sauf si tu le fais exprès, et, sur un terrain difficile, ils savent choisir le chemin le plus court et le plus sûr. Les Feldûnosts des nains font de même.

– Tu dis vrai, grogna Orik. Un Feldûnost peut t'emporter en haut d'une falaise et te ramener en bas sans une égratignure. Mais comment allons-nous transporter le matériel ? Je ne veux pas avoir à chevaucher avec un paquetage sur le dos !

Lifaen jeta aux pieds du nain une pile de sacs en cuir et désigna le sixième cheval :

– Ce ne sera pas nécessaire.

Il leur fallut une demi-heure pour emplir les sacs et les entasser sur le dos de l'animal. Après quoi, Narí apprit à Eragon et à Orik les mots qu'ils devraient utiliser pour diriger leur monture :

– *Gánga fram* pour avancer, *blöthr* pour vous arrêter, *hlaupa* si vous devez galoper, et *gánga aptr* pour faire demi-tour. Quant à donner des instructions plus précises, il vous faudrait mieux connaître l'ancien langage.

Il conduisit Eragon vers un cheval et dit :

– Voici Folkvír. Tends-lui une main.

Eragon s'exécuta, et l'étalon souffla, dilatant ses narines. Folkvír renifla la paume du garçon, puis la toucha de son nez. Il permit alors à Eragon de lui flatter l'encolure.

– C'est bien, approuva Narí, apparemment satisfait.

L'elfe conduisit Orik auprès d'un autre cheval.

Quand Eragon enfourcha Folkvír, Saphira s'approcha. Il la regarda, remarquant qu'elle semblait encore troublée par les événements de la nuit.

« Une nouvelle journée », dit-il.

« Eragon... »

Elle se tut un instant, puis reprit :

« J'ai pensé à une chose, pendant que j'étais soumise à l'enchantement des elfes, une chose que j'avais toujours crue sans grande conséquence, mais qui, aujourd'hui, s'impose en moi comme une noire montagne d'angoisse : chaque créature, qu'elle soit innocente ou monstrueuse, a un compagnon ou une compagne de son espèce. Or, moi, je n'en ai pas. »

La dragonne frémit et ferma les yeux :

« À cet égard, je suis seule. »

Cette réflexion rappela à Eragon qu'elle avait à peine plus de huit mois. La plupart du temps, on ne remarquait pas son jeune âge – ses instincts héréditaires et sa mémoire prévalaient – mais, dans cette arène nouvelle où ils entraient, elle était encore moins expérimentée que lui au temps de ses misérables expériences sentimentales à Carvahall et à Tronjheim. La compassion l'envahit, mais il la réprima avant qu'elle se fût infiltrée par leur lien mental. Saphira aurait méprisé cette émotion : cela ne pouvait ni résoudre son problème, ni la réconforter. Au lieu de ça, il déclara :

« Galbatorix possède encore deux œufs de dragon. Lors de notre première audience avec Hrothgar, tu lui as fait savoir que tu aimerais les sauver. Si nous... »

Saphira renifla avec amertume :

« Ça risque de prendre des années. Et, même si nous récupérons les œufs, rien ne nous garantit qu'ils pourront éclore, ni qu'il en sortira un mâle, et encore moins que nous nous accorderons. Le destin a condamné mon espèce à l'extinction. »

D'un coup de queue rageur, elle brisa un petit sapin. Elle semblait au bord des larmes.

« Que te dire ? » reprit-il, bouleversé par sa détresse. « Ne perds pas espoir ! Tu as encore une chance de trouver un compagnon, mais tu dois être patiente. Même si les œufs de Galbatorix ne donnent rien, il doit bien exister d'autres dragons, quelque part dans le monde, et aussi d'autres humains, d'autres elfes, d'autres Urgals. Dès que nous serons libérés de nos obligations, je t'aiderai à les chercher. D'accord ? »

« D'accord. »

Elle renifla encore, renversa la tête et lâcha une bouffée de fumée blanche qui se perdit dans les branches.

« Je ne devrais pas laisser mes émotions gâcher le meilleur de moi. »

« Sottise. Il faudrait que tu sois de pierre pour ne pas les ressentir. C'est parfaitement normal... Mais promets-moi de ne pas ruminer tout ça quand tu es seule. »

Elle posa sur lui son énorme œil de saphir :

« Je te le promets. »

Il se sentit envahi par la chaleur de sa gratitude parce qu'il la rassurait, l'accompagnait. Se penchant sur le cou de sa monture, il posa la main sur sa joue rugueuse et l'y laissa un moment.

« Va, petit homme, murmura-t-elle. Je te verrai plus tard. »

Eragon détestait l'idée de la laisser dans cet état. Il suivit à regret Orik et les elfes, chevauchant en direction de l'ouest vers le cœur du Du Weldenvarden. Après une heure passée à réfléchir au tourment de Saphira, il en parla à Arya.

Le front de l'elfe se plissa :

– C'est l'un des plus grands crimes de Galbatorix. J'ignore s'il existe une solution, mais nous pouvons l'espérer. Nous devons l'espérer.

26
LA VILLE DANS LES ARBRES

Eragon parcourait le Du Weldenvarden depuis si longtemps qu'il aurait donné n'importe quoi pour apercevoir une clairière, un champ, une montagne, même, plutôt que ces alignements sans fin de troncs, entrecoupés de maigres buissons. Ses vols avec Saphira ne lui apportaient guère de répit, car ils ne lui révélaient qu'une étendue de collines couvertes de conifères, ondulant jusqu'à l'horizon comme une mer verdoyante.

L'épaisseur des branches était parfois telle qu'il était impossible de savoir de quel côté le soleil se levait ou se couchait. Ce fait, ajouté à la monotonie du paysage, donnait à Eragon le sentiment d'être désespérément perdu, bien qu'Arya ou Lifaen se fussent donné la peine de lui montrer à plusieurs reprises l'aiguille de la boussole. Il savait que, sans les elfes, il pourrait errer tout le reste de sa vie dans la forêt sans jamais retrouver son chemin.

Quand il pleuvait, les nuages et la canopée les plongeaient dans une totale obscurité, à croire qu'ils étaient profondément enterrés dans le sol. L'eau s'amassait sur les noires aiguilles des pins, puis ruisselait au travers et tombait sur leurs têtes d'une hauteur de cent pieds ou plus en milliers de petites cascades. À ces moments-là, Arya faisait surgir un globe magique d'où émanait une lueur verte, qui flottait au-dessus de sa main droite, unique éclairage dans ces ténèbres de caverne. S'ils s'abritaient sous un arbre pour attendre que l'orage s'apaisât, l'eau retenue entre les myriades de branches les douchait au plus petit mouvement ; plusieurs heures après, les ramures dégouttaient encore et les arrosaient régulièrement.

Plus les voyageurs s'enfonçaient dans le cœur du Du Weldenvarden, plus les arbres étaient hauts et larges, et plus ils s'espaçaient, laissant les branches se déployer. Les troncs – colonnes brunes et nues montant jusqu'à la voûte nervurée où se mouvaient des taches d'ombre – dépassaient de très loin la taille des arbres de la Crête ou des Beors. Eragon contourna l'un d'eux pour mesurer sa circonférence et compta soixante-dix pieds.

Il en fit la remarque à Arya, qui hocha la tête :
– Cela signifie que nous approchons d'Ellesméra.

Avec une extrême délicatesse, elle passa la main sur une racine noueuse, comme elle aurait caressé l'épaule d'un ami ou d'un amant :
– Ces arbres sont parmi les plus anciennes créatures vivantes de l'Alagaësia. Les elfes les ont aimés dès qu'ils ont découvert le Du Weldenvarden, et ont fait tout ce qui était en leur pouvoir pour leur permettre de prospérer.

Un faible rayon de lumière traversa l'épaisseur émeraude des branches, traçant sur le visage de l'elfe et sur son bras une ligne d'or liquide, qui étincela dans l'ombre.
– Nous avons parcouru une longue route ensemble, Eragon. Mais, à présent, te voilà sur le point d'entrer dans le monde qui est le mien. Avance avec précaution, car la terre et l'air sont chargés de mémoire, et, aussi bizarre que cela te paraisse..., ne vole pas avec Saphira aujourd'hui : nous avons déjà désamorcé certains des sortilèges qui protègent Ellesméra ; il serait mal avisé de vagabonder hors du chemin.

Eragon inclina la tête et retourna près de la dragonne. Couchée en rond sur un lit de mousse, elle s'amusait à lâcher des panaches de fumée, les regardant tourbillonner et disparaître. Tout à trac, elle déclara :
« J'ai autant d'espace que je veux, au niveau du sol, à présent. Je n'aurai pas de difficulté pour progresser. »

« Tant mieux. »

Le garçon enfourcha Folkvír, puis il suivit Orik et les elfes dans la grande forêt silencieuse et vide. Saphira marchait à côté du garçon d'un pas lent. Ses écailles bleues et les robes blanches des chevaux luisaient dans la demi-obscurité.

Eragon s'arrêta, impressionné par la beauté solennelle des lieux. Les choses semblaient être en suspens, comme si rien n'avait changé, sous le chaume des aiguilles, depuis des milliers d'années, comme si rien ne devait jamais changer : le temps lui-même s'était enfoncé dans un profond sommeil, dont il ne se réveillerait peut-être pas.

Vers la fin de l'après-midi, la pénombre se dissipa, et un elfe apparut devant eux, enveloppé d'un éclatant rayon de lumière tombant de la voûte de feuilles. Il était vêtu d'une tunique fluide, et un cercle d'argent ornait son front. Son visage était vieux, empreint de noblesse et de sérénité.

– Eragon, murmura Arya, montre-lui ta paume et ton anneau.

Ôtant son gant, Eragon leva la main droite de sorte que l'anneau de Brom et la gedwëy ignasia fussent visibles. L'elfe sourit, ferma les yeux, ouvrit les bras en un geste de bienvenue et ne bougea plus.

– La voie est libre, dit Arya.

D'une voix douce, elle pria sa monture d'avancer.

Les cavaliers défilèrent de part et d'autre de l'elfe – comme l'eau d'une rivière contourne un rocher émergé. Lorsqu'ils furent tous passés, l'elfe se redressa et frappa dans ses mains ; le rayon de lumière qui l'avait révélé s'éteignit, et il disparut. Saphira s'adressa à Arya :

« Qui était-ce ? »

– C'est Gilderien le Sage, Prince de la maison de Miolandra, protecteur de la Flamme Blanche de Vándil, et gardien d'Ellesméra depuis les jours du Du Fyrn Skulblaka, notre guerre avec les dragons. Personne ne peut entrer dans la ville sans sa permission.

Un quart de lieue plus loin, la forêt se clairsema et des trouées apparurent dans la canopée, hachurant le chemin de traits de lumière mouvants. Les voyageurs franchirent une arche formée de deux grands arbres inclinés, appuyés l'un sur l'autre, et débouchèrent dans une clairière. Elle était déserte. Arya et les elfes mirent pied à terre ; Eragon et Orik les imitèrent.

D'épaisses touffes de fleurs parsemaient le sol. Des roses, des campanules, des lis, éphémères joyaux du printemps, scintillaient à profusion tels des rubis, des saphirs et des opales. Leur parfum enivrant attirait des hordes de bourdons. Sur la droite, un ruisseau glougloutait derrière une haie de buissons, et deux écureuils se pourchassaient autour d'un rocher.

Eragon crut d'abord qu'il s'agissait d'une cache où les daims s'abritaient pour la nuit. Mais, en regardant mieux, il discerna des sentiers dissimulés entre les arbres et les broussailles. Il observa la douce et chaude lumière qui effaçait les ombres, les formes curieuses des branches, des brindilles et des fleurs, détails si subtils qu'on les remarquait à peine, indices que l'endroit n'était pas tout à fait naturel. Il cligna des paupières, et sa vision changea, comme si on lui avait posé devant les yeux des lentilles redonnant à toutes choses des formes repérables. Oui, il s'agissait bien de sentiers. Et, oui, il y avait là des fleurs. En revanche, ce qu'il avait pris pour des bouquets d'arbres bossus et tordus, c'étaient en réalité d'élégantes constructions émergeant directement des pins.

L'une d'elles, avant de plonger ses racines dans le sol, s'élargissait à la base, composant une maison à un étage. Les deux niveaux étaient de forme hexagonale, bien que l'étage supérieur fût deux fois plus petit que le rez-de-chaussée, ce qui donnait à l'habitation l'apparence d'une haute marche d'escalier. Les toits et les murs étaient constitués de lamelles de bois superposées, appuyées sur six épaisses poutres verticales. De la mousse et des lichens jaunes frangeaient les avant-toits et retombaient devant les fenêtres, semblables à des pierres précieuses, qui s'ouvraient sur chaque paroi. La porte d'entrée, d'un dessin curieux, était encastrée sous une arcade gravée de symboles.

Une autre maison se nichait entre trois pins, reliés à elle par une série de branches courbes. Soutenue par ces arcs-boutants naturels, elle s'élevait sur quatre étages avec une grâce aérienne.

À côté, des branches entrelacées formaient une tonnelle, d'où pendaient des lanternes sans flammes en forme de cormes[1].

Chaque édifice, unique, se mêlait à la forêt de telle sorte qu'il était impossible de dire où commençait l'artifice et où finissait la nature. L'équilibre était parfait. Au lieu de s'imposer à leur environnement, les elfes avaient choisi de l'accepter tel quel et de s'adapter à lui.

Les habitants d'Ellesméra finirent par révéler leur présence. Eragon perçut du coin de l'œil un mouvement furtif, à peine un frémissement d'aiguilles dans la brise. Puis il vit luire des mains blanches, une face pâle, un pied chaussé de sandales, un bras levé. Un à un, les elfes se montrèrent, circonspects, leurs yeux en amande fixés sur Saphira, Arya et Eragon.

Les cheveux dénoués des femmes, qui cascadaient dans leur dos en vagues noires ou argentées, piquées de fleurs fraîches, évoquaient des fontaines de jardin. Leur beauté sublime et délicate ne laissait en rien deviner leur force exceptionnelle.

Les hommes étaient tout simplement superbes, avec leurs pommettes hautes, leur nez finement dessiné et leurs cils épais. Les uns et les autres étaient vêtus de tuniques rustiques vertes et brunes, frangées d'orange, de roux et d'or. « C'est vraiment le Beau Peuple », pensa Eragon. Il porta deux doigts à ses lèvres pour les saluer.

D'un seul geste, tous les elfes se courbèrent en deux. Puis, souriant et riant, ils laissèrent éclater leur joie. Au milieu d'eux, une femme entonna :

> *Gala O Wyrda brunhvitr,*
> *Abr Berundal vandr-fódhr,*
> *burthro laufsblädar ekar undir,*
> *eom kona dauthleikr...*

---

[1]. Fruits du cormier, un sorbier cultivé.

Eragon plaqua les mains sur ses oreilles, craignant que la mélodie fût un enchantement semblable à celui qu'il avait entendu à Sílthrim, mais Arya lui prit les poignets pour les abaisser :

– Ce n'est pas de la magie.

Puis elle dit à son cheval :

– Gánga !

L'étalon hennit doucement et s'éloigna au petit trot.

– Relâchez vos montures, ordonna l'elfe. Nous n'avons plus besoin d'elles, et elles méritent de se reposer dans nos écuries.

Le chant s'éleva tandis qu'Arya s'engageait sur un chemin pavé, orné de tourmaline verte, qui serpentait entre les roses trémières, les maisons et les arbres, avant de traverser un ruisseau. Les elfes dansaient autour des arrivants avec des éclats de rire, voltigeant de-ci de-là selon leur fantaisie. Parfois, ils escaladaient les branches pour courir au-dessus de leurs têtes. Ils célébraient Saphira, la nommant Longues Griffes, Fille des Airs et du Feu, La Puissante.

Eragon souriait, ravi, radieux. Il se sentait en paix. « Je pourrais vivre ici », se dit-il. Dans les profondeurs du Du Weldenvarden, protégé du reste du monde... Oui, vraiment, Ellesméra lui plaisait bien plus qu'aucune des cités des nains. Montrant une habitation à l'intérieur d'un pin, il demanda à Arya :

– Comment est-ce bâti ?

– Nous chantons pour la forêt en ancien langage, et nous lui insufflons notre force pour qu'elle crée ce dont nous avons besoin, dans la forme que nous désirons. Nos maisons, nos outils, tout est fabriqué ainsi.

Le chemin aboutissait à un nœud de racines qui formait des marches. Ils montèrent vers une porte enchâssée dans un mur de sapins. Le cœur d'Eragon battit plus vite lorsqu'elle s'ouvrit – de sa propre volonté, lui sembla-t-il –, découvrant une galerie d'arbres. Des centaines de branches s'entremêlaient pour former un plafond alvéolé. Sous cette voûte, douze sièges étaient répartis de chaque côté. Sur les sièges étaient assis vingt-quatre seigneurs et nobles dames.

Leurs visages lisses, que les ans n'avaient pas marqués, rayonnaient de sagesse et de beauté. Les yeux brillants d'excitation, ils se penchèrent, les mains refermées sur les bras de leurs fauteuils, et posèrent sur Eragon et ses compagnons des regards emplis d'attente et d'espérance. Contrairement aux autres elfes, ils portaient à la ceinture des épées aux pommeaux incrustés de beryls et de grenats, et des couronnes ornaient leurs fronts.

À l'extrémité de la salle, sur un trône de racines surmonté d'un dais blanc, la reine Islanzadí siégeait, majestueuse et fière. Avec ses sourcils noirs et obliques telles des ailes d'oiseau, ses lèvres aussi rouges et brillantes que les baies du houx, ses cheveux couleur de nuit retenus par un diadème de diamants et sa tunique écarlate, elle était aussi belle qu'un coucher de soleil en automne. Une tresse d'or lui ceignait les hanches, et une cape de velours répandait ses plis lourds sur le sol. Malgré son allure imposante, la reine donnait l'impression de fragilité de qui dissimule un profond chagrin.

Elle tenait dans sa main gauche un bâton soutenant une traverse, sur laquelle était perché un corbeau blanc au plumage étincelant. L'oiseau s'ébrouait nerveusement et sautillait d'une patte sur l'autre. Avançant la tête, il darda sur Eragon un regard d'une troublante intelligence, poussa un long et bas croassement, puis cria : « Wyrda ! » Cette voix cassée et la puissance de cet unique mot firent frissonner le garçon.

Les nouveaux venus s'avancèrent vers la reine, et la porte se referma sur eux. Arya fut la première à s'agenouiller sur le sol couvert de mousse en s'inclinant. Eragon, Orik, Lifaen et Narí l'imitèrent. Saphira elle-même, qui ne s'était jamais inclinée devant qui que ce fût, pas même Ajihad ni Hrothgar, courba la tête.

Islanzadí descendit de son trône, sa cape traînant derrière elle. Elle s'arrêta devant Arya, posa des mains tremblantes sur ses épaules et dit avec une vibrante exaltation :

– Relève-toi !

Arya obéit, et la reine la fixa avec une intensité croissante, comme si elle tentait de déchiffrer sur son visage un texte au sens obscur.

Enfin, Islanzadí la serra dans ses bras en s'écriant :

– Ô ma fille, que de mal je t'ai fait !

27
LA REINE ISLANZADÍ

Eragon était agenouillé devant la reine des elfes, en présence de ses conseillers, dans une salle fantastique aux murs faits d'arbres vivants, au cœur d'un royaume mythique, et une seule idée occupait son esprit : « Arya est une princesse ! »

Dans un sens, cela ne le surprenait pas : elle avait toujours montré une telle autorité ! Mais cela le navrait, car une nouvelle barrière se dressait entre eux, alors qu'il aurait voulu balayer tout ce qui les séparait. Cette révélation emplissait sa bouche d'un goût de cendre. Il se rappela la prophétie d'Angela et sa mise en garde : il aimerait une personne de noble naissance... Pour son bonheur ou pour son malheur ? Cela, elle n'avait pu le prédire.

Il perçut la surprise de Saphira, puis son amusement. Elle lui souffla :

« Alors, comme ça, on a voyagé avec une altesse sans le savoir ! »

« Pourquoi ne nous a-t-elle rien dit ? »

« Ça l'aurait peut-être mise en danger. »

– Islanzadí Dröttning, salua Arya d'un ton officiel.

La reine se rétracta comme si on l'avait piquée, et répéta en ancien langage :

– Ô ma fille, que de mal je t'ai fait !

Se couvrant le visage de ses mains, elle continua :

– Depuis ta disparition, je n'ai pu ni manger ni dormir. Ton destin me hantait, et je craignais de ne jamais te revoir. Te bannir si loin de moi a été la plus grande faute que j'aie commise... Peux-tu me pardonner ?

L'assemblée des elfes s'agita, stupéfaite.

La réponse d'Arya fut longue à venir. Enfin, elle déclara :

– Pendant soixante-dix ans, j'ai vécu et aimé, combattu et tué sans jamais te parler, ma mère. C'est bien long, malgré la durée de nos vies.

Islanzadí se redressa et releva le menton. Un tremblement la parcourut tout entière :

– Je ne peux défaire le passé, Arya, quelle que soit la force de mon désir.

– Moi, je ne peux oublier ce que j'ai enduré.

– Et tu ne le dois pas.

Islanzadí saisit les mains de sa fille :

– Arya, je t'aime. Tu es ma seule famille. Pars, si tu le désires, mais, à moins que tu souhaites me renier, je voudrais me réconcilier avec toi.

Pendant un instant affreux, on put croire qu'Arya allait refuser de répondre ou, pire, rejeter l'offre de la reine. Eragon la vit hésiter et jeter sur l'assistance un bref regard. Puis elle baissa les yeux et dit :

– Non, Mère, je ne pourrai repartir.

Islanzadí eut un sourire incertain et serra de nouveau sa fille dans ses bras. Cette fois, Arya lui rendit son étreinte, et les elfes se déridèrent.

Le corbeau blanc sautilla sur son perchoir en croassant :

Sur la porte est gravé par une main très sage
ce qui de la famille devra rester l'adage :
« Aimons-nous désormais jusqu'à la fin des âges ! »

– Silence, Blagden ! lui intima Islanzadí. Épargne-nous tes vers de mirliton !

La reine se tourna alors vers Eragon et Saphira :

– Veuillez agréer mes excuses. Je me suis montrée discourtoise en vous ignorant, vous, mes hôtes les plus importants !

Eragon porta ses doigts à ses lèvres, puis il fit le geste qu'Arya lui avait enseigné, plaçant le dos de sa main droite au-dessus du sternum :

– Islanzadí Dröttning. Atra esterni ono theldhuin.

Il ne doutait pas un instant de devoir parler le premier. Les yeux d'Islanzadí s'agrandirent :

– Atra du evanínya ono varda.

– Un atra mor'ranr lífa unin hjarta onr, répondit Eragon, achevant le rituel. Il put constater que la connaissance qu'il avait de leurs coutumes lui attirait d'emblée la confiance des elfes. En esprit, il entendit Saphira répéter la même salutation à la reine.

Quand ce fut fini, Islanzadí demanda :

– Dragon, quel est ton nom ?

« Saphira. »

Un éclair d'entendement passa sur le visage de la reine, mais elle ne fit aucun commentaire.

– Bienvenue à Ellesméra, Saphira ! Et toi, Dragonnier ?

– Eragon le Tueur d'Ombre, Votre Majesté.

Cette fois, l'agitation fut perceptible dans l'assemblée des elfes. La reine elle-même tressaillit.

– Tu portes un nom puissant, dit-elle avec douceur. Un nom que nous donnons rarement à nos enfants... Bienvenue à Ellesméra, Eragon le Tueur d'Ombre ! Voilà bien longtemps que nous t'attendions.

Elle s'approcha d'Orik et le salua, puis elle retourna s'asseoir sur son trône, les plis de sa cape de velours drapés sur son bras :

– Par ta présence ici, Eragon, si peu de temps après la capture de l'œuf de Saphira ; par cet anneau à ton doigt et cette épée à ton côté, je comprends que Brom est mort et que tu n'as pu achever ton apprentissage avec lui. Je désire entendre ton histoire, y compris comment Brom a péri, et en quelles circonstances tu as connu ma fille, à moins que ce soit elle qui t'ait rencontré. Après quoi, nain, tu m'expliqueras quelle est ta mission parmi nous ; et toi, Arya, tu me conteras tes aventures depuis l'embuscade dans le Du Weldenvarden.

Eragon avait eu l'occasion de faire le récit de ses aventures, il n'eut donc aucun mal à le réitérer pour la reine. Si, à l'occasion, la mémoire lui faisait défaut, Saphira fournissait des précisions. Une fois ou l'autre, il la laissa même intervenir elle-même. Quand ce fut achevé, Eragon sortit de son bagage le parchemin de Nasuada et le tendit à Islanzadí.

Elle prit le rouleau, brisa le sceau de cire rouge. Puis, ayant pris connaissance du message, elle ferma les yeux un instant.

– Je mesure à présent la vraie profondeur de ma folie, soupira-t-elle. Mes chagrins auraient été apaisés bien plus tôt si je n'avais pas rappelé nos guerriers, et ignoré les messages d'Ajihad après avoir appris la capture d'Arya. Jamais je n'aurais dû accuser les Vardens d'être responsables de sa mort. Pour une personne de mon âge, je n'ai guère fait preuve de sagesse...

Un long silence suivit, personne n'osant ni approuver ni critiquer ces paroles. Eragon rassembla son courage et dit :

– Maintenant qu'Arya est revenue saine et sauve, accepterez-vous de soutenir les Vardens comme autrefois ? Sans votre aide, Nasuada échouera, et je suis lié à sa cause par serment.

– Ma querelle avec les Vardens est poussière dans le vent, répondit Islanzadí. Ne crains rien. Nous les soutiendrons ainsi que nous le fîmes jadis, et plus encore grâce à toi et à ta victoire contre les Urgals.

Elle s'appuya sur un bras :

– Me donneras-tu l'anneau de Brom, Eragon ?

Sans hésitation, il le retira de son doigt et l'offrit à la reine sur sa paume tendue. Elle le saisit entre ses doigts fins :

– Tu n'aurais pas dû le porter, car il ne signifiait rien pour toi. Cependant, à cause des services que tu as rendus aux Vardens et à ma famille, je te nomme Ami des Elfes et t'accorde cet anneau, afin que tous les elfes, où que tu ailles, sachent qu'ils peuvent t'accorder leur confiance et t'apporter leur aide.

Eragon la remercia et repassa l'anneau à son doigt. Il sentait le regard de la reine fixé sur lui avec une insistance troublante ; elle l'étudiait, l'analysait. Il lui semblait qu'elle devinaît à l'avance chacune de ses paroles, chacun de ses gestes. Elle dit :

– Des nouvelles telles que celles-ci, nous n'en avons pas entendu dans le Du Weldenvarden depuis bien des années. Ici, nous sommes accoutumés à un rythme de vie plus lent que dans le reste de l'Alagaësia, et cela me trouble que tant de choses aient pu survenir en si peu de temps sans que le bruit ne m'en soit parvenu.

– Et ma formation ?

Eragon lança un regard furtif à l'assemblée des elfes, se demandant si l'un d'eux pouvait être Togira Ikonoka, l'être qui avait communiqué avec lui en esprit et l'avait libéré de l'emprise maléfique de Durza après la bataille de Farthen Dûr, celui qui l'avait également encouragé à partir pour Ellesméra.

– Ta formation commencera en temps voulu. Cependant, je crains qu'il soit inutile de t'instruire tant que tu souffriras de ton infirmité. À moins de triompher du sortilège de l'Ombre, tu es condamné à n'être qu'une figure de proue. Même si tu nous rends service, tu ne seras jamais que le spectre de l'espérance que nous nourrissons depuis plus d'un siècle.

Il n'y avait aucun reproche, dans la voix d'Islanzadí, pourtant ses paroles atteignirent Eragon comme un coup de marteau. Il savait qu'elle avait raison.

– Ce n'est pas de ta faute, et cela me peine d'évoquer ton état, mais tu dois être conscient de la gravité de ton handicap... Je suis désolée.

Islanzadí s'adressa alors à Orik :

– Il y a bien longtemps qu'aucun représentant de ton peuple n'a pénétré dans nos demeures, nain. Eragon-finiarel a expliqué ta présence, mais tu désires peut-être ajouter quelque chose ?

– Seulement te transmettre les royales salutations de mon roi, Hrothgar, et la supplique, désormais superflue, que les elfes reprennent contact avec les Vardens. Par-dessus tout, je suis ici pour m'assurer que le pacte que Brom a passé entre vous et les humains est bien respecté.

– Nous tenons nos promesses, qu'elles aient été émises dans cette langue ou en ancien langage. J'accepte les salutations de Hrothgar et lui retourne les miennes.

Enfin, ainsi qu'elle mourait d'envie de le faire depuis leur arrivée, Eragon en était sûr, Islanzadí regarda Arya et demanda :

– À présent, ma fille, dis-moi : que t'est-il arrivé ?

Arya se mit à parler d'un ton monocorde, racontant d'abord sa capture, puis son long emprisonnement et les tortures subies à Gil'ead. Saphira et Eragon avaient délibérément évité les détails, mais Arya semblait n'avoir aucune réticence à narrer ses souffrances. Sa description impassible fit monter en Eragon la même révolte qu'au jour où il avait découvert ses blessures. Les elfes gardèrent un profond silence tout le temps de ce récit, quoique leurs mains fussent crispées sur leurs épées, et que leur visage se contractât dans une froide expression de colère.

Une larme roula sur la joue d'Islanzadí.

Lorsque Arya eut terminé, l'un des seigneurs elfes se mit à arpenter d'un pas souple l'espace moussu entre les sièges :

– J'ai conscience de m'exprimer au nom de tous, Arya Dröttningu, en disant que mon cœur se consume de chagrin à la pensée des épreuves que tu as endurées. C'est un crime au-delà de tout pardon, de toute réparation ; rien ne peut le justifier, et Galbatorix devra le payer. Nous avons aussi une dette envers toi, car tu as su tenir secrets les emplacements de nos cités. Peu d'entre nous auraient eu la force de résister à l'Ombre aussi longtemps.

– Merci, Däthedr-vodhr.

Islanzadí prit alors la parole, et sa voix sonna comme une cloche entre les arbres :

– Il suffit ! Nos hôtes ne tiennent plus sur leurs jambes tant ils sont fatigués, et nous avons parlé trop longtemps de ces horreurs. Ne gâchons pas un tel moment en nous attardant sur les blessures passées !

Un sourire radieux illumina son visage :

– Ma fille est revenue, un dragon et un Dragonnier sont

apparus, et je veux que ces événements soient célébrés comme il convient !

Elle se leva, grande et somptueuse dans sa tunique cramoisie, et frappa dans ses mains. À ce signal, une pluie de lis et de roses se répandit sur les sièges et sur le dais. Des centaines de fleurs tombaient de trente pieds de haut, tels les flocons d'une neige colorée, saturant l'air de leur parfum.

« Comment a-t-elle fait ? Elle n'a même pas eu besoin d'utiliser l'ancien langage ! » s'étonna Eragon.

Il remarqua que, pendant que l'attention de chacun était détournée par la pluie de fleurs, Islanzadí caressait doucement le bras d'Arya en murmurant, si bas qu'il eut peine à l'entendre :

– Tu n'aurais jamais souffert de la sorte, si tu avais suivi mes conseils. J'avais raison de m'opposer à ta décision d'accepter le yawë.

– C'était *ma* décision.

La reine se tut un instant, puis elle hocha la tête et tendit le bras :

– Blagden !

Dans un froissement d'ailes, le corbeau quitta son perchoir et vint se poser sur l'épaule gauche de la reine. L'assemblée s'inclina tandis qu'elle se dirigeait vers la sortie et poussait le battant de la porte. Des centaines d'elfes étaient massés au-dehors. Elle leur fit une brève déclaration en ancien langage, qu'Eragon ne comprit pas. Tous poussèrent une vibrante acclamation, puis ils s'éparpillèrent en courant.

– Que leur a-t-elle dit ? chuchota Eragon à Narí.

L'elfe sourit :

– De mettre en perce les meilleurs tonneaux et d'allumer le feu dans les cuisines, parce que cette soirée se passera à festoyer et à chanter. Viens !

Il prit Eragon par la main et le tira à la suite de la reine, qui allait son chemin entre les pins noueux et les frais buissons de fougères. Durant le conseil, le soleil était descendu dans le ciel, baignant la forêt d'une lumière d'ambre, qui glissait sur les arbres et les plantes telle une huile dorée.

« Tu as compris, je suppose, dit Saphira, que le roi dont Lifaen nous a parlé, Evandar, doit être le père d'Arya ? »

Eragon manqua de trébucher :

« Tu as raison... Cela signifie qu'il a été tué soit par Galbatorix, soit par les Parjures. »

« Oui, tout s'enchaîne. »

Ils s'arrêtèrent au sommet d'une butte, où une équipe d'elfes avait déjà dressé une longue table sur des tréteaux, et apporté des sièges. Autour d'eux, la forêt bruissait d'activité.

Le soir venant, la joyeuse lueur des feux dansa un peu partout à travers Ellesméra. Quelqu'un tendit à Eragon un gobelet fait du même curieux bois qu'il avait remarqué à Ceris et contenant une boisson transparente. Il en but une gorgée et faillit s'étrangler quand elle coula, brûlante, dans sa gorge. Son goût évoquait le cidre épicé mêlé à de l'hydromel. Eragon sentit le bout de ses doigts et de ses oreilles le picoter, tandis qu'une merveilleuse sensation de lucidité l'envahissait.

– Qu'est-ce que c'est ? demanda-t-il à Narí.

Celui-ci se mit à rire :

– Le faelnirv ? Nous le distillons à partir de baies de sureau écrasées et de rayons de lune filés. S'il en est besoin, un homme fort peut voyager trois jours durant sans rien avaler d'autre.

« Saphira, il faut que tu goûtes ça. »

Elle renifla le gobelet, puis ouvrit la gueule pour qu'il lui versât le reste du faelnirv dans le gosier. Ses yeux s'écarquillèrent et elle battit l'air de sa queue.

« Ça, c'est quelque chose ! Il y en a encore ? »

Avant qu'Eragon ait pu répondre, Orik se planta devant eux.

– La fille de la reine ! grommela-t-il en secouant la tête. Je voudrais bien apprendre la nouvelle à Hrothgar et à Nasuada. Ils n'en reviendraient pas !

Islanzadí s'assit sur un siège à haut dossier et frappa de nouveau dans ses mains. De la cité sortit un quatuor d'elfes

portant des instruments de musique. Les deux premiers tenaient des harpes en cerisier, le troisième une flûte de roseaux. La quatrième n'avait que sa voix, qu'elle employa aussitôt pour interpréter une chanson allègre dont les notes se mirent à virevolter aux oreilles des auditeurs.

Eragon saisissait à peine un mot sur trois, mais le peu qu'il comprenait le fit sourire. C'était l'histoire d'un cerf qui ne pouvait pas boire à la mare à cause d'une pie qui n'arrêtait pas de l'embêter.

Tout en écoutant, Eragon aperçut une petite fille qui rôdait derrière la reine. En regardant mieux, il vit que ses cheveux emmêlés n'étaient pas argentés comme ceux de la plupart des elfes, mais blanchis par les ans, et que son visage était aussi creusé et ridé qu'une vieille pomme ratatinée. Ce n'était ni une elfe, ni une naine, ni même – il le devinait – une humaine. Elle lui sourit, et il entrevit une rangée de dents pointues.

Quand la chanson s'acheva, que seules la flûte et les harpes emplirent la paix du soir de leurs trilles, Eragon se trouva entouré par une vingtaine d'elfes désireux de le rencontrer et, surtout, d'approcher Saphira.

Les elfes se présentaient en s'inclinant et en portant deux doigts à leurs lèvres. Eragon leur rendait leur salut, écoutant la litanie sans fin de leurs formules de bienvenue en ancien langage. Ils l'interrogèrent sur ses exploits avec politesse, mais l'essentiel de leur intérêt allait de toute évidence à Saphira.

Au début, Eragon se contenta de laisser la dragonne répondre, d'autant que ses interlocuteurs avaient la possibilité de discuter directement avec elle. Mais il s'agaça vite de se voir ignoré ; il avait l'habitude qu'on l'écoutât quand il parlait. Il eut un sourire contrit, consterné de découvrir à quel point l'attention des autres comptait pour lui depuis qu'il avait rallié les Vardens. Il s'efforça de se détendre et de profiter de la fête.

Bientôt, une bonne odeur de cuisine se répandit dans la clairière, et des elfes apparurent, chargés de mets délicats. À part les miches de pain et les empilements de petits gâteaux au miel, les plats étaient tous composés de fruits, de légumes et de baies. Les baies étaient partout, de la soupe de myrtilles jusqu'à la sauce aux framboises, en passant par la gelée de mûres. Une coupe de pommes en tranches trempées dans le sirop et parsemées de fraises des bois trônait à côté d'une tarte aux champignons fourrée d'épinards, de thym et de groseilles.

On ne voyait ni viande ni volaille, du poisson pas davantage. À Carvahall, et partout ailleurs dans l'Empire, la viande était symbole de prestige et d'opulence. Plus on possédait d'or, plus on pouvait s'offrir de pièces de bœuf et de rôtis de veau. Même la petite noblesse mangeait de la viande à chaque repas ; manquer à cet usage eût laissé supposer que les coffres se vidaient. Les elfes, eux, dédaignaient ces principes, malgré leur évidente richesse et l'habileté avec laquelle ils auraient pu utiliser la magie pour chasser.

Les elfes se ruèrent vers la table avec un enthousiasme qui étonna Eragon. Ils furent vite assis : Islanzadí à la place d'honneur avec Blagden, le corbeau ; Dâthedr à sa gauche ; Arya à sa droite et Eragon près de la jeune femme ; Orik en face d'eux ; puis tous les autres convives, y compris Lifaen et Narí. À l'autre extrémité de la table, il n'y avait pas de siège, juste un énorme plat creux destiné à Saphira.

Au cours du repas, tout se fondit, autour d'Eragon, en une confusion de voix enjouées. Emporté dans une sorte d'heureux vertige, il perdit la notion du temps, seulement conscient des rires, des mots étrangers s'entrecroisant au-dessus de sa tête, et de la chaleur laissée dans son estomac par le faelnirv. La musique irréelle des harpes soupirait et chuchotait au seuil de son oreille et faisait courir dans son dos de longs frissons d'exaltation. De temps à autre, son attention était attirée par la vieille femme-enfant aux yeux bridés, dont le regard alangui le fixait avec obstination, même quand elle mangeait.

Lors d'une accalmie dans le brouhaha des conversations, Eragon se tourna vers Arya, qui n'avait pas prononcé plus d'une douzaine de mots. Il la dévisagea sans rien dire, troublé de savoir à présent qui elle était vraiment.

Arya s'agita :

– Ajihad lui-même l'ignorait.

– Quoi ?

– En dehors du Du Weldenvarden, je n'ai révélé mon identité à personne. Brom était au courant – c'est ici qu'il m'a rencontrée pour la première fois –, mais, à ma requête, il a gardé le secret.

Eragon se demanda si elle lui donnait cette explication par sens du devoir ou parce qu'elle se sentait coupable de leur avoir caché la vérité, à lui et à Saphira.

– Brom a dit une fois, reprit-il, que ce que les elfes taisaient était souvent plus important que ce qu'ils dévoilaient.

– Il nous comprenait bien.

– Mais pourquoi ? Était-ce si important que personne ne sache ?

Cette fois, Arya marqua une hésitation.

– Quand j'ai quitté Ellesméra, je ne souhaitais pas qu'on me rappelât mon rang. Ça n'avait rien à voir avec ma mission auprès des Vardens et des nains. Cela n'a rien à voir non plus avec ce que je suis devenue, avec... qui je suis.

Elle jeta un coup d'œil à la reine.

– Tu aurais pu nous le dire, à Saphira et à moi.

Arya parut regimber sous le reproche.

– Rien ne me laissait croire que ma relation avec Islanzadí s'était améliorée, et te le dire n'aurait rien changé. Mes pensées m'appartiennent, Eragon.

Le sous-entendu le fit rougir : pourquoi elle – une diplomate, une princesse, une elfe, plus âgée que le père et le grand-père du garçon, où qu'ils fussent – se confierait-elle à lui, un humain de seize ans ?

– Au moins, murmura-t-il, tu t'es réconciliée avec ta mère.

Elle eut un curieux sourire :

– Avais-je le choix ?

À cet instant, Blagden sauta de l'épaule d'Islanzadí et parcourut d'un air important le centre de la table, inclinant la tête de droite et de gauche en une parodie de salut. Il s'arrêta devant Saphira, poussa un cri rauque, puis croassa :

> *Comme les tonneaux, les dragons*
> *Ont le ventre rond ;*
> *Comme les flacons, les dragons*
> *Ont le col bien long.*
> *Mais si les uns s'emplissent de vin,*
> *Les autres se gavent de daims.*

Les elfes se figèrent, consternés, attendant la réaction de la dragonne. Au bout d'un long silence, Saphira releva le museau de sa part de tarte aux coings, et souffla un nuage de fumée qui enveloppa Blagden.

« Et aussi de petits oiseaux », fit-elle, projetant sa pensée de sorte que chacun pût l'entendre. Les elfes prirent le parti d'en rire, et le corbeau s'éloigna d'un pas incertain, en croassant d'indignation et en battant des ailes pour chasser la fumée.

– Je te prie de pardonner à Blagden ses mauvais vers, dit Islanzadí. Il a toujours été impertinent, malgré nos efforts pour l'éduquer.

« Je les lui pardonne », répondit tranquillement la dragonne. Et elle retourna à sa tarte.

– D'où vient-il ? s'enquit Eragon avec empressement, désireux de rétablir avec Arya une relation plus chaleureuse, mais réellement curieux de savoir.

– Blagden, lui apprit l'elfe, a sauvé un jour la vie de mon père. Evandar se battait contre un Urgal, quand il a trébuché et lâché son épée. Avant que l'Urgal ait pu frapper, un corbeau a fondu sur lui et lui a arraché les yeux. Personne n'a su pourquoi l'oiseau avait agi ainsi, mais la diversion a permis à Evandar de ramasser son arme et de gagner la bataille. Mon père a toujours été généreux, aussi a-t-il remercié le corbeau en lui accordant par magie intelligence et longue vie. Cependant, le sort a eu deux effets inattendus : les plumes de Blagden ont perdu leur couleur, et il a gagné le don de prédire certains événements.

– Il peut voir l'avenir ? s'exclama Eragon, stupéfait.

– Voir ? Non. Mais peut-être sent-il ce qui se prépare. En tout cas, il s'exprime toujours en vers, dont la plupart sont un tissu d'inepties. Souviens-t'en, cependant : si Blagden vient te parler, et si ce n'est ni une plaisanterie ni un calembour, tu feras bien de tenir compte de ses propos.

Le repas achevé, Islanzadí se leva – ce qui causa une vague d'agitation, chacun s'empressant de l'imiter – et elle déclara :

– Il est tard, je suis fatiguée, et je désire retourner dans mon pavillon. Saphira, Eragon, accompagnez-moi ! Je vais vous montrer où vous dormirez cette nuit.

La reine fit un signe de la main à Arya, puis elle quitta la table. Arya la suivit.

Eragon contourna la table en compagnie de Saphira et s'arrêta près de la femme-enfant, fasciné par son regard sauvage. Ses yeux, sa tignasse emmêlée, ses dents pointues, toute son apparence réveillaient des images dans la mémoire du garçon :

– Tu es un chat-garou, n'est-ce pas ?

Elle cligna des paupières, et un sourire peu rassurant dévoila ses crocs.

– À Teirm et à Farthen Dûr, j'ai rencontré quelqu'un de ton espèce, reprit Eragon. Solembum.

Le sourire de la créature s'élargit :

– Oui, un bon chat-garou ! Les humains m'ennuient, mais lui, ça l'amuse de voyager en compagnie d'Angela, la sorcière.

Dardant son regard sur Saphira, elle émit un bruit de gorge appréciateur, mi-grondement, mi-ronronnement.

« Quel est ton nom ? » l'interrogea Saphira.

– Les noms peuvent avoir un grand pouvoir, au cœur du Du Weldenvarden ; en vérité, puissants ils sont ! Quoi qu'il en soit... chez les elfes on me connaît comme Celle-Qui-Veille ou

Patte Rapide ou encore Celle-Qui-Danse-En-Rêve. Mais tu peux m'appeler Maud.

Elle secoua sa crinière de mèches blanches :

– Vous avez intérêt à ne pas traîner, jeunes gens. La reine n'a d'indulgence ni pour les têtes en l'air ni pour les lambins.

– Ce fut un plaisir de te rencontrer, Maud.

Eragon salua, et Saphira inclina la tête. Le garçon chercha Orik du regard, se demandant où le nain serait conduit, puis il s'élança à la suite d'Islanzadí.

Ils rattrapèrent la reine à l'instant où elle arrivait au pied d'un arbre. Un ravissant escalier montant en spirale autour du tronc conduisait à une habitation formée de plusieurs globes, suspendue à un faisceau de branches. D'un geste gracieux, Islanzadí désigna cette aire :

– Tu devras voler jusque-là, Saphira. Nous ne songions pas aux dragons en faisant pousser ces escaliers.

Puis elle s'adressa à Eragon :

– Voici l'endroit où demeurait le chef des Dragonniers, lors de ses séjours à Ellesméra. Je te le donne, car tu es le légitime légataire de ce titre... C'est ton héritage.

Avant qu'Eragon ait pu la remercier, la reine s'éloigna, balayant le sol de sa cape, sa fille avec elle. Le garçon suivit Arya des yeux un long moment jusqu'à ce qu'elle eût disparu au cœur de la cité.

« Si on allait voir le logement qu'ils nous ont préparé ? »

Saphira prit son élan et s'éleva autour de l'arbre en un cercle serré, basculant sur une aile, le corps perpendiculaire au sol.

Dès qu'Eragon posa le pied sur la première marche, il comprit qu'Islanzadí avait dit vrai : l'arbre et l'escalier ne faisaient qu'un. L'écorce était douce sous les pieds, et creusée par le passage de tous les elfes qui y étaient montés, mais c'était bien celle du tronc ; de même la rambarde contournée, aussi fine qu'une toile d'araignée, et la rampe arrondie qui glissait sous sa main.

L'escalier ayant été conçu en rapport avec la puissance physique des elfes, les degrés étaient plus raides que ceux auxquels le garçon était habitué ; ses mollets et ses cuisses le brûlèrent bientôt. Il était si essoufflé en atteignant le sommet – après être passé par une trappe ouverte dans le plancher d'un des globes – qu'il dut poser les mains sur ses genoux et rester plié en deux pour reprendre sa respiration. Quand il se sentit mieux, il se redressa et examina l'endroit.

Il se trouvait dans un vestibule circulaire. Au centre, sur un socle, une sculpture représentait deux mains et deux avant-bras pâles qui s'enlaçaient sans se toucher. Trois portes donnaient dans le vestibule, l'une menant à une austère salle à manger qui pouvait accueillir tout au plus une dizaine de convives ; une autre à une petite pièce au plancher creusé d'une large cavité dont Eragon ne put deviner l'usage ; et la dernière à une chambre ouverte sur la forêt, et dominant l'immensité du Du Weldenvarden.

S'emparant d'une lanterne qui pendait à un crochet, Eragon pénétra dans la chambre, et les ombres tourbillonnèrent autour de lui telle une horde de danseurs fous. Une ouverture ovale, assez large pour laisser passer un dragon, perçait le mur extérieur. La pièce était équipée d'un lit, disposé de telle façon qu'en s'y étendant on ait vue sur le ciel, où brillait la lune ; d'une cheminée au manteau de bois gris, qui parut à Eragon aussi froid et dur que l'acier quand il y posa la main, à croire que la poutre avait été compressée jusqu'à atteindre la plus extrême densité ; et d'une sorte d'énorme vasque garnie de douces couvertures, où Saphira pourrait dormir.

Tandis qu'il examinait tout cela, Saphira descendit en piqué et se posa au seuil de l'ouverture, ses écailles scintillant comme une constellation d'étoiles bleues. Derrière elle, les derniers rayons du soleil zébraient la forêt, teintant les crêtes des arbres et les collines d'un brouillard doré, faisant luire les aiguilles des pins comme du fer incandescent, et repoussant l'obscurité au fond de l'horizon violet. Vue de cette hauteur, la cité ressemblait à une série de trouées dans l'épaisse canopée, îlots de paix dans un océan sans cesse en mouvement. L'immensité d'Ellesméra se révélait enfin ; elle s'étendait sur des lieues, vers l'ouest et vers le nord.

« Si telles étaient les conditions de vie de Vrael, voilà qui augmente encore mon respect pour les Dragonniers, dit Eragon. C'est plus modeste que ce à quoi je m'attendais. »

Comme en réponse à sa remarque, l'habitation oscilla légèrement dans un souffle de vent.

Saphira flaira les couvertures et émit une réserve :

« Attends de découvrir Vroengard, l'île où s'étaient réfugiés les premiers Dragonniers. »

Mais le garçon sentit qu'elle était d'accord avec lui.

Quand Eragon ferma la porte de la chambre, il aperçut dans un coin quelque chose qu'il n'avait pas remarqué lors de sa première inspection : un escalier en colimaçon s'enroulant autour du conduit de la cheminée en bois noirci. Levant sa lanterne, il monta avec précaution, une marche après l'autre. Vingt pieds plus haut, il aboutit dans un bureau meublé d'un secrétaire – avec des plumes, de l'encre et du papier, mais pas de parchemin – et d'un second nid matelassé où un dragon pouvait se rouler en boule. La paroi de la pièce possédait également une issue par où s'envoler.

« Saphira, viens voir ! »

« Comment ? » demanda-t-elle.

« Passe par l'extérieur ! »

Elle sortit de la chambre et grimpa en enfonçant ses griffes dans l'écorce. Arrivée dans le bureau, elle secoua ses pattes et projeta de tous côtés des éclats de bois.

« Ça t'amuse ? » grimaça Eragon.

La dragonne lui décocha un regard d'azur, puis se mit à étudier les murs et les meubles.

« Je me demande, dit-elle, comment tu pourras rester au chaud dans des pièces ouvertes aux intempéries. »

« Je ne sais pas. »

Eragon inspecta les parois de chaque côté de l'ouverture, passant la main sur des motifs abstraits, que l'arbre avait créés grâce aux chants des elfes. Il s'immobilisa en sentant une arête verticale encastrée dans une rainure de l'écorce. Il tira dessus, et une membrane diaphane sortit de l'épaisseur du mur. Il la déroula devant l'embrasure et trouva une rainure identique, où il en fixa le bord. Aussitôt, l'atmosphère se réchauffa sensiblement.

« Voilà la réponse à ta question », dit-il.

Il relâcha la tenture, qui s'enroula de nouveau en claquant.

De retour dans la chambre, Saphira se lova sur sa couche et Eragon défit ses bagages. Il rangea soigneusement son bouclier et ses pièces d'armure, le plastron, les cuissardes, les gantelets, le heaume ; puis il retira sa tunique et ôta sa cotte de mailles. Il s'assit, torse nu, sur le lit et contempla les maillons huilés, frappé par leur ressemblance avec les écailles de Saphira.

« On a réussi », murmura-t-il.

Il n'arrivait pas à y croire.

« Une longue route... Mais, oui, on a réussi. On a eu de la chance que l'adversité n'ait pas été du voyage. »

Le garçon hocha la tête :

« Maintenant, nous allons découvrir si ça en valait la peine. Parfois je me dis qu'on aurait peut-être mieux fait de consacrer tout ce temps à aider les Vardens. »

« Eragon ! Nous avons encore beaucoup à apprendre, tu le sais bien. Brom l'aurait voulu. D'ailleurs, Ellesméra et Islandazí à elles seules méritaient le déplacement. »

« Peut-être... »

Au bout d'un moment, il demanda :

« Qu'est-ce que tu penses de tout ça ? »

Saphira entrouvrit les mâchoires, dévoilant ses dents :

« C'est selon... Les elfes gardent plus de secrets que Brom lui-même, et ils peuvent accomplir par magie des choses inimaginables. Quelles méthodes utilisent-ils pour donner de telles formes aux arbres ? Je n'en ai pas la moindre idée. Et comment Islanzadí a-t-elle provoqué cette pluie de fleurs ? C'est au-delà de mon entendement. »

Eragon fut soulagé de ne pas être le seul à se sentir dépassé.

« Et Arya ? »

« Quoi, Arya ? »

« Tu sais, ce qu'elle est réellement. »

« Ce n'est pas elle qui a changé, mais la perception que tu as d'elle. »

Saphira émit un rire de gorge évoquant des cailloux broyés les uns contre les autres, puis elle posa sa tête sur ses pattes avant.

Le ciel étincelait d'étoiles, à présent ; le doux hululement des chouettes parcourait Ellesméra. Et le sommeil emportait le monde, calme et silencieux, à travers la nuit limpide.

Eragon se faufila entre les draps soyeux, s'apprêta à refermer le volet de la lanterne, et suspendit son geste, la main en l'air. Il était là, dans la capitale des elfes, perché à cent pieds au-dessus du sol, étendu sur une couche qui avait dû être celle de Vrael.

C'était plus qu'il n'en pouvait supporter.

Roulant hors du lit, il attrapa la lanterne d'une main, Zar'roc de l'autre, rampa jusqu'au nid de Saphira, étonnée, et se pelotonna contre son ventre chaud. Elle ronronna, étendit sur lui une aile de velours. Alors il éteignit la lumière et ferma les yeux.

Ils dormirent ensemble, longtemps, profondément ; ils étaient à Ellesméra.

28
Venu du passé

Eragon s'éveilla à l'aube, bien reposé. Il tapota les côtes de Saphira, et elle replia son aile. Il marcha jusqu'au bord de l'ouverture tout en se peignant avec les doigts et s'appuya à la paroi, l'épaule contre l'écorce dure. Au-dessous de lui, la forêt étincelait tel un champ de diamants, chaque arbre chargé de millions de gouttes de rosée reflétant la lumière matinale.

Il sursauta au passage de Saphira, qui plongea, descendit en vrille vers la canopée avant de remonter et de tournoyer dans le ciel avec des rugissements de joie.

« Bonjour, petit homme ! »

Il sourit, heureux de la sentir heureuse.

Il alla ouvrir la porte de la chambre et découvrit deux plateaux de nourriture – essentiellement des fruits – qui avaient été déposés sur le seuil pendant la nuit. À côté des plateaux, il y avait un ballot de vêtements avec un papier épinglé dessus. Eragon eut quelques difficultés à déchiffrer l'écriture alambiquée, car il n'avait rien lu depuis plus d'un mois et avait oublié certains caractères, mais il finit par comprendre le sens de la lettre :

Salutations, Saphira Bjartskular et Eragon le Tueur d'Ombre !
Moi, Bellaen de la Maison de Miolandra, te prie humblement de me pardonner, Saphira, pour ces repas qui ne peuvent te satisfaire. Les Elfes ne chassent pas, et on ne trouve pas de viande

dans Ellesméra, ni dans aucune de nos autres cités. Si tu le désires, tu peux attraper ce que tu pourras dans le Du Weldenvarden, comme les dragons de tout temps ont eu coutume de le faire. Nous te demandons seulement de laisser les reliefs de tes proies dans la forêt, afin que notre air et notre eau restent purs de toute tache de sang.

Eragon, ces vêtements sont pour toi. Ils ont été tissés par Niduen, de la maison d'Islanzadí, qui te les offre.

Que la chance t'accompagne,
Que la paix règne dans ton cœur,
Et que les étoiles veillent sur toi !

Bellaen du Hljödhr

Quand Eragon fit part du message à Saphira, elle lui assura :
« Aucune importance ; je n'aurai pas besoin de manger avant un bon moment, après le festin d'hier soir. »
Elle croqua tout de même quelques gâteaux de céréales.
« Pour ne pas paraître impolie », se justifia-t-elle.
Après avoir terminé son petit déjeuner, Eragon tira le ballot jusqu'à son lit et déplia les vêtements avec soin. Il trouva deux longues tuniques rousses ornées de vert, une paire de caleçons crème pour couvrir ses jambes, et trois paires de chaussettes si douces qu'elles parurent couler comme de l'eau entre ses mains. Comparé à ce tissu, celui des tisserandes de Carvahall, tout comme celui des nains, dont Eragon portait encore le costume, aurait paru bien grossier !

Eragon était reconnaissant aux elfes de lui fournir cette nouvelle garde-robe. Sa tunique et ses braies, exposés au soleil et à la pluie, avaient rudement souffert pendant ces semaines de voyage, depuis le départ de Farthen Dûr. Il se dévêtit et enfila une des magnifiques tuniques, appréciant sa texture soyeuse.

Il finissait de lacer ses bottes quand on frappa à la porte de la chambre.

– Entrez ! dit-il, en prenant Zar'roc.

Orik passa la tête par l'entrebâillement, puis entra avec

précaution, testant la solidité du plancher sous ses pieds. Il leva les yeux au plafond :

– N'importe quelle caverne me conviendrait mieux que cette espèce de nid d'aigle ! Comment s'est passée ta nuit, Eragon ? Et toi, Saphira ?

– Plutôt bien. Et la tienne ? demanda Eragon.

– J'ai coulé comme une pierre.

Le nain gloussa à sa propre plaisanterie, puis son menton disparut dans sa barbe et il tripota la lame de sa hache :

– Je vois que vous avez déjeuné, aussi je vous prie de m'accompagner. Arya, la reine et une foule d'autres elfes vous attendent au pied de l'arbre.

Il fixa sur Eragon un regard bougon :

– Il se passe quelque chose dont ils ne nous ont pas parlé. Je ne sais pas trop ce qu'ils attendent de toi, mais ça a l'air important. Islanzadí est aussi raide qu'un loup encorné... J'ai jugé bon de te prévenir.

Eragon le remercia, puis tous deux descendirent par les escaliers, tandis que Saphira planait jusqu'au sol. Là, ils furent accueillis par Islanzadí, enveloppée dans un manteau de plumes de cygne, aussi blanc que la neige d'hiver sur le rouge flamboyant de sa tunique. Elle les salua et dit :

– Suivez-moi !

Elle conduisit le petit groupe à la lisière d'Ellesméra, où les habitations étaient rares, et les sentiers abandonnés, à demi effacés. Islanzadí s'arrêta au bas d'un tertre boisé et déclara d'une voix impérieuse :

– Avant d'aller plus loin, vous devez jurer tous les trois en ancien langage de ne jamais révéler à un étranger ce que vous allez voir, sans ma permission, celle de ma fille ou celle de quiconque me succédera sur le trône.

– Pourquoi devrais-je me bâillonner moi-même ? grommela Orik.

« Oui, vraiment, pourquoi ? demanda Saphira. N'avez-vous pas confiance en nous ? »

– Ce n'est pas une question de confiance, mais de sécurité. Nous devons protéger ce savoir à n'importe quel prix – il représente notre grande supériorité sur Galbatorix –, et, si vous êtes liés par l'ancien langage, vous ne révélerez jamais notre secret de votre propre volonté. Tu es venu pour superviser la formation d'Eragon, Orik-vodhr. Soit tu me donnes ta parole, soit tu retournes à Farthen Dûr.

À la réflexion, Orik déclara :

– Je crois que tu ne veux aucun mal ni aux nains ni aux Vardens, sinon, jamais je n'accepterais. Et, connaissant l'honorabilité de ta maison et de ton clan, je suis sûr qu'il ne s'agit pas d'un stratagème pour nous tromper. Apprends-moi les paroles qu'il faut dire.

Pendant que la reine enseignait à Orik la prononciation correcte de la formule, Eragon interrogea Saphira :

« Dois-je le faire ? »

« Avons-nous le choix ? »

Eragon se rappela qu'Arya avait posé la même question la veille, et le garçon commençait à avoir une petite idée de ce qu'elle sous-entendait : la reine ne leur laissait aucune marge de manœuvre.

Quand Orik eut terminé, Islanzadí jeta un regard pressant à Eragon. Il hésita, puis prononça le serment ; Saphira fit de même.

– Merci, dit Islanzadí. Maintenant, nous pouvons continuer.

Au sommet du tertre, les arbres cédaient la place à un lit de trèfle rouge, large de plusieurs mètres, et bordant une falaise rocheuse. La falaise s'étendait sur une lieue et dominait de cent pieds la forêt, qui moutonnait en contrebas jusqu'à l'horizon avant de se fondre avec le ciel. C'était comme se tenir à l'extrémité du monde, le regard perdu dans l'étendue sans fin des arbres.

« Je connais cet endroit », comprit Eragon, se rappelant la vision qu'il avait eue de Togira Ikonoka. Cette falaise, ce récif baigné de soleil...

Ffffrrr. L'air vibra sous la puissance de la secousse. *Ffffrrr.* Un autre choc sourd fit claquer les dents d'Eragon. *Ffffrrr.* Il enfonça ses doigts dans ses oreilles pour atténuer la pression qui lui perçait les tympans. Les elfes restaient immobiles. *Ffffrrr.* Le trèfle se coucha sous une bourrasque de vent soudaine.

Ffffrrr. Du bas de la falaise montait un énorme dragon d'or, que chevauchait un Dragonnier.

29
CONVICTION

Roran dardait sur Horst un regard furieux.

Ils étaient dans la chambre de Baldor. Roran, dressé dans le lit, écoutait le forgeron qui tentait de le raisonner :

– Que voulais-tu que je fasse ? Tu t'étais évanoui, on n'allait pas attaquer ! D'ailleurs, les hommes n'étaient plus en état de se battre, et personne ne peut les blâmer. J'ai manqué me couper la langue d'un coup de dents quand j'ai vu apparaître ces monstres !

Horst secoua la masse emmêlée de ses cheveux :

– On a pénétré au cœur d'une de nos anciennes légendes, Roran, et ça ne me plaît pas du tout.

Roran conservait son air buté.

– Écoute, tu peux aller tuer les soldats si tu veux, mais tu dois d'abord reprendre des forces. Tu trouveras des tas de volontaires pour t'accompagner ; les gens te font confiance en matière de combat, surtout depuis que tu as mis en pièces tes adversaires, la nuit dernière.

Comme le jeune homme restait muet, Horst soupira, tapota son épaule valide et quitta la pièce en refermant la porte derrière lui.

Roran ne cilla même pas. Tout au long de sa vie, trois choses avaient vraiment compté pour lui : sa famille, sa maison dans la vallée de Palancar, et Katrina. Sa famille avait été anéantie l'année précédente ; sa ferme détruite et brûlée – quoique la terre lui restât, et c'était le plus important.

Mais, à présent, Katrina n'était plus là.

Un sanglot sec secoua sa gorge contractée. Il était face à un dilemme qui lui déchirait l'âme : s'il voulait secourir Katrina, il devait quitter la vallée de Palancar pour poursuivre les Ra'zacs. Or il ne pouvait se résoudre ni à abandonner Carvahall aux soldats, ni à oublier Katrina.

« Mon amour ou ma maison », pensa-t-il amèrement. Comment aurait-il pu choisir entre les deux ? Tuer les soldats ne servirait à rien, surtout si des renforts approchaient, car leur arrivée signifierait à coup sûr la destruction de Carvahall.

Un élancement douloureux lui fit serrer les dents. Il ferma les yeux. « J'espère que Sloan sera dévoré comme Quimby ! » Aucun châtiment ne lui semblait assez terrible pour ce traître ; Roran lui adressa mentalement les pires malédictions.

« Même si j'étais libre de quitter Carvahall, comment retrouverais-je les Ra'zacs ? Qui peut savoir où ils vivent ? Qui oserait s'en informer auprès des serviteurs de Galbatorix ? »

Le découragement l'envahit tant le problème lui paraissait insoluble. Il s'imagina parcourant l'une des plus grandes cités de l'Empire, marchant sans but entre des bâtiments sinistres, parmi des hordes d'étrangers, à la recherche d'un indice, d'une allusion, d'un bref reflet de son amour.

C'était sans espoir.

Il se courba en deux, noyé de larmes, gémissant sous l'excès de la souffrance et de la peur, se balançant d'avant en arrière, aveugle à toute chose, hormis la désolation du monde.

Au bout d'un long moment, ses sanglots s'apaisèrent, se muant en hoquets plaintifs. Il s'essuya les yeux et s'obligea à inspirer profondément. Il grimaça, car il crut s'emplir les poumons de morceaux de verre.

« Il faut que je réfléchisse », se dit-il.

Il s'adossa au mur et, dans un immense effort de volonté, réussit peu à peu à dominer le chaos de ses émotions, les replaçant sous la férule de la raison, seul moyen de ne pas sombrer dans la folie.

Son cou et ses épaules se mirent à trembler tant il dut se faire violence.

Ayant repris le contrôle de lui-même, Roran organisa ses idées avec méthode, tel un artisan installant ses outils dans un ordre précis. « Une solution va sûrement surgir des éléments dont je dispose, si je fais preuve d'assez d'inventivité. »

Poursuivre les Ra'zacs par la voie des airs était impossible, ça au moins, c'était clair. Quelqu'un devrait lui indiquer où les dénicher, et de tous ceux à qui il pouvait s'adresser, les Vardens étaient probablement le peuple qui en savait le plus. Toutefois, ils seraient aussi difficiles à localiser que les profanateurs, et Roran n'avait pas de temps à perdre en vaines recherches. Quoique... une petite voix, au fond de sa tête, lui rappelât cette rumeur, transmise par les trappeurs et les marchands, que le Surda soutenait en secret les Vardens.

Le Surda. D'après ce qu'on lui avait dit – car Roran n'avait jamais vu de carte de l'Alagaësia –, ce pays était situé à l'autre extrémité de l'Empire. Dans le meilleur des cas, il lui faudrait plusieurs semaines pour s'y rendre à cheval, et davantage encore s'il devait éviter les soldats. Le plus rapide serait bien sûr de naviguer vers le sud en longeant la côte. Mais ça l'obligerait à aller jusqu'à la rivière Toark et, de là, jusqu'à Teirm pour y trouver un bateau, et ce détour prendrait bien trop de temps. Sans compter qu'il risquait d'être arrêté en route par les soldats.

« Vouloir, c'est pouvoir », se répétait-il en serrant son poing gauche.

Au nord de Teirm, le seul port dont il avait entendu parler était Narda. Pour y parvenir, il devrait traverser toute la largeur de la Crête, un exploit encore jamais tenté, pas même par les trappeurs.

Roran jura à voix basse. Il se creusait la tête pour rien. « Je suis censé sauver Carvahall, pas l'abandonner. » Il était malheureusement convaincu que le village et ceux qui y vivaient encore étaient condamnés. Les larmes lui brouillèrent de nouveau les yeux. « Ceux qui y vivaient... »

« Et si... Et si tous les habitants de Carvahall m'accompagnaient jusqu'au Surda ? » Cela résoudrait tous ses problèmes d'un coup !

La témérité du projet le laissa abasourdi.

C'était une hérésie, un sacrilège, d'imaginer qu'il convaincrait les fermiers d'abandonner leurs champs, les marchands leur boutique... Et pourtant... Pourtant, leur restait-il une autre alternative à l'esclavage ou la mort ? Les Vardens étaient le seul peuple prêt à accueillir ceux qui fuyaient l'Empire, et Roran était sûr que les rebelles seraient ravis de recruter tout un village, dont bien des habitants avaient fait leurs preuves comme combattants. De plus, en leur amenant les villageois, il gagnerait la confiance des Vardens, qui lui révéleraient où trouver les Ra'zacs. « Ils sauront peut-être aussi m'expliquer pourquoi Galbatorix met tant d'acharnement à me capturer. »

Toutefois, pour que ce plan ait une chance de réussir, il devrait être mis à exécution avant l'arrivée des renforts à Carvahall, ce qui ne leur laissait que quelques jours – et encore ! – pour organiser le départ de près de trois cents personnes. Une telle logistique avait de quoi effrayer.

Roran savait que la simple argumentation ne persuaderait personne de partir ; il lui faudrait déployer un zèle quasi messianique pour éveiller les émotions des gens, leur faire *ressentir* jusqu'au tréfonds de leur âme la nécessité d'échapper au piège qui s'apprêtait à se refermer sur leur existence. Il ne lui suffirait pas non plus d'instiller la peur dans les esprits – même si la peur, il le savait, était souvent un bon stimulant face au danger. Il lui fallait plutôt présenter aux villageois une vision de l'avenir, afin qu'ils croient, comme lui, que rallier les Vardens et résister à la tyrannie de Galbatorix était le plus noble des choix, celui qui donnerait un sens à leur vie.

Il devrait y mettre une passion qui ne se laisserait ni altérer par l'opposition, ni dissuader par la souffrance, ni éteindre par la mort.

Roran imagina Katrina debout devant lui, pâle et fantomatique, ses yeux d'ambre le fixant d'un regard solennel. Il se rappela la chaleur de sa peau, le parfum épicé de ses cheveux, et ce qu'il avait ressenti à son côté, dans l'obscurité. Puis apparut derrière elle la longue ligne de sa famille, de ses amis, et de tous ceux qu'il avait connus à Carvahall, les vivants et les morts. « Sans Eragon... et sans moi..., les Ra'zacs ne seraient jamais venus ici. Je dois tirer le village des griffes de l'Empire, tout comme je dois arracher Katrina à ces profanateurs. »

Conforté par la puissance de cette vision, Roran se leva du lit ; une brûlure atroce mordit son épaule entaillée. Il tituba, se retint au mur. « Retrouverai-je l'usage de mon bras droit ? » Il attendit que la douleur s'apaisât. Comme elle ne disparaissait pas, il serra les dents, s'obligea à se redresser et quitta la chambre.

Elain pliait du linge sur le palier. Effarée, elle se récria :
– Roran ! Qu'est-ce que tu...
Il passa devant elle, les jambes flageolantes.
– Viens ! grogna-t-il
Baldor surgit, alarmé :
– Roran, tu ne devrais pas te lever. Tu as perdu trop de sang. Je vais t'aider à...
– Viens, toi aussi !
Roran entendit qu'ils le suivaient dans l'escalier, jusqu'au vestibule, où Horst et Albriech discutaient. Ils le regardèrent avec stupéfaction.
– Venez !
Sans répondre au brouhaha de questions qui montait derrière lui, il ouvrit la porte et sortit, dans la lumière grise du soir. Au-dessus de sa tête, d'imposantes traînées de nuages s'entrelaçaient de pourpre et d'or.

En tête du petit groupe, Roran descendit d'un pas lourd jusqu'à l'entrée de Carvahall, lançant le même ordre bref à ceux qu'il rencontrait, hommes ou femmes. Il arracha de la boue collante une perche garnie d'une torche, et repartit en sens inverse vers la place centrale. Là, il planta la perche entre ses pieds, puis leva son bras gauche et tonna :

– VENEZ !

Sa voix résonna dans tout le village. Les gens sortirent de leurs maisons à la hâte, emplissant les ruelles de leurs ombres, et se regroupèrent autour de lui. Beaucoup étaient curieux, certains se montraient compatissants, d'autres respectueux, et d'autres encore furieux.

– Venez ! Venez !

L'appel se répercutait à travers la vallée. Loring arriva dans sa charrette avec ses fils. De l'extrémité du village surgirent Birgit et Delwin, ainsi que Fisk, accompagné de sa femme, Isold. Morn et Tara quittèrent leur taverne et rejoignirent la foule.

Lorsque presque tout Carvahall fut réuni devant lui, Roran se tint un moment silencieux, serrant son poing gauche si fort que ses ongles lui entrèrent dans la chair. « Katrina », songea-t-il.

Levant le bras, il ouvrit sa main et chacun put voir les larmes sanglantes qui coulaient de ses paumes :

– Voici, dit-il, l'image de ma douleur. Regardez bien, car ce sera la vôtre, à moins que nous vainquions la malédiction qu'un destin aveugle a lancée sur nous. Vos amis et vos parents seront enchaînés, envoyés en esclavage dans des terres étrangères, ou massacrés sous vos yeux, mis en pièces par les épées impitoyables des soldats. Galbatorix fera semer du sel sur nos terres, qui resteront à jamais stériles. C'est la vision que j'ai eue. C'est ce que je sais.

Il se mit à marcher de long en large comme un loup en cage, secouant la tête, le visage rouge. Il avait capté leur attention. Il lui fallait maintenant les enflammer pour atteindre son but.

– Mon père a été tué par les profanateurs. Mon cousin a fui. Ma ferme a été rasée, et ma fiancée enlevée avec la complicité de son propre père, qui a tué Byrd et nous a tous trahis ! Quimby a été dévoré, le silo à blé a brûlé, ainsi que les maisons de Fisk et de Delwin. Parr, Wyglif, Ged, Bardrick, Farold, Hale, Garner, Kelby, Melkolf, Albem et Elmund : tous ceux-là sont morts. Beaucoup d'entre vous ont été blessés, comme moi, et ne peuvent plus prendre soin de leurs familles. N'est-ce pas assez de devoir chaque jour de notre vie arracher notre subsistance à la terre, soumis aux caprices de la nature ? N'est-ce pas assez d'être écrasés de lourdes taxes par Galbatorix ?

Roran éclata d'un rire dément et lança un hurlement vers le ciel, conscient de l'accent de folie qui altérait sa propre voix. Dans la foule, plus personne ne bougeait.

– Je connais à présent la vraie nature de l'Empire et de Galbatorix ; ils sont *mauvais*. Galbatorix est une gangrène sur notre monde. Il a détruit les Dragonniers, et avec eux la paix et la prospérité. Ses serviteurs sont des démons puants sortis de quelque puits infernal. Mais Galbatorix se contente-t-il de nous broyer sous ses talons ? Non ! Il cherche à empoisonner toute l'Alagaësia, à nous étouffer dans son manteau de misère. Nos enfants et leurs descendants vivront dans l'ombre de sa noirceur jusqu'à la fin des temps, réduits à l'état d'esclaves, de vers, de *vermine*, qu'il s'amusera à tourmenter selon son bon plaisir. À moins que...

Roran parcourut du regard le cercle de villageois aux yeux écarquillés. Il les tenait. Personne n'avait jamais osé parler ainsi. D'une voix de gorge, basse et vibrante, il reprit :

– À moins que nous ayons le courage de résister à la malédiction !

Nous avons combattu les soldats et les Ra'zacs, mais à quoi bon, si nous devons mourir seuls et oubliés, ou si on nous entasse dans des charrettes pour nous emporter ailleurs comme des meubles ? Nous ne pouvons pas rester ici, et je ne permettrai pas à Galbatorix d'anéantir tout ce qui fait le prix de notre existence. J'aimerais mieux qu'on m'arrache les yeux et qu'on me coupe les mains plutôt que de le voir triompher ! Je choisis de me battre ! Je choisis de me lever de ma fosse et de laisser mes ennemis s'enterrer eux-mêmes dedans ! Je choisis de quitter Carvahall. Je vais traverser la Crête et prendre un bateau qui me mènera de Narda au Surda, où je rejoindrai les Vardens, qui luttent depuis des décennies pour nous libérer de l'oppression.

Les villageois parurent choqués par cette idée. Roran continua :

— Mais je ne souhaite pas partir sans vous. Venez avec moi ! Venez avec moi, et saisissez la chance de vous forger une vie meilleure ! Rejetez les chaînes qui vous retiennent ici !

Roran pointa le doigt sur ses auditeurs, les désignant l'un après l'autre :

— Dans cent ans, quels noms seront dans la bouche des bardes et dans celle des conteurs ? Horst... Birgit... Kiselt... Thane. On racontera notre légende ; on chantera « l'épopée de Carvahall », car nous aurons été l'unique village assez brave pour défier l'Empire.

Roran sentit des larmes d'orgueil lui monter aux yeux :

— Que peut-il y avoir de plus noble que d'effacer la souillure dont Galbatorix a marqué l'Alagaësia ? Imaginez ! Ne plus jamais vivre dans la peur de voir nos fermes détruites, d'être tués ou dévorés ; garder pour nous le blé récolté, et en offrir le surplus en cadeau à notre souverain légitime ; ramasser l'or dans les rivières et les torrents ; vivre en sécurité, heureux et bien nourris, telle doit être notre destinée !

Roran leva la main devant son visage et referma lentement les doigts sur ses plaies sanglantes. Il pencha la tête du côté de son épaule blessée, et, comme crucifié sous le feu des regards, attendit une réaction à son discours. Rien ne vint. Il finit par comprendre qu'on attendait qu'il continue. On voulait qu'il en dise davantage sur la cause à défendre et l'avenir qu'il avait dessiné.

« Katrina. »

Alors, tandis que l'obscurité se refermait autour du flamboiement de la torche, Roran se redressa et reprit la parole. Il ne dissimula rien, uniquement soucieux de livrer aux villageois ses réflexions et ses sentiments, afin qu'ils puissent partager sa volonté et son désir profond d'aller jusqu'au bout.

— Cette époque se termine, dit-il. Il nous faut aller de l'avant et lier notre sort à celui des Vardens si nous voulons vivre libres, nous et nos enfants.

Il s'exprimait avec un mélange de fureur et de douceur, mais toujours avec une fervente conviction, qui gardait son auditoire sous le charme. Quand il eut épuisé sa réserve d'arguments, Roran regarda bien en face ses amis et ses voisins et conclut :

– Je me mets en route dans deux jours. Accompagnez-moi si vous le désirez, mais je partirai sans me retourner.

Baissant la tête, il sortit du cercle de lumière.

Au-dessus du village, une lune pâle apparut dans une trouée de nuages. Une brise légère traversa Carvahall. Une girouette de fer tourna sur un toit en grinçant.

Birgit se détacha de la foule et entra dans la zone éclairée en relevant ses jupes pour éviter de trébucher. L'air subjugué, elle ajusta son châle :

– Aujourd'hui, nous avons vu un...

Elle s'interrompit, et eut un rire embarrassé :

– C'est difficile de parler après Roran. Je n'aime pas son plan, mais je crois qu'il faut le suivre, quoique pour une autre raison : je veux abattre les Ra'zacs et venger la mort de mon mari. J'irai avec lui. Et j'emmènerai mes enfants.

À son tour, elle recula dans l'ombre.

Une minute passa en silence. Puis Delwin et sa femme, Lenna, s'avancèrent, enlacés. Lenna regarda Birgit et dit :

– Je comprends ton désir, ma sœur. Nous désirons tous nous venger ; mais, plus que tout, nous voulons sauver nos autres enfants. C'est pourquoi nous irons, nous aussi.

Plusieurs femmes dont les maris avaient été tués approuvèrent.

Une rumeur monta parmi les villageois, puis le silence se fit de nouveau. Plus personne ne semblait désireux d'intervenir ; tout cela était trop soudain. Roran le comprit. Lui-même n'avait pas encore mesuré tout ce que son choix impliquait.

Finalement, Horst marcha jusqu'à la torche et la flamme éclaira son visage tiré :

– Inutile de débattre davantage... Nous avons besoin de temps pour réfléchir. Il faut décider chacun pour soi. Demain... Demain est un autre jour. Les choses nous paraîtront peut-être plus claires.

Il prit la torche, la retourna et l'éteignit contre le sol, laissant les villageois retrouver le chemin de leur maison à la lueur de la lune.

Roran rejoignit Albriech et Baldor, qui marchaient derrière leurs parents à distance pour leur permettre de discuter en privé. Aucun des deux frères n'osa regarder Roran. Troublé par leur mine circonspecte, Roran demanda :

– Pensez-vous que beaucoup viendront ? Ai-je été assez convaincant ?

Albriech eut un rire bref :

– Plus que convaincant.

– Ce soir, Roran, intervint Baldor d'une drôle de voix, tu aurais persuadé un Urgal de devenir fermier !

– Vraiment ?

– Quand tu as eu fini, j'étais prêt à prendre ma lance et à foncer vers la Crête avec toi. La question n'est pas *qui va venir ?* mais plutôt *qui ne va pas venir ?* Ce que tu as dit... Je n'avais jamais rien entendu de pareil.

Roran fronça les sourcils. Il avait cherché à persuader les gens d'accepter son plan, non à les inciter à le suivre, lui. « Si c'est cela... », pensa-t-il avec fatalité. Cette perspective le prenait au dépourvu. Mais, si à un autre moment il en eût été perturbé, il accueillait à présent avec reconnaissance tout ce qui pouvait l'aider à délivrer Katrina et à sauver le village.

Baldor s'approcha de son frère :

– Père va perdre la plupart de ses outils.

Albriech hocha la tête avec gravité.

Roran savait que les forgerons fabriquaient à la main le matériel dont ils avaient besoin, et que leurs instruments habituels étaient légués de père en fils ou de maître à ouvrier. On mesurait la richesse et le talent d'un forgeron au nombre d'outils qu'il possédait. Pour Horst, laisser tout cela derrière lui serait... « serait aussi difficile que pour n'importe qui d'abandonner ses biens », pensa Roran. Il regrettait simplement que Albriech et Baldor pussent être ainsi dépossédés de leur héritage légitime.

Quand ils arrivèrent à la maison, Roran se retira dans la chambre de Baldor et se mit au lit. À travers les murs, il entendait un faible bruit de voix : Horst et Elain discutaient. Il s'endormit en imaginant tous les arguments qui devaient s'échanger en cet instant dans Carvahall, scellant son destin à lui, leur destin à tous.

30
RÉPERCUSSIONS

Le matin qui suivit son discours enflammé, Roran vit, en regardant par la fenêtre, douze hommes quitter Carvahall et se diriger vers les chutes d'Igualda. Il bâilla et descendit à la cuisine.

Horst était assis devant la table, seul, faisant tourner entre ses mains une chope de bière.

– Bonjour, dit-il.

Roran le salua d'un grognement, arracha un morceau à la miche de pain posée sur le buffet et s'installa de l'autre côté de la table. Tout en mangeant, il observait Horst, ses yeux injectés de sang, sa barbe emmêlée. Il devina que le forgeron avait veillé toute la nuit.

– Sais-tu pourquoi certains s'en vont ?

– Veulent parler à leur famille, répondit Horst d'un ton abrupt. Ça circule d'ici à la Crête depuis l'aube.

Il posa violemment la chope.

– Tu n'as pas idée de ce que tu as provoqué, Roran, en nous demandant de partir ! Le village est en émoi. Tu nous as acculés en ne nous laissant qu'une seule porte de sortie, la tienne. Il y a des gens qui te haïssent pour ça. Bien sûr, un bon nombre te haïssaient déjà, t'accusant d'avoir attiré ce malheur sur nous.

Dans la bouche de Roran, le pain prit un goût amer, et le ressentiment l'envahit. « C'est Eragon qui a apporté la pierre, pas moi. »

– Et les autres ?

Horst avala une gorgée de bière et grimaça :

– Les autres t'adorent. Jamais je n'aurais pensé voir le jour où le fils de Garrow me remuerait le cœur avec des mots… Mais tu l'as fait, mon garçon, tu l'as fait.

Il balaya l'air de sa main noueuse :

– Regarde cette maison ! Je l'ai bâtie pour Elain et pour mes fils. Il m'a fallu sept ans pour l'achever ! Cette poutre au-dessus de la porte, là ! Je me suis cassé trois orteils en la mettant en place. Et tu sais quoi ? Je vais abandonner tout ça à cause de ce que tu as dit hier soir.

Roran resta muet ; c'était ce qu'il voulait. Quitter Carvahall était la meilleure chose à faire, et, depuis qu'il s'était ainsi impliqué, il ne voyait aucune raison de se tourmenter avec des remords ou des regrets. « La décision est prise. J'en accepterai les conséquences sans me plaindre, si désastreuses soient-elles, car c'est notre unique moyen d'échapper à l'Empire. »

– Rappelle-toi tout de même une chose, reprit Horst, penché en avant et appuyé sur un coude, ses yeux noirs étincelant sous ses épais sourcils. Que la réalité vienne briser les rêves insensés que tu as suscités, et tu auras une lourde dette à payer ! Donne un espoir aux gens et retire-le-leur ensuite, ils te massacreront.

Une telle perspective n'inquiétait pas Roran : « Si nous réussissons à atteindre le Surda, nous serons accueillis en héros par les rebelles. Si nous échouons, nos morts effaceront toutes les dettes. »

Roran changea de sujet :

– Où est Elain ?

Horst se renfrogna :

– Dehors.

Il se leva et ajusta sa tunique sur ses larges épaules :

– Il faut que j'aille ranger la forge et choisir les outils que je vais emporter. Je cacherai ou détruirai les autres. Je ne laisserai pas à l'Empire le bénéfice de mon travail !

Roran repoussa sa chaise :

– Je vais t'aider.

– Non, fit Horst rudement. Seuls Albriech et Baldor sont en droit de le faire. Cette forge, c'est ma vie, et la leur... Tu ne serais pas d'un grand secours, de toute façon, avec ton bras. Reste ici. Elain aura besoin de toi.

Quand le forgeron fut sorti, Roran ouvrit la porte de derrière et trouva Elain discutant avec Gertrude près du bûcher où Horst entassait au long de l'année le bois à brûler. La guérisseuse s'avança et posa une main sur le front du jeune homme :

– Ah ! J'avais peur que tu aies de la fièvre, après l'excitation d'hier. Dans ta famille, on récupère à une vitesse incroyable ! J'en croyais à peine mes yeux quand Eragon, qui s'était arraché la peau des jambes, a remarché au bout de deux jours.

À la mention de son cousin, Roran se crispa, mais elle ne parut pas le remarquer :

– Voyons comment va ton épaule, tu veux bien ?

Roran courba le cou pour que la guérisseuse pût détacher l'écharpe de laine qui lui maintenait le bras. Quand ce fut fait, il déplia avec précaution son avant-bras emprisonné dans une attelle. Gertrude glissa les doigts sous le cataplasme appliqué sur sa blessure et le souleva.

– Ouh...! souffla-t-elle.

Une odeur forte, âcre, empuantit l'air. Roran serra les dents pour retenir une nausée et regarda : sous le cataplasme, la peau était devenue blanchâtre, spongieuse comme celle d'un asticot. La plaie avait été recousue avec du fil en boyau de chat pendant qu'il était inconscient, et l'inflammation avait forcé Gertrude à piquer profondément dans la chair. Il n'en restait plus qu'une ligne rose, irrégulière, encroûtée de sang, d'où suintait un liquide clair.

Gertrude fit claquer sa langue tout en l'examinant, puis elle refit le pansement et fixa Roran dans les yeux :

– Ça évolue plutôt bien, mais les tissus risquent de s'infecter. Je ne peux pas en dire plus pour l'instant. Si cela se produit, nous devrons cautériser.

Roran hocha la tête :

– Je pourrai encore me servir de mon bras, quand la plaie sera cicatrisée ?

– Oui, si les muscles se remettent en place comme il faut. Tout dépend aussi de la façon dont tu voudras t'en servir. Tu…

– Pourrai-je combattre ?

– Si tu as l'intention de combattre, répondit lentement Gertrude, je te conseille d'apprendre à utiliser ton bras gauche.

Elle lui tapota la joue et s'éloigna d'un pas vif.

« Mon bras. » Roran contempla son membre immobilisé comme s'il ne lui appartenait plus. Jusqu'à cet instant, il ne s'était jamais rendu compte à quel point la conscience de son identité était liée à sa condition physique. Les meurtrissures de la chair étaient aussi des meurtrissures de l'âme. Roran était fier de son corps, et de le voir ainsi abîmé provoquait en lui un sursaut de panique, d'autant que les dommages étaient définitifs. Même s'il retrouvait l'usage de son bras, il porterait toujours une large cicatrice qui lui rappellerait sa blessure.

Elain prit le jeune homme par la main et le ramena dans la maison. Elle effeuilla de la menthe dans la bouilloire, qu'elle posa sur le fourneau.

– Tu l'aimes vraiment, n'est-ce pas ?

– Quoi ?

Il la regarda, surpris.

Elain caressa son gros ventre :

– Katrina.

Elle sourit :

– Je ne suis pas aveugle. Je sais ce que tu as fait pour elle, et je suis fière de toi. Peu d'hommes auraient eu ce courage.

– Quelle importance, si je ne peux pas la délivrer ?

La bouilloire se mit à siffler.

– Tu réussiras, j'en suis sûre, d'une façon ou d'une autre.

Elain versa la tisane :

– Nous ferions mieux de nous préparer pour le voyage. Je vais commencer par rassembler les ustensiles de cuisine. Pendant ce temps, va à l'étage et descends-moi des vêtements, du linge, et toutes les affaires qui te paraîtront utiles à emporter.

– Où devrai-je les mettre ?
– Dans la salle à manger, ce sera parfait.

La montagne étant trop pentue et la forêt trop dense pour laisser passer des charrettes, Roran prit conscience que leurs bagages se limiteraient à ce qu'ils pourraient porter eux-mêmes, ainsi qu'à ce qu'ils empileraient sur le dos des deux chevaux de Horst. Et encore, l'un d'eux devrait être peu chargé, de sorte qu'Elain puisse le monter si le chemin se révélait trop épuisant pour une femme enceinte.

Pour compliquer la tâche, certaines familles de Carvahall ne possédaient pas assez de bêtes de somme pour porter leurs provisions ainsi que tous ceux – jeunes enfants, vieillards et infirmes – qui ne parviendraient pas à suivre le rythme. Chacun devrait partager ses ressources. Mais avec qui ? C'était la question. On ignorait encore qui serait du voyage, en dehors de Birgit et de Delwin.

En conséquence, quand Elain eut fini d'emballer ce qui lui paraissait essentiel – principalement de quoi manger et s'abriter –, elle envoya Roran demander si tel ou tel avait besoin de place supplémentaire, et, dans le cas contraire, si elle pouvait en obtenir pour elle, car il lui restait des quantités de choses, pas vraiment nécessaires, mais qu'elle aurait aimé emporter ; autrement, elle les abandonnerait.

Un calme inhabituel pesait sur Carvahall, que démentait l'activité fébrile régnant dans les maisons. Mais chacun allait, muet, tête baissée, perdu dans ses pensées.

Arrivé devant chez Orval, Roran dut manier le heurtoir pendant presque une minute avant que le fermier lui ouvrît la porte.

– Ah, c'est toi, Puissant Marteau !

Orval s'avança sous le porche :

– Pardon de t'avoir fait attendre, mais j'étais occupé. Que puis-je pour toi ?

Il tapota sa longue pipe contre sa paume, puis se mit à la rouler nerveusement entre ses doigts. De l'intérieur de la maison montaient des bruits de chaises traînées sur le plancher, de pots et de casseroles qui se heurtaient.

Roran expliqua rapidement l'offre et la demande d'Elain. Orval regarda le ciel en plissant les yeux :

– Je pense avoir assez de place pour mes propres affaires. Parles-en aux autres : en cas de besoin, je chargerai un peu plus mes bœufs.

– Donc, vous partez ?

Orval se dandina d'un air gêné :

– Eh bien, je ne dirais pas ça. On veut juste… être prêts en cas de nouvelle attaque.

– Ah !

Perplexe, Roran marcha d'un pas fatigué jusque chez Kiselt. Il comprit bientôt que les gens ne voulaient pas révéler leur décision, même quand leurs préparatifs de départ crevaient les yeux.

Et tous traitaient Roran avec une déférence qui le perturbait. Elle se manifestait par un tas de détails : paroles de condoléances pour son malheur, silence respectueux quand il parlait, murmure d'assentiment après chacun de ses propos. Comme si ses exploits avaient doublé sa stature et intimidaient ces gens qu'il connaissait depuis l'enfance, créant une distance entre eux et lui.

« À croire que je suis marqué d'un signe », pensa Roran en pataugeant dans la boue.

Il s'arrêta au bord d'une flaque et se pencha pour observer son reflet, curieux de savoir si quelque chose le rendait différent.

Il vit un jeune homme aux vêtements déchirés et tachés de sang, au dos courbé, au bras replié contre la poitrine. Une barbe de plusieurs jours lui mangeait le cou et les joues, et ses cheveux entortillés en mèches épaisses formaient autour de sa tête un halo désordonné.

Mais le plus effrayant, c'était ses yeux, enfoncés dans les orbites, qui lui faisaient un visage de spectre. Au fond de ces trous caverneux, son regard brûlait comme de l'acier en fusion, exprimant le manque, la rage et la passion.

Un rictus lui étira les lèvres, rendant son expression encore plus impressionnante. Son image lui plaisait. Elle convenait à ses sentiments. Il comprenait maintenant comment il avait réussi à influencer les villageois. Il montra les dents. « Je peux me servir de cette apparence. Je peux m'en servir pour détruire les Ra'zacs. »

Il se redressa, remonta la rue en traînant les pieds, content de lui. C'est alors que Thane vint vers lui et le prit fermement par le bras :

– Puissant Marteau ! Tu ne peux pas savoir comme je suis heureux de te rencontrer.

– Vraiment ?

Roran eut le sentiment que la Terre avait été mise sens dessus dessous pendant la nuit.

Thane hocha la tête avec conviction :

– Depuis que nous avons attaqué les soldats, les choses me paraissaient sans espoir. C'est dur pour moi de l'admettre, mais c'est ainsi. Le cœur me battait sans arrêt, comme si j'avais été sur le point de tomber dans un puits ; mes mains tremblaient, je me sentais affreusement mal. J'ai même pensé qu'on m'avait empoisonné ! C'était pire que d'être mort. Mais ce que tu as dit hier m'a instantanément guéri, m'a redonné un but et a rétabli la cohérence du monde ! Je... je ne peux pas t'expliquer de quelle horreur tu m'as sauvé. Je suis ton débiteur. Si tu as besoin de quoi que ce soit, demande, et je t'aiderai.

Ému, Roran étreignit à son tour le bras du fermier :

– Merci, Thane ! Merci !

Thane inclina la tête, les larmes aux yeux. Puis il lâcha le jeune homme et le laissa seul au milieu de la rue.

« Qu'ai-je provoqué ? » s'effraya Roran.

31
EXODE

L'atmosphère enfumée saisit Roran à la gorge quand il entra aux Sept Gerbes, la taverne de Morn. Il s'arrêta sous la corne d'Urgal chevillée au linteau de la porte et attendit que ses yeux s'accoutument à la pénombre qui régnait à l'intérieur.

– Salut ! fit-il.

La porte menant à la salle du fond s'ouvrit violemment, et Tara surgit, Morn à sa suite. L'un et l'autre levèrent sur Roran un regard hargneux. Tara cala ses poings épais sur ses hanches et lança :

– Qu'est-ce que tu veux ?

Roran la fixa un instant, tâchant de comprendre la raison de cette animosité :

– Avez-vous décidé si vous m'accompagnez sur la Crête ?

– Mêle-toi de tes affaires ! répondit sèchement Tara. Ça ne te regarde pas.

« Oh, si, ça me regarde ! » eut-il envie de rétorquer. Il se contint, malgré tout, et dit seulement :

– Quelles que soient vos intentions, au cas où vous choisiriez de partir, Elain voudrait savoir si vous avez encore de la place dans vos bagages ou si, au contraire, vous avez vous-mêmes besoin d'un peu plus de…

– De la place ! explosa Morn.

D'un geste, il désigna le mur derrière le comptoir, contre lequel des fûts de chêne étaient alignés :

– J'ai douze tonneaux de la meilleure bière d'hiver, enveloppés dans la paille, que j'ai soigneusement gardés à la bonne température pendant cinq mois. C'était la dernière cuvée de Quimby. Qu'est-ce que je vais en faire, à ton avis ? Et mes barriques de blonde et de stout ? Si je les laisse, les soldats les auront emportées avant la fin de la semaine, à moins qu'ils ne les percent et répandent leur contenu sur le sol, et ce seront les vers de terre qui s'en régaleront. Ooooh !

Morn s'assit en se tordant les mains et secoua la tête :

– Douze ans de travail ! Depuis la mort de mon père, je tiens cette taverne comme il le faisait, jour après jour. Et il a fallu qu'Eragon et toi, vous mettiez ce foutoir ! C'est...

Il s'interrompit, inspirant avec peine, essuya d'un revers de manche son visage défait.

– Là, là, calme-toi ! dit Tara.

Elle lui entoura les épaules de son bras et tendit vers Roran un doigt accusateur :

– Qui t'a donné le droit de bouleverser Carvahall avec tes lubies ? Si nous partons, comment mon pauvre mari va-t-il gagner sa vie ? Il ne peut pas emporter ses outils de travail avec lui, comme Horst ou Gedric. Il ne peut pas occuper une ferme vide, comme toi ! C'est impossible ! Tout le monde va partir, et nous mourrons de faim. Ou bien nous partirons, et nous mourrons de toute façon. Tu nous as ruinés !

Le regard de Roran passa de sa face rouge de fureur à celle, égarée, de Morn. Puis il fit demi-tour. S'arrêtant un instant sur le seuil, il déclara d'une voix sourde :

– Je vous ai toujours comptés parmi mes amis. Je ne veux pas vous voir tués par les sbires de l'Empire.

Il sortit, resserra sa veste autour de lui et s'éloigna à grands pas, ressassant cette conversation.

Il s'arrêta pour boire au puits de Fisk, et Birgit le rejoignit. Voyant qu'il s'escrimait à tourner la manivelle d'une seule main, elle s'en saisit, remonta le seau et le lui passa. Il but une gorgée d'eau fraîche, puis lui rendit le récipient :

– Je suis content de te voir.

Birgit le fixa dans les yeux :

– Je connais la force qui te conduit, Roran, c'est celle qui me fait avancer, moi aussi. Nous voulons l'un et l'autre retrouver les Ra'zacs. Lorsque ce sera fait, cependant, tu me devras à ton tour réparation pour la mort de Quimby. N'oublie jamais ça.

Elle repoussa le seau et le laissa tomber sans retenir la manivelle, la chaîne se dévidant à une vitesse folle. Un grand bruit d'éclaboussure monta du fond du puits.

Roran sourit en la regardant s'en aller. Son avertissement lui causait plus de joie que d'inquiétude ; il savait que, même si chacun des habitants de Carvahall renonçait ou trouvait la mort, Birgit serait toujours là pour le soutenir dans sa chasse aux Ra'zacs. Après cela – s'il existait un « après » –, il devrait lui rembourser sa dette ou la tuer. C'était la seule façon de résoudre ce genre de situation.

Le soir venu, Horst et ses fils rentrèrent à la maison portant deux petits ballots enveloppés dans de la toile huilée.

– C'est tout ? s'étonna Elain.

Avec un bref hochement de tête, Horst posa les paquets sur la table de la cuisine et les déballa : il y avait quatre marteaux, trois pinces, un serre-joint, un soufflet de taille moyenne et une enclume pesant dans les trois livres.

Lorsqu'ils furent assis tous les cinq pour dîner, Albriech et Baldor évoquèrent les différentes familles qu'ils avaient vues occupées à des préparatifs clandestins. Roran les écouta avec attention, tâchant de retenir à qui untel avait prêté des ânes, qui ne montrait aucune velléité de départ, et qui aurait encore besoin d'être convaincu.

– Le principal problème, fit remarquer Baldor, ce sont les vivres. Nous ne pouvons pas en emporter tant que ça ; or, il sera difficile, pendant la traversée de la Crête, de nourrir deux ou trois cents personnes avec le produit de notre chasse.

– Hmmm...

Horst, la bouche pleine, agita le doigt, puis avala sa bouchée de haricots :

– Non, il ne faut pas compter sur la chasse. Emmenons plutôt nos troupeaux ! À nous tous, nous possédons assez de chèvres et de moutons pour assurer notre subsistance pendant plus d'un mois.

Levant son couteau, Roran objecta :

– Et les loups ?

– Je me soucie davantage, reprit Horst, de la façon d'empêcher les bêtes de se disperser dans la forêt. Ça ne va pas être facile de les mener.

Roran passa la journée du lendemain à prêter main-forte aux uns et aux autres autant qu'il le pouvait, parlant peu, mais prouvant à chacun qu'il travaillait dans l'intérêt du village. Tard dans la nuit, il s'écroula enfin sur son lit, épuisé, mais plein d'espoir.

L'arrivée de l'aube interrompit ses rêves ; il s'éveilla avec un violent sentiment d'impatience. Il se leva, descendit sur la pointe des pieds, et sortit contempler les montagnes brumeuses, figées dans le silence du petit matin. Son souffle formait dans l'air une buée blanche, mais il avait chaud, tant son cœur palpitait de crainte et de désir.

Au petit déjeuner, personne ne parla. Horst conduisit ensuite les chevaux devant la maison. Roran aida Albriech et Baldor à remplir les sacs de selles et à arrimer les autres bagages sur les bêtes. Il se chargea ensuite de son propre sac, sifflant entre ses dents quand la lanière de cuir appuya sur son bras blessé.

Horst ferma la porte de la maison. Il laissa un moment ses doigts sur le loquet de métal, puis il prit Elain par la main et dit :

– Allons-y !

En traversant Carvahall, Roran vit des familles aux mines lugubres empilant leurs biens et rassemblant leurs bêtes. Il vit des moutons et des chiens avec des sacs ficelés sur le dos, des enfants en larmes assis sur des ânes, des chevaux attelés à des traîneaux de fortune, des caisses à claire-voie emplies de volailles affolées pendant contre leurs flancs. Il découvrait les signes de son succès, et ne savait pas s'il devait en rire ou en pleurer.

Ils s'arrêtèrent à la sortie nord du village et attendirent ceux qui se joindraient à eux. Une minute s'écoula, puis Birgit surgit, accompagnée de Nolfavrell et de ses jeunes frères et sœurs. Elle salua Horst et Elain, et fit halte non loin d'eux.

Ridley et sa famille arrivèrent par l'extérieur du rempart d'arbres, poussant devant eux une centaine de moutons, qu'ils ramenaient de l'est de la vallée.

– J'ai pensé qu'il vaudrait mieux les conduire loin de Carvahall, cria Ridley par-dessus les bêtes.

– Excellente idée ! approuva Horst.

Vinrent ensuite Delwin, Lenna et leurs cinq enfants ; Orval et sa famille ; Loring et ses fils ; Calitha et Thane – qui adressa un large sourire à Roran ; puis le clan de Kiselt. Les femmes veuves depuis peu, comme Nolla, se regroupèrent autour de Birgit. Avant que le soleil eût éclairé les pics, la plupart des villageois étaient rassemblés le long de l'enceinte. Pas tous, hélas.

Morn, Tara et plusieurs autres ne s'étaient pas encore montrés, et, quand Ivor apparut, il était sans bagages.

– Tu ne pars pas, constata Roran.

Il se fraya un chemin entre des chèvres énervées que Gertrude s'efforçait de contrôler.

– Non, admit Ivor d'un ton las.

Il frissonna, croisa ses bras maigres contre sa poitrine dans l'espoir de se réchauffer et se tourna vers le soleil levant, la tête renversée comme pour en absorber les rayons invisibles.

– Svart refuse de partir. Hé ! Vouloir l'emmener sur la Crête ! Autant éperonner un cheval de bois ! Quelqu'un doit rester pour veiller sur lui, et vu que je n'ai pas d'enfant...

Il haussa les épaules :

– Je n'aurais pas abandonné la ferme, de toute façon.

– Que feras-tu quand les soldats arriveront ?
– Je leur flanquerai une tripotée dont ils se souviendront.

Roran éclata d'un rire rauque et envoya une claque sur le bras d'Ivor, l'un et l'autre faisant mine d'ignorer le destin réservé à ceux qui resteraient.

Ethlbert, un homme entre deux âges à la silhouette longiligne, s'approcha de l'assemblée et cria :

– Vous n'êtes qu'une bande de fous !

Une rumeur menaçante monta, et tous les visages se tournèrent vers l'accusateur.

Celui-ci continua :

– J'ai gardé mon calme dans toute cette excitation, mais pas question que je suive un baratineur à moitié cinglé ! Si vous n'étiez pas aveuglés par ses beaux discours, vous comprendriez qu'il vous mène droit à la catastrophe. Eh bien, moi, je ne marche pas ! Je vais tenter ma chance en me faufilant hors de vue des soldats ; je me réfugierai à Therinsford. Là-bas, ce sont des gens dans notre genre, au moins, pas des espèces de barbares comme ceux que vous trouverez au Surda !

Il cracha par terre, pivota sur ses talons et s'éloigna d'un pas lourd.

Craignant que cette tirade n'eût ébranlé certains, Roran observa la foule des villageois, et fut soulagé de n'entendre que des marmonnements irrités. Malgré tout, il ne tenait pas à lambiner, de peur que tel ou tel changeât d'avis. Il interrogea Horst à voix basse :

– Combien de temps devons-nous encore attendre ?

Le forgeron ordonna à ses fils :

– Albriech et toi, Baldor, parcourez vite le village, et voyez si d'autres sont prêts à nous rejoindre. Si personne ne vient, nous partirons.

Les deux jeunes gens s'élancèrent chacun de leur côté.

Une demi-heure plus tard, Baldor revint avec Fisk, Isold et un cheval qu'on leur avait prêté. Isold devança son mari et courut vers le forgeron, repoussant des deux mains ceux qui lui barraient le passage ; de longues mèches de cheveux s'échappaient de son chignon défait sans qu'elle s'en préoccupât. Elle s'arrêta, essoufflée :

– Désolée, nous sommes en retard ! Fisk a eu beaucoup de mal à fermer la boutique. Il n'arrivait pas à décider quels rabots et quels ciseaux emporter.

Elle continua avec un rire presque hystérique montant dans les aigus :

– On aurait dit un chat devant un nid de souris : « Laquelle poursuivre ? Celle-ci ? Celle-là... ? »

Un sourire sans joie tordit les lèvres de Horst :

– Je comprends parfaitement.

Roran guettait avec impatience le retour d'Albriech, qui tardait.

– Qu'est-ce qu'il fabrique ? grinça-t-il entre ses dents.

Horst lui tapa sur l'épaule :

– Justement, le voilà, je crois.

Albriech émergeait d'une ruelle, trois barriques de bière sanglées sur le dos, l'air si accablé que son apparition suscita l'hilarité de Baldor et de quelques autres. À sa suite, Morn et Tara vacillaient sous le poids d'énormes paquetages, tout comme l'âne et les deux chèvres qu'ils tiraient derrière eux. Roran constata avec ébahissement que les bêtes elles aussi transportaient des tonneaux.

– Ils ne tiendront pas plus d'une lieue, grommela Roran, agacé par autant de stupidité. Ils n'ont même pas emporté de provisions ! Qu'est-ce qu'ils croient ? Qu'on va les nourrir comme...

Horst l'interrompit en gloussant :

– Ne t'en fais pas ! La bière de Morn sera meilleure pour le moral de tous que des vivres supplémentaires, tu verras !

Dès qu'Albriech eut déposé son chargement, Roran demanda aux deux frères :

– Personne d'autre ?

La réponse était non, et Roran jura en se frappant la cuisse du poing. En plus d'Ivor, trois autres familles avaient décidé de rester dans la vallée de Palancar : celle d'Ethlbert, celle de Parr et celle de Knute. « Je ne peux les obliger à venir. » Il soupira :

– Très bien ! Inutile d'attendre plus longtemps.

Une vague d'excitation courut parmi les villageois : le moment était venu. Horst et cinq autres hommes ouvrirent une brèche dans le rempart de troncs, puis ils lancèrent des planches en travers de la fosse, de sorte que bêtes et gens pussent passer.

Horst fit un grand geste du bras :

– C'est à toi d'y aller le premier, Roran !

– Attends ! cria Fisk.

Il se précipita vers le jeune homme et, avec une fierté non dissimulée, lui tendit un bâton en bois d'aubépine noirci, d'environ six pieds de long, orné à une extrémité d'un nœud de racines polies, et muni à l'autre d'une pointe d'acier maintenue par un anneau d'acier bleuté.

– Je l'ai fabriqué cette nuit, dit le charpentier. J'ai pensé que ça pourrait t'être utile.

Roran caressa le bois de la main gauche et s'émerveilla de sa douceur :

– Je n'aurais pas pu imaginer mieux. Tu es un artisan de grand talent... Merci.

Fisk se retira avec un sourire.

S'apercevant que la foule des villageois avait les yeux fixés sur lui, Roran se tourna vers les montagnes et les chutes de l'Igualda. Le sang battait dans son épaule, sous la lanière du sac. Il abandonnait derrière lui la tombe de son père et tout ce qui avait jusqu'alors fait sa vie. Devant lui, les pics déchiquetés se dressaient contre le ciel pâle, lui barrant le passage, s'opposant à sa volonté. Il ne voulait pas le savoir. Il ne regarderait pas en arrière.

« Katrina. »

Roran leva le menton et se mit en route. Le bout ferré de son bâton sonna contre les planches quand il franchit le fossé et sortit de Carvahall, conduisant le cortège des villageois vers le cœur des montagnes sauvages.

32
L'À-PIC DE TEL'NAEÍR

F_{fffrrr} !

Aussi rayonnant qu'un soleil, le dragon surgit devant Eragon. Les bourrasques que soulevaient ses ailes puissantes giflaient le petit groupe, rassemblé au bord de l'À-pic de Tel'naeír. La clarté de l'aube se reflétait sur ses écailles d'or, et son corps flamboyant projetait sur le sol et sur les arbres des traits de lumière éblouissants. Il était beaucoup plus grand que Saphira, avec un cou, des membres et une queue proportionnellement plus épais. Sa taille laissait penser qu'il était âgé de plusieurs centaines d'années. Sur son dos se tenait un Dragonnier, dont les vêtements d'une blancheur resplendissante reflétaient l'éclat des écailles.

Eragon tomba à genoux, le visage vers le ciel. « Je ne suis pas seul... »

Un mélange d'effroi et de soulagement le traversa. Il n'était plus l'unique responsable face aux Vardens et à Galbatorix. Il avait devant lui l'un des anciens gardiens, surgi des profondeurs du temps, un symbole vivant, attestant la vérité des légendes au milieu desquelles il avait grandi. Il avait, devant lui, son maître ; il avait, devant lui, la légende elle-même !

Lorsque le dragon vira pour atterrir, Eragon poussa un cri : la créature avait été affreusement mutilée : de sa puissante patte avant gauche il ne restait qu'un moignon blanchi. Le garçon sentit les larmes lui monter aux yeux.

Un tourbillon de brindilles et de feuilles mortes enveloppa le sommet du tertre lorsque l'énorme dragon se posa sur le tapis de trèfles et referma ses ailes. Le Dragonnier descendit de sa monture avec précaution, du côté de la patte valide, puis il s'avança vers Eragon, les mains jointes. C'était un elfe aux cheveux d'argent, vieux au-delà de ce qu'on pouvait imaginer, bien que le seul signe de l'âge fût l'expression de tristesse et de profonde compassion inscrite sur son visage.

– Osthato Chetowä, dit Eragon. Le Sage en Deuil… Je suis venu, comme vous m'en avez prié.

Se souvenant soudain des manières des elfes, il porta deux doigts à ses lèvres :

– Atra esterní ono thelduin.

Le Dragonnier sourit. Prenant Eragon par les épaules, il le releva et le contempla avec une telle tendresse que le garçon ne pouvait plus détourner les yeux, aspiré par la profondeur infinie de ce regard.

– Oromis est mon vrai nom, Eragon le Tueur d'Ombre.

– Tu savais ! souffla Islanzadí, mortifiée.

Puis elle laissa exploser sa colère :

– Tu connaissais l'existence d'Eragon, et tu ne m'en as rien dit ? Pourquoi m'as-tu trompée, Shur'tugal ?

Oromis se détourna d'Eragon et fixa la reine :

– Je ne me suis pas manifesté, car j'ignorais si Eragon et Arya survivraient assez longtemps pour parvenir jusqu'ici ; je ne voulais pas te donner un espoir fragile, qui pouvait être anéanti à n'importe quel moment.

Islanzadí eut un mouvement d'impatience, et sa cape de plumes de cygne se déploya comme une aile :

– Tu n'avais pas le droit de me dissimuler une telle information ! J'aurais pu envoyer des guerriers pour protéger Arya, Eragon et Saphira à Farthen Dûr, et pour les escorter afin qu'ils nous rejoignent en toute sécurité.

Oromis sourit tristement :

– Je ne t'ai rien dissimulé, Islanzadí, hormis ce que tu avais déjà choisi de ne pas voir. Si tu avais invoqué une vision du pays, comme ton devoir te l'ordonnait, tu aurais discerné la source du chaos qui balayait l'Alagaësia, et appris la vérité sur

Arya et sur Eragon. Que, dans ta douleur, tu aies pu oublier les Vardens et les nains, c'est compréhensible ; mais Brom, Vinr Älfakyn, le dernier des Amis des Elfes ? Tu as fermé les yeux sur le monde, Islanzadí, et tu as gouverné avec laxisme. Je ne pouvais prendre le risque de te perturber plus encore au cas où tu subirais une autre perte.

La colère d'Islanzadí tomba d'un coup, la laissant pâle et défaite.

– Je suis accablée, murmura-t-elle.

Un souffle d'air chaud et humide caressa la peau d'Eragon : le dragon d'or avait baissé la tête et l'examinait de ses yeux étincelants.

« C'est bon de te rencontrer, Eragon le Tueur d'Ombre. Je suis Glaedr. »

Sa voix – indubitablement celle d'un mâle – roula dans l'esprit d'Eragon avec un grondement d'avalanche. Le garçon ne put que porter ses doigts à ses lèvres en répondant :

« Je suis honoré. »

Glaedr dirigea alors son attention sur Saphira. Elle demeura parfaitement immobile, le cou raide et arqué, pendant que le dragon flairait sa joue et la ligne de ses ailes. Eragon vit que les muscles contractés de ses cuisses étaient agités d'un tremblement incontrôlé.

« Tu sens l'humain, dit Glaedr, et ce que tu connais de ta propre espèce, c'est ton instinct qui te l'a enseigné. Mais ton cœur est celui d'un vrai dragon. »

Le temps de cet échange silencieux, Orik se présentait à Oromis :

– En vérité, voilà qui dépasse tout ce que j'osais attendre ou espérer. Tu représentes une bien agréable surprise, en ces temps si sombres, Dragonnier !

Le nain se frappa la poitrine du poing :

– Si ce n'est pas trop présomptueux, je demande ta bénédiction pour mon roi et pour mon clan, comme il était d'usage entre nos peuples.

Oromis hocha la tête :

– Et je te l'accorde, si c'est en mon pouvoir.

– Alors, dis-moi : pourquoi es-tu resté caché pendant tant d'années ? On avait cruellement besoin de toi, Argetlam.

– Ah ! fit Oromis. Le monde est plein de souffrances, et l'une des plus grandes est de se découvrir incapable d'aider ceux qui sont dans la peine. Quitter ce refuge m'était interdit, car, si j'étais mort avant qu'un des œufs de Galbatorix ait éclos, plus personne n'aurait pu transmettre nos secrets au nouveau Dragonnier, et il aurait été encore plus difficile de vaincre le roi.

– C'est *ça*, la raison ? s'emporta le nain. Ce sont les paroles d'un lâche ! L'œuf aurait pu ne jamais éclore.

Un silence de mort tomba sur l'assemblée, que troubla seulement le sourd grondement filtrant entre les dents de Glaedr.

– Si tu n'étais pas mon hôte, dit enfin Islanzadí, tu paierais de ta vie une telle offense !

Oromis étendit les mains :

– Non, je ne suis pas offensé. C'est une réaction légitime. Sache, Orik, que ni moi ni Glaedr ne pouvons combattre. Glaedr est estropié, et, en ce qui me concerne…

Il toucha sa tempe :

– Je suis également mutilé. Les Parjures ont brisé quelque chose en moi, quand ils me tenaient en captivité, et, bien que je puisse encore enseigner et étudier, je ne maîtrise plus la magie, excepté pour des sorts mineurs. Le pouvoir m'échappe, quelque effort que je fasse. Dans une bataille, je serais pire qu'inutile, un fardeau, un poids mort, facile à capturer et à utiliser contre vous. Aussi me suis-je retiré loin de l'influence de Galbatorix pour le bien de tous, malgré mon désir de m'opposer à lui.

– L'Estropié qui est Tout ! murmura Eragon.

– Pardonne-moi, dit Orik, visiblement affligé.

– C'est sans importance.

Oromis posa la main sur l'épaule d'Eragon :

– Islanzadí Dröttning, avec ta permission ?

– Va, fit-elle avec lassitude. Va et agis comme tu l'entends !

Glaedr s'accroupit sur le sol, et Oromis se mit prestement en selle :

– Venez, Eragon et Saphira ! Nous avons beaucoup de choses à nous dire.

Le dragon d'or s'élança du bord de la falaise et s'éleva en larges cercles, planant sur un courant ascendant.

Eragon et Orik échangèrent une poignée de main solennelle :

– Honore ton clan ! dit le nain.

Le garçon enfourcha Saphira avec le sentiment de s'embarquer pour un très long voyage et de devoir dire adieu à ceux qu'il laissait derrière lui. Il se contenta cependant d'adresser à Arya un sourire qui ne cachait ni son émerveillement ni sa joie. Elle eut un léger froncement de sourcils et parut troublée, mais il était déjà parti, emporté dans le ciel par une Saphira empressée.

Les deux dragons longèrent la falaise blanche vers le nord sur plusieurs lieues dans un grand bruit d'ailes. Saphira volait de front avec Glaedr. L'enthousiasme de la dragonne bouillonnait dans l'esprit d'Eragon, amplifiant ses propres émotions.

Ils se posèrent dans une autre clairière, au bord de la faille, d'où un éboulis de roche nue dégringolait jusqu'au fond. De là, un chemin conduisait au seuil d'une cabane trapue, bâtie entre les troncs de quatre arbres ; sous l'un d'eux coulait un ruisseau, qui jaillissait des ténèbres de la forêt.

Glaedr ne pouvait entrer dans la cabane, qui aurait tenu facilement entre ses côtes.

– Bienvenue chez moi, dit Oromis en sautant à terre avec une agilité déconcertante. Je vis ici, au bord de l'À-pic de Tel'naeír, où j'ai le loisir d'étudier et de réfléchir en paix. Mon esprit est plus alerte loin d'Ellesméra et des distractions qu'offre la compagnie d'autres personnes.

Il disparut dans la cabane, puis en ressortit avec deux tabourets et deux chopes emplies d'une eau froide et claire, pour lui-même et pour Eragon. Le garçon but en admirant le vaste paysage du Du Weldenvarden. Dissimulant de son mieux sa crainte et sa nervosité, il attendit que l'elfe parlât. « Je suis en présence d'un autre Dragonnier ! » Près de lui, Saphira s'accroupit, le regard fixé sur Glaedr, grattant le sol de ses griffes.

Le silence s'étirait cependant. Dix minutes passèrent... une demi-heure... une heure... au point qu'Eragon se mit à mesurer l'écoulement du temps à la course du soleil dans le ciel. Au début, son esprit fourmillait de pensées et de questions, mais elles finirent par s'apaiser et il les garda au fond de lui avec calme, se contentant de savourer l'instant présent.

Alors seulement Oromis dit :

– Tu as appris la valeur de la patience. C'est bien.

Il fallut un petit moment à Eragon pour retrouver l'usage de la parole :

– On ne traque pas un cerf à la hâte.

Oromis posa sa chope :

– C'est tout à fait vrai. Montre-moi tes mains. J'ai découvert qu'elles en disent beaucoup sur leur propriétaire.

Eragon ôta ses gants et tendit ses poignets à l'elfe. Celui-ci les prit entre ses longs doigts fins et secs, examina les callosités des paumes et dit :

– Reprends-moi si je me trompe. Tu as manié la faux et la charrue plus souvent que l'épée, bien que tu saches te servir d'un arc.

– Oui.

– Et tu as peu écrit ou dessiné, peut-être même pas du tout.

– Brom m'a appris l'alphabet, à Teirm.

– Mmm. Quel que soit le choix de tes outils, il paraît évident que tu as tendance à la témérité, au mépris de ta propre sécurité.

– Qu'est-ce qui vous fait dire ça, Oromis-elda ? demanda Eragon, utilisant le terme honorifique le plus respectueux qu'il pût trouver.

– Pas *elda*, le corrigea Oromis. Tu peux m'appeler « maître » dans cette langue, et « ebrithil » en ancien langage ; n'utilise pas d'autre mot. Tu feras preuve de la même politesse envers Glaedr. Nous sommes vos professeurs ; vous êtes nos élèves ; et vous vous conduirez avec égard et déférence.

Oromis parlait gentiment, mais avec l'autorité de qui exige la plus complète obéissance.

– Oui, Maître Oromis.

– Ainsi feras-tu aussi, Saphira.

Eragon sentit quel effort il fallut à Saphira pour oublier sa fierté et dire : « Oui, Maître. »

Oromis eut un signe de tête satisfait :

– Bien. Quelqu'un présentant une telle collection de cicatrices a eu une malchance incroyable, s'est battu comme un furieux ou a délibérément cherché le danger. Te bats-tu comme un furieux ?

– Non.

– Et tu ne sembles pas particulièrement malchanceux, ce serait même le contraire. Cela ne laisse plus qu'une possibilité. À moins que tu ne voies autre chose ?

Eragon se concentra sur ce qu'il avait vécu chez lui et sur la route, cherchant comment décrire son comportement.

– Je dirais plutôt qu'une fois décidé à me consacrer à un projet ou à suivre une voie je vais jusqu'au bout, quoi qu'il m'en coûte... surtout si quelqu'un à qui je tiens est en danger.

Ce disant, il lança un coup d'œil à Saphira.

– Supportes-tu les obstacles ?

– Cela me plaît de prouver mes compétences.

– Tu ressens donc le besoin d'affronter l'adversité afin de tester tes capacités.

– J'aime dépasser mes limites, mais j'ai traversé assez d'épreuves pour savoir que c'est folie de rendre les choses plus difficiles qu'elles ne le sont déjà. C'est tout ce que je peux faire pour survivre.

– Tu as cependant décidé de poursuivre les Ra'zacs, quand il aurait été bien plus facile de rester dans la vallée de Palancar. Et tu es venu jusqu'ici.

– Je n'avais pas de meilleur choix..., Maître.

Pendant quelques minutes, ni l'un ni l'autre ne parla. Eragon tentait de deviner les pensées de l'elfe, mais rien ne se lisait sur le masque figé de son visage. Oromis s'anima enfin :

– Ne t'aurait-on pas, par hasard, donné une breloque quelconque, à Tarnag, Eragon ? Un bijou, un morceau d'armure ou même une pièce de monnaie ?

– Si.

Eragon fouilla dans sa tunique et en sortit la chaîne où pendait le minuscule marteau d'argent :

– Gannel l'a fait pour moi, selon les ordres de Hrothgar, pour empêcher qui que ce soit de me visualiser, ainsi que Saphira. Tous deux craignaient que Galbatorix découvre à quoi je ressemble... Comment le saviez-vous ?

– Parce que je ne parvenais plus à te localiser.

– Quelqu'un a tenté de me visualiser, près de Sílthrim, il y a une semaine environ. Était-ce vous ?

Oromis secoua la tête :

– Après avoir eu une vision de toi avec Arya, je n'avais plus besoin d'utiliser une méthode aussi grossière pour te trouver. Mon esprit pouvait communiquer avec le tien, comme je l'ai fait à Farthen Dûr, quand tu étais blessé.

Soulevant l'amulette, il murmura une formule en ancien langage, puis la laissa retomber :

– Cet objet ne contient pas d'autre sort que je puisse détecter. Ne le quitte jamais ; c'est un cadeau de prix.

Pressant l'un contre l'autre le bout de ses longs doigts aux ongles ronds et luisants telles des écailles de poisson, l'elfe fixa l'horizon blanc :

– Pourquoi es-tu ici, Eragon ?

– Pour achever ma formation.

– En quoi, selon toi, cela consiste-t-il ?

Le garçon s'agita, mal à l'aise :

– En apprendre davantage sur la magie et les techniques de combat. Brom n'a pas eu le temps de m'enseigner tout ce qu'il savait.

– La magie, le maniement de l'épée et autres compétences du même genre ne servent à rien tant que tu ignores comment et quand t'en servir. C'est ce que je vais t'inculquer. Cependant, en l'absence de sens moral – Galbatorix en est la vivante démonstration –, le pouvoir est la force la plus dangereuse au monde. Ma tâche première est donc de vous aider, Eragon et Saphira, à comprendre quels principes vous guident, de sorte que vous ne fassiez pas les bons choix pour de mauvaises raisons. Vous devez apprendre à mieux vous connaître vous-mêmes, savoir qui vous êtes et ce que vous êtes capables d'accomplir. Voilà pourquoi vous êtes ici.

« Quand commencerons-nous ? » demanda Saphira.

Oromis s'apprêtait à répondre quand il se raidit et lâcha sa chope. Son visage devint cramoisi, ses doigts se recourbèrent telles des griffes et s'accrochèrent à sa tunique comme les crampons du lierre à une écorce. Le changement fut aussi instantané qu'effrayant. Avant qu'Eragon eût le temps d'esquisser un geste, l'elfe avait retrouvé sa contenance habituelle, quoique tout son corps trahît son épuisement.

Le garçon osa demander d'une voix inquiète :

– Vous allez bien ?

Une ombre d'amusement relevant les coins de sa bouche, Oromis répondit :

– Pas aussi bien que je le souhaiterais. Nous, les elfes, avons beau nous considérer comme immortels, nous ne pouvons cependant éviter certaines faiblesses de la chair, qui excèdent nos connaissances en matière de magie, et que nous savons tout au plus retarder. Non, ne te fais aucun souci... Mon mal n'est pas contagieux, mais je suis incapable de m'en débarrasser.

Il soupira :

– J'ai passé des décennies à me protéger avec des centaines de sorts de faible puissance, qui, accumulés, doublent les effets d'enchantements désormais hors de ma portée. Je m'en suis bardé, de façon à vivre assez longtemps pour assister à l'éclosion des derniers dragons, et aider les Dragonniers à resurgir des ruines de nos erreurs.

– Dans combien de temps...?

Oromis leva un sourcil :

– Dans combien de temps vais-je mourir ? Du temps, nous en avons, mais il est précieux pour toi comme pour moi, surtout si les Vardens décident de requérir ton aide. Ce qui signifie – pour répondre à ta question, Saphira – que nous commencerons ton instruction immédiatement, et tu seras entraîné plus vite qu'aucun Dragonnier l'a jamais été et a désiré l'être, parce qu'il me faut condenser des siècles de connaissances en mois et en semaines.

– Vous êtes au courant de..., reprit Eragon, réprimant son embarras et la honte qui lui brûlait les joues, de ma propre *infirmité* ?

Il avait baissé le ton en prononçant ce mot détesté.

– Je suis aussi estropié que vous.

La compassion adoucit le regard d'Oromis, en dépit de la fermeté de sa voix :

– Eragon, tu n'es un estropié que si tu te considères comme tel. Je comprends ce que tu ressens, mais tu dois rester optimiste, car une attitude négative est plus handicapante qu'une blessure physique. Je parle d'expérience. Ce ne serait bon ni pour toi ni pour Saphira que tu t'apitoies sur toi-même. Les magiciens et moi, nous étudierons ton mal afin de trouver une façon de le soulager ; mais, en attendant, ta formation se poursuivra comme si de rien n'était.

Eragon sentit ses entrailles se nouer, et un goût de bile lui monta dans la bouche à l'idée de ce que cela impliquait. « Oromis ne souhaite sûrement pas que j'endure de nouveau ce tourment. » Il lâcha avec fièvre :

– La douleur est insupportable. Elle me tuera. Elle...

– Non, Eragon. Je ne sais pas grand-chose sur cette malédiction, pourtant je peux te l'affirmer : elle ne te tuera pas. Toutefois, nous avons l'un et l'autre un devoir à accomplir : toi envers les Vardens, et moi envers toi. Nous ne pouvons nous y dérober au prétexte d'une simple souffrance. L'enjeu est trop important, en aucun cas il ne nous est permis d'échouer.

Envahi par la panique, Eragon ne sut que hocher la tête. Il aurait voulu réfuter les paroles d'Oromis, mais leur vérité était implacable.

– Eragon, tu dois accepter ce fardeau en toute liberté. N'y a-t-il rien ni personne pour quoi ou pour qui tu sois prêt à te sacrifier ?

Sa première pensée fut pour Saphira, mais ce n'était pas pour elle qu'il se lançait dans cette aventure. Ni pour Nasuada. Ni même pour Arya. Qu'est-ce qui le poussait, alors ? Quand il avait juré loyauté à la fille d'Ajihad, il l'avait fait en pensant à Roran et à tous ces gens pris au piège de l'Empire. Mais comptaient-ils assez pour lui, au point de l'obliger à affronter pareille angoisse ? « Oui, décida-t-il, parce que je suis le seul qui ait une chance de les aider, et parce que je ne serai pas libéré de l'ombre de Galbatorix tant qu'eux-mêmes ne le seront pas. Et parce que c'est l'unique but de ma vie. Que pourrais-je envisager d'autre ? » Il prononça la phrase fatidique en tremblant :

– Je l'accepte au nom de ceux pour qui je combats : les peuples de l'Alagaësia – tous les peuples – qui subissent le joug de Galbatorix. Quelle que soit la souffrance, je jure d'étudier avec plus d'ardeur qu'aucun de vos précédents élèves.

Oromis approuva gravement de la tête :

– Je n'en demande pas moins.

Il regarda Glaedr un moment, puis ordonna :

– Lève-toi et retire ta tunique, que je voies de quel bois tu es fait.

« Un instant, intervint Saphira. Brom était-il au courant de votre existence en ce lieu, Maître ? »

Eragon se figea, frappé par l'idée de cette possibilité.

– Bien sûr, dit Oromis. Il a été mon élève à Ilirea, quand il était jeune garçon. Je suis heureux que vous lui ayez offert de dignes funérailles, car sa vie a été dure, et bien peu lui ont témoigné de la tendresse. J'espère qu'il a trouvé la paix avant d'entrer dans le néant.

Les sourcils froncés, Eragon demanda avec lenteur :

– Avez-vous connu aussi Morzan ?

– Il a été mon élève avant Brom.

– Et Galbatorix ?

– J'étais l'un des Anciens qui lui ont refusé un autre dragon après que le premier a été tué. Mais, non, je n'ai pas eu le malheur de le former. Il a traqué et tué chacun de ses maîtres.

Eragon aurait voulu l'interroger plus avant, mais il savait qu'il valait mieux attendre. Aussi, il se leva et délaça le haut de sa tunique. Il dit à Saphira :

« Il semble que nous ne devions jamais connaître tous les secrets de Brom. »

Il frissonna, torse nu, dans l'air frais, puis redressa les épaules et bomba la poitrine.

Oromis tourna autour de lui et poussa un cri de stupéfaction en découvrant la cicatrice qui lui traversait le dos.

– Arya ou l'un des guérisseurs des Vardens ne t'ont-ils pas proposé d'effacer cette balafre ?

– Arya me l'a proposé, mais...

Eragon s'interrompit, incapable d'exprimer ce qu'il ressentait. Il se résolut enfin :

– Elle fait partie de moi, à présent, comme la cicatrice de Murtagh fait partie de lui.

– La cicatrice de Murtagh ?

– Murtagh porte une marque semblable. Elle lui a été infligée lorsque son père, Morzan, a jeté Zar'roc sur lui quand il n'était encore qu'un enfant.

Oromis contempla Eragon avec gravité un long moment. Puis il hocha la tête et reprit :

– Tu possèdes une bonne musculature, et tu n'es pas déformé comme la plupart des hommes d'épée. Es-tu ambidextre ?

– Pas vraiment, mais j'ai dû apprendre à combattre de la main gauche, après m'être brisé le poignet à Teirm.

– Très bien. Cela nous fera gagner du temps. Croise les mains dans ton dos et lève les bras le plus haut possible.

Eragon s'exécuta, mais la posture lui faisait mal aux épaules et il pouvait à peine joindre les mains.

– Maintenant, penche-toi en avant en gardant les jambes tendues. Essaie de toucher le sol avec tes mains.

Ce mouvement lui fut encore plus difficile ; il resta courbé comme un bossu, les bras pendant inutilement de chaque côté de sa tête ; l'arrière de ses cuisses lui brûlait. Ses doigts étaient encore à neuf ou dix pouces du sol.

– Du moins peux-tu t'étirer sans te blesser. Je n'en espérais pas autant. Tu arriveras à exécuter un bon nombre d'exercices d'assouplissement sans trop de difficultés. Bien.

Oromis s'adressa alors à Saphira :

– Je veux savoir également de quoi tu es capable, dragon.

Il lui demanda de prendre des positions compliquées, qui l'obligeaient à tordre chaque partie de son long corps sinueux de façon spectaculaire. L'entraînement atteignit son apogée avec une série d'acrobaties aériennes auxquelles Eragon n'avait jamais assisté. Seuls deux ou trois exercices dépassaient les capacités de la dragonne, comme d'exécuter un saut périlleux arrière tout en redescendant en vrille.

Quand elle se posa, ce fut Glaedr qui lui déclara :

« Je crains que nos Dragonniers ne nous aient trop dorlotés. Si, à peine éclos, nous avions été obligés de nous débrouiller seuls dans la nature – comme tu as dû le faire, ainsi que tes ancêtres – peut-être aurions-nous alors eu ton talent. »

– Non, dit Oromis. Même si Saphira avait été élevée sur Vroengard selon les méthodes traditionnelles, elle serait de toute façon la plus extraordinaire des créatures volantes. Je n'avais jamais vu un dragon aussi naturellement adapté à l'espace du ciel.

Saphira cligna des yeux, puis elle secoua ses ailes et se concentra sur la toilette de l'une de ses griffes, de façon à dissimuler sa tête.

– Tu as encore des progrès à faire, comme tout un chacun, mais c'est peu de chose, vraiment très peu.

L'elfe se rassit, le dos parfaitement droit.

Au cours des cinq heures qui suivirent, autant qu'Eragon pût l'estimer, Oromis inventoria dans les moindres détails ses connaissances et celles de Saphira, depuis la botanique jusqu'au travail du bois, en passant par la métallurgie et la médecine, tout en testant principalement la compréhension qu'ils avaient de l'histoire et de l'ancien langage. Cet interrogatoire rassura Eragon, car il se rappelait comment Brom avait coutume de le questionner au cours de leur longue marche vers Teirm et Dras-Leona.

Quand ils firent une pause pour se restaurer, Oromis invita Eragon dans sa demeure, laissant les deux dragons seuls ensemble. L'elfe ne possédait que les objets de première nécessité, destinés à la cuisine, à la toilette et à l'étude. Deux murs entiers étaient couverts d'alvéoles contenant des centaines de rouleaux de parchemin. Près de la table pendaient un fourreau d'or – de la même teinte que les écailles de Glaedr – et une épée dont la lame avait le chatoiement du bronze.

Sur la face intérieure de la porte, un panneau plat, mesurant un empan de haut et deux de large, était encastré dans l'épaisseur du bois. Il représentait une magnifique et imposante cité, bâtie contre un escarpement et illuminée par la vive clarté de la lune montante au temps des moissons. La surface tavelée de l'astre était coupée en son milieu par la ligne d'horizon, et il semblait posé sur le sol tel un dôme diapré, aussi grand qu'une montagne. L'image était si nette, si précise qu'Eragon la prit d'abord pour une fenêtre magique ; puis, constatant qu'elle restait statique, il comprit qu'il s'agissait d'une œuvre d'art.

– Où se trouve cette ville ? demanda-t-il.

Les traits aigus d'Oromis se durcirent un instant :

– Tu ferais bien de te souvenir de ce paysage, Eragon, car en son cœur gît la cause de tes tribulations. Tu vois ici ce qui fut jadis notre cité d'Ilirea. Elle a été brûlée et abandonnée au cours du Du Fyrn Skulblaka ; elle est devenue ensuite la capitale du royaume de Broddring, et c'est à présent la ville noire d'Urû'baen. J'ai exécuté ce fairth la nuit où moi-même et les autres fûmes contraints de fuir notre demeure avant l'arrivée de Galbatorix.

– Vous avez peint ce... fairth ?

– Non, non, il ne s'agit pas de peinture. Un fairth est une image fixée par magie sur un rectangle de pierre plat et poli, recouvert au préalable de couches de pigments. Le paysage accroché sur cette porte reproduit exactement ma vision d'Ilirea à l'instant où j'ai lancé le sort.

– Et, reprit Eragon, incapable de contenir le flot de ses questions, qu'est-ce que le royaume de Broddring ?

Les yeux d'Oromis s'agrandirent de surprise :

– Tu ne le sais pas ?

Le garçon fit signe que non.

– Comment est-ce possible ? Étant donné les circonstances de ta vie et la peur dans laquelle Galbatorix maintient ton peuple, je comprends que tu aies été élevé dans l'ignorance de ton héritage. Mais je ne peux imaginer que Brom ait négligé ton instruction au point de laisser dans l'ombre des sujets dont le plus jeune des elfes ou des nains est averti. Les enfants de tes Vardens pourraient m'en dire davantage que toi sur le passé.

– Brom s'inquiétait plus de me garder en vie que de m'instruire sur des gens déjà morts, rétorqua Eragon.

Cette réplique laissa Oromis sans voix. Finalement, il dit :

– Pardonne-moi. Je n'avais pas l'intention de critiquer les choix de Brom ; je suis simplement impatient au-delà du raisonnable ; nous avons si peu de temps, et chaque nouvel élément qu'il te faut apprendre empiète sur ce que tu pourras maîtriser au cours de ta formation ici.

Il ouvrit plusieurs placards dissimulés dans l'épaisseur de la cloison et en tira des petits pains et une coupe de fruits, qu'il disposa sur la table. Il resta un instant immobile devant la nourriture, les yeux fermés ; puis il commença à manger.

– Le royaume de Brodding était la terre des humains avant la chute des Dragonniers. Après que Galbatorix eut tué Vrael, il fondit sur Ilirea avec les Parjures et destitua le roi Angrenost, s'attribuant son trône et ses titres. À la conquête du royaume de Brodding il ajouta celle de l'île de Vroengard, et prit possession d'autres terres de l'est et du sud, créant l'Empire actuel. En principe, le royaume de Brodding existe encore, mais étant donné la situation, je doute qu'il ne soit rien de plus qu'un nom sur un décret royal.

De crainte d'irriter l'elfe en l'interrogeant encore, Eragon se concentra sur son repas. Son visage dut le trahir, toutefois, car Oromis fit remarquer :

– Tu me rappelles Brom, quand je l'ai choisi comme élève. Il était plus jeune que toi, il n'avait que dix ans, mais il montrait la même curiosité. Je crois n'avoir entendu de lui pendant un an que des *comment ?*, *de qui ?*, des *quand ?* et par-dessus tout des *pourquoi ?* N'hésite pas à poser les questions qui te tiennent à cœur !

– Il y a tant de choses que je voudrais savoir ! soupira Eragon. Qui êtes-vous ? D'où venez-vous ? D'où venait Brom ? À quoi ressemblait Morzan ? Comment, qui, quand, *pourquoi ?* Et je veux tout connaître de Vroengard et des Dragonniers ! Peut-être mon propre chemin me paraîtra-t-il alors plus clair.

Le silence tomba entre eux, le temps qu'Oromis dépeçât méticuleusement une tige de groseilles, grain après grain. Lorsque le dernier eut disparu entre ses lèvres, il frotta ses mains l'une contre l'autre – « polissant ses paumes », comme avait coutume de dire Garrow – et déclara :

– En ce qui me concerne, sache que je suis né il y a quelques siècles dans votre ville de Luthivíra, située dans les bois près du lac Tüdosten. À l'âge de vingt ans, comme tous les enfants des elfes, on m'a amené devant les œufs que les dragons avaient confiés aux Dragonniers, et Glaedr a éclos pour moi. Ensemble, nous avons reçu la formation des Dragonniers, et, pendant près d'un siècle, nous avons parcouru le monde, accomplissant la volonté de Vrael. Puis le jour est venu où on nous a demandé de nous retirer afin de transmettre notre expérience aux générations suivantes ; nous nous sommes donc installés à Ilirea pour instruire de nouveaux Dragonniers, un ou deux à la fois, jusqu'à ce que Galbatorix nous eût anéantis.

— Et Brom ?

— Brom était issu d'une famille d'enlumineurs de Kuasta. Sa mère s'appelait Nelda et son père Holcomb. Isolée par la Crête du reste de l'Alagaësia, Kuasta est devenue un endroit très particulier, où foisonnent les coutumes étranges et les superstitions. Les premiers temps de son séjour à Ilirea, Brom frappait trois coups à la porte avant d'entrer dans une pièce ou d'en sortir. Les étudiants humains ne cessaient de le railler à ce propos ; il a fini par abandonner cette habitude, ainsi que quelques autres.

« J'ai connu mon plus grand échec avec Morzan. Brom l'idolâtrait. Il ne le quittait pas d'une semelle, ne le contredisait jamais, s'estimait incapable de l'égaler dans aucun domaine. Morzan – j'ai honte de l'avouer, car j'aurais pu mettre un terme à cela – en était conscient, et il profitait de la dévotion de Brom de cent manières possibles. Il était devenu si cruel et si imbu de lui-même que j'ai envisagé de le séparer de Brom. Mais, avant que j'aie pu agir, Morzan a aidé Galbatorix à voler un dragon tout juste éclos, Shruikan, pour remplacer celui que le roi avait perdu, tuant pour ce faire le Dragonnier auquel ce dragon était destiné. Morzan et Galbatorix se sont alors enfuis ensemble, scellant notre destin.

« Tu ne peux juger de l'effet que la trahison de Morzan a eu sur Brom si tu ne saisis pas la profondeur de l'affection qu'il lui portait. Lorsque Galbatorix a enfin révélé son vrai visage, et que les Parjures ont tué le dragon de Brom, celui-ci a concentré toute sa rage et toute sa souffrance sur l'homme qu'il tenait pour responsable de l'anéantissement de son univers : Morzan.

Oromis resta un instant silencieux, la mine grave. Puis il reprit :

– Sais-tu pourquoi la perte d'un dragon tue généralement son Dragonnier, et inversement ?
– Je peux l'imaginer, dit Eragon.
Rien que d'y penser, il en frémissait.
– La douleur est un choc en soi – même si ce n'est pas toujours le facteur décisif. Ce qui cause un dommage irréversible, c'est la sensation qu'une part de son esprit, une part de son identité, est morte. Quand c'est arrivé à Brom, j'ai craint un temps pour sa raison. Puis j'ai été capturé. Après mon évasion, je l'ai conduit à Ellesméra pour assurer sa sécurité, mais il a refusé d'y rester, préférant marcher avec votre armée dans les plaines d'Ilirea, où le roi Evandar a péri.

« La confusion qui régnait alors était indescriptible. Galbatorix travaillait à consolider son pouvoir ; les nains s'étaient retirés ; le sud-ouest était ravagé par la guerre, les rebelles humains combattaient pour créer le Surda ; et nous venions de perdre notre roi. Entraîné par son désir de vengeance, Brom a cherché à profiter de ce chaos. Il a rassemblé un grand nombre d'exilés, a libéré des prisonniers, et, ensemble, ils ont formé le peuple des Vardens. Il a été leur chef pendant quelques années, puis a laissé son poste à un autre afin de se consacrer à son véritable dessein : abattre Morzan. Brom a tué de sa main trois des Parjures, dont Morzan, et a été l'artisan de la mort de cinq autres. Il a rarement été heureux au cours de sa vie, mais il était un homme bon, et un bon Dragonnier. C'est pour moi un honneur de l'avoir connu.

– Il m'avait dit avoir tué Morzan. En revanche, je n'avais jamais entendu lier son nom à la mort d'autres Parjures, s'étonna Eragon.

– Galbatorix ne voulait pas laisser courir le bruit qu'il existait encore quelqu'un capable d'abattre ses serviteurs. Une grande part de sa puissance repose sur son apparente invulnérabilité.

Une fois de plus, Eragon dut réviser l'idée qu'il se faisait de son premier maître ; Brom n'avait d'abord été pour lui qu'un conteur de village, avant de devenir le guerrier et le magicien avec qui il avait voyagé. Après s'être révélé Dragonnier, voilà qu'il apparaissait maintenant en insurgé, en chef rebelle et en justicier. C'était difficile de l'imaginer dans tous ces rôles. « Je l'ai trop peu connu. J'aurais tant voulu avoir l'occasion de parler de cela avec lui au moins une fois ! »

– C'était un homme bon, approuva le garçon.

Il regarda par une des fenêtres rondes qui donnait sur le bord de la falaise et laissait le soleil de l'après-midi réchauffer la pièce. Il observa Saphira, ses manières faussement timides avec Glaedr. Elle tournicotait dans la clairière, examinant ceci ou cela. L'instant d'après, elle mignotait le grand dragon, battait des ailes et balançait la tête, le bout de sa queue frémissant comme si elle s'apprêtait à fondre sur un daim. On aurait dit un chaton asticotant un vieux matou pour l'obliger à jouer avec lui. Mais Glaedr demeurait impassible, insensible à ses avances.

« Saphira », appela-t-il.

Elle ne lui accorda qu'une attention distraite, comme si elle le reconnaissait à peine.

« Saphira, réponds-moi. »

« Quoi ? »

« Je comprends ton excitation, mais ne te rends pas ridicule. »

« Tu t'es rendu ridicule bien des fois », rétorqua-t-elle sèchement.

La réplique était si inattendue qu'il en resta muet. C'était le genre de remarque désinvolte et cruelle que se font couramment les humains, mais qu'il n'aurait jamais imaginé entendre d'elle. Il lui fallut plusieurs secondes pour répliquer :

« Ce n'est pas mieux pour autant. »

Elle grogna et lui ferma l'accès à son esprit, bien qu'il pût encore sentir pulser ses émotions.

Revenant à sa propre situation, Eragon sentit, posés sur lui, les yeux gris d'Oromis. Le regard de l'elfe était si perspicace que le garçon eut la certitude qu'Oromis avait saisi ce qui s'était passé. Eragon se força à sourire et désigna Saphira :

– Malgré le lien qui nous unit, je ne peux jamais prévoir ce qu'elle va faire. Plus j'en apprends sur elle, plus je réalise à quel point nous sommes dissemblables.

Oromis énonça alors une première maxime, dont Eragon pensa que c'était la sagesse même :

– Les êtres que nous aimons le plus sont parfois ceux qui nous sont le plus étrangers.

L'elfe se tut un instant, puis il poursuivit :

– Elle est très jeune, et tu l'es aussi. Il nous a fallu des décennies pour nous entendre parfaitement, Glaedr et moi. Le lien qui unit un Dragonnier et son dragon n'est pas différent des autres relations, c'est un travail constant. As-tu confiance en elle ?

– Je lui confierai ma vie.

– Et a-t-elle confiance en toi ?

– Oui.

– Alors, sois un peu indulgent. Elle a grandi dans la certitude d'être le dernier individu vivant de son espèce. Elle vient de découvrir que c'était faux. Ne t'étonne pas s'il lui faut des mois pour cesser d'asticoter Glaedr et reporter son attention sur toi.

Eragon fit rouler une myrtille entre son pouce et son index ; il avait perdu l'appétit.

– Pourquoi les elfes ne mangent-ils pas de viande ?

– Pourquoi devrions-nous en manger ?

Oromis prit une fraise et la leva de sorte que la lumière se réfléchît sur sa surface bosselée, faisant briller les minuscules poils qui la recouvraient :

– Tout ce que nous désirons, tout ce dont nous avons besoin, nous le tirons des plantes, y compris notre nourriture. Ce serait barbare de faire souffrir des animaux pour garnir notre table de mets supplémentaires... Bientôt, tu comprendras mieux notre choix.

Eragon fronça les sourcils. Il avait toujours mangé de la viande ; l'idée de ne vivre que de fruits et de légumes le temps de son séjour à Ellesméra n'était pas vraiment pour lui plaire.

– La saveur de la viande ne vous manque pas ?

– Ce que nous ne connaissons pas ne peut nous manquer.

– Et Glaedr, alors ? Il ne peut pas se nourrir d'herbe !

– Non, mais il ne fait jamais souffrir une proie inutilement. Chacun de nous agit au mieux en fonction ce qui lui est attribué. Tu ne peux changer ce que tu as reçu à la naissance.

– Et Islanzadí ? Sa cape est faite de plumes de cygne.

– Des plumes perdues, ramassées au cours des années. Aucun oiseau n'a été tué pour orner ses vêtements.

Le repas terminé, Eragon aida Oromis à nettoyer la vaisselle avec du sable. En rangeant les écuelles dans le placard, l'elfe demanda :

– As-tu pris un bain ce matin ?

La question surprit Eragon, mais il répondit que non, il n'en avait pas pris.

– Alors, s'il te plaît, prends-en un demain, et tous les jours qui viennent.

– Tous les jours ? L'eau est bien trop froide ! Je vais attraper la fièvre !

Oromis lui lança un regard ambigu :

– Alors, réchauffe-la.

Ce fut au tour du garçon de le regarder de travers.

– Je ne suis pas assez fort pour réchauffer un ruisseau par magie, protesta-t-il.

Le rire d'Oromis résonna dans la cabane. Dehors, Glaedr tourna la tête vers la fenêtre pour observer l'elfe, puis reprit son attitude paisible.

– Je suppose que tu as visité tes appartements, hier soir.

Eragon acquiesça.

– Tu as donc vu une petite pièce avec une cavité creusée dans le sol ?

– J'ai pensé que ça servait à laver les vêtements ou le linge.

– C'est pour te laver *toi*. Deux robinets sont dissimulés sur le côté du mur au-dessus de la cuve. Ouvre-les, et tu pourras prendre un bain à la température qui te conviendra. De plus...

Il désigna le menton d'Eragon :

– Tant que tu seras mon élève, je te prie de te raser avec soin jusqu'à ce qu'une vraie barbe te pousse – si tel est ton choix – afin de ne pas ressembler à un arbre à moitié défeuillé. Les elfes ne se rasent pas, mais je te ferai envoyer un rasoir et un miroir.

Bien que blessé dans son amour-propre, le garçon opina.

Tous deux sortirent de la hutte, et Oromis interrogea Glaedr du regard.

« Nous avons convenu d'un programme pour Saphira et toi, Eragon », déclara le dragon.

– Vous commencerez...? demanda l'elfe.

« Demain matin, une heure après le lever du soleil, dans la période du Lys Rouge. Vous reviendrez ici. »

– Et apporte la selle que Brom a fabriquée pour Saphira, ajouta Oromis. D'ici là, occupe-toi comme tu voudras ; Ellesméra recèle bien des merveilles pour un étranger, à condition qu'il s'y intéresse.

– Je ne l'oublierai pas, dit Eragon en inclinant la tête. Avant de m'en aller, Maître, je désire vous remercier pour l'aide que vous m'avez apportée à Tronjheim après que j'ai tué Durza. Sans votre secours, je n'aurai probablement pas survécu. Je suis votre débiteur.

« Nous sommes tous deux vos débiteurs », renchérit Saphira.

Oromis les salua avec un petit sourire.

33
LES VIES SECRÈTES DES FOURMIS

Dès qu'Oromis et Glaerd furent hors de vue, Saphira s'écria :

« Un autre dragon, Eragon ! Je n'y crois pas ! »

Il lui tapota l'épaule :

« Oui. C'est merveilleux. »

Seules de fantomatiques volutes de fumée montant de temps à autre à travers la couronne des arbres au-dessus du Du Weldenvarden, et vite dispersées dans la clarté de l'air, prouvaient que la forêt était habitée.

« Jamais je ne me serais attendue à rencontrer un autre dragon que Shruikan. En sauvant les œufs encore en la possession de Galbatorix, oui, peut-être ; mais je n'en espérais pas davantage. Et voilà que... »

Elle frétillait de joie.

« Glaedr est extraordinaire, tu ne trouves pas ? Il est si vieux et si puissant ! Ses écailles brillent si fort ! Il doit être deux, non, trois fois plus grand que moi. Et tu as vu ses griffes ? Elles... »

Saphira continua sur ce ton plusieurs minutes d'affilée, ne tarissant pas d'éloges sur tous les attributs du grand dragon. Mais, plus éloquentes que les mots étaient ses émotions, dont Eragon percevait le bouillonnement : l'ardeur et l'enthousiasme, mêlés à une adulation éperdue.

Le garçon tenta de lui transmettre ce qu'il avait appris d'Oromis – conscient toutefois que Saphira n'y prêtait aucune attention. Impossible de changer de sujet de conversation !

Il se laissa emporter sur son dos, silencieux, survolant un océan émeraude, et se sentit l'être le plus solitaire au monde.

De retour à leur logis, Eragon renonça à visiter quoi que ce fût ; les derniers événements, ajoutés à deux semaines de voyage, le laissaient bien trop épuisé. Et Saphira était tout à fait satisfaite de rester assise sur sa couche à parler de Glaedr tandis qu'il perçait les mystères de la salle de bains des elfes.

Le matin revint, et Eragon trouva un paquet : le rasoir et le miroir promis par Oromis, enveloppés dans un papier aussi fin qu'une pelure d'oignon. La lame du rasoir était de fabrication elfique, aussi n'était-il pas nécessaire de l'affûter sur une lanière de cuir. Eragon se baigna avec force grimaces dans une eau fumante, puis leva le miroir pour étudier son visage.

« Je parais plus vieux, vieux et usé. » Ses traits étaient également devenus anguleux, ascétiques, lui donnant l'apparence d'un faucon. Il n'était pas un elf, mais quiconque l'aurait examiné de près ne l'aurait pas pris pour un humain pure souche. Il dégagea ses cheveux pour dénuder ses oreilles, qui à présent s'effilaient légèrement, révélant combien son lien mental avec Saphira l'avait transformé. Il passa le doigt sur l'ourlet de l'une d'elles, dont la forme ne lui était plus tout à fait familière.

Il acceptait difficilement cette métamorphose de sa chair. Bien qu'il ait su que la chose arriverait – ayant même à l'occasion apprécié cette perspective, qui lui donnerait l'ultime certitude d'être un Dragonnier –, sa réalité l'emplissait de perplexité. Le fait de n'avoir aucune prise sur ses transformations physiques le contrariait ; en même temps, il était curieux de voir jusqu'où cela irait. De plus, il avait conscience d'être encore au milieu de l'adolescence, avec son lot de mystères et de difficultés.

« Quand saurai-je enfin qui je suis et pour quoi je suis fait ? »

Il plaça la lame du rasoir contre sa joue, comme il avait vu Garrow le faire, et la passa sur sa peau. Les poils se détachèrent par plaques irrégulières. Il changea l'angle et recommença ; c'était mieux.

Or, quand il voulut s'attaquer au menton, le rasoir dérapa et traça une estafilade le long de sa mâchoire inférieure. Il hurla et lâcha l'objet, plaquant sa paume contre la coupure, d'où le sang dégoulinait le long de son cou. Crachant les mots entre ses dents, il prononça la formule : « Waíse heill. » La douleur s'apaisa aussitôt tandis que la magie ressoudait les lèvres de la blessure. Mais il en avait encore le cœur battant.

« Eragon ! » cria Saphira.

Elle introduisit avec difficulté sa tête et ses épaules dans le vestibule et, d'un coup de museau, ouvrit la porte de la pièce, ses narines palpitant à l'odeur du sang.

« Je survivrai », la rassura-t-il.

Elle baissa les yeux vers l'eau ensanglantée :

« Fais un peu attention ! Je préfère te voir aussi râpé qu'un cerf en train de muer que décapité par un coup de rasoir maladroit ! »

« Moi aussi. Ne t'inquiète pas, je vais bien. »

Saphira grogna et se retira de mauvaise grâce.

Eragon s'assit, fixant le rasoir. Finalement, il marmonna :

– Laisse tomber...

Il repassa posément dans sa tête son vocabulaire d'ancien langage, sélectionna les mots qui conviendraient, puis, quand il les eut bien en bouche, s'accorda le droit de prononcer le sort qu'il venait d'inventer. Un léger nuage de poudre tomba de son visage : ses poils de barbe s'étaient transformés en poussière, laissant ses joues parfaitement lisses.

Satisfait, Eragon sortit de la pièce et sella Saphira, qui s'envola aussitôt vers l'À-pic de Tel'naeír. Ils atterrirent devant la hutte, où ils furent accueillis par Oromis et Glaedr.

L'elfe examina la selle de Saphira. Il passa le doigt sur chaque sangle, s'attarda sur les coutures et sur les boucles, et conclut que c'était un travail correct, compte tenu des conditions dans lesquelles il avait été effectué :

– Brom a toujours été adroit de ses mains. Sers-toi de cette selle si tu dois voyager à grande vitesse. Mais, quand le confort te sera permis...

Il retourna un instant dans sa hutte. Quand il en ressortit, il portait une lourde selle incrustée de motifs d'or autour de l'assise et le long des lanières d'étriers :

– ... utilise celle-ci. Elle a été fabriquée à Vroengard et imprégnée de nombreux sorts ; ainsi, elle ne te fera jamais défaut en cas de besoin.

Oromis remit la selle à Eragon, qui chancela sous son poids. Elle avait à peu près la forme de celle de Brom, avec sa série de boucles servant à maintenir les jambes du cavalier sur les côtés. Le siège profond, taillé dans le cuir, permettait de voler à l'aise des heures durant. Les sangles destinées à ceinturer le poitrail de la dragonne étaient dotées d'un système d'attaches qu'Eragon pourrait allonger à mesure de sa croissance.

Des lanières disposées de part et d'autre à l'avant de la selle attirèrent l'attention d'Eragon. Il s'enquit de leur utilité.

Glaedr grogna :

« Ça sert à maintenir tes bras et tes poignets pour t'empêcher d'être tué comme un rat ballotté si Saphira accomplit une figure compliquée. »

Oromis aida Eragon à desseller sa monture.

– Aujourd'hui, Saphira, lui dit-il, tu iras avec Glaedr, pendant que je travaillerai ici avec Eragon.

« Comme il vous plaira », croassa-t-elle, tout excitée.

Arrachant sa masse dorée du sol, Glaedr prit son essor et se dirigea vers le nord, suivi de près par la jeune dragonne.

Oromis ne laissa pas le temps à Eragon de méditer sur le départ de Saphira ; il le conduisit jusqu'à un carré de terre battue, sous un saule, à l'autre bout de la clairière. Se plaçant face à son élève, il déclara :

– Ce que je m'apprête à te montrer s'appelle le Rimgar, ou la Danse du Serpent et de la Grue. C'est un enchaînement de postures que nous travaillons pour préparer nos guerriers au combat, bien que tous les elfes les utilisent à présent dans le seul but de garder forme et santé. Le Rimgar comprend quatre niveaux, de difficulté croissante. Nous allons commencer par le premier.

Redoutant le retour de la douleur, Eragon se sentit paralysé. Les yeux fixés au sol, il ferma les poings et arrondit les épaules, sa cicatrice étirant la peau de son dos.

– Détends-toi ! lui conseilla Oromis.

Le garçon secoua ses mains ouvertes et les laissa pendre au bout de ses bras tendus.

– Je t'ai demandé de te détendre, Eragon. Tu ne peux pratiquer le Rimgar si tu restes aussi raide qu'un manche de fouet.

– Oui, Maître.

Avec une grimace, Eragon relâcha comme à regret ses muscles et ses articulations, seul un nœud dur resta niché au creux de son ventre.

Oromis ordonna :

– Les pieds joints, les bras le long du corps, tu regardes droit devant toi. Maintenant, tu inspires profondément et tu lèves les bras au-dessus de ta tête, les paumes des mains appuyées l'une contre l'autre... Oui, c'est cela. Expire et penche-toi en avant autant que tu le peux, pose les mains sur le sol, inspire de nouveau... et recule tes deux pieds d'un bond. Bien ! Inspire en relevant la tête, le visage vers le ciel... Expire, remonte les hanches de façon à former un triangle. Inspire par le fond de ta gorge... Expire ; inspire, expire...

Au grand soulagement d'Eragon – et bien que l'exercice le laissât hors d'haleine et la sueur au front –, il réussit à le faire sans réveiller la douleur de son dos. Ce répit lui tira un sourire de satisfaction. Sa fatigue s'évanouit, et il enchaîna les postures, dont la plupart exigeaient une souplesse qu'il était loin de posséder, avec plus d'énergie et d'assurance qu'il n'en avait ressenti depuis l'époque précédant la bataille de Farthen Dûr. « Peut-être suis-je guéri ! »

Oromis exécutait les figures du Rimgar en même temps que lui, montrant une force et une souplesse qui stupéfièrent Eragon, étant donné l'âge de l'elfe. Il pouvait toucher ses orteils avec son front.

Tout au long de l'entraînement, Oromis conserva la même aisance que s'il se promenait dans l'allée d'un jardin. Il donnait ses consignes avec bien plus de calme et de patience que Brom, quoique sur un ton inflexible. Pas moyen pour son élève de s'écarter du bon chemin !

– Nous transpirons, allons nous laver, dit Oromis quand ils eurent terminé.

Gagnant le bord du ruisseau qui coulait près de la maison, ils se déshabillèrent rapidement. Eragon observait l'elfe du coin de l'œil, curieux de savoir à quoi il ressemblait sans ses vêtements. Il était très mince, avec une musculature parfaitement dessinée, courant sous sa peau comme les veines d'un morceau de bois. Sa poitrine et ses jambes étaient dépourvues de poils, ainsi que son pubis. Ce corps parut presque anormal à Eragon, comparé à ceux des hommes qu'il avait vus à Carvahall, quoiqu'il eût une élégance racée, évoquant celle d'un chat sauvage.

Quand ils furent propres, Oromis emmena Eragon au cœur du Du Weldenvarden, dans un vallon où les arbres au feuillage sombre s'inclinaient les uns vers les autres, cachant le ciel derrière un voile épais de branches et de lichens emmêlés. Ils s'enfonçaient dans la mousse jusqu'aux chevilles ; autour d'eux, tout était silencieux.

Désignant à trois mètres de là une souche à la surface plate et polie, qui blanchissait au centre de la combe, Oromis dit :

– Assieds-toi là !

Eragon obéit.

– Croise les jambes et ferme les yeux.

Tout devint noir autour du garçon. Il entendit l'elfe murmurer à sa droite :

– Ouvre ton esprit, Eragon. Ouvre ton esprit et écoute le monde qui t'entoure, les pensées de chaque être vivant dans cette clairière, depuis les fourmis courant sur les arbres jusqu'aux vers enfouis dans la terre. Écoute jusqu'à ce que tu puisses les entendre tous et comprendre ce qu'ils sont, ce qu'ils font, où ils vont. Écoute et, quand tu n'entendras plus rien, viens me dire ce que tu auras appris.

Puis le silence retomba sur la forêt.

Se demandant si l'elfe était parti, Eragon fit une timide tentative pour abaisser les frontières de son esprit et ouvrir sa conscience à son environnement, comme il le faisait pour contacter Saphira à grande distance. D'abord, il ne perçut autour de lui que du vide ; puis un fourmillement lumineux d'étincelles apparut peu à peu dans l'obscurité, de plus en plus présent, jusqu'à ce qu'il eût l'impression d'être assis au centre d'une galaxie où gravitaient les constellations, chaque particule brillante représentant une vie. Lorsqu'il avait communiqué en esprit avec d'autres créatures, comme Cadoc, son premier cheval, Feu de Neige ou Solembum, il avait toujours fixé son attention sur celui avec qui il désirait être en relation. Mais là... Avant, il se tenait comme un sourd au milieu d'une foule ; et voilà qu'il percevait des flots de conversations tourbillonnant autour de lui.

Il se sentit soudain vulnérable ; il était entièrement exposé, à la merci du monde. N'importe qui, n'importe quoi désireux de pénétrer dans son esprit et d'en prendre le contrôle était à présent libre de le faire. Il se contracta involontairement, se retirant en lui-même, et la présence du vallon s'effaça de sa conscience. Se rappelant l'une des recommandations d'Oromis, il ralentit sa respiration et contrôla le mouvement de ses poumons jusqu'à s'être suffisamment détendu.

De toutes les vies qu'il discernait, celles des insectes étaient de loin les plus nombreuses. Leur pullulement le stupéfia. Ils étaient des dizaines de milliers dans un carré de mousse d'un pied de côté, des millions de millions dans le reste du vallon, et une quantité incalculable au-delà. Leur multiplicité l'effraya. Il avait toujours su que les humains étaient rares, en Alagaësia, et cernés par toutes sortes de créatures, mais il n'avait jamais imaginé qu'ils étaient à ce point surpassés en nombre par de simples *bestioles*.

Les fourmis étant les seuls insectes mentionnés par Oromis à lui être familiers, Eragon concentra son attention sur les colonnes de fourmis rouges qui marchaient en rang sur le sol et escaladaient le pied d'un églantier. Ce qu'il perçut d'elles n'était pas réellement des pensées – leur cerveau étant trop rudimentaire –, mais des nécessités : la nécessité de trouver de quoi manger et d'éviter les blessures, la nécessité de défendre son territoire et celle de se reproduire. En étudiant leurs instincts, il pouvait émettre un début d'hypothèse sur leur comportement.

Il découvrit avec fascination que – hormis quelques individus qui s'étaient aventurés hors des frontières de leur espace habituel –, les fourmis savaient parfaitement où elles allaient. Il n'aurait su dire avec exactitude quel mécanisme les guidait, mais elles suivaient incontestablement une route définie les menant de leur nid vers la nourriture, et les ramenant à leur nid. L'origine de leur alimentation fut une autre surprise. Comme il s'y attendait, les fourmis tuaient d'autres insectes et récoltaient leurs restes, mais l'essentiel de leurs efforts portait sur la culture de... de quelque chose qui parsemait l'églantier de pointillés mouvants. Quelle que fût cette forme de vie, elle était assez intense pour qu'il en ressentît la présence. Il employa toute son énergie à se concentrer sur elle pour tenter de l'identifier et satisfaire sa curiosité.

La réponse était simple, et il éclata de rire quand il comprit : des pucerons ! Les fourmis se conduisaient envers les pucerons comme des bergers, les conduisant, les protégeant, et tirant d'eux leur subsistance en leur massant le ventre avec le bout de leurs antennes. Eragon arrivait à peine à y croire, mais plus il les observait, plus il était convaincu que c'était la bonne explication.

Il suivit les fourmis à la trace jusque dans leur réseau complexe de galeries souterraines et constata qu'elles prenaient grand soin d'un certain membre de leur communauté, d'une taille plusieurs fois supérieure à celle d'un spécimen ordinaire. Il fut cependant incapable de déterminer le rôle de cet insecte ; tout ce qu'il put noter, ce fut la présence d'espèces de serviteurs pullulant autour de lui, le retournant et emportant les petites boules de matière qu'il produisait à intervalles réguliers.

Au bout d'un moment, Eragon estima avoir glané assez d'informations sur les fourmis, et s'apprêta – bien qu'il eût grande envie de rester assis là toute la journée – à réintégrer son corps, quand un écureuil bondit dans la combe. Ce fut comme un éclair de lumière, au sortir du monde obscur des insectes. À son grand étonnement, le garçon fut envahi par une vague de sensations et de sentiments. Il respirait les odeurs de la forêt avec le nez de l'animal, sentait l'écorce craquer sous ses griffes recourbées, entendait l'air siffler dans le panache dressé de sa queue. Comparé aux fourmis, l'écureuil débordait d'énergie et montrait une intelligence certaine. Puis il sauta sur une autre branche et disparut de la conscience d'Eragon.

Quand le garçon ouvrit les yeux, la forêt lui parut plus sombre et plus silencieuse qu'auparavant. Il respira profondément et regarda autour de lui, sensible pour la première fois aux myriades de vies répandues de par le monde. Dépliant ses jambes ankylosées, il s'approcha de l'églantier.

Il se pencha pour examiner de près les rameaux et les tiges. Pas de doute, les pucerons et leurs rouges gardiens s'y accrochaient. Et, au pied de l'arbuste, un monticule d'aiguilles de pin marquait l'entrée de la fourmilière. Le garçon trouva étrange de l'observer de ses propres yeux ; rien de ce qu'il voyait ne trahissait les innombrables et subtils échanges dont il avait désormais conscience.

La tête pleine de pensées, Eragon retourna dans la clairière, se demandant ce qu'il écrasait sous ses pieds à chaque pas. Quand il émergea du couvert des arbres, il fut stupéfait de voir à quel point le soleil était bas dans le ciel. « J'ai dû passer au moins trois heures, assis là-bas. »

Il trouva Oromis dans sa hutte, en train d'écrire avec une plume d'oie. L'elfe acheva de tracer sa ligne, puis il essuya le bec de la plume, reboucha son encrier et demanda :

– Et qu'as-tu entendu, Eragon ?

Le garçon avait grande envie de partager ses découvertes. Tout en décrivant avec enthousiasme chaque détail de la société des fourmis, il sentait sa voix grimper dans les aigus. Il raconta tout ce dont il se souvenait, jusqu'au plus infime détail, fier d'avoir amassé autant d'éléments.

Quand il eut terminé, Oromis leva un sourcil :

– C'est tout ?

– Je...

Comprenant que, d'une façon ou d'une autre, il n'avait pas réussi l'exercice, Eragon sentit la déception lui serrer le cœur.

– Oui, Ebrithil.

– Et les autres organismes grouillant dans la terre et dans l'air ? Peux-tu me dire ce qu'ils faisaient pendant que tes fourmis surveillaient leur élevage ?

– Non, Ebrithil.

– Voilà où gît ton erreur. Tu dois ouvrir ton esprit à toutes choses à parts égales, et ne pas t'aveugler toi-même en ne te concentrant que sur un unique sujet d'observation. C'est un exercice essentiel, et, jusqu'à ce que tu sois capable de le maîtriser, tu méditeras sur la souche une heure par jour.

– Comment saurai-je que je le maîtrise ?

– Quand tu seras capable de regarder une chose sans rien manquer de ce qui l'entoure.

Oromis fit signe à Eragon de le rejoindre à la table, puis déposa devant lui une feuille neuve de parchemin, ainsi qu'une plume et une bouteille d'encre :

– Ta connaissance de l'ancien langage est encore incomplète. Non qu'aucun d'entre nous sache en utiliser tous les mots, mais tu dois te familiariser avec sa grammaire et sa structure, pour ne pas te rendre ridicule à cause d'un verbe mal placé ou d'une bêtise de ce genre. Je ne te demande pas de parler notre langue comme un elfe – il y faudrait une vie –, mais j'attends de toi que tu puisses l'utiliser sans y penser, spontanément.

De plus, tu dois apprendre à lire et à écrire en ancien langage. Cela t'aidera non seulement à enrichir ton vocabulaire, mais t'apportera un moyen essentiel si tu as besoin de composer un sort particulièrement long et que tu ne sois pas sûr de ta mémoire, ou si tu trouves un tel sort déjà noté et que tu désires y avoir recours.

« Chaque peuple a élaboré sa propre écriture de l'ancien langage. Les nains utilisent leur alphabet runique, ainsi que les humains. Ce ne sont toutefois que des pis-aller, car ils sont incapables d'exprimer les véritables subtilités de cette langue comme notre Liduen Kvaedhí, le Texte Poétique. Le Liduen Kvaedhí fut conçu pour être le plus élégant, le plus beau et le plus précis possible. Il se compose de quarante-deux caractères représentant les différents sons. Ces caractères peuvent se combiner en une série presque infinie de glyphes, formant des mots ou des phrases entières. Le symbole, sur ton anneau, est un de ces glyphes ; celui gravé sur Zar'roc en est un autre... Commençons ! Quelles sont les principales voyelles de l'ancien langage ?

– Quoi ?

Son ignorance des bases mêmes de l'ancien langage était flagrante. Au temps où Eragon voyageait avec Brom, le vieux conteur s'était efforcé de lui faire apprendre des listes de mots dont il pourrait avoir besoin pour survivre, et à améliorer sa prononciation. Le garçon excellait dans ces deux domaines, mais il ignorait la différence entre un article défini et un article indéfini. Si ces lacunes dans l'éducation de son élève frustraient Oromis, l'elfe n'en laissa rien voir, ni dans son discours ni dans son attitude. Néanmoins, il travailla avec constance à les combler.

Au milieu de la leçon, Eragon fit remarquer :

– Je n'ai jamais eu besoin de beaucoup de mots pour élaborer mes sorts ; Brom disait que c'était un don de réussir à obtenir autant d'effet avec un simple *brisingr*. J'ai prononcé mes plus longues phrases en ancien langage quand je parlais à l'esprit d'Arya, et quand j'ai béni un enfant à Farthen Dûr.

– Tu as prononcé une bénédiction en ancien langage ?

demanda Oromis, soudain alarmé. Te souviens-tu de la formule que tu as employée ?

— Oui.

— Récite-la-moi !

Eragon s'exécuta, et une expression de pure horreur se peignit sur le visage de l'elfe :

— Tu as employé le mot *skölir* ! Tu es sûr ? N'était-ce pas plutôt *sköliro* ?

Le garçon fronça les sourcils :

— Non, c'était bien *skölir*. Pourquoi n'aurais-je pas dû l'employer ? *Skölir* signifie *protégé*. « ... Et sois protégé du malheur », c'était une bonne formule de bénédiction.

— Pas de bénédiction, mais de malédiction !

Eragon n'avait encore jamais vu l'elfe dans un tel état d'agitation.

— Le suffixe *o* est la terminaison au passé des verbes en *r* et *i*. *Sköliro* signifie *protégé*, mais *skölir* veut dire *bouclier*. Tu as donc dit : « Que chance et bonheur t'accompagnent, et sois un bouclier contre le malheur. » Au lieu de protéger cet enfant des caprices du destin, tu l'as condamné à se sacrifier pour les autres, à se charger de leurs misères et à souffrir afin qu'ils puissent vivre en paix.

« Non, non, ce n'est pas possible ! »

Eragon réfuta cette interprétation :

— Les effets d'un sort ne sont pas uniquement déterminés par le sens des mots, mais aussi par l'intention de celui qui les profère ; et je n'avais aucune intention de blesser cette...

— Tu ne peux contredire la nature particulière d'un mot. En détourner le sens, oui. L'orienter également. Mais pas déformer la définition pour lui faire dire l'inverse de ce qu'il signifie.

Oromis pressa ses doigts les uns contre les autres et fixa la table, ses lèvres réduites à une mince ligne blanche :

— Je te crois quand tu affirmes que tu *n'as pas voulu* causer du tort, sinon je refuserais de t'instruire plus longtemps. Si tu étais sincère et si ton cœur était pur, cette bénédiction causera peut-être moins de dégâts que je le crains ; elle formera cependant le noyau d'une souffrance qu'aucun de nous ne souhaiterait supporter.

Un violent tremblement agita Eragon tandis qu'il réalisait ce qu'il avait fait de la vie de cette petite fille.

– Cela ne réparera pas mon erreur, dit-il, mais l'allégera peut-être : Saphira a marqué l'enfant au front, exactement comme elle a marqué ma paume avec la gedwëy ignasia.

Pour la première fois de sa vie, Eragon vit à quoi ressemblait un elfe frappé de stupeur. Les yeux gris d'Oromis s'écarquillèrent, sa bouche s'ouvrit, et il se cramponna aux bras de son fauteuil avec tant de force que le bois émit un craquement de protestation.

– Une enfant qui porte le signe des Dragonniers, et qui, pourtant, n'est pas un Dragonnier ! murmura-t-il. Jamais, de toute ma vie, je n'avais rencontré des êtres comme vous deux ! Chaque décision que vous prenez semble devoir entraîner des conséquences bien au-delà de ce qu'il est possible de prévoir. Vous transformez le monde selon votre fantaisie.

– Est-ce une bonne ou une mauvaise chose ?

– Ni l'une ni l'autre ; c'est ainsi, voilà tout. Où est cette fillette, à présent ?

Il fallut un petit moment à Eragon pour remettre ses idées en place :

– Elle est avec les Vardens, soit à Farthen Dûr, soit au Surda. Pensez-vous que la marque de Saphira l'aidera ?

– Je ne sais pas. Il n'existe pas de précédent sur lequel s'appuyer avec certitude.

– Il doit bien y avoir des moyens d'enlever une bénédiction, de défaire un sort ?

Eragon suppliait presque.

– Il y en a. Mais, pour qu'ils soient efficaces, tu devrais les employer toi-même, et tu ne peux agir d'ici. Même dans le meilleur des cas, des résidus de ta magie hanteront cette petite fille toute sa vie. Tel est le pouvoir de l'ancien langage.

Il se tut un instant, avant de poursuivre :

– Je vois que tu te rends compte de la gravité de la situation, aussi ne te le dirai-je qu'une seule fois : tu portes l'entière responsabilité du destin de cette fillette, et, à cause du tort que tu lui as fait, il t'incombe de l'aider si jamais l'opportunité se présente. Selon la loi des Dragonniers, elle est ta honte aussi sûrement que si tu l'avais engendrée hors des liens du mariage, une chose inacceptable chez les humains, autant que je m'en souvienne.

– Oui, murmura Eragon, je comprends.

« Je comprends que j'ai imposé une destinée à un bébé sans défense en ne lui laissant aucun choix. Peut-on prétendre être bon si on n'a jamais eu l'opportunité de faire le mal ? J'ai fait de cette enfant une esclave. »

Il savait également que, s'il avait été lui-même lié de cette manière contre sa volonté, il haïrait son geôlier de toutes les fibres de son être.

– Dorénavant, nous n'en parlerons plus.

– Oui, Ebrithil.

Eragon était encore morose, déprimé, même, à la fin de la journée. Il leva à peine les yeux lorsqu'ils sortirent pour assister au retour de Glaedr et de Saphira. Les arbres se courbèrent sous la rafale de vent produite par les ailes des deux dragons. Saphira semblait contente d'elle ; elle caracola vers Eragon en arquant le cou, un sourire communicatif lui étirant les babines.

Une pierre craqua sous le poids de Glaedr. Le grand dragon tourna vers le garçon son œil aussi large qu'une assiette et demanda :

« Quelles sont les trois règles pour repérer les courants descendants, et les cinq règles permettant de les éviter ? »

Brutalement tiré de ses sombres pensées, Eragon battit des paupières d'un air ahuri :

– Je ne sais pas.

Oromis vint alors se placer devant Saphira et l'interrogea :

– Quelles créatures les fourmis élèvent-elles, et comment en extraient-elles de quoi se nourrir ?

« Comment voulez-vous que je le sache ? » répliqua Saphira, comme si elle se sentait offensée.

Une lueur de colère brilla dans les yeux d'Oromis, bien que son visage restât impassible. Il croisa les bras :

– Après ce que vous avez vécu ensemble, vous deux, je pensais que vous aviez au moins retenu la leçon essentielle pour devenir Shur'tugal : tout partager avec votre partenaire. Couperais-tu ton bras droit ? Volerais-tu avec une seule aile ? Jamais ! Alors, pourquoi ignorer le lien qui vous unit ? En vous comportant ainsi, vous rejetez votre don le plus précieux, et ce qui vous donne l'avantage face à n'importe quel adversaire. Vous ne devez pas vous contenter de communiquer en esprit, mais aussi mêler constamment vos consciences jusqu'à penser et agir comme si vous ne faisiez qu'un. J'attends de vous que chacun sache ce que l'autre a appris.

– Et notre vie privée ? objecta Eragon.

« Vie privée ? répéta Glaedr. Garde tes pensées pour toi quand tu t'éloignes d'elle si tu le désires, mais, pendant le temps où nous vous instruisons, vous n'avez aucune vie privée. »

Eragon se tourna vers Saphira ; il se sentait encore plus mal qu'auparavant. Elle évita son regard, puis frappa du pied et le fixa dans les yeux :

« Quoi ? »

« Ils ont raison. Nous avons été négligents. »

« Ce n'est pas ma faute. »

« Je n'ai pas dit ça. »

Elle avait tout de même tenu compte de sa remarque. L'attention qu'elle portait à Glaedr, et qui l'excluait de lui, l'irritait.

« Nous ferons mieux la prochaine fois, n'est-ce pas ? »

« Évidemment », répliqua-t-elle sèchement.

Elle refusa toutefois d'exprimer ses excuses à Glaedr et à Oromis, laissant Eragon s'en charger.

– Nous ne vous décevrons plus, promit-il.

– J'y compte bien. Demain, chacun de vous sera testé sur ce que l'autre aura appris.

Oromis montra un petit rond de bois niché dans le creux de sa paume :

– Tant que tu prendras soin de le remonter régulièrement, cet appareil te réveillera à l'heure chaque matin. Reviens demain, dès que tu auras pris ton bain et que tu auras déjeuné.

Eragon saisit l'objet, qui était étonnamment lourd. De la grosseur d'une noix, il présentait des volutes sculptées autour d'un bouton taillé en forme de rose. Intrigué, le garçon le fit tourner ; il entendit trois cliquetis produits par un engrenage invisible.

– Merci, dit-il.

34
Sous l'arbre Menoa

Après avoir souhaité le bonsoir à leurs maîtres, Eragon et Saphira s'envolèrent vers la maison dans l'arbre, la nouvelle selle de la dragonne se balançant entre ses griffes. Ils ouvrirent peu à peu leur esprit, laissant leur liaison mentale s'élargir, s'approfondir, quoique ni l'un ni l'autre n'eût consciemment recherché la connexion. Le tumulte des émotions éprouvées par Eragon dut être assez fort, toutefois, pour que Saphira y fût sensible, car elle demanda :

« Alors, que t'est-il arrivé ? »

Un éclair douloureux passa derrière ses yeux quand il expliqua quel terrible crime il avait commis à Farthen Dûr. Saphira en fut aussi épouvantée que lui.

« Le don que tu as fait à cette fillette l'aidera peut-être, lui confia-t-il, mais ce que j'ai fait est inexcusable, et ne pourra que lui causer du mal. »

« Tu n'es pas le seul à blâmer. Je partage ta connaissance de l'ancien langage, et pas plus que toi je n'ai décelé la faute. »

Comme Eragon demeurait silencieux, elle ajouta :

« Au moins, ton dos ne t'a pas torturé, aujourd'hui. C'est déjà une bonne chose. »

Il marmonna, peu disposé à changer d'humeur :

« Et toi ? Qu'as-tu appris de beau, aujourd'hui ? »

« J'ai appris à reconnaître et à éviter les conditions climatiques dangereuses. »

Elle se tut, visiblement prête à partager avec lui son nouveau savoir, mais il était trop préoccupé par le souvenir de sa bénédiction ratée pour l'interroger davantage. Il ne supportait pas non plus, à cet instant, cette intimité avec la dragonne. Voyant qu'il ne poursuivait pas la conversation, Saphira se mura dans un silence taciturne.

De retour dans leur chambre, Eragon trouva un plateau de nourriture déposé devant la porte, comme la veille au soir. Il le porta jusqu'à son lit – dont les draps avaient été changés – et s'installa pour manger, maudissant l'absence de viande. Courbaturé à cause du Rimgar, il s'adossa aux oreillers. Il allait enfourner sa première bouchée quand on frappa un petit coup à la porte.

– Entrez ! grommela-t-il.

Il but une gorgée d'eau et… faillit avaler de travers en voyant Arya passer le seuil.

Elle avait troqué ses vêtements de cuir habituels contre une tunique verte et soyeuse, serrée à la taille par une haute ceinture décorée de pierres de lune. Elle avait également ôté son bandeau, et ses cheveux cascadaient autour de son visage et sur ses épaules. Le plus grand changement, toutefois, ne résidait pas dans sa tenue, mais dans son attitude ; la dureté cassante, dont elle ne s'était jamais départie depuis qu'Eragon la connaissait, avait disparu. Elle était enfin détendue.

Il sauta sur ses pieds, remarquant que ceux de l'elfe étaient nus :

– Arya ! Pourquoi es-tu ici ?

Elle porta deux doigts à ses lèvres et répondit :

– As-tu prévu de passer une nouvelle soirée enfermé ?

– Je...

– Tu es à Ellesméra depuis trois jours, maintenant, et tu n'as encore rien vu de notre cité. Je sais que tu désirais l'explorer. Laisse tes soucis de côté, cette fois, et viens avec moi.

Glissant vers lui avec légèreté, elle s'empara de Zar'roc au passage et fit signe au garçon de la suivre.

Il se leva et accompagna l'elfe dans le vestibule, qu'ils quittèrent par la trappe. Ils descendirent le raide escalier qui s'enroulait autour du tronc noueux. Au-dessus d'eux, les nuages amoncelés dans le ciel luisaient dans les derniers rayons du soleil prêt à sombrer derrière la lisière du monde.

Un morceau d'écorce tomba sur la tête d'Eragon et il regarda en l'air : Saphira se penchait par l'ouverture de leur chambre, agrippée au bois avec ses griffes. Sans ouvrir les ailes, elle sauta, d'une hauteur d'au moins cent pieds, jusqu'au sol, où elle atterrit dans un nuage de poussière :

« Je viens. »

– Bien sûr, dit Arya, comme si elle n'attendait que ça.

Eragon se renfrogna ; il aurait voulu être seul avec l'elfe, mais préféra ne pas protester.

Ils marchèrent sous les arbres, où les tentacules noirs du crépuscule rampaient déjà hors des bûches creuses, des trous de rochers et des avancées noueuses des toits. Ici et là, une lanterne semblable à une pierre précieuse scintillait, accrochée au flanc d'un arbre ou à l'extrémité d'une branche, déversant de douces flaques de lumière de chaque côté du sentier.

Des elfes profitaient de cet éclairage pour s'adonner à divers travaux ; ils œuvraient seuls, rarement à deux. Plusieurs d'entre eux, perchés dans les arbres, jouaient des airs mélodieux sur leur flûte de roseau, tandis que d'autres, ni tout à fait endormis ni vraiment éveillés, contemplaient le ciel d'un air de paisible contentement. Un elfe était assis en tailleur devant un tour de potier qui tournait, tournait à un rythme régulier, et une urne élégante prenait forme sous ses doigts. Maud, le chat-garou, était accroupie près de lui, dans l'ombre, et surveillait la progression de l'ouvrage. Un éclair d'argent traversa ses prunelles quand elle leva les yeux vers Eragon et Saphira. Suivant son regard, l'elfe potier les salua de la tête sans interrompre son travail.

Entre les arbres, Eragon aperçut un autre elfe – homme ou femme, il n'aurait su le dire –, à croupetons sur un rocher au milieu d'un ruisseau, marmonnant un sort au-dessus d'un globe de verre qu'il serrait entre ses mains. Le garçon tordit le cou pour tâcher de mieux voir, mais la scène s'était déjà fondue dans l'obscurité. Parlant bas pour ne déranger personne, il interrogea son guide :

– Que font la plupart des elfes pour gagner leur vie ? Ont-ils des métiers ?

Arya répondit sur le même ton :

– Notre grande pratique de la magie nous laisse autant de loisirs que nous le désirons. Nous ne sommes ni chasseurs ni fermiers, et, du coup, nous consacrons nos journées à nous exercer dans le domaine qui nous intéresse, quel qu'il soit. Peu de nos activités nous demandent beaucoup d'efforts.

Au bout d'un tunnel de cornouillers envahis de plantes grimpantes, ils pénétrèrent dans l'atrium d'une maison émergeant d'un cercle d'arbres. Au centre de ce patio se dressait une hutte sans murs abritant une forge, avec un assortiment d'outils que – sembla-t-il à Eragon – Horst aurait aimé posséder.

Une elfe maintenait une paire de pincettes dans un lit de braise tout en actionnant un soufflet de sa main droite. Avec une rapidité sidérante, elle retira du feu une boucle d'acier incandescent qu'elle crocheta à la bordure d'une cotte de mailles inachevée posée sur l'enclume, saisit un marteau et, d'un seul coup, souda les extrémités ouvertes de l'anneau dans un jaillissement d'étincelles.

Alors seulement Arya s'approcha :

– Atra esterní ono thelduin.

La forgeronne se retourna, la lueur sanglante du foyer illuminant par en dessous son cou et ses joues. Tels des fils de fer incrustés dans sa peau, les rides dessinaient sur son visage un motif délicat ; Eragon n'avait jamais vu sur un elfe de telles marques de l'âge. Elle ne fit aucune réponse à la salutation d'Arya, ce qui, il l'avait appris, était offensant et discourtois, d'autant que la fille de la reine lui avait fait l'honneur de lui adresser la parole.

— Rhunön-elda, je t'ai amené le nouveau Dragonnier, Eragon le Tueur d'Ombre.

— On m'avait dit que tu étais morte, dit Rhunön.

Sa voix, rauque, gutturale, fort différente de celle des autres elfes, rappela à Eragon les vieux de Carvahall, assis sur le seuil de leur maison, fumant leur pipe et racontant des histoires.

Arya sourit :

— Quand es-tu sortie de chez toi pour la dernière fois, Rhunön ?

— Tu devrais te le rappeler. À l'occasion de cette Fête de la Mi-Été à laquelle tu m'as forcée d'assister.

— C'était il y a trois ans.

— Vraiment ?

Rhunön fronça les sourcils tout en recouvrant les braises d'un couvercle grillagé pour les conserver.

— Eh bien, qu'est-ce que ça fait ? Être en compagnie me fatigue ; une cacophonie de jabotages sans queue ni tête, qui...

Elle dévisagea Arya :

— À quoi rime cette stupide conversation ? Tu comptes sur moi pour forger une épée à ce garçon, je suppose ? Tu sais pourtant que j'ai juré de ne plus jamais fabriquer d'instrument de mort, pas après les ravages commis par ce traître de Dragonnier avec la lame que je lui avais faite !

— Eragon a déjà une épée.

Arya leva le bras et présenta Zar'roc à la forgeronne.

Rhunön la prit d'un air émerveillé. Elle caressa le fourreau lie de vin, s'attarda sur le symbole noir gravé dessus, épousseta un grain de poussière sur le pommeau, puis referma ses doigts autour et tira l'épée avec la maîtrise d'un guerrier. Elle examina le fil de la lame de chaque côté, la fit ployer au point qu'Eragon craignit qu'elle ne cassât. Puis, d'un seul geste, Rhunön brandit Zar'roc au-dessus de sa tête et l'abattit sur les pincettes restées sur l'enclume, les fendant en deux dans un fracas assourdissant.

— Zar'roc, souffla-t-elle, je me souviens de toi.

Elle berça l'arme avec la tendresse d'une mère pour son premier-né.

— Aussi parfaite qu'au jour où tu as été forgée !

Se détournant, elle leva les yeux vers l'entrelacs des branches tout en suivant du doigt les lignes du pommeau :

– Toute ma vie j'ai martelé le fer pour fabriquer ces épées. Puis *il* est venu, et *il* les a détruites. Des siècles d'efforts anéantis en un instant ! Si j'ai bonne mémoire, seuls quatre autres échantillons de mon art existent encore. *Son* épée, celle d'Oromis, et deux armes conservées par des familles qui ont réussi à les sauver des Wyrdfell.

« Les Wyrdfell ? » osa demander Eragon à Arya en pensée.

« L'autre nom des Parjures. »

Rhunön s'adressa à Eragon :

– Maintenant, Zar'roc est revenue à moi. De toutes mes œuvres, c'était celle que j'espérais le moins tenir de nouveau un jour, à l'exception de la *sienne*. Comment l'épée de Morzan est-elle venue en ta possession ?

– Elle m'a été donnée par Brom.

– Brom ?

Elle soupesa Zar'roc :

– Brom... Je me souviens de Brom. Il m'a suppliée de remplacer l'épée qu'il avait perdue. Je désirais l'aider, vraiment. Mais j'avais déjà prononcé mon serment. Mon refus l'a irrité au-delà du raisonnable. Oromis a dû l'assommer avant de l'emmener.

Eragon enregistra l'information avec le plus grand intérêt :

– Votre œuvre m'a bien servi, Rhunön-elda. Je serais mort depuis longtemps sans Zar'roc. J'ai tué l'Ombre, Durza, avec elle.

– Tu as fait cela ? Il en est donc sorti quelque chose de bon !

Rengainant l'épée, Rhunön la lui rendit, non sans regret, puis s'intéressa à Saphira :

– Ah ! Contente de te rencontrer, Skulblaka.

« Moi aussi, Rhunön-elda. »

Sans se soucier de lui demander la permission, Rhunön s'approcha de la dragonne et tapota une écaille d'un de ses ongles émoussés, penchant la tête de côté comme pour voir à travers l'épaisseur translucide :

– Belle couleur ! Rien à voir avec celle de ces dragons bruns, tout sombres et terreux. En principe, l'épée d'un Dragonnier devrait correspondre à la teinte de son dragon, et ce bleu aurait fait une lame splendide...

Cette perspective sembla la vider de son énergie. Elle retourna à son enclume et observa les pincettes brisées, comme si elle n'avait plus la moindre envie de les remplacer.

Eragon trouvait malvenu de mettre un terme à la conversation sur une note aussi déprimante, mais il se creusait en vain la cervelle pour changer de sujet avec tact. La cotte de mailles scintillante attira son attention, et, en l'examinant, il fut stupéfait de constater que tous les maillons étaient soudés entre eux. Ces pièces minuscules refroidissaient si vite qu'elles étaient d'habitude soudées avant d'être attachées au corps de la cotte ; autrement dit les pièces les plus fines – comme le haubert qu'il possédait – étaient composées de maillons soudés, puis rivetés les uns aux autres. La forgeronne travaillait apparemment avec une vitesse et une précision tout elfiques.

– Je n'ai jamais rien vu qui équivaille à votre cotte de mailles, fit-il remarquer, pas même chez les nains. Où trouvez-vous la patience de souder chaque anneau ? Pourquoi n'utilisez-vous pas la magie pour vous éviter un travail fastidieux ?

Il ne s'attendait pas à provoquer chez l'elfe une déclaration aussi passionnée. Rhunön secoua sa courte chevelure et s'écria :

– Et me priver du plaisir que me procure cette tâche ? Oui, comme tous les elfes, je pourrais user de magie pour satisfaire mes désirs – certains s'en contentent –, mais quel sens, alors, donner à ma vie ? À quoi aimerais-tu passer ton temps, toi ? Tu peux me le dire ?

– Je ne sais pas, avoua-t-il.

– À accomplir une tâche qui te plaise vraiment ! S'il te suffit de prononcer quelques mots pour obtenir ce que tu désires, c'est trop facile, et le résultat perd sa saveur. Souviens-toi de cela. Tu te trouveras face à ce dilemme un jour ou l'autre, si tu vis assez longtemps... Maintenant, va-t-en ! Je suis lasse de parler.

Sur ce, Rhunön ôta la grille de la forge, s'empara d'une autre paire de pincettes et plongea un anneau dans les braises en maniant le soufflet avec une énergie renouvelée.

– Rhunön-elda, dit Arya, je reviendrai te chercher le soir de l'Agaetí Sänghren, souviens-t'en !

Elle n'obtint qu'un grognement en réponse.

Le tintement rythmique de l'acier cognant l'acier, aussi solitaire, dans la nuit, que le cri d'un oiseau de mauvais augure, les accompagna le long de la charmille de cornouiller jusqu'au sentier. Derrière eux, Rhunön n'était plus qu'une silhouette noire courbée sur le rougeoiement inquiétant de sa forge.

– Elle a façonné les épées des Dragonniers ? demanda Eragon. Toutes les épées ?

– Celles-là et bien d'autres. Elle est le plus grand artisan forgeron qui ait jamais existé. J'ai pensé que tu devais la rencontrer, pour son bien et pour le tien.

– Merci.

« Est-elle toujours aussi bourrue ? » s'enquit Saphira.

Arya se mit à rire :

– Toujours ! Rien d'autre ne compte pour elle que son art, et sa rogne contre ce qui vient la déranger est bien connue. Mais chacun tolère son excentricité à cause de son incroyable talent et de ses extraordinaires réalisations.

En écoutant l'elfe parler, Eragon tentait de percer le sens des mots *Agaetí Sänghren*. Il était presque sûr que *sängh* signifiait *sang*, et que *Sänghren* voulait donc probablement dire « le Serment du Sang » ; toutefois, il n'avait jamais entendu le mot *Agaetí*.

– « Célébration », traduisit Arya quand il posa la question. Nous célébrons le Serment du Sang une fois par siècle, en mémoire de notre pacte avec les dragons. C'est une grande chance pour vous deux d'être parmi nous en ce moment, car la cérémonie aura lieu bientôt.

Ses sourcils arqués se plissèrent :

– Sans doute le destin a-t-il provoqué cette coïncidence des plus favorables.

À l'étonnement d'Eragon, elle les entraîna alors profondément dans le Du Weldenvarden par des sentiers encombrés d'orties et de ronciers, jusqu'à ce que, les dernières lueurs éteintes, l'obscurité régnant dans la nature sauvage les environnât. Eragon dut se fier à l'excellente vision nocturne de Saphira pour ne pas se perdre dans le noir. Les arbres immenses, de plus en plus serrés, aux troncs de plus en plus énormes, menaçaient de former une barrière impénétrable.

À l'instant où il croyait impossible d'avancer davantage, la forêt laissa soudain la place à une clairière inondée par la lumière de la lune, dont le croissant étincelait à l'est, bas dans le ciel.

Un pin solitaire se dressait au milieu de la trouée. S'il ne dépassait pas en hauteur ses congénères, sa circonférence était plus grande que celle de cent troncs ordinaires réunis. En comparaison, les autres avaient l'allure de frêles arbrisseaux que le vent peut courber à sa guise. Un entrelacs de racines rayonnait autour du tronc massif, couvrant le sol de veines gainées d'écorce, de sorte que la forêt tout entière paraissait naître de cet arbre, comme s'il était le cœur même du Du Weldenvarden. Il dominait les bois telle une matrone bienveillante, gardant ses habitants sous la protection de ses branches.

– Voici l'arbre Menoa, murmura Arya. Nous célébrons l'Agaetí Sänghren sous son ombre.

Ce nom fit courir un fourmillement glacé dans le dos d'Eragon. Après qu'Angela lui eut prédit son avenir à Teirm, Solembum était venu le trouver et lui avait dit : « Quand le temps sera venu où il te faudra une arme, cherche entre les racines de l'arbre Menoa. Et, quand tout te semblera perdu, quand ton pouvoir te semblera inefficace, rends-toi au rocher de Kuthian et prononce ton nom : il t'ouvrira la Crypte des Âmes. »

Eragon n'arrivait pas à imaginer quelle sorte d'arme pouvait être enterrée sous l'arbre, ni comment il réussirait à la trouver.

« Vois-tu quelque chose ? » demanda-t-il à Saphira.

« Non, mais les paroles de Solembum n'auront probablement de sens qu'au moment où nous en aurons besoin. »

Eragon révéla à Arya les deux recommandations du chat-garou ; cependant, comme il l'avait fait pour Ajihad et Islanzadí, il garda secrète la prophétie d'Angela, parce qu'elle ne concernait que lui, et parce qu'il craignait qu'Arya devine l'attirance qu'il ressentait pour elle. La sorcière n'avait-elle pas prédit : « Celle que tu aimeras sera de noble naissance et de haut lignage. Sa sagesse n'aura d'égale que sa puissance, et sa beauté sera à nulle autre pareille » ?

Après l'avoir écouté, Arya déclara :

– Les chats-garous proposent rarement leur aide, et, quand ils le font, c'est pour qu'on suive leurs conseils. À ma connaissance, pourtant, aucune arme n'est cachée ici ; on n'en parle ni dans les chansons ni dans les légendes. Quant au rocher de Kuthian... Ce nom résonne dans ma tête comme une voix venue d'un rêve à demi oublié, à la fois étranger et familier. Je l'ai déjà entendu, mais où ? Je n'arrive pas à m'en souvenir.

Comme ils approchaient de l'arbre Menoa, la présence d'une multitude de fourmis cavalant sur ses racines attira l'attention d'Eragon. Il ne distinguait des insectes que de longues traînées noires, mais la consigne donnée par Oromis l'avait sensibilisé à toutes les manifestations de vie autour de lui, et son esprit percevait la pensée primitive des fourmis. Il abaissa ses défenses et laissa sa conscience s'ouvrir, effleurant au passage celles de Saphira et d'Arya, puis l'étendant largement pour découvrir quelles autres créatures peuplaient la clairière.

D'une façon aussi soudaine qu'inattendue, il rencontra une entité immense, un être sensible d'une nature si colossale qu'il ne put évaluer les limites de son psychisme. À côté, la puissance de l'esprit d'Oromis, qu'Eragon avait touché à Farthen Dûr, était celle d'un enfant. L'air lui-même semblait pulsé par l'énergie qui émanait de... *l'arbre* ?

La source de cette énergie était évidente.

Délibérément, inexorablement, les pensées de l'arbre se mouvaient à un rythme mesuré, aussi lent qu'une coulée de glace sur du granit. L'arbre ne remarquait ni Eragon ni – le garçon en était sûr – personne d'autre. Il était totalement absorbé par ce qui poussait et fleurissait sous la chaude lumière du soleil, le lis et la tubéreuse, la rose printanière et la digitale soyeuse, le moutardier jaune et l'aubépine aux fruits pourpres.

– C'est... conscient ! s'exclama Eragon, si ébahi qu'il ne trouvait plus ses mots. Je veux dire... c'est intelligent.

Il savait que Saphira l'avait senti aussi ; elle tendit le cou vers l'arbre Menoa comme pour écouter, puis vola vers une de ses branches, aussi large que la route menant de Carvahall à Therinsford. Elle s'y posa, laissant pendre le bout de sa queue, qui s'agitait d'avant en arrière avec grâce. Ce dragon perché dans un arbre, c'était un spectacle si insolite qu'Eragon faillit éclater de rire.

– Bien sûr qu'il est conscient ! dit Arya, et sa voix coula, basse et douce, dans l'air du soir. Veux-tu que je te conte l'histoire de l'arbre Menoa ?

– J'aimerais l'entendre.

Un éclair blanc raya le ciel, tel un spectre en fuite, et se matérialisa près de Saphira sous la forme de Blagden. Les épaules étroites du corbeau et son cou arqué lui donnaient l'apparence d'un avare se réchauffant dans le rayonnement de son tas d'or. Le volatile redressa sa tête blême et lança son affreux cri : « Wyrda ! »

– En ce temps-là, commença Arya, il y avait une femme, Linnëa. C'étaient les années d'épices et de vin, avant notre guerre contre les dragons et avant que nous devenions aussi immortels que peuvent l'être des créatures vulnérables, faites de chair et de sang. Linnëa avait vécu des années sans la présence réconfortante d'un compagnon, et sans enfants, car elle n'en avait pas ressenti le besoin, préférant s'adonner à l'art de chanter aux plantes, dans lequel elle était passée maître. Du moins en fut-il ainsi jusqu'au jour où un jeune homme se présenta à sa porte et la séduisit avec des mots d'amour. Sa tendresse éveilla en Linnëa un aspect d'elle-même qu'elle n'avait jamais soupçonné : le désir insatiable de connaître ce qu'elle avait sacrifié par ignorance. Une seconde chance lui était offerte, qu'elle ne comptait pas laisser échapper. Elle sacrifia son travail pour se consacrer à ce jeune homme, et, pendant un temps, ils furent heureux.

« Mais le jeune homme, justement, était jeune ; l'envie le prit de trouver une compagne mieux assortie. Son regard tomba un jour sur une femme de son âge ; il la courtisa et la conquit. Et, pendant un temps, ils furent également heureux.

« Lorsque Linnëa découvrit qu'elle avait été méprisée, trompée, abandonnée, elle devint folle de douleur. Le jeune homme avait commis la pire des choses, il lui avait fait goûter à la plénitude de la vie, puis l'en avait privée sans plus d'égards qu'un coq voletant d'une poule à l'autre. Elle le surprit avec la femme et, emportée par la fureur, le tua d'un coup de poignard.

« Linnëa savait qu'elle était coupable d'une grande faute. Elle savait aussi que, même si elle expiait ce crime, elle ne vivrait plus jamais comme avant. L'existence, pour elle, était désormais sans joie. Alors, elle marcha jusqu'au plus vieil arbre du Du Weldenvarden, se pressa contre lui et chanta pour fusionner avec lui, renonçant à sa propre espèce. Pendant trois jours et trois nuits elle chanta, et, quand elle eut fini, elle était devenue l'une de ses plantes bien-aimées. Depuis lors – depuis tous ces millénaires –, elle veille sur la forêt... Ainsi fut créé l'arbre Menoa.

Le récit achevé, Arya et Eragon s'assirent l'un près de l'autre sur la courbe d'une énorme racine, à douze pieds du sol. Eragon balançait les jambes en se demandant si, à travers ce conte, Arya cherchait à le mettre en garde ou s'il ne s'agissait que d'une innocente anecdote historique.

Son doute se mua en certitude quand elle l'interrogea :

– Penses-tu que le jeune homme soit responsable de cette tragédie ?

Conscient qu'une réponse maladroite la monterait contre lui, il dit :

– Je pense qu'il s'est conduit avec cruauté... et que la réaction de Linnëa a été disproportionnée. Tous deux sont à blâmer.

Arya le fixa jusqu'à ce qu'il détournât le regard :

– Ils n'étaient pas assortis.

Eragon faillit contester et se retint à temps. Elle avait raison. Et elle l'avait manipulé de sorte qu'il dût le reconnaître à voix haute, qu'il dût l'admettre devant *elle*.

– Peut-être, concéda-t-il.

Les secondes de silence s'accumulèrent entre eux comme des grains de sable, formant un mur qu'aucun d'eux n'était disposé à abattre. Les stridulations aiguës des cigales montaient des lisières de la clairière. Enfin, il remarqua :

– Être chez toi semble te convenir.

– En effet.

D'un geste machinal, elle se pencha avec souplesse, ramassa une mince branche tombée de l'arbre Menoa et se mit à tresser avec ses aiguilles un panier minuscule.

Eragon la regarda et sentit son visage s'empourprer. Espérant que la lumière de la lune n'était pas assez forte pour trahir la rougeur de ses joues, il balbutia :

– Où... où habites-tu ? Avez-vous un palais, Islanzadí et toi, un... château ?

– Nous habitons Tialdarí Hall, la demeure ancestrale de notre famille, à l'ouest d'Ellesméra. Je serai ravie de te montrer notre maison.

– Ah ! fit Eragon.

Une question d'ordre pratique surgit soudain dans la confusion de ses pensées, balayant son embarras :

– Arya, as-tu des frères et sœurs ?

Elle secoua négativement la tête.

– Alors, tu es la seule héritière du trône des elfes ?

– Naturellement. Pourquoi me demandes-tu ça ?

Elle paraissait étonnée de sa curiosité.

– Parce que je ne comprends pas qu'on t'ait permis de devenir ambassadrice auprès des Vardens et des nains, et de convoyer l'œuf de Saphira d'ici à Tronjheim. Ce sont des missions bien trop dangereuses pour une princesse et, qui plus est, une future reine.

– Trop dangereuse pour une *humaine*. Ne t'ai-je pas déjà dit que je ne suis pas une de vos faibles femmes sans défense ? Ce que tu n'arrives pas à comprendre, c'est que nous ne considérons pas nos monarques de la même façon que vous ou les nains. Pour nous, la plus haute charge d'un roi ou d'une reine est de servir son peuple en tout lieu et en toute circonstance. Qu'importe s'il nous faut pour cela perdre la vie ! Nous bénissons cette opportunité de prouver notre fidélité – selon la formule des nains – au courage, au clan, à l'honneur. Si j'étais morte en accomplissant mon devoir, un successeur aurait été choisi dans l'une de nos différentes Maisons. Même aujourd'hui, je ne serai pas obligée de devenir reine si l'idée me déplaît. Nous ne choisissons pas de chefs qui n'aient pas l'intention de se consacrer corps et âme à leur engagement.

Elle parut hésiter, ramena les jambes contre sa poitrine et appuya le menton sur ses genoux :

– J'ai beaucoup débattu de cela avec ma mère.

Pendant une minute, rien ne vint troubler le crincrin des cigales emplissant la clairière. Puis l'elfe demanda :

– Comment vont tes leçons avec Oromis ?

Eragon grommela ; une vague de souvenirs désagréables lui rendit sa mauvaise humeur, gâchant son plaisir d'être en compagnie d'Arya. Tout ce qu'il désirait, à présent, c'était se fourrer au lit, dormir et oublier cette journée.

– Oromis-elda, dit-il, formant soigneusement chaque mot dans sa bouche avant de le prononcer, est quelqu'un de très consciencieux.

Il grimaça, car elle lui serrait le bras à lui faire mal :

– Qu'est-ce qui ne va pas ?

– Rien, rien..., fit-il en tâchant de se dégager.

– J'ai voyagé avec toi assez longtemps pour sentir si tu es content, furieux... ou malheureux. Il s'est passé quelque chose entre vous ? Si c'est le cas, tu dois me le dire, de façon qu'on règle ça aussitôt que possible. Est-ce à cause de ton dos ? Nous pourrions...

– Ça n'a rien à voir avec mon entraînement !

Malgré son dépit, Eragon nota avec plaisir qu'elle semblait sincèrement inquiète pour lui :

– Demande à Saphira, elle te dira.

– C'est de toi que je veux l'entendre, insista-t-elle avec douceur.

Les mâchoires d'Eragon se crispèrent, tant il serra les dents. D'une voix très basse, presque un chuchotement, il raconta l'échec de sa méditation dans la combe, puis l'incident qui lui empoisonnait le cœur telle une vipère lovée dans sa poitrine : sa bénédiction.

Arya lâcha son bras et s'accrocha à la racine de l'arbre Menoa comme pour se retenir :

– Barzûl.

Ce mot emprunté à la langue des nains effraya le garçon ; il ne se souvenait pas d'avoir entendu l'elfe proférer un juron, et celui-ci était particulièrement approprié, car il signifiait *destin maudit*.

– J'ai eu connaissance de ce que tu as fait à Farthen Dûr, forcément, mais je n'aurais jamais pensé... Je n'aurais jamais *soupçonné* qu'une telle chose pût arriver. J'implore ton pardon, Eragon, pour t'avoir obligé à quitter ta chambre, ce soir. Je n'avais pas deviné ton tourment. Tu dois avoir envie d'être seul.

– Non. Non, j'apprécie ta compagnie et ce que tu m'as fait découvrir.

Il lui sourit, et, après un instant, elle lui rendit son sourire. Ils restèrent assis sur l'énorme racine, au pied de l'arbre séculaire, tout petits, silencieux, et regardèrent la lune décrire sa lente course au-dessus de la forêt paisible, jusqu'au moment où elle disparut dans l'épaisseur des nuages.

– Je me demande seulement ce qu'il adviendra de l'enfant, murmura-t-il.

Plus haut, sur une branche, Blagden ébouriffa son plumage d'une blancheur d'ossements et croassa :

– Wyrda !

35
UN SAC D'EMBROUILLES

Les bras croisés, Nasuada dévisageait les deux hommes qui se tenaient devant elle sans chercher à dissimuler son impatience.

Celui de droite avait un cou si épais que sa tête formait presque un angle droit avec la ligne de ses épaules, lui donnant l'air stupide et borné. Ses sourcils broussailleux, ses cheveux emmêlés, qui lui tombaient dans les yeux, et la moue de ses lèvres charnues évoquant un gros champignon rose même quand il parlait n'étaient pas pour arranger les choses. Toutefois, la jeune fille savait qu'elle ne devait pas s'arrêter à cette apparence peu reluisante. Si le personnage était mal dégrossi, sa langue était aussi alerte que celle d'un batelier.

Le seul trait remarquable du deuxième homme était sa peau d'une extrême pâleur, qui refusait de brunir sous le soleil implacable du Surda, alors que les Vardens étaient installés à Aberon, la capitale, depuis déjà plusieurs semaines. À son teint, Nasuada supposa qu'il était natif des frontières nord de l'Empire. Il tire-bouchonnait nerveusement entre ses mains une casquette de laine tricotée.

– Toi, dit-elle en le désignant, combien t'a-t-il encore tué de poulets ?

– Treize, M'dame.

Nasuada reporta son attention sur le costaud :

– Un chiffre qui ne porte pas chance, à ce qu'on dit, Maître Gamble. Tu nous en fournis la preuve. Tu t'es rendu coupable de vol et de destruction de la propriété d'autrui sans avoir offert la moindre réparation.

– Je ne l'ai jamais nié.

– Je me demande seulement comment tu as pu manger treize poulets en quatre jours. N'es-tu donc jamais rassasié, Maître Gamble ?

L'homme lui adressa un sourire jovial et se gratta la joue. Le raclement de ses ongles trop longs sur le chaume de sa barbe exaspérait Nasuada, et elle dut faire un effort de volonté pour rester impassible.

– Eh ben, sans vouloir vous offenser, M'dame, me remplir l'estomac ne serait pas un problème si on était nourris correctement, vu tout le travail qu'on a. Je suis grand et gros, et j'ai besoin d'un bon morceau de viande dans le ventre quand j'ai passé la matinée à casser des cailloux à coups de pioche. J'ai fait de mon mieux pour résister à la tentation, j'vous jure. Mais trois semaines à crever la faim, quand je voyais ces fermiers avec leurs bestiaux bien gras, qu'ils n'auraient même pas partagés avec une pauvre carcasse affamée dans mon genre... Eh ben, oui, je l'avoue, ça a été plus fort que moi. Je ne peux pas résister, question pitance. J'aime que ça soit chaud et que ça soit copieux. Et je ne suis pas le seul à me servir, si vous voulez mon avis !

« Voilà bien le cœur du problème », songea Nasuada. Les Vardens n'avaient pas les moyens de ravitailler leurs membres, pas même avec l'aide d'Orrin, le roi du Surda. Si Orrin leur avait ouvert ses caisses, il avait refusé de se conduire comme Galbatorix, qui avait l'habitude de se fournir chez ses sujets sans les payer quand ses armées parcouraient l'Empire. « Un noble comportement..., mais ça ne me facilite pas la tâche ! » Cependant, elle en était consciente, c'était ce type de comportement qui les différenciait, elle, Orrin, Hrothgar et Islanzadí, d'un despote tel que Galbatorix. « Ce serait tellement plus simple de faire une croix sur ces beaux principes comme si de rien n'était. »

– Je comprends tes raisons, Maître Gamble. Toutefois, si nous, les Vardens, ne sommes soumis à aucune autre autorité que la nôtre, cela ne donne pour autant à personne le droit de transgresser les lois établies par mes prédécesseurs, pas plus que celles en vigueur ici, au Surda. C'est pourquoi je te somme de payer une pièce de cuivre pour chaque poulet que tu as volé.

À sa surprise, Gamble se soumit sans protester :

– Comme vous voudrez, M'dame.

– C'est tout ? s'exclama l'homme pâle en malmenant plus que jamais sa casquette. Ce n'est pas un prix honnête. Si j'avais vendu mes poulets au marché, je...

Nasuada ne put se contenir plus longtemps :

– Oui ! Tu en aurais obtenu davantage ! Mais il m'apparaît que Maître Gamble n'a pas les moyens de te payer tes volailles au prix fort, étant donné que c'est moi qui lui verse son salaire. Et je te verse aussi le tien. Tu oublies que j'ai fait l'acquisition de ta basse-cour pour les Vardens ; tu recevras une pièce par poulet, pas davantage, et tu t'en contenteras. Me suis-je fait comprendre ?

– Il pourrait...

– Me suis-je fait comprendre ?

L'homme finit par capituler et marmonna :

– Oui, M'dame.

– Très bien. Vous pouvez vous retirer.

Avec une expression d'admiration mêlée de sarcasme, Gamble porta la main à sa tempe et salua Nasuada avant de sortir de la salle aux murs de pierre, en compagnie de son adversaire déconfit.

– Vous aussi ! ordonna la jeune fille aux gardes postés de chaque côté de la porte.

Dès qu'ils furent partis, elle se laissa aller sur sa chaise avec un soupir fatigué, prit son éventail et l'agita devant son visage, dans l'espoir dérisoire de chasser les gouttelettes de sueur qui lui mouillaient le front. La chaleur constante lui ôtait toute énergie et rendait épuisante la plus petite tâche.

Cependant, elle se doutait que, même en hiver, elle aurait ressenti la même fatigue. Elle avait beau être familiarisée avec les arcanes les plus secrets des Vardens, déplacer leur infrastructure de Farthen Dûr à Aberon, la capitale du Surda, en traversant les montagnes des Beors, s'était révélé plus compliqué que prévu. Elle frémit en se rappelant les journées aussi inconfortables qu'interminables passées en selle. La planification de leur départ, son exécution et l'intégration des Vardens dans leur nouvel environnement avaient entraîné des difficultés sans nombre, et il fallait préparer à présent une attaque contre l'Empire. « Les jours n'ont pas assez d'heures pour me laisser le temps de résoudre cette masse de problèmes », déplora-t-elle.

Elle posa enfin son éventail et tira le cordon d'une sonnette, convoquant sa servante, Farica. La tapisserie accrochée à droite du bureau en cerisier ondula quand la porte qu'elle dissimulait s'ouvrit. Farica se faufila discrètement dans la pièce et vint se placer au côté de sa maîtresse.

– Il y en a d'autres ? s'enquit celle-ci.

– Non, Madame.

Nasuada s'efforça de cacher son soulagement. Une fois par semaine, elle tenait ouvert un tribunal pour régler les différends entre les Vardens. Quiconque s'estimait lésé avait droit de demander audience et d'obtenir son jugement. Elle ne pouvait imaginer corvée plus pénible et plus ingrate. Comme son père le lui avait souvent déclaré, après une négociation avec Hrothgar, « un bon compromis laisse chaque partie ulcérée ». Elle le vérifiait une fois de plus.

Revenant à son souci du moment, elle dit à Farica :

– Je veux qu'on change l'affectation de ce Gamble. Donne-lui un travail où son talent de baratineur sera utile. Quartier-maître peut-être, ou un autre poste qui lui assure de bonnes rations de nourriture. Je ne veux pas le voir comparaître encore une fois pour vol.

Farica opina et s'approcha du bureau pour consigner l'ordre

de Nasuada sur un parchemin. Elle savait écrire, ce qui était sans prix.

– Où puis-je le trouver ? se renseigna-t-elle.

– Dans l'une des équipes de travail, à la carrière.

– Oui, Madame. Oh, pendant que vous étiez occupée, le roi Orrin vous a fait demander dans son laboratoire.

– Qu'est-ce qu'il lui est arrivé, cette fois ? Il est devenu aveugle ?

Nasuada se lava les mains et le cou avec une eau parfumée à la lavande, arrangea sa coiffure devant le miroir d'argent poli, cadeau d'Orrin, et tira sur ses manches pour qu'elles tombent bien droites.

Satisfaite de son apparence, elle sortit de ses appartements, Farica à sa suite. Un grand soleil s'infiltrait dans les profondeurs du château de Borromesto, rendant les torches inutiles ; heureusement, car leur chaleur ajoutée à la canicule extérieure aurait été insupportable. Des rais de lumière traversaient les ouvertures en forme de flèches croisées et se réverbéraient sur le mur du corridor, dessinant dans l'air, à intervalles réguliers, des lignes de poussière dorée. Par une embrasure, Nasuada jeta un regard vers la barbacane, où une patrouille d'une trentaine de soldats en tunique orange, les couleurs du roi Orrin, s'apprêtait à effectuer une de ses sempiternelles rondes dans la campagne environnante.

« Ce qui ne servirait pas à grand-chose, pensa-t-elle avec amertume, si Galbatorix décidait d'attaquer en personne. » Seule la fierté du roi l'en empêchait, et sans doute aussi, espérait-elle, la peur que lui inspirait Eragon. Tout chef craint de voir surgir un usurpateur, mais les usurpateurs eux-mêmes craignent deux fois plus la menace que représente un individu déterminé. Nasuada savait qu'elle jouait un jeu excessivement dangereux contre l'homme le plus fou et le plus puissant d'Alagaësia. À trop le pousser dans ses retranchements, elle risquait d'entraîner sa perte et celle des Vardens, et d'anéantir tout espoir de voir un jour la fin du règne de Galbatorix.

Le parfum de propreté flottant dans le château lui rappelait l'époque de son enfance, quand elle avait séjourné là, au temps du roi Larkin, le père d'Orrin. Elle n'avait guère croisé le jeune Orrin alors. Il avait cinq ans de plus qu'elle et accomplissait déjà ses tâches princières. Ces derniers jours, pourtant, elle avait souvent l'impression d'être la plus âgée des deux.

Elle dut s'arrêter à la porte du laboratoire en attendant que les gardes, postés devant en permanence, annoncent son arrivée au roi. La voix d'Orrin résonna bientôt :

– Dame Nasuada ! Je suis si content que vous soyez là ! J'ai quelque chose à vous montrer.

S'exhortant mentalement à la patience, elle pénétra dans le laboratoire avec Farica. Un dédale de tables couvertes d'un étalage impressionnant d'alambics, de cornues et de vases à bec les accueillit, tel un maquis de verre dont les myriades de branches cassantes menaçaient d'agripper leurs vêtements. De lourdes vapeurs à l'odeur métallique piquaient les yeux. Relevant leurs jupes, Nasuada et Farica s'acheminèrent l'une derrière l'autre vers le fond de la pièce, frôlant des sabliers et des balances, d'énormes livres cerclés de fer noir, entassés en désordre, des astrolabes et des piles de prismes de cristal, qui lançaient par intermittence des éclairs bleutés.

Elles trouvèrent Orrin près d'une paillasse[1] au plateau de marbre. Il remuait du mercure dans un creuset avec un tube de verre fermé à un bout, ouvert à l'autre, de trois pieds de long au moins, alors que son diamètre ne mesurait qu'un quart de pouce.

– Sire, le salua Nasuada.

Elle resta droite comme il convient à une personne d'un rang égal à celui du roi, tandis que Farida se ployait en une révérence.

---

1. Table de laboratoire où l'on fait les manipulations.

– Vous paraissez remis de l'explosion de la semaine dernière, remarqua-t-elle.

Orrin grimaça avec bonne humeur :

– J'ai appris qu'il était peu avisé de mélanger du phosphore et de l'eau dans un récipient fermé. Le résultat peut être détonant !

– Souffrez-vous encore de troubles de l'audition ?

– Ça va mieux, mais...

Avec le sourire d'un gamin venant de recevoir son premier poignard, il alluma une bougie à l'aide d'un charbon pris dans un brasero – comment supportait-il de se tenir à côté, par cette température étouffante ? –, reposa la bougie sur la paillasse et s'en servit pour enflammer une pipe bourrée de grains de genièvre.

– Je ne savais pas que vous fumiez.

– Pas vraiment, reconnut-il, sauf que... Ma surdité n'étant pas encore complètement guérie, j'ai découvert que je pouvais faire ceci...

Il tira sur la pipe et creusa ses joues jusqu'à ce qu'un filament de fumée sortît de son oreille gauche, comme un serpent hors de son trou, et s'enroulât au-dessus de sa tête. C'était si inattendu que Nasuada éclata de rire, et Orrin finit par rire avec elle en soufflant le reste de la fumée par la bouche.

– Ça procure une sensation très particulière, lui confia-t-il. C'est fou ce que ça chatouille !

Ayant retrouvé son sérieux, Nasuada demanda :

– Y a-t-il quelque chose d'autre dont vous souhaitiez m'entretenir, Sire ?

Il claqua des doigts :

– Bien sûr !

Il replongea le long tube de verre dans le creuset, le remplit de mercure, en ferma l'orifice avec un doigt et le lui montra :

– Ce tube ne contient rien d'autre que du vif-argent, vous êtes d'accord ?

– Certainement.

« Est-ce pour cela qu'il voulait me voir ? »

– Alors, regardez bien !

D'un geste vif, il retourna le tube et, ôtant son doigt, il dirigea l'extrémité ouverte vers le creuset. Au lieu de couler, comme Nasuada s'y attendait, le mercure descendit à mi-hauteur, puis se stabilisa. Orrin désigna l'espace vide au-dessus du métal :

– Qu'y a-t-il dans cette partie ?

– De l'air, certainement, affirma Nasuada.

Le roi sourit et secoua la tête :

– Impossible ! Comment aurait-il réussi à traverser le vif-argent ou le verre ? L'air extérieur n'a aucun moyen d'entrer.

Il interpella Farica :

– Et vous, quel est votre avis ?

La servante fixa le tube, puis elle haussa les épaules et dit :

– Ça ne peut pourtant pas n'être rien, Sire.

– Eh bien, si ! C'est exactement ce que je pense : il n'y a *rien*. Je crois avoir résolu l'une des plus anciennes énigmes de la philosophie naturelle en créant du vide, prouvant ainsi son existence ! Cette découverte invalide totalement les théories de Vacher et révèle que Ládin était un vrai génie. Il semble que ces fichus elfes aient toujours raison !

Nasuada dut faire un gros effort pour conserver un ton cordial :

– Et à quoi ça sert ?

– À quoi ça sert ?

Orrin la dévisagea avec la plus sincère stupéfaction :

– Mais... à rien ! Du moins, je n'en vois pas l'usage. Ça peut tout de même aider à comprendre les mécanismes de notre univers, le pourquoi et le comment des choses. C'est une découverte fantastique ! Qui sait à quelles autres elle peut nous mener ?

Tout en parlant, il vidait le tube et le replaçait avec soin dans une boîte matelassée de velours, qui contenait d'autres fragiles instruments du même genre.

– Cela dit, le projet qui me passionne le plus, c'est d'utiliser la magie pour percer les secrets de la nature. Pas plus tard qu'hier, figurez-vous, Trianna, d'un simple sort, m'a aidé à identifier deux gaz totalement nouveaux. Imaginez ce qu'on pourrait apprendre si la magie était systématiquement appliquée aux disciplines de la philosophie naturelle ! J'envisage de me mettre moi-même à cette pratique, si je suis assez doué et si j'arrive à convaincre l'un ou l'autre magicien de partager ses connaissances. Quel dommage que votre Dragonnier, Eragon, ne vous ait pas accompagnée ! Je suis certain qu'il aurait pu m'aider.

Se tournant vers Farica, Nasuada lui ordonna :

– Attends-moi dehors !

La servante salua et se retira. Dès que Nasuada eut entendu la porte se refermer, elle déclara :

– Orrin, avez-vous perdu le sens commun ?

– Que voulez-vous dire ?

– Pendant que vous passez votre temps, enfermé ici, à mener des expériences auxquelles personne ne comprend rien – et qui mettent votre santé en danger –, votre pays est au bord de la guerre ! Un million de problèmes attendent que vous les régliez, et vous êtes là, à souffler de la fumée et faire joujou avec du vif-argent !

Le visage du roi se durcit :

– Je suis parfaitement conscient de mes devoirs, Nasuada. Vous gouvernez les Vardens, mais je suis toujours le roi du Surda, et vous devriez vous en souvenir avant de me parler sur un ton aussi irrespectueux. Ai-je besoin de vous rappeler que votre asile ici dépend de mon bon vouloir ?

Elle savait que c'était une menace illusoire ; beaucoup d'habitants du Surda avaient des parents chez les Vardens, et vice versa. Leurs liens étaient bien trop puissants pour que l'un abandonnât l'autre. Non, le seul point dont Orrin prenait ombrage était celui de l'autorité. Comme il était pratiquement impossible de garder une armée sur le pied de guerre pendant une longue période – subvenir aux besoins d'un si grand nombre d'inactifs, Nasuada l'avait découvert, était un cauchemar logistique –, les Vardens s'étaient mis au travail, bâtissant des fermes, s'intégrant de diverses manières à leur pays d'accueil. « Où cela me mènera-t-il, au bout du compte ? Serai-je le chef d'une armée inexistante ? Un général ou un conseiller sous les ordres d'Orrin ? » Sa situation était précaire. Si elle agissait avec trop de hâte ou prenait trop d'initiatives, Orrin risquait de le ressentir comme une menace et de s'opposer à elle, d'autant qu'elle était encore auréolée par la victoire de Farthen Dûr. D'un autre côté, si elle tardait, ils laisseraient passer leur chance d'exploiter la faiblesse momentanée de Galbatorix. Son seul avantage, dans ce sac d'embrouilles, était sa mainmise sur l'élément fédérateur du drame qui se jouait : Eragon et Saphira.

– Je ne cherche pas à saper votre autorité, Orrin, reprit-elle. Cela n'a jamais été mon intention, et je vous prie de m'excuser si vous avez eu une telle impression.

Il hocha la tête avec raideur. Ne sachant trop comment continuer, Nasuada s'appuya du bout des doigts sur le rebord de la paillasse :

– C'est que... il y a tant à faire ! Je travaille jour et nuit – je garde des tablettes à côté de mon lit pour prendre des notes –, et je ne parviens pas à rattraper mon retard ; j'éprouve la sensation permanente d'être en équilibre au-dessus d'un gouffre.

Orrin prit un pilon noirci par l'usage et se mit à le rouler entre ses mains à un rythme régulier, hypnotique :

– Jusqu'à votre arrivée ici... Non, ce n'est pas exact. Jusqu'à ce que votre Dragonnier sorte de l'éther, telle la déesse Moratensis de sa fontaine, j'envisageais de passer ma vie comme mon père et mon grand-père avant moi, autrement dit en m'opposant à Galbatorix... secrètement. Veuillez me pardonner s'il me faut du temps pour m'habituer à cette nouvelle réalité.

Il montrait plus de contrition qu'elle n'en attendait.

– Je comprends.

Il cessa une seconde de manipuler son pilon :

– Vous avez accédé au pouvoir tout récemment, alors que j'ai reçu le mien il y a bien des années. Si je peux être assez audacieux pour vous donner un conseil, j'ai réalisé qu'il était essentiel pour ma santé mentale de consacrer une partie de mes journées à mes propres intérêts.

– Cela m'est impossible, objecta Nasuada. Chaque moment que je gaspille peut être celui de l'effort nécessaire pour vaincre Galbatorix.

Le pilon s'immobilisa encore une fois.

– Vous ne rendez pas service aux Vardens en vous surmenant. Personne ne fonctionne correctement sans s'accorder quelques instants de paix et de silence. Inutile de faire de longues pauses ; cinq ou dix minutes suffisent. Profitez-en pour vous entraîner au tir à l'arc, ainsi vous poursuivrez le même but, quoique d'une autre manière... Voilà pourquoi j'ai fait construire ce laboratoire ; voilà pourquoi je souffle de la fumée et fait joujou avec du vif-argent, comme vous dites. Pour ne pas hurler de frustration tout le reste de la journée.

En dépit de sa réticence à changer son jugement sur Orrin – un incapable et un fainéant ! –, Nasuada dut reconnaître la justesse de cet argument.

– Je garderai votre recommandation à l'esprit.

Il sourit, retrouvant son insouciance :

– Je ne vous en demande pas plus.

Elle se dirigea vers la fenêtre, ouvrit grands les volets et contempla Aberon, en contrebas : les camelots aux doigts agiles vantant à grands cris leur marchandise à des clients crédules, les tourbillons de poussière jaune que le vent apportait de la route tandis qu'une caravane approchait des portes de la ville, l'air qui miroitait sur les tuiles de terre cuite, chargé du parfum des genévriers et de l'encens brûlant dans les temples de marbre, les champs qui entouraient la cité comme les pétales d'une fleur épanouie...

Sans se retourner, elle demanda :

– Avez-vous reçu des copies de nos derniers rapports sur l'Empire ?

– Oui.

Il la rejoignit à la fenêtre.

– Quelle est votre opinion ? insista-t-elle.

– Qu'ils sont trop pauvres et trop incomplets pour qu'on en tire des conclusions de quelque intérêt.

– Malheureusement, ce sont les seuls que nous ayons. Donnez-moi votre avis. Essayez d'émettre des hypothèses à partir de ces faits, comme s'il s'agissait d'une de vos expériences.

Elle sourit pour elle-même :

– Je promets de ne pas prendre vos paroles au sérieux.

La réponse se fit attendre, et, quand elle vint, elle avait le poids douloureux d'une prophétie annonçant des jours sombres :

– Les impôts qui augmentent, nos garnisons qui se vident, nos chevaux et nos bœufs réquisitionnés partout... Il semble que Galbatorix rassemble ses forces dans le but de nous affronter, bien que je ne puisse dire s'il se prépare à l'attaque ou à la défense.

Une nuée d'étourneaux passa devant le soleil, et leur ombre mouvante leur rafraîchit le visage. Orrin poursuivit :

– La question qui me tarabuste à présent est : combien de temps lui faudra-t-il pour mobiliser ses troupes ? Car cela déterminera le choix de notre stratégie.

– Des semaines, des mois, des années. Impossible de deviner ses intentions.

Le roi acquiesça. Puis il demanda :

– Vos agents continuent-ils à répandre des rumeurs à propos d'Eragon ?

– Oui. Mais c'est devenu de plus en plus dangereux. Mon espoir est qu'en inondant des cités comme Dras-Leona de récits contant les prouesses d'Eragon, lorsque nous approcherons réellement de la ville et que les gens verront le Dragonnier, ils nous rejoindront de leur propre chef, et nous nous épargnerons un siège.

– La guerre est rarement aussi simple.

Elle ne contesta pas sa remarque.

– Et comment se passe la mobilisation de votre armée ? reprit-elle. Les Vardens, comme toujours, sont prêts au combat.

Orrin eut un geste embarrassé :

– Il est difficile de soulever une nation, Nasuada. Il y a la noblesse à convaincre de m'apporter son appui, les armures et les armes à fabriquer, les vivres à réunir...

– À ce propos, comment vais-je nourrir mon propre peuple ? Il nous faudrait davantage de terres que celles que vous nous avez allouées, et...

– Je le sais bien.

– ... et nous ne les obtiendrons qu'en envahissant l'Empire, à moins que vous ne prévoyiez d'imposer en permanence la présence des Vardens au Surda. Si c'est le cas, vous devrez trouver des maisons pour les milliers de gens que j'ai amenés de Farthen Dûr, ce qui risque de déplaire à vos sujets.

S'efforçant de ne pas prendre le ton de la menace, elle conclut :

– Quelle que soit votre option, choisissez vite, car je crains, si vous continuez à tergiverser, que les Vardens ne se transforment en horde incontrôlable !

Visiblement agacé par l'insinuation, Orrin retroussa sa lèvre supérieure :

– Votre père a toujours su tenir ses hommes. Je compte sur vous pour faire de même, si vous désirez rester à la tête des Vardens. Quant à nos préparatifs de guerre, il y a une limite à ce que nous pouvons accomplir en si peu de temps ; vous devrez attendre que nous soyons prêts.

Elle s'agrippa si fort au rebord de la fenêtre que les veines saillirent sur ses poignets et que ses ongles s'enfoncèrent dans les fentes de la pierre. Mais elle ne laissa pas une once de colère altérer sa voix :

– En ce cas, prêterez-vous aux Vardens un peu plus d'or pour acheter des vivres ?

– Non. Je vous ai donné tout que j'ai pu mettre de côté.

– Comment allons-nous manger, alors ?

– Je suggère que vous préleviez les fonds vous-même.

Furibonde, elle lui adressa son plus large, son plus brillant sourire – le fixant jusqu'à ce qu'il s'agitât, mal à l'aise –, puis elle s'inclina aussi bas qu'une servante, sans se défaire de son rictus :

– Adieu donc, Sire. La fin de votre journée puisse-t-elle être aussi agréable que cette conversation !

Orrin marmonna une réponse inintelligible tandis qu'elle se dirigeait vers la porte. Dans sa rage, la jeune fille heurta du coude un flacon de jade et le renversa. Il se cassa en déversant un flot de liquide jaune, qui éclaboussa sa manche et trempa sa jupe. Elle secoua son poignet d'un geste contrarié sans ralentir le pas.

Farica la rejoignit dans l'escalier, et elles parcoururent ensemble le dédale de corridors menant aux appartements de Nasuada.

36
Quand les choses ne tiennent qu'à un fil

Ouvrant d'une poussée la porte de sa chambre, Nasuada marcha d'un pas énergique jusqu'à son bureau et se laissa tomber sur son siège, insensible au décor qui l'entourait. Elle avait la colonne vertébrale si raide que ses épaules ne touchèrent pas le dossier. Le dilemme auquel les Vardens devaient faire face la laissait paralysée. Les mouvements précipités de sa poitrine ralentirent jusqu'à devenir imperceptibles. « J'ai échoué », se répétait-elle.

– Madame, votre manche !

Brusquement tirée de ses sombres pensées, Nasuada baissa les yeux et s'aperçut que Farica lui frappait le bras droit à grands coups de torchon. Un filet de fumée montait du tissu brodé. Effrayée, Nasuada bondit de sa chaise et tordit le bras pour comprendre l'origine de ce phénomène. Sa manche et sa jupe se désintégraient, se changeant en une toile d'araignée crayeuse qui émettait une vapeur âcre.

– Enlève-moi ça ! cria-t-elle.

Tenant loin d'elle son bras contaminé, elle s'efforça de rester immobile pendant que Farica délaçait son corsage. Pris d'une hâte fiévreuse, les doigts de la servante égratignaient le dos de la jeune fille, s'embrouillaient dans les nœuds pour libérer le torse de Nasuada de la camisole de laine. Dès que le vêtement s'ouvrit, Nasuada retira vivement ses bras des manches et fit tomber la robe.

Haletante, elle s'appuya au bureau, seulement vêtue de ses mules et de ses dessous. À son grand soulagement, elle constata que le fin tissu de la lingerie n'avait pas été abîmé, même s'il dégageait une odeur fétide.

– Vous êtes blessée ? s'inquiéta Farica.

Nasuada fit signe que non, incapable de parler. La servante repoussa le vêtement du bout de sa chaussure :

– Quel maléfice a produit cela ?

– Une des infectes mixtures d'Orrin, croassa Nasuada. J'ai renversé un flacon dans son laboratoire.

Elle inspira profondément pour retrouver son calme, examinant sa robe endommagée avec consternation. L'étoffe en avait été tissée par les naines du Dûrgrimst Ingeitum, qui la lui avaient offerte à l'occasion de son anniversaire ; c'était la pièce la plus précieuse de sa garde-robe. Rien ne la remplacerait, et elle ne pouvait envisager d'en commander une nouvelle, étant donné la situation financière des Vardens. « Je vais devoir m'en passer. »

Farica secoua la tête :

– Une si belle robe ! Si ce n'est pas malheureux !

Contournant le bureau, elle alla fouiller dans un panier à couture et revint armée d'une paire de ciseaux à bouts pointus :

– Autant sauver le plus d'étoffe possible. Je vais découper les morceaux abîmés et les brûler.

Nasuada se mit à arpenter la chambre, la mine renfrognée, furieuse de sa maladresse. À croire qu'elle n'avait pas assez de problèmes comme ça !

– Que vais-je porter au tribunal, à présent ? grommela-t-elle.

Les ciseaux entamèrent résolument le doux tissu de laine.

– Pourquoi pas votre robe de lin ?

– Elle est trop ordinaire ; et je ne peux me présenter devant Orrin et les nobles de sa cour ainsi vêtue.

– Laissez-moi faire, Madame. Je suis sûre que je peux arranger celle-ci. Quand ce sera terminé, elle paraîtra encore plus somptueuse qu'auparavant.

– Non, non, ça n'ira pas. Ils se moqueront de moi. Il est déjà assez difficile d'obtenir leur respect lorsque je suis bien mise. Qu'en sera-t-il si je me montre avec une tenue rapiécée, qui révèle notre pauvreté ?

La vieille femme fixa sur Nasuada un regard sévère :

– Ça *ira*, à condition que vous ne vous excusiez pas de votre apparence. Je gage même que les autres dames seront si bluffées par cette nouvelle mode qu'elles voudront toutes vous imiter, vous verrez !

Elle se dirigea vers la porte, l'entrouvrit et tendit au soldat qui montait la garde les morceaux de tissu endommagés :

– Votre maîtresse désire que vous brûliez ceci. Faites-le discrètement et n'en soufflez mot à âme qui vive ou vous devrez m'en rendre compte.

Le garde claqua les talons.

Nasuada ne put retenir un sourire :

– Que deviendrais-je sans toi, Farica ?

– Vous vous en sortiriez très bien, j'en suis sûre.

Après avoir revêtu sa tenue de chasse verte, dont la jupe légère était plus agréable à porter par une aussi chaude journée, Nasuada décida – bien qu'elle en voulût toujours à Orrin – de suivre le conseil du roi : rompant avec son programme habituel, elle se contenterait d'aider Farica à découdre sa robe. Cette tâche répétitive se révéla un excellent support à la réflexion. Tout en tirant sur les fils, elle discuta de la situation difficile des Vardens avec sa servante, espérant que celle-ci proposerait peut-être une solution qui lui avait échappé.

Au bout du compte, l'aide de Farica se résuma à un constat :

– Il m'apparaît qu'en ce monde l'or est à l'origine de tous les problèmes. Si nous en possédions suffisamment, nous pourrions renverser Galbatorix de son trône en achetant ses hommes. On n'aurait même pas besoin de combattre !

« Puis-je vraiment espérer que quelqu'un me décharge de ma tâche ? se demanda Nasuada. C'est moi qui les ai amenés dans ce cul-de-sac, c'est à moi de les en tirer. »

En voulant ouvrir une couture, elle eut un geste brusque, et la lame des ciseaux s'accrocha dans une bordure de dentelle, la coupant en deux. Elle regarda fixement la déchirure, les bords effrangés de la robe où les fils, couleur de parchemin, se tortillaient comme autant de vers, et elle sentit un rire hystérique lui serrer la gorge tandis qu'une larme perlait au coin de ses yeux. Pouvait-on être plus malchanceuse ?

Cette dentelle au fuseau était l'ornement le plus précieux du vêtement. Si son exécution exigeait un grand talent, ce qui lui donnait surtout son prix et sa rareté, c'était le temps que les dentellières avaient dû lui consacrer : des heures sans nombre, des heures sans fin, des heures et des heures d'un travail qui vous engourdissait les doigts et l'esprit. La confection était si lente que quiconque tentant de fabriquer de ses mains un simple voile n'en mesurerait pas l'avancement en semaines, mais en mois. Une once de cette dentelle valait plus qu'une once d'argent ou d'or.

Elle fit courir ses doigts le long du fin réseau de fils, s'arrêtant sur l'accroc. « La dentelle ne demande pourtant pas d'énergie, rien que du temps. » C'était une occupation qu'elle détestait. « De l'énergie... de l'énergie... »

À cet instant, une série d'images défila en flashes devant ses yeux : Orrin parlant d'utiliser la magie pour ses recherches ; Trianna, la femme qui avait pris la direction du Du Vrangr Gata depuis l'enlèvement des Jumeaux ; l'un des guérisseurs des Vardens l'instruisant des principes de la magie quand elle n'avait que cinq ou six ans... Ces souvenirs disparates formaient une chaîne si extravagante et si invraisemblable que le rire emprisonné dans sa gorge explosa.

Farica lui lança un regard perplexe et attendit qu'elle s'expliquât. Balayant d'un geste la robe de ses genoux, Nasuada la laissa tomber en tas sur le sol et se leva.

– Va chercher Trianna ! ordonna-t-elle. Peu m'importe si elle est occupée ; amène-la-moi immédiatement !

Le visage de Farica se crispa, mais elle s'inclina en disant :

– À vos ordres, Madame.
Et elle disparut par la porte dérobée.
– Merci, murmura Nasuada, restée seule dans la chambre.
Elle comprenait la réticence de sa servante ; elle-même se sentait mal à l'aise chaque fois qu'elle était en contact avec des magiciens. Certes, elle avait accordé sa confiance à Eragon, parce qu'il était Dragonnier – bien que ce ne fût pas une garantie de probité, comme le prouvait Galbatorix –, et parce qu'il lui avait fait serment d'allégeance, serment qu'il ne romprait jamais, Nasuada le savait. Mais ce dont étaient capables sorcières et magiciens avait de quoi effrayer : qu'une personne d'apparence ordinaire pût vous tuer d'un mot ; pénétrer votre esprit à sa guise ; tromper, mentir, voler sans se faire prendre ; bref, défier la société en toute impunité, c'était une idée insupportable.
Rien que d'y penser, son cœur battit plus vite.
Comment faire respecter la loi quand une partie de la population détenait de tels pouvoirs ? Au départ, la guerre des Vardens contre l'Empire n'était rien d'autre qu'une tentative pour faire justice d'un homme qui avait abusé de ses talents de magicien, et l'empêcher de commettre de nouveaux crimes. « Tant de malheurs, tant de massacres, parce que nul n'est assez fort pour vaincre Galbatorix ! On ne peut même pas espérer le voir mourir un jour comme n'importe quel humain ! »
Malgré sa répugnance envers la magie, Nasuada savait que cet art aurait un rôle crucial à jouer dans la destitution de Galbatorix ; la jeune fille ne pouvait se permettre de s'aliéner ceux qui la pratiquaient tant que la victoire ne serait pas assurée. Après quoi, elle s'attaquerait à la résolution du problème qu'ils représentaient.
Un coup impérieux frappé à la porte de sa chambre la tira de ses réflexions. Plaquant un sourire avenant sur son visage et cuirassant son esprit comme elle avait appris à le faire, Nasuada lança :
– Entrez !

Il convenait qu'elle se montrât courtoise, après avoir convoqué Trianna d'une façon aussi cavalière.

La porte s'ouvrit, et la sorcière brune pénétra dans la chambre à grands pas, ses boucles visiblement enroulées à la va-vite sur le dessus de son crâne. Elle avait l'allure de quelqu'un qu'on vient de sortir du lit. Saluant à la façon des nains, elle dit :

– Vous m'avez fait demander, Madame ?

– En effet.

S'appuyant contre le dossier de sa chaise, Nasuada inspecta Trianna de la tête aux pieds en prenant tout son temps. La sorcière subit cet examen sans broncher.

– Je voudrais savoir : quelle est la règle la plus importante en matière de magie ?

Trianna fronça les sourcils :

– Quoi que l'on fasse par magie, on dépense la même quantité d'énergie qu'en employant un autre moyen.

– Et ce que vous *pouvez* faire ne dépend que de votre talent et de votre connaissance de l'ancien langage ?

– D'autres éléments peuvent nous limiter, mais, en général, oui. Pourquoi ces questions, Madame ? Ce sont là des principes de base qui vous sont familiers, j'en suis sûre, même s'ils sont peu divulgués.

– C'est exact. Je souhaitais m'assurer que je les avais assimilés correctement.

Sans bouger de son siège, Nasuada se baissa pour ramasser la robe et la déplia devant Trianna afin qu'elle voie la dentelle déchirée :

– Donc, en tenant compte de ces limites, vous seriez en mesure de formuler un sort permettant de restaurer cette dentelle par magie.

Un sourire condescendant étira les lèvres sombres de la sorcière :

– Le Du Vrangr Gata n'est pas là pour rapiécer vos vêtements, Madame. Notre art n'est pas destiné à satisfaire de simples caprices. Je suis sûre que vous trouverez des couturières et des tailleurs parfaitement aptes à répondre à votre requête. À présent, si vous voulez bien m'excuser, je...

– Tais-toi, femme, fit sèchement Nasuada.

La stupeur laissa Trianna muette.

– Je vois qu'il me faut donner au Du Vrangr Gata la même leçon qu'au Conseil des Anciens : je suis peut-être jeune, mais je ne suis pas une gamine qu'on rabroue. Je pose cette question parce que, s'il t'est possible de fabriquer de la dentelle rapidement et facilement par magie, nous serons alors en mesure d'assurer la subsistance des Vardens en vendant partout dans l'Empire un article de qualité à un prix modique. Les sujets de Galbatorix eux-mêmes nous fourniront les fonds dont nous avons besoin pour survivre.

– C'est ridicule, objecta Trianna. On ne peut pas payer une guerre avec des fanfreluches !

Farica avait l'air tout aussi sceptique.

Nasuada leva un sourcil :

– Pourquoi pas ? Les femmes qui n'ont pas les moyens de s'offrir de la dentelle seront bien trop contentes d'acheter la nôtre. Toute épouse de fermier rêvant de paraître plus aisée qu'elle ne l'est sautera sur l'occasion. Les riches marchands et les seigneurs eux-mêmes nous verseront leur or parce que notre dentelle sera plus fine que celle confectionnée au fuseau par des mains humaines. Nous amasserons une fortune digne de rivaliser avec celle des nains. Du moins, si tes talents de magicienne nous le permettent.

Trianna secoua sa chevelure brune :

– Vous doutez de mes capacités ?

– Peux-tu le faire, oui ou non ?

La sorcière eut un temps d'hésitation. Puis, prenant le vêtement des mains de Nasuada, elle examina un long moment les fins entrelacs de fils. Finalement, elle déclara :

– Je le pourrai, à condition d'effectuer quelques essais auparavant, pour m'en assurer.

– Alors, occupe-t'en tout de suite. Désormais, tu te consacreras à cette tâche. Et trouve une dentellière compétente pour te conseiller sur le choix des motifs.
– Oui, Dame Nasuada.
La jeune fille consentit à adoucir sa voix :
– Bon. Je veux également que tu sélectionnes les membres les plus brillants du Du Vrangr Gata pour envisager avec eux d'autres utilisations de la magie susceptibles d'aider les Vardens. Ils travailleront sous ta responsabilité, pas sous la mienne.
– Oui, Dame Nasuada.
– Maintenant, tu peux te retirer. Viens me faire ton rapport demain matin.
– Oui, Dame Nasuada.
Satisfaite, Nasuada regarda la sorcière partir, puis elle ferma les yeux et s'accorda un instant de répit en se félicitant de ce qu'elle venait d'accomplir. Aucun homme, pas même son père, n'aurait imaginé cette solution, elle le savait. « Ce sera mon offrande personnelle aux Vardens », songea-t-elle, en regrettant qu'Ajihad n'ait pu être témoin de la scène.
– T'ai-je étonnée, Farica ?
– Vous m'étonnez toujours, Madame.

37
ELVA

– Madame ?... On vous demande, Madame.
– Quoi ?

Nasuada n'avait aucune envie de bouger. Elle ouvrit les yeux et vit entrer Jörmundur. Toujours aussi maigre et nerveux, le vétéran ôta son casque, le cala dans le creux de son bras droit et marcha vers la jeune fille, la main gauche posée sur le pommeau de son épée.

Les mailles de son haubert cliquetèrent quand il s'inclina :
– Ma Dame !
– Bienvenue, Jörmundur. Comment va votre fils, aujourd'hui ?

Elle était contente de sa visite. De tous les membres du Conseil des Anciens, c'était le seul à avoir accepté volontiers son autorité, la servant avec la même détermination, la même loyauté têtue dont il avait fait preuve envers Ajihad. « Si tous mes guerriers lui ressemblaient, rien ni personne ne nous arrêterait. »

– Sa toux s'est calmée.
– Je m'en réjouis. Eh bien, qu'est-ce qui vous amène ?

Les rides se creusèrent sur le front de Jörmundur. Il passa la main sur ses cheveux attachés en queue de cheval ; puis, se reprenant, il baissa son bras :

– La magie, une magie la plus étrange qui soit...
– Oh ?
– Vous rappelez-vous ce bébé qu'Eragon a béni ?

– Certes.

Nasuada n'avait vu l'enfant qu'une fois, mais elle était au fait des contes à dormir debout circulant à son propos parmi les Vardens, qui espéraient la voir réaliser des exploits quand elle aurait grandi. Nasuada avait une vision beaucoup plus pragmatique des choses. Quel que pût être le destin de la fillette, il ne s'accomplirait pas avant un certain nombre d'années, et le combat contre Galbatorix serait déjà gagné ou perdu.

– On m'a demandé de vous conduire à elle.

– Qui cela, « on » ? Et pourquoi ?

– Un garçon est venu sur le terrain d'entraînement pour me dire que vous devriez aller voir l'enfant, assurant que vous trouveriez ça intéressant. Il n'a pas voulu me révéler son nom, mais il avait l'apparence que prend le chat-garou de cette sorcière, Angela, quand il se métamorphose ; aussi j'ai pensé... Eh bien, j'ai pensé que vous deviez être mise au courant.

Jörmundur hésitait, l'air embarrassé :

– J'ai interrogé mes hommes à propos de la fillette, et ils m'ont appris que... qu'elle est *différente*.

– De quelle manière ?

L'homme haussa les épaules :

– D'une manière qui me laisse estimer que... vous feriez bien de suivre le conseil du chat-garou.

Nasuada fronça les sourcils. Si on en croyait les légendes, ignorer l'avertissement d'un chat-garou était la pire des folies et menait souvent à la catastrophe, elle le savait. Toutefois, la compagne de celui-ci – Angela, l'herboriste – était une de ces magiciennes en qui Nasuada n'avait qu'une confiance limitée ; elle était trop indépendante, trop imprévisible.

– De la magie ! cracha-t-elle comme un juron.

– De la magie, acquiesça Jörmundur, bien que le mot, dans sa bouche, se teintât de respect et d'effroi.

– Parfait. Allons rendre visite à cette enfant. Est-elle au château ?

– Orrin l'a logée, ainsi que ceux qui prennent soin d'elle, dans la partie ouest du donjon.

– Conduisez-moi à elle.

Ramassant les plis de sa jupe, Nasuada se leva. Elle chargea Farica d'annuler ses rendez-vous de la journée, puis elle quitta ses appartements. Elle entendit Jörmundur claquer des doigts pour ordonner à quatre soldats de se placer autour d'elle pour lui faire escorte. L'instant d'après, il était à ses côtés et lui montrait le chemin.

La chaleur entre les murs du château de Borromeo avait encore augmenté ; on se serait cru enfermé dans le four à pain d'un géant. Derrière les fenêtres, l'air ondulait comme du verre liquide.

Bien qu'incommodée par cette température caniculaire, Nasuada savait qu'elle la supportait mieux que la plupart des gens. Ceux qui en souffraient le plus, c'étaient Jörmundur et ses soldats, emprisonnés toute la journée dans leur armure, même lorsqu'ils étaient postés à l'extérieur, sous l'œil sans paupière du soleil.

Elle surveillait attentivement les cinq hommes qui respiraient de plus en plus péniblement, le visage ruisselant de sueur. Depuis leur arrivée à Aberon, de nombreux Vardens avaient été victimes de malaises cardiaques – deux d'entre eux avaient succombé peu après –, et elle n'avait pas l'intention de perdre encore quelques-uns de ses sujets en les poussant au-delà des limites de leur résistance physique.

Quand elle estima qu'un temps de repos s'imposait, elle ordonna une halte pour faire servir de l'eau à son escorte, coupant court aux objections :

– Je ne veux pas vous voir tomber comme des mouches !

Ils durent s'arrêter encore deux fois avant d'atteindre leur destination, une porte banale, à peine visible, encastrée dans le mur du couloir. Des offrandes jonchaient le sol.

Jörmundur frappa. Derrière le battant, une voix chevrotante demanda :

– Qui est là ?

– Dame Nasuada, qui vient voir l'enfant, dit-il.

– A-t-elle le cœur droit et l'esprit résolu ?

Cette fois, ce fut Nasuada qui répondit :

– Mon cœur est pur et ma résolution aussi dure que le fer.

– En ce cas, franchissez le seuil et soyez la bienvenue.

La porte s'ouvrit sur un vestibule éclairé par une unique lanterne rouge comme en utilisaient les nains. Il n'y avait personne. En s'avançant, Nasuada remarqua que les murs et le plafond étaient recouverts d'étoffes noires, qui donnaient à l'endroit l'aspect d'une grotte ou d'une tanière. À son étonnement, il y faisait frais, presque froid, comme par une piquante nuit d'automne. La jeune fille sentit s'enfoncer dans son ventre les griffes venimeuses de la peur. *De la magie.*

Une tenture à larges mailles fermait le passage. Nasuada la souleva et pénétra dans ce qui avait dû être un salon. Les meubles avaient été enlevés, à l'exception d'une rangée de chaises, disposées contre le mur matelassé. Une grappe de lanternes, fabriquées par les nains, était accrochée au tissu qui garnissait le plafond. Elle dispensait une faible clarté et projetait de tous côtés d'étranges ombres colorées.

Dans un coin de cet antre, une vieillarde au dos courbé – encadrée par Angela, l'herboriste, et par le chat-garou, le poil hérissé – regardait venir Nasuada. Au centre de la pièce, une enfant pâle, qui devait avoir deux ou trois ans, était accroupie et picorait dans un plateau de nourriture posé sur ses genoux. Personne ne parla.

Troublée, Nasuada demanda :

– Où est le bébé ?

La gamine leva la tête.

Nasuada lâcha une exclamation en voyant briller sur son front la marque du dragon. Son regard plongea au fond de deux yeux violets. Un sourire terrible, narquois, étira étrangement les lèvres de la fillette.

– Je suis Elva, dit-elle.

Nasuada recula, saisissant d'instinct le manche du poignard dissimulé dans sa manche. La voix était celle d'une adulte, chargée de l'expérience et du cynisme d'une adulte. Elle sonnait comme un blasphème dans cette bouche enfantine.

– Ne t'en va pas, reprit Elva. Je suis ton amie.

Elle posa le plateau ; il était vide, à présent. Elle lança à la vieille femme :

– Encore à manger !

Celle-ci sortit à la hâte. Elva tapota alors le sol à côté d'elle :

– Assieds-toi, je t'en prie. Je t'attends depuis que j'ai appris à parler.

Sans lâcher le poignard, Nasuada s'installa sur les dalles de pierre :

– Quand était-ce ?

– La semaine dernière.

Elva croisa les bras, et son regard effrayant cloua Nasuada sur place avec une force surnaturelle. La jeune fille eut l'impression qu'une lance violette lui transperçait le crâne et fouaillait son esprit, mettant en pièces ses pensées et sa mémoire. Elle dut se retenir de crier.

Se penchant en avant, Elva enveloppa doucement du creux de sa main la joue de Nasuada :

– Ajihad n'aurait pas dirigé son peuple mieux que tu ne le fais, tu sais. Tu as choisi le juste chemin. Pendant les siècles à venir, on célébrera ton nom, ton courage et ta clairvoyance pour avoir su mener les Vardens au Surda et attaquer l'Empire, quand tous les autres estimaient que c'était folie.

Nasuada fixait la petite fille, abasourdie. Telle une clé tournant dans la bonne serrure, les paroles d'Elva correspondaient à ses peurs profondes, aux doutes qui la tenaient éveillée chaque nuit, la laissant en sueur dans l'obscurité. Une vague d'émotion incontrôlable la submergea, l'emplissant d'un sentiment de confiance et de paix, tel qu'elle n'en avait plus éprouvé depuis la mort d'Ajihad. Des larmes de soulagement lui montèrent aux yeux et lui inondèrent le visage. Elva avait su exactement que dire pour la réconforter.

Nasuada en ressentit une sorte de répulsion : elle était manipulée par cette fille. Dans quel but ? Son euphorie n'arrivait pas à vaincre son dégoût.

– Qu'es-tu réellement ? demanda-t-elle.

– Je suis ce qu'Eragon a fait de moi.
– Il t'a bénie.

Elva battit des paupières, et son regard terrible, si *ancien*, se voila un instant :

– Il ne savait pas ce qu'il faisait. Depuis qu'il m'a ensorcelée, lorsque je suis en présence d'une personne, je ressens toutes les blessures qui l'assaillent et celles qui s'apprêtent à l'assaillir. Quand j'étais plus petite, je ne pouvais rien y faire. C'est pourquoi j'ai grandi.

– Pourquoi devrais-tu...

– La magie qui coule dans mon sang me pousse à protéger les gens de tout mal... même si je dois en souffrir ; que je le désire ou non.

Elle eut un sourire amer :

– Et, si je tente de résister, je le paie chèrement.

En même temps qu'elle assimilait ces informations, Nasuada comprenait que l'apparence dérangeante de la fillette était la conséquence des douleurs auxquelles elle était sans cesse exposée. À l'idée de ce qu'elle avait pu endurer, elle frissonna. « Subir ce calvaire sans pouvoir s'en délivrer, ce doit être une torture ! » Revenant sur sa première impression, elle regarda la petite avec un peu plus de sympathie :

– Pourquoi me racontes-tu ça ?

– Tu as le droit de savoir qui je suis et ce que je suis.

Elva se tut un instant, et le feu de son regard s'intensifia :

– Sache aussi que je combattrai pour toi autant que je le pourrai. Sers-toi de moi comme tu le ferais d'un assassin – un être sans pitié, caché dans l'obscurité.

Son rire s'éleva, pointu, glacé :

– Tu devines pourquoi ; oui, je vois que tu le devines. Parce que, à moins que cette guerre ne cesse – et le plus tôt sera le mieux –, cet état me rendra folle. Il m'est déjà assez pénible d'endurer les angoisses du quotidien ; comment affronterai-je l'atrocité des batailles ? Sers-toi de moi pour mettre un terme à tout ceci, et je ferai en sorte que la vie t'offre plus de bonheur qu'aucun humain n'a eu le privilège d'en recevoir.

À cet instant, la vieille reparut. Elle trottina jusqu'à Elva et, en s'inclinant, lui tendit un nouveau plateau chargé de mets. Nasuada ressentit un soulagement physique en voyant Elva s'attaquer à un gigot de mouton, enfournant la viande dans sa bouche à deux mains. Elle se gavait avec la voracité d'un loup mourant de faim, avec un manque total de décence. Ses yeux violets baissés, la marque du dragon recouverte par ses mèches brunes, elle retrouvait l'aspect d'une enfant innocente.

Nasuada patienta un peu afin d'être sûre qu'Elva avait dit ce qu'elle avait à dire. Alors, sur un geste d'invitation d'Angela, elle sortit avec l'herboriste par une porte de côté, laissant la fillette pâle assise, seule, au centre de la pièce matelassée de tentures noires, tel un horrible fœtus niché dans sa matrice, attendant le moment d'en être expulsé.

Angela s'assura que la porte était bien fermée avant de murmurer :

– Elle ne fait rien d'autre que manger, et encore manger. Nous ne pouvons contenter son appétit avec des rations normales. Pouvez-vous…

– Ne vous faites aucun souci, elle sera nourrie.

Nasuada se frictionna les bras, essayant de chasser de sa mémoire le regard terrifiant de la fillette.

– Merci.

– Une chose semblable est-elle déjà arrivée ?

Angela fit danser sa chevelure bouclée :

– Pas une seule fois dans toute l'histoire de la magie. J'ai essayé d'examiner son avenir, mais ce n'est qu'un bourbier insondable – un mot intéressant, *bourbier* –, tant sa vie interfère avec d'autres vies.

– Est-elle dangereuse ?

– Nous sommes tous dangereux.

– Vous comprenez ce que je veux dire.

Angela haussa les épaules :

– Elle est plus dangereuse que ceux-ci, et moins que ceux-là. La première personne qu'elle risque de tuer, cependant, c'est elle-même. Si elle rencontre quelqu'un sur le point d'être blessé, ce qu'elle saura grâce au sort lancé par Eragon, elle encaissera le coup à la place de ce quelqu'un. C'est pourquoi elle reste enfermée presque en permanence.

– Combien de temps à l'avance peut-elle prévoir les événements ?

– Deux ou trois heures, pas davantage.

S'appuyant contre le mur, Nasuada évalua le nouveau problème qui venait lui compliquer la vie. Elva pouvait représenter une arme puissante, si on l'utilisait convenablement. « Par son intermédiaire, je suis en mesure de deviner ce qui trouble et affaiblit mes adversaires, aussi bien que ce qui les contente, et, ainsi, les manipuler selon mes désirs. »

En cas d'urgence, la fillette ferait également un garde du corps infaillible si l'un des Vardens de même qu'Eragon et Saphira avaient besoin d'être protégés. « On ne peut la laisser sans surveillance. Il me faut quelqu'un pour la chaperonner, quelqu'un qui connaisse le fonctionnement de la magie, qui soit assez solide pour ne pas tomber sous son influence..., et quelqu'un d'honnête, sur qui je puisse m'appuyer en toute confiance. »

Elle écarta aussitôt Trianna.

Angela ? Si Nasuada se méfiait de l'herboriste, elle savait qu'elle avait soutenu les Vardens à des occasions importantes et particulièrement délicates – lorsqu'elle avait prodigué ses soins à Eragon, par exemple – sans rien exiger en retour. Nasuada ne voyait personne d'autre qui eût le temps, l'expérience, et qui fût disposé à veiller sur Elva.

– Je suis consciente de me montrer présomptueuse, dit-elle, étant donné que vous n'êtes pas sous ma juridiction et que je ne connais pas grand-chose de votre vie et des tâches qui vous incombent, mais j'ai une faveur à vous demander.

Angela agita la main :

– Allez-y !

Décontenancée, Nasuada eut une seconde d'hésitation ; puis elle se décida :

– Accepteriez-vous de garder un œil sur Elva ? J'ai besoin que...

– Naturellement ! Je garderai même les deux yeux sur elle, dans la mesure du possible. J'apprécie cette opportunité de l'étudier de près.

– Vous devrez me tenir au courant, l'avertit Nasuada.

– Ah, le dard empoisonné caché dans la tarte au raisin ! Très bien, je pense que je m'en arrangerai.

– J'ai votre parole, alors ?

– Vous l'avez.

Avec un grognement soulagé, Nasuada se laissa tomber sur un siège :

– Oh, quelle pagaille ! Quel *bourbier* ! En tant que suzeraine d'Eragon, je suis responsable de ses actes, mais je n'aurais jamais imaginé qu'il ferait une chose aussi terrible ! C'est une tache sur mon honneur comme sur le sien.

Une série de petits bruits secs résonnèrent dans le couloir : Angela faisait craquer les jointures de ses doigts.

– Oui, j'ai l'intention de lui en toucher deux mots dès son retour d'Ellesméra.

Elle avait dit cela avec une mine si féroce que Nasuada s'alarma :

– Nous avons besoin de lui. Ne lui faites pas de mal !

– Ça... jamais !

38
RÉCIDIVE

Une violente rafale tira Eragon de son sommeil.

Les couvertures battaient autour de lui ; la tempête balayait la chambre, envoyant voltiger ses affaires et cognant les lanternes contre le mur. Dehors, le ciel était noir de nuées.

Saphira observa Eragon, qui s'était levé et titubait : l'arbre tanguait comme un bateau en pleine mer. Tête baissée pour affronter la bourrasque, le garçon fit le tour de la pièce en s'accrochant au mur jusqu'à atteindre l'ouverture, par où le vent s'engouffrait en hurlant.

Il passa la tête à l'extérieur et regarda le sol, tout en bas. Il crut le voir se balancer d'un côté et de l'autre. Il déglutit, l'estomac à l'envers.

Il chercha à tâtons le rebord de la membrane que l'on pouvait tirer pour obstruer l'ouverture. Il se prépara à s'élancer. S'il dérapait, rien n'empêcherait sa chute jusqu'aux racines de l'arbre.

« Attends », dit Saphira.

Elle enjamba le rebord de l'espèce de vasque où elle dormait et étira sa queue jusqu'à lui afin qu'il s'en servît comme d'une rambarde.

Concentrant sa force dans sa main droite pour tirer la membrane, il progressa au travers de l'embrasure en s'accrochant aux écailles de la dragonne. Dès qu'il eut atteint l'autre côté, il saisit la tenture à deux mains et l'encastra dans la fente qui la maintenait en place.

Le calme revint dans la chambre.

La membrane se gonflait sous la poussée des éléments furieux, mais ne donnait aucun signe de faiblesse. Eragon posa le doigt dessus : l'étoffe était tendue comme la peau d'un tambour.

« C'est incroyable ce que les elfes sont capables de fabriquer », dit-il.

Saphira l'écouta tête dressée, allongeant le cou jusqu'à ce que son crâne s'aplatît contre le plafond :

« Tu ferais bien d'aller ranger le bureau ; tout doit être en pagaille. »

Au moment où Eragon se dirigeait vers l'escalier, l'arbre tangua de nouveau. Les jambes du garçon se dérobèrent et son genou heurta durement le sol. Il lâcha un juron.

Le bureau n'était qu'un tourbillon de papiers et de plumes, qui semblaient animés d'une vie propre. Il plongea dans ce maëlstrom en se protégeant la tête de ses bras. Lorsque la pointe des plumes le frappait, il lui semblait être attaqué à coups de pierres.

Eragon s'efforça de fermer la membrane de l'ouverture supérieure sans l'aide de Saphira. À l'instant où il y parvint, la douleur – une douleur à rendre fou – lui laboura le dos.

Il ne poussa qu'un seul cri, si fort qu'il lui cassa la voix. Des éclairs rouges et jaunes passèrent devant ses yeux, puis tout devint noir, et il tomba sur le côté. Il entendait, en bas, Saphira hululer d'impuissance ; l'escalier était trop étroit et, dehors, le vent, trop violent pour qu'elle tentât de le rejoindre par l'extérieur. Leur lien mental s'affaiblit. Eragon s'abandonna aux ténèbres qui l'aspiraient, seul moyen d'échapper à son agonie.

Une salive aigre emplissait la bouche d'Eragon quand il revint à lui. Il ignorait combien de temps il était resté sur le sol, roulé en boule, mais les muscles de ses bras et de ses jambes étaient complètement noués. La tempête continuait de secouer l'arbre, accompagnée par le tambourinement de la pluie, qui rythmait le battement du sang dans la tête du garçon.

« Saphira ? »

« Je suis là. Peux-tu descendre ? »

« Je vais essayer. »

Il était trop affaibli pour tenir debout sur le plancher instable, aussi il rampa jusqu'à l'escalier et le descendit une marche à la fois, grimaçant à chaque choc. Saphira l'accueillit à mi-chemin ; la dragonne avait introduit sa tête et son cou aussi loin qu'elle avait pu, éraflant le bois dans son excitation.

« Petit homme. »

Elle lui donna sur la main un coup de langue râpeuse. Il sourit. Puis elle arqua le cou pour reculer, sans résultat.

« Que se passe-t-il ? »

« Je suis coincée. »

« Tu es... »

Ce fut plus fort que lui : il éclata de rire, même si ça lui faisait mal partout. La situation était trop absurde.

Elle grogna, secoua tout son corps, lança des coups de pattes ; l'arbre en tremblait. Puis elle se laissa retomber, hors d'haleine.

« Bon, ne reste pas assis là, à ricaner comme un renard débile ! Aide-moi ! »

Se retenant de pouffer, il posa le pied sur le nez de la dragonne et poussa autant qu'il osait, pendant que Saphira se tortillait, se contorsionnait dans l'espoir de se dégager.

Il leur fallut dix bonnes minutes pour y parvenir. Alors, seulement, Eragon put mesurer l'étendue des dégâts. Il grommela. Les écailles de Saphira avaient entamé l'écorce et massacré les motifs délicats que les elfes avaient créés dans le bois de l'escalier.

« Oups ! » fit la dragonne.

« Au moins, c'est toi qui as fait ça, pas moi. Les elfes te pardonneront. Ils chanteraient les ballades d'amour des nains jour et nuit, si tu le leur demandais. »

Il rejoignit Saphira sur sa couche et se blottit contre les écailles plates de son ventre, écoutant la tempête rugir au-dehors. La membrane fermant l'ouverture devenait translucide chaque fois qu'un éclair lançait ses traits de lumière zigzaguants.

« Quelle heure est-il, à ton avis ? »

« Plusieurs heures avant celle de notre rendez-vous avec Oromis. Allez, dors ! Repose-toi ! Je veille sur toi. »

Et c'est ce qu'il fit, en dépit des secousses de l'arbre.

39
Pourquoi combats-tu ?

Le réveil d'Oromis sonna comme une trompette, beuglant aux oreilles d'Eragon jusqu'à ce qu'il finisse par enfoncer le bouton et bloquer le mécanisme.

Son genou tuméfié avait pris une teinte violette ; il était perclus de courbatures dues autant à sa crise qu'à la Danse du Serpent et de la Grue, et sa gorge irritée n'émettait qu'une sorte de coassement. Ce qui le tourmentait le plus, cependant, c'était le pressentiment que la blessure causée par Durza n'avait pas fini de le faire souffrir. Cette idée le rendait malade, entamait ses forces et annihilait sa volonté.

« Tant de semaines ont passé depuis ma dernière attaque, dit-il, je commençais à espérer que peut-être – oui, peut-être – j'étais guéri... Je suppose que c'est par pur hasard que j'ai été épargné si longtemps. »

Saphira allongea le cou pour lui caresser le bras de son museau :

« Tu n'es pas seul, petit homme. Je ferais n'importe quoi pour t'aider. »

Il lui adressa en réponse un pauvre sourire. Elle lui lécha la joue et ajouta :

« Tu devrais te préparer, c'est l'heure. »

« Je sais. »

Il resta les yeux fixés au sol ; il n'avait aucune envie de bouger. Il finit par se traîner jusqu'à la salle de bains, où il se lava, et se servit de la magie pour se raser.

Il était en train de se sécher quand il sentit une présence effleurer sa conscience. Sans prendre le temps de réfléchir, il s'employa à renforcer son esprit en se concentrant sur l'image de son gros orteil, excluant toute autre pensée. Il entendit alors Oromis :

« Superbe, mais ce n'est pas nécessaire. Apporte Zar'roc, aujourd'hui. »

Et la présence s'évanouit.

Eragon lâcha un long soupir. D'une voix tremblante, il dit à Saphira :

« Je dois me tenir davantage sur mes gardes. S'il s'était agi d'un ennemi, j'aurais été à sa merci. »

« Pas avec moi à ton côté. »

Quand il eut terminé ses ablutions, Eragon dégagea la membrane qui fermait l'ouverture et monta Saphira, tenant Zar'roc au creux de son bras.

Saphira s'envola dans un souffle d'air, et vira vers l'À-Pic de Tel'naeír.

De leur point de vue, ils pouvaient mesurer les ravages causés par la tempête sur le Du Weldenvarden. Aucun arbre n'était tombé dans Ellesméra, mais plus loin, là où la magie des elfes n'avait plus assez d'effet, de nombreux pins avaient été abattus. Le vent qui soufflait encore agitait leurs branches et leurs troncs, produisant un âpre concert de craquements et de gémissements. Des nuages de pollen doré s'élevaient des arbres en fleur.

Eragon et Saphira profitèrent de ce temps de vol pour échanger ce qu'ils avaient retenu des leçons de la veille. Ainsi, lorsqu'ils se posèrent et qu'Oromis interrogea Eragon sur les dangers des courants descendants, que Glaedr questionna Saphira sur la vie des fourmis et les subtilités de l'ancien langage, ils s'en sortirent avec honneur.

– Très bien, Eragon-vodhr.

« Oui, bien joué, Bjartskular ! » ajouta Glaedr.

Comme la veille, Saphira fut envoyée au loin avec le grand dragon tandis qu'Eragon restait sur la falaise ; sauf que, cette fois, le garçon et la dragonne prirent soin de maintenir leur lien mental afin que chacun profite des apprentissages de l'autre.

Les dragons partis, Oromis fit remarquer :

– Tu es enroué, Eragon. Es-tu malade ?

– Mon dos m'a fait souffrir, cette nuit.

– Ah ! Tu as toute ma sympathie.

Avec un signe du doigt, il ordonna :

– Attends-moi ici !

Eragon vit Oromis entrer dans sa cabane. Quand il en ressortit, la mine guerrière, sa crinière d'argent soulevée par le vent, il tenait à la main l'épée de bronze.

– Aujourd'hui, dit-il, nous allons laisser de côté le Rimgar. À la place, nous croiserons nos lames, Naegling et Zar'roc. Tire ton épée et gaine son tranchant d'une protection, comme ton premier maître t'a appris à le faire.

Eragon aurait donné n'importe quoi pour pouvoir dire non. Toutefois, il n'avait pas l'intention de manquer à ses engagements, ni de se montrer irrésolu face à Oromis. Il domina son agitation. « Voilà à quoi mène l'état de Dragonnier », songea-t-il.

Ramassant ce qui lui restait de forces, il se concentra sur le point central, enfoui dans son esprit, qui le reliait au courant sauvage de la magie. Il le sonda, et sentit l'énergie s'insinuer en lui.

– Gëruloth du knífr, dit-il.

Une étincelle bleutée se mit à clignoter entre son pouce et son index, passant de l'un à l'autre tout le temps qu'il la fit courir le long du dangereux tranchant de sa lame.

Dès l'instant où leurs armes se rencontrèrent, Eragon sut qu'il n'était pas de taille face à Oromis, pas plus qu'il ne l'avait été face à Durza et à Arya. Eragon maniait l'épée de façon exemplaire... pour un humain ; il ne pouvait rivaliser avec des guerriers dont les veines charriaient un sang imprégné de magie. Son bras était trop faible, ses réflexes étaient trop lents.

Malgré tout, il fit ce qu'il put pour l'emporter. Il batailla jusqu'à la limite de ses capacités, même si, en fin de compte, l'entreprise était perdue d'avance.

Oromis le mit à l'épreuve de toutes les manières possibles, obligeant le garçon à faire un usage complet de son arsenal de coups, parades et feintes savantes... pour rien ! Il n'arrivait pas à toucher l'elfe. En dernier recours, il tenta de changer de style de combat, ce qui pouvait déstabiliser le vétéran le plus endurci. Il n'y gagna qu'une zébrure sur la cuisse.

– Bouge tes pieds plus vite ! cria Oromis. Celui qui se plante là tel un pilier meurt dans la bataille ; celui qui bondit tel un cerf est vainqueur.

L'elfe était magnifique en pleine action ; un parfait mélange de maîtrise et de violence indomptable. Il sautait comme un chat, frappait comme un héron, cabriolait et louvoyait avec la grâce d'une belette.

Leur duel durait depuis une vingtaine de minutes quand Oromis vacilla, son visage étroit se crispa en une brève grimace. Eragon reconnut les symptômes du mal mystérieux dont souffrait l'elfe, et il fit siffler la lame de Zar'roc. C'était un coup bas, mais il ressentait une telle frustration qu'il était prêt à profiter de la première faille venue pour avoir la satisfaction de toucher Oromis au moins une fois, et tant pis si c'était déloyal !

Zar'roc n'atteignit pas sa cible. En se fendant, Eragon étira son dos à l'extrême.

La douleur lui tomba dessus sans prévenir.

La dernière chose qu'il entendit fut le cri de Saphira :

« Eragon ! »

Malgré la violence de la crise, Eragon garda toute sa connaissance le temps que dura son supplice ; s'il n'avait pas conscience de son environnement, il ressentait vivement le feu qui dévorait sa chair, transformant chaque seconde en une éternité.

Le pire était qu'il ne pouvait rien faire pour mettre un terme à sa souffrance sinon attendre...

... et attendre...

Eragon gisait, pantelant, dans la boue froide. Il cligna des yeux, retrouvant une vision nette des choses, et vit à côté de lui Oromis, assis sur un tabouret.

Le garçon se redressa sur les genoux avec un regard mi-navré mi-dégoûté sur sa tunique neuve. Dans ses convulsions, il s'était roulé sur le sol, et la fine étoffe rousse était maculée de terre. Ses cheveux étaient poisseux de glaise.

Il sentait dans son esprit l'inquiétude irradiant de Saphira tandis qu'elle guettait l'instant où il remarquerait sa présence.

« Tu ne peux pas continuer ainsi, se morfondait-elle. Ça te tuera. »

L'inquiétude de la dragonne eut raison des dernières forces d'Eragon. Jamais Saphira n'avait émis le moindre doute sur sa capacité de dominer son mal, ni à Dras-Leona, ni à Gil'ead, ni à Farthen Dûr, ni même aux pires moments de danger qu'ils avaient affrontés. Sa confiance lui avait redonné courage. Sans elle, il se sentait terrifié.

« Tu devrais plutôt te concentrer sur ta leçon. »

« Je dois me concentrer sur toi. »

« Laisse-moi tranquille ! » aboya-t-il.

Il n'était plus qu'un animal blessé, qui veut soigner ses plaies dans l'ombre et le silence. La dragonne se tut, maintenant leur lien mental juste assez pour qu'il suivît vaguement l'enseignement de Glaedr sur les herbes qu'elle pouvait mâcher pour faciliter sa digestion.

Eragon passa les doigts dans ses cheveux pour en ôter la boue, cracha un peu de sang :

– Je me suis mordu la langue.

Oromis approuva de la tête comme si cela n'avait rien d'étonnant :

– Tu as besoin de soins ?

– Non.

– Très bien. Range ton épée, va prendre un bain, puis retourne sur la souche, dans la clairière, et écoute les pensées de la forêt. Écoute, et, quand tu n'entendras plus rien, reviens me faire part de ce que tu auras appris.
– Oui, Maître.

Dès qu'il fut assis sur la souche, Eragon s'aperçut que le tourbillon de ses soucis et de ses émotions l'empêchait de se concentrer, d'ouvrir son esprit et ses sens aux créatures qui peuplaient la combe. Ça ne l'intéressait même pas.

La paix qui régnait là calma cependant peu à peu sa rancœur, son trouble, son entêtement et sa colère. Non qu'elle le rendît heureux ; du moins lui procurait-elle une sorte de consentement résigné. « C'est mon lot en cette vie ; autant m'y accoutumer car il y a peu de chances que les choses s'améliorent dans un proche avenir. »

Au bout d'un quart d'heure, il avait retrouvé son acuité habituelle, aussi reprit-il son observation de la colonie de fourmis rouges, commencée la veille. Il s'efforça également d'être attentif à tout ce qui se passait dans la clairière, ainsi qu'Oromis lui avait ordonné de le faire.

Eragon rencontra un succès limité. S'il se détendait pour être disponible aux énergies des créatures conscientes à l'entour, des milliers d'images et de sensations s'engouffraient dans son esprit, s'amoncelant les unes sur les autres en brefs flashes de sons et de couleurs, de contacts et d'odeurs, de douleur et de plaisir. Une telle quantité d'informations le submergeait. Par simple habitude, son esprit tentait d'extirper de ce torrent un objet à la fois, à l'exclusion de tout autre, jusqu'à ce qu'il comprît son erreur et s'obligeât à se remettre dans un état de réceptivité passive. Il dut renouveler cet effort par cycles réguliers, seconde après seconde ; malgré cela, il améliora très vite son appréhension de l'univers des fourmis.

Il découvrit un premier indice sur leur sexe en comprenant par déduction que l'énorme insecte, au centre de l'antre souterrain, pondait des œufs, au rythme d'un à la minute environ ; il s'agissait donc d'une femelle. Puis, en accompagnant la colonne de fourmis qui escaladait la tige de l'églantier, il fit l'expérience vivante de leur combat contre un ennemi : *quelque chose* surgit de dessous une feuille et tua une des fourmis prises dans une sorte de filet. Il était difficile à Eragon de se faire une idée de la créature, car les fourmis n'en discernaient que des fragments, et se servaient plus de leur odorat que de leur vue. À échelle humaine, il aurait dit qu'elles étaient attaquées par un monstre de la taille d'un dragon, aux mâchoires aussi redoutables que les herses fermant les portes de Teirm, et qui se déplaçait à la vitesse d'un coup de fouet.

Les fourmis encerclaient le monstre tels des valets d'écurie tentant de capturer un cheval échappé. Elles l'assaillaient avec une totale absence de peur, mordant ses jambes protubérantes et se retirant juste à temps pour éviter ses pinces de fer. De nouvelles attaquantes se joignirent à cette armée, cherchant à écraser l'adversaire sous leur nombre, ne reculant jamais, pas même quand l'une ou l'autre était tuée et quand plusieurs d'entre elles tombaient sur le sol, au pied de l'arbuste.

C'était une lutte sans merci, aucun des deux partis n'acceptant de s'avouer vaincu. Seule la fuite ou la victoire aurait sauvé les combattantes d'une mort horrible. Eragon suivait la bataille avec un intérêt passionné, saisi d'une crainte respectueuse envers la bravoure de ces insectes. Les bestioles continuaient de se battre en dépit de blessures qui auraient réduit à l'impuissance n'importe quel humain. Leurs exploits héroïques auraient mérité d'être chantés par les bardes à travers tout le pays.

Eragon était si captivé par cet affrontement que, lorsque les fourmis l'emportèrent enfin, il poussa un cri de joie qui fit jaillir des arbres un vol d'oiseaux affolés.

Ayant satisfait sa curiosité, il reprit possession de son propre corps, et s'approcha de l'églantier pour contempler de ses yeux le monstre mort. Il ne vit qu'une araignée brune des plus ordinaires, les pattes recroquevillées sur le ventre, que les fourmis emportaient dans leurs galeries comme provision de bouche.

« Stupéfiant ! »

Il s'apprêtait à quitter les lieux quand il s'aperçut que, une fois de plus, il avait négligé l'observation de la myriade d'autres insectes et bêtes diverses peuplant la clairière. Il ferma les yeux et se laissa emporter par les consciences de douzaines de petits êtres, s'efforçant de mémoriser autant de détails intéressants que possible. Ce n'était qu'un piètre substitut à une véritable observation, mais il avait faim et l'heure impartie était déjà écoulée.

Quand il rejoignit Oromis dans la cabane, l'elfe lui demanda :
– Comment ça s'est passé ?
– Je pourrais tendre l'oreille nuit et jour pendant les vingt années qui viennent, Maître, sans avoir idée de tout ce qui vit dans cette forêt !

Oromis leva un sourcil :
– Tu as fait des progrès.

Après avoir écouté la description des découvertes de son élève, Oromis déclara :
– Des progrès, certes, mais ce n'est pas encore suffisant, j'en ai peur. Tu dois travailler davantage, Eragon. Je sais que tu en es capable. Tu es intelligent et persévérant, et tu as le potentiel pour devenir un grand Dragonnier. Si difficile que ce soit, tu dois apprendre à mettre tes soucis de côté pour te concentrer entièrement sur la tâche du moment. Trouve la paix au fond de toi, et agis en fonction de ça.
– Je fais le maximum.
– Non, ce n'est pas ton maximum. Nous le reconnaîtrons quand tu y parviendras.

Il se tut un instant, songeur, puis reprit :
– Cela t'aiderait peut-être d'avoir un compagnon avec qui tu serais en compétition. On verrait alors à quoi ressemble ton maximum... Je vais y réfléchir.

Oromis sortit de son placard une miche de pain frais, un pot en bois contenant de la pâte de noisette – que les elfes utilisaient à la place du beurre – et deux écuelles, qu'il emplit d'une ratatouille de légumes longuement mijotée dans un chaudron, sur un lit de braises, au coin de l'âtre.

Eragon jeta un regard dégoûté à la ratatouille ; il en avait plus qu'assez du régime des elfes. Il aurait donné n'importe quoi pour planter ses dents dans un morceau de viande, de poisson ou de volaille, quelque chose de résistant, au lieu de ce défilé sans fin de végétaux.

– Maître, demanda-t-il, s'efforçant de penser à autre chose, pourquoi me faites-vous ainsi méditer ? Est-ce pour que je comprenne la façon d'être des animaux et des insectes, ou bien en attendez-vous davantage ?

– À ton avis ?

Eragon fit signe qu'il n'en avait aucune idée, et Oromis soupira :

– C'est toujours pareil avec mes nouveaux élèves, particulièrement les humains ! Leur cerveau est le dernier muscle qu'ils entraînent ou utilisent, et celui qu'ils considèrent comme le moins important. Interroge-les sur l'art de l'épée, et ils énuméreront chaque coup d'un duel vieux d'un mois ; mais demande-leur de résoudre un problème ou de faire une hypothèse correcte... et ils te lancent un regard ahuri ! Tu es encore novice dans l'univers de la gramarie – le véritable nom de la magie ; cependant tu devrais commencer à saisir ses multiples implications.

– Comme...?

– Imagine une seconde que tu es Galbatorix, et que tu disposes de ses vastes ressources. Les Vardens ont anéanti ton armée d'Urgals avec l'aide d'un Dragonnier rival, dont tu sais qu'il a été formé – au moins en partie – par l'un de tes plus dangereux et plus implacables adversaires, Brom. Tu es également au courant d'un rassemblement de tes ennemis au Surda, probablement en prévision d'une invasion. Cela posé, quel serait le meilleur moyen de faire face à ces différentes menaces, à part te lancer en personne dans la bataille ?

Eragon remua sa ratatouille pour la refroidir tout en réfléchissant :

– Il me semble, dit-il lentement, que le plus simple serait d'entraîner un corps de magiciens – pas nécessairement les plus puissants –, les obliger à me jurer fidélité en ancien langage, puis les envoyer infiltrer le Surda pour saboter les préparatifs des Vardens, empoisonner les puits et assassiner Nasuada, le roi Orrin et les autres personnages clés de la résistance.

– Et pourquoi Galbatorix ne l'a-t-il pas déjà fait ?

– Parce que, jusqu'à présent, le Surda ne présentait pour lui qu'un intérêt mineur, et parce que les Vardens étaient réfugiés à Farthen Dûr depuis des décennies, où ils pouvaient sonder l'esprit de n'importe quel arrivant et découvrir son éventuelle duplicité. Ils n'ont plus cette possibilité, au Surda ; les frontières sont trop étendues, et la population est trop importante.

– Ce sont mes propres conclusions, dit Oromis. À moins que Galbatorix abandonne son repaire d'Urû'baen, le plus grand danger que tu affronteras sans doute pendant la campagne des Vardens viendra de tes pairs magiciens. Tu sais aussi bien que moi combien il est difficile de se protéger de la magie, surtout si ton adversaire a juré en ancien langage de te tuer à n'importe quel prix. Au lieu de tenter de s'emparer d'abord de ton esprit, un tel ennemi se contentera de te supprimer d'un sort, même si – juste avant d'être anéanti – tu étais encore libre de riposter. De toute façon, tu ne peux abattre ton meurtrier si tu ne sais ni qui il est ni où il se tient.

– Donc, parfois, il n'est pas nécessaire de contrôler l'esprit de son adversaire ?

– Parfois, mais c'est un risque qu'il vaut mieux éviter de prendre.

Oromis prit le temps d'avaler quelques cuillerées de légumes.

– Maintenant, continua-t-il, pour revenir au cœur de la question, comment envisagerais-tu de te défendre contre des ennemis anonymes, qui peuvent négliger les précautions physiques et tuer d'un simple murmure ?

– Je ne vois pas. À moins que...

Eragon hésita, puis sourit :

– À moins que je sache percevoir les consciences de tous les êtres qui m'entourent. Ainsi, je sentirais s'ils me voulaient du mal.

Oromis parut satisfait de cette analyse :

– Enfin, Eragon-finiarel ! Et c'est la réponse à ta question. Tes méditations te préparent à trouver et à exploiter la faille dans l'armure mentale de ton adversaire, si minuscule soit-elle.

– Mais les autres magiciens n'auront-ils pas connaissance de mon intrusion ?

– Ils l'auront. Ils l'auront, et ils auront peur, et la peur les poussera à blinder leur esprit, et c'est ainsi que tu les reconnaîtras.

– N'est-ce pas dangereux de laisser son esprit sans protection ? Une attaque mentale peut rapidement vous submerger.

– C'est moins dangereux que d'être aveugle au monde qui t'entoure.

Eragon hocha la tête. Il fit sonner sa cuillère contre son écuelle un bon moment, perdu dans ses réflexions, puis il déclara :

– Ça ne me plaît pas.

– Ah ? Explique-toi !

– Et l'intimité des gens ? Brom m'a enseigné à ne jamais m'introduire dans l'esprit de quelqu'un sans une absolue nécessité... Je n'aime pas l'idée de fureter dans les secrets des gens... secrets qu'ils ont parfaitement le droit de garder pour eux.

Il étira le cou :

– Pourquoi Brom ne m'en a-t-il pas parlé, si c'est tellement important ? Pourquoi ne m'a-t-il pas formé lui-même en ce sens ?

– Brom t'a appris ce qu'il convenait de t'apprendre en fonction des circonstances. Plonger dans l'étang des esprits peut devenir une drogue pour des personnalités perverses ou assoiffées de pouvoir. Nous n'enseignons pas cela aux apprentis Dragonniers – à moins qu'ils s'en montrent dignes, comme toi, au cours de leur formation – tant qu'ils ne nous paraissent pas suffisamment matures pour résister à la tentation. Car il s'agit, en effet, d'une intrusion dans l'intimité des gens, et, ce faisant, tu apprendras beaucoup de choses que tu aurais préféré ignorer. Cependant, c'est dans ton intérêt et celui des Vardens. Je sais par expérience, et pour avoir observé les expériences d'autres

Dragonniers, que ce moyen, plus que tout autre, t'aidera à comprendre ce qui mène les gens. Or, la compréhension engendre l'empathie et la compassion, même chez le dernier mendiant de la dernière des cités d'Alagaësia.

Ils mangèrent un instant en silence, puis Oromis demanda :

– Dis-moi, quel est l'instrument mental le plus important qu'on puisse posséder ?

C'était une question sérieuse ; Eragon y réfléchit un temps avant de risquer une réponse :

– La détermination.

Oromis rompit la miche de pain avec ses longs doigts blancs :

– Je comprends que tu sois arrivé à cette conclusion, car la détermination t'a été fort utile au cours de tes aventures ; mais ce n'est pas cela. Je parle de l'instrument absolument nécessaire pour choisir la meilleure orientation, quelle que soit la situation donnée. La détermination est une qualité que l'on trouve aussi bien chez les benêts et les fous que chez les malins et les clairvoyants. Donc, non, ce n'est pas la détermination.

Eragon étudia alors la question comme il l'aurait fait d'une charade, comptant les mots, prononçant certains à voix basse pour voir s'ils rimaient entre eux, leur cherchant des significations cachées. Malheureusement, il avait toujours été médiocre au jeu des énigmes et n'avait jamais brillé au concours annuel, à Carvahall. Il raisonnait de façon trop pragmatique pour trouver la solution d'une devinette, héritage de l'éducation pratique qu'il avait reçue de Garrow.

– La sagesse, décida-t-il enfin. La sagesse est l'instrument le plus important qu'on puisse posséder.

– C'est bien pensé, mais encore une fois, non. La réponse est : la logique. Ou, si tu préfères, la capacité de raisonner de façon analytique. Bien appliquée, cette qualité compense le manque de sagesse, qui ne s'obtient qu'avec l'âge et l'expérience.

Eragon fronça les sourcils :

– Oui, mais le cœur n'est-il pas plus important que la raison ? La simple logique peut vous mener à des conclusions fausses sur le plan éthique, même si votre rectitude morale vous empêche de commettre des actes dont vous auriez honte.

Un mince sourire étira les lèvres d'Oromis :

– Tu mélanges les sujets. Je te parle de *l'instrument* le plus utile à quiconque, indépendamment du fait que cette personne est bonne ou mauvaise. La vertu, c'est important, je te l'accorde. Je prétends cependant que, s'il fallait choisir entre donner à un homme de nobles dispositions ou lui apprendre à raisonner clairement, mieux vaudrait opter pour la deuxième solution. Trop de problèmes en ce monde sont causés par des hommes au cœur noble et à l'intelligence bornée.

« L'histoire nous fournit de nombreux exemples d'individus persuadés d'agir pour le bien, qui commettent pourtant de terribles crimes. Garde à l'esprit, Eragon, que personne ne se considère comme un scélérat, et peu de gens prennent des décisions qu'ils estiment mauvaises. Tu dois être capable de faire un choix qui te déplaît et de t'y tenir, même dans les pires circonstances, si tu estimes que c'est la meilleure solution à ce moment précis.

« Le fait d'être quelqu'un de bien ne suffit pas à garantir la justesse de tes actes, ce qui nous ramène à l'unique protection que nous ayons contre les démagogues, les tricheurs et les foules en folie, et notre guide le plus sûr dans les aléas de la vie : un esprit clair et logique. La logique ne te trahira jamais, sauf si tu as mal estimé – ou délibérément ignoré – les conséquences de tes actes.

– Si les elfes possèdent autant de logique, ils doivent donc être toujours d'accord sur les décisions à prendre.

– Difficilement, reconnut Oromis. Comme les autres races, nous adhérons à quantité de beaux principes ; il en résulte que nous arrivons à des conclusions différentes face à la même situation. Conclusions, dois-je ajouter, qui semblent parfaitement logiques selon le point de vue de chacun. Et, bien que je souhaiterais qu'il n'en fût pas ainsi, les elfes n'ont pas tous entraîné leur esprit comme ils l'auraient dû.

– Comment pensez-vous m'enseigner cette logique ?

Le sourire d'Oromis s'élargit :

– Grâce à la plus ancienne et la plus efficace des méthodes : la discussion. Je te poserai une question, et tu répondras en défendant tes positions.

Il attendit que le garçon ait de nouveau empli son écuelle, puis demanda :

– Par exemple, pourquoi combats-tu l'Empire ?

Ce brusque changement de sujet prit Eragon au dépourvu. Il avait l'impression qu'Oromis n'avait fait ce détour que pour en arriver là.

– Comme je le disais précédemment, pour secourir ceux qui souffrent sous la domination de Galbatorix et, dans une moindre mesure, pour assouvir une vengeance personnelle.

– Tu mènes donc un combat humanitaire ?

– Que voulez-vous dire ?

– Que tu te bats pour venir en aide à des gens à qui Galbatorix a fait du mal, et pour l'empêcher d'en faire à d'autres.

– Exactement.

– Ah ! Mais réponds à ceci, mon jeune Dragonnier : ta guerre contre Galbatorix causera-t-elle plus de souffrances qu'elle n'en empêchera ? La plupart des habitants de l'Empire vivent normalement, ils ont des existences fécondes, que la folie du roi ne met pas en péril. Comment justifieras-tu l'invasion de leurs terres, la destruction de leurs foyers, le massacre de leurs fils et de leurs filles ?

Eragon resta muet, abasourdi qu'Oromis pût tenir un tel langage – Galbatorix était l'incarnation du mal –, et tout aussi abasourdi parce qu'il ne trouvait rien à répliquer. Il savait qu'il avait raison, mais comment le démontrer ?

– Ne pensez-vous pas que Galbatorix doive être renversé ?

– Ce n'est pas la question.

– Vous *devez* penser cela, pourtant, insista Eragon. Voyez ce qu'il a fait aux Dragonniers !

Ramassant ses derniers légumes avec son pain, Oromis termina son repas, laissant Eragon fulminer en silence. Quand il eut vidé son écuelle, l'elfe croisa les mains et demanda :

– T'ai-je fâché ?

– Oui.
– Je vois. Eh bien, continue de peser le pour et le contre jusqu'à ce que tu aies trouvé une réponse. J'espère qu'elle sera convaincante.

40
LA BEAUTÉ NOIRE D'UNE BELLE-DE-JOUR

Ils débarrassèrent la table, emportèrent la vaisselle à l'extérieur et la nettoyèrent avec du sable. Oromis émietta le pain qui restait autour de la cabane pour les oiseaux, puis ils rentrèrent.

L'elfe fournit à Eragon des plumes et de l'encre, et il reprit l'enseignement du Liduen Kvaedhí, la forme écrite de l'ancien langage, tellement plus élégante que les runes utilisées par les humains et par les nains. Eragon se perdit dans les arcanes des glyphes, heureux de ce travail où il suffisait d'apprendre par cœur.

Après qu'ils eurent passé des heures courbés sur des feuilles de papier, Oromis agita la main et dit :

– Ça suffit ! Nous continuerons demain.

Eragon s'appuya contre le dossier de sa chaise en roulant les épaules. Oromis s'était levé et tirait cinq rouleaux de leurs alvéoles encastrés dans le mur :

– Deux d'entre eux sont écrits en ancien langage, les trois autres dans ta langue maternelle. Ils t'aideront à maîtriser les deux alphabets, et te donneront des informations importantes, qu'il serait fastidieux pour moi de vocaliser.

– Vocaliser ?

D'un geste sûr, Oromis plongea de nouveau la main dans les alvéoles et en sortit six lourds rouleaux, qu'il ajouta à la pyramide dans les bras d'Eragon :

Ceci est un dictionnaire. Je doute que tu en aies le temps, mais essaie de lire tout ça.

Quand l'elfe ouvrit la porte pour le laisser sortir, le garçon demanda :
– Maître ?
– Oui, Eragon ?
– Quand travaillerons-nous la magie ?

Oromis s'appuya d'une main contre le chambranle, ramassé sur lui-même comme s'il avait perdu la volonté de rester debout. Puis il soupira :

– Tu dois me faire confiance et me laisser diriger ta formation, Eragon. Cependant, je suppose qu'il serait stupide de retarder plus longtemps cet apprentissage. Viens, laisse les rouleaux sur la table, et explorons les mystères de la gramarie.

Tournant le dos à Eragon, il s'avança sur le carré d'herbe, devant la cabane, se cala sur ses pieds, écartés à la largeur des épaules, les mains croisés dans le creux des reins, les yeux fixés sur l'À-Pic de Tel'naeír. Sans regarder son élève, il demanda :
– Qu'est-ce que la magie ?
– Une manipulation de l'énergie grâce à l'utilisation de l'ancien langage.

Oromis laissa passer quelques secondes avant de reprendre :

– Techniquement parlant, la réponse est exacte, et beaucoup de magiciens en restent là. Cependant ta définition néglige un aspect : l'essence même de la magie. La magie est l'art de *penser*, ce n'est pas une question de force ni de langage – tu sais déjà qu'un vocabulaire limité n'est pas un obstacle à son utilisation. Comme toute chose que tu dois apprendre à maîtriser, la magie repose sur le contrôle de l'entendement.

« Brom a contourné le cours normal de l'entraînement et ignoré les subtilités de la gramarie afin de t'assurer assez de savoir-faire pour rester en vie. Je vais devoir moi aussi contourner les règles et mettre l'accent sur les facultés qui te serviront vraisemblablement dans les batailles à venir. Néanmoins, alors que Brom t'a enseigné les mécanismes élémentaires, je vais t'initier aux plus subtiles applications de la magie, aux secrets réservés aux Dragonniers les plus avisés : comment tuer sans dépenser plus d'énergie que pour remuer un doigt, comment transporter instantanément un objet d'un point à un autre, comment identifier les poisons dans ta nourriture ou ta boisson. Je t'apprendrai une variante de la visualisation grâce à laquelle tu entendras aussi bien que tu verras ; la façon de capter l'énergie de ce qui t'entoure, préservant de ce fait tes propres forces ; et enfin le moyen de potentialiser ces forces de toutes les manières possibles.

« Ces techniques sont si puissantes et si dangereuses qu'elles n'ont jamais été révélées à un Dragonnier aussi novice que toi, mais les circonstances m'obligent à le faire, et je compte sur ta prudence pour ne pas en abuser.

Levant le bras droit sur le côté, la main repliée en forme de serre, Oromis clama :

– Adurna !

Une boule d'eau monta du ruisseau qui coulait près de la cabane, flotta dans les airs et resta suspendue entre les doigts offerts de l'elfe.

Le ruisseau était sombre et brunâtre, sous les branches ; mais la sphère qui s'en était détachée était transparente comme du verre. Des parcelles de mousse, de poussière et autres impuretés nageaient à l'intérieur.

Les yeux toujours fixés sur l'horizon, Oromis ordonna :

– Attrape !

Il lança la boule à Eragon par-dessus son épaule.

Le garçon essaya, mais, dès qu'il toucha la surface de la boule, les molécules perdirent leur cohésion, et l'eau dégoulina sur sa poitrine.

– Attrape avec la magie ! précisa Oromis.

De nouveau, il prononça :

– Adurna !

Une deuxième boule d'eau monta du ruisseau et vint se poser dans ses mains, tel un faucon dressé obéissant à son maître.

Cette fois, Oromis lança la boule sans avertissement. Néanmoins Eragon avait eu le temps de se préparer. Il dit :

– Reisa du adurna.

La sphère ralentit et s'immobilisa à un cheveu de sa paume.

– Un choix de vocabulaire pas vraiment approprié, fit remarquer Oromis, mais acceptable.

Eragon sourit et murmura :

– Thrysta.

La sphère reprit sa course dans l'autre sens et fonça vers la nuque argentée de l'elfe. Cependant, elle n'éclata pas là où Eragon l'avait prévu. Elle contourna la tête d'Oromis et revint vers le garçon à une vitesse impressionnante.

La boule d'eau était aussi dure et compacte que du marbre poli quand elle frappa le crâne d'Eragon avec un bruit sourd. Le coup le projeta sur le gazon, où il resta étendu, sonné, des étincelles lumineuses clignotant devant ses yeux.

– Eh oui, fit Oromis. *Letta* ou *kodthr* auraient mieux convenu.

Il se retourna et leva un sourcil faussement étonné :

– Qu'est-ce que tu fabriques ? Lève-toi ! Tu ne vas pas rester couché toute la journée !

– Oui, Maître, grommela le garçon.

Quand il se fut remis sur ses pieds, Oromis lui apprit à manipuler l'eau de multiples façons – lui donnant des formes complexes, variant les couleurs de la lumière qu'elle absorbait ou reflétait, et la figeant selon des suites de figures imposées. Le garçon vint à bout de ces exercices sans difficulté.

L'entraînement dura si longtemps que l'intérêt initial d'Eragon faiblit, laissant la place à l'impatience et à la perplexité. Il lui semblait mal avisé de se montrer incorrect, mais il ne voyait pas où l'elfe voulait en venir ; on aurait dit qu'il évitait les sorts qui auraient exigé de lui plus qu'une dépense minimale d'énergie. « J'ai déjà fait la preuve de mes capacités, pensait Eragon. Pourquoi persiste-t-il à me faire réviser ces règles fondamentales ? »

– Maître, intervint-il enfin, je sais tout cela. Ne pouvons-nous avancer ?

Les muscles de l'elfe se contractèrent, sa nuque se raidit, ses épaules se figèrent, comme taillées dans le granit ; il cessa même de respirer avant de répondre :

– N'apprendras-tu jamais le respect, Eragon-vodhr ? Eh bien, soit !

Il prononça quatre mots en ancien langage d'une voix si profonde que le sens échappa à Eragon.

Le garçon poussa un cri de surprise en sentant un étau lui emprisonner les jambes jusqu'aux genoux, lui comprimant les mollets de telle sorte qu'il lui était impossible de faire un pas. Ses cuisses et le haut de son corps pouvaient bouger ; pour le reste, il se serait cru englué dans du mortier.

– Libère-toi ! ordonna Oromis.

C'était un défi auquel Eragon n'avait jamais été confronté : contrer un sort lancé par un adversaire. Il pouvait utiliser deux méthodes, l'une et l'autre risquant de resserrer plus encore le lien invisible qui le ligotait. Le plus efficace serait qu'il sût *comment* Oromis l'avait immobilisé – en affectant directement son corps ou en utilisant un élément extérieur. Dans le second cas, il pouvait renvoyer cet élément pour dissiper le pouvoir de l'elfe. Sinon, il devrait se servir d'un sort plus vague, plus général, pour bloquer son action. Le mauvais côté de cette tactique était qu'elle entraînerait une épreuve de force directe entre eux. « Ça devait arriver », pensa Eragon. Il n'avait pas le moindre espoir de l'emporter face à l'elfe.

Choisissant les mots, selon lui, qui convenaient, il dit :

– Losna kalfya iet. Lâche mes jambes !

Eragon se sentit vidé d'un flot d'énergie beaucoup plus important que ce qu'il avait prévu. La fatigue, supportable, causée par sa crise et les exercices de la matinée se transforma en épuisement, à croire qu'il avait crapahuté depuis l'aube en terrain accidenté. Puis la pression se desserra autour de ses jambes, et il manqua perdre l'équilibre.

Oromis secoua la tête :

– Stupide ! Complètement stupide ! Si j'avais maintenu le sort plus puissamment, cela t'aurait tué. N'utilise jamais un absolu.

– Un absolu ?
– Ne formule jamais un sort qui n'entraîne que deux résultats : la réussite ou la mort. Si un ennemi supérieur à toi t'avait ainsi ligoté, briser l'enchantement aurait consumé la totalité de ton énergie. Le temps de t'en rendre compte, tu serais mort avant d'avoir eu la moindre chance d'interrompre la marche des choses.
– Comment éviter ça ?
– Le plus sûr est d'enclencher un processus auquel tu peux mettre fin à ta convenance. Au lieu d'ordonner : « Lâche mes jambes », qui est un absolu, dis plutôt : « Réduis la pression autour de mes jambes ». C'est un peu verbeux, mais cela te permet de mesurer le degré de relâchement obtenu, et de vérifier si tu peux te libérer entièrement en toute sécurité. Essayons encore une fois.

L'étau se referma de nouveau autour des jambes d'Eragon dès qu'Oromis eut marmonné son incantation inaudible. Le garçon était si fatigué qu'il doutait de pouvoir opposer une quelconque résistance. Néanmoins, il invoqua la magie.

Avant que les formules d'ancien langage eussent franchi ses lèvres, il ressentit une curieuse impression ; en même temps, le poids engourdissant ses jambes s'allégeait progressivement. Ça le picotait, et il lui semblait qu'on le tirait d'un marécage de boue froide et collante. Il jeta un coup d'œil à Oromis, et lut sur le visage de l'elfe une expression passionnée ; il semblait accroché à quelque chose de trop précieux pour qu'il supportât de le perdre ; une veine battait à sa tempe.

Lorsque les chaînes invisibles d'Eragon tombèrent, Oromis recula comme s'il avait été piqué par une guêpe. Il regarda fixement ses deux mains, sa maigre poitrine se soulevant avec effort. Il resta ainsi pendant une bonne minute, puis il se redressa et marcha jusqu'à l'extrême bord de l'À-Pic de Tel'naeír, silhouette solitaire se détachant sur le ciel pâle.

Le regret et le chagrin fondirent sur Eragon, les mêmes émotions qui l'avaient envahi lorsqu'il avait découvert la patte mutilée de Glaedr. Il se maudit de s'être montré aussi arrogant avec Oromis, aussi indifférent à ses infirmités, et aussi peu confiant dans ses jugements. « Je ne suis pas le seul à souffrir de blessures anciennes », songea-t-il.

Eragon n'avait pas vraiment compris ce qu'Oromis voulait dire, lors de leur première rencontre, en reconnaissant qu'il ne maîtrisait plus la magie, à l'exception des sorts mineurs. À présent, le garçon mesurait la gravité du handicap de l'elfe et la douleur que cela devait lui causer, lui qui était né et avait grandi dans la magie.

Il rejoignit son maître, s'agenouilla et se courba à la façon des nains, pressant son front meurtri sur le sol :

– Ebrithil, je vous demande pardon.

Aucun signe ne montra que l'elfe avait entendu.

Tous deux demeurèrent dans leur attitude respective tandis que le soleil déclinait devant eux, que les oiseaux lançaient leurs trilles du soir, que l'air fraîchissait et se chargeait d'humidité. Du nord monta une rumeur étouffée : le sourd battement des ailes de Saphira et de Glaedr revenant de leur journée de travail.

D'une voix basse et lointaine, Oromis dit :

– Nous reprendrons demain, sur ce sujet et sur d'autres.

D'après la ligne de son profil, Eragon constata que l'elfe avait retrouvé son impassibilité habituelle.

– Cela te convient-il ?

– Oui, Maître, répondit le garçon avec gratitude.

– J'estime préférable qu'à partir de maintenant tu essaies de t'exprimer uniquement en ancien langage. Nous avons peu de temps ; de cette façon, tu apprendras plus vite.

– Même quand je parle à Saphira ?

– Même à elle.

Adoptant la langue des elfes, Eragon promit :

– Alors, je travaillerai sans relâche, jusqu'à ce que je sois capable non seulement de penser, mais de rêver dans votre idiome.

– Si tu y parviens, répliqua Oromis avec douceur, alors, notre entreprise sera un succès.

Après un temps, il reprit :

— Au lieu de venir ici directement, le matin, tu accompagneras l'elfe que je t'enverrai pour te servir de guide. Il t'emmènera là où le peuple d'Ellesméra s'entraîne à l'épée. Reste là-bas une heure, puis reviens ici, et nous continuerons comme à l'ordinaire.

— Je ne combattrai pas avec vous ? demanda Eragon, non sans un certain soulagement.

— Je n'ai rien à t'apprendre. Tu es le meilleur bretteur que j'aie jamais connu. Je n'en sais pas plus que toi sur l'art du combat ; quant à ce que je possède et que tu n'as pas, je ne peux te le donner. Tout ce qu'il te reste à faire, c'est de conserver ton niveau technique.

— Pourquoi ne puis-je m'entraîner avec vous, Maître ?

— Parce que je n'apprécie guère de commencer la journée dans l'inquiétude et le conflit.

Il toisa Eragon, puis se radoucit :

— Et parce que ce sera bon pour toi d'être en relation avec d'autres personnes vivant ici. Je ne suis pas représentatif de mon espèce. Mais assez avec ça ! Regarde, ils approchent.

Les deux dragons se découpèrent sur le large disque du soleil. Glaedr arriva le premier, dans un rugissement de vent, obstruant le ciel de son corps massif ; il atterrit sur l'herbe et referma ses ailes d'or. Saphira surgit à son tour, vive et agile, tel un moineau à côté d'un aigle.

Comme ils l'avaient fait le matin, Oromis et Glaedr posèrent à leurs élèves de multiples questions pour s'assurer qu'ils avaient été attentifs aux leçons de l'un et de l'autre. Ils n'achoppèrent que sur l'obligation de communiquer entre eux en ancien langage.

« Mieux, gronda Glaedr après cet interrogatoire. Beaucoup mieux. »

Il tourna son regard vers Eragon :

« Toi et moi devrons bientôt travailler ensemble. »

— Bien sûr, Skulblaka.

Le vieux dragon s'ébroua et rejoignit Oromis, sautillant sur sa jambe de devant pour compenser l'absence de son autre membre. Saphira s'élança alors, referma sa gueule sur le bout de la queue de Glaedr et l'envoya en l'air d'un coup de tête, comme elle l'aurait fait pour casser le cou d'un cerf. Glaedr pivota en claquant des mâchoires, découvrant des dents impressionnantes. Il rugit, et Eragon se couvrit les oreilles de ses mains avec une grimace. La violence et la promptitude de sa réaction laissaient penser que Saphira avait dû l'asticoter ainsi tout au long de la journée. Eragon ne détectait cependant en elle qu'une espièglerie d'enfant devant un nouveau jouet, et une dévotion aveugle envers son compagnon.

– Contrôle-toi, Saphira ! dit Oromis.

La dragonne recula et s'assit sur son arrière-train, bien que rien dans son attitude n'exprimât la moindre contrition. Eragon marmonna une excuse ; Oromis agita la main et soupira :

– Allez-vous-en, tous les deux.

Sans discuter, Eragon se hissa sur le dos de Saphira. Il dut la presser pour qu'elle décollât ; têtue, elle survola encore plusieurs fois la clairière avant qu'il réussît à lui faire prendre la direction d'Ellesméra.

« Qu'est-ce qui t'a pris de le mordre comme ça ? » la gourmanda-t-il.

Il avait son idée là-dessus, mais voulait se l'entendre confirmer.

« C'était seulement pour jouer. »

Elle ne mentait pas, puisqu'elle parlait en ancien langage, mais le garçon subodorait que ce n'était qu'une partie de la vérité.

« Oui, et à quel jeu ? »

Il la sentit se contracter.

« Tu oublies tes devoirs, renchérit-il. En... »

Il chercha le mot exact. Ne le trouvant pas, il revint à sa langue maternelle :

« En provoquant Glaedr, tu nous distrais, lui, Oromis et moi, et tu nous gênes dans notre tâche. Tu ne t'étais jamais montrée aussi écervelée, jusque-là. »

« Ne te prends pas pour ma conscience. »

Il se tordit de rire, oubliant un instant qu'il était assis au milieu des nuages, et faillit dégringoler par-dessus l'épaule de la dragonne :

« Oh, quel culot ! Après m'avoir tant de fois dit ce que je devais faire ! Je *suis* ta conscience, Saphira, comme tu es la mienne. Tu as eu des tas de bonnes raisons de me corriger et de me guider dans le passé ; maintenant, c'est à moi de le faire pour toi : cesse d'agacer Glaedr avec tes gamineries ! »

Elle resta silencieuse.

« Saphira ? »

« Je t'entends. »

« J'espère bien. »

Après une minute de vol silencieux, elle dit :

« Deux crises en une journée. Comment te sens-tu ? »

« Rompu. »

Le visage du garçon se crispa :

« Le Rimgar et l'entraînement à l'épée y sont pour beaucoup, mais c'est surtout le contrecoup de la douleur. On dirait un poison qui m'affaiblit les muscles et m'obscurcit l'esprit. J'espère seulement rester en bonne santé le temps de terminer ma formation. Après quoi... je ne sais pas ce que je ferai. Je ne peux sûrement pas combattre pour les Vardens dans cet état. »

« Ne pense pas à ça, lui conseilla-t-elle. Tu ne peux rien pour améliorer ton état ; te tourmenter ne fait qu'aggraver les choses. Vis au présent, souviens-toi du passé, et ne crains pas l'avenir, car il n'existe pas et n'existera jamais. Seul compte l'instant présent. »

Il lui tapota l'épaule avec gratitude et sourit, résigné.

À leur droite, un épervier chevauchait un courant tiède tout en guettant dans la forêt bouleversée les signes d'une proie à plumes ou à fourrure. Eragon l'observa, considérant de nouveau la question d'Oromis : comment justifier son désir de combattre l'Empire alors que cela risquait d'entraîner tant de souffrances et de chagrins ?

« J'ai une réponse », dit Saphira.

« Laquelle ? »

« C'est que Galbatorix a... »

Elle hésita, puis se reprit :

« Non, je ne te le dirai pas. Tu trouveras très bien par toi-même. »

« Saphira, sois raisonnable ! »

« Je le suis. Si tu ne sais pas que nous faisons ce qu'il convient de faire, autant te rendre à Galbatorix, ça vaudra mieux. »

Il eut beau la supplier de toutes les manières possibles, il n'en tira rien de plus, car elle lui ferma cette part de son esprit.

De retour dans leur maison aérienne, Eragon avala un souper léger et s'apprêtait à dérouler l'un des parchemins d'Oromis quand un coup frappé à la porte troubla sa tranquillité.

– Entrez ! fit-il, espérant une nouvelle visite d'Arya.

C'était elle.

L'elfe salua Eragon et Saphira, puis elle dit :

– J'ai pensé que tu serais content de visiter notre demeure de Tialdarí Hall et les jardins adjacents, puisque tu en as manifesté le désir hier. Du moins, si tu n'es pas trop fatigué.

Son ample tunique rouge, brodée au fil noir de motifs compliqués, rappelait celle portée par la reine lorsqu'Eragon lui avait été présenté, et mettait en valeur l'extraordinaire ressemblance entre la mère et la fille.

Il repoussa les rouleaux :

– Je serai enchanté de les voir.

« Il veut dire : *nous serons enchantés* », ajouta Saphira.

Arya parut étonnée de les entendre s'exprimer en ancien langage, et Eragon lui confia que c'était une recommandation d'Oromis.

– Bonne idée ! approuva-t-elle en employant la même langue. Ce sera une excellente chose, le temps de votre séjour ici.

Ils descendirent tous les trois, et Arya les conduisit en direction de l'ouest, vers une partie d'Ellesméra encore inconnue d'eux. En chemin, ils croisèrent de nombreux elfes, qui, tous, s'arrêtaient pour saluer Saphira.

Eragon s'étonna de nouveau de ne voir aucun enfant. Il en fit la remarque à Arya.

– Oui, dit-elle, nous en avons très peu. Ils sont deux, actuellement, à Ellesméra, Dusan et Alanna. Nous chérissons les enfants par-dessus tout, tant ils sont précieux. Avoir un enfant, c'est, pour tout être vivant, le plus grand honneur et la plus haute responsabilité qui puissent lui être accordés.

Ils arrivèrent enfin devant un porche en ogive fermé par un portail, qui s'élevait entre deux arbres. Employant toujours l'ancien langage, Arya psalmodia :

– Branche et racine, sarment de vigne, obéis à mon signe !

Les deux battants du portail frémirent, s'ouvrirent, laissant s'échapper deux papillons monarques aux ailes orange et noir, qui disparurent dans le crépuscule. Au-delà du porche s'étendait un vaste jardin conçu pour paraître aussi naturel qu'une prairie sauvage et inviolée. Seule l'incroyable variété de sa flore révélait l'artifice ; beaucoup de plantes fleurissaient hors saison, certaines poussaient habituellement sous d'autres climats et ne se seraient jamais épanouies en ce lieu sans la magie des elfes. Le décor était éclairé par ces lanternes sans flammes semblables à des joyaux, et par une constellation virevoltante de lucioles.

Arya s'adressa à Saphira :

– Prends soin de ne pas balayer les parterres avec ta queue !

Ils traversèrent le jardin, dépassant une rangée d'arbres clairsemés. Puis les arbres se firent plus nombreux, plus serrés, jusqu'à former une barrière compacte. Avant d'avoir vraiment compris où ils allaient, Eragon se retrouva au seuil d'un vestibule en bois bruni.

L'endroit était chaleureux, accueillant – un lieu de paix, où méditer confortablement. Les arbres en déterminaient la forme ; à l'intérieur du vestibule, les troncs avaient été dépouillés de leur écorce, poncés et frottés d'huile jusqu'à ce qu'ils luisent comme de l'ambre. Des espaces réguliers entre eux servaient de fenêtres. L'air embaumait le parfum des aiguilles de pin broyées. De nombreux elfes occupaient la salle ; certains lisaient ou écrivaient ; dans un coin sombre, d'autres soufflaient dans des flûtes de roseau. Ils interrompirent leur activité et inclinèrent la tête en remarquant la présence de Saphira.

– Vous auriez logé ici si vous n'étiez pas un dragon et son Dragonnier.

– C'est magnifique ! souffla Eragon.

Arya les emmena dans toutes les parties du domaine accessibles à un dragon. Chaque salle créait une surprise ; il n'y en avait pas deux semblables, et chacune trouvait une façon différente d'intégrer la forêt dans sa structure. Dans celle-ci, un ruisseau argenté cascadait le long de la paroi noueuse, courait au sol sur un lit de galets avant de ressortir à l'extérieur. Celle-là était entièrement tapissée de plantes grimpantes, tandis que le sol recouvert d'une mousse verte se chamarrait de fleurs aux larges corolles déclinant les plus délicates nuances du rose et du blanc. Arya la désigna comme la Vigne Lianí.

Ils virent de merveilleuses œuvres d'art – dessins et peintures, sculptures, mosaïques de verre éclatantes –, inspirées par les formes galbées des végétaux et des animaux.

Islanzadí les reçut brièvement sous une tonnelle reliée à deux autres bâtiments par une allée couverte. Elle s'informa des progrès d'Eragon et de l'état de son dos. Il lui répondit en phrases courtes et polies. La reine parut satisfaite. Elle échangea encore quelques mots avec Saphira, puis se retira.

Finalement, ils retournèrent dans le jardin. Eragon marchait à côté d'Arya – Saphira traînait derrière eux –, s'enchantant du son de sa voix tandis que l'elfe lui présentait les différentes variétés de fleurs, expliquait leur origine, la façon de les soigner et, dans bien des cas, les modifications que la magie leur avait apportées. Elle lui désigna également les fleurs qui ne s'épanouissaient que la nuit, comme le datura blanc.

– Laquelle préfères-tu ? voulut-il savoir.

La question fit sourire Arya ; elle l'entraîna sous un arbre, à la lisière du jardin, au bord d'une mare entourée de joncs. Autour de la plus basse branche de l'arbre s'enroulait une belle-de-jour dont les trois boutons noirs étaient étroitement fermés.

Arya souffla dessus et murmura :

– Ouvrez-vous !

Avec un frémissement, les pétales déployèrent leur robe couleur d'encre. Le précieux nectar niché en leur cœur apparut, entouré d'une étoile de pistils d'un bleu royal, qui se reflétait sur la corolle sombre telles les dernières lueurs du jour dans un ciel nocturne.

– N'est-elle pas ravissante ? Parfaite ? demanda Arya.

Eragon acquiesça, ému de constater à quel point l'elfe et la fleur se ressemblaient.

– Oui, parfaite...

Très vite, de peur de ne plus en avoir l'audace, il ajouta :

– ... comme toi.

« Eragon ! » se récria Saphira.

Arya le fixa jusqu'à ce qu'il détournât les yeux. Quand il osa la regarder de nouveau, il fut vexé de voir qu'elle affichait un léger sourire, comme si sa réaction l'avait amusée.

– Tu es trop gentil, murmura-t-elle.

Levant la main, elle caressa du doigt le rebord d'une corolle. Ses yeux passèrent de la fleur au garçon :

– Fäolin l'a créée spécialement pour moi, lors d'un solstice d'été, il y a bien longtemps.

Grattouillant le sol du pied, il marmonna une phrase inintelligible, blessé qu'elle n'ait pas pris son compliment plus au sérieux. Il fut presque tenté de lancer un sort qui le rendrait invisible.

En fin de compte, il se redressa et dit :

– Tu veux bien nous excuser, Arya Svit-kona, mais il est tard, nous devons retourner à notre arbre.

Le sourire d'Arya s'élargit :

– Bien sûr, Eragon. Je comprends.

Elle les raccompagna jusqu'au portail, ouvrit les portes devant eux et dit :

– Bonne nuit, Saphira. Bonne nuit, Eragon.

« Bonne nuit », répondit Saphira.

Malgré son embarras, Eragon ne put s'en empêcher ; il demanda :

– Te verrons-nous demain ?

Arya inclina la tête :

– Je crains d'être occupée, demain.

Les portes se refermèrent, et il ne la vit plus.

Saphira s'accroupit sur le sentier et poussa Eragon du museau :

« Cesse de rêvasser, et monte sur mon dos. »

Escaladant sa patte avant gauche, il s'assit à sa place habituelle et s'accrocha à une écaille du cou de la dragonne, qui se releva. Elle fit quelques pas et dit :

« Comment oses-tu critiquer mon comportement envers Glaedr, et te conduire ensuite comme tu viens de le faire ? Qu'est-ce que tu t'imagines ? »

« Tu sais ce que je ressens pour elle », grommela-t-il.

« Bah ! Si tu es ma conscience et si je suis la tienne, alors il est de mon devoir de te mettre en garde quand tu te conduis en amoureux transi. Tu te fais des illusions ! Tu ne te sers pas de la logique, comme Oromis te l'a enseigné. Crois-tu vraiment qu'il puisse y avoir quelque chose entre Arya et toi ? C'est une princesse ! »

« Et je suis un Dragonnier. »

« C'est une elfe, tu es un humain. »

« Plus les jours passent, plus je ressemble à un elfe. »

« Eragon ! Elle a plus de cent ans ! »

« Je vivrai aussi longtemps qu'elle, ou que n'importe quel elfe. »

« Mais tu n'as pas encore vécu, voilà le problème. Tu ne peux abolir une telle différence d'âge. Arya est une adulte, avec un siècle d'expérience derrière elle, et toi, tu es... »

« Et moi, je suis quoi ? Un gamin ? C'est ce que tu veux dire ? »

« Non, pas un gamin. Pas après tout ce que tu as vécu depuis que nous sommes ensemble. Mais tu es jeune, même par rapport à la courte durée de vie de ton espèce ; et davantage encore par rapport à celle des nains, des dragons et des elfes. »

« Tu l'es plus que moi. »

Cette réplique lui cloua le bec une minute. Puis elle reprit :

« J'essaie seulement de te protéger, Eragon, rien de plus. Je veux que tu sois heureux, et j'ai peur que tu ne le sois pas si tu t'obstines à courtiser Arya. »

De retour à leur maison dans l'arbre, ils s'apprêtaient à se coucher quand ils entendirent s'ouvrir la trappe du vestibule ; le tintement d'une cotte de mailles les prévint que quelqu'un était entré. S'emparant de Zar'roc, Eragon poussa la porte, prêt à affronter l'importun.

Son bras retomba quand il reconnut Orik, affalé sur le plancher. Le nain aspira une longue goulée à la bouteille qu'il levait de la main gauche et loucha vers le garçon :

– Nom d'un p'tit bonhomme, où étais-tu p... passé ? Alors, c'est là que... que tu crèches ? Pouvais pas te trouver ! Du coup, je m'suis dit que, par cette saleté d'nuit, j'arriverais bien à t... te mettre la main dessus. Et tu es là ! De quoi allons-nous causer, toi et moi, à présent que nous v'là réunis dans ce ravissant nid de piaf ?

Tirant Orik par son bras libre, Eragon le remit debout, surpris, comme toujours, de constater qu'il était aussi lourd et compact qu'un rocher. Lorsque le garçon le lâcha, Orik vacilla d'un pied sur l'autre, menaçant de tomber à la plus petite poussée.

– Entre, dit Eragon dans sa langue.

Refermant la trappe, il ajouta :

– Tu vas attraper froid si tu restes dehors.

Orik cligna des paupières, dévisageant le garçon de ses yeux ronds, profondément enfoncés dans les orbites :

– Depuis que je suis exilé au milieu de t... toutes ces feuilles, je ne t'ai pas vu une seule fois ; pas une seule ! Tu m'as abandonné en compagnie des elfes, et tu parles d'une compagnie ! C'est... c'est pas gai, ça, non !

Eragon dissimula un pincement de culpabilité derrière un sourire contraint. Il avait bel et bien oublié le nain.

– Je suis désolé, Orik. Je ne t'ai pas rendu visite, tant mes études m'ont occupé. Tiens, donne-moi ton manteau !

En l'aidant à ôter sa houppelande brune, il lui demanda :

– Qu'est-ce que tu bois ?

– Du faelnirv. Un breuvage m... merveilleux, qui te titille les papilles. Sûrement la plus belle invention de ces tordus d'elfes ! Rien de tel pour te rendre loquace ! Les mots glissent sur ta langue à la f...façon d'un banc de sardines, d'un vol de colibris, d'une coulée de s... serpents ondulants !

Il se tut un instant, comme impressionné par la splendeur inégalable de ses comparaisons. Eragon le fit entrer dans la chambre, et le nain salua Saphira en levant sa bouteille :

– Mes hommages, ô Dents d'Acier ! Que tes écailles b... brillent tels les charbons ardents de la forge de Morgothal !

« Bienvenue, Orik, dit la dragonne en allongeant le cou sur le rebord de sa couche. Qu'est-ce qui t'a mis dans cet état ? Ça ne te ressemble pas ! »

Eragon répéta la question.

– Ce qui m'a mis dans ce... cet état ? marmonna Orik.

Il se hissa sur la chaise qu'Eragon lui présentait, ses pieds se balançant à quelques pouces au-dessus du sol, et il remua la tête :

– Des chapeaux rouges, des chapeaux verts, des elfes ici, des elfes là. J'en ai soupé, des elfes et de leur fichue politesse ! Des êtres anémiques et taciturnes, voilà ce qu'ils sont ! Oui, monsieur ; non, monsieur ; trois sacs pleins, monsieur ; et impossible d'en tirer un mot de plus !

Il leva sur Eragon un regard désabusé :

– Qu'est-ce que je deviens, moi, pendant que tu arpentes les sentiers tortueux de ta formation ? Je reste assis à me tourner les pouces jusqu'à me transformer en pierre et rejoindre les esprits de mes ancêtres ? Tu peux me le dire, ô sagace Dragonnier ?

« N'as-tu aucun passe-temps, aucun savoir-faire qui puisse t'occuper ? » demanda Saphira.

Eragon répéta la question.

– Si. Je suis plutôt doué comme forgeron, à ce qu'on dit. Mais à quoi bon fabriquer des armes et des armures pour des gens qui ne leur accordent aucune valeur ? Je suis inutile, ici. Aussi inutile qu'un Feldûnost à trois pattes !

Eragon désigna la bouteille :

– Je peux ?

Orik regarda alternativement le flacon, le garçon, puis tendit le premier à l'autre avec une grimace. Le faelnirv coula dans la gorge d'Eragon tel un flot de glace brûlant, qui lui fit monter les larmes aux yeux. Il s'autorisa une seconde lampée et rendit la bouteille à Orik. Le nain eut un air dépité en voyant qu'il ne restait plus grand-chose dedans.

– Et qu'est-ce que vous fabriquez comme bêtises, avec Oromis, dans cet endroit si bucolique ?

Le nain pouffa et grogna tour à tour en écoutant Eragon lui décrire son entraînement, l'arbre Menoa, ses crises et les travaux qui avaient rempli ces dernières journées, sans oublier son erreur lorsqu'il avait béni l'enfant à Farthen Dûr. Le garçon termina son récit avec le sujet qui lui était le plus cher à cet instant : Arya. Enhardi par les effets du breuvage, il avoua son affection pour elle et raconta comment elle avait repoussé ses avances.

Agitant un doigt, Orik déclara :

– Le rocher sous tes pieds est instable, Eragon. Ne tente pas le destin ! Arya...

Il s'interrompit, puis grommela et avala une autre gorgée de faelnirv :

– Ah, il est trop tard pour discuter de ça ! Qui suis-je pour décider de ce qui est sage et de ce qui ne l'est pas ?

Saphira les écoutait depuis un moment les yeux fermés. Sans les ouvrir, elle demanda :

« Es-tu marié, Orik ? »

La question surprit Eragon ; lui-même n'avait jamais cessé de s'interroger sur la vie privée du nain.

– Eta, fit Orik. Bien que je sois fiancé à la belle Hvedra, la fille de Thorgerd N'a Qu'Un-Œil et de Himinglada. Nous devions nous marier ce printemps, avant que les Urgals n'attaquent et que Hrothgar me désigne pour cette maudite mission.

– Fait-elle partie du Dûrgrimst Ingeitum ? voulut savoir Eragon.

– Évidemment ! rugit le nain en abattant son poing sur le bord de la chaise. Crois-tu que je pourrais épouser quelqu'un qui ne soit pas de mon clan ? Elle est la petite-fille de ma tante Vardrûn, cousine de Hrothgar à la deuxième génération. Elle a des mollets ronds et blancs, aussi doux que du satin ; ses joues sont rouges comme des pommes ; c'est la plus jolie jeune fille naine qui soit !

« Indubitablement », approuva Saphira.

– Je suis sûr que tu la reverras bientôt, lui assura Eragon.

– Hmmm...

Orik plissa les yeux :

– Eragon, crois-tu en l'existence des géants ? Les géants très grands, très forts, les géants énormes et barbus, avec des doigts aussi larges que des pelles ?

– Je n'en ai jamais rencontré, et n'en ai entendu parler que dans les histoires. S'ils existent, c'est ailleurs qu'en Alagaësia.

– Ah, mais ils existent ! s'exclama Orik en brandissant la bouteille au-dessus de sa tête. Ils existent ! Dis-moi, ô Dragonnier, si l'un de ces êtres redoutables se trouvait sur ton chemin, par quel nom te désignerait-il, autre que « mon dîner » ?

– Il m'appellerait Eragon, je suppose.

– Non, non ! Il t'appellerait « le nain », car tu serais un nain pour lui.

Orik s'esclaffa et envoya un coup de coude dans les côtes d'Eragon :

– Tu comprends, à présent ? Les humains et les elfes sont des géants. Le pays en est plein, ici, là, partout ; ils ébranlent le sol avec leurs grands pieds, et nous tiennent dans une ombre éternelle.

Il continua de rire en se balançant sur sa chaise jusqu'à ce qu'il basculât en arrière, s'effondrant sur le plancher avec fracas. Eragon l'aida à se relever :

– Tu ferais mieux de passer la nuit ici. Tu n'es pas en état de descendre l'escalier dans le noir.

Orik acquiesça avec une indifférence enjouée. Il laissa le garçon lui ôter sa cotte de mailles et le mettre au lit. Puis, avec un soupir, Eragon couvrit les lanternes et s'allongea sur le matelas à côté du nain.

Il s'endormit en l'écoutant marmonner :

– Hvedra... Hvedra... Hvedra...

41
LA NATURE DU MAL

Le matin, radieux, arriva bien trop tôt.

Réveillé en sursaut par la sonnerie du réveil, Eragon s'arma de son couteau de chasse et sauta du lit, croyant à une attaque. Chacun de ses muscles protesta ; les deux jours précédents les avaient mis à rude épreuve.

Clignant des yeux, ensommeillé, le garçon fit taire la pièce d'horlogerie. Orik était parti ; le nain avait dû se glisser hors de la chambre aux premières heures du jour. Grommelant et clopinant tel un vieillard affligé de rhumatismes, Eragon gagna la salle de bains pour ses ablutions matinales.

Il attendit au pied de l'arbre en compagnie de Saphira une dizaine de minutes avant de voir arriver un elfe aux cheveux noirs et à la mine solennelle. L'elfe s'inclina, porta deux doigts à ses lèvres – geste qu'Eragon s'empressa d'imiter – et devança le garçon en déclarant :

– Que la chance soit avec toi !

– Et que les étoiles veillent sur toi ! répliqua Eragon. Est-ce Oromis qui t'envoie ?

L'elfe ignora la question et s'adressa à Saphira :

– Heureux de te rencontrer, Dragon. Je suis Vanir, de la Maison Haldthin.

Eragon se renfrogna, contrarié.

« Bienvenue, Vanir. »

Alors seulement, l'elfe se tourna de nouveau vers le Dragonnier :

– Je vais te montrer où tu pourras t'exercer à l'épée.

Il partit à grands pas sans attendre Eragon.

Des elfes des deux sexes occupaient le terrain d'entraînement, combattant en groupe ou deux par deux. À cause de leurs extraordinaires capacités physiques, les rafales de coups qu'ils se portaient à une vitesse incroyable résonnaient comme la grêle frappant une cloche de bronze. Sous les arbres délimitant le terrain, des elfes solitaires exécutaient les figures du Rimgar avec tant de grâce et de souplesse qu'Eragon désespéra de les égaler un jour.

Après que chacun eut cessé ses activités pour saluer Saphira, Vanir dégaina son épée :

– Veux-tu protéger ta lame, Main d'Argent ? Nous pouvons commencer.

Observant avec appréhension l'habileté plus qu'humaine des autres elfes, Eragon grommela :

« Pourquoi dois-je me plier à ça ? Je vais être humilié, voilà tout. »

« Tu t'en sortiras très bien », dit Saphira.

Il perçut cependant son inquiétude.

« D'accord. »

Il prépara Zar'roc avec des mains tremblantes. Il avait peur. Au lieu de se jeter au milieu de l'échauffourée, il affronta Vanir à une certaine distance des autres duellistes, esquivant, s'écartant, s'efforçant autant que possible d'éviter l'engagement. En dépit de ces dérobades, l'elfe lui porta quatre coups d'affilée, aux côtes, au menton et aux épaules.

L'air de sévère impassibilité que Vanir avait d'abord affiché se changea bientôt en une expression de satisfaction. S'avançant d'un pas dansant, il fit glisser sa lame tout du long de Zar'roc dans un mouvement tournant et imposa une torsion au poignet d'Eragon. Le garçon se laissa arracher son épée plutôt que de résister à la force très supérieure de l'elfe.

Vanir posa la pointe de son arme sur le cou d'Eragon et déclara :

– Tu es mort.

Écartant la lame, Eragon alla récupérer Zar'roc en traînant les pieds.

– Tu es mort, répéta Vanir. C'est comme ça que tu espères vaincre Galbatorix ? J'attendais mieux, même de la part d'une poule mouillée d'humain.

– En ce cas, pourquoi ne combats-tu pas Galbatorix toi-même, au lieu de te cacher dans le Du Weldenvarden ?

Vanir regimba sous l'outrage.

– Parce que, répliqua-t-il, froid et hautain, je ne suis pas un Dragonnier. Et, si j'en étais un, je ne serais pas un lâche dans ton genre.

Sur le terrain, plus personne ne bougeait ni ne parlait.

Tournant le dos à Vanir, Eragon se pencha pour ramasser Zar'roc, puis tendit le cou vers le ciel, grommelant en lui-même : « Il ne sait rien. Ceci n'est qu'un test de plus qu'il me faut réussir. »

– Un lâche, j'ai dit ! Tu as le sang aussi pauvre que tous ceux de ton espèce. Je crois que Saphira a été trompée par une ruse de Galbatorix ; elle a mal choisi son Dragonnier.

Une rumeur de désapprobation monta parmi les elfes ; en s'exprimant ainsi, Vanir manquait de façon intolérable à leurs codes de politesse.

Eragon grinça des dents. Il pouvait supporter qu'on l'insulte, mais pas qu'on insulte Saphira. La dragonne s'approchait déjà quand la douleur, la peur et la frustration refoulées explosèrent en lui ; il pivota et fit siffler la lame de Zar'roc.

Le coup aurait tué Vanir, surpris par la violence de l'assaut, s'il ne l'avait paré à la dernière seconde. Sans plus se retenir, Eragon repoussa l'elfe jusqu'au centre du terrain, attaquant furieusement de la pointe et du tranchant, résolu à le blesser d'une façon ou d'une autre. Il le frappa à la hanche avec assez de force pour que le sang coulât, malgré la protection qui enveloppait sa lame.

À cet instant, une douleur lui déchira le dos, si intense qu'il l'éprouva par tous ses sens : un fracas de cataracte l'assourdit ; un goût métallique lui sécha la langue ; une pestilence acide lui emplit les narines, avec des relents de vinaigre, qui le firent larmoyer ; des pulsations colorées battaient sous ses paupières. Il lui sembla que Durza venait une seconde fois d'entailler sa chair.

Il vit Vanir, qui le dominait avec un rictus narquois. Il remarqua alors son extrême jeunesse.

La crise passée, Eragon essuya d'un revers de main le sang qui coulait de sa bouche et le montra à Vanir :

– C'est assez convaincant ?

L'elfe ne daigna pas répondre. Il rengaina son épée et se mit en marche.

– Où allons-nous ? lui demanda Eragon. Nous n'en avons pas fini, toi et moi !

– Tu n'es pas en état de ferrailler, railla son adversaire.

– Veux-tu t'en assurer ?

Eragon était peut-être inférieur aux elfes, mais il refusait de les conforter dans le peu de considération qu'ils avaient pour lui ; il ne leur laisserait pas ce plaisir. Il gagnerait leur respect en faisant au moins la preuve de sa persévérance.

Il insista pour aller au bout de l'heure d'entraînement imposée par Oromis, après quoi Saphira s'avança vers Vanir et toucha la poitrine de l'elfe de la pointe d'une de ses griffes d'ivoire :

« Tu es mort », dit-elle.

Vanir pâlit. Tous les autres elfes s'écartèrent de lui.

Dès qu'elle se fut envolée avec Eragon sur son dos, la dragonne constata :

« Oromis avait raison. »

« À propos de quoi ? »

« Tu donnes le meilleur de toi-même quand tu as un ennemi. »

De retour à la cabane d'Oromis, ils reprirent leurs activités habituelles : Saphira accompagna Glaedr, tandis qu'Eragon restait avec l'elfe.

Le garçon comprit avec horreur que son maître attendait de lui qu'il pratiquât le Rimgar, après son entraînement matinal à l'épée. Il dut rassembler tout son courage pour obéir. Cependant, ses appréhensions se révélèrent sans fondement, car la Danse du Serpent et de la Grue fut trop modérée pour lui causer la moindre douleur.

Cet exercice et l'heure de méditation qui suivit, dans la clairière solitaire, offrirent enfin à Eragon l'opportunité d'ordonner ses pensées et de considérer de nouveau la question qu'Oromis lui avait posée la veille.

Dans le même temps, il observa ses fourmis rouges, occupées à envahir une fourmilière plus petite, poursuivant ses habitantes et volant leurs provisions. Lorsque le massacre fut achevé, il ne restait de la population rivale qu'une poignée de survivantes, errant sans but sur une terre vaste, hostile et désolée, couverte d'aiguilles de pin.

« Tels les dragons en Alagaësia », songea Eragon. Sa connexion avec les fourmis s'effaça tandis qu'il repensait au malheureux destin des dragons. Petit à petit, une réponse à son problème s'offrit à lui, une réponse en laquelle il pouvait croire, avec laquelle il pouvait vivre.

Sa méditation terminée, il regagna la cabane. Cette fois, Oromis parut à peu près satisfait de son élève.

Pendant le repas de midi, Eragon déclara :
– Je sais pourquoi il est juste de combattre Galbatorix, même si cela entraîne la mort de centaines de gens.

Oromis se redressa sur son siège :
– Ah ? Explique-moi ça !
– Parce que Galbatorix a déjà causé, au cours des cent dernières années, plus de souffrances que nous ne le ferons en une seule génération. Et, contrairement à un tyran ordinaire, nous

ne pouvons espérer qu'il meure. Son règne peut aussi bien durer pendant des siècles, des millénaires, avec ses persécutions et ses tortures incessantes, à moins que nous n'y mettions fin. S'il devient assez puissant, il attaquera les nains, il vous attaquera, vous, ici, au cœur du Du Weldenvarden, il vous tuera les uns et les autres ou vous réduira en esclavage. Et parce que...

Eragon frotta de ses paumes le rebord de la table :

– ... parce que récupérer les deux œufs encore en sa possession est le seul moyen de sauver la race des dragons.

Le sifflement strident de la bouilloire d'Oromis monta alors, jusqu'à faire vibrer les tympans d'Eragon. L'elfe se leva, ôta le récipient du feu et versa l'eau dans les tasses pour y faire infuser un thé aux mûres. La ligne de ses sourcils se détendit :

– Maintenant, tu comprends.

– Je comprends, et je ne m'en réjouis pas.

– Et tu n'as pas à t'en réjouir. Mais nous pouvons être sûrs, à présent, que tu ne t'éloigneras pas du chemin qu'il te faudra suivre quand tu seras confronté aux injustices et aux atrocités que les Vardens commettront immanquablement. Nous ne pouvons nous permettre de te voir consumé par le doute au moment où ta force et ta détermination seront le plus nécessaires.

Oromis croisa les doigts et fixa le sombre miroir du thé, contemplant quelque ténébreuse vision :

– Crois-tu que Galbatorix soit mauvais ?

– Bien sûr !

– Crois-tu qu'il se considère lui-même comme mauvais ?

– Non, j'en doute.

L'elfe décroisa ses doigts et les joignit :

– Tu penses donc également que Durza est mauvais ?

Des bribes de souvenirs glanés dans l'esprit de Durza, lors de leur combat à Tronjheim, remontèrent à la mémoire du garçon ; il avait appris que l'Ombre, dans sa jeunesse – il s'appelait alors Carsaib –, était devenu l'esclave du spectre qu'il avait invoqué pour venger la mort de son mentor, Haeg.

– Lui-même ne l'était pas ; l'esprit qui le contrôlait était mauvais.

– Et les Urgals ? demanda Oromis en buvant une gorgée de thé. Sont-ils mauvais ?

Eragon serra sa cuillère si fort que ses jointures blanchirent :

– Lorsque je pense à la mort, je vois un visage d'Urgal. Ils sont pires que des bêtes. Ce qu'ils ont fait...

Il secoua la tête, incapable de continuer.

– Eragon, quelle opinion aurais-tu des humains si tout ce que tu savais d'eux se résumait aux actions de guerriers sur un champ de bataille ?

– Ce n'est pas...

Il inspira profondément :

– C'est différent. Les Urgals méritent d'être balayés de la surface de la Terre, jusqu'au dernier !

– Même leurs femmes et leurs enfants ? Des êtres qui ne t'ont jamais fait de mal et ne t'en feront jamais ? Des innocents ? Tu les tuerais, condamnant un peuple entier à disparaître ?

– Eux, ils ne nous épargneraient pas si l'occasion leur était offerte.

– Eragon ! s'exclama Oromis d'un ton mordant. Je ne veux plus jamais t'entendre employer ce genre d'argument ! Ce n'est pas parce que quelqu'un a fait – ou pourrait faire – quelque chose que tu dois le faire aussi ! C'est une façon de penser paresseuse, répugnante, révélatrice d'un esprit borné. Est-ce clair ?

– Oui, Maître.

L'elfe porta sa tasse à ses lèvres et but, sans cesser de tenir Eragon sous le feu de son regard.

– En réalité, que sais-tu des Urgals ? reprit-il.

– Je connais leurs forces, leurs faiblesses et le moyen de les tuer. Je n'ai pas besoin d'en savoir plus.

– Et pourquoi donc haïssent-ils et combattent-ils les humains ? Quelle est leur histoire, quelles sont leurs légendes et leur façon de vivre ?

– Est-ce important ?

Oromis soupira.

– Souviens-toi simplement, dit-il d'une voix douce, qu'il arrive que tes ennemis se changent en alliés. Ainsi va la vie.

Eragon voulut protester, mais il se contint. Il fit tourner sa tasse, et le liquide devint un tourbillon noir, avec un œil d'écume blanche au milieu.

– Est-ce la raison pour laquelle Galbatorix a enrôlé les Urgals ?

– Je n'aurais pas choisi cet exemple, mais la réponse est oui.

– Cela paraît étrange qu'il les ait traités en amis. Après tout, ce sont eux qui ont tué son dragon. Voyez ce que le roi nous a fait, à nous, les Dragonniers, alors que nous n'étions pas responsables de cette perte !

– Oh, fit Oromis, Galbatorix est peut-être fou, ce qui ne l'empêche pas d'être aussi matois qu'un renard. Je suppose qu'il comptait se servir des Urgals pour anéantir les Vardens et les nains – et d'autres encore –, s'il l'avait emporté à Farthen Dûr. Il aurait ainsi éliminé deux de ses ennemis tout en affaiblissant les Urgals, ce qui lui permettait alors d'agir envers eux selon son bon plaisir.

L'étude de l'ancien langage occupa leur après-midi, après quoi ils se remirent à la pratique de la magie. L'enseignement d'Oromis porta essentiellement sur le contrôle des différentes formes d'énergie, telle que la lumière, la chaleur, l'électricité, et même la gravité. Il expliqua que les sorts les utilisant consumaient les forces plus vite que n'importe quels autres ; il était donc plus prudent de recourir aux énergies existant déjà à l'état naturel, et de les moduler grâce à la gramarie, plutôt que de les créer à partir de rien.

Abandonnant ce sujet, Oromis interrogea Eragon :

– Comment emploierais-tu la magie pour tuer ?

– Je l'ai fait bien des fois. J'ai chassé avec un caillou lancé vers le gibier par magie ; j'ai également utilisé le mot *jierda* pour casser les jambes et le cou des Urgals. Une fois, avec *thrysta*, j'ai arrêté le cœur d'un homme.

– Il existe des méthodes plus efficaces, lui apprit Oromis. Qu'est-ce qui tue un homme, Eragon ? Un coup d'épée à travers le corps ? Des vertèbres brisées ? Une hémorragie ? Non, il suffit de presser telle artère du cerveau ou d'endommager tels nerfs. Avec un sort bien choisi, tu peux immobiliser une armée.

– J'aurais dû y penser, à Farthen Dûr, maugréa Eragon, mécontent de lui. « Et pas seulement à Farthen Dûr, mais aussi lorsque les Kulls nous pourchassaient dans le désert du Hadarac. »

– Encore une fois, s'enquit-il, pourquoi Brom ne m'a-t-il pas enseigné tout cela ?

– Parce qu'il n'imaginait pas que tu devrais affronter une armée avant des mois ou des années ; on ne confie pas un pouvoir pareil à un Dragonnier qui n'a pas fait ses preuves.

– Si c'est tellement facile de tuer, quelle raison avons-nous, alors – ou Galbatorix –, de lever une armée ?

– En bref, pour des raisons tactiques. Les magiciens sont vulnérables lorsqu'ils sont plongés dans leurs luttes mentales ; il leur faut des guerriers pour les protéger. Et les guerriers doivent être préservés, au moins en partie, des attaques magiques, sinon ils seraient massacrés dans l'instant. Ces contraintes impliquent que, lorsque deux armées s'affrontent, leurs magiciens respectifs sont disséminés dans le gros de leurs forces, le plus près possible de la bataille, mais pas trop près non plus, pour ne pas être mis en danger. Les magiciens des deux clans ouvrent leur esprit afin de percevoir si quelqu'un utilise ou est sur le point d'utiliser la magie. Leurs ennemis se trouvant parfois au-delà de leur atteinte mentale, les magiciens circonscrivent l'espace autour d'eux et de leurs guerriers afin de contrer ou affaiblir une attaque de longue portée, un caillou visant leur tête, par exemple, lancé à une lieue de là.

– Un seul homme ne pourrait sûrement pas protéger toute une armée, fit remarquer Eragon.

– Un seul, non. Mais, avec un nombre suffisant de magiciens, tu peux créer une barrière mentale d'une qualité appréciable. Le plus grand danger, dans cette sorte de conflit, c'est qu'un magicien plus malin que les autres imagine une attaque d'un genre particulier, capable de franchir cette barrière. Cela peut décider de l'issue d'une bataille.

Tu dois également garder à l'esprit que la faculté d'utiliser la magie est extrêmement rare, et ce, chez toutes les espèces. Nous, les elfes, ne faisons pas exception, bien qu'il y ait parmi nous plus d'ensorceleurs que chez d'autres, en raison des serments qui nous lient depuis des siècles. La plupart des êtres doués pour la magie n'ont généralement qu'un talent très moyen ; à peine réussissent-ils à guérir une écorchure.

Eragon approuva de la tête. Il en avait rencontré de ce genre chez les Vardens.

– Cependant, constata-t-il, n'importe quelle tâche consomme la même quantité d'énergie.

– Certes. Mais il est plus difficile pour les magiciens de faible pouvoir de percevoir un courant magique et de s'y immerger qu'à toi ou moi. Peu de magiciens représentent une menace pour une armée. Et, au cours d'une bataille, les plus puissants d'entre eux passent le gros de leur temps à éviter, traquer ou combattre leurs rivaux, ce qui est une chance, du point de vue des simples soldats, qui, sinon, seraient très vite tués.

– Il n'y a pas beaucoup de magiciens parmi les Vardens, fit remarquer Eragon, troublé.

– C'est bien pourquoi tu es si important.

Cette remarque laissa le garçon songeur un bon moment. Puis il demanda encore :

– La barrière dont vous parliez, une fois activée, absorbe-t-elle seulement votre propre énergie ?

– Oui.

– Alors, en disposant d'assez de temps, ne pourrait-on la renforcer avec plusieurs épaisseurs de protection ? Ne pourrait-on se rendre...

Il chercha les mots adéquats en ancien langage :

– ... intouchable ?... Inexpugnable ?... Invulnérable ? Résistant à tout assaut magique ou physique ?

– Les barrières étant alimentées par l'énergie de ton propre corps, expliqua Oromis, si tu en dépenses trop, tu meurs. Peu importe le nombre de barrières que tu auras créées, tu ne bloqueras les attaques qu'aussi longtemps que ton corps fournira la quantité d'énergie nécessaire.

— Et la puissance de Galbatorix ne fait qu'augmenter d'année en année... Comment est-ce possible ?

C'était une simple constatation ; pourtant Oromis resta silencieux, ses yeux en amande fixant un trio de moineaux qui virevoltait au-dessus de leurs têtes. Eragon comprit que l'elfe cherchait comment répondre au mieux à sa question. Lorsque les moineaux furent hors de vue, Oromis déclara :

— Il ne convient pas d'avoir cette discussion pour le moment.

— Alors, vous le savez ? s'exclama Eragon, stupéfait.

— Je le sais. Cependant, pour avoir accès à cette information, tu devras patienter. Tu n'es pas prêt à l'entendre.

L'elfe fixa son élève, s'attendant visiblement à une objection. Mais Eragon s'inclina :

— Comme vous voudrez, Maître.

Il devinait qu'il ne tirerait de l'elfe aucune révélation tant que celui-ci ne l'aurait pas décidé ; alors, inutile d'essayer. Il se demandait tout de même quel secret pouvait être assez dangereux pour qu'Oromis n'osât pas le lui confier, et pourquoi les elfes ne l'avaient pas révélé aux Vardens. Une autre idée lui vint alors à l'esprit :

— Si les batailles auxquelles participent des magiciens se passent comme vous l'avez dit, pourquoi Ajihad m'a-t-il laissé combattre sans barrière pour me protéger, à Farthen Dûr ? J'ignorais même que je devais garder l'esprit ouvert à la présence d'éventuels ennemis. Et pourquoi Arya n'a-t-elle pas tué tous les Urgals, ou presque tous ? Il n'y avait aucun magicien pour s'y opposer, à l'exception de Durza, et il n'aurait pas pu défendre ses troupes quand il était dans les souterrains.

— Ajihad n'avait-il pas demandé à Arya ou à l'un des membres du Du Vrangr Gata d'établir une protection autour de toi ?

— Non, Maître.

— Et, pourtant, tu as combattu ?

– Oui, Maître.

Oromis se retira en lui-même, le regard vague, et resta debout sur l'herbe, immobile. Il reprit soudain la parole :

– J'ai consulté Arya ; elle m'a appris que les Jumeaux, ayant reçu l'ordre d'évaluer tes capacités, ont affirmé à Ajihad que tu maîtrisais la totalité des formes de magie, y compris l'établissement de barrières. Ni Ajihad ni Arya ne doutaient de leur jugement en la matière.

– Ces langues de vipères, ces crânes pelés, ces chiens galeux, ces traîtres ! jura Eragon. Ils ont tenté de me faire tuer !

Il dévida encore quelques insultes bien senties dans sa langue maternelle.

– Ne souille pas l'air que tu respires, dit Oromis avec douceur. C'est toi qui en seras incommodé... De toute façon, je soupçonne les Jumeaux de t'avoir laissé combattre sans protection non pour que tu sois tué, mais pour que Durza puisse te capturer.

– Quoi ?

– Grâce à tes informations, Ajihad supposait que les Vardens avaient été trahis quand Galbatorix a commencé à persécuter leurs alliés dans l'ensemble de l'Empire avec une précision presque parfaite. Les Jumeaux connaissaient l'identité des amis des Vardens. Les Jumeaux t'ont également attiré par la ruse au cœur de Tronjheim, te séparant ainsi de Saphira et te plaçant à portée de main de Durza. C'étaient des traîtres, voilà la seule explication logique.

– Qu'importe, à présent ; ils sont morts depuis longtemps.

Oromis baissa la tête :

– Espérons-le. Arya m'a signalé que les Urgals avaient des magiciens à Farthen Dûr, et qu'elle en a combattu beaucoup. Aucun d'eux ne t'a attaqué ?

– Non, Maître.

– Une preuve de plus que, Saphira et toi, vous étiez laissés à la disposition de Durza. Il devait vous capturer et vous amener à Galbatorix. Le piège était bien imaginé.

Pendant l'heure suivante, Oromis apprit à Eragon douze façons de tuer, chacune ne requérant pas plus d'énergie que de soulever une plume et la plonger dans l'encrier. Alors que le garçon mémorisait la dernière, une pensée lui vint, qui le fit sourire :

– Les Ra'zacs n'auront pas la moindre chance, la prochaine fois qu'ils croiseront mon chemin !

– Méfie-toi d'eux, malgré tout, l'avertit Oromis.

– Pourquoi ? Trois mots, et ils seront morts !

– Que mangent les balbuzards ?

Eragon cligna des yeux, étonné :

– Les aigles pêcheurs ? Du poisson !

– Si un poisson était légèrement plus rapide et plus intelligent que ses congénères, échapperait-il à un balbuzard affamé ?

– J'en doute. Du moins, pas longtemps.

– De même que les balbuzards sont destinés à être les meilleurs pêcheurs de poisson, les Ra'zacs sont conçus pour débusquer des proies humaines. Ils sont les monstres qui guettent dans l'obscurité, les cauchemars sanglants qui hantent ceux de votre espèce.

Eragon sentit les cheveux se hérisser sur sa nuque :

– Quelle sorte de créatures sont-ils ?

– Ils ne sont ni elfes, ni hommes, ni nains ; ni bêtes à poils, à plumes ou à nageoires ; ni reptiles, ni insectes, ni aucune autre sorte d'animal.

Eragon se força à rire :

– Ce sont des plantes, alors ?

– Non plus. Ils se reproduisent en pondant des œufs, comme les dragons. Lorsqu'ils éclosent, les jeunes – qu'on appelle alors des Crazoracs – développent un exosquelette, sorte de carapace qui rappelle la forme d'un corps humain. Ce n'est qu'une imitation grotesque, mais assez convaincante pour permettre aux Ra'zacs d'approcher leurs victimes sans les alarmer. Là où les humains sont vulnérables, les Ra'zacs sont puissants. Ils voient clair dans la nuit la plus noire, flairent une piste comme un chien de chasse, tout en sautant plus haut et en courant plus vite. Cependant, ils ne supportent pas la lumière vive, et ils ont une peur panique des eaux profondes, car ils ne savent pas nager. Leur arme la plus puissante est leur haleine maléfique, qui embrume les cerveaux des humains, les paralysant parfois totalement. Elle est cependant moins efficace sur les nains ; quant aux elfes, ils sont immunisés contre ses effets.

Eragon frissonna en se rappelant la première vision qu'il avait eue des Ra'zacs à Carvahall, et comment il s'était trouvé incapable de fuir dès l'instant où ils l'avaient repéré :

– J'étais comme dans un de ces rêves où on veut courir, et on reste paralysé, quelque peine que l'on se donne pour bouger.

– C'est une description assez juste, confirma Oromis. Bien que les Ra'zacs ne puissent utiliser la magie, il ne faut pas les sous-estimer. S'ils découvrent que tu les poursuis, ils ne se montrent pas, mais restent cachés dans l'ombre, là où ils sont plus forts ; ils s'arrangent pour te tendre une embuscade, comme ils l'ont fait à Dras-Leona. Même l'expérience de Brom ne pouvait te protéger. Ne te montre jamais trop confiant, Eragon ! Ne sois jamais arrogant, car tu serais alors moins attentif, et tes ennemis mettraient ta faiblesse à profit.

– Oui, Maître.

Oromis regarda le garçon fixement :

– Les Ra'zacs restent crazoracs pendant vingt ans avant d'atteindre leur maturité. Lors de la première pleine lune de leur vingtième anniversaire, ils perdent leur exosquelette, étendent leurs ailes et se révèlent des adultes prêts à chasser toute espèce de créature, et pas seulement les humains.

– Alors, les montures des Ra'zacs, celles sur lesquelles ils volent, sont en réalité...

– Oui, ce sont leurs parents.

42
UNE IMAGE DE LA PERFECTION

« Je saisis enfin la nature de mes ennemis », songea Eragon.
Il avait craint les Ra'zacs dès leur première apparition à Carvahall, non seulement à cause de la cruauté de leurs actes, mais aussi parce qu'il ne savait presque rien de ces créatures. Du fait de cette ignorance, il leur avait attribué plus de pouvoirs qu'ils n'en possédaient réellement, et les avait considérés avec une terreur superstitieuse. « Des êtres de cauchemar, en vérité. » Mais, à présent que les explications d'Oromis avaient dissipé l'aura de mystère qui les environnait, ils ne paraissaient plus si terribles. Qu'ils fussent vulnérables à l'eau et à la lumière renforçait la conviction d'Eragon : la prochaine fois qu'il les affronterait, il abattrait les monstres qui avaient tué Garrow et Brom.

– Appelle-t-on aussi les parents « Ra'zacs » ?

Oromis fit non de la tête :

– Nous les nommons les Lethrblakas. Alors que leur progéniture est plutôt bornée, pour ne pas dire stupide, un Lethrblaka possède autant d'intelligence qu'un dragon ; un dragon cruel, vicieux et retors.

– D'où viennent-ils ?

– De quelque terre lointaine, abandonnée par tes ancêtres. Les massacres qu'ils perpétraient là-bas ont forcé le roi Palancar à émigrer. Lorsque nous, les Dragonniers, avons découvert la sinistre présence des Ra'zacs en Alagaësia, nous avons fait notre possible pour les éradiquer, comme des parasites. Malheureusement, nous n'avons réussi qu'à moitié. Deux Lethrblakas nous ont échappé, et ce sont eux, avec leurs Crazoracs, qui t'ont causé tant de tourments. Après avoir tué Vrael, Galbatorix les a fait venir et a négocié leurs services en échange de sa protection, leur assurant en abondance leur nourriture préférée. Voilà pourquoi Galbatorix les a autorisés à vivre près de Dras-Leona, l'une des cités les plus importantes de l'Empire.

Eragon crispa les mâchoires :

– Ils sont responsables de bien des crimes !

« Et je les leur ferai payer à la première occasion. »

– Oui, acquiesça Oromis, de bien des crimes...

L'elfe se dirigea vers la cabane, disparut dans l'ombre de la porte, puis réapparut chargé d'une demi-douzaine d'ardoises d'un pied de long et d'un demi-pied de large. Il en offrit une à Eragon :

– Laissons de côté pour le moment ces sujets désagréables. Je vais t'apprendre à réaliser un fairth ; je pense que cela te plaira. C'est un excellent exercice de concentration. Cette plaque de schiste est imprégnée d'assez d'encre pour qu'on puisse y faire apparaître n'importe quelle combinaison de couleurs. Il ne te reste qu'à te focaliser sur une image et à dire : « Ce que voient les yeux de mon esprit, que cela, ici, soit reproduit ! »

Eragon examina la surface lisse de l'ardoise, et Oromis désigna la clairière :

– Regarde autour de toi, Eragon, et trouve quelque chose qui vaille la peine d'être conservé.

Les premiers éléments qu'Eragon remarqua lui apparurent trop évidents, trop banals : un lis jaune à ses pieds, la cabane d'Oromis, le ruisseau écumant, le paysage lui-même... Rien qui sortît de l'ordinaire ; rien qui révélerait à un regard extérieur l'identité de celui qui avait créé le fairth. « Ce qui passe, fugitif, et disparaît, voilà qui mérite d'être sauvegardé », pensa-t-il. Son regard se posa sur le vert pâle d'un bouquet de pousses printanières, à l'extrémité d'une branche, puis sur la sombre blessure qui balafrait le tronc, là où une tempête avait brisé un rameau, arrachant un lambeau d'écorce. Des gouttes de sève translucide perlaient sur la cicatrice, et la lumière s'y réfractait.

Eragon se plaça sur le côté du tronc, de sorte que le sang coagulé de l'arbre sourdant de l'écorchure formât une silhouette, encadrée d'une myriade scintillante de jeunes aiguilles. Il fixa de son mieux ce cliché dans sa tête et prononça la formule.

La surface grise de l'ardoise se constella de taches de couleur, qui se mêlèrent, se fondirent jusqu'à produire les nuances exactes de l'image. Lorsque les pigments cessèrent enfin de s'agiter, Eragon se trouva devant une étrange copie de ce qu'il avait voulu représenter. La sève et les aiguilles de pin étaient rendues avec une extrême précision, mais tout le reste était flou, voilé, comme vu entre des paupières à demi fermées. Cela n'avait rien de commun avec la parfaite netteté du fairth d'Ilirea, exécuté par Oromis.

Celui-ci fit un signe, et Eragon lui tendit son œuvre. L'elfe l'examina un instant, puis déclara :

– Ton regard sur les choses est inhabituel, Eragon-finiarel. La plupart des humains ont beaucoup de mal à se concentrer de façon à produire un dessin reconnaissable. Toi, en revanche, tu sembles observer dans les moindres détails les éléments qui t'intéressent. Mais ta technique n'est pas au point. Tu as le même problème ici qu'avec ta méditation. Tu dois te détendre, élargir ton champ de vision, et absorber ce qui t'environne sans juger d'emblée ce qui est important ou pas.

Mettant le fairth de côté, Oromis prit une ardoise vierge sur l'herbe et la donna au garçon :

– Essaie encore une fois avec ce que...

– Bonjour à toi, Dragonnier !

Eragon sursauta. Se retournant, il vit Orik et Arya déboucher côte à côte du sentier de la forêt. Le nain les salua en levant la main. Sa barbe était fraîchement taillée et tressée, sa chevelure lissée et attachée en queue de cheval ; il portait une tunique neuve – cadeau des elfes –, rouge et brun, brodée de fils d'or.

Rien dans son apparence ne rappelait l'état d'ébriété où il se trouvait la nuit précédente.

Eragon, Oromis et Arya échangèrent les traditionnelles formules de politesse ; puis, abandonnant l'ancien langage, Oromis demanda :

– Qu'est-ce qui me vaut cette visite ? Vous êtes les bienvenus chez moi ; toutefois, comme vous pouvez le constater, je suis en plein travail avec Eragon, et c'est de la plus haute importance.

– Je suis désolée de vous déranger, Oromis-elda, commença Arya. Mais...

– C'est moi le fautif, intervint Orik.

Il lança un regard à Eragon avant de poursuivre :

– J'ai été envoyé ici par Hrothgar afin de m'assurer qu'Eragon recevrait bien l'éducation prévue. Je n'ai aucun doute là-dessus, mais je dois constater de mes yeux le bon déroulement de sa formation ; ainsi, à mon retour à Tronjheim, je serai en mesure de faire à mon roi un juste rapport des événements.

– Ce que j'enseigne à Eragon, objecta Oromis, ne peut être partagé avec quiconque. Les secrets des Dragonniers ne sont destinés qu'à lui seul.

– Je comprends cela. Cependant, nous vivons une époque troublée ; la pierre autrefois solidement fixée bouge à présent sur ses bases. Tant de choses dépendent d'Eragon que nous, les nains, avons le droit de nous assurer que sa formation se poursuit comme prévu. Trouvez-vous notre requête irrecevable ?

– Bien parlé, Maître Nain, dit Oromis.

Il joignit les doigts, le visage indéchiffrable, comme toujours :

– Dois-je considérer, alors, que c'est pour vous une question de devoir ?

– De devoir et d'honneur.

– Et rien ne vous fera céder sur ce point ?

– Je crains que non, Oromis-elda.

– Très bien. Vous pouvez rester et assister à la leçon. Cela vous convient-il ?

Orik fronça les sourcils :

– La leçon est-elle bientôt finie ?
– Nous venons de commencer.
– En ce cas, oui, cela me convient. Du moins, pour le moment.

Pendant cet échange, Eragon essaya de croiser le regard d'Arya, mais elle gardait les yeux fixés sur Oromis.

– ... Eragon !

Il cligna des paupières, brusquement tiré de sa rêverie :

– Oui, Maître.

– Ne te laisse pas distraire, Eragon. Tu as un autre fairth à exécuter ! Ouvre ton esprit, comme je te l'ai enseigné.

– Oui, Maître.

Il saisit l'ardoise, la main un peu moite à l'idée qu'Orik et Arya assistent à sa performance. Il voulait faire de son mieux afin de leur prouver qu'Oromis était un bon professeur, mais il n'arrivait pas à se concentrer sur la résine et les aiguilles du pin ; Arya l'attirait comme un aimant ; son attention revenait vers elle chaque fois qu'il essayait de penser à autre chose.

Il finit par comprendre que toute résistance était inutile. Il composa dans sa tête une image de l'elfe – ce qui lui prit le temps d'un battement de cil, car il connaissait chacun de ses traits par cœur – et prononça la phrase en ancien langage, déversant dans un flot de douce et tendre magie son adoration, son amour et la crainte qu'il avait d'elle.

Le résultat le laissa sans voix.

Le fairth représentait Arya en buste, se détachant sur un fond sombre et indistinct. Un côté de son visage était baigné par la lumière d'un feu, et elle regardait devant elle d'un air énigmatique. Il la découvrait sur cette image non telle qu'elle était, mais telle qu'elle lui apparaissait : mystérieuse, exotique, la plus belle personne qu'il eût jamais rencontrée. Quoique imparfait, ce portrait reflétait tant de passion qu'il provoqua chez Eragon une réaction viscérale. « Est-ce vraiment ainsi que je la vois ? » Quelle que fût cette femme, elle était si puissante, si sage, si fascinante qu'un homme ordinaire en serait consumé.

De très loin, il entendit Saphira murmurer :

« Sois prudent... »

– Qu'as-tu exécuté, Eragon ? le questionna Oromis.

– Je... je ne sais pas.

Oromis tendit la main, et le garçon hésita, peu disposé à permettre aux autres d'examiner son œuvre, surtout Arya. Après un temps d'attente qui lui parut éprouvant, Eragon desserra sa prise et laissa son maître se saisir de l'ardoise.

L'elfe regarda tour à tour le portrait, puis Eragon, le visage sévère ; et le garçon chancela sous le poids de ce regard. Sans un mot, Oromis tendit l'ardoise à Arya.

Elle se pencha, et ses longs cheveux lui voilèrent le visage, mais Eragon vit saillir les veines et les tendons de ses mains. La plaque de schiste tremblait entre ses doigts.

– Eh bien ? fit Orik.

Levant le fairth au-dessus de sa tête, Arya le jeta violemment à terre, brisant le tableau en mille morceaux. Puis elle se redressa et, sans un regard pour Eragon, traversa la clairière avec la plus grande dignité avant de s'enfoncer dans les profondeurs touffues du Du Weldenvarden.

Orik ramassa un fragment d'ardoise. Il était vierge. L'image avait disparu quand la plaque s'était cassée. Le nain tira sur sa barbe :

– Moi qui connais Arya depuis quelques décennies, je ne l'ai jamais vue perdre son sang-froid à ce point. Jamais. Qu'avais-tu fait, Eragon ?

– Un portrait d'elle.

Orik fronça les sourcils, visiblement perplexe :

– Un portrait ? Pourquoi cela...

– Je pense qu'il serait préférable que vous nous laissiez, à présent, le coupa Oromis. La leçon est terminée, de toute façon. Revenez demain ou après-demain si vous voulez vous faire une meilleure idée des progrès d'Eragon.

Le nain lança un coup d'œil en coin au garçon, puis il se frotta les mains pour en ôter la poussière :

– Oui, c'est ce que je vais faire. Merci de m'avoir consacré ce temps, Oromis-elda. J'apprécie.

Reprenant le chemin d'Ellesméra, il lança à Eragon par-dessus son épaule :

– Tu me trouveras dans la salle commune de Tialdarí Hall, si tu as envie de parler.

Après le départ d'Orik, Oromis lissa les plis de sa tunique, s'agenouilla et se mit à ramasser les morceaux d'ardoise. Eragon le regardait faire, incapable de prononcer un mot.

– Pourquoi… ? demanda-t-il enfin en ancien langage.

– Peut-être parce qu'elle a peur de toi.

– Peur ? Arya n'a jamais peur.

En disant cela, Eragon sut que ce n'était pas vrai. Elle cachait simplement sa peur mieux que n'importe qui. S'appuyant sur un genou, il recueillit un morceau de fairth et le déposa dans la paume d'Oromis :

– Pourquoi lui ferais-je peur ? Répondez-moi, je vous en prie.

L'elfe se releva, marcha jusqu'au bord du ruisseau et jeta les débris d'ardoise dans le courant en les émiettant entre ses doigts.

– Les fairths ne montrent que ce que tu désires qu'ils montrent. Il est possible de les détourner, de créer une image fausse, mais cela exige plus de talent que tu n'en possèdes encore. Arya le sait. Elle sait donc aussi que ton fairth était l'expression exacte de tes sentiments pour elle.

– Mais pourquoi cela l'effraie-t-elle ?

Oromis eut un sourire triste :

– Parce que cela révèle la profondeur de ta passion.

Il pressa ses doigts les uns contre les autres, dans un geste qui lui était familier :

– Analysons la situation, Eragon. Bien que tu aies l'âge d'être considéré par les humains comme un adulte, à nos yeux tu n'es jamais qu'un enfant.

Le garçon se rembrunit. Ces mots lui rappelaient les paroles de Saphira la nuit précédente.

– Normalement, je ne devrais pas comparer l'âge d'un humain à celui d'un elfe ; mais, du moment que tu vas partager notre longévité, tu dois également être jugé selon nos critères. De plus, tu es un Dragonnier. Nous comptons sur toi pour nous aider à renverser Galbatorix : ce serait un désastre pour tout le monde en Alagaësia si quoi que ce fût te distrayait de tes études.

Oromis poursuivit :

— Maintenant, comment Arya pouvait-elle réagir devant ton fairth ? Il est clair que tu la vois sous un jour romantique. Cependant – bien que je n'aie aucun doute sur l'affection qu'Arya te porte – une union entre vous est impossible en raison de ta jeunesse, de ta culture, de ta nature et de tes responsabilités. Ton intérêt pour elle met Arya dans une situation délicate. Elle n'ose pas te le dire en face, de peur de perturber ton entraînement. Toutefois, en tant que fille de reine, elle ne peut t'ignorer, car elle risquerait d'offenser un Dragonnier – et un Dragonnier dont trop de choses dépendent... Même si vous étiez accordés l'un à l'autre, Arya éviterait de t'encourager, afin que tu consacres ton énergie à la tâche qui est la tienne, et sacrifierait son bonheur à un bien supérieur.

La voix d'Oromis se fit plus lente :

— Tu dois comprendre, Eragon, qu'abattre Galbatorix est le but suprême. Les destins individuels ne sont rien.

Il se tut un instant, regarda le garçon avec douceur, puis ajouta :

— Arya a eu peur que tes sentiments pour elle mettent en danger tout ce à quoi nous avons consacré notre travail. Est-ce si surprenant ?

Eragon secoua la tête, honteux d'avoir causé la détresse d'Arya par son comportement, consterné de s'être montré si imprudent et si immature. « J'aurais pu éviter ce gâchis en gardant le contrôle de moi-même. »

Le prenant par l'épaule, Oromis le ramena dans la cabane :

— Ne crois pas que je sois dépourvu de sympathie, Eragon. Chacun traverse des épreuves semblables à la tienne à un moment ou à un autre de sa vie. C'est ainsi qu'on grandit. Je sais aussi combien c'est difficile pour toi de te priver du confort quotidien, mais il le faut si nous voulons l'emporter.

– Oui, Maître.

Ils s'assirent devant la table, et Oromis disposa le matériel d'écriture pour l'étude du Liduen Kvaedhí.

– Je ne m'attends pas à ce que tu oublies ta fascination envers Arya, ce ne serait pas raisonnable de ma part ; en revanche, je compte sur toi pour qu'elle n'interfère pas de nouveau avec mon instruction. Peux-tu me le promettre ?

– Oui, Maître. Je vous le promets.

– Et vis-à-vis d'Arya ? Que comptes-tu faire, en toute honnêteté ?

Embarrassé, Eragon murmura :

– Je ne veux pas perdre son amitié.

– Non.

– C'est pourquoi je... j'irai la trouver, je lui ferai mes excuses, et je m'engagerai à ne jamais plus lui infliger pareille épreuve.

Il avait eu du mal à le dire ; pourtant, la chose faite, il se sentit soulagé, comme si de reconnaître son erreur l'avait effacée.

Oromis parut satisfait :

– Voilà la preuve que tu as gagné en maturité.

Eragon lissa les feuilles de papier du plat de la main ; elles étaient douces sous sa paume. Il fixa un moment leur surface blanche et vide, puis il plongea une plume dans l'encre et commença la retranscription d'une colonne de glyphes. Chaque ligne lui semblait un trait de nuit sinueux, une faille au fond de laquelle il aurait voulu se perdre pour oublier la confusion de ses sentiments.

43
L'EFFACEUR

Le matin suivant, Eragon se mit en quête d'Arya dans l'intention de lui faire ses excuses. Il la chercha plus d'une heure sans la trouver, à croire qu'elle avait disparu dans l'un des recoins secrets d'Ellesméra. Il l'aperçut une fois, furtivement, alors qu'il s'était arrêté près de l'entrée de Tialdarí Hall ; il l'appela, mais elle s'éclipsa avant qu'il ait pu la rejoindre. « Elle m'évite », comprit-il enfin.

Au cours de la journée, Eragon s'adonna à son entraînement avec un zèle qui lui valut les louanges de l'ancien Dragonnier. En s'abîmant ainsi dans l'étude, il espérait éloigner Arya de ses pensées.

Jour et nuit, Eragon s'évertua à maîtriser ses nouveaux savoirs. Il mémorisa les formules pour créer, assujettir et invoquer ; il apprit le véritable nom des plantes et des animaux ; il travailla les dangers de la transmutation, l'art de commander au vent et à la mer, acquit les kyrielles de compétences nécessaires pour comprendre les forces du monde. Il se révéla excellent à l'usage des sorts liés aux grandes puissances telles que la lumière, la chaleur et le magnétisme ; il avait en effet le talent d'estimer, avec une exactitude presque parfaite, la quantité d'énergie qu'exigerait l'une ou l'autre tâche, et si elle excéderait ou non celle que son corps avait en réserve.

De temps à autre, Orik venait assister à l'entraînement. Il restait debout à la lisière de la clairière, sans faire le moindre commentaire, regardant Oromis instruire son élève ou observant Eragon aux prises avec quelque sort particulièrement complexe.

Oromis imposait sans cesse au garçon de nouveaux défis. Il lui fit préparer des repas en utilisant la magie afin de lui donner une maîtrise affinée de la gramarie ; sa première tentative ne produisit qu'une mixture noircie. L'elfe lui montra ensuite comment déceler et neutraliser toutes sortes de poisons. À partir de là, Eragon dut examiner sa nourriture à la recherche des différentes substances toxiques qu'Oromis avait pu y glisser. Il souffrit plus d'une fois de la faim, parce qu'il n'arrivait pas à identifier le poison ou à le rendre inoffensif ; et, à deux reprises, il fut si malade que l'elfe dut le soigner. Oromis lui faisait lancer de multiples sorts simultanément, ce qui exigeait une extrême concentration, chaque sort devant atteindre son but sans perturber l'action des autres.

Oromis consacra de longues heures à l'art d'imprégner d'énergie un matériau, soit pour qu'il libère cette énergie à un autre moment, soit pour donner un certain aspect à un objet. Il disait :

– C'est ainsi que Rhunön, la forgeronne, a enchanté les épées des Dragonniers, pour que jamais elles ne s'émoussent ni ne se brisent ; c'est ainsi que nous « chantons » les plantes dans la forme que nous désirons ; c'est ainsi qu'on peut enfermer dans une boîte un piège, qui ne se détend qu'à son ouverture ; c'est ainsi que nous-mêmes et les nains fabriquons les Erisdars, nos lanternes ; c'est ainsi que l'on guérit une blessure, pour t'en donner quelques exemples. Ce sont les plus puissants des sorts, car ils peuvent rester en sommeil pendant mille ans ou même davantage, et sont aussi difficiles à percevoir qu'à conjurer. Ils imprègnent presque toute l'Alagaësia, façonnant notre terre et le destin de ceux qui y vivent.

– Utilisez-vous cette technique pour transformer votre propre corps, demanda Eragon, ou serait-ce trop dangereux ?

Les lèvres d'Oromis esquissèrent un léger sourire :

– Hélas, tu mets le doigt sur la plus grande faiblesse des elfes : leur vanité ! Nous aimons la beauté sous toutes ses formes, et nous cherchons à atteindre sa perfection dans notre apparence. C'est pourquoi on nous appelle le Beau Peuple. Chaque elfe est exactement comme il – ou elle – désire être. Lorsqu'un elfe a appris à utiliser les sorts permettant de modeler les êtres vivants, il choisit le plus souvent de modifier son physique pour qu'il reflète au mieux sa personnalité. Quelques-uns – très peu – sont allés au-delà des simples transformations esthétiques et ont réaménagé leur anatomie pour s'adapter à différents environnements, comme tu auras l'occasion de le voir pendant la célébration du Serment du Sang. Ceux-là, bien souvent, ressemblent plus à des animaux qu'à des elfes.

« Toutefois, on use autrement de ce pouvoir sur un être vivant que sur un objet inanimé. Peu de matériaux sont aptes à devenir une réserve d'énergie : soit ils la laissent s'échapper, soit ils l'accumulent au point que, si tu touches l'objet, un éclair en jaillit, qui te traverse de part en part. Les meilleurs supports que nous ayons trouvés sont les gemmes. Le quartz, les agates et d'autres pierres de moindre valeur ne sont pas aussi efficaces que, disons, les diamants, mais n'importe quelle gemme convient. C'est pourquoi les épées des Dragonniers ont toujours un joyau incrusté dans leur pommeau. C'est aussi pourquoi le talisman que t'a offert ce nain – un collier entièrement fait de métal – risque de te vider de ton énergie pour remplir sa fonction, car il ne peut en produire lui-même.

Quand il n'étudiait pas avec Oromis, Eragon complétait son éducation par la lecture des nombreux rouleaux que l'elfe lui avait remis, une habitude dont il fut vite incapable de se passer. L'instruction du garçon – sous la modeste tutelle de Garrow – s'était limitée aux connaissances suffisantes pour gérer une ferme. Le savoir que le garçon découvrait sur ces surfaces de papier sans fin, il l'absorbait comme une terre desséchée s'imbibe d'eau de pluie, étanchant une soif inconnue jusqu'alors.

Il dévorait les textes de géographie, de biologie, d'anatomie, de philosophie et de mathématiques, aussi bien que des mémoires, des biographies et des récits historiques. Plus que les faits, ce qui l'intéressait surtout, c'était de découvrir d'autres façons de penser. Elles remettaient en cause ses croyances et l'obligeaient à réexaminer ses hypothèses sur nombre de sujets, depuis les droits de l'individu dans une société jusqu'à la course du soleil dans le ciel.

Il constata que de nombreux rouleaux concernaient les Urgals et leur culture. Il les lut, mais n'en fit pas mention ; Oromis, de son côté, n'aborda pas le sujet.

Eragon apprit également beaucoup de choses sur les elfes, un sujet qu'il étudia avec avidité, espérant ainsi mieux comprendre Arya. Il fut surpris de découvrir que le mariage n'avait pas cours chez eux ; ils prenaient des partenaires pour une durée de leur choix, que ce soit une journée ou un siècle. Avoir un enfant était considéré comme le gage d'amour suprême.

Eragon apprit encore que, bien que les humains et les elfes eussent été les premiers peuples à se rencontrer, il n'avait existé qu'une poignée de couples mixtes ; il s'agissait principalement de Dragonniers humains qui avaient jugé bon de prendre une compagne parmi les elfes. Cependant, autant qu'il put le déduire de récits quelque peu énigmatiques, la plupart de ces liaisons avait fini tragiquement, soit que les amoureux n'avaient pas réussi à établir une vraie relation, soit que les humains vieillissaient et mouraient, alors que les elfes échappaient aux outrages du temps.

En plus des ouvrages documentaires, Oromis offrit à Eragon des copies des grandes chansons, épopées et poésies des elfes, qui emballèrent l'imagination du garçon, car les seules histoires qui lui étaient familières se résumaient à celles que Brom contait à Carvahall. Il se régala des récits épiques à l'instar de mets savoureux, s'attardant particulièrement sur Les exploits de Gëda ou La complainte d'Umhodan pour faire durer le plaisir.

La formation de Saphira se poursuivait au même rythme. Relié en permanence à son esprit, Eragon put observer que Glaedr la soumettait à un entraînement aussi intense que le sien. Elle s'exerçait à virevolter dans les airs en transportant des blocs de rocher, à plonger, à sprinter, et à exécuter toutes sortes d'acrobaties. Pour augmenter son endurance, Glaedr lui fit cracher le feu sur une colonne de pierre pour la faire fondre. Au début, Saphira ne parvenait pas à produire des flammes plus de quelques minutes d'affilée ; mais, bientôt, le jet brûlant jaillissait de sa gueule une demi-heure durant sans interruption, chauffant la pierre à blanc.

Eragon découvrit aussi les coutumes que Glaedr enseignait à Saphira : les détails sur la vie et l'histoire des dragons, qui complétaient la connaissance instinctive qu'elle avait de son espèce. Beaucoup d'éléments étaient incompréhensibles pour lui, et il soupçonnait la dragonne de lui dissimuler des secrets que les dragons ne partageaient qu'avec leurs pairs et personne d'autre.

Une des informations qu'il glana, et que la dragonne chérissait par-dessus tout, fut le nom des géniteurs de Saphira, Iormúngr et sa compagne, Vervada, dont le nom signifiait Fend-la-Tempête en ancien langage. Iormúngr avait été lié à un Dragonnier, alors que Vervada était un dragon sauvage, qui avait pondu de nombreux œufs, mais n'en avait destiné qu'un seul à un Dragonnier : celui de Saphira. Les deux dragons avaient péri lors de la Chute.

Certains jours, Eragon et Saphira volaient avec Oromis et Glaedr, pratiquant le combat aérien ou visitant les ruines cachées au cœur du Du Weldenvarden. À d'autres moments, ils inversaient le cours habituel des choses, et c'était Eragon qui accompagnait Glaedr, tandis que Saphira restait sur l'À-pic de Tel'naeír avec Oromis.

Chaque matin, Eragon s'entraînait à l'épée avec Vanir, ce qui provoquait invariablement une, voire plusieurs crises. Pour tout arranger, l'elfe continuait de traiter Eragon avec une condescendance hautaine. Il lui envoyait des piques qui, en apparence, ne dépassaient jamais les limites de la politesse, et ne montrait jamais le moindre signe de colère, quelle que fût la façon dont le Dragonnier l'asticotait. Eragon le haïssait, lui, sa désinvolture et ses belles manières. Il lui semblait que chacun des gestes de l'elfe était une insulte. Et les compagnons de Vanir – qui, autant que le garçon pouvait en juger, étaient tous d'une jeune génération d'elfes – partageaient son dédain voilé, alors qu'ils ne témoignaient que du respect envers Saphira.

Leur rivalité atteignit son apogée quand, après avoir infligé à Eragon six défaites de suite, Vanir baissa son épée :

– Encore une fois, tu es mort, Tueur d'Ombre. C'est lassant. Désires-tu continuer ?

Au ton qu'il avait employé, il était clair que la question était de pure forme.

Oui, gronda Eragon.

Il venait d'endurer une nouvelle crise et n'était pas d'humeur à discutailler.

Toutefois, lorsque Vanir demanda :

Dis-moi, je suis curieux de savoir comment tu as tué Durza, en combattant avec une telle lenteur ? Je n'arrive pas à le concevoir.

Eragon fut obligé de répondre :

Je l'ai eu par surprise.

Excuse-moi ! J'aurais dû deviner qu'il y avait eu tricherie.

Le garçon se retint de grincer des dents :

– Si j'étais un elfe ou toi un humain, tu ne me vaudrais pas à l'épée.

– Peut-être.

Vanir se mit en garde et, en deux coups et trois secondes, il désarma Eragon.

.. mais je ne crois pas. Tu ne devrais pas t'affronter à un bretteur plus fort que toi, car il pourrait décider de punir ta témérité.

Eragon perdit toute retenue. Plongeant en lui-même et dans le flot de la magie, il relâcha son énergie en réserve en lançant l'un des douze mots mineurs :

– Malthinae !

Le sort garrotta les jambes et les bras de Vanir et lui ferma la bouche pour l'empêcher de lancer un contre-sort, le laissant les yeux exorbités par l'outrage.

Eragon déclara :

– Et moi, je pense que tu ne devrais pas t'affronter à magicien plus fort que toi.

Les sourcils de Vanir se rejoignirent, dessinant une ligne noire.

Sans aucun signe avant-coureur, pas même un souffle d'air, un poing invisible frappa Eragon en pleine poitrine et le projeta dans l'herbe, dix mètres plus loin. Il atterrit sur le dos, la respiration coupée. L'impact lui fit perdre le contrôle de la magie, ce qui libéra Vanir.

« Comment a-t-il fait ça ? »

L'elfe s'avança et le regarda de haut :

– Ton ignorance te trahit, humain. Tu ne sais pas de quoi tu parles. Quand je pense que tu as été choisi pour succéder à Vrael ! Que l'on t'a attribué ses appartements ! Que tu as l'honneur de servir le Sage en Deuil…!

Il secoua la tête :

– Ça me donne la nausée que de tels privilèges soient accordés à quelqu'un qui en est si peu digne. Tu ne comprends même pas ce qu'est la magie, ni comment elle fonctionne. C'est du gaspillage !

La colère d'Eragon enfla de nouveau telle une vague écarlate :

– Qu'ai-je fait pour te déplaire ? Pourquoi me méprises-tu ainsi ? Préférerais-tu qu'il n'y ait plus aucun Dragonnier pour s'opposer à Galbatorix ?

– Mon opinion importe peu.

– Certes, mais j'aimerais l'entendre.

– Comme l'a écrit Naula dans *Convocations*, l'écoute est le chemin de la sagesse si elle conduit à une décision réfléchie, pas si elle demeure une vaine perception.

– Fais-moi grâce de tes grands mots, Vanir, et donne-moi une réponse honnête.

L'elfe sourit froidement :

– À tes ordres, ô Dragonnier !

S'approchant de sorte que seul Eragon pût percevoir son chuchotement, il dit :

– Pendant les quatre-vingts années qui ont suivi la chute des Dragonniers, nous n'avions plus aucun espoir de l'emporter. Nous avons survécu en nous cachant, usant de ruse et de magie, sachant que cela ne durerait qu'un temps, car Galbatorix serait bientôt assez fort pour marcher sur nous et balayer nos défenses. Puis, des décennies plus tard, alors que nous étions résignés à notre destin, Brom et Jeod ont sauvé l'œuf de Saphira, nous offrant une seconde chance de vaincre le sinistre usurpateur. Tu imagines notre joie et nos fêtes ! Nous savions que, pour résister à Galbatorix, le nouveau Dragonnier devrait être plus puissant qu'aucun de ses prédécesseurs, plus puissant que Vrael lui-même. Et voilà comment notre patience est récompensée ! Tu n'es qu'un humain, comme Galbatorix. Pire... un impotent ! Tu nous as tous condamnés, Eragon, dès l'instant où tu as touché l'œuf de Saphira. N'espère pas que nous nous réjouissions de ta présence.

Vanir porta deux doigts à ses lèvres, puis il sortit du terrain d'entraînement à grands pas, laissant Eragon pétrifié.

« Il a raison, pensa-t-il. Je ne suis pas digne de cette tâche. N'importe lequel de ces elfes, Vanir compris, serait un meilleur Dragonnier que moi. »

Folle de colère, Saphira élargit son contact avec lui :

« Fais-tu si peu cas de mon jugement, Eragon ? Ne sais-tu pas que, lorsque j'étais dans mon œuf, Arya m'a présentée à tous ces elfes, à chacun d'entre eux – et à beaucoup des fils des Vardens –, et je les ai tous rejetés. Je n'aurais pas choisi, pour être mon Dragonnier, quelqu'un qui n'aurait pu aider ton espèce, la mienne et celle des elfes, car nos trois destins sont étroitement mêlés. Tu étais la bonne personne, au bon endroit, au bon moment. N'oublie jamais ça ! »

« En supposant que ce soit vrai, c'était avant que Durza m'inflige cette blessure. À présent, je ne vois pour notre avenir que ténèbres et malheur. Je n'abandonnerai pas. Je désespère pourtant de réussir. Peut-être notre tâche n'est-elle pas de vaincre Galbatorix, mais de préparer la voie au prochain Dragonnier, choisi par un des œufs restants ! »

De retour à l'À-pic de Tel'naeír, Eragon trouva Oromis dans sa cabane, devant la table, dessinant à l'encre noire un paysage au bas d'un rouleau qu'il avait couvert de son écriture.

Eragon s'inclina et s'agenouilla :

– Maître.

Une quinzaine de minutes s'écoulèrent avant qu'Oromis eût fini de représenter les touffes d'aiguilles d'un genévrier. Il repoussa l'encrier, nettoya son pinceau dans l'eau d'un pot d'argile, puis s'adressa à Eragon :

– Pourquoi reviens-tu si tôt ?

– Pardonnez-moi de vous déranger, mais Vanir a quitté le terrain d'entraînement, et je ne savais pas quoi décider.

– Pourquoi Vanir est-il parti, Eragon-vodhr ?

Oromis croisa les mains sur ses genoux pendant que le garçon lui décrivait la rencontre, terminant par ces mots :

– Je n'aurais pas dû perdre mon sang-froid ; or je l'ai fait, et j'ai eu l'air encore plus stupide à cause de ça. C'est un échec, Maître.

– En effet, approuva Oromis. Vanir t'a peut-être provoqué ; ça ne te donnait pas pour autant le droit de riposter ainsi. Tu dois mieux maîtriser tes émotions, Eragon. Laisser la colère balayer ton jugement au cours d'une bataille peut te coûter la vie. De plus, une réaction aussi puérile ne peut qu'irriter davantage les elfes qui te sont hostiles. Notre marge de manœuvre est étroite et ne laisse pas la place à l'erreur.

– Je suis désolé, Maître. Ce genre d'incident ne se produira plus.

Comme Oromis semblait disposé à attendre, assis sur sa chaise, l'heure où, habituellement, ils s'exerçaient au Rimgar, Eragon en profita pour l'interroger :

– Comment Vanir a-t-il pu invoquer la magie sans parler ?

– Il a fait cela ? Peut-être un autre elfe a-t-il résolu de lui venir en aide.

Eragon secoua la tête :

– Le jour de mon arrivée à Ellesméra, j'ai vu la reine Islanzadí faire tomber une pluie de fleurs rien qu'en frappant dans ses mains. Et Vanir a prétendu que je ne comprenais pas le fonctionnement de la magie. Qu'est-ce qu'il entendait par là ?

– Une fois de plus, soupira Oromis avec résignation, tu réclames des connaissances que tu n'es pas encore prêt à recevoir. Cependant, étant donné les circonstances, je ne peux te les refuser. Apprends toutefois que ce que tu veux savoir n'était pas enseigné aux Dragonniers – et n'est pas enseigné à nos magiciens – avant qu'ils aient maîtrisé tous les autres aspects de la magie, car c'est le secret de son essence même. Ceux qui le possèdent acquièrent un grand pouvoir, certes, mais risquent de le payer très cher.

Il se tut un moment, puis enchaîna :

– Quel est le lien entre la magie et l'ancien langage, Eragon-vodhr ?

– Les mots de l'ancien langage libèrent les énergies emmagasinées dans notre corps, activant ainsi un sort.

– Ah ! C'est donc que certains sons, certaines vibrations de l'air, peuvent capter, d'une façon ou d'une autre, cette énergie ? Par exemple, les sons produits fortuitement par une créature ou un objet quelconque ?

– Oui, Maître.

– Et rien, dans tout ça, ne te paraît absurde ?

Troublé, Eragon répondit :

– Qu'importe si cela semble absurde, Maître ! C'est comme ça. Devrais-je trouver absurde que la lune croisse et décroisse, que les saisons se succèdent et que les oiseaux s'envolent vers le sud quand vient l'hiver ?

– Bien sûr que non ! Mais comment de simples éléments sonores pourraient-ils provoquer des réactions qui nous permettent de manipuler l'énergie ?

– C'est pourtant ce qu'ils font.

– Le son n'a aucun contrôle sur la magie. Prononcer un mot ou une phrase n'est pas le plus important, c'est les *penser* qui compte.

D'un geste du poignet, Oromis fit apparaître au-dessus de sa paume une flamme d'or, qui s'éteignit aussitôt.

– Toutefois, sauf en cas d'extrême nécessité, nous énonçons nos sorts à haute voix pour empêcher des pensées parasites de les perturber, ce qui est toujours un danger, même pour le plus expérimenté des magiciens.

Ces perspectives stupéfièrent Eragon. Il se souvint du jour où il avait failli se noyer sous la cascade du lac Kóstha-mérna ; submergé par les eaux, il avait été incapable d'avoir recours à la magie. « Si j'avais su ça, j'aurais pu me tirer de là », pensa-t-il.

– Maître, reprit-il, si les sons n'affectent pas les sorts, pourquoi les pensées y arrivent-elles ?

Cette fois, Oromis sourit :

– Pourquoi ? En voilà une question ! Tu dois savoir que nous ne sommes pas la source de la magie. Elle existe par elle-même, indépendamment de tout enchantement, comme les feux follets des marécages d'Aroughs, le puits des rêves dans les grottes de Mani, au cœur des Beors, et le cristal flottant d'Eoam. À l'état sauvage, elle est traîtresse, imprévisible, et souvent plus puissante que celle que nous invoquons.

« Il y a des éternités, la magie était tout entière ainsi. Pour l'utiliser, il suffisait de la sentir dans son esprit – don que tout magicien possède – et d'en avoir le désir et la force. Cependant, sans la structure de l'ancien langage, les magiciens maîtrisaient mal leur talent ; c'est ainsi qu'ils ont lâché sur le pays beaucoup de forces mauvaises, qui ont tué des milliers de gens. Au fil du temps, ils ont découvert qu'énoncer leurs intentions en ancien langage les aidait à discipliner leurs pensées et évi-

44
NARDA

Appuyé sur un genou, Roran gratta la barbe qui lui mangeait maintenant le visage, contemplant la cité en contrebas. Narda.

La petite ville était grise, compacte, telle une miette de pain de seigle, tassée dans une crevasse, le long de la côte. Au-delà, une mer couleur lie de vin reflétait les derniers rayons du soleil couchant. Cette étendue d'eau fascinait Roran ; c'était si différent du paysage qu'il avait toujours connu !

« On a réussi », songea-t-il.

Quittant son poste de guet, le jeune homme retourna vers sa tente de fortune, aspirant avec délice l'air salé. Ils avaient établi leur campement à bonne hauteur dans les contreforts de la Crête afin d'éviter d'être repérés par quiconque susceptible d'avertir l'Empire de leur présence à cet endroit.

Tout en croisant de petits groupes de villageois réfugiés près des arbres, Roran les observait avec colère et chagrin. La marche forcée depuis la vallée de Palancar et le manque de nourriture avaient laissé les gens malades, abattus, exténués ; leurs visages étaient émaciés, leurs vêtements en lambeaux. Presque tous avaient enveloppé leurs mains de guenilles pour les protéger de la morsure du gel pendant les nuits glaciales de la montagne. Des semaines passées à transporter de trop lourdes charges avaient courbé les dos autrefois si fiers. Le pire, c'était les enfants, amaigris et silencieux, trop silencieux.

« Ils ne méritent pas ça, pensa Roran. Je serais entre les griffes des Ra'zacs, à présent, s'ils ne m'avaient pas assisté. »

Beaucoup s'approchaient de lui, ne désirant rien d'autre qu'une tape sur l'épaule, un mot de réconfort. Certains lui offraient un peu de nourriture, qu'il refusait ou, s'ils insistaient, donnait à quelqu'un d'autre. Ceux qui restaient à distance le regardaient passer avec des yeux éteints. Il savait ce qu'on disait de lui, qu'il était fou, que des esprits le possédaient, que les Ra'zacs eux-mêmes ne pourraient le vaincre au combat.

La traversée de la Crête s'était révélée plus difficile encore que Roran l'avait imaginé. Les seuls sentiers, dans la forêt, étaient des pistes de gibier, trop étroites, trop pentues, trop sinueuses. Les villageois avaient souvent été obligés de tailler leur chemin à travers la futaie, un travail lent et pénible, que tous détestaient, et qui, de surcroît, pouvait faciliter la traque de l'Empire. Le seul point positif, pour Roran, était que l'exercice avait rapidement restauré les forces dans son épaule blessée, même si certains mouvements du bras étaient encore malaisés.

Ils avaient traversé bien des épreuves. Une tempête soudaine les avait piégés dans un passage découvert, au-dessus de la partie boisée, et trois vieilles femmes étaient mortes gelées, dans la neige : Hida, Brenna et Nesbit. Cette nuit-là, Roran avait été convaincu que tout le village périrait pour l'avoir suivi. Peu de temps après, un enfant s'était cassé le bras en tombant ; puis ils avaient dû traverser le Puits du Sud, transformé en torrent glaciaire. Des loups et des ours s'attaquaient régulièrement à leurs troupeaux, malgré les feux qu'ils allumaient, une fois assez éloignés de la vallée de Palancar, hors de vue des soldats honnis de Galbatorix. La faim les avait rongés, parasite opiniâtre qui leur mordait le ventre, minait leurs forces et consumait leur volonté.

Et pourtant ils avaient survécu, déployant la même obstination, le même courage qui avaient maintenu leurs ancêtres dans la vallée de Palancar en dépit des famines, des guerres et des épidémies. Il fallait peut-être aux gens de Carvahall une éternité pour se mettre d'accord ; cependant, leur décision prise, rien ne les détournait plus de leur but.

Maintenant qu'ils avaient atteint Narda, un sentiment d'espoir et de fierté pour la tâche accomplie remplaçait peu à peu le doute et la souffrance. Tous ignoraient ce qui les attendait, mais d'avoir été si loin leur redonnait confiance.

« Nous ne serons pas en sécurité tant que nous n'aurons pas quitté l'Empire, pensait Roran. Et c'est à moi de veiller à ce que nous ne soyons pas pris. Ici, je suis responsable de chacun d'eux... » Cette responsabilité, il l'endossait de bon cœur, car elle lui permettait de protéger les villageois contre Galbatorix tout en poursuivant sa quête pour sauver Katrina. « Elle a été capturée depuis si longtemps. Est-elle seulement encore en vie ? » Il frissonna et repoussa cette pensée. La folie le guetterait vraiment s'il se laissait aller à ruminer le destin de sa fiancée.

À l'aube, Roran, Horst, Baldor, les trois fils de Loring et Gertrude se dirigèrent vers Narda. Ils descendirent la colline, prenant soin de rester cachés tant qu'ils n'eurent pas atteint la route. Ici, en basse altitude, l'air semblait plus compact ; Roran avait l'impression de respirer sous l'eau.

En approchant de la porte de la ville, il referma la main sur le manche de son marteau. Deux soldats gardaient le passage. Ils examinèrent le petit groupe, le regard dur, détaillant leurs vêtements déchirés ; puis ils abaissèrent leurs hallebardes, interdisant l'entrée.

– D'où venez-vous ? demanda celui de droite.

Il ne devait pas avoir plus de vingt-cinq ans ; pourtant ses cheveux étaient déjà blancs.

Horst gonfla la poitrine et croisa les bras :

– Des environs de Teirm, ne vous déplaise !

– Qu'est-ce qui vous amène ici ?

– Les affaires. Nous sommes envoyés par des commerçants désireux d'acheter leurs marchandises directement à Narda, plutôt que par l'intermédiaire de nos fournisseurs habituels.

– Vraiment ? Quelle sorte de marchandises ?

Comme Horst hésitait, Gertrude répondit à sa place :

– Pour ma part, des herbes et des potions. Les plantes que j'ai reçues d'ici étaient trop vieilles, moisies ou abîmées. Je viens m'en procurer de plus fraîches.

– Mes frères et moi, intervint Darmmen, venons négocier avec vos cordonniers. Les chaussures fabriquées dans le style nordique sont très à la mode à Dras-Leona et à Urû'baen.

Il fit la grimace :

– Du moins, elles l'étaient quand nous nous sommes mis en route !

Horst avait retrouvé son assurance. Il renchérit :

– Oui ! Et moi, mon maître m'a chargé de rassembler une cargaison de ferronnerie.

– C'est ce que vous dites. Et celui-là, qu'est-ce qu'il fait ? demanda le soldat en désignant Roran.

– De la poterie, dit Roran.

– De la poterie ?

– De la poterie.

– Et à quoi te sert ce marteau ?

– Comment croyez-vous qu'on obtient les craquelures du vernis sur un vase ou une jarre ? Ça ne se fait pas tout seul, figurez-vous ! Il faut taper dessus.

Roran soutint le regard incrédule du garde aux cheveux blancs, affichant une mine impénétrable, comme s'il le défiait de contester son explication.

Le soldat les observa de nouveau l'un après l'autre et grommela :

– Entre nous soit dit, vous n'avez guère l'allure de marchands. On dirait plutôt une bande de chats de gouttière affamés.

– La route a été longue et difficile.

– Ça, je veux bien le croire. Si vous arrivez de Teirm, où sont vos chevaux ?

– On les a laissés au campement, expliqua Hamund en désignant le sud, à l'opposé de l'endroit où les autres villageois se cachaient.

– Et vous avez de quoi payer votre séjour en ville, je suppose ? ricana l'homme d'un air dédaigneux.

Il releva sa hallebarde et fit signe à son compagnon d'en faire autant :

– Ça va, vous pouvez passer. Mais pas de grabuge, hein ! Sinon, dehors !

Dès qu'ils eurent franchi la porte, Horst prit Roran à l'écart et lui dit à l'oreille :

– Qu'est-ce qui t'a pris d'inventer un truc pareil ? Les craquelures du vernis ! Tu cherchais la bagarre ? On ne peut pas...

Il se tut, car Gertrude le tirait par la manche :

– Regardez !

À gauche de l'entrée était planté un panonceau de six pieds de large, surplombé par un petit toit de bardeaux qui protégeait des parchemins jaunis. Une moitié du panneau était couverte de proclamations et annonces officielles. Sur l'autre moitié était accrochée une série de portraits de criminels recherchés. Parmi eux, il y avait un croquis de Roran, imberbe.

Surpris, le jeune homme regarda autour de lui pour s'assurer que personne, dans la rue, n'était assez près pour comparer son visage avec sa représentation ; puis il reporta son attention sur l'affiche. Il s'attendait bien à ce que l'Empire les poursuivît, mais c'était tout de même un choc d'en découvrir la preuve. « Galbatorix doit déployer des moyens considérables pour notre capture », pensa-t-il. Sur la Crête, il avait perdu de vue les réalités du monde extérieur. « J'imagine que des portraits de moi sont épinglés un peu partout. » Il grimaça un sourire, content d'avoir laissé pousser sa barbe, et que ses compagnons eussent accepté d'utiliser de fausses identités durant leur séjour à Narda.

Le montant de la récompense était indiqué en bas de l'affichette. Garrow n'avait pas appris à lire à Roran ni à Eragon, mais il leur avait enseigné les chiffres, parce que, disait-il, « vous devez savoir ce que vous possédez, ce que valent les choses, et ce que vous payez, pour ne pas vous faire embobiner par des filous à la langue trop bien pendue ». Roran apprit donc que l'Empire l'avait mis à prix dix mille couronnes, assez pour permettre à n'importe qui de vivre confortablement pendant plusieurs décennies. Non sans une certaine perversité, il se réjouit de la hauteur de la somme, qui lui donnait un sentiment d'importance.

Puis son regard fut attiré par un autre portrait.

C'était celui d'Eragon.

Roran crut recevoir un coup de poing dans l'estomac, et pendant quelques secondes il en perdit le souffle.

« Il est vivant ! »

Le premier soulagement passé, il sentit remonter en lui son ancienne colère – Eragon était responsable de la mort de Garrow et de la destruction de leur ferme ! –, colère aussitôt suivie d'un brûlant désir de savoir pourquoi l'Empire pourchassait son cousin. « C'est sûrement en rapport avec cette pierre bleue et la première visite des Ra'zacs à Carvahall. » Une fois de plus, Roran se demanda à quelle intrigue infernale lui-même et tous les villageois se trouvaient mêlés.

L'affichette d'Eragon ne proposait pas de récompense, mais deux lignes de runes y étaient inscrites. Roran interrogea Gertrude :

– De quel crime l'accuse-t-on ?

La guérisseuse plissa les yeux pour lire :

– De trahison, comme toi. Il est écrit que Galbatorix accordera un comté à quiconque capturera Eragon, mais que ceux qui tenteront de le faire soient prudents, car il est extrêmement dangereux.

Roran en resta bouche bée. Eragon ? Dangereux ? La chose lui parut inconcevable, jusqu'à ce qu'il se rappelât combien lui-même avait changé au cours des dernières semaines. « Le même sang coule dans nos veines. Qui sait, Eragon a peut-être fait pire que moi, depuis qu'il est parti. »

Baldor commenta à voix basse :

– Si, pour avoir tué quelques hommes de Galbatorix et défié les Ra'zacs, on vaut dix mille couronnes – ce qui est déjà une somme –, quelle action faut-il avoir accomplie pour valoir un comté ?

et ne pouvait plus s'appuyer sur son savoir. À ses moments libres, il reprenait le casse-tête d'Orik, préférant se concentrer sur les anneaux cliquetants plutôt que de méditer sur son état. Quand elle était avec lui, Saphira insistait pour qu'il montât sur son dos, et faisait de son mieux pour le réconforter et lui éviter des efforts inutiles.

Un matin, cramponné à une écaille de son cou, Eragon lui dit :
« J'ai inventé un autre nom à la douleur. »
« Quel nom ? »
« L'Effaceur. Parce que, lorsque tu souffres, plus rien d'autre n'existe, ni pensée ni émotion. Ne reste que la lutte pour échapper à cette douleur. Lorsqu'il est assez puissant, l'Effaceur t'arrache tout ce qui fait ton identité, jusqu'à te réduire à moins que rien, moins qu'un animal, à une créature habitée par un seul but, un seul désir : s'échapper. »
« C'est le nom qui convient, en ce cas. »
« Je suis à bout, Saphira. Pareil à un vieux cheval qui aurait labouré trop de champs. Soutiens-moi mentalement, sinon je vais partir à la dérive et oublier qui je suis. »
« Je ne t'abandonnerai jamais. »

Peu après, trois crises frappèrent Eragon pendant son entraînement avec Vanir, et deux autres encore en pratiquant le Rimgar, le jetant à terre, roulé en boule. Alors qu'il dépliait ses membres contractés, Oromis dit :
– Reprends la posture, Eragon. Il faut améliorer ton aplomb.
Le garçon grommela d'une voix sourde :
– Non.
Et il croisa les bras pour dissimuler son tremblement.
– Quoi ?
– Non !
– Lève-toi, Eragon, et recommence !
– Non ! Faites-le si vous voulez ; moi, je refuse.
L'elfe s'agenouilla près de lui et posa une main fraîche sur sa joue.

Maintenant le contact, il contempla Eragon avec une telle tendresse que le garçon comprit la profondeur de la compassion que l'elfe éprouvait pour lui. Il lut dans son regard que, si cela avait été possible, Oromis aurait pris sur lui sa douleur pour l'en soulager.

– Ne perds pas espoir, dit l'elfe. Jamais !

Une onde de force sembla passer du maître à l'élève :

– Nous sommes des Dragonniers. Nous nous dressons entre la lumière et l'obscurité, en équilibre entre les deux. L'ignorance, la peur, la haine, voilà nos ennemis. Refuse-les de toute ta volonté, Eragon, ou nous échouerons.

Il se releva et tendit la main au garçon :

– Allez ! Debout, Tueur d'Ombre ! Prouve que tu peux dominer les impulsions de la chair !

Eragon inspira profondément. S'aidant d'un bras, il se remit sur ses pieds avec une grimace d'effort. Il se stabilisa, resta un instant immobile, puis, s'étirant de toute sa hauteur, il fixa Oromis dans les yeux.

L'elfe hocha la tête d'un air approbateur.

Eragon resta silencieux le temps que dura le Rimgar. Après quoi, en allant à la rivière pour se baigner, il demanda :

– Maître ?

– Oui, Eragon.

– Pourquoi dois-je endurer ce supplice ? Vous pourriez utiliser la magie pour me donner les talents que je dois acquérir, et pour façonner mon corps à la manière des arbres et des plantes.

– Je le pourrais. Mais, si je le faisais, tu ne comprendrais pas comment ce corps est devenu le tien, d'où te viennent tes capacités, ni comment les entretenir. Il n'y a pas de raccourci sur le chemin où tu marches, Eragon.

Le garçon entra dans la rivière, s'abandonnant à la caresse du courant froid. Il s'immergea la tête, s'accrocha à un rocher pour ne pas être emporté et se laissa flotter, allongé dans le lit du ruisseau, telle une flèche volant sous l'eau.

touchés par le don, leur puissance est incomparable... Tu parais troublé, Eragon. Pourquoi ?

Le garçon regardait fixement ses mains :

– Qu'est-ce que cela signifie pour moi, Maître ?

– Cela signifie que tu dois continuer à étudier l'ancien langage, car il te permettra d'accomplir des actes qui, sans lui, se révéleraient bien trop complexes et bien trop dangereux. Cela signifie que, si tu es capturé et bâillonné, tu pourras te libérer, comme l'a fait Vanir. Cela signifie aussi que, si tu es capturé et drogué, et que tu ne peux te rappeler les mots de l'ancien langage, alors, même là, tu seras capable de lancer un sort, bien qu'uniquement en cas de grave danger. Cela signifie encore que, si tu as besoin de lancer un sort qui n'a pas de nom en ancien langage, tu le pourras.

Il se tut, puis ajouta :

– Mais prends garde à la tentation d'utiliser ces pouvoirs. Même le plus habile d'entre nous évite d'en faire usage inconsidérément, par peur de mourir, ou pire encore.

Le lendemain matin, et chaque matin qui suivit, pendant toute la durée du séjour d'Eragon en Ellesméra, le garçon s'entraîna à l'épée avec Vanir ; mais plus jamais il ne céda à la colère, quoi que l'elfe pût dire ou faire. Eragon se refusait à perdre de l'énergie à cause de leur rivalité. Son dos le torturait de plus en plus souvent, l'acculant à la limite de son endurance. Les crises le démolissaient, le fragilisaient ; des mouvements qui auparavant ne lui causaient aucune difficulté pouvaient maintenant l'envoyer se tordre sur le sol. Le Rimgar, dont les postures devenaient plus exigeantes, commençait aussi à déclencher des crises. Il lui arrivait couramment d'en subir trois ou quatre dans la même journée.

Le visage d'Eragon devint hagard. Il marchait en traînant les pieds, d'un pas lent et précautionneux, s'efforçant d'économiser ses forces. Il lui était difficile de penser clairement et d'être attentif aux leçons d'Oromis ; il avait des trous de mémoire tait des erreurs coûteuses. Ce n'était malheureusement pas une méthode infaillible. Un accident finit par se produire, si terrible qu'il faillit éliminer tous les êtres vivants de la Terre. Nous avons connaissance de cet événement grâce à des fragments de manuscrits qui ont été préservés ; qui ou qu'est-ce qui a été responsable de ce sort fatal, nous l'ignorons. Les manuscrits nous apprennent qu'ensuite les membres d'une espèce appelée le Peuple Gris – ce n'étaient pas des elfes, car nous étions très jeunes, alors – ont rassemblé leurs énergies et composé un enchantement, peut-être le plus grand qui fut ou sera jamais. Ensemble, les membres du Peuple Gris ont transformé la nature même de la magie. Ils ont fait en sorte que leur langage, l'ancien langage, puisse contrôler l'action d'un sort... puisse, en fin de compte, limiter certains effets de la magie ; par exemple, si tu dis : « Brûle cette porte », et que par hasard tu me regardes et penses à moi, c'est la porte qui brûlera, pas moi ! Ce sont eux qui ont donné à l'ancien langage ses deux attributs spécifiques : l'impossibilité pour quiconque l'emploie de mentir, et la faculté de décrire la vraie nature des choses. Comment y sont-ils parvenus ? Cela demeure un mystère.

« Les manuscrits divergent sur le destin du Peuple Gris, une fois son œuvre achevée ; il semble que cet enchantement ait consumé ses forces ; il est devenu l'ombre de lui-même ; il s'est effacé, s'enfermant dans ses cités, jusqu'à ce que les pierres des murs soient tombées en poussière. Certains auraient pris des compagnons ou des compagnes parmi des peuples plus jeunes, mais on n'a plus entendu parler d'eux.

– Donc, conclut Eragon, il est possible d'utiliser la magie sans le secours de l'ancien langage.

– Comment crois-tu que Saphira crache du feu ? Et, souviens-t'en, elle n'a prononcé aucun mot pour transformer la tombe de Brom en diamant, ni pour bénir l'enfant à Farthen Dûr. Les esprits des dragons sont différents des nôtres ; ils n'ont pas besoin d'être protégés par la magie. Ils ne peuvent l'employer sciemment, sauf pour émettre des flammes, mais, lorsqu'ils sont

– Avoir entubé le roi en personne, ricana Larne.

– Ça suffit ! intervint Horst. Tiens ta langue, Baldor, ou nous finirons dans les fers ! Et toi, Roran, évite d'attirer l'attention ! Avec une telle récompense à la clé, les gens vont dévisager tous les étrangers et comparer leur visage aux portraits.

Le forgeron remonta sa ceinture et ajouta :

– Bien. Nous avons de l'ouvrage. On se retrouve ici à midi pour faire le point.

Ils se divisèrent : Darmmen, Larne et Hamund furent chargés d'acheter des vivres, à la fois pour subvenir aux besoins immédiats et pour constituer des réserves en prévision de la suite du voyage. Gertrude, comme elle l'avait dit aux gardes, devait renouveler sa collection d'herbes, onguents et décoctions. Roran, Horst et Baldor descendirent les rues en pente qui menaient aux docks, où ils espéraient affréter un bateau qui transporterait les villageois jusqu'au Surda ou, du moins, jusqu'à Teirm.

Quand ils atteignirent le quai de planches effritées qui surplombait le rivage, Roran s'arrêta et resta en contemplation devant l'océan, du même gris que les nuages bas, tacheté d'écume blanche que soulevait le vent capricieux. Il n'avait jamais imaginé que l'horizon pût être aussi parfaitement plat. Le choc sourd de l'eau contre les piles du quai, sous ses pieds, lui donnait l'impression d'être à la surface d'un tambour. L'odeur du poisson, fraîchement vidé ou pourrissant, imprégnait l'air.

Regardant tour à tour Roran et Baldor, pareillement extasiés, Horst s'exclama :

– Quel spectacle, hein ?

– Oui, dit Roran.

– On se sent tout petit, n'est-ce pas ?

– Oui, dit Baldor.

Le forgeron hocha la tête :

– Je me souviens, la première fois que j'ai vu la mer, ça m'a fait cet effet-là.

– C'était quand ? voulut savoir Roran.

En observant les hordes de mouettes qui survolaient la crique, il remarqua de drôles d'oiseaux, perchés sur la jetée. Ils avaient un corps disgracieux et un long bec rayé, qu'ils tenaient collé contre leur poitrail comme des petits vieux gonflés d'importance, une tête et un cou blancs, et un torse couleur de suie. L'un d'eux releva le bec, révélant une poche semblable à du cuir qui pendait par-dessous.

– Bertram, mon prédécesseur, répondit Horst, est mort alors que j'avais quinze ans, un an avant la fin de mon apprentissage. Il me fallait trouver un second maître forgeron qui accepterait de terminer ma formation. Je suis donc parti pour Ceunon, au bord de la Mer du Nord. Là, j'ai rencontré Kelton, un ignoble personnage, mais un bon artisan. Il a accepté de me prendre.

Horst se mit à rire :

– L'année finie, je me demandais toujours si je devais le remercier ou le maudire !

– Le remercier, à mon avis, intervint Baldor. Car, sans lui, tu n'aurais pas épousé notre mère !

Roran parcourait des yeux la baie, les sourcils froncés.

– Il n'y a pas beaucoup de bateaux, fit-il remarquer.

Deux embarcations étaient amarrées à l'extrémité sud du port – l'une d'elles avait un mât cassé –, et une troisième au nord. Roran n'avait pas d'expérience en matière de navigation, mais aucun des trois bateaux ne paraissait assez grand pour transporter trois cents passagers. Et, à part ceux-ci, on ne voyait que quelques barques de pêcheurs et des canots.

Roran, Horst et Baldor allèrent quand même se renseigner. Ils apprirent qu'aucun des trois bâtiments n'était disponible. Celui dont le mât devait être réparé ne reprendrait pas la mer avant un bon mois ; près de lui, le *Coursier des Flots*, tout gréé de cuir, s'apprêtait à faire voile vers le nord pour atteindre les îles dangereuses où poussaient le Seirth, qui produisait la fameuse huile. Quant à l'*Albatros*, le troisième, il arrivait du lointain port de Feinster, et il faudrait le temps de calfater sa coque avant qu'il reparte avec une cargaison de laine.

Un docker interrogé par Horst s'esclaffa :

– Vous arrivez trop tôt ou trop tard ! Les navires assurant les traversées du printemps sont repartis il y a deux ou trois semaines. Dans un mois, le noroît[1] va se déchaîner ; les chasseurs de phoques et de morses vont revenir ; on verra arriver des bateaux de Teirm et d'un peu partout pour charger les peaux, la viande et l'huile. Vous aurez peut-être alors la chance de recruter un capitaine avec une cale vide. Sinon, par chez nous, il n'y a guère plus d'activité que ce que vous voyez là.

Découragé, Roran demanda :

– N'y a-t-il aucun autre moyen de faire passer des marchandises d'ici à Teirm ? On n'a besoin ni de vitesse ni de confort.

– Eh bien, dit l'homme en calant une caisse sur son épaule, si vous n'êtes pas pressés et si vous n'allez pas plus loin que Teirm, adressez-vous à Clovis, là-bas !

Il montra du doigt une ligne de hangars flottants, entre deux jetées, où on pouvait abriter des bateaux.

– Il possède quelques barges, sur lesquelles il transporte du grain en automne. Le reste de l'année, il pêche pour son compte, comme presque tous les hommes de Narda.

Intrigué, il ajouta :

– Quel genre de marchandises avez-vous ? La tonte des moutons est terminée, et ce n'est pas l'époque des récoltes.

– Ci et ça, répondit évasivement Horst en lui donnant une pièce.

Le docker l'empocha avec un clin d'œil :

– Bien sûr, monsieur ! Ci et ça ! On connaît la combine ! Mais ne craignez rien, le vieil Ulric est muet comme la tombe ! Au revoir, monsieur !

Et il s'éloigna en sifflotant.

Il s'avéra que Clovis n'était pas dans les docks. On leur indiqua son adresse, à l'autre bout de Narda, à une demi-heure de marche.

---

1. Vent venant de la mer et soufflant du nord-ouest.

Le marin était occupé à planter des iris devant sa porte. C'était un homme corpulent au visage basané et à la barbe poivre et sel. Il fallut encore une bonne heure aux trois compagnons pour convaincre le marin qu'ils étaient vraiment intéressés par ses barges, en dépit de la saison. Ils revinrent avec lui jusqu'aux hangars, où Clovis leur montra trois embarcations identiques, peintes en brun : le *Gai Liseron*, l'*Édeline* et le *Sanglier Rouge*.

Chacune mesurait soixante-quinze pieds de long et trente de large. Leur soute ouverte pouvait être couverte d'une bâche ; au centre, il était possible de dresser un mât et de l'équiper d'une voile carrée ; sur le pont supérieur, des cabines occupaient l'arrière – la poupe, comme disait Clovis.

– Leur tirant d'eau [1] est plus important que celui d'un chaland de rivière, expliqua-t-il. Elles ne risquent pas de chavirer par gros temps, mieux vaut cependant éviter d'être pris dans une vraie tempête. Ces barges ne sont pas conçues pour la haute mer, elles doivent naviguer non loin de la côte. Et, en ce moment, c'est la plus mauvaise période. Parole d'honneur, ça fait un mois qu'on a un orage par après-midi !

– Vous avez un équipage pour les trois ? s'enquit Roran.

– Eh bien, voyez-vous... il y a un petit problème. La plupart de mes hommes sont partis depuis plusieurs semaines à la chasse au phoque, comme ils ont coutume de le faire. Je n'ai besoin d'eux qu'après la moisson, ils sont donc libres d'aller et venir à leur guise le reste de l'année... Je suis sûr que vous comprenez.

Clovis souriait d'un air gêné, regardant alternativement Roran, Horst et Baldor, ne sachant auquel s'adresser.

Roran marcha le long de l'*Édeline* pour évaluer son état. La barge paraissait vieille, mais le bois de la coque était sain et la peinture, fraîche.

---

1. Distance verticale entre la ligne de flottaison et l'extrémité de la quille.

– Si vous remplacez les absents de vos équipages, combien cela nous coûtera-t-il pour aller jusqu'à Teirm ?

– Ça dépend. Un marin gagne quinze couronnes par jour, sans compter une bonne nourriture et une mesure de whisky. Ce que vous déciderez de donner à ces hommes, c'est votre affaire ; je ne les inscrirai pas sur mes feuilles de salaire. Habituellement, on engage aussi des gardes pour chaque barge, mais ils...

– Oui, ils sont partis à la chasse, l'interrompit Roran. Nous prévoirons également des gardes.

Clovis déglutit, et sa pomme d'Adam roula sous la peau de son cou tanné :

– Ce sera une bonne chose... vraiment. En plus du salaire de l'équipage, je demande deux cents couronnes pour la location des barges, plus une caution en cas de dommages causés par vos hommes, ainsi que – en tant que propriétaire et capitaine – douze pour cent sur les ventes de la cargaison.

– Notre voyage n'est pas commercial ; nous n'en tirerons pas de profit.

Là, Clovis fut sur le point de perdre patience. Grattant du pouce la fossette qui lui creusait le menton, il s'apprêta à parler, se reprit, hésita encore et finit par déclarer :

– Dans ce cas, ça fera quatre cents couronnes de plus de commission. Si je peux me permettre de poser la question, que comptez-vous transporter ?

« Il a peur de nous », remarqua Roran.

– Du bétail.

– Moutons, vaches, chevaux, chèvres... ?

– Un peu de chaque.

– Et pourquoi voulez-vous les conduire à Teirm ?

– Nous avons nos raisons, fit Roran, presque amusé par la perplexité de Clovis. Pensez-vous qu'on puisse dépasser Teirm ?

– Non ! Teirm est la limite ! Je ne connais pas les eaux au-delà, et je ne voudrais pas rester éloigné trop longtemps de ma femme et de ma fille.

– Quand serez-vous prêt ?

L'homme fit quelques pas, indécis :

– Peut-être dans cinq ou six jours. Non... non, disons plutôt une semaine. J'ai des affaires à régler avant.

– Nous paierons dix couronnes de plus si nous partons après-demain.

– Je ne...

– Douze couronnes.

– Après-demain, d'accord, accepta Clovis. D'une façon ou d'une autre, je serai prêt.

Caressant de la main le plat-bord d'une barge, Roran approuva de la tête et, sans se retourner, demanda :

– Puis-je m'entretenir une minute avec mes associés ?

– Certainement, monsieur. Je fais un tour sur les docks et je reviens.

Clovis se retira à la hâte. Juste avant de quitter le hangar, il lança :

– Excusez-moi, mais quel est votre nom, déjà ? J'ai mal entendu, tout à l'heure, et ma mémoire me joue parfois des tours.

– Puissant Marteau. Je m'appelle Puissant Marteau.

– Ah oui, c'est cela ! Un beau nom, monsieur !

Dès qu'il se fut éloigné, Horst et Baldor s'approchèrent de Roran.

– On ne peut pas se permettre de l'engager ! protesta Baldor.

– On ne peut pas se permettre de *ne pas* l'engager, répliqua Roran. On n'a pas assez d'or pour acheter les barges, et je n'ai pas la prétention d'apprendre à les manœuvrer moi-même alors que la vie de tous en dépend. Ce sera plus rapide et plus sûr de payer un équipage.

– C'est quand même trop cher, objecta Horst.

Roran tambourina des doigts contre le plat-bord :

– Nous avons de quoi payer les deux cents couronnes de location. Une fois arrivés à Teirm, je suggère qu'on utilise les talents acquis pendant notre équipée pour voler les barges, ou pour mettre Clovis et ses hommes hors jeu le temps de nous échapper par un moyen quelconque. Ainsi, nous n'aurons pas besoin de payer les quatre cents couronnes supplémentaires, ni les salaires de l'équipage.

– Je n'aime pas l'idée d'escroquer un honnête travailleur, déclara Horst. C'est contraire à mes principes.

– Je n'aime pas ça non plus. Mais avez-vous quelque chose d'autre à proposer ?

– Comment fera-t-on embarquer les villageois ?

– Ils attendront le passage des barges une lieue plus bas, le long de la côte, hors de vue de Narda.

Horst soupira :

– Très bien, faisons comme ça. Mais ça me laisse un drôle de goût dans la bouche. Baldor, appelle Clovis, que nous lui donnions notre accord.

Ce soir-là, les gens de Carvahall se réunirent autour d'un petit feu pour entendre ce qui s'était passé à Narda. Lorsqu'ils apprirent que la tête de Roran et celle d'Eragon étaient mises à prix, un murmure angoissé monta dans l'assistance. Accroupi sur ses talons, les yeux fixés sur les braises, Roran écouta Gertrude et les trois frères raconter leurs aventures respectives.

Quand Darmmen eut fini, Horst prit la parole et, en quelques phrases brèves, rapporta la pénurie de vaisseaux dignes de ce nom à Narda, leur entrevue avec Clovis et le marché qu'ils avaient conclu. Toutefois, à l'instant où Horst employa le mot « barges », des cris de colère et de protestation couvrirent sa voix.

Faisant face à l'assemblée, Loring leva les bras pour attirer l'attention :

– Des barges ? s'écria le cordonnier. Des barges ? Nous ne voyagerons pas dans des rafiots puants !

Il cracha à ses pieds tandis que s'élevait une clameur d'approbation.

– Silence ! Calmez-vous ! ordonna Delwin. On risque de nous repérer si nous faisons autant de bruit.

Lorsqu'on n'entendit plus que le crépitement du feu, il reprit plus doucement :

— Je suis d'accord avec Loring. On ne peut pas accepter de voyager dans des barges. Elles sont lentes et peu sûres. On sera entassés les uns sur les autres, dans une totale promiscuité, pendant on ne sait combien de temps. Horst, Elain est enceinte de six mois. Veux-tu la contraindre, ainsi que les malades et les infirmes, à supporter les intempéries pendant des semaines interminables ?

— Il y a des bâches au-dessus des soutes, répondit Horst. Cela nous protégera au moins du soleil et de la pluie.

La voix de Birgit domina les murmures qui montaient :

— J'ai une autre inquiétude.

Les gens s'écartèrent pour la laisser approcher du feu.

— Avec les deux cents couronnes dues à ce Clovis et l'argent déjà utilisé par Darmmen et ses frères pour acheter des vivres, nous avons dépensé presque tout ce que nous possédions. Nous ne sommes pas des citadins ! Nos richesses ne consistent pas en or, mais en bétail et en terres. Nous n'avons plus de terres, et il ne nous reste que quelques bêtes. Même si nous jouons aux pirates et que nous volions ces barges, comment achèterons-nous de quoi subsister à Teirm ou plus loin, au sud ?

— L'important, grommela Horst, c'est d'arriver à Teirm. Une fois là-bas, on avisera... Il est possible que nous devions avoir recours à des mesures encore plus drastiques.

Le visage émacié de Loring se plissa en une multitude de rides :

— Drastique ? Qu'entends-tu par *drastique* ? Depuis le début, cette aventure est drastique ! Je me fiche de tes belles paroles. Je ne monterai pas dans tes saletés de barges, après tout ce qu'on a subi en traversant la Crête ! Les barges, c'est pour le grain ou les bêtes. Nous, ce que nous voulons, ce sont des bateaux, avec des cabines et des couchettes où dormir confortablement. Pourquoi ne pas attendre une semaine ou deux ? Un navire arrivera peut-être, et on pourra négocier notre passage ? Hein ? Qu'est-ce qu'on risque ? Ou alors, on pourrait...

Il continua sur ce ton pendant près d'un quart d'heure, élevant une montagne d'objections, puis céda la parole à Thane et à Ridley, qui renchérirent en s'appuyant sur ses arguments.

Le débat prit fin quand Roran déplia ses jambes et se dressa de toute sa hauteur, ramenant le silence par sa seule présence. Tous se figèrent, retenant leur souffle, dans l'attente d'un de ses discours hallucinés.

C'est ça ou marcher, conclut-il.

Et il alla se coucher.

45
Coup de marteau

La lune brillait, très haut, au milieu des étoiles lorsque Roran quitta la tente de fortune qu'il partageait avec Baldor et se dirigea à pas feutrés vers la lisière du campement pour prendre son tour de garde.

– Rien à signaler, chuchota Albriech avant de se retirer.

Roran prépara son arc et planta dans la terre, à portée de main, trois flèches empennées de plumes d'oie. Puis il s'enveloppa dans une couverture et se recroquevilla contre un rocher. De là, il avait un bon point de vue sur les vallons plongés dans l'obscurité, en contrebas.

Comme à son habitude, Roran divisa le paysage en quartiers, qu'il observait tour à tour pendant une minute entière, attentif au mouvement le plus furtif, à la plus petite touche de lumière trahissant la présence d'un ennemi. Ses pensées se mirent bientôt à vagabonder, passant d'un sujet à l'autre avec la logique absurde des rêves, le distrayant de sa tâche. Il se mordit l'intérieur des joues pour se forcer à se concentrer. Il était difficile de rester éveillé par une nuit aussi douce...

Roran se réjouissait de ne pas avoir tiré au sort l'une des deux heures précédant l'aube, car, si on était de garde à ce moment-là, on ne pouvait plus rattraper le temps de sommeil perdu, et on se sentait fatigué tout le reste de la journée.

Un souffle de vent le frôla tel un spectre, lui chatouillant l'oreille, et sa nuque se hérissa comme à l'approche d'un maléfice.

Cette impression fut si puissante qu'elle l'effraya ; il eut la certitude qu'un danger mortel les menaçait, lui et les autres villageois. Il frissonna, fiévreux, le cœur palpitant ; il résista au désir impérieux de quitter son poste et de s'enfuir.

« Qu'est-ce qui me prend ? » Il fit un effort pour encocher une flèche.

Vers l'est, une ombre se détacha sur l'horizon, masquant les étoiles. Elle dériva dans le ciel à la manière d'une voile déchirée, puis elle couvrit la lune et resta suspendue, ses contours illuminés par derrière. Roran reconnut alors les ailes translucides d'une des montures des Ra'zacs.

La noire créature ouvrit son bec et lança un long cri, aigu, perçant. Le jeune homme grimaça douloureusement. C'était un cri à vous déchirer les tympans, à vous glacer le sang ; un cri anéantissant toute joie, toute confiance, pour vous laisser dans le désespoir. Ce hululement réveilla la forêt. Les oiseaux, les bêtes sauvages, mais aussi – à l'effroi de Roran – les animaux rescapés du troupeau, firent entendre un concert de piaulements et de glapissements affolés.

Titubant d'arbre en arbre, Roran rejoignit le campement ; il avertit à voix basse ceux qui étaient éveillés :

– Les Ra'zacs ! Plus un bruit ! Plus un mouvement !

Le message se répandit rapidement parmi les villageois terrifiés.

Fisk jaillit de sa tente, une lance à la main, et beugla :

– On nous attaque ? C'est quoi, cette foutue pagaille ?

Roran plaqua le charpentier au sol pour le faire taire. Il tomba sur son épaule droite, réveillant son ancienne blessure, et dut étouffer un mugissement de douleur.

– Les Ra'zacs ! gronda-t-il.

Fisk accusa le coup et chuchota :

– Qu'est-ce que je peux faire ?

– Aide-moi à calmer nos bêtes !

Côte à côte, ils traversèrent le campement pour rejoindre la prairie contiguë, où étaient parqués les chèvres, les moutons, les ânes et les chevaux. Les fermiers qui avaient la charge du troupeau, et qui dormaient sur place, étaient déjà debout et tentaient d'apaiser la panique. Roran se félicita d'avoir insisté, de façon quasi paranoïaque, pour que le bétail fût regroupé à la lisière du pré, là où les arbres et les buissons le dissimulaient aux regards mal intentionnés.

Tout en s'efforçant de contenir des moutons affolés, il leva les yeux vers l'ombre terrible qui voilait toujours la lune telle une gigantesque chauve-souris. Il constata avec horreur qu'elle se dirigeait lentement vers leur cachette. « Si cette créature pousse un autre cri, nous sommes perdus. »

Cependant, les bêtes s'étaient tues, à l'exception d'un âne, qui persistait à lancer son braiement enroué. Roran n'hésita pas ; il mit un genou à terre, tendit la corde de son arc et lâcha un trait, qui frappa l'animal entre les côtes. Il avait bien visé ; l'âne tomba sans un râle.

Mais il était trop tard ; les braiements avaient alerté le monstre. Il tourna la tête vers la clairière et descendit, les serres ouvertes, précédé de sa puanteur fétide.

« Le temps est venu de vérifier si l'on peut tuer un cauchemar », pensa Roran. Fisk, qui s'était accroupi près de lui dans l'herbe, leva sa lance, prêt à la jeter dès que le démon serait à sa portée.

À l'instant où le jeune homme tendait son arc – dans l'espoir de remporter la victoire d'une seule flèche bien ajustée – il fut alerté par une violente agitation dans la forêt.

Une horde de daims surgit soudain de la futaie et traversa la prairie au galop, sans s'occuper de la présence des gens et des bêtes, dans une volonté farouche d'échapper à l'immonde prédateur. Pendant un long moment, les daims défilèrent à grands bonds, martelant le sol de leurs sabots ; la lune se reflétait dans leurs yeux ourlés de blanc. Ils passèrent si près que Roran perçut le halètement de leur souffle effrayé.

La foule des daims avait dû dissimuler les villageois car, après avoir décrit un dernier cercle au-dessus de la prairie, le monstre ailé vira vers le sud et disparut de l'autre côté de la Crête, avalé par la nuit.

Roran et ses compagnons demeurèrent figés sur place, tels des lapins traqués par le chasseur, craignant que ce départ ne fût qu'une ruse pour les pousser à se montrer à découvert ou que la deuxième créature s'apprêtât à surgir à son tour. Ils attendirent ainsi des heures, tendus, anxieux, osant à peine bouger, sauf pour armer un arc.

Alors que la lune descendait à l'horizon, le cri glaçant du Ra'zac résonna au loin... Puis plus rien.

« Nous avons eu de la chance, songea Roran en s'éveillant, quelques heures plus tard. Mais nous ne pourrons pas toujours compter sur le hasard pour nous tirer d'affaire. »

Après l'apparition du Ra'zac, plus un seul villageois ne s'opposa au projet de voyager sur les barges. Au contraire, tous étaient pressés de partir, et beaucoup demandèrent à Roran s'il était possible de prendre la mer le jour même plutôt que le lendemain.

– Je le souhaiterais, moi aussi, mais il faut compter avec les préparatifs.

Renonçant au petit déjeuner, Roran, Horst et quelques autres hommes retournèrent à Narda. Roran prenait le risque d'être reconnu en les accompagnant, mais la mission était trop importante pour qu'il se dérobât. Comme il ne ressemblait plus que de très loin aux portraits placardés par l'Empire, il se persuada que personne ne ferait le rapprochement.

Les deux nouveaux soldats qui gardaient la porte les laissèrent passer sans difficulté. Ils se dirigèrent aussitôt vers les docks et remirent les deux cents couronnes à Clovis. Le marin supervisait le travail d'un équipage, qui préparait les barges pour la traversée.

– Merci, Puissant Marteau, dit-il en accrochant la bourse à sa ceinture. Rien de tel qu'un bel or jaune pour illuminer la journée !

Il conduisit ses visiteurs à une table de travail et déroula une carte de navigation des environs de Narda, couverte d'annotations sur la force des courants, la position des écueils, des bas-fonds et autres dangers. Dessinant du doigt une ligne de Narda à une petite crique au sud de la ville, Clovis signala :

— C'est ici que nous embarquerons votre bétail. L'indice des marées est assez bas à cette époque de l'année. Néanmoins, à quoi bon se casser les bras à lutter contre le courant ? Nous partirons dès la marée haute.

— La marée haute ? s'étonna Roran. Ne vaudrait-il pas mieux attendre qu'elle baisse et nous emporte ?

Clovis se tapota le menton, l'œil pétillant :

— Oui, c'est bien ce que je compte faire ! Ce qu'il faut éviter, c'est d'être rejeté sur la plage pendant qu'on chargera vos bêtes, au moment où la mer monte et nous pousse vers les terres. On embarquera quand elle sera étale[1], il n'y aura pas de danger ; seulement, il faudra faire vite, pour ne pas s'échouer quand le flux s'inversera. De cette façon, la mer travaillera pour nous, hein ?

Roran approuva de la tête : Clovis avait de l'expérience, il lui faisait confiance.

— Et combien d'hommes vous faut-il pour compléter votre équipage ?

— Eh bien, j'ai engagé sept gars, tous des costauds et de bons marins, qui sont partants pour ce voyage, aussi inhabituel soit-il. La plupart avaient le nez au fond d'une chope, hier soir, quand je les ai coincés en train de boire leur dernière paie. Mais ils seront aussi sobres qu'une vieille fille, demain matin, j'en réponds. Sept gaillards, pas un de plus ; il va m'en manquer quatre.

— Vous les aurez, dit Roran. Mes hommes n'y connaissent pas grand-chose, en navigation, mais ils sont capables et ils apprennent vite.

— J'embauche des nouveaux à chaque voyage ; alors..., bougonna Clovis. Du moment qu'ils obéissent aux ordres, ça marche ; sinon, ils se retrouvent à fond de cale, faites-moi confiance ! Quant aux gardes, il m'en faudrait neuf, trois par embarcation, et il vaudrait mieux qu'ils ne soient pas des novices

---

1. Mer étale : qui ne monte ni ne baisse.

comme vos marins, sans quoi je ne bougerai pas des docks, ça non ! Pas pour tout le whisky du monde !

Roran eut un sourire sinistre :

— Chacun de ceux qui m'accompagnent a prouvé qu'il savait se battre.

— Et tous vous obéissent, n'est-ce pas, jeune Puissant Marteau ?

En se grattant le menton, Clovis examina tour à tour Gedric, Delwin et les autres, qui venaient à Narda pour la première fois :

— Combien avez-vous d'hommes, finalement ?

— Assez.

— Assez, dites-vous ? Bien, bien...

Il balaya l'air de la main :

— Faites pas attention ! Ma langue va plus vite que ma pensée, comme me le disait toujours mon père. Mon second, Torson, est aux entrepôts en ce moment ; il supervise l'achat de vivres et de matériel. J'ai cru comprendre que vous aviez de la nourriture pour vos bêtes ?

— Entre autres.

— Alors, je vous conseille d'aller la chercher. On la chargera dès que les mâts seront dressés.

Roran et ses compagnons transportèrent donc leur approvisionnement — que les fils de Loring s'étaient procuré — de l'entrepôt où il avait été stocké jusqu'aux barges.

Alors que Roran traversait la passerelle de l'*Édeline*, chancelant sous le poids d'un sac de farine, Clovis lui fit observer :

— Ça, Puissant Marteau, ce n'est pas pour les bêtes...

— Non, mais on en a besoin.

Le marin eut le bon sens de ne pas insister, et le jeune homme s'en réjouit.

Quand le dernier sac eut été déposé, Clovis fit signe à Roran :

— Allez-y. Mes gars et moi, on s'occupe du reste. Soyez seulement aux docks trois heures après l'aube avec tous les hommes que vous m'avez promis, sinon, nous raterons la marée.

— Nous y serons.

De retour dans les collines, Roran aida Elain et les autres à empaqueter leurs affaires. Cela ne leur prit guère de temps, car ils avaient l'habitude de lever le camp chaque matin. Il choisit ensuite douze hommes, parmi les bons combattants, pour l'accompagner à Narda le lendemain ; toutefois, il demanda aux meilleurs d'entre eux, comme Horst et Delwin, de rester avec le groupe des villageois, au cas où des soldats les débusqueraient ou, pire, les Ra'zacs.

Le premier groupe se mit en route à la nuit tombée. Perché sur un rocher, Roran regarda Horst conduire la colonne de gens et de bêtes vers la vallée et la crique, où ils attendraient les barges.

Orval vint auprès de lui et croisa les bras :

– Crois-tu qu'ils arriveront sains et saufs, Puissant Marteau ?

L'anxiété faisait vibrer sa voix comme une corde d'arc trop tendue.

Dominant sa propre angoisse, Roran répondit :

– J'en suis sûr. Je te parie une barrique de cidre qu'ils seront encore tous en train de roupiller quand on accostera, demain. Tu auras le plaisir de secouer Nolla. Qu'en dis-tu ?

Au nom de sa femme, Orval sourit et hocha la tête, apparemment rassuré.

« Pourvu que ce soit vrai ! » souhaita Roran.

Accroupi sur son rocher, le dos courbé, il ressemblait à une gargouille pensive. Il resta là jusqu'à ce que les derniers villageois fussent hors de vue.

Ils s'éveillèrent une heure avant le lever du soleil. Une clarté d'un vert très pâle illuminait le ciel, et la rosée de la nuit leur mouillait les pieds. Roran s'aspergea le visage d'eau fraîche, puis il s'équipa : son arc, son carquois, le marteau qui ne le quittait plus, un des boucliers de Fisk et une des lances de Horst. Les autres firent de même, s'armant des épées récupérées après les échauffourées de Carvahall.

Les treize hommes descendirent la colline au pas de course, bondissant sur la pente, et rejoignirent bientôt la route de

Narda. Quelques minutes plus tard, ils arrivaient devant les portes de la ville. Roran constata avec dépit qu'elles étaient de nouveau gardées par les deux soldats qui s'étaient montrés si méfiants lors de leur premier passage. Comme la première fois, ils bloquèrent l'entrée en abaissant leur hallebarde.

– Vous êtes plus nombreux, cette fois, fit remarquer l'homme aux cheveux blancs. Et pas les mêmes, sauf toi !

Il posa sur Roran un regard insistant :

– Tu vas sans doute me raconter qu'une lance et un bouclier te servent à fabriquer des pots ?

– Non. Nous avons été engagés par Clovis pour protéger ses barges pendant son voyage à Teirm.

– Vous, des mercenaires ? Je croyais que vous étiez des commerçants !

Les soldats éclatèrent de rire.

– Ça paie mieux.

Le garde aux cheveux blancs prit un air mauvais :

– Tu mens ! Vous êtes combien, dans cette confrérie de *marchands*, dis-moi ? Sept hier, douze aujourd'hui – treize avec toi. C'est beaucoup, à ce qu'il me semble, pour une petite troupe de boutiquiers !

Il fixa sur Roran un œil perçant :

– Ta tête me dit quelque chose. Comment t'appelles-tu ?

– Puissant Marteau.

– Ce ne serait pas plutôt *Roran*, par hasard…?

Le jeune homme bondit, et le fer de sa lance transperça la gorge du soldat. Le sang jaillit, écarlate. Lâchant son arme, Roran tourna sur lui-même, bloqua la hache du deuxième garde avec son bouclier et, tirant son marteau, lui fracassa le crâne. Puis il se tint debout, haletant, entre les deux cadavres. « J'en ai tué dix, à présent. »

Orval et les autres le dévisageaient, choqués. Incapable de soutenir leurs regards, il leur tourna le dos et désigna le fossé qui bordait la route :

– Cachez les corps avant que quelqu'un ne les voie, ordonna-t-il d'un ton brutal.

En même temps, il examinait le sommet des remparts à la recherche d'une sentinelle. Par chance, il n'y avait personne, et, au-delà de la porte, la rue était déserte. Il se pencha pour récupérer sa lance, essuya la pointe ensanglantée à une touffe d'herbe.

– C'est fait, dit Mandel en s'extirpant du fossé.

Sous sa barbe sombre, le jeune homme était blême.

Roran hocha la tête et, se blindant intérieurement, fit face à sa troupe :

– Écoutez-moi ! On marche jusqu'aux docks sans traîner, mais à une allure raisonnable. On ne court pas. Si l'alarme sonne – quelqu'un a pu entendre du bruit – on fait mine d'être surpris, intrigués, mais pas effrayés. Il ne faut surtout pas donner aux gens une raison de nous soupçonner. La vie de nos familles et de nos amis en dépend. Si on nous attaque, notre seul devoir est de faire partir les barges. Rien d'autre ne compte. Suis-je clair ?

– Oui, Puissant Marteau.

– Alors, suivez-moi !

En traversant Narda, Roran se sentait si tendu qu'il craignait d'exploser comme une baudruche trop gonflée. « Quel homme suis-je devenu ? » se demandait-il, frissonnant. Ses yeux allaient d'un rare passant à un autre, homme, femme, enfant ou même chien, tâchant de repérer un ennemi potentiel. Tout ce qui l'entourait lui semblait anormalement précis ; il aurait presque pu compter chacun des fils d'un vêtement.

Ils parvinrent aux docks sans encombre.

– Tu arrives tôt, Puissant Marteau, le félicita Clovis. J'aime la ponctualité. Ça nous donne le loisir de bien nous installer avant de lever l'ancre.

– On pourrait partir tout de suite ? suggéra Roran.

– Je te l'ai expliqué, il faut que la mer ait fini de monter quand on arrivera à la crique. Donc, on attend.

Clovis prit alors le temps d'observer les treize hommes :

– Eh bien ? Que se passe-t-il, Puissant Marteau ? Toi et tes compagnons, on dirait que vous venez de croiser le fantôme de Galbatorix !

– Un peu de fatigue ! Le bon air de la mer nous fera du bien.

Roran ne trouva pas la force de sourire ; du moins réussit-il à prendre une expression aimable, de façon à rassurer le capitaine.

Tout en sifflotant, Clovis fit signe à deux de ses marins de les rejoindre. Leur visage tanné était couleur de châtaigne.

Il désigna l'homme à sa droite :

– Voici Torson, mon second.

L'épaule nue de Torson était décorée d'un tatouage représentant un dragon en vol.

– Il prendra la barre du *Gai Liseron*. Et cette espèce de chien noir, ajouta-t-il en désignant l'autre, c'est Flint. Il commande l'*Édeline*. À bord, chacune de leurs paroles est un ordre, comme les miennes le sont sur le *Sanglier Rouge*. C'est à eux ou à moi que vous obéirez, pas à Puissant Marteau... Bien, répondez « oui » si vous avez compris.

– Oui.

– À présent, lesquels d'entre vous seront des matelots, et lesquels des gardes ? Car, par ma vie, je ne vois pas comment en décider !

Malgré l'intimation de Clovis, c'est vers Roran que tous se tournèrent, quêtant son approbation. Il hocha la tête, et il se divisèrent aussitôt en deux groupes, que Clovis répartit de nouveau, assignant à chaque barge le même nombre de marins et de gardes.

Pendant la demi-heure qui suivit, Roran prêta main-forte aux marins pour achever les préparatifs sur le *Sanglier Rouge*, l'oreille tendue, à l'affût du moindre signe de danger. « Nous allons être pris ou tués si nous restons ici plus longtemps », s'inquiétait-il. Il mesurait la hauteur de l'eau contre le quai, essuyant la sueur qui lui mouillait le front.

Il sursauta lorsque Clovis lui empoigna l'avant-bras. D'un geste instinctif, il tira à moitié son marteau de sa ceinture. L'air se bloqua dans sa gorge.

Clovis leva un sourcil, étonné par sa réaction :

– Je t'ai observé, Puissant Marteau, et je me demande comment tu t'y prends pour obtenir de tes hommes une telle loyauté. J'ai servi sous les ordres de tant de capitaines que je ne saurais plus en tenir le compte, et aucun ne se faisait obéir comme toi ; tu n'as même pas besoin de donner un coup de sifflet.

Roran ne put s'empêcher de rire :

– Je vais te le dire : sans moi, ils seraient esclaves ou ils auraient été mangés.

Clovis écarquilla les yeux :

– Vraiment ? Voilà une histoire que j'aimerais entendre.

– Non, tu n'aimerais pas.

Après une minute de réflexion, Clovis reconnut :

– Tu as raison, peut-être bien que je n'aimerais pas...

Il jeta un regard par-dessus bord.

– Ah, qu'importe ! C'est le moment de partir. Et voilà ma petite Galina, à l'heure, comme toujours !

Le costaud sauta sur la passerelle et, de là, sur le quai, où il serra dans ses bras une fillette aux cheveux noirs d'une dizaine d'années, et une femme dont Roran devina qu'elle devait être son épouse.

Clovis ébouriffa les cheveux de la petite fille :

– Tu seras bien sage en mon absence, n'est-ce pas, Galina ?

– Oui, Père.

En regardant Clovis faire ses adieux à sa famille, Roran songea aux deux soldats morts, à la porte de la ville. « Ils ont sans doute des familles, eux aussi. Des femmes et des enfants qui les aiment, une maison où ils rentraient chaque soir... » Une bile amère lui emplit la bouche et il dut refouler ces pensées pour ne pas vomir.

Sur les barges, ses hommes affichaient des mines anxieuses. Craignant qu'ils ne perdent le contrôle de leurs nerfs, Roran arpenta le pont en s'étirant, faisant de son mieux pour paraître détendu. Enfin, Clovis sauta à bord du *Sanglier Rouge* et cria :

– Larguez les amarres, les gars ! La mer nous appelle !

On ramena les passerelles, on dénoua les cordages et on hissa les voiles des trois barges. L'air retentit d'ordres brefs et des « oh hisse ! » des marins.

Sur le quai, Galina et sa mère regardaient les barges s'éloigner, graves, immobiles et silencieuses.

– On a de la chance, Puissant Marteau, s'écria Clovis en tapant sur l'épaule du jeune homme. Il y a un peu de vent, ce matin. On n'aura pas besoin de ramer pour gagner la crique.

Quand le *Sanglier Rouge* fut au milieu de la baie de Narda, une dizaine de minutes avant d'atteindre la pleine mer, ce que Roran redoutait se produisit : un battement de cloches et des appels de trompettes montèrent des bâtiments de pierre et coururent sur l'eau jusqu'à eux.

Il joua l'étonnement :

– Qu'est-ce que c'est ?

– Je n'en ai pas la moindre idée, dit Clovis.

Le capitaine observa la ville, les sourcils froncés, les poings sur les hanches :

– Ça pourrait être un incendie, mais je ne vois pas de fumée. Aurait-on découvert des Urgals dans le coin...?

L'inquiétude se lisait sur son visage :

– Vous n'avez pas croisé de gens suspects, sur la route, ce matin ?

Roran fit non de la tête, incapable de parler.

Flint s'avança vers eux et cria depuis le pont de l'*Édeline* :

– On fait demi-tour, capitaine ?

Roran serra le bastingage si fort que des échardes pénétrèrent sous ses ongles. Il aurait voulu intervenir, mais il craignait de trahir son anxiété.

Se détournant de Narda, Clovis lança :

– Non, nous manquerions la marée !

– Bien, capitaine ! Mais je donnerais une journée de paie pour savoir ce qui cause cette agitation !

– Moi aussi, marmonna Clovis.

Alors que les maisons et les bâtiments rapetissaient au loin, Roran alla s'accroupir à l'arrière de la barge, referma les bras autour de ses genoux et s'adossa à une cabine. Il leva les yeux vers le ciel, frappé par sa profondeur, sa clarté, sa couleur, puis il plongea le regard dans le sillage du *Sanglier Rouge*, où flottaient des rubans d'algues. Le roulis de la barge le calmait comme le balancement d'un berceau. « Quelle belle journée », pensa-t-il, heureux d'être là pour en profiter.

Dès que, à son grand soulagement, ils furent sortis de la rade, Roran escalada l'échelle menant à la poupe, où Clovis, une main sur la barre, dirigeait l'embarcation.

– Ah, fit le capitaine, il y a quelque chose d'exaltant dans chaque première journée de voyage, avant que tu te rendes compte à quel point la nourriture est mauvaise, et que tu commences à attendre le retour avec impatience !

Sans cacher son ignorance, Roran interrogea Clovis sur les noms et les fonctions de ce qu'il voyait à bord, et subit un cours enthousiaste sur la façon de diriger les barges, les bateaux, et l'art de la navigation en général.

Une heure plus tard, Clovis désigna une étroite péninsule qui s'allongeait droit devant :

– La crique est de l'autre côté.

Roran se redressa et tendit le cou, pressé de vérifier si les villageois étaient sains et saufs.

Lorsque le *Sanglier Rouge* eut contourné le cap, une plage blanche apparut au fond de la crique ; là étaient rassemblés les réfugiés de la vallée de Palancar. La foule applaudit et fit de grands signes quand la barge surgit de derrière le rocher.

Roran se détendit.

Près de lui, Clovis lâcha un juron.

– Dès l'instant où j'ai posé les yeux sur toi, Puissant Marteau, j'ai su que quelque chose n'allait pas. Du bétail, vraiment ? Tu t'es bien fichu de moi !

– Tu es injuste. Je n'ai pas menti ; voici mon troupeau, et je suis son berger. N'ai-je pas le droit de les désigner ainsi ?

– Appelle-les comme tu voudras, mais ne compte pas sur moi pour trimbaler des gens à Teirm ! Pourquoi ne m'as-tu pas dit quelle était la vraie nature de ta cargaison ? Je me le demande. Et la seule réponse qui me vient, c'est que cette aventure, ça signifie un tas d'ennuis... Des ennuis pour toi, et des ennuis pour moi. Je devrais vous balancer par-dessus bord et retourner à Narda !

– Mais tu ne le feras pas, déclara Roran avec un calme impressionnant.

– Ah ? Et pourquoi ?

– Parce qu'il me faut ces barges, Clovis, et parce que je suis prêt à tout pour les garder. À tout ! Honore notre contrat, tu feras un voyage paisible et tu reverras Galina. Sinon...

La menace semblait plus réelle qu'elle ne l'était ; Roran n'avait pas l'intention de tuer Clovis, mais, s'il était contraint de se débarrasser de lui, il l'abandonnerait quelque part sur la côte.

Le visage du capitaine vira à l'écarlate ; toutefois, à la surprise de Roran, il se contenta de grommeler :

– Fort bien, Puissant Marteau.

Satisfait, Roran reporta de nouveau son attention sur la plage.

Un léger bruit derrière lui l'alerta.

Instinctivement, il s'accroupit, courba la tête et leva son bouclier. Le choc se répercuta dans son bras quand un piton d'amarrage troua le bois du bouclier. Abaissant sa protection, il vit Clovis reculer vivement, dépité.

Sans quitter des yeux son adversaire, Roran secoua la tête :

– Tu ne m'auras pas comme ça, Clovis ! Je te le demande encore une fois : es-tu prêt à honorer notre contrat ? Sinon, je te débarque, je prends le commandement des barges, et je force l'équipage à se mettre sous mes ordres. Je ne veux pas te voler ton moyen de subsistance, mais je le ferai si tu m'y obliges... Allez ! Ce voyage peut se dérouler sans incident si tu choisis de nous aider. Souviens-toi, tu as déjà été payé.

Clovis lui fit face avec dignité :

– Si j'accepte, aie au moins la courtoisie de m'expliquer en quoi cette ruse était indispensable, pourquoi ces gens sont ici, et d'où ils viennent. Peu importe la quantité d'or que tu peux m'offrir ; je ne prêterai pas la main à une entreprise contraire à mes principes, non, certainement pas ! Êtes-vous des bandits ? Ou bien servez-vous notre maudit roi ?

– Le savoir peut te mettre en grand danger.

– J'insiste.

– As-tu entendu parler de Carvahall, dans la vallée de Palancar ?

Clovis remua vaguement la main :

– Une fois ou l'autre. Pourquoi ?

– Les gens que tu vois là, sur le rivage, sont ses habitants. Les soldats de Galbatorix nous ont attaqués sans que nous les ayons provoqués. Nous les avons repoussés et, quand notre position est devenue intenable, nous avons traversé la Crête et suivi la côte jusqu'à Narda. Galbatorix a juré que chaque homme, femme et enfant de Carvahall serait tué ou réduit en esclavage. Atteindre le Surda est notre seul espoir de survivre.

Roran ne fit pas mention des Ra'zacs ; il ne voulait pas effrayer Clovis davantage.

Le visage buriné du marin avait déjà viré au gris :

– Êtes-vous toujours poursuivis ?

– Oui, mais l'Empire a perdu notre trace.

– Est-ce à cause de vous que l'alarme a été donnée ?

– Je suis recherché, avoua Roran à voix basse. J'ai tué deux soldats qui m'avaient reconnu.

Clovis en fut abasourdi. Il recula, les yeux écarquillés, et serra les poings, faisant saillir les muscles de ses bras.

– Décide-toi, Clovis ; le rivage est proche.

Il sut qu'il avait gagné en voyant le capitaine relâcher ses épaules :

– Ah ! La peste t'emporte, Puissant Marteau ! Je ne suis pas un ami du roi ; je vous emmènerai à Teirm. Après quoi, je ne veux plus jamais entendre parler de vous.

– Me donnes-tu ta parole de ne pas tenter de filer pendant la nuit ou de me jouer un tour de ce genre ?
– Tu l'as !

Le sable et les rochers râpèrent le fond du *Sanglier Rouge* tandis que la barge glissait sur la plage, rejointe de chaque côté par les deux autres embarcations. Le mouvement rythmé et incessant des vagues déferlant sur le rivage évoquait la respiration de quelque monstre gigantesque. Dès que les voiles eurent été affalées et les passerelles mises en place, Torson et Flint bondirent sur le *Sanglier Rouge* et interrogèrent Clovis pour comprendre ce qui se passait.

– On a changé nos plans, déclara le capitaine.

Roran s'approcha pour expliquer la situation – éludant la raison exacte qui avait chassé les villageois de la vallée de Palancar. Puis il sauta à terre et chercha Horst au milieu de la cohue. Dès qu'il aperçut le forgeron, il le prit à l'écart et lui apprit la mort des gardes à Narda.

– Si ma fuite avec Clovis a été découverte, on a peut-être déjà envoyé des cavaliers à nos trousses. Il faut embarquer tout le monde le plus vite possible.

Horst le fixa dans les yeux une longue minute :

– Tu es devenu un homme dur, Roran, plus dur que je le serai jamais.

– Je n'ai pas eu le choix.

– Tâche de ne pas oublier qui tu es.

Trois heures furent nécessaires pour transporter les affaires des villageois dans les barges et les y installer comme Clovis et ses seconds le leur indiquaient. Les paquets devaient être arrimés pour éviter tout accident, et répartis dans les cales en fonction du tirant d'eau, ce qui était un vrai casse-tête, étant donné la diversité de leurs tailles et de leurs poids. Il fallut ensuite forcer les bêtes, plus que récalcitrantes, à monter à bord, les immobiliser avec des longes attachées à des anneaux de fer.

Les gens vinrent en dernier. Comme le reste de la cargaison, il furent répartis en petits groupes symétriques à l'intérieur des embarcations pour qu'elles ne risquent pas de chavirer. Clovis, Torson et Flint finirent par se placer chacun à la proue de sa barge pour lancer leurs ordres aux villageois qui se bousculaient en bas.

« Que se passe-t-il encore ? » s'impatienta Roran en entendant le bruit d'une dispute sur la plage.

Il se dirigea vers l'endroit d'où montaient les éclats de voix. Calitha, agenouillée près de son beau-père, Wayland, essayait de calmer le vieil homme.

– Non ! Je ne mettrai pas les pieds sur cette *cochonnerie* ! hurlait-il. Tu ne m'y forceras pas !

Il agitait ses bras flétris et lançait des coups de pieds pour se libérer de l'étreinte de sa belle-fille.

– Laisse-moi tranquille ! Laisse-moi ! vociférait-il en postillonnant.

Grimaçant sous ses bourrades, Calitha expliqua à Roran :

– Depuis qu'on a monté le camp, hier soir, il est insupportable !

« Il aurait presque mieux valu qu'il meure sur la Crête, étant donné les ennuis qu'il nous cause… », marmonna Roran pour lui-même. Il joignit ses efforts à ceux de Calitha ; ensemble, ils réussirent à apaiser le vieux, qui cessa de crier et de se débattre. Pour le récompenser de sa bonne conduite, Calitha lui donna un morceau de viande séchée, qui occupa son attention. Roran et la jeune femme en profitèrent pour le mener à bord de l'*Édeline* et l'installer dans un coin, à l'écart, où il ne dérangerait personne.

– Remuez-vous les fesses, bande de lambins ! lança Clovis. La marée va redescendre. Allez, hop, hop, hop !

Après un dernier affairement, les passerelles furent retirées, et une vingtaine d'hommes resta sur la plage devant chaque barge. Trois équipes se formèrent autour des proues, prêtes à repousser les embarcations dans l'eau.

Roran menait le groupe du *Sanglier Rouge*. Rythmant leurs efforts en chœur, ils s'arc-boutèrent contre la lourde coque ; ils dérapaient dans le sable, les poutres et les cordages craquaient, l'odeur de la sueur emplissait l'air. Pendant un instant, il sembla que rien ne bougerait. Puis le *Sanglier Rouge* frémit et recula légèrement.

– Encore ! hurla Roran.

Pied à pied, ils avancèrent dans la mer, jusqu'à ce que l'eau glacée leur montât à la taille. Une vague passa par-dessus la tête de Roran ; sa bouche s'emplit d'eau, qu'il recracha avec dégoût, surpris de la trouver si salée.

Dès que la barge fut libérée de l'étau du sable, Roran et son groupe nagèrent le long de la coque et se hissèrent le long des cordages qu'on leur lançait depuis le plat-bord. Les marins s'emparèrent de longues perches, qu'ils utilisèrent pour propulser le *Sanglier Rouge* en eau profonde. Les équipages du *Gui Liseron* et de l'*Édeline* faisaient de même.

Lorsqu'ils furent à bonne distance de la côte, Clovis fit remonter les perches, et c'est à coups de rames que la proue du *Sanglier Rouge* fut orientée vers la sortie de la baie. Les marins hissèrent alors la voile, qui se gonfla sous la brise, et, ouvrant la route, la barge prit la direction de Teirm en bondissant sur les flots.

46
LE DÉBUT DE LA SAGESSE

Les journées qu'Eragon passait à Ellesméra se fondaient en une suite indistincte ; le temps ne semblait pas exister dans la cité des pins. Les saisons n'avaient pas cours, les après-midi et les soirées elles-mêmes s'allongeaient, zébrant la forêt d'ombres luxuriantes. Les fleurs s'épanouissaient sans se préoccuper des mois, éveillées par la magie des elfes, nourries par les enchantements dont l'air était imprégné.

Eragon s'était mis à aimer Ellesméra, sa beauté, son calme, l'élégance de ses maisons surgies des arbres, les chansons prenantes qui résonnaient au crépuscule, les œuvres d'art cachées dans de mystérieuses demeures, la circonspection même des elfes, coupée de brusques explosions de joie.

Les bêtes sauvages du Du Weldenvarden ne craignaient pas d'être chassées. Eragon observait souvent, depuis son aire, un elfe qui caressait un cerf ou un renard gris, ou murmurait de douces paroles à un ours timide errant à la lisière de la clairière sans oser se montrer. Certains animaux n'avaient pas de forme reconnaissable. Ils apparaissaient à la tombée de la nuit, s'agitaient et grognaient dans les fourrés, et prenaient la fuite dès que le garçon se montrait. Il aperçut une fois une créature évoquant un serpent à fourrure et, une autre fois, une femme vêtue de blanc dont le corps ondula et disparut ; à sa place, il vit une louve aux babines retroussées en une sorte de sourire.

Eragon et Saphira continuaient leur exploration d'Ellesméra dès qu'ils en avaient l'occasion. Ils allaient seuls ou avec Orik, car Arya ne les accompagnait plus, et Eragon n'avait pas eu l'occasion de lui parler depuis qu'elle avait brisé le fairth. Il l'entrevoyait ici ou là, se faufilant parmi les arbres, mais, chaque fois qu'il s'avançait dans l'intention de s'excuser, elle se retirait, le laissant seul au milieu des vieux pins. Le garçon se décida enfin à prendre l'initiative et à renouer la relation avec elle. Aussi, un soir, il cueillit un bouquet le long du sentier proche de son arbre et s'en alla à petits pas jusqu'à Tialdarí Hall. Là, il demanda à un elfe assis dans la salle commune où se trouvaient les appartements d'Arya.

La porte était ouverte quand il arriva. Il frappa ; personne ne répondit. Il entra donc, guettant un bruit de pas, parcourant du regard la vaste salle garnie d'une treille de vigne, qui ouvrait d'un côté sur une petite chambre et de l'autre sur un bureau. Deux fairths décoraient les murs : l'un représentait un elfe aux cheveux d'argent, au maintien fier et à la mine sévère. Eragon devina qu'il s'agissait du roi Evandar. L'autre était le portrait d'un jeune elfe qu'il ne reconnut pas.

Eragon erra dans l'appartement, regardant tout mais ne touchant à rien, savourant cette intrusion dans l'intimité d'Arya, glanant des informations sur ses intérêts et ses activités préférées. Près de son lit, il vit un globe de verre contenant une belle-de-jour épanouie ; sur son bureau, des rouleaux étaient soigneusement alignés. Ils portaient des titres comme *Osilon : rapport des moissons* et *Observations du veilleur de Gil'ead*. Devant une baie ouverte poussaient trois arbres miniatures dont les branches dessinaient des glyphes. Eragon lut des mots de l'ancien langage signifiant *paix*, *force* et *sagesse* ; près des petits arbres traînait un morceau de papier couvert de ratures : un poème inachevé. Il lut :

> *La lune blanche et nue*
> *Se baigne dans l'étang*
> *Entre les ronces et les fougères,*
> *Sous les pins noirs.*
>
> *Une pierre qui tombe, vivante,*
> *Brise la lune blanche,*

Entre les ronces et les fougères,
Sous les pins noirs.

Des épées de lumière
Rident l'étang d'argent,
Mare immobile, miroir paisible,
Lac solitaire.

Dans la nuit, la nuit sombre,
Bougent, confuses, des ombres...

Eragon se dirigea vers un guéridon, près de la porte, y déposa son bouquet et s'apprêta à partir. Il se figea en découvrant Arya dans l'embrasure. Elle parut interdite, puis, dissimulant son émotion, lui opposa une mine impassible.

Ils se dévisagèrent en silence.

Eragon esquissa un geste pour lui tendre le bouquet :

– Je ne suis pas capable de créer une floraison pour toi, comme Fäolin. Ce ne sont que de modestes fleurs, les plus belles que j'ai trouvées.

– Je ne peux les accepter, Eragon.

– Ce n'est pas... ce n'est pas ce que tu crois.

Il se tut, puis reprit :

– Cela n'excuse pas ma conduite, mais je n'avais pas imaginé que mon fairth te mettrait dans une situation aussi délicate. J'en suis profondément désolé, et j'implore ton pardon... Je voulais seulement réussir un beau fairth, pas te mettre dans l'embarras. Je suis conscient de l'importance de mes études, Arya, et tu n'as aucune crainte à avoir : je ne les négligerai jamais à cause de toi !

Il chancela et dut s'appuyer au mur, trop étourdi pour tenir sur ses pieds.

– C'est ce que je tenais à te dire.

Elle continua de le fixer un long moment, puis, lentement, elle tendit la main pour prendre le bouquet et le respira. Ses yeux ne quittaient pas le garçon.

– Ce sont de jolies fleurs, reconnut-elle.
Son regard se détourna, puis revint sur lui :
– As-tu été malade ?
– Non. C'est mon dos.
– J'en ai entendu parler, mais je ne pensais pas que...
Il se redressa :
– Je dois y aller.
– Attends !

Arya hésita, puis le conduisit devant la baie et le fit asseoir sur une banquette capitonnée qui épousait l'arrondi du mur. Sortant deux gobelets d'un placard, elle émietta dedans des feuilles d'ortie séchées, puis y versa de l'eau. La tisane prête, elle tendit l'un des gobelets à Eragon.

– Bois ! ordonna-t-elle.

Il le serra entre ses deux mains, laissant sa chaleur l'envahir. Par la fenêtre, il voyait, vingt pieds plus bas, des elfes se promener dans le jardin royal ; ils bavardaient, chantaient, tandis que des lucioles voltigeaient dans l'air du soir.

– Je voudrais..., murmura Eragon, je voudrais qu'il en soit toujours ainsi. Tout est si parfait, si tranquille.

Arya remuait sa tisane :
– Comment se débrouille Saphira ?
– Bien. Et toi ?
– Je m'apprête à retourner chez les Vardens.
L'appréhension le saisit :
– Quand ?
– Après la célébration du Serment du Sang. Je me suis attardée ici trop longtemps. Mais je n'avais pas envie de partir, et Islanzadí souhaitait me voir rester, alors... Je n'ai jamais assisté à cette fête, qui est l'une de nos plus importantes traditions.

Elle le dévisagea par-dessus le bord de son gobelet :
– N'y a-t-il rien qu'Oromis puisse faire pour toi ?
Eragon eut un haussement d'épaules désabusé :
– Il a fait tout ce qu'il a pu.

Ils sirotèrent leur tisane en silence, observant les groupes et les couples flâner dans les allées du jardin.

– Ta formation avance, néanmoins ?

– Oui.

Dans le silence qui suivit, il se saisit de la feuille de papier abandonnée entre les arbustes et examina les strophes comme s'il les lisait pour la première fois :

– Tu écris souvent de la poésie ?

Arya tendit la main pour prendre le papier et le roula, de sorte que le poème ne fût plus visible :

– Selon nos coutumes, tous ceux qui assistent à la célébration du Serment du Sang doivent apporter un poème, une chanson ou une œuvre d'art qu'ils auront réalisés, et les partager avec l'assemblée. Je viens juste de commencer à travailler dessus.

– Ça me paraît excellent.

– Si tu avais lu beaucoup de poésies...

– C'est le cas.

Arya se tut, puis baissa la tête et murmura :

– Pardonne-moi. Tu n'es plus celui que j'ai rencontré à Gil'ead.

– Non, je...

Il s'interrompit et fit tourner le gobelet entre ses mains, cherchant les mots justes.

– Arya..., reprit-il enfin, tu vas partir bientôt. Je serai misérable si je ne te revois pas d'ici là. Ne pourrions-nous nous rencontrer à l'occasion, comme avant, avec Saphira, et tu nous ferais mieux connaître Ellesméra ?

– Ce ne serait pas raisonnable, dit-elle d'une voix aussi douce que résolue.

Il leva les yeux vers elle :

– Ma maladresse doit-elle me coûter ton amitié ? Je ne peux nier mes sentiments pour toi, mais j'aimerais mieux souffrir une nouvelle blessure de Durza que de voir notre relation détruite à cause de ma sottise. Elle m'est trop précieuse.

Arya finit sa tisane avant de répondre :

– Notre amitié existera toujours, Eragon. Quant à passer encore du temps ensemble...

Ses lèvres esquissèrent une ombre de sourire :

– Peut-être. Cependant, nous devrons attendre de voir ce que l'avenir nous réserve, car j'ai beaucoup à faire et ne veux rien promettre.

Avec ces mots, elle lui offrait ce qui ressemblait de plus près à la réconciliation qu'il espérait ; il le comprit et lui en fut reconnaissant.

– Bien sûr, Arya Svit-kona, dit-il en inclinant la tête.

Ils échangèrent quelques plaisanteries, mais il était clair qu'Arya avait été aussi loin qu'elle le pouvait ce jour-là. Eragon partit donc retrouver Saphira, réconforté d'avoir accompli cette démarche. « Maintenant, le destin décidera de l'avenir », songea-t-il en s'installant devant le dernier rouleau qu'Oromis lui avait confié.

Fouillant dans la bourse accrochée à sa ceinture, Eragon en tira une boîte en stéatite contenant du nalgask – de la cire d'abeille mélangée à de l'huile de noisette – et en frotta ses lèvres pour les protéger du vent glacé qui lui mordait la peau. Puis il entoura de ses bras le cou de Saphira et se cacha le visage dans le creux de son coude pour ne pas être ébloui par la lumière que réverbérait la couche de nuages au-dessous d'eux. Il n'entendait que le battement infatigable des ailes de Saphira, plus rapide que celui de Glaedr, qui les précédait.

De l'aube jusqu'au début de l'après-midi, ils volèrent en direction du sud-ouest, leur trajet aérien fréquemment interrompu par des concours de voltige entre les deux dragons. Eragon devait alors sangler ses bras et ses jambes à la selle pour ne pas être éjecté lors de ces acrobaties, qui lui retournaient l'estomac. Après quoi, il lui fallait se détacher en défaisant les boucles avec ses dents.

Leur équipée les mena jusqu'à un massif formé par quatre montagnes qui dominaient la forêt, les premières qu'Eragon découvrait dans le Du Weldenvarden.

Couronnées de neige et balayées par le vent, elles transperçaient la couche nuageuse et exposaient leurs flancs crevassés à un soleil implacable, bien que sans chaleur à cette altitude.

« Elles sont bien petites, comparées aux Beors », fit remarquer Saphira.

Comme il en avait pris l'habitude au cours de ses semaines de méditation, Eragon déploya son esprit dans toutes les directions, examinant les êtres doués de conscience peuplant les alentours, pour être sûr qu'aucun ne présentait un danger. Il perçut une marmotte dans la tiédeur de son terrier, des corbeaux, des sittelles et des faucons, de nombreux écureuils, et, plus bas, des serpents de rocher rampant dans les buissons en quête d'un mulot pour leur déjeuner, ainsi qu'une multitude hallucinante d'insectes.

Lorsque Glaedr descendit sur une arête nue, Saphira dut attendre qu'il eût replié ses ailes gigantesques pour avoir la place de se poser à son tour. La pente rocheuse qu'ils dominaient, couverte d'une dure dentelle de lichen, était d'un jaune lumineux. Au-dessus d'eux se dressait une falaise noire et menaçante. Elle soutenait une corniche de glace bleutée, qui craquait dans le vent et dont les débris acérés allaient se fracasser sur le granit, en contrebas.

« Ce pic est connu sous le nom de Fionula, dit Glaedr. Ses frères se nomment Ethrundr, Merogoven et Griminsmal. Chacun d'eux possède sa propre histoire, que je vous conterai au retour. Pour l'instant, je vais vous expliquer le but de ce voyage, à savoir la nature du lien qui a uni les dragons, les elfes et, plus tard, les humains. Vous en connaissez déjà une partie – et j'en ai évoqué toutes les implications avec Saphira ; mais le temps est venu pour vous de connaître la profonde et solennelle signification de notre alliance, afin qu'elle perdure grâce à vous quand Oromis et moi ne serons plus. »

S'enveloppant de son manteau pour se protéger du froid, Eragon demanda :

– Maître ?

« Oui, Eragon. »

– Pourquoi Oromis n'est-il pas avec nous ?

« Parce que c'est mon rôle – comme ce fut celui des anciens dragons, au cours des siècles passés – de faire comprendre à un Dragonnier de la nouvelle génération la véritable importance de la position qu'il doit assumer. Et parce qu'Oromis ne va pas aussi bien qu'il en a l'air. »

Glaedr s'ébroua et s'installa plus commodément sur les éboulis, qui craquèrent sous son poids. Le grand dragon dressa au-dessus d'Eragon et de Saphira sa tête majestueuse et les fixa de son œil d'or, aussi large et deux fois plus brillant qu'un bouclier de métal poli. Ses narines soufflèrent une fumée grise, que le vent dispersa.

« Une part de ce que je m'apprête à vous révéler appartient au savoir commun des elfes, des Dragonniers et des humains instruits, mais l'essentiel n'est connu que du chef des Dragonniers – du temps où il existait –, d'une poignée d'elfes, du tyran actuel et, bien sûr, des dragons.

« Maintenant, écoutez-moi, mes petits. Quand les dragons et les elfes eurent fait la paix, à la fin de notre guerre, les Dragonniers furent créés pour empêcher qu'un autre conflit de ce genre ne se produisît entre nos deux espèces. Tarmunora, la reine des elfes, et les dragons choisis pour nous représenter, dont les noms... »

Il s'interrompit, déversant un flot d'images dans l'esprit d'Eragon : longues dents blanches, crocs ébréchés ; batailles gagnées, batailles perdues ; quantités de Shrrg et de Nagras dévorés ; vingt-sept œufs pondus et dix-neuf arrivés à éclosion.

« ... dont les noms ne peuvent être prononcés dans aucun langage, décidèrent qu'un simple traité ne suffisait pas. Signer des papiers n'a aucun sens pour un dragon. Un sang vif et chaud coule dans nos veines, et il paraissait inévitable que, un jour ou l'autre, une nouvelle dispute éclatât avec les elfes, comme cela s'est produit avec les nains au cours des millénaires. Seulement, contrairement aux nains, ni nous ni les elfes ne pouvions nous permettre une nouvelle guerre. Les uns comme les autres, nous étions trop puissants, nous nous serions entre-détruits. L'unique moyen d'empêcher cela et d'établir une union significative était de lier nos deux espèces grâce à la magie. »

Voyant Eragon frissonner, Glaedr dit avec une pointe d'amusement : « Saphira, si tu étais maligne, tu chaufferais un de ces rochers avec le feu de tes entrailles afin que ton Dragonnier ne se transforme pas en glaçon ! »

Saphira arqua aussitôt le cou ; un jet de flammes bleues jaillit d'entre ses crocs et frappa les éboulis, noircissant le lichen et emplissant l'air d'une âcre odeur de roussi. La chaleur fut si forte qu'Eragon dut se détourner. Il sentit les insectes cachés sous le rocher griller dans ce feu d'enfer. Saphira referma ses mâchoires ; à cinq pieds à la ronde, les pierres rougeoyaient comme des braises.

« Merci », lui dit Eragon.

Il s'accroupit et tendit les mains au-dessus du cercle brûlant pour se réchauffer. Glaedr chapitra la dragonne :

« Saphira ! Souviens-toi d'utiliser ta langue pour diriger le jet ! Bien, reprenons...! Il fallut neuf ans aux plus avisés des magiciens elfes pour imaginer le sort approprié. Cela fait, les elfes et les dragons se réunirent à Ilirea. Les elfes fournirent la structure de l'enchantement, les dragons apportèrent leur puissance, et, ensemble, ils mêlèrent les âmes de leurs deux espèces.

« Cette alliance nous métamorphosa. Nous, les dragons, y gagnâmes l'usage du langage et d'autres fioritures de civilisation ; les elfes, eux, acquirent notre longévité, car, jusqu'alors, leur vie était aussi courte que celle des humains. Au bout du compte, ce sont les elfes qui en ont tiré les plus grands avantages. Notre magie, la magie des dragons – qui imprègne chaque fibre de notre corps – leur fut transmise et leur a donné, au fil des âges, cette force et cette grâce incomparables. Bien que les humains aient été associés à cet enchantement, ils n'en ont pas bénéficié autant ; le sort n'a pas encore eu assez de temps pour agir sur vous. Du moins... »

Les yeux de Glaedr étincelèrent :

« Du moins a-t-il dégrossi votre espèce ; vous n'êtes plus ces barbares rustauds qui ont, en premier, peuplé l'Alagaësia, bien que vous ayez commencé à régresser après la Chute. »

– Les nains ont-ils participé à cet enchantement ? voulut savoir Eragon.

« Non, et c'est pourquoi il n'y a jamais eu de Dragonnier nain. Ils ne s'occupent pas de nous, ni nous d'eux, et ils répugnent à l'idée d'être liés aux dragons. Peut-être est-ce une chance qu'ils ne se soient pas joints à notre pacte, car ils ont échappé à la décadence des humains et des elfes. »

« La décadence, Maître ? » s'enquit Saphira sur un ton qu'Eragon aurait juré un tantinet sarcastique.

« Exactement. Si l'une de nos trois espèces souffre, les autres en pâtissent. En tuant les dragons, Galbatorix a affaibli les siens autant que les elfes. Vous ne l'avez pas encore remarqué, car vous êtes nouveaux à Ellesméra, mais les elfes sont sur le déclin ; leur pouvoir n'est plus ce qu'il était. Quant aux humains, ils ont perdu une grande part de leur culture, et se sont laissé dominer par le chaos et la corruption. Rétablir l'équilibre entre nos trois peuples est le seul moyen de restaurer l'ordre du monde. »

Le vieux dragon pétrit le sol de ses griffes, réduisant les pierres en gravier afin de s'accroupir plus confortablement.

« Se développer au cœur même de l'enchantement qu'a orchestré la reine Tarmunora, voilà ce qui permet à un dragonneau d'être lié à son Dragonnier. Quand un dragon décide de faire don d'un œuf à un Dragonnier, certaines formules – que je vous enseignerai plus tard – sont prononcées au-dessus de l'œuf. Ces formules l'empêchent d'éclore tant qu'il ne se trouve pas en contact avec la personne à qui il est destiné. Les dragonneaux pouvant rester indéfiniment dans leur œuf, le temps importe peu, et le petit ne souffre pas. Tu en es un exemple, Saphira.

« Le lien qui se forme entre un Dragonnier et son dragon est le symbole de l'alliance entre nos deux peuples. L'humain ou l'elfe devient plus fort, plus beau, tandis que les traits les plus féroces du dragon s'adoucissent, lui donnant un aspect plus engageant.... Je vois que tu as une remarque sur le bout de la langue, Eragon. Parle ! »

– C'est juste que...

Le garçon hésita.

– J'ai du mal à vous imaginer, vous et Saphira, sous une apparence encore plus redoutable... Non pas, se reprit-il vivement, que ce soit une mauvaise chose !

Le sol trembla et gronda, comme secoué par une avalanche : Glaedr hurlait de rire, faisant rouler ses gros yeux derrière ses paupières écailleuses :

« Si tu rencontrais un dragon en liberté, tu ne dirais plus ça ! Un dragon sans maître n'obéit à rien ni à personne, il prend ce qui lui plaît, et n'a de tendresse que pour les êtres de son sang. Cruels et fiers, arrogants même, tels étaient les dragons sauvages... Leurs femelles étaient si terribles que, pour les dragons des Dragonniers, s'accoupler avec l'une d'elles représentait un exploit.

« Pour en revenir à ce lien, c'est son absence qui fausse la relation entre Galbatorix et Shruikan, son deuxième dragon, et en fait une union contre nature. Shruikan n'a pas choisi Galbatorix ; il a été contraint, par on ne sait quelle forme de magie noire, de servir la folie du roi. Galbatorix a recréé une imitation perverse de la relation que vous entretenez tous les deux, Eragon et toi, Saphira, et qu'il a perdue quand les Urgals ont tué son premier dragon. »

Glaedr se tut et fixa tour à tour ses deux élèves. Seuls ses yeux remuaient :

« Ce qui vous lie est bien plus qu'une simple connexion entre deux esprits. Vos âmes, vos individualités – appelez ça comme vous voulez – sont soudées à un niveau originel. »

Il se tourna vers Eragon :

« Crois-tu que l'âme d'une personne puisse être séparée de son corps ? »

– Je ne sais pas... Une fois, Saphira m'a tiré hors de moi-même et m'a fait voir le monde par ses yeux. J'avais vraiment *l'impression* d'être hors de mon corps. Et, si les spectres qu'un sorcier est capable d'invoquer existent, alors peut-être la conscience est-elle indépendante de la chair.

Glaedr étira les griffes acérées de son unique patte avant et fit basculer une pierre, débusquant un mulot blotti dans sa tanière. Dans un éclair de langue rouge, la bestiole fut avalée ; Eragon perçut l'extinction de cette petite vie, et son visage se crispa.

« Quand la chair est morte, dit Glaedr, l'âme est morte aussi. »

– Mais, protesta Eragon, un animal n'est pas une personne !

« Après tant d'heures de méditation, crois-tu vraiment que chacun d'entre nous est si différent d'un rat des champs ? Que nous avons reçu un don mystérieux, dont les autres créatures sont dépourvues, et qui nous protège de la mort ?

– Non, marmonna Eragon.

« Je ne le crois pas non plus. À cause du lien étroit qui les unit, quand un dragon ou un Dragonnier est blessé, il doit endurcir son cœur et rompre ce lien pour éviter à l'autre des souffrances inutiles, voire lui épargner la folie. Et, puisque l'âme est inséparable de la chair, il doit résister à la tentation d'abriter l'esprit de son partenaire en lui-même, sinon, ils mourraient tous les deux. En supposant que ce soit possible, ce serait abominable de porter plusieurs consciences dans un seul corps.

– Ce doit être terrible, fit remarquer Eragon, de mourir seul, séparé de l'être qui vous est le plus proche.

« Chacun doit mourir seul, Eragon. Que tu sois un roi tombé sur le champ de bataille ou un humble paysan gisant sur ton lit, entouré des tiens, personne ne t'accompagne dans le néant...

« Maintenant, je vais vous apprendre à séparer vos consciences. On va commencer par... »

Eragon examina le plateau de son dîner, qu'on avait déposé dans l'antichambre de la maison dans l'arbre. Il fit l'inventaire de son contenu : du pain et du beurre de noisette, des baies, des haricots, un bol de légumes verts, deux œufs durs – non fécondés, selon les convictions des elfes – et une carafe bouchée contenant de l'eau de source. Il avait beau savoir que chaque mets avait été préparé avec le plus grand soin, que les elfes mettaient tous leurs talents culinaires à son service, et qu'Islanzadí elle-même ne mangeait pas mieux que lui, il ne supportait pas la vue de ce plateau.

« J'ai envie de viande », grommela-t-il.

Il entra dans la chambre en traînant les pieds, et Saphira le regarda depuis sa couche.

« Je me contenterais de poisson ou de volaille, n'importe quoi qui me change de ce perpétuel régime de légumes ! Ça ne me remplit pas l'estomac ! Suis-je un cheval, qu'on me fasse avaler toute cette verdure ? »

Saphira déplia ses pattes, marcha jusqu'au bord de l'ouverture qui surplombait Ellesméra et dit :

« J'ai trouvé de bons coins de chasse, ces jours-ci. Viens avec moi ! Tu pourras te procurer autant de viande que tu voudras, et les elfes n'en sauront rien ! »

Le visage du garçon s'épanouit :

« Magnifique ! Dois-je prendre la selle ? »

« Nous n'irons pas loin. »

Eragon empaqueta sa provision de sel, d'herbes et autres aromates, puis il s'installa avec précaution entre les piques hérissant le dos de la dragonne.

Saphira s'élança et laissa un courant ascendant l'emporter au-dessus de la cité ; puis, quittant les colonnes d'air chaud, elle perdit de l'altitude et survola le cours tortueux d'un ruisseau qui traversait le Du Weldenvarden et se jetait dans un étang, quelques lieues plus loin. Elle se posa et s'accroupit pour laisser descendre Eragon.

« Il y a des lapins dans la prairie, près de la rive. Tu devrais réussir à en attraper un. Pendant ce temps, je chasserai le daim. »

« Quoi ? Tu ne partageras pas tes proies avec moi ? »

« Ça, non ! ronchonna-t-elle. Enfin, je le ferai peut-être, si ces grosses souris t'échappent ! »

Il la regarda s'envoler en souriant, puis se tourna vers l'herbe épaisse parsemée d'ombellifères qui entourait l'étang et se préoccupa de son dîner.

Moins d'une minute plus tard, il retirait de son terrier un couple de lapins inertes. Localiser les bêtes dans son esprit, puis les tuer avec l'un des douze mots porteurs de mort ne lui avait pris qu'un instant. Ce qu'Oromis lui avait enseigné ôtait à la chasse son aspect excitant et hasardeux. « Je n'ai même pas eu besoin de les pister », songea-t-il, se rappelant toutes les années passées à parfaire sa technique de traqueur. Il eut un sourire ironique. « À présent, je peux capturer n'importe quel gibier à ma guise. Ça n'a plus de sens ! Au moins, quand je chassais avec une pierre, comme me l'avait appris Brom, cela constituait encore un défi. Mais ça... C'est de l'abattage. »

L'avertissement de Rhunön, la forgeronne, lui revint alors en mémoire : *S'il te suffit de prononcer quelques mots pour obtenir ce que tu désires, c'est trop facile, et le résultat perd sa saveur.* « J'aurais dû prêter un peu plus d'attention à ses paroles », songea-t-il.

D'un geste expérimenté, il tira son vieux couteau de chasse, dépouilla et vida les bêtes, puis, ayant mis de côté le cœur, les rognons et le foie, il enterra les viscères pour que l'odeur n'attirât pas les charognards. Il dégagea alors un espace, y empila du bois et alluma par magie un petit feu, car il n'avait pas pensé à se munir de ses silex. Il attisa le foyer jusqu'à n'avoir plus qu'un lit de braises. Coupant une tige de cornouiller, il l'écorça et tint le bois au-dessus pour brûler la sève amère. Ensuite, il enfila les lapins sur la baguette, qu'il suspendit à deux branches fourchues plantées dans le sol. Il plaça enfin une pierre plate sur le foyer et fit griller les abats dessus.

Saphira le trouva accroupi près du feu, tournant lentement la baguette pour cuire la viande sur toutes ses faces. Elle se posa, un daim flasque dans ses mâchoires et les restes d'un autre entre ses griffes. S'allongeant dans l'herbe parfumée, elle se mit à dévorer ses proies, peau comprise. Les os craquaient sous ses dents comme des branches dans la tempête.

Quand les lapins furent cuits, Eragon agita sa broche improvisée dans l'air pour les refroidir, puis il regarda la viande dorée, luisante, dont le fumet lui paraissait incomparablement appétissant.

Au moment de mordre dedans, ses pensées le ramenèrent malgré lui à ses méditations. Il se souvint de ses incursions dans l'esprit des oiseaux, des écureuils et des mulots, se rappela l'énergie qu'ils déployaient pour survivre face au danger. « Et s'ils n'ont que cette vie... »

Dégoûté, Eragon jeta la viande au loin, aussi épouvanté d'avoir tué ces lapins que s'il avait assassiné des hommes. Son estomac se révulsa et il faillit vomir.

Saphira interrompit son repas pour l'observer d'un œil inquiet.

Inspirant une longue bouffée d'air, Eragon pressa ses genoux entre ses bras pour tâcher de se maîtriser, et chercha à comprendre pourquoi il était aussi violemment affecté. Toute sa vie, il avait consommé de la viande, des poissons, des volailles. Il *aimait* ça. Et maintenant...

Il regarda Saphira :

« Je ne peux pas. »

« Les uns dévorent les autres, ainsi va le monde. Pourquoi rejeter l'ordre des choses ? »

Il examina la question. Il n'allait pas blâmer ceux qui se nourrissaient de viande – il savait que c'était le seul moyen, pour beaucoup de pauvres fermiers, de survivre. Mais il ne pouvait plus le faire lui-même, à moins d'y être condamné par la famine. Après avoir pénétré la conscience de tant de petites bêtes, ressenti ce qu'elles ressentaient... en manger une, c'était comme se manger lui-même.

« Parce que nous pouvons nous améliorer, répondit-il à Saphira. À quoi bon apprendre à dominer les pulsions qui nous portent à blesser ou à tuer un agresseur, si c'est pour nous servir sur le dos des plus faibles sans tenir compte de ce qu'ils éprouvent ? Nous sommes des êtres imparfaits et nous devons lutter contre cette imperfection pour qu'elle ne nous détruise pas. »

Il désigna les lapins :

« Comme le disait Oromis, pourquoi causer des souffrances inutiles ? »

« Vas-tu donc renoncer à tous tes désirs ? »

« À tous ceux qui sont destructeurs. »

« Tu es catégorique ? »

« Oui. »

« En ce cas, dit Saphira en s'avançant, voilà qui va faire un succulent dessert ! »

Elle ne fit qu'une bouchée des deux lapins, puis nettoya d'un coup de langue la pierre où grillaient les abats, rayant sa surface avec ses barbillons.

« Moi, vois-tu, je ne peux pas vivre en me nourrissant de plantes – elles sont bonnes pour le gibier, pas pour les dragons. Et je n'ai pas à en avoir honte. Chaque chose a sa place dans le monde. Même un lapin sait cela. »

« Je ne cherche pas à te culpabiliser, dit-il en lui tapotant la patte. C'est une décision personnelle. Je ne forcerai personne à faire le même choix. »

« Ça me paraît sage », conclut-elle avec un brin d'ironie.

47
Œufs brisés et nid bouleversé

— Concentre-toi, Eragon ! dit Oromis, fermement, mais sans dureté.

Le garçon cilla et se frotta les yeux pour mieux fixer son attention sur le parchemin posé devant lui.

— Pardon, Maître.

Il se sentait aussi las que si on lui avait attaché des poids de plomb aux bras et aux jambes. Il plissa les paupières, observa les courbes et les angles des glyphes, saisit sa plume d'oie et les recopia encore une fois.

Au-delà de la fenêtre, derrière l'elfe, le soleil couchant allongeait de grandes ombres sur le plateau verdoyant, au sommet de l'À-Pic de Tel'naeír. Plus haut, des rubans de nuages duveteux flottaient dans le ciel.

Une douleur fusa dans la cuisse d'Eragon. Sa main fit un écart ; il cassa le bec de sa plume, et une éclaboussure d'encre salit le papier. En face de lui, Oromis sursauta et lui agrippa le bras.

« Saphira ! » cria Eragon.

Il la chercha mentalement et, à sa stupéfaction, fut repoussé par un mur infranchissable qu'elle avait érigé autour d'elle. À peine pouvait-il la sentir. C'était comme de vouloir saisir un globe de granit poli frotté d'huile ; elle lui échappait, glissant hors de sa portée.

Il regarda Oromis :

– Il s'est passé quelque chose, n'est-ce pas ?

– Je n'en sais rien. Glaedr revient, mais il refuse de me parler.

L'elfe décrocha Naegling, son épée, accrochée au mur ; il sortit à grands pas et alla se poster au bord de la faille, la tête levée, pour guetter l'approche du dragon d'or.

Eragon le rejoignit, imaginant tout ce qui – possible ou impossible – avait pu arriver à Saphira. Les deux dragons s'étaient envolés à midi en direction du nord, vers un lieu appelé la Pierre des Œufs Brisés, où, dans les temps anciens, les dragons sauvages faisaient leurs nids. Le voyage ne présentait aucune difficulté.

« Ça ne peut pas être des Urgals, songea Eragon. Les elfes leur interdisent l'accès au Du Weldenvarden. »

Glaedr apparut enfin, à grande altitude, clignotante paillette de lumière sur le fond assombri des nuées. Lorsqu'il descendit, Eragon vit qu'il avait, à l'arrière de sa patte avant, une déchirure aussi large que la main. Des ruisseaux de sang écarlate serpentaient dans les interstices des écailles.

Dès que Glaedr se fut posé, Oromis s'élança vers lui ; mais le dragon l'arrêta d'un grondement. Sautillant sur son membre blessé, Glaedr rampa vers la lisière de la forêt, où il se roula en boule sous les branchages, leur tournant le dos, et se mit à lécher sa plaie.

Oromis alla s'agenouiller dans le trèfle à quelque distance, gardant calme et patience, prêt à attendre le temps qu'il faudrait. Quant à Eragon, plus les minutes passaient, plus il s'agitait. Enfin, par quelque signe muet, Glaedr permit à Oromis de s'approcher et d'examiner sa patte. La magie fit étinceler la gedwëy ignasia de l'elfe quand il posa la main sur la déchirure des écailles.

– Comment va-t-il ? demanda Eragon lorsqu'Oromis revint.

– La blessure semble impressionnante, mais ce n'est qu'une écorchure pour un être de la taille de Glaedr.

– Qu'en est-il de Saphira ? Je ne parviens toujours pas à la contacter.

– Tu dois la rejoindre, elle est blessée. Glaedr ne m'a pas expliqué grand-chose, mais j'ai deviné l'essentiel. Tu ferais mieux de te dépêcher.

Eragon regarda autour de lui à la recherche d'un quelconque moyen de transport et gémit d'angoisse parce qu'il n'en voyait aucun.

– Comment vais-je faire ? C'est trop loin ; il n'y a pas de sentier, et je ne peux pas...

– Calme-toi, Eragon. Comment s'appelait le coursier qui t'a amené de Sílthrim ?

Il fallut un instant au garçon pour s'en souvenir :

– Folkvír.

– Alors, utilise ton art de la gramarie pour le convoquer. Appelle-le par son nom, fais-lui connaître dans quel besoin tu es. C'est le plus puissant des langages ; il viendra à ton aide.

Laissant la magie imprégner sa voix, Eragon appela Folkvír, et sa plainte résonna au-dessus des collines boisées d'Ellesméra, pressante, insistante.

Oromis approuva de la tête, satisfait :

– Beau travail !

Douze minutes plus tard, l'étalon surgit à l'orée de la forêt tel un fantôme d'argent ; il secoua sa crinière et s'ébroua, les flancs fumants, tant sa course avait été rapide.

Enfourchant le petit cheval elfe, Eragon déclara :

– Je reviendrai dès que possible.

– Fais ce que tu dois faire, dit Oromis.

Le garçon talonna sa monture en criant :

– Cours, Folkvír ! Cours !

L'animal s'élança d'un bond dans le Du Weldenvarden, se faufilant entre les pins noueux avec une incroyable vélocité. Eragon le guidait vers Saphira à l'aide de ses images mentales.

Comme il n'y avait pas de chemin dans le sous-bois, même un cheval comme Feu de Neige aurait mis trois ou quatre heures à atteindre la Pierre des Œufs Brisés. Folkvír y parvint en une heure à peine.

Arrivé au pied d'un monolithe de basalte, qui jaillissait du sol telle une colonne d'un vert moucheté, dépassant de plus de cent pieds la cime des arbres, Eragon murmura :

– Halte !

Le garçon se laissa glisser à terre. Il leva les yeux vers le sommet de la pierre. Il savait que Saphira était là-haut.

Eragon fit le tour de l'énorme bloc, cherchant un moyen d'accéder au faîte. Il n'en trouva pas. La pierre, lissée par l'érosion, était imprenable. Pas une fissure, pas une crevasse, pas une imperfection sur laquelle prendre appui pour escalader ses flancs.

« Je vais peut-être me faire mal », se dit-il.

– Reste ici ! dit-il à Folkvír.

Le cheval posa sur lui ses yeux brillant d'intelligence.

– Tu peux brouter, si tu veux, mais *ne t'éloigne pas*, d'accord ? Si je ne peux pas repartir sur Saphira...

L'étalon hennit doucement et effleura le bras du garçon de son museau de velours : « Oui, mon gars. Tu fais ce qu'il faut. »

Fixant du regard le sommet du monolithe, Eragon rassembla son énergie et cria en ancien langage :

– En haut !

Il comprit après coup que, s'il n'avait pas eu l'habitude de voler avec Saphira, l'expérience l'aurait déstabilisé au point de lui faire perdre le contrôle du sort qu'il avait lancé. La chute, alors, lui aurait été fatale. Le sol s'éloigna sous ses pieds à une vitesse vertigineuse, les troncs des arbres rétrécirent tandis qu'il filait vers la canopée et, plus haut encore, vers le ciel crépusculaire. Des branches s'accrochaient à son visage et à ses épaules tels des doigts griffus. À la différence de ses exercices de plongeon avec Saphira, il gardait la conscience de la pesanteur, comme s'il se tenait toujours les deux pieds sur la terre.

Dès qu'il eut franchi le rebord de la Pierre des Œufs Brisés, Eragon se porta en avant et, relâchant sa prise sur la magie, se posa avec légèreté sur un carré de mousse. Il s'y laissa tomber, exténué, et guetta un signe de douleur dans son dos, craignant une nouvelle crise. Rien ne se produisit, et il soupira de soulagement.

Le sommet du monolithe était composé de tours de rochers dentelées, séparées par de profondes ravines arides où ne poussaient que de rares fleurs sauvages. Des cavernes ouvraient çà et là leurs gueules noires, certaines naturelles, d'autres creusées dans le basalte par des griffes aussi grosses que la jambe d'Eragon. Le sol des grottes était jonché d'une épaisse couche d'ossements tachés de lichen, vestiges d'anciennes proies. Des faucons, des buses, des aigles, qui observaient l'intrus, prêts à l'attaquer s'il menaçait leurs œufs, avaient à présent bâti leur nid là où demeuraient autrefois les dragons.

Eragon s'avança dans ce décor inquiétant, veillant à ne pas se tordre une cheville dans les cailloux et à éviter les crevasses. S'il tombait dans l'une d'elles, il dégringolerait en chute libre. À plusieurs reprises, il dut escalader des arêtes élevées et, par deux fois, utiliser la magie pour les franchir.

Les dragons avaient laissé partout des signes prouvant que ce lieu avait été le leur : entailles profondes dans la roche, flaques refroidies de pierre fondue, écailles ternies coincées dans les failles et débris de toutes sortes. Eragon marcha même sur un objet vert et pointu, qui, lorsqu'il se pencha pour l'examiner, se révéla être un fragment d'œuf de dragon.

Sur la face est du monolithe se dressait une imposante tour rocheuse, au pied de laquelle, tel un puits noir et oblique, s'ouvrait une grande caverne. C'est là qu'Eragon localisa enfin Saphira, roulée en boule dans un creux au fond, tournant le dos à l'ouverture, le corps agité de tremblements. Les parois de la grotte portaient des marques fraîches d'éraflures, et des os brisés étaient éparpillés sur le sol, comme après une bataille.

– Saphira ! appela Eragon à haute voix, puisqu'elle lui fermait toujours son esprit.

Le cou de la dragonne fouetta l'air, et Saphira le fixa comme s'il s'agissait d'un étranger, les pupilles contractées en deux minces fentes noires, dans la lumière du couchant. Elle gronda à la manière d'un chien sauvage, puis se pencha pour relever son aile gauche, dévoilant une vilaine entaille sur sa cuisse. À cette vue, le cœur du garçon se serra.

Eragon savait qu'elle ne le laisserait pas approcher ; aussi se conduisit-il comme Oromis avec Glaedr ; il s'agenouilla parmi les débris d'ossements et attendit. Il attendit sans prononcer un mot, sans esquisser un geste, jusqu'à en avoir les jambes engourdies et les mains raides de froid. Cela lui importait peu ; il l'acceptait même volontiers si cela lui permettait d'aider Saphira.

Au bout d'un moment, elle avoua :

« Je me suis conduite comme une idiote. »

« On est tous idiots, parfois. »

« Ce n'est pas une consolation, quand c'est ton tour de jouer les imbéciles. »

« Je suppose que non. »

« J'ai toujours su ce qu'il fallait faire. Lorsque Garrow est mort, j'ai su que nous devions poursuivre les Ra'zacs. Lorsque Brom est mort, j'ai su que nous devions nous rendre à Gil'ead et, de là, chez les Vardens. Et, lorsqu'Ajihad est mort, j'ai su que tu devais faire allégeance à Nasuada. La route à suivre m'est toujours apparue clairement. Mais plus maintenant. Pour la première fois, je suis perdue. »

« Que s'est-il passé, Saphira ? »

Au lieu de répondre, elle changea de sujet :

« Sais-tu pourquoi on appelle cet endroit la Pierre des Œufs Brisés ? »

« Non. »

« Parce que, au cours de la guerre entre les dragons et les elfes, ces derniers nous ont traqués jusqu'en cet endroit et nous ont tués pendant notre sommeil. Ils ont détruit nos nids, puis ils ont brisé nos œufs par magie. Ce jour-là, une pluie de sang est tombée sur la forêt. Aucun dragon n'a plus jamais vécu ici depuis lors. »

Eragon garda le silence. Ce n'était pas pour apprendre ça qu'il était venu. Il attendrait jusqu'à ce qu'elle aborde d'elle-même le problème qui la concernait.

« Dis quelque chose ! » le pria-t-elle.

« Me laisseras-tu soigner ta patte ? »

« Elle guérira bien toute seule. »

« En ce cas, je vais rester aussi muet qu'une statue, assis ici, jusqu'à ce que je tombe en poussière, car, grâce à toi, j'ai la patience d'un dragon. »

Quand elle se mit à parler, ce fut en phrases entrecoupées, sur un ton amer et chargé d'autodérision :

« J'ai honte de l'avouer. À notre arrivée chez les elfes, quand j'ai vu Glaedr, j'ai ressenti une telle joie ! Ainsi, hormis Shruikan, un autre membre de mon espèce avait survécu ! Je n'avais encore jamais rencontré un autre dragon, sinon dans la mémoire de Brom. Et j'ai cru... j'ai cru que Glaedr se réjouissait autant de mon existence que moi de la sienne. »

« Mais c'est le cas ! »

« Tu ne comprends pas. J'ai cru qu'il serait le compagnon que je n'avais jamais espéré avoir et que, ensemble, nous ferions renaître une lignée. »

Elle ricana, et un jet de flammes fusa de ses narines.

« Je me trompais. Il ne veut pas de moi. »

Eragon choisit ses mots avec soin pour ne pas l'offenser et pour lui prodiguer un peu de réconfort :

« C'est parce qu'il sait que tu es destinée à un autre : un dragon qui sortira d'un des œufs restants. Et ce ne serait pas convenable qu'il devienne ton compagnon alors qu'il est ton maître. »

« Ou parce qu'il ne me trouve pas assez belle pour lui. »

« Saphira, aucun dragon n'est laid, et tu es la plus ravissante des dragonnes ! »

« Je suis idiote », soupira-t-elle.

Puis elle releva son aile et la garda en l'air, acceptant qu'il examinât sa blessure.

Eragon claudiqua jusqu'à son côté et se pencha sur la plaie écarlate, heureux qu'Oromis lui eût donné à lire tant de parchemins sur l'anatomie. Le coup – de griffe ou de dent, il n'aurait su le dire – avait déchiré le quadriceps, mais pas au point de mettre l'os à nu. Pourtant, refermer simplement la surface, comme il l'avait fait bien des fois, ne suffirait pas. Il fallait reconstituer les fibres musculaires.

Le sort était complexe. Eragon n'en comprenait pas tous les éléments, car il l'avait mémorisé d'après un texte ancien qui donnait peu d'explications, sinon que, s'il n'y avait ni fracture ni hémorragie interne, « ce charme guérissait tous maux d'origine traumatique, à l'exception de ceux entraînant male mort ». Dès que le garçon eut prononcé la longue formule, il observa, fasciné, les muscles de Saphira qui frémissaient sous ses mains, les veines, les nerfs, les fibres qui se reconstituaient et retrouvaient leur intégrité. La blessure était importante, aussi n'osa-t-il pas, étant donné son propre état de faiblesse, utiliser uniquement sa propre énergie pour la soigner : il puisa dans les forces de la dragonne.

« Ça me démange », dit Saphira quand ce fut terminé.

Eragon soupira, appuya son dos contre la dure paroi de basalte et contempla le soleil couchant entre ses cils :

« Je crains que tu ne sois obligée de me transporter en bas de ce rocher. Je suis exténué. »

Elle remua pour s'installer plus commodément, faisant craquer les ossements desséchés. Puis elle allongea le cou et posa la tête près de lui :

« Je me suis mal conduite avec toi depuis notre arrivée à Ellesméra. Je n'ai pas tenu compte de tes conseils ; j'aurais dû. Tu m'as mise en garde à propos de Glaedr, mais j'avais trop de fierté pour admettre la justesse de tes paroles… Je n'ai pas été une vraie partenaire, je n'ai pas été fidèle à mon rôle de dragon, j'ai terni l'honneur des Dragonniers. »

« Non, Saphira ! se récria-t-il avec véhémence. Tu n'as jamais manqué à tes devoirs. Si tu as commis une erreur, c'était en toute bonne foi ; n'importe qui aurait agi de même dans ta situation. »

« Cela n'excuse pas mon attitude envers toi. »

Il chercha son regard, mais elle détourna les yeux. Il lui caressa le cou en disant :

« Saphira, les membres d'une famille se pardonnent mutuellement, même s'ils ne comprennent pas toujours très bien les actes et les motivations des uns ou des autres. Tu es ma famille, autant que Roran, voire davantage... Rien de ce que tu peux faire ne changera ça. Rien. »

Comme elle ne répondait pas, il passa la main derrière sa mâchoire et gratouilla la peau membraneuse sous son oreille :

« Hé, tu m'entends ? Rien ! »

Elle émit un rire de gorge embarrassé ; puis elle arqua le cou et leva la tête pour échapper aux chatouilles :

« Comment oserai-je regarder Glaedr en face, à présent ? Il était dans une rage terrible... Tout le monolithe en tremblait ! »

« Toi, au moins, tu as maîtrisé ta colère quand il t'a attaquée. »

« C'est le contraire. »

Surpris, Eragon leva un sourcil :

« Ah ? Quoi qu'il en soit, la seule chose à faire, c'est de t'excuser. »

« M'excuser ! »

« Oui. Va lui dire que tu es désolée, que ça ne se reproduira plus, et que tu désires continuer ta formation avec lui. Je suis sûr qu'il se montrera compréhensif si tu lui en donnes l'opportunité. »

« Très bien », soupira-t-elle.

« Tu te sentiras beaucoup mieux, après, ajouta-t-il avec un sourire. Je le sais par expérience. »

Elle grogna et s'avança sur la pointe des pattes jusqu'à l'ouverture de la caverne. Là, elle s'accroupit et contempla la forêt mouvante, tout en bas :

« On devrait y aller. La nuit va tomber. »

Serrant les dents, Eragon se leva péniblement ; chacun de ses gestes lui coûtait un effort. Il lui fallut deux fois plus de temps qu'à l'ordinaire pour grimper sur la dragonne.

« Eragon ? Merci d'être venu. Je sais quel risque tu as pris, avec ton dos... »

Il lui tapota l'épaule :

« Nous ne faisons plus qu'un, de nouveau ? »

« Nous ne faisons plus qu'un. »

48
LE DON DES DRAGONS

Les journées qui précédèrent la célébration de l'Agaetí Sänghren furent pour Eragon les meilleures – et les pires. Son dos le fit souffrir plus que jamais, minant sa santé et son endurance, ébranlant la paix de son esprit. Il vivait dans l'appréhension constante d'une prochaine crise. Toutefois, Saphira et lui n'avaient jamais été aussi proches ; ils vivaient dans une constante communion de pensée. De temps à autre, Arya leur rendait visite à la maison dans l'arbre, et se promenait avec eux à travers Ellesméra. Elle ne venait pas seule ; elle était toujours accompagnée d'Orik ou de Maud, le chat-garou.

Au hasard de leurs pérégrinations, Arya présenta Eragon et Saphira à des elfes de haute distinction : grands guerriers, poètes et artistes. Elle les emmena à des concerts donnés sous les frondaisons, et leur montra bien des merveilles cachées d'Ellesméra.

Eragon saisissait chaque opportunité pour parler avec elle. Il lui raconta ses jeunes années dans la vallée de Palancar, lui parla de Roran, de Garrow, de sa tante Marian, lui rapporta les histoires de Sloan, d'Ethlbert et des autres villageois, lui dit son amour des montagnes entourant Carvahall, lui décrivit les flamboyantes draperies de lumière que revêtait le ciel d'hiver à la tombée de la nuit. Il lui raconta la fois où un renard était tombé dans la cuve de Gedric, le tanneur, et comment on l'avait repêché avec une épuisette. Il lui confia le bonheur qu'il éprouvait à ensemencer un champ, à le désherber, à le fumer, et à voir les tendres pousses vertes apparaître grâce à ses soins – cette joie, il savait que, mieux que beaucoup, elle la comprenait.

En retour, Eragon glanait des bribes de la vie de l'elfe. Arya évoquait parfois son enfance, ses amis et sa famille. Ce dont elle parlait le plus librement, c'était de son existence parmi les Vardens ; elle décrivait les raids et les batailles auxquels elle avait participé, les traités qu'elle avait aidé à négocier, ses querelles avec les nains, et les événements importants dont elle avait été témoin en tant qu'ambassadeur.

Entre elle et Saphira, le cœur d'Eragon connaissait une certaine paix, mais cet équilibre était précaire ; il aurait suffi d'un rien pour le rompre. Le temps lui-même était un ennemi, car Arya avait l'intention de quitter le Du Weldenvarden après l'Agaetí Sänghren. Cependant, Eragon savourait ces moments passés avec elle et redoutait l'arrivée de la célébration.

La cité tout entière bourdonnait d'activités, pour les préparatifs de la fête.

Eragon n'avait encore jamais vu les elfes dans un tel état d'excitation. Ils pavoisaient la forêt, l'ornant de guirlandes, en particulier autour de l'arbre Menoa. À l'extrémité de chacune de ses branches, une lanterne était suspendue, telle une larme scintillante. Les plantes elles-mêmes, Eragon le remarqua, prenaient un air de fête ; des fleurs nouvelles s'épanouissaient partout. Il entendait souvent les elfes chanter pour elles, tard dans la nuit.

Chaque jour, des centaines d'elfes, habitant d'autres cités, dispersées dans la forêt, arrivaient à Ellesméra, car aucun n'aurait voulu manquer la célébration séculaire de leur traité avec les dragons. Eragon subodorait que beaucoup d'entre eux venaient aussi dans l'intention de rencontrer Saphira. « J'ai l'impression de passer mes journées à leur rendre leurs saluts », pensait-il. Les elfes qui seraient absents, retenus par leurs responsabilités, organiseraient leurs propres festivités au même moment, et participeraient aux cérémonies d'Ellesméra en les visualisant à l'aide de miroirs enchantés, qui refléteraient le spectacle avec une parfaite exactitude.

Une semaine avant l'Agaetí Sänghren, alors qu'Eragon et Saphira s'apprêtaient à quitter l'À-Pic de Tel'naeír pour retourner dans leur appartement, Oromis leur dit :

– Vous devriez tous deux réfléchir à ce que vous apporterez à la célébration du Serment du Sang. À moins que vos créations ne nécessitent l'usage de la magie pour être conçues ou pour fonctionner, je suggère que vous évitiez de l'utiliser. Personne n'aura de respect pour votre œuvre si elle est le produit d'un sort, et non celui d'un travail personnel. Telle est la coutume.

Envoyant sa pensée dans les airs, Eragon interrogea Saphira :
« Tu as des idées ? »

« J'en ai peut-être une. Mais, si tu veux bien, je préfère vérifier si ça marche avant de t'en parler. »

Il capta une brève image de la dragonne, perchée sur une protubérance rocheuse, avant qu'elle ne se retirât de sa vue. Il sourit :
« Tu peux au moins me donner un indice ! »
« Du feu. Beaucoup de feu. »

De retour à leur arbre, Eragon passa en revue ses divers talents et conclut : « Je m'y connais surtout en agriculture, mais je ne vois pas à quoi cela peut me servir. Je ne peux pas non plus espérer me mesurer aux elfes en magie, ni égaler leur talents pour fabriquer quoi que ce soit. Leur maîtrise dépasse celle des plus habiles artisans de l'Empire. »

« Mais tu as une qualité qu'aucun elfe ne possède », lui signala Saphira.

« Ah ? »

« Ton identité. Ton histoire, tes actions, ta situation. Crée à partir de ça, et tu produiras quelque chose d'unique. Quoi que tu fasses, appuie-toi sur ce qui est le plus vital pour toi. C'est le seul moyen pour que ce soit profond et riche de sens, et pour que cela trouve un écho chez les autres. »

Il la regarda avec étonnement :

« Je n'avais jamais remarqué que t'y connaissais autant en art. »

« Pas tant que ça, dit-elle. Tu oublies que j'ai passé un après-midi à observer Oromis peindre ses rouleaux, pendant que tu volais avec Glaedr. Nous avons beaucoup discuté de ces sujets. »

« C'est vrai, j'avais oublié. »

Saphira s'en alla pour préparer son projet, et Eragon se mit à arpenter la chambre en réfléchissant à ses conseils. « Qu'est-ce qui compte le plus pour moi ? s'interrogea-t-il. Saphira et Arya, bien sûr ; et le désir de devenir un bon Dragonnier. Mais qu'est-ce que je pourrais bien dire là-dessus qui ne soit pas une évidence ? Je suis sensible à la beauté de la nature, or, là aussi, les elfes ont déjà tout exprimé sur le sujet ; Ellesméra elle-même est l'image de leur dévotion. »

Poursuivant son introspection, il tenta d'analyser ce qui faisait vibrer ses cordes sensibles les plus enfouies, les plus secrètes. Qu'est-ce qui le remuait avec assez de passion – amour ou haine – pour qu'il brûlât du désir de le partager ?

Trois choses se présentèrent à lui : la blessure infligée par Durza, sa peur de devoir un jour affronter Galbatorix, et l'émotion qu'il ressentait en écoutant les récits épiques des elfes.

Un frisson d'exaltation le parcourut : une histoire combinant ces trois éléments prenait forme dans sa tête. D'un pied léger, il grimpa l'escalier en colimaçon – deux marches à la fois – et vint s'asseoir à la table du bureau. Il trempa une plume dans l'encre et la posa, frémissante, sur la feuille blanche.

Le bec de la plume crissa tandis qu'il composait les premiers vers :

> *Dans le royaume près de la mer,*
> *Dans les montagnes au manteau bleu…*

Les mots coulaient tout seuls. Il n'avait pas l'impression d'inventer un conte, mais de servir de passeur à un récit préexistant. N'ayant encore jamais composé d'œuvre personnelle, Eragon fut saisi par l'euphorie qui accompagne une aventure nouvelle – d'autant que rien ne lui avait laissé supposer jusqu'alors qu'il trouverait du plaisir à jouer les bardes !

Il travailla avec fièvre, ne s'interrompant ni pour boire ni pour manger, les manches de sa tunique roulées au-dessus de ses coudes pour que les éclaboussures d'encre ne les tachent pas, étant donné l'énergie avec laquelle il maniait sa plume. Sa concentration était telle qu'il ne percevait que la pulsation de son poème, ne voyait que la blancheur du parchemin, ne pensait qu'aux phrases qui se gravaient devant ses yeux en lettres de feu.

Au bout d'une heure et demie, sa main crispée reposa la plume. Repoussant sa chaise, il se leva. Quatorze pages étaient éparpillées sur la table. Il n'en avait jamais écrit autant à la suite. Eragon savait que son poème ne serait pas comparable à ceux des grands auteurs elfes ou nains, mais il espérait qu'il était assez honnête pour que ses hôtes ne se gaussent pas de son travail.

Il le récita à Saphira quand elle revint. Après l'avoir entendu, elle dit :

« Ah, Eragon ! Comme tu as changé depuis que nous avons quitté la vallée de Palancar ! Personne ne reconnaîtrait en toi le garçon inexpérimenté parti pour se venger. Cet Eragon-là n'aurait pas su écrire un lai à la manière des elfes. J'ai hâte de voir ce que tu seras devenu dans cinquante ou cent ans ! »

« Si je vis jusque-là », fit-il avec un sourire.

– Un peu brouillon, mais juste.

Telle fut la réaction d'Oromis quand Eragon lui eut lu le poème.

– Alors, vous aimez ?

– C'est un bon portrait de ton état mental actuel et un texte agréable à entendre, sans être un chef-d'œuvre. T'attendais-tu à ce que ça en soit un ?

– Non, je ne crois pas.

– Toutefois, je suis étonné que tu aies pu le réciter dans cette langue. Rien n'empêche d'*écrire* une fiction en ancien langage.

La difficulté survient lorsqu'on tente de l'exprimer à voix haute, car cela oblige à dire des contre-vérités, ce que la magie ne permet pas.

– Je peux le faire, répliqua Eragon, parce que je pense que c'est vrai.

– Et cela donne à ton écrit d'autant plus de puissance... Je suis impressionné, Eragon-finiarel. Ton poème sera une contribution de qualité à la célébration du Serment du Sang.

D'un doigt, Oromis tira des plis de sa tunique un rouleau fermé par un ruban, qu'il tendit au garçon :

– Sur cette feuille, tu trouveras neuf recommandations que je veux vous voir suivre, toi et le nain Orik. Comme tu as pu t'en apercevoir à Sílthrim, nos festivités dégagent une énergie dangereuse pour les êtres d'une constitution plus faible que la nôtre. Sans protection, tu risques de te prendre dans les filets de notre magie. Cela s'est déjà produit. Et, même avec ces précautions, tu devras veiller à ne pas être balayé par des chimères flottant sur la brise. Tiens-toi sur tes gardes, car, pendant la durée de ces fêtes, nous, les elfes, sommes capables de devenir fous – merveilleusement, glorieusement fous, mais fous tout de même !

*

La veille de l'Agaetí Sänghren, qui devait durer trois jours, Eragon, Saphira et Orik accompagnèrent Arya à l'arbre Menoa, où une multitude d'elfes étaient rassemblés, leur chevelure noire ou argent étincelant dans la lumière des lanternes. Islanzadí se tenait debout sur une racine, au pied du tronc, aussi mince, pâle et gracieuse qu'un jeune bouleau. Blagden, le corbeau, était perché sur son épaule gauche, et Maud, le chat-garou, tapie derrière elle. Glaedr était là, ainsi qu'Oromis, vêtu de noir et de rouge, et d'autres elfes qu'Eragon reconnut : Lifaen et Narí, et, à son grand déplaisir, Vanir. Au-dessus de leurs têtes, les étoiles clignotaient dans le ciel de velours.

– Attends-moi ici ! dit Arya.

Elle se faufila dans la foule et réapparut accompagnée de Rhunön. La forgeronne regardait autour d'elle en clignant des yeux comme une chouette. Eragon lui souhaita la bienvenue, et elle salua le garçon et la dragonne d'un signe de tête :

– Contente de vous voir, Écailles Brillantes et Tueur d'Ombre !

Puis elle avisa Orik et lui dit quelques mots en langage nain, auxquels Orik répondit avec enthousiasme, visiblement ravi de converser dans la rude langue de sa terre natale.

– Qu'a-t-elle dit ? s'enquit Eragon en se penchant.

– Elle m'a invité à venir chez elle jeter un œil sur son travail et discuter ferronnerie.

Le visage d'Orik affichait une crainte respectueuse :

– Tu te rends compte, Eragon ! Elle a appris son art avec Fûthark lui-même, l'un des légendaires chefs de clan du Dûrgrimst Ingeitum ! J'aurais donné n'importe quoi pour le rencontrer !

Ils attendirent ensemble que sonnât minuit. Islanzadí leva alors son bras nu, qu'elle tendit vers la nouvelle lune telle une lance de marbre. Un globe blanc et lisse se forma au-dessus de sa paume, né de la lumière des lanternes qui parsemaient l'arbre Menoa. La reine marcha alors le long de la racine jusqu'au tronc massif et plaça le globe dans un creux de l'écorce. Il resta là, palpitant.

Eragon se tourna vers Arya :

– C'est commencé ?

Elle rit :

– C'est commencé ! Et cela s'achèvera quand le feu follet s'éteindra de lui-même.

Les elfes s'égaillèrent par petits groupes dans la clairière et sous les bosquets entourant l'arbre Menoa. Des tables chargées de plats somptueux apparurent, comme sorties de nulle part. À leur apparence surnaturelle, on devinait que les mets étaient autant le résultat de l'art des magiciens que celui du travail des cuisiniers.

Les elfes se mirent alors à chanter de leurs voix claires et flûtées. Ils interprétèrent de nombreuses chansons, dont chacune n'était qu'une partie d'un vaste ensemble mélodique, déployant ses enchantements dans cette nuit semblable à un rêve, exacerbant les sens, levant les inhibitions par la grâce de la magie. Les vers célébraient de hauts faits d'armes, des expéditions héroïques, à cheval ou en bateau, vers des terres inconnues, et la tristesse d'une beauté perdue. La musique lancinante envoûtait Eragon, un sentiment de sauvage abandon s'emparait de lui, un désir de sortir de lui-même et de danser dans les clairières des elfes pour l'éternité. Près de lui, Saphira accompagnait la mélodie d'un doux bourdonnement, une lueur filtrant entre ses paupières à demi fermées.

Ce qui arriva ensuite, Eragon ne put jamais s'en souvenir avec précision, comme si, pris de fièvre, il avait navigué entre conscience et inconscience. Certains moments lui revenaient avec une clarté totale, en flashes éblouissants, entrecoupés de violents accès d'hilarité, mais il aurait été incapable de rétablir leur succession. Il avait perdu tout sens du jour et de la nuit, car, quelle que fût l'heure, le crépuscule semblait régner sur la forêt. Il n'aurait su dire non plus s'il avait sommeillé ou eu envie de dormir, tout au long de la célébration...

Il se rappelait une danse avec une jeune elfe, ses lèvres couleur de cerise, sa langue au goût de miel, et le parfum de genévrier qui flottait dans les airs...

Il se rappelait des elfes perchés sur les branches de l'arbre Menoa comme des nuées d'étourneaux. Ils grattaient les cordes de harpes dorées, lançaient des énigmes à Glaedr, installé au-dessous d'eux, et, de temps à autre, pointaient un doigt vers le ciel, faisant naître, dans un jaillissement d'étincelles, des formes colorées qui s'évanouissaient peu à peu...

Il se rappelait s'être assis dans un vallon, appuyé contre Saphira, pour regarder la même jeune elfe se balancer devant une assistance captivée tout en chantant :

Va, va ! Tu peux t'envoler
Par-delà monts et vallées

> *Vers des terres ignorées !*
> *Va, va ! Tu peux t'envoler*
> *Et ne me revenir jamais !*
>
> *Loin ! Tu seras loin de moi,*
> *Et je ne te verrai plus.*
> *Loin ! Tu seras loin de moi !*
> *Mais à jamais je t'attendrai.*

Il se rappelait des poèmes sans fin, tantôt tristes, tantôt joyeux, souvent les deux. Il avait écouté le poème d'Arya, et l'avait trouvé très beau ; puis celui d'Islanzadí, plus long, mais d'égale qualité. Tous les elfes s'étaient rassemblés pour entendre ces deux œuvres...

Il se rappelait les merveilles que les elfes avaient conçues pour la fête, qu'il aurait jugées, pour la plupart, impossibles à réaliser, même avec l'aide de la magie, avant de les avoir vues. Des puzzles et des jouets, des statues et des armes, et des objets dont la fonction lui avait échappé. Un elfe avait enchanté une balle de verre, de sorte qu'à chaque seconde une fleur différente s'épanouissait à l'intérieur. Un autre, qui avait arpenté pendant des décennies le Du Weldenvarden pour mémoriser les sons produits par les éléments, les avait fait entendre par la voix de centaines de lis blancs.

Rhunön avait apporté un bouclier qui ne pouvait se briser, une paire de gants en fil d'acier permettant de saisir sans se brûler du plomb ou tout autre métal en fusion, et une ravissante statuette de fer, qui représentait un roitelet en vol, peinte avec tant de talent que l'oiseau semblait vivant.

Une pyramide de bois, de huit pouces de haut, constituée de cinquante-huit pièces entrecroisées, avait été la contribution d'Orik, au grand plaisir des elfes, qui s'étaient bousculés pour démonter et remonter le puzzle autant de fois que le nain le leur avait permis. Ils lui donnaient du « Maître Longue-Barbe » et répétaient :

– À doigts agiles, esprit agile !...

Il se rappelait qu'Oromis l'avait tiré à l'écart.

« Qu'est-ce qui ne va pas ? avait demandé le garçon.

– Tu as besoin de t'éclaircir les idées. »

L'elfe l'avait mené jusqu'à un tronc abattu et l'avait obligé à s'asseoir :

« Reste là quelques minutes. Tu te sentiras mieux.

– Je vais bien. Je n'ai pas besoin de me reposer, avait protesté le garçon.

– Tu n'es pas en état d'en juger. Reste là jusqu'à ce que tu sois capable de citer tous les sorts de transformation, les grands et les petits. Alors, tu pourras nous rejoindre. Promets-le-moi...! »

Il se rappelait d'étranges créatures noires, surgies des profondeurs de la forêt. La plupart étaient des bêtes ayant subi des métamorphoses dues à la concentration des sorts dans le Du Weldenvarden, et que la célébration de l'Agaetí Sänghren appâtait comme l'odeur de la nourriture attire un affamé. Ils semblaient puiser leur subsistance dans la magie des elfes. Beaucoup n'osaient pas se montrer ; on n'apercevait d'eux que des paires d'yeux luisant dans l'éclat des lanternes. Eragon reconnut la louve qu'il avait vue une fois sous l'apparence d'une femme vêtue de blanc. Elle se cacha derrière un cornouiller, un sourire amusé découvrant ses dents pointues, ses prunelles jaunes ne perdant rien du spectacle.

Ces créatures, cependant, n'étaient pas toutes animales. Certaines étaient des elfes qui avaient changé leur forme d'origine pour des raisons pratiques, ou à la recherche d'un autre idéal de beauté. L'une d'elles, couverte d'une fourrure mouchetée, bondit vers Eragon et ne cessa de gambader autour de lui, plus souvent à quatre pattes que sur ses deux pieds. Elle avait une tête étroite et des oreilles de chat, ses bras pendaient jusqu'à ses genoux, et les paumes de ses mains étaient recouvertes de cals.

Plus tard, deux femmes elfes identiques vinrent se présenter à Saphira. Elles s'avancèrent avec une grâce alanguie et, quand elles portèrent leurs doigts à leurs lèvres dans le salut rituel, Eragon nota que ceux-ci étaient reliés par une membrane translucide. Elles murmurèrent :

– Nous sommes venues de loin.

Tandis qu'elles parlaient, trois rangées de branchies palpitaient de chaque côté de leur cou gracile, dévoilant une chair rose pâle. Leur peau luisait, huileuse. De longs cheveux raides pendaient sur leurs épaules menues.

Eragon remarqua un elfe recouvert d'écailles semblables à celles d'un dragon, une crête osseuse sur la tête, une ligne de pointes suivant la courbe de son dos et deux flammes blafardes tremblotant en permanence dans ses narines évasées.

Il en rencontra d'autres, sans forme reconnaissable : des elfes dont les contours ondulaient, comme vus sous la surface de l'eau ; des elfes qui, immobiles, se confondaient avec les arbres ; de grands elfes aux yeux entièrement noirs, dont la terrible beauté effrayait le garçon, et qui passaient à travers les choses comme des spectres.

Le plus frappant de ces phénomènes était l'arbre Menoa lui-même, qui avait été autrefois l'elfe Linnëa. L'activité régnant dans la clairière l'animait d'une vie nouvelle. Ses branches s'agitaient, quoiqu'il n'y eût pas un souffle de vent, son tronc craquait au rythme de la musique. Un air de douce bienveillance émanait de lui et se répandait alentour...

Eragon se rappelait aussi deux crises, qui l'avaient jeté dans l'ombre, hurlant et gémissant, tandis que les elfes en folie continuaient de se divertir. Seule Saphira était accourue pour veiller sur lui.

Le troisième jour de l'Agaetí Sänghren, ainsi qu'Eragon l'apprit plus tard, il récita ses vers aux elfes. Il se leva en déclarant :

– Je ne suis pas forgeron ; je n'ai de talent ni pour la sculpture, ni pour le tissage, ni pour la poterie, la peinture et les autres arts. Je ne peux non plus rivaliser avec vous en matière de magie. Il ne me reste donc que ma propre expérience, que j'ai essayé de transposer selon les règles du conte, bien que je ne sois pas barde non plus.

Puis, à la façon de Brom déclamant ses lais à Carvahall, Eragon entonna :

> *Dans un royaume près de la mer,*
> *Dans les montagnes au bleu manteau,*
> *Le dernier jour d'un froid hiver*
> *Naquit un garçon destiné*
>
> *À tuer un adversaire*
> *Dans Durza, le pays des ombres.*
>
> *Nourri de sagesse et de bonté,*
> *Sous les chênes vieux comme le temps,*
> *Luttant avec les ours, courant avec les cerfs,*
> *De ses aînés il apprit les talents,*
>
> *Pour tuer son adversaire,*
> *Dans Durza, le pays des ombres.*
>
> *Plus vifs que la pensée passèrent les ans,*
> *D'être un homme il eut bientôt l'âge,*
> *Son corps brûlant d'une fiévreuse rage,*
> *Le feu de la jeunesse lui échauffant le sang.*
>
> *Une fille il connut alors, belle et altière,*
> *Qui était grande, et forte, et sage.*
> *Du Gëda son front portait la lumière*
> *Se reflétant sur sa robe princière.*
>
> *Au fond du bleu nuit de ses yeux,*
> *Dans leur miroir mystérieux,*
> *Lui apparut un futur clair*
> *Où s'achèverait le temps*

> *De craindre son adversaire,*
> *Dans Durza, le pays des ombres.*

Eragon conta ainsi comment cet homme se rendit sur la terre de Durza, y trouva celui qu'il pourchassait et le combattit, malgré l'effroi qui lui glaçait le cœur. Enfin, bien que vainqueur, l'homme retint le coup fatal, car, depuis qu'il avait défait son ennemi, il ne craignait plus le destin des mortels. Il n'avait pas besoin de tuer son adversaire dans Durza.

Il retourna chez lui, où il épousa sa bien-aimée à la veille de l'été. Il vécut avec elle de longs jours de bonheur, jusqu'à ce que sa barbe eût blanchi. Mais :

> *Dans la pénombre d'avant l'aube,*
> *Dans la chambre où il dormait,*
> *Son ennemi s'introduisit*
> *Dominant le rival affaibli.*

> *Se soulevant sur son lit,*
> *L'homme regarda et vit*
> *La face blême de la Mort,*
> *Reine de l'éternelle nuit.*

> *Calmement, son vieux cœur l'accepta ;*
> *Depuis longtemps, il n'avait plus peur*
> *Du dernier baiser qu'un homme reçoit,*
> *Le froid baiser de la Mort.*

> *Doux comme la brise du matin,*
> *L'ennemi se pencha sur lui*
> *Et s'empara de son esprit.*
> *Puis ils s'en allèrent en paix*
> *Habiter tous deux à jamais*
> *Durza, le pays des ombres.*

Eragon se tut et, sentant tous les regards fixés sur lui, baissa la tête et se rassit vivement, gêné de s'être tant révélé.

Däthedr, l'administrateur de la cité, s'exclama :
– Tu te sous-estimes, Tueur d'Ombre ! Il semble que tu te sois découvert un nouveau talent.
Islanzadí leva sa fine main blanche :
– Ton œuvre trouvera sa place dans la grande bibliothèque de Tialdarí Hall, Eragon-finiarel, afin que tous ceux qui le désirent puissent en profiter. Bien que ton poème soit une allégorie, je crois qu'il a aidé beaucoup d'entre nous à mieux comprendre les épreuves que tu as traversées depuis que tu as trouvé l'œuf de Saphira, épreuves dont nous sommes en grande partie responsables. Il faut que tu nous le lises de nouveau, afin que nous puissions mieux y réfléchir.
Flatté, Eragon s'inclina et s'exécuta.

Lorsque ce fut le tour de Saphira de présenter son œuvre aux elfes, elle s'envola dans la nuit, et revint en tenant dans ses griffes une pierre noire trois fois plus grosse qu'un homme de bonne taille. Elle atterrit sur ses pattes arrière et plaça la pierre debout, au milieu de la clairière, de sorte que tous pussent la voir. Le rocher avait été fondu et remanié en entrelacs compliqués, évoquant des vagues pétrifiées. Ces bandes de pierre striées formaient de telles circonvolutions que le regard papillonnait de l'une à l'autre sans réussir à les suivre de bout en bout.
Découvrant lui aussi la sculpture, Eragon la contempla avec autant d'intérêt que les elfes :
« Comment as-tu fait ça ? »
Les yeux de Saphira pétillèrent :
« À coups de langue sur le roc fondu. »
Courbant le cou, elle cracha un long jet de feu, qui transforma la pierre en colonne d'or dressée vers les étoiles et leur tendant des doigts luminescents. Quand Saphira referma la gueule, les bords de la sculpture, aussi fins que du papier, rougeoyaient, et de petites flammes dansaient dans l'ombre de ses replis et de ses cavités. Les rubans de pierre entrecroisés semblaient onduler sous cet éclairage fascinant.

Les elfes poussèrent des exclamations émerveillées, battant des mains et bondissant autour de l'œuvre. L'un d'eux s'écria :

– Très réussi, Brillantes Écailles !

« C'est beau », dit Eragon.

Saphira toucha de son museau le bras du garçon :

« Merci, petit homme. »

Puis Glaedr apporta son offrande : un morceau de bois de chêne rouge, qu'il avait taillé avec la pointe d'une griffe, représentant Ellesméra vue d'en haut. Oromis dévoila à son tour sa contribution : le rouleau qu'Eragon l'avait souvent regardé illustrer, à présent terminé. Sur la moitié supérieure du parchemin s'alignaient des colonnes de glyphes – une copie du *Lai de Vestarí le Marin* ; sur l'autre moitié était représenté un paysage fantastique, dont chaque détail était rendu avec une finesse à couper le souffle.

Arya prit Eragon par la main et l'emmena auprès de l'arbre Menoa. Là, elle dit :

– Vois comme la lumière du feu follet a baissé ! Encore quelques heures, et ce sera l'aube ; il nous faudra revenir dans le monde de la froide raison.

Autour de l'arbre, de petits groupes d'elfes se rassemblaient, les yeux brillant d'impatience. Avec une grande noblesse, Islanzadí s'avança, marchant sur une racine aussi large qu'un sentier jusqu'à l'endroit où elle faisait un coude et s'enroulait sur elle-même. La reine se plaça sur cette estrade noueuse, puis regarda le mince et gracieux peuple qui attendait.

– Selon notre tradition, commença-t-elle, nous nous sommes réunis pour célébrer le Serment du Sang avec des danses et des chants, et les fruits de nos travaux. Ainsi en avaient décidé, à la fin de la Guerre des Dragons, la reine Tarmunora, le premier Eragon, ainsi que le dragon blanc, dont le nom ne peut être prononcé ni dans cette langue ni dans aucune autre, quand ils lièrent ensemble le destin des elfes et des dragons. La dernière fois que cette fête a eu lieu, il y a de cela de longues années, notre situation était réellement désespérée. Elle s'est améliorée depuis, grâce à nos efforts, à ceux des nains et des Vardens, bien que l'Alagaësia demeure sous l'ombre noire des Parjures, et que nous devions toujours vivre avec la honte de n'avoir pas soutenu les dragons, jadis.

« Des anciens Dragonniers seul demeure Oromis avec Glaedr. Brom et bien d'autres sont entrés dans le néant, au cours du siècle passé. Cependant, un espoir nouveau nous est donné avec l'apparition d'Eragon et de Saphira, et il est juste qu'ils soient parmi nous en ces jours où nous célébrons le serment entre nos trois peuples.

La reine fit un geste, et les elfes reculèrent, dégageant un vaste périmètre au pied de l'arbre Menoa. Ils plantèrent tout autour des perches recourbées, auxquelles étaient accrochées des lanternes, pendant que des musiciens munis de flûtes, de harpes et de tambours s'alignaient sur une longue racine.

Arya conduisit Eragon au premier rang. Le garçon se trouva assis entre elle et Oromis. Glaedr et Saphira s'accroupirent de chaque côté, tels deux gros rochers incrustés de pierres précieuses.

Oromis s'adressa à Eragon et Saphira :

– Regardez attentivement, car ce que vous allez voir est de première importance et concerne votre héritage de dragon et Dragonnier.

Lorsque tous les elfes furent installés, deux jeunes filles s'avancèrent et vinrent se placer dos à dos au centre du cercle. Elles étaient d'une stupéfiante beauté, et se ressemblaient en tous points, à l'exception de leur chevelure : les tresses de l'une étaient aussi noires que l'eau d'un étang oublié, les boucles de l'autre scintillaient comme des fils d'argent.

– Ce sont les Gardiennes, Iduna et Nëya, chuchota Oromis.

Perché sur l'épaule d'Islanzadí, Blagden croassa :

– Wyrda !

Avec un ensemble parfait, les deux jeunes elfes dégrafèrent la broche qui reposait au creux de leur cou. Leurs robes blanches tombèrent. Dessous, elles étaient nues, couvertes seulement d'un tatouage iridescent représentant un dragon. Sa queue s'enroulait à la cheville gauche d'Iduna, remontait le long de sa jambe et de sa cuisse ; son corps s'allongeait sur le torse de la jeune fille, puis passait dans le dos de Nëya ; le dessin s'achevait sur sa poitrine, où s'étalait la tête du dragon. Chaque écaille était peinte d'une encre différente, et leurs vives couleurs donnaient au tatouage l'apparence d'un arc-en-ciel.

Levant les bras, les jeunes elfes joignirent leurs mains, et le dragon apparut comme un tout, courant d'un corps à l'autre sans discontinuité. Chacune frappa alors le sol compact de son pied nu avec un léger *poum*.

Puis, de nouveau : *poum*.

Au troisième *poum*, les musiciens frappèrent leur tambour sur le même tempo. Les harpistes pincèrent les cordes de leur instrument doré ; enfin les flûtes se joignirent à la mélodie.

Lentement d'abord, puis de plus en plus vite, Iduna et Nëya se mirent à danser, marquant la mesure du pied, leur corps ondulant de sorte que ce n'étaient plus elles qui semblaient bouger, mais le dragon. Elles tournaient, tournaient, et le dragon dessinait des cercles sans fin sur leur peau.

Les jumelles ajoutèrent alors leur voix à celle des instruments, accompagnant le rythme de la musique avec des cris farouches, déclamant les vers lyriques d'un sort si complexe que son sens échappait à Eragon. Comme le vent qui se lève, annonçant la tempête, les elfes se joignirent à cette incantation ; ils chantaient d'une seule voix, d'un seul esprit, d'un seul désir. Eragon ne connaissait pas ces paroles, mais il se surprit à les prononcer en même temps qu'eux, emporté par l'irrésistible cadence. Il entendait Saphira et Glaedr vrombir à l'unisson ; c'était une pulsation si forte, si profonde que l'air en tremblait, que les os d'Eragon vibraient et que des frissons lui couraient sur le corps.

Plus vite, plus vite, Iduna et Nëya tournaient toujours plus vite ; leurs pieds n'étaient plus qu'un brouillard de poussière, leur chevelure voltigeait autour de leur visage et un mince voile de sueur faisait scintiller leur peau. Leur tourbillonnement atteignit une vitesse surnaturelle, la musique culmina dans un chant halluciné. Un flamboiement de lumière courut soudain sur toute la longueur du dragon tatoué, de la tête à la queue, et le dragon s'anima. Eragon crut d'abord que ses yeux le trompaient. Puis la créature cligna des yeux, déploya ses ailes et referma ses serres ; un jet de flammes jaillit de sa gueule. Allongeant son corps, il se détacha de la peau des elfes et s'éleva dans les airs, où il tournoya en agitant ses ailes. Seul le bout de sa queue restait attaché aux jumelles, au-dessous de lui, tel un luisant cordon ombilical. Tendu tout entier vers la lune obscure, le géant lança un rugissement sauvage, venu du fond des âges, puis il vira sur lui-même et survola l'assemblée des elfes.

Lorsque les yeux maléfiques du dragon se posèrent sur lui, Eragon sut que la créature n'était pas une simple apparition, mais un être conscient, lié par la magie et suscité par elle. Le grondement émis par Saphira et Glaedr monta encore, dominant à présent tous les autres sons. Au-dessus d'eux, le dragon spectral virevolta et plongea vers les elfes, les frôlant de ses ailes immatérielles. Il s'arrêta devant Eragon, l'enveloppa d'un regard impétueux, insistant. Mû par quelque mystérieux instinct, Eragon leva sa main droite, dont la paume le picotait.

Il entendit résonner au fond de son esprit une voix de feu :

« Voici notre don, celui qui t'est destiné, afin que tu accomplisses ce que tu dois. »

Le dragon allongea le cou et toucha de son museau le cœur de la gedwëy ignasia. Une étincelle jaillit entre eux, et Eragon se pétrifia tandis qu'une chaleur de fournaise envahissait son corps, lui consumant les entrailles. Des éclairs rouges et noirs passèrent devant ses yeux, et la cicatrice de son dos brûla comme un tison. Fuyant le danger, il tomba profondément en lui-même et se laissa engloutir par les ténèbres sans trouver la force de résister.

Une dernière fois il entendit la voix de feu :

« Voici notre don... »

49
DANS LA CLAIRIÈRE ÉTOILÉE

Quand Eragon s'éveilla, il était seul.

Il ouvrit les yeux et vit au-dessus de lui le plafond sculpté de la maison dans l'arbre qu'il partageait avec Saphira. Dehors, la nuit régnait encore, et les bruits de la fête montaient de la cité illuminée.

Avant qu'il eût le temps de noter quoi que ce fût d'autre, Saphira s'introduisit dans son esprit, et il perçut son attention inquiète. Il eut une image d'elle, au côté de la reine Islanzadí, près de l'arbre Menoa.

« Comment te sens-tu ? » demanda-t-elle.

« Je me sens... bien. Voilà des mois que je ne me suis pas senti aussi bien. Combien de temps ai-je été...? »

« Une heure, pas plus. J'aurais voulu rester avec toi, mais ils avaient besoin d'Oromis, de Glaedr et de moi pour conclure la cérémonie. Tu aurais dû voir la réaction des elfes quand tu t'es évanoui ! Rien de semblable ne s'était jamais produit jusqu'alors. »

« Es-tu à l'origine de ce sortilège, Saphira ? »

« J'y ai travaillé avec Glaedr. Grâce à un talent que nous, dragons, possédons, tu as reçu en onction la mémoire de notre espèce, tandis que la magie des elfes lui donnait forme et substance, car tu es notre meilleur espoir d'éviter que s'éteigne notre espèce. »

« Je ne comprends pas. »

« Va te regarder dans une glace, lui suggéra-t-elle, puis repose-toi. Je te rejoindrai à l'aube. »

Et elle le quitta.

Eragon se leva ; il s'étira, stupéfait d'éprouver un tel bien-être. Il alla chercher le miroir dans le cabinet de toilette et l'approcha de la lumière d'une lanterne.

La surprise le pétrifia.

Les nombreuses modifications physiques qui, au fil du temps, transforment un Dragonnier humain – et dont Eragon avait commencé à constater les effets depuis qu'il était lié à Saphira – s'étaient achevées pendant son évanouissement. Il avait à présent le visage lisse et les hautes pommettes des elfes ; ses oreilles étaient pointues, ses yeux fendus comme les leurs ; sa peau avait la pâleur de l'albâtre et irradiait un éclat magique. « Je ressemble à un petit prince. »

Eragon n'avait jamais appliqué ce qualificatif à aucun homme, et encore moins à lui-même, mais le mot qui le décrivait le mieux à présent était « beau ».

Cependant, il n'était pas encore totalement elfe. Il avait le visage trop large, la mâchoire trop carrée, les sourcils trop épais. Il était plus beau qu'aucun humain, et plus rustaud que n'importe quel elfe.

Levant une main tremblante, Eragon chercha, derrière sa nuque, la boursouflure de sa cicatrice.

Il ne sentit rien.

Il arracha sa tunique et se tortilla devant le miroir pour examiner son dos : il était aussi satiné qu'avant la bataille de Farthen Dûr ! Les larmes lui montèrent aux yeux tandis que ses doigts caressaient la peau à l'endroit que Durza avait mutilé. Il savait que sa blessure ne le ferait plus jamais souffrir.

Non seulement le stigmate qu'il croyait indélébile avait disparu, mais toutes les autres cicatrices et petits défauts s'étaient effacés de son corps, le laissant aussi intact que celui d'un nouveau-né. Eragon passa un doigt autour de son poignet, là où il s'était coupé en aiguisant la faux de Garrow. Il n'y avait aucune trace de blessure. Et les marbrures, à l'intérieur de ses cuisses, vestiges de son premier vol avec Saphira, n'étaient plus visibles. Un instant, elles lui manquèrent, comme un morceau de sa vie qu'on lui aurait enlevé, mais son regret fut de courte durée quand il constata que la plus petite égratignure avait été gommée.

« Je suis devenu celui que je devais être », pensa-t-il. Et il inspira une bouffée d'air qui le grisa.

Laissant tomber le miroir sur le lit, il revêtit ses plus beaux vêtements : une tunique écarlate brodée de fils d'or ; une ceinture incrustée de jade ; des chausses de laine bien chaudes ; une paire de bottes en feutre, un modèle particulièrement apprécié des elfes ; et des gantelets de cuir, cadeau des nains.

Eragon descendit de l'arbre et arpenta les ombres d'Ellesméra, regardant les elfes s'ébattre dans la fièvre de la nuit. Sans le reconnaître, ils le saluaient comme l'un des leurs et l'invitaient à se joindre à leurs saturnales.

Eragon nageait dans un état de lucidité particulière, tous ses sens excités par une multitude de nouveaux signaux – images, sons, odeurs et sensations – qui l'assaillaient. Il voyait dans l'obscurité, là où auparavant il aurait avancé à l'aveuglette. Il pouvait, rien qu'en touchant une feuille duveteuse, compter chacune des soies qui la hérissaient. Il identifiait les effluves flottant autour de lui à la manière d'un loup ou d'un dragon. Il percevait le trottinement d'un mulot dans les buissons, le bruit d'un morceau d'écorce tombant à terre. Les battements de son cœur résonnaient à ses oreilles comme ceux d'un tambour.

Sa promenade le mena au-delà de l'arbre Menoa. Il s'arrêta pour observer Saphira au milieu des festivités, sans révéler sa présence aux hôtes des lieux.

« Où vas-tu, petit homme ? » lui demanda-t-elle.

Il vit Arya, qui était assise près de sa mère, se lever, se frayer un chemin dans la foule des elfes, puis, aussi vive qu'un esprit de la forêt, disparaître sous les arbres.

« Je marche entre l'ombre et la lumière », répondit-il à la dragonne.

Et il suivit Arya.

Il la suivit, guidé par son délicat parfum d'épines de pin, par son pas se posant sur la mousse avec la légèreté d'une plume et par l'infime déplacement de l'air sur son passage. Il la trouva debout, seule, à la lisière d'une clairière, en arrêt, tel un animal sauvage, contemplant les constellations qui dérivaient dans le ciel nocturne.

Lorsqu'Eragon eut avancé à découvert, Arya le regarda comme si elle le voyait pour la première fois. Ses yeux s'agrandirent, et elle murmura :

– C'est toi, Eragon ?

– Oui.

– Qu'est-ce qu'ils t'ont fait ?

– Je ne sais pas.

Il s'approcha, et ils se promenèrent ensemble dans l'épaisseur de la forêt où s'attardaient des échos de la fête, bribes de musique et de voix. Grâce à son nouvel état, Eragon avait une conscience aiguë de la proximité d'Arya, du frôlement de ses vêtements sur sa peau, du pâle éclat de son cou, et de ses cils recourbés, qu'une couche d'huile faisait briller comme de noirs pétales mouillés de pluie.

Ils s'arrêtèrent sur la berge d'un petit ruisseau, si clair qu'il était invisible dans la demi-obscurité. Seul le gargouillis de l'eau sur les rochers révélait sa présence. Les branches des pins formaient une cavité, cachant Eragon et Arya du monde alentour, les protégeant de l'air immobile et froid. L'endroit semblait sans âge, comme s'il avait été enlevé à la Terre et protégé par quelque magie des flétrissures du temps.

Dans ce lieu secret, Eragon se sentit soudain si proche d'Arya que sa passion pour elle se réveilla brusquement. La vitalité inconnue qui courait dans ses veines – exacerbée par la magie sauvage emplissant la forêt – l'enfiévrait au point qu'il oublia toute prudence et s'écria :

– Que les arbres sont hauts ! Que les étoiles sont brillantes, et... que tu es belle, ô Arya Svit-kona !

En des circonstances ordinaires, il aurait considéré une telle déclaration comme le comble de la folie ; mais, en cette nuit de féerie et d'enchantements, elle lui parut parfaitement sensée.

L'elfe se raidit :

– Eragon...

Ignorant son avertissement, il continua :

– Arya, je ferais n'importe quoi pour toi. Je te suivrais jusqu'aux extrémités de la Terre. Je te bâtirais un palais sans autre outil que mes mains nues. Je te donnerais...

– Vas-tu cesser de me harceler ? Veux-tu me promettre ça ?

Comme il hésitait, elle vint tout près de lui et, d'une voix basse et douce, elle ajouta :

– C'est impossible, Eragon ! Tu es jeune, et je suis vieille ; et cela ne changera jamais.

– N'as-tu aucun sentiment pour moi ?

– Mes sentiments pour toi sont ceux d'une amie, rien de plus. Je te suis reconnaissante de m'avoir sauvée à Gil'ead, et je me plais en ta compagnie. C'est tout... Abandonne cette quête – elle ne fera que te briser le cœur –, et trouve une fille de ton âge, avec qui tu pourras vivre de longues années.

Les yeux du garçon s'emplirent de larmes :

– Pourquoi es-tu aussi cruelle ?

– Je ne suis pas cruelle, je suis bienveillante. Toi et moi, nous ne sommes pas faits l'un pour l'autre.

En désespoir de cause, il suggéra :

– Tu pourrais me donner ta mémoire, ainsi j'aurais autant d'expérience et de connaissances que toi.

– Ce serait une chose abominable.

Arya leva la tête, et son visage solennel refléta l'éclat d'argent des étoiles. Une dureté presque métallique vibra dans sa voix :

– Écoute-moi bien, Eragon ! Cela ne peut être et ne sera jamais. Et, jusqu'à ce que tu aies retrouvé la maîtrise de toi, nos relations amicales doivent cesser, car tes émotions te distraient de ton devoir.

Elle s'inclina devant lui :

– Au revoir, Eragon le Tueur d'Ombre.

Elle s'éloigna à grands pas et disparut dans le Du Weldenvarden.

Les larmes ruisselaient à présent sur les joues d'Eragon et tombaient sur la mousse, qui ne les absorbait pas, et elles restaient là comme des perles répandues sur un édredon de velours vert. Hébété, le garçon s'assit sur un tronc pourri et enfouit son visage dans ses mains, pleurant son amour qui ne serait jamais partagé, pleurant d'avoir obligé Arya à s'éloigner de lui.

Au bout d'un moment, Saphira le rejoignit :

« Oh, petit homme ! »

Elle le poussa du bout de son nez :

« Pourquoi t'infliges-tu une telle souffrance ? Tu savais ce qui arriverait si tu essayais encore une fois de courtiser Arya ! »

« C'est plus fort que moi. »

Il s'entoura le torse de ses bras et se mit à se balancer d'avant en arrière sur le tronc, sanglotant, misérable. Saphira déploya au-dessus de lui une aile chaude et l'attira contre son flanc, comme une mère faucon protège ses petits. Il resta blotti ainsi jusqu'à ce que la nuit s'effaçât devant le jour et que s'achevât l'Agaetí Sänghren.

50
Accostage

Roran était debout à la poupe du *Sanglier Rouge*, les bras croisés sur la poitrine, les pieds écartés pour garder son équilibre sur la barge secouée par le roulis. Le vent salé lui emmêlait les cheveux, lui ébouriffait la barbe, hérissait les poils de ses bras nus.

Près de lui, Clovis tenait la barre. Le marin au visage buriné désigna la côte :

– Teirm est de l'autre côté de ce pic.

Un rocher couvert de mouettes se détachait sur le ciel, au sommet d'une colline qui descendait vers l'océan. Roran plissa les yeux dans le soleil de l'après-midi, qui peignait sur l'eau des traînées éblouissantes :

– En ce cas, arrêtons-nous ici, pour le moment.

– Tu ne veux pas aller jusqu'à la cité ?

– Nous n'irons pas tous à la fois. Appelle Torson et Flint, et demande-leur d'accoster. Cet endroit me paraît parfait pour camper.

Clovis grimaça :

– Ah ! Moi qui espérais avoir un repas chaud, ce soir !

Roran le comprenait. Les vivres achetées à Narda étaient épuisées depuis longtemps, ne laissant aux navigateurs que du porc salé, des harengs salés, des choux salés, des biscuits de mer fabriqués par les gens de Carvahall avec la farine qu'ils avaient embarquée, des légumes en conserve et, de temps en temps, un peu de viande fraîche, quand on sacrifiait une des bêtes rescapées du troupeau ou qu'on réussissait à chasser du gibier en accostant.

La voix rude de Clovis hélant les barreurs des deux autres barges courut sur l'eau. Quand ils se furent approchés, il leur donna l'ordre de gagner le rivage, ce qui suscita leurs protestations indignées. Comme les autres marins, Torson et Flint comptaient atteindre Teirm le jour même et aller dépenser leur paie dans les lieux de plaisir de la ville.

Une fois les barges tirées sur la plage, Roran passa parmi les villageois pour les aider à dresser leurs tentes, à décharger leurs affaires, à puiser de l'eau dans un ruisseau qui coulait à proximité. Il prêta son assistance jusqu'à ce que chacun fût installé. Il prit le temps d'encourager d'un mot Morn et Tara, qui paraissaient fort abattus ; il n'eut droit en retour qu'à un marmonnement évasif. Le tavernier et son épouse se montraient distants depuis leur départ de la vallée de Palancar. Pour la plupart, les exilés de Carvahall étaient en meilleure forme qu'au moment de leur arrivée à Narda, parce qu'ils avaient pu se reposer dans les barges ; néanmoins, l'inquiétude qui les minait et la rudesse des conditions dans lesquelles ils voyageaient ne leur avaient pas permis de récupérer autant que Roran l'avait espéré.

Thane vint vers lui et proposa :

– Puissant Marteau, veux-tu dîner dans notre tente, ce soir ?

Ayant décliné l'invitation aussi délicatement que possible, Roran se trouva alors face à Felda, dont le mari, Byrd, avait été tué par Sloan. Elle esquissa une courte révérence :

– Puis-je te parler, Roran, fils de Garrow ?

Il lui sourit :

– Bien sûr, Felda, tu le sais.

– Merci.

Entortillant les franges de son châle, elle jeta un coup d'œil vers sa tente :

– J'ai une faveur à te demander. C'est à propos de Mandel...

Roran hocha la tête. Il avait choisi le fils aîné de Felda pour l'accompagner à Narda le jour de la tragique expédition où il avait tué les deux gardes à l'entrée de la ville. Depuis lors, Mandel s'était admirablement comporté, y compris au cours de ces dernières semaines en tant que matelot sur l'*Édeline*, apprenant tout ce qu'il pouvait sur le maniement des barges.

– Il s'est lié d'amitié avec les marins de notre barge, et il a joué aux dés avec ces gens sans foi ni loi. Il n'a pas joué d'argent – nous n'en possédons pas – mais des choses dont nous avons besoin.

– Lui as-tu demandé d'arrêter ?

Felda tournicotait toujours ses franges :

– Je crains que, depuis la mort de son père, il ne me respecte plus comme avant. Il est devenu violent et entêté.

« Nous sommes tous devenus violents », pensa Roran.

– Qu'attends-tu de moi, Felda ? demanda-t-il avec douceur.

– Tu t'es toujours conduit avec générosité envers mon fils. Il t'admire. Si tu lui parles, il t'écoutera.

Roran réfléchit à cette requête, puis il dit :

– Très bien, je ferai ce que je pourrai.

Felda se détendit, soulagée.

– Mais, d'abord, dis-moi ce qu'il a perdu aux dés.

– Des vivres, surtout.

Felda hésita, puis reprit :

– Et, une fois, il a misé le bracelet qui me vient de ma grand-mère contre un lapin que ces hommes avaient pris au collet. Il a gagné, mais…

Roran fronça les sourcils :

– Apaise tes inquiétudes, Felda. Je vais m'en occuper dès que possible.

– Merci.

Elle fit une autre révérence, puis disparut entre les tentes, laissant Roran ruminer ses paroles.

Le jeune homme, l'air absent, fourragea dans sa barbe. Le problème concernant Mandel et les marins pouvait avoir une double conséquence. Il avait remarqué, au cours de la traversée, que l'un des hommes de Torson, Frewin, était devenu intime avec Odele – une jeune amie de Katrina. « Ils pourraient nous causer des ennuis quand nous quitterons Clovis. »

Prenant soin de ne pas attirer l'attention, Roran arpenta le campement, réunit les hommes en qui il avait confiance, et les pria de l'accompagner jusqu'à la tente de Horst. Là, il déclara :

– Moi et les quatre d'entre nous que nous avons désignés partirons dès maintenant. Horst, tu prendras ma place jusqu'à mon retour. Rappelle-toi ! Le plus important est de t'assurer que Clovis ne s'enfuie pas avec les barges ou les endommage d'une manière ou d'une autre. Elles pourraient être notre seul moyen d'atteindre le Surda.

– Oui, à condition de ne pas se faire prendre ! commenta Orval.

– Absolument. Si aucun de nous n'est revenu après-demain à la tombée du jour, considérez que nous avons été capturés. Emparez-vous des barges et partez. Mais ne faites pas escale à Kuasta pour vous approvisionner ; les hommes de l'Empire y seront probablement embusqués. Il vous faudra trouver des vivres ailleurs.

Pendant que ses compagnons se préparaient, Roran se rendit à la cabine de Clovis, sur le *Sanglier Rouge*.

– Cinq d'entre vous ? demanda Clovis après que Roran lui eut expliqué son plan.

– C'est exact.

Roran fixa le marin de son regard d'acier, jusqu'à ce que l'homme s'agitât, mal à l'aise.

– Et, lorsque nous reviendrons, je compte te trouver ici, avec les barges et chacun de tes hommes.

– Tu oses mettre en doute ma loyauté, malgré le fait que j'ai honoré notre contrat ?

– Je ne mets rien en doute, je te dis seulement ce que j'attends de toi. Trop de choses sont en jeu. Si tu nous trahis maintenant, tu condamnes notre village à mort.

– Je le sais, marmonna Clovis en détournant les yeux.

– Mes gens garantiront leur propre sécurité pendant mon absence. Tant qu'il leur restera un souffle de vie, ils ne seront ni pris, ni bernés, ni abandonnés. Et, s'il leur arrivait malheur, je les vengerais, dussé-je parcourir des milliers de lieues et combattre Galbatorix en personne. Retiens mes paroles, Maître Clovis, car je dis la vérité.

– Nous ne sommes pas aussi favorables à l'Empire que tu as l'air de le croire, protesta Clovis. Je n'ai aucune raison de lui faire une faveur.

Roran eut un sourire menaçant :

– Un homme est prêt à tout pour protéger sa famille et sa maison.

À l'instant où le jeune homme s'apprêtait à ouvrir la porte de la cabine, Clovis demanda :

– Et que feras-tu lorsque tu auras atteint le Surda ?

– Nous ferons...

– Pas vous. Toi ! Je t'ai observé, Roran ; je t'ai écouté. Tu me parais être quelqu'un de bien, même si je n'apprécie guère la façon dont tu m'as traité. Mais je n'arrive pas à imaginer que tu laisseras tomber ton fichu marteau et reprendras ta charrue pour la simple raison que tu seras arrivé au Surda.

Les doigts de Roran se crispèrent sur la clenche si fort que ses jointures blanchirent.

– Lorsque j'aurai conduit les gens du village au Surda, dit-il d'une voix aussi sèche que le désert, je me mettrai en chasse.

– Ah ! Tu vas courir après cette fille aux cheveux rouges ? J'en ai entendu parler, mais je n'ai pas...

Roran quitta la cabine et claqua la porte derrière lui.

Il laissa bouillonner sa colère un moment, goûtant le plaisir de libérer ses émotions, avant de se maîtriser. Il se dirigea vers la tente de Felda. À l'extérieur, Mandel s'amusait à jeter un couteau de chasse contre un piquet.

« Felda a raison : il faut que quelqu'un fasse la leçon à ce garçon. »

– Tu perds ton temps, lui jeta Roran.

Mandel se retourna vivement, surpris :
– Pourquoi tu dis ça ?
– Dans un vrai combat, en te servant ainsi de ton couteau, tu risquerais plus de t'arracher un œil que de blesser ton ennemi. Si tu ne mesures pas la distance exacte entre toi et ta cible…

Roran haussa les épaules et poursuivit :
– … autant lancer des cailloux.

Il regarda avec détachement le garçon se hérisser, blessé dans son amour-propre :
– Gunnar m'a raconté l'histoire d'un lanceur de couteau, à Cithrí, qui atteignait un corbeau en vol huit fois sur dix.
– Imite-le, et les deux autres fois tu te fais tuer ! En général, ce n'est pas une bonne idée que de jeter son arme loin de soi au cours d'une bataille.

Roran leva la main, coupant court aux objections de Mandel :
– Rassemble tes affaires et rejoins-moi sur la colline, de l'autre côté du ruisseau, dans quinze minutes. J'ai décidé que tu viendrais à Teirm avec nous.
– Oui, Monsieur !

Avec un sourire ravi, Mandel plongea sous la tente et se mit à préparer son paquetage.

Roran s'en allait quand il vit Felda qui s'approchait, portant la plus petite de ses filles sur la hanche. Le regard de la femme passa de Roran à l'abri de toile où son fils s'activait, et son visage se crispa :
– Ramène-le sain et sauf, Puissant Marteau !

Elle posa l'enfant et aida Mandel à réunir les objets dont il pourrait avoir besoin.

Roran fut le premier au point de ralliement. Il s'accroupit sur un rocher blanchi et contempla la mer tout en songeant à la tâche qui l'attendait. Quand Loring, Gertrude, Birgit et son fils, Nolfavrell, arrivèrent, Roran sauta à terre et dit :
– Il faut attendre Mandel ; il vient avec nous.
– Pour quoi faire ? s'étonna Loring.

Birgit se renfrogna, elle aussi :

– Je croyais qu'on était d'accord : personne d'autre ne devait nous accompagner. Surtout pas Mandel ! Il a été vu à Narda. C'est déjà assez risqué de vous avoir, toi et Gertrude ! Ce garçon ne fait qu'augmenter le risque qu'on soit reconnus.
– Je prends ce risque.
Roran croisa leurs regards, l'un après l'autre :
– C'est important pour lui.
Finalement, ils se rendirent à ses raisons et, avec Mandel, qui les avait rejoints, se mirent en route vers le sud, en direction de Teirm.

51
TEIRM

Dans cette région, la côte s'étirait en un moutonnement de collines basses, couvertes d'une herbe épaisse et verdoyante, de bruyères, de saules et de peupliers. Les pieds s'enfonçaient dans le sol spongieux, rendant la marche difficile. À droite, la mer miroitait ; à gauche s'élevaient les contours violets de la Crête, dont les pics couverts de neige disparaissaient dans les nuages.

À l'approche de la ville, dès qu'apparurent les premières habitations – petites fermes ou domaines plus importants –, Roran et sa troupe prirent bien garde de passer inaperçus. Ayant rejoint la route qui reliait Narda à Teirm, ils la traversèrent en hâte et continuèrent sur plusieurs lieues vers les montagnes, avant de bifurquer sur la droite. Une fois certains d'avoir contourné la cité, ils se dirigèrent vers l'océan jusqu'au moment où ils purent remonter par la route venant du sud.

Pendant qu'il naviguait sur le *Sanglier Rouge*, Roran avait réfléchi : les autorités de Narda auraient probablement supposé que ceux qui avaient tué les deux gardes s'étaient embarqués sur une des barges de Clovis. Auquel cas, les soldats de Teirm seraient avertis et auraient l'œil sur tout individu correspondant à la description des gens de Carvahall. Et, si les Ra'zacs étaient passés par Narda, les soldats sauraient aussi qu'ils n'avaient pas affaire à une poignée de quelconques assassins, mais à Roran Puissant Marteau et aux villageois de Carvahall en fuite. Teirm pouvait alors se transformer en gigantesque souricière. Néanmoins, il leur était impossible d'éviter la ville, car ils devaient trouver des vivres et décider de leur moyen de transport.

Après réflexion, Roran avait décidé que l'unique précaution pour ne pas être arrêtés était de n'envoyer à Teirm aucun des villageois repérés à Narda, à l'exception de Gertrude et de lui-même. Gertrude était la seule à connaître les ingrédients dont elle avait besoin pour ses remèdes. Quant à lui, quoiqu'il risquât fort d'être reconnu, il ne faisait confiance à personne pour accomplir la tâche qui l'attendait. Lui n'hésiterait pas à réagir là où un autre hésiterait, comme au moment où il avait dû tuer les gardes. Il avait choisi les membres de l'expédition de façon à détourner les soupçons. Loring était vieux, mais il se battait bien et mentait encore mieux. Birgit avait démontré ses capacités et sa force de caractère, et son fils, Nolfavrell, avait déjà tué un soldat au combat, malgré son jeune âge. Avec un peu de chance, ils auraient l'air d'une famille en voyage. « Du moins, si Mandel ne fiche pas tout par terre », songea Roran.

C'était aussi l'idée de Roran d'entrer dans Teirm par le sud ; ainsi, on ne se douterait pas qu'ils arrivaient de Narda.

Le soir tombait quand la ville apparut, blanche et fantomatique dans la lumière crépusculaire. Roran s'arrêta pour l'examiner. La cité de pierre se dressait en bordure d'une large baie, solitaire et imprenable, capable de résister à n'importe quel assaillant. Des torches flambaient entre les créneaux des remparts, où des archers patrouillaient constamment. Une citadelle dominait les murailles, ainsi qu'un phare, dont la lampe à facettes balayait les eaux noires de son rayon nébuleux.

– Que c'est grand ! s'exclama Nolfavrell.

Loring hocha la tête sans quitter Teirm des yeux :

– Oui, ça l'est.

Le regard de Roran fut attiré par un bateau amarré le long d'une des jetées de pierre. C'était un trois-mâts, dont la taille dépassait de très loin celle des bâtiments vus à Narda, doté d'un haut gaillard d'avant, de deux rangées de tolets[1] et de douze puissantes balistes pour lancer des javelots, installées de chaque côté du pont. Le magnifique vaisseau paraissait aussi bien équipé pour le commerce que pour la guerre. Plus important encore, Roran pensa qu'il pourrait peut-être – *peut-être* – recevoir à son bord tous ses compagnons.

– Voilà ce qu'il nous faut, dit-il en le désignant du doigt.

Birgit émit un grognement revêche :

– On devra se vendre comme esclaves si on veut se payer une traversée sur ce monstre !

Clovis les ayant avertis que la cité fermait ses portes au coucher du soleil, ils pressèrent l'allure pour ne pas avoir à passer la nuit dans les champs. À mesure qu'ils approchaient de l'enceinte, la route s'encombrait d'une double file de gens pressés, entrant ou sortant de Teirm.

Roran n'avait pas prévu une telle cohue ; mais il comprit bientôt que cette animation détournerait utilement l'attention de leur petit groupe. Il fit signe à Mandel :

– Quitte la file et passe en suivant quelqu'un d'autre, ainsi les gardes ne sauront pas que tu es avec nous. On se retrouvera de l'autre côté. Si on t'interroge, réponds que tu cherches à t'engager comme marin.

– Oui, Monsieur.

Mandel s'étant éloigné, Roran rentra les épaules, prit une démarche traînante, et se répéta l'histoire que Loring avait inventée pour expliquer leur présence à Teirm. Un homme passa avec une lourde charrette tirée par une paire de bœufs ; Roran s'écarta en baissant la tête pour profiter de cette ombre propice qui camouflait les traits de son visage.

Le portail menaçant se dressa devant eux, baigné par le vague rougeoiement des torches placées dans des bobèches. De chaque côté étaient plantés deux soldats portant sur leur

---

1. Chevilles de fer ou de bois servant de point d'appui aux avirons.

tunique rouge les armoiries de Galbatorix – une flamme contournée, surlignée de fils d'or. L'un et l'autre accordèrent à peine un regard à Roran et à ses compagnons lorsqu'ils se faufilèrent sous les pointes de la herse et s'engagèrent dans le court tunnel traversant l'épaisseur des remparts.

Roran se redressa et se détendit un peu. Le petit groupe se retrouva à l'angle d'une maison, et Loring murmura :

– Jusqu'ici, ça va.

Dès que Mandel les eut rejoints, ils se mirent en quête d'une hôtellerie pas trop chère où ils pourraient prendre une chambre. Tout en marchant, Roran étudiait l'agencement des maisons fortifiées – plus on approchait de la citadelle, plus elles étaient hautes – et le quadrillage des rues. Du nord au sud, elles rayonnaient en étoile depuis la forteresse, alors que, d'est en ouest, elles s'enchevêtraient comme une toile d'araignée, offrant d'innombrables possibilités d'élever des barrages pour y poster des soldats.

« Si Carvahall avait été construite selon ce plan, pensa le jeune homme, nous aurions pu résister à un siège. »

À la tombée de la nuit, ils avaient trouvé un logement au Vert Noisetier, une taverne particulièrement immonde, dont la bière était atroce et les lits infestés de puces. Son unique atout était de ne coûter presque rien. Ils allèrent se coucher sans dîner pour économiser leur précieux argent, et se serrèrent les uns contre les autres, au cas où l'un des clients de la taverne aurait l'intention de leur dérober leur bourse.

Le lendemain, Roran et ses compagnons quittèrent le Vert Noisetier avant l'aube et se mirent en quête de provisions, ainsi que d'un moyen de transport.

– J'ai entendu parler d'une herboriste remarquable, annonça Gertrude. Une certaine Angela. Elle vit ici et opère, dit-on, des guérisons étonnantes. Elle serait même un peu magicienne. J'ai l'intention d'aller la voir, car, si quelqu'un a ce dont j'ai besoin, ce sera elle.

– Tu ne devrais pas y aller seule, intervint Roran.

Il se tourna vers Mandel :

– Accompagne Gertrude, aide-la à faire ses achats, et protège-la de ton mieux si on vous agresse. Tes nerfs seront probablement mis à rude épreuve, mais ne cause aucun trouble, tu trahirais ta famille et tes amis.

Mandel porta la main à son front en signe d'obéissance. Gertrude et lui se faufilèrent dans une ruelle transversale ; Roran et les autres partirent de leur côté.

Roran avait beau posséder la patience d'un prédateur à l'affût, il piaffait d'énervement quand la matinée et l'après-midi se furent écoulés sans qu'ils eussent trouvé un bateau pour les conduire au Surda. Il avait appris que le trois-mâts, *L'Aile du Dragon*, venait d'être construit et serait bientôt lancé pour entreprendre son voyage inaugural ; ils n'avaient donc aucune chance de le louer à la compagnie maritime des Landes Noires, à qui il appartenait, à moins de posséder un plein chariot de l'or rouge des nains. D'ailleurs, ils n'avaient même pas de quoi se payer le plus petit bâtiment. Et s'emparer des barges de Clovis ne résoudrait pas leur problème tant qu'ils n'auraient pas trouvé les vivres nécessaires pour le voyage.

– Ça sera difficile, fit remarquer Birgit, très difficile, de voler quoi que ce soit, ici. Il y a des soldats partout, les maisons sont trop proches les unes des autres, et les portes sont gardées. Si on fait sortir de Teirm un chargement trop important, on est sûrs d'être repérés et interrogés.

Roran hocha la tête : « Ça en plus... »

Il avait laissé entendre à Horst que, s'ils étaient obligés de fuir Teirm sans autres provisions que celles qui leur restaient, ils feraient une razzia dans les campagnes. Mais le jeune homme savait que de tels agissements les rendraient comparables à ces monstres qu'ils haïssaient. Il n'aurait pas le cœur de se comporter ainsi. Combattre et tuer les sbires de Galbatorix était une chose – ou même voler les barges de Clovis, car celui-ci avait d'autres moyens de subsistance –, mais s'emparer des réserves de fermiers innocents, qui luttaient pour survivre de la même manière que les gens de la vallée de Palancar, c'en était une autre. Ce serait criminel.

Cette dure réalité pesait sur Roran comme un chargement de pierres. Ils avaient vécu bien des péripéties, et s'étaient toujours tirés d'affaire, en dépit de la peur, du désespoir et des improvisations de dernière minute. Il craignait à présent d'avoir conduit les villageois dans le repaire de leurs ennemis, où leur propre pauvreté les enchaînerait. « Je pourrais m'échapper et poursuivre seul la recherche de Katrina. Mais que vaudrais-je, si j'abandonnais les gens de mon village, laissant l'Empire les réduire en esclavage ? Qu'importe ce qui nous attend à Teirm ! Je resterai jusqu'au bout avec ceux qui m'ont accordé leur confiance au point de quitter leurs maisons pour me suivre. »

Pour apaiser leur faim, ils firent halte à une boulangerie et achetèrent une miche de pain de seigle, ainsi qu'un pot de miel. Pendant qu'il payait, Loring expliqua au commis boulanger qu'ils étaient en quête d'un bateau, de vivres et d'équipements divers.

Roran sentit quelqu'un lui frapper l'épaule. Il se retourna.

Un gaillard ventripotent, à la chevelure noire et hirsute, lui dit :

– Pardonnez-moi, mais j'ai entendu la discussion de votre ami avec le garçon ; si c'est un bateau qu'il vous faut, et le reste, je parie que ça vous intéressera d'attendre la vente aux enchères.

– Quelle vente aux enchères ?

– Ah, c'est une triste histoire, pour sûr, quoique bien banale, de nos jours. Un de nos marchands, Jeod – Jeod la Balafre, comme on l'appelle entre nous –, a connu une abominable suite de déboires. En moins d'un an, il a perdu quatre de ses bateaux, et, quand il a tenté d'envoyer ses marchandises par la route, la caravane est tombée dans une embuscade et a été dépouillée par on ne sait quelle troupe de hors-la-loi. Ses créanciers s'apprêtent maintenant à vendre ses biens pour récupérer leur argent. J'ignore s'il y aura des vivres, mais vous êtes sûrs de trouver presque tout ce qu'il vous faut d'autre à cette vente.

Roran sentit s'allumer en lui une étincelle d'espoir :

– Quand aura-t-elle lieu ?

– Oh, c'est affiché partout dans la ville ! Après-demain, à ce que j'ai lu.

Voilà pourquoi ils n'étaient pas au courant : ils avaient veillé à se tenir loin des panneaux d'affichage, au cas où, par malchance, quelqu'un aurait comparé Roran à son portrait.

– Merci beaucoup, dit-il à l'homme. Vous nous évitez sans doute bien des tracas.

– Le plaisir est pour moi.

Aussitôt sortis de la boutique, ils tinrent conciliabule au coin de la rue.

– Pensez-vous qu'il faille voir ça ? dit Roran.

– Parce qu'on a autre chose à voir ? grommela Loring.

– Birgit ?

– Pourquoi tu me poses la question ? La réponse est évidente. Le problème, c'est qu'on ne peut pas attendre après-demain.

– Non. Je propose qu'on se rende chez ce Jeod et qu'on tâche de conclure un marché avec lui avant que les enchères soient ouvertes. Ça vous va ?

Ça leur allait, et ils se dirigèrent vers la maison du marchand après avoir demandé leur chemin à un passant.

La maison – ou plutôt la demeure – était située dans le quartier ouest de Teirm, près de la citadelle, parmi de nombreuses autres splendides bâtisses ornées d'encorbellements, de grilles en fer forgé, de statues et de fontaines. Roran avait du mal à concevoir une telle opulence ; tant de différences entre la vie de ces gens et la sienne, cela le sidérait.

Il frappa à l'entrée de la demeure de Jeod, près de laquelle il remarqua une boutique désaffectée. Au bout d'un moment, la porte fut ouverte par un majordome replet. Celui-ci considéra d'un œil méfiant les quatre étrangers qui se tenaient sur le seuil, puis, avec un sourire révélant des dents trop brillantes pour être vraies, il s'enquit :

– Madame, Messieurs, que puis-je pour vous ?

– Nous aimerions parler au sieur Jeod, s'il est disponible.

– Vous avez rendez-vous ?

Roran pensa que le majordome savait parfaitement que ce n'était pas le cas.

– Notre séjour à Teirm est trop bref pour que nous ayons pu organiser une rencontre.

– Ah ? En ce cas, je suis au regret de vous dire que vous perdez votre temps. Mon maître a beaucoup à faire. Il ne peut accueillir tous les vagabonds déguenillés qui frappent à sa porte pour obtenir une aumône.

Le majordome découvrit encore une fois sa denture éblouissante et s'apprêta à se retirer.

– Attendez ! cria Roran. Nous ne réclamons rien. Nous venons proposer une affaire.

Le majordome leva un sourcil :

– Vraiment ?

– Vraiment. Demandez à votre maître, je vous prie, s'il peut nous recevoir. Nous avons parcouru plus de lieues que vous ne pouvez l'imaginer, et il est impératif que nous voyions Jeod dès aujourd'hui.

– Puis-je connaître la nature de votre proposition ?

– C'est confidentiel.

– Très bien, Monsieur, reprit le majordome. Je vais lui faire part de votre visite. Sachez cependant que mon maître est actuellement occupé, et je doute qu'il accepte de se déranger. Qui dois-je annoncer, Monsieur ?

– Vous pouvez m'appeler Puissant Marteau.

Un sourire amusé étira les lèvres du majordome ; puis l'homme disparut derrière la porte, qu'il referma.

– P'tite tête, gros cul ! grommela Loring dans sa barbe.

Nolfavrell pouffa.

– Espérons que le maître n'est pas à l'image du serviteur, fit Birgit.

Une minute plus tard, la porte s'ouvrit de nouveau, et le majordome annonça d'un air pincé :

– Monsieur Jeod accepte de vous recevoir.

Il s'écarta et leur fit signe d'entrer :

– Par ici !

Dès qu'ils furent entrés dans le somptueux vestibule, le majordome les conduisit par un corridor au plancher ciré jusqu'à une série de portes. Il en ouvrit une et les introduisit dans un bureau.

52
JEOD LA BALAFRE

Si Roran avait su lire, il aurait été fort impressionné par les rangées de livres de grand prix qui garnissaient les murs de la pièce ; ces ouvrages ne l'intéressant pas, il réserva son attention à l'homme de haute taille et aux cheveux grisonnants debout derrière un bureau ovale. Jeod paraissait aussi épuisé que le jeune homme et ses compagnons. Son visage ridé était marqué par la tristesse et l'inquiétude, et une vilaine cicatrice courait du haut de son crâne à sa tempe gauche. Roran songea qu'il y avait de l'acier dans cet homme-là ; pas neuf, sans doute, et bien enfoui, mais de l'acier tout de même.

– Asseyez-vous, dit Jeod. Pas de cérémonie chez moi !

Il les observa avec curiosité tandis qu'ils s'installaient dans les confortables fauteuils de cuir.

– Puis-je vous offrir quelques pâtisseries et un verre de brandy ? Je n'ai pas beaucoup de temps à vous accorder, mais je devine que vous êtes en chemin depuis un bout de temps, et je me souviens à quel point j'avais la gorge desséchée après un long voyage.

Loring sourit :

– Ma foi, une goutte de brandy serait la bienvenue, pour sûr ! C'est très généreux à vous, Monsieur.

– Rien qu'un verre de lait pour mon fils, intervint Birgit.

– Certainement, Madame.

Jeod sonna le majordome, lui donna ses instructions, puis s'adossa à son siège :

– Je suis désavantagé. Je crois que vous connaissez mon nom, alors que j'ignore qui vous êtes.

– Puissant Marteau, à votre service, se présenta Roran.

– Mardra, à votre service, dit Birgit.

– Kell, à votre service, annonça Nolfavrell.

– Moi, je suis Wally, à votre service, termina Loring.

– Et moi au vôtre, répondit Jeod. Rolf m'a rapporté que vous veniez pour affaires. Je crois honnête de vous avertir que je ne suis en position de vendre ou d'acheter aucune marchandise ; je ne possède ni or pour investir, ni fiers navires pour transporter de la laine ou du grain, des gemmes ou des épices sur les houles de la mer. Donc, que puis-je pour vous ?

Roran posa les coudes sur ses genoux et fixa ses doigts croisés tout en mettant ses idées en ordre. « Un mot de trop pourrait signifier notre perte », se rappela-t-il.

– Pour dire les choses simplement, Monsieur, nous représentons un groupe de personnes qui, pour des raisons diverses, doivent acquérir une grande quantité de marchandises avec fort peu d'argent. Nous avons appris que vos biens allaient être vendus aux enchères après-demain pour payer vos dettes, et nous aimerions vous proposer dès aujourd'hui une offre pour certains articles dont nous avons besoin. Nous aurions bien attendu la vente, mais les circonstances nous pressent, et nous ne pouvons nous attarder. Si nous concluons un marché, ce sera ce soir, demain au plus tard.

– Que vous faut-il ? demanda Jeod.

– Des vivres et le matériel nécessaire pour équiper un bateau ou un vaisseau quelconque pour une longue traversée.

Une étincelle d'intérêt s'alluma dans les yeux soucieux de Jeod :

– Avez-vous un navire particulier en tête ? Je connais chacun des bâtiments qui a croisé dans ces eaux au cours des vingt dernières années.

– Nous n'avons pas encore décidé.

Jeod ne fit pas de commentaire.

– Je comprends pourquoi vous avez recours à moi, reprit-il. Mais je crains qu'il ne s'agisse d'un malentendu.

Il balaya la pièce d'un geste de ses mains blêmes :

– Ce que vous voyez ici ne m'appartient plus ; tout est à mes créanciers. Je n'ai pas le droit de vendre mes biens, et, si je le faisais sans leur permission, je risquerais la prison pour leur avoir soustrait l'argent que je leur dois.

Il se tut, car Rolf entrait dans le bureau, portant un grand plateau d'argent couvert de pâtisseries, de verres en cristal taillé, d'un gobelet de lait et d'une carafe de brandy, qu'il déposa sur une table basse. Lorsque le majordome eut servi les rafraîchissements, Roran prit son verre et aspira une gorgée d'alcool sucré, réfléchissant, déçu, à la façon de prendre courtoisement congé pour continuer leur quête ailleurs.

Quand Rolf eut quitté la pièce, Jeod vida son verre d'un trait et poursuivit :

– Je ne peux vous être d'aucun secours, mais, du fait de ma profession, je connais un certain nombre de gens qui, eux, pourraient – je dis bien *pourraient* – vous aider. Si vous me donnez un peu plus de détails sur ce que vous désirez acheter, je verrai mieux qui vous recommander.

N'y voyant aucun danger, Roran se mit à réciter la liste des choses qu'il leur fallait absolument, de celles qui leur seraient utiles, et de celles qu'ils désiraient avoir, mais qu'ils étaient incapables de s'offrir à moins que la fortune leur sourît de façon inattendue. Birgit et Loring intervenaient de temps à autre pour mentionner des objets que Roran avait oubliés – des lampes à huile, par exemple –, et Jeod leur lançait de brefs coups d'œil avant de reposer son regard sourcilleux sur Roran, qu'il fixait avec une intensité croissante. Cet examen finit par inquiéter le jeune homme ; à croire que le marchand savait ou devinait ce qu'il lui cachait.

– Il me semble, dit Jeod quand Roran eut terminé son inventaire, que tout cela représente assez de provisions pour plusieurs centaines de passagers, se rendant à Feinster ou Aroughs… voire au-delà. Il est vrai que j'ai été fort occupé ces dernières semaines ; pourtant, j'aurais entendu parler de l'arrivée d'un aussi grand nombre de gens. Je n'imagine même pas d'où ils pourraient venir.

Roran croisa les yeux scrutateurs de Jeod et resta impassible. Mais, au fond de lui, il se fustigeait d'avoir donné assez d'informations à Jeod pour qu'il en arrivât à cette conclusion.

Le marchand haussa les épaules :

– Bah ! Quoi qu'il en soit, c'est votre affaire. Je vous suggère de vous adresser à Galton, rue du Marché, pour les vivres. Pour le reste, voyez le vieux Hamill, sur les docks. Tous deux sont des gens intègres, qui vous traiteront avec honnêteté.

Il attrapa une pâtisserie sur le plateau, mordit dedans, puis s'adressa à Nolfavrell :

– Eh bien, jeune Kell, es-tu content de ton séjour à Teirm ?

– Oui, Monsieur !

Nolfavrell sourit et ajouta :

– Je n'avais jamais vu de ville aussi grande, Monsieur.

– Vraiment ?

– Oui, Monsieur. Je...

Sentant que le garçon s'aventurait sur un terrain dangereux, Roran l'interrompit :

– Je me suis demandé, Monsieur, quel était ce magasin fermé, à côté de votre demeure. Une boutique d'aussi modeste apparence au milieu de ces magnifiques bâtisses, c'est tout à fait étrange !

Pour la première fois, un sourire adoucit l'expression de Jeod, lui enlevant d'un coup plusieurs années :

– Elle appartenait à une femme assez étrange elle-même : Angela, l'herboriste, l'une des meilleures guérisseuses que j'aie jamais rencontrées. Elle a tenu cette boutique pendant vingt ans, puis, il y a un mois, elle l'a vendue et a quitté la ville pour une destination inconnue.

Il soupira :

– C'est bien dommage, c'était un voisinage fort intéressant.

Nolfavrell se tourna vers sa mère :

– C'est elle que Gertrude voulait rencontrer, n'est-ce pas ?

Roran ravala un cri et lança au garçon un regard d'avertissement qui le fit se tasser au fond de son fauteuil. Le nom qu'il avait prononcé ne signifierait sans doute rien pour Jeod, mais, si Nolfavrell ne tenait pas mieux sa langue, il risquait de lâcher une information qui les mettrait en péril. « Il est temps de partir », songea le jeune homme. Il posa son verre.

C'est alors qu'il comprit que ce nom *signifiait* quelque chose pour Jeod. Les pupilles du marchand s'agrandirent de surprise, et ses mains se crispèrent sur les accoudoirs de son fauteuil :

– Ce n'est pas possible !

Il ne lâchait plus Roran des yeux, l'examinant comme pour déceler les traits du visage derrière la barbe. Enfin il souffla :

– Roran... Roran, le fils de Garrow !

53
Un allié inattendu

Roran s'était à moitié levé de son siège en empoignant son marteau quand il entendit le nom de son père. Ce fut l'unique chose qui le retint de traverser la pièce et d'assommer leur hôte. « Comment connaît-il Garrow ? »

Près de lui, Loring et Birgit, sautant sur leurs pieds, avaient déjà tiré le couteau caché dans leur manche ; Nolfavrell, son poignard à la main, était prêt, lui aussi, à se battre.

– Tu es bien Roran, n'est-ce pas ? demanda tranquillement Jeod, pas impressionné le moins du monde par la vue des armes.

– Comment as-tu deviné ?

– Parce que Brom a emmené Eragon ici, et que tu ressembles à ton cousin. Quand j'ai vu ton portrait affiché à côté de celui d'Eragon, j'en ai déduit que l'Empire avait tenté de te capturer, et que tu lui avais échappé. Cependant...

Jeod désigna du regard les trois autres :

... je n'aurais jamais imaginé que tu entraînerais tout Carvahall avec toi !

Abasourdi, Roran se laissa retomber sur son fauteuil et posa le marteau sur ses genoux, pas encore prêt, cependant, à le lâcher.

– Eragon est venu ici ? souffla-t-il.

– Oui, ainsi que Saphira.

– Saphira ?

L'étonnement se peignit de nouveau sur le visage de Jeod :

– Alors, tu n'es pas au courant...?

– Au courant de quoi ?

Le marchand observa Roran une longue minute :

– Inutile de continuer à feindre, Roran, fils de Garrow. Il est temps de s'entretenir ouvertement. Je peux répondre à bien des questions que tu te poses – pourquoi l'Empire te pourchasse, par exemple –, mais, en retour, j'ai besoin de savoir quelle raison t'amène à Teirm…, la *vraie* raison.

– Et pourquoi te ferions-nous confiance, la Balafre ? intervint Loring. Qui nous dit que tu ne travailles pas pour Galbatorix ?

– J'ai été l'ami de Brom pendant plus de vingt ans, avant qu'il devienne conteur à Carvahall, dit Jeod. Je l'ai aidé de mon mieux, ainsi qu'Eragon, quand ils étaient sous mon toit. Mais aucun d'eux n'étant ici pour se porter garant de moi, je remets ma vie entre vos mains ; agissez comme vous l'entendez. Je pourrais appeler au secours, pourtant je ne le ferai pas. Je ne me battrai pas non plus. Tout ce que je vous demande, c'est de me narrer votre histoire et d'écouter la mienne. Vous prendrez alors votre décision. Vous n'êtes pas en danger pour l'instant ; quel mal y a-t-il à parler ?

Birgit attira l'attention de Roran, désignant Jeod du menton :

– Il essaie peut-être de gagner du temps.

– Peut-être, répliqua Roran, mais il nous faut apprendre ce qu'il sait.

Se redressant, il traîna son siège à travers la pièce, plaça le dossier contre la porte et se rassit, de sorte que personne ne pût entrer et les surprendre.

– Tu veux parler ? fit-il en agitant son marteau. D'accord ! Discutons, toi et moi.

– Il serait préférable que tu commences.

– Si je commence, et qu'ensuite nous ne soyons pas satisfaits de tes déclarations, nous devrons te tuer, le prévint Roran.

Jeod croisa les bras :

– Qu'il en soit ainsi !

Malgré lui, Roran était impressionné par la force de caractère du marchand. À part le mince pli de sa bouche, rien n'indiquait qu'il s'inquiétât de son sort.

– Qu'il en soit ainsi ! répéta Roran.

Le jeune homme avait revécu bien des fois en pensée les événements, depuis l'arrivée des Ra'zacs à Carvahall, mais jamais encore il n'en avait fait un récit détaillé. Tout en racontant, il était frappé par tout ce qui lui était arrivé, ainsi qu'aux autres, en si peu de temps, et combien il avait été facile à l'Empire de ruiner leur existence dans la vallée de Palancar. Redonner vie à ces terreurs passées fut une épreuve pour Roran ; du moins eut-il le plaisir de lire sur les traits de Jeod une stupeur non feinte lorsqu'il apprit l'attaque du campement des soldats et des Ra'zacs par les villageois, puis le siège de Carvahall, la félonie de Sloan et l'enlèvement de Katrina, la fuite à travers la Crête et les péripéties de leur voyage jusqu'à Teirm.

– Par les Rois Perdus ! s'exclama Jeod. Quelle épopée ! C'est extraordinaire ! Quand je pense que vous avez réussi à berner Galbatorix, que tout Carvahall se cache à présent sous les murs de la plus grande cité de l'Empire, et que le roi n'en sait rien...!

Il secouait la tête, plein d'admiration.

– Oui, voilà où nous en sommes, grogna Loring. Et notre situation est plus que précaire. Aussi, tu ferais mieux de nous expliquer, vite fait, bien fait, pourquoi on peut prendre le risque de te laisser la vie !

– Cela me met dans une position très...

Jeod s'interrompit, car quelqu'un agitait la clenche derrière le siège de Roran, essayant d'ouvrir la porte. Puis on tambourina contre le battant de chêne, et une femme cria :

– Jeod ! Laisse-moi entrer, Jeod ! N'essaie pas de te cacher dans ta tanière !

– Me permettez-vous...? murmura Jeod.

Roran fit signe à Nolfavrell d'un claquement de doigts, et le garçon lui jeta sa dague. Roran se glissa derrière le bureau et pressa le plat de la lame contre la gorge de Jeod :

– Fais-la partir.

Élevant la voix, le marchand déclara :

– Je ne peux pas te voir maintenant, Helen, je suis en discussion d'affaires.

– Menteur ! Tu n'as plus d'affaires à régler ! Tu es ruiné ! Sors de là et parle-moi en face, espèce de lâche ! Es-tu un homme, que tu n'oses même plus regarder ta femme dans les yeux ?

Elle se tut un instant, comme si elle attendait une réponse, puis ses criailleries reprirent :

– Lâche ! Poule mouillée ! Mouton galeux ! Tu ne saurais même pas être épicier ; alors, armateur...! Mon père n'aurait jamais dû te confier son argent !

Les insultes tirèrent une grimace à Roran. « Je ne vais pas pouvoir retenir Jeod, si elle continue. »

– Tais-toi, femme ! ordonna le marchand.

Le silence se fit.

– Notre situation pourrait s'arranger au mieux si tu avais la sagesse de tenir ta langue, au lieu de brailler comme une poissonnière !

Elle répliqua froidement :

– J'attendrai ton bon plaisir dans la salle à manger, mon cher époux, et, si tu ne me rejoins pas pour le repas du soir en me fournissant des explications convaincantes, je quitterai cette maison maudite et ne reviendrai jamais.

Le bruit de ses pas diminua peu à peu.

Lorsque Roran fut sûr qu'elle s'était éloignée, il libéra la gorge de Jeod de la menace du poignard et rendit l'arme à Nolfavrell. Puis il retourna s'asseoir sur le fauteuil, devant la porte.

Jeod se frictionna le cou, puis, d'un air désabusé, déclara :

– Si nous n'arrivons pas à nous comprendre, vous feriez mieux de me tuer ; ce sera plus facile que d'avouer à Helen pourquoi je ne lui ai pas ouvert.

– Je te plains, la Balafre, lâcha Loring.

– Ce n'est pas sa faute..., pas vraiment. Elle n'arrive pas à comprendre pourquoi tant de malheurs nous sont tombés dessus, voilà tout.

Jeod soupira :

– C'est ma faute plutôt, parce que je n'ai pas osé lui dire.

– Lui dire quoi ? le pressa Nolfavrell.
– Que je suis un agent des Vardens.

Voyant leur mine ébahie, il se tut, puis reprit :

– Je devrais peut-être commencer par le commencement. Roran, as-tu entendu, ces derniers mois, des rumeurs concernant l'existence d'un nouveau Dragonnier venu s'opposer à Galbatorix ?

– Des gens murmurent çà et là, oui. Rien de vraiment crédible.

Jeod hésita, puis continua :

– Je ne sais pas comment dire ça autrement, Roran… Voilà : *il y a* un nouveau Dragonnier en Alagaësia, et c'est ton cousin Eragon. La pierre qu'il a trouvée dans la Crête était en réalité un œuf de dragon. J'ai aidé les Vardens à le dérober à Galbatorix, il y a des années de cela. Le dragon a éclos pour Eragon ; c'est une femelle, et elle s'appelle Saphira. Voilà qui explique le premier raid des Ra'zacs dans la vallée de Palancar. Et, s'ils y sont revenus, c'est parce qu'Eragon est aujourd'hui un formidable ennemi de l'Empire, et Galbatorix espérait, en te capturant, acculer ton cousin à se rendre.

Roran renversa la tête en arrière et hurla de rire jusqu'à en avoir les larmes aux yeux et le ventre douloureux. Loring, Birgit et Nolfavrell le fixaient avec une expression proche de l'effroi, mais Roran n'y prit pas garde. Il riait de l'absurdité de ces paroles ; il riait de la terrible possibilité qu'elles fussent vraies.

Inspirant par saccades, Roran retrouva peu à peu son état normal, en dépit de quelques derniers gloussements nerveux. Il s'essuya le visage d'un revers de manche et regarda Jeod, un sourire crispé sur les lèvres :

– Ça correspond aux faits, je te l'accorde. Mais je pourrais te proposer une demi-douzaine d'autres interprétations.

– Si la pierre trouvée par Eragon était un œuf de dragon, intervint Birgit, d'où venait-elle ?

– Ha ! fit Jeod, voilà qui est de ma compétence !

Bien carré sur son fauteuil, Roran écouta avec stupéfaction l'incroyable histoire que Jeod leur servit : Brom – ce vieux ronchon de Brom ! – avait été autrefois Dragonnier et avait aidé à l'établissement des Vardens ! Jeod avait découvert un passage secret pour pénétrer dans Urûbaen, et les Vardens avaient réussi à voler à Galbatorix les trois derniers œufs de dragon. Un seul d'entre eux avait pu être sauvé, après que Brom eut combattu et tué Morzan, l'un des Parjures. Plus incroyable encore, Jeod leur exposa l'accord passé entre les Vardens, les nains et les elfes pour que l'œuf fût transporté du Du Weldenvarden aux montagnes des Beors ; voilà pourquoi ceux qui le convoyaient se trouvaient à la lisière de la grande forêt quand ils étaient tombés dans l'embuscade d'un Ombre.

« Un Ombre ! Ha ! », pensa Roran.

Bien que sceptique, il écouta avec un intérêt redoublé Jeod raconter qu'Eragon avait trouvé l'œuf et élevé le bébé dragon, Saphira, dans les bois, près de la ferme de Garrow. Roran était fort absorbé, à l'époque, par ses préparatifs – il partait à Therinsford pour travailler au moulin de Dempton –, mais il se rappelait combien Eragon était distrait, disparaissant souvent dans la campagne, occupé à on ne savait quoi...

Lorsque Jeod révéla le comment et le pourquoi de la mort de Garrow, la colère de Roran contre son cousin se réveilla : pourquoi avait-il gardé secrète l'existence de ce dragon alors qu'elle mettait la vie de tous en danger ? « Mon père est mort par sa faute ! »

– Qu'est-ce qu'il avait dans la tête ? explosa-t-il.

Il détesta le regard que Jeod posa sur lui, un regard empli d'une tranquille indulgence.

– Je doute qu'Eragon l'ait su lui-même, dit le marchand. Un Dragonnier et son dragon sont si étroitement liés qu'ils ne font qu'un. Eragon ne pouvait pas plus mettre Saphira en danger que scier sa propre jambe.

– Il aurait dû nous le dire ! grommela Roran. À cause de lui, j'ai enduré de grands tourments, et je suis sûr que... Il aurait dû !

– Tu es en droit d'éprouver du ressentiment, mais n'oublie pas que, si Eragon a quitté la vallée de Palancar, c'était justement pour te protéger, toi et tous les autres. Je pense que ce fut pour lui une décision très difficile à prendre. De son point de vue, il s'est sacrifié pour assurer ta sécurité et venger ton père. Et, bien que son départ n'ait pas eu l'effet escompté, les choses auraient été bien pires s'il était resté.

Roran demeura silencieux jusqu'à ce que Jeod eût exposé la raison du séjour de Brom et d'Eragon à Teirm : examiner les registres du commerce maritime pour tenter de localiser le repaire des Ra'zacs.

Roran sursauta :

– Y sont-ils parvenus ?

– Nous avons réussi, en effet.

– Eh bien, où sont-ils, alors ? Parle, au nom du ciel ! Tu sais combien c'est important pour moi !

– D'après les registres, il apparaît que les Ra'zacs se cachent – et j'ai reçu plus tard un message d'Eragon, qui se trouvait à ce moment-là chez les Vardens, me le confirmant – en un lieu nommé Helgrind, les Portes de la Mort, près de Dras-leona.

Au comble de l'excitation, Roran serra le manche de son marteau. « La route est longue, jusqu'à Dras-leona, mais Teirm est le seul passage entre ici et l'extrémité sud de la Crête. Si j'arrive à mettre tout le monde en sûreté quelque part sur la côte, je pourrai me rendre à Helgrind, secourir Katrina – en espérant qu'elle s'y trouve, puis descendre la rivière Jiet jusqu'au Surda. »

Jeod avait dû lire ces pensées sur le visage du jeune homme, car il déclara :

– C'est impossible, Roran.

– Quoi ?

– Personne ne peut accéder à Helgrind. C'est une montagne de pierre noire, dure, nue, impossible à escalader. Souviens-toi des montures des Ra'zacs ; il est probable qu'ils ont établi leur aire au sommet de Helgrind, plutôt qu'à sa base, où il seraient vulnérables. En ce cas, comment parviendras-tu là-haut ? À supposer que tu y réussisses, crois-tu que tu viendrais à bout des deux Ra'zacs – davantage, peut-être – et de leurs monstrueux coursiers ? Tu es un guerrier intrépide, j'en suis persuadé – après tout, Eragon et toi, vous êtes du même sang –, mais ces adversaires-là sont au-delà de l'humain.

Roran secoua la tête :

– Je n'abandonnerai pas Katrina ! C'est sans doute une entreprise vaine, mais je dois essayer de la délivrer, serait-ce au prix de ma vie.

– Que tu sois tué n'arrangerait pas les affaires de cette jeune fille ! le rabroua Jeod. Si je peux me permettre un conseil, tente plutôt d'atteindre le Surda, comme tu l'as prévu. Une fois là-bas, je suis sûr que tu obtiendras l'aide d'Eragon. Un Ra'zac n'est pas de taille face à un dragon et son Dragonnier en combat singulier.

Roran revit en esprit les énormes bêtes à peau grise que chevauchaient les Ra'zacs. Il rechignait à l'admettre, mais il n'aurait aucune chance contre de telles créatures, quelle que fût sa détermination. À l'instant où il accepta cette évidence, il tint également pour vrai le récit de Jeod, car, dans le cas contraire, Katrina était à jamais perdue pour lui.

« Eragon, songea-t-il, Eragon ! C'est ta faute si me voilà forcé d'affronter Helgrind, les Portes de la Mort ! Par le sang que j'ai versé et par mes mains souillées, je jure sur la tombe de mon père que tu expieras cela. Tu es responsable de ce gâchis, à toi de le réparer ! »

Roran s'approcha de Jeod :

– Continue ton récit. Raconte-nous la fin de cette sinistre comédie avant que la journée soit trop avancée.

Jeod leur rapporta alors la mort de Brom ; il leur parla de Murtagh, fils de Morzan ; de la capture et de l'évasion d'Eragon à Gil'ead ; de sa course désespérée pour sauver une elfe ; d'une grande bataille des Vardens et des nains contre les Urgals dans un lieu appelé Farthen Dûr, où Eragon était venu à bout d'un

Ombre. Il leur apprit que les Vardens avaient quitté les Beors pour se rendre au Surda, et qu'Eragon était à présent au cœur du Du Weldenvarden, étudiant les secrets des elfes en matière de magie et de combat, mais qu'il reviendrait bientôt.

Lorsque le marchand se tut, Roran rassembla ses compagnons dans un coin du bureau pour connaître leur avis.

Baissant la voix, Loring dit :

– J'ignore s'il ment ou non, mais un homme capable de dévider une histoire pareille sous la menace d'un couteau mérite de vivre. Un nouveau Dragonnier ! Et, par-dessus le marché, ce serait Eragon !

– Birgit ?

– Je ne sais pas. C'est tellement invraisemblable…

Elle s'agita, indécise :

– Ça doit pourtant être la vérité. Seule l'arrivée d'un nouveau Dragonnier a pu pousser l'Empire à nous persécuter avec autant de férocité.

– Oui, approuva Loring, les yeux brillant d'excitation. Nous avons été mêlés sans le savoir à des événements d'une importance considérable. Un nouveau Dragonnier ! Imaginez un peu ! L'ordre ancien va être balayé, c'est moi qui vous le dis…! Tu avais raison depuis le début, Roran.

– Nolfavrell ?

Fier d'être interrogé, le garçon prit une mine solennelle. Il se mordit la lèvre, puis déclara :

– Jeod paraît honnête. Je pense qu'on peut lui faire confiance.

– Très bien, conclut Roran.

Il revint à grands pas vers le marchand et appuya ses paumes sur le bord du bureau :

– Encore deux questions, la Balafre. Peux-tu nous décrire Brom et Eragon ? Et pourquoi as-tu réagi de cette façon au nom de Gertrude ?

– J'ai entendu parler de Gertrude par Brom, qui me disait lui avoir remis une lettre pour toi. Quant à la description : Brom était un peu plus petit que moi. Il avait une barbe drue, un nez en bec d'aigle, et il portait toujours un bâton sculpté. J'ose dire qu'il était facilement irritable.

Roran approuva d'un signe ; c'était bien le portrait de Brom.

– Eragon est... jeune. Cheveux bruns, yeux bruns, une cicatrice au poignet. Et il n'arrête pas de poser des questions.

Roran approuva de nouveau. Tel était son cousin.

Il replaça le marteau dans sa ceinture. Birgit, Loring et Nolfavrell rangèrent leurs lames. Puis Roran éloigna le fauteuil de la porte, et tous quatre reprirent leurs places en hôtes civilisés.

– Et maintenant, Jeod ? s'enquit le jeune homme. Peux-tu nous aider ? Je sais que tu es dans une situation difficile, mais nous..., nous sommes désespérés et n'avons personne vers qui nous tourner. En tant qu'agent des Vardens, saurais-tu nous assurer de leur appui ? Nous sommes déterminés à les servir s'ils nous protègent de la fureur de Galbatorix.

– Les Vardens seront heureux de vous compter parmi eux. Oui, plus qu'heureux. Je suppose que vous vous en doutiez. Quant à vous aider...

Il passa une main le long de son visage et fixa, par-dessus leurs têtes, les rangées de livres sur les étagères :

– J'ai été averti il y a près d'un an que ma véritable identité, comme celle de bien d'autres marchands qui ont soutenu les Vardens ici et ailleurs, avait été révélée à l'Empire. C'est pourquoi je n'ai pas osé fuir au Surda. Si j'avais tenté de le faire, l'Empire m'aurait arrêté, et qui sait quelles horreurs je devrais à présent subir. J'ai dû assister, impuissant, au démantèlement progressif de mon commerce. Le pire est que je ne peux plus rien expédier aux Vardens et, eux-mêmes n'osant pas m'envoyer d'émissaire, j'ai bien peur que Lord Risthart, le Gouverneur, me fasse mettre aux fers et m'oublie au fond d'une prison, puisque je n'ai plus d'intérêt pour l'Empire. Je m'attends à cela chaque jour depuis ma faillite.

– Et si, au contraire, ils espéraient que tu prendras la fuite ? suggéra Birgit. Ils captureraient ainsi quiconque viendrait avec toi.

Jeod sourit :

– Peut-être. Mais, puisque vous êtes là, j'ai une opportunité de leur échapper, qu'ils n'avaient pas prévue.

– Donc, fit Loring, tu as un plan ?

Le visage de Jeod s'illumina :

– Oh oui, j'en ai un ! Avez-vous vu *L'Aile du Dragon*, amarré dans le port ?

– Oui, fit Roran.

– *L'Aile du Dragon* appartient à la compagnie maritime des Landes Noires, un soutien de l'Empire. Ces gens fournissent des vivres aux troupes, qui ont été mobilisées en nombre impressionnant ces temps-ci. Des paysans sont enrôlés, on réquisitionne les chevaux, les mules et les bœufs.

Jeod arqua les sourcils :

– Je ne sais pas avec certitude ce qu'il faut en déduire, mais il est possible que Galbatorix ait l'intention de marcher sur le Surda. En tout cas, *L'Aile du Dragon* va faire voile vers Feinster avant la fin de la semaine. C'est le plus beau bâtiment jamais construit, une conception nouvelle du grand architecte naval Kinnell.

– Et tu as l'intention de t'en emparer, conclut Roran.

– Exactement. Non seulement pour berner l'Empire, ni parce que *L'Aile du Dragon* est censé être le plus rapide vaisseau à voiles carrées d'un tel tonnage, mais aussi parce que sa cargaison est déjà à bord. Or, il s'agit principalement de vivres, assez pour nourrir tout un village...

Loring émit un ricanement las :

– J'espère que tu sais manœuvrer un trois mâts, la Balafre, vu que personne, parmi nous, n'est capable de diriger quelque chose de plus gros qu'une barge !

– Plusieurs hommes de mon équipage sont encore à Teirm. Leur situation n'est pas meilleure que la mienne : ils n'ont pas la possibilité de se battre, pas les moyens de s'enfuir. Je suis sûr que, si on leur offre une chance d'aller au Surda, ils sauteront sur l'occasion. Ils vous montreront comment manier un voilier. Ce ne sera pas facile, mais je ne vois pas d'alternative.

Roran sourit ; c'était un plan comme il les aimait : rapide, décisif et inattendu.

– Vous avez dit, intervint Birgit, que, l'an passé, aucun de vos bateaux, pas plus que ceux des marchands alliés aux Vardens, n'ont atteint leur destination. Pourquoi y réussirions-nous, alors que tant d'autres ont échoué ?

La réponse de Jeod fut immédiate :

– À cause de l'effet de surprise. La loi impose aux navires marchands de soumettre leur itinéraire aux autorités du port pour validation au moins deux semaines avant leur départ. Préparer un bateau au départ prend beaucoup de temps ; aussi, si nous partons sans prévenir, il s'écoulera bien une quinzaine de jours avant que Galbatorix soit en mesure d'envoyer des navires à nos trousses. Avec un peu de chance, on apercevra à peine le haut de leurs mâts.

Jeod les dévisagea et reprit :

– Donc, si vous êtes prêts à tenter le coup, voilà ce que nous allons faire...

54
LA FUITE

Après avoir examiné la proposition de Jeod sous tous ses aspects, et accepté de s'y conformer – à quelques détails près –, Roran envoya Nolfavrell chercher Gertrude et Mandel au Vert Noisetier, Jeod leur ayant offert l'hospitalité.

– À présent, si vous voulez bien m'excuser, dit le marchand en se levant, il me faut aller révéler à ma femme ce que je n'aurais jamais dû lui dissimuler, et lui demander si elle m'accompagnera au Surda. Vous trouverez vos chambres au deuxième étage. Rolf vous appellera quand le dîner sera prêt.

Il quitta le bureau à longues et lentes enjambées.

– Est-ce sage de le laisser raconter ça à cette ogresse ? s'inquiéta Loring.

Roran haussa les épaules :

– Sage ou pas, on ne peut pas l'en empêcher. Et il ne sera pas en paix tant que ce ne sera pas fait.

Au lieu d'aller s'installer dans une chambre, Roran erra dans la grande demeure, évitant instinctivement les domestiques, réfléchissant aux paroles de Jeod. Il s'arrêta devant une porte-fenêtre qui donnait sur les écuries, à l'arrière de la maison, et s'emplit les poumons d'air frais, imprégné de l'odeur familière du crottin.

– Tu le détestes ?

Il sursauta et se retourna. Birgit était sur le seuil de la pièce. Elle resserra son châle autour d'elle et s'approcha.

– Qui ? questionna-t-il, sachant pertinemment de qui elle parlait.

– Eragon. Tu le détestes ?

Roran leva les yeux vers le ciel assombri :

– Je ne sais pas. Je le déteste d'avoir causé la mort de mon père, mais je l'aime parce qu'il est toujours ma famille... Je suppose que, si je n'avais pas besoin d'Eragon pour sauver Katrina, je n'aurais plus de relation avec lui pendant longtemps.

– De même que je te hais et que j'ai besoin de toi, Puissant Marteau.

Il émit un petit rire sarcastique :

– Oui, nous sommes soudés comme des siamois, n'est-ce pas ? Tu dois m'aider à trouver Eragon pour venger ton mari des Ra'zacs.

– Et me venger de toi ensuite.

– Aussi.

Roran soutint un instant son regard, qui ne cillait pas, conscient du lien profond qui les unissait. Il trouvait curieusement réconfortant de partager avec elle la même quête, de sentir la même brûlante colère les pousser en avant là où les autres chancelaient. Il reconnaissait en elle un esprit jumeau du sien.

Reprenant sa déambulation à travers la maison, Roran s'arrêta près de la salle à manger, d'où parvenaient les éclats de voix de Jeod. Curieux, il colla un œil à la fente de la porte, le long de la charnière. Jeod faisait face à une mince femme blonde, dont il devina que c'était Helen.

– Si ce que tu dis est vrai, comment peux-tu espérer que je vais te croire ?

– Je ne l'espère pas, dit Jeod.

– Néanmoins, tu me demandes de devenir une fugitive pour toi ?

– Un jour, tu m'as offert de quitter ta famille et de parcourir le pays avec moi. Tu m'as prié de t'emmener loin de Teirm.

– Oui, un jour. Tu étais merveilleusement fringant, alors, avec ton épée et ta balafre !

— Je possède toujours l'une et l'autre, dit-il doucement. J'ai commis beaucoup d'erreurs vis-à-vis de toi, Helen ; je le comprends à présent. Mais je t'aime toujours, et je veux te voir en sécurité. Je n'ai plus d'avenir ici. Si je reste, je ne ferai que causer des tourments à ta famille. Tu peux retourner chez ton père ou bien venir avec moi. Choisis ce qui te rendra le plus heureuse. Cependant, je t'implore de m'accorder une seconde chance, d'avoir le courage de quitter cet endroit et d'effacer l'amer souvenir de notre vie en ces lieux. Nous pouvons tout recommencer au Surda.

Elle resta silencieuse un moment. Puis elle demanda :

— Ce garçon qui était venu chez nous, c'est vraiment un Dragonnier ?

— Oui. Le vent du changement se lève, Helen. Les Vardens s'apprêtent à attaquer, les nains se rassemblent, et les elfes eux-mêmes s'agitent au fond de leur retraite ancestrale. Une guerre se prépare, et, si la fortune est avec nous, tout cela annonce la chute prochaine de Galbatorix.

— Es-tu quelqu'un d'important, chez les Vardens ?

— Le rôle que j'ai joué dans la récupération de l'œuf de Saphira me vaut une certaine considération.

— Tu auras donc une position, au Surda ?

— Je le suppose.

Il posa les mains sur les épaules de sa femme, et elle ne se déroba pas.

— Jeod, Jeod, murmura-t-elle, ne me brusque pas. Je ne sais pas encore quoi décider.

— Y penseras-tu ?

Elle frémit :

— Oh oui ! J'y penserai...

Roran s'éloigna, le cœur serré. « Katrina. »

Ce soir-là, au dîner, Roran nota que le regard d'Helen se posait fréquemment sur lui, l'examinant, le jaugeant – le comparant, il en était sûr, à Eragon.

Après le repas, il appela Mandel et sortit avec lui dans la cour, à l'arrière de la maison.

— Qu'y a-t-il, Monsieur ? demanda le garçon.

— Je désire te parler en privé.

— À propos de quoi ?

Roran passa les doigts sur la tête émoussée de son marteau, songea qu'il devait éprouver à cet instant les mêmes sentiments que son père, Garrow, lorsque celui-ci le sermonnait sur ses responsabilités ; les mêmes phrases lui venaient à la bouche. « C'est ainsi que se transmet le savoir d'une génération à une autre », se dit-il.

— Tu t'es fait des amis parmi les matelots, ces temps-ci.

— Ils ne sont pas nos ennemis, se défendit Mandel.

— Dans notre situation, tout un chacun est notre ennemi. Clovis et ses hommes pourraient se retourner instantanément contre nous. Toutefois, ce ne serait pas un problème, si tes relations avec eux ne t'avaient entraîné à négliger tes devoirs.

Mandel se raidit et le rouge lui monta aux joues ; mais il ne tenta pas de nier, et cette attitude lui valut de conserver l'estime de Roran. Celui-ci continua :

— Qu'est-ce que nous avons à faire en priorité, Mandel ?

— Protéger nos familles.

— Exact ! Quoi d'autre ?

Mandel resta indécis, puis avoua :

— Je ne sais pas.

— Nous tenir les coudes. C'est notre seule chance de survivre. J'ai été fort déçu d'apprendre que tu avais parié de la nourriture avec les matelots, car, ainsi, tu nuisais aux intérêts du village. Tu passerais plus utilement ton temps à chasser qu'à jouer aux dés où à t'entraîner au lancer de couteau ! Ton père n'est plus là, c'est donc à toi de prendre soin de ta mère et de tes sœurs. Elles comptent sur toi. Suis-je clair ?

— Très clair, Monsieur, répondit le garçon d'une voix tremblante.

— Je n'aurai pas besoin de te le répéter ?

— Non, Monsieur.

– Bien. Cela dit, je ne t'ai pas demandé de venir ici dans le seul but de te faire la leçon. Tu as tenu tes engagements, c'est pourquoi je vais te charger d'une tâche qu'en d'autres circonstances je ne confierais qu'à moi-même.
– Oui, Monsieur.
– Demain matin, tu retourneras au campement porter un message à Horst. Jeod pense que des espions de l'Empire surveillent sa maison. Tu devras donc t'assurer que tu n'es pas filé ; c'est une question de vie ou de mort. Lorsque tu seras sorti de la ville, si quiconque a l'air de te suivre dans la campagne, sème-le. Tue-le s'il le faut. Quand tu auras trouvé Horst, tu lui diras de...

À mesure que Roran lui donnait ses instructions, il voyait l'expression de Mandel passer de la surprise au saisissement, puis à l'effroi.

– Et si Clovis refuse ? demanda-t-il.
– Cette nuit, tu briseras les gouvernails, pour qu'il soit impossible de manœuvrer les barges. C'est un sale coup, mais, si Clovis ou l'un de ses hommes arrivait à Teirm avant toi, ce pourrait être désastreux.
– Ça ne se produira pas, promit Mandel.

Roran sourit :
– Bien.

Satisfait d'avoir repris le garçon en main, et convaincu qu'il ferait son possible pour porter le message à Horst, Roran retourna dans la maison, souhaita le bonsoir à ses hôtes et alla se coucher.

Le lendemain, Roran et ses compagnons, à l'exception de Mandel, restèrent toute la journée enfermés chez Jeod, profitant de ces heures d'attente pour se reposer, affûter leurs armes et peaufiner leur plan.

Ils apercevaient parfois Helen, qui passait, affairée, d'une pièce à une autre ; un peu plus souvent Rolf, le majordome à la denture étincelante ; et point Jeod, car le maître des lieux arpentait la ville, où, par un complet hasard, semblait-il, il rencontra quelques-uns des marins à qui il faisait confiance, leur proposant de se joindre à l'expédition.

À son retour, il annonça à Roran :

— On peut compter sur cinq paires de bras supplémentaires. Espérons que ça suffira.

Jeod passa la soirée dans son bureau, à établir divers documents juridiques et à mettre ses affaires en ordre.

Roran, Loring, Birgit, Gertrude et Nolfavrell se levèrent trois heures avant l'aube et, étouffant d'énormes bâillements, se rassemblèrent dans le vestibule, où ils s'emmitouflèrent dans de vastes manteaux à capuchon de façon à dissimuler leurs visages. Jeod les rejoignit, une longue rapière au côté, et Roran pensa que cette arme était exactement celle qui convenait au mince et grand vieillard ; elle lui rendait sa véritable personnalité.

Jeod alluma une lanterne à huile et la leva devant eux :

— Nous sommes prêts ?

Ils acquiescèrent d'un signe de tête. Puis Jeod déverrouilla la porte, et ils s'aventurèrent en file le long de la rue pavée. Jeod s'attarda un instant sur le seuil, levant un regard plein d'attente vers les escaliers, mais Helen ne se montra pas. Avec un haussement d'épaules, le marchand quitta sa demeure et referma la porte.

Roran posa une main sur son bras :

— Ce qui est fait est fait.

— Je sais.

Ils traversèrent en hâte la cité obscure, ralentissant le pas lorsqu'ils croisaient un veilleur de nuit ou un quelconque noctambule, qui s'écartaient vivement de leur passage. À un moment, ils entendirent des bruits suspects au sommet d'un bâtiment.

— La proximité des maisons permet aux voleurs de sauter facilement d'un toit à l'autre, expliqua Jeod.

Ils reprirent une allure normale en approchant de la porte est de la cité. Comme elle donnait sur le port, elle ne restait fermée que quatre heures par nuit pour ne pas perturber le mouvement du commerce. En effet, bien qu'il fît encore noir, plusieurs personnes la franchissaient déjà.

Jeod avait beau les avoir prévenus que cela risquait de se produire, Roran ressentit une bouffée d'angoisse quand les gardes baissèrent leurs hallebardes et les interrogèrent sur leur destination. Il ravala sa salive et s'efforça de rester impassible pendant que le plus âgé des soldats examinait le parchemin que Jeod lui avait tendu. Au bout d'une longue minute, l'homme hocha la tête et rendit le document au marchand :

– Vous pouvez passer.

Lorsqu'ils furent sur le quai, assez loin des remparts pour ne pas être entendus, Jeod dit :

– Heureusement qu'il ne savait pas lire !

Ils attendirent tous les six sur les planches humides que les hommes de Jeod sortent un par un du brouillard recouvrant le rivage. Ils étaient silencieux, la mine patibulaire, et si marqués de cicatrices que même Roran en éprouva du respect. Une natte de cheveux leur tombait au milieu du dos, et leurs mains étaient maculées de goudron. Ils plurent à Roran, et il sentit que c'était réciproque. En revanche, ils ne semblèrent pas apprécier la présence de Birgit.

L'un des matelots, une brute aussi large qu'une armoire, leva le pouce dans sa direction et s'en prit à Jeod :

– Tu nous avais pas dit qu'il y aurait une bonne femme ! Comment veux-tu qu'on se batte, avec une cul-terreuse dans les jambes ?

– Ne parle pas de ma mère comme ça ! gronda Nolfavrell entre ses dents.

– Et son mioche, en plus ?

Jeod intervint d'une voix calme :

– Birgit a combattu les Ra'zacs. Quant à son fils, il a tué un des meilleurs soldats de Galbatorix. Peux-tu en dire autant, Uthar ?

– C'est pas correct, renchérit un deuxième. Je ne serai pas tranquille avec une femme à côté de moi ; les femmes, ça porte la poisse. Une dame ne devrait pas...

Personne ne sut ce qu'il avait l'intention d'ajouter, car, à cet instant, Birgit eut un comportement parfaitement indigne d'une dame. Elle envoya un grand coup de pied dans l'entrejambe d'Uthar et, empoignant l'autre homme, elle lui posa sur la gorge la lame de son couteau. Elle resta ainsi un moment, de façon que chacun eût bien vu, puis elle relâcha le matelot. Uthar se roulait sur les planches à ses pieds, tenant ses parties meurtries et grommelant un flot de jurons.

– L'un de vous a encore une objection ? lança Birgit.

Nolfavrell regardait sa mère, bouche bée.

Roran rabattit son capuchon sur son visage pour dissimuler son envie de rire. « Une chance qu'ils n'aient pas remarqué Gertrude ! » pensa-t-il.

Personne d'autre ne remettant en question la présence de Birgit, Jeod reprit :

– Vous avez apporté ce que je vous ai demandé ?

Chaque homme fouilla dans sa veste et montra un lourd gourdin et un rouleau de corde.

Ainsi armés, ils longèrent le port, s'efforçant de passer inaperçus. Jeod avait couvert sa lanterne. En arrivant près des docks, ils se cachèrent derrière un hangar pour observer le balancement des lampes portées par les deux sentinelles qui arpentaient le pont de *L'Aile du Dragon*. La passerelle avait été tirée pour la nuit.

– Rappelez-vous, chuchota Jeod, le plus important, c'est d'éviter que l'alarme soit donnée avant qu'on soit prêts à appareiller !

– Il y a deux hommes en haut et deux autres en bas, c'est ça ? voulut s'assurer Roran.

– C'est ce qui se fait habituellement, confirma Uthar.

Roran et Uthar ôtèrent leurs braies, enroulèrent une corde autour de leur taille, y passèrent un gourdin – Roran garda son marteau –, et ils coururent jusqu'à l'extrémité du quai, hors de vue des sentinelles. De là, ils se glissèrent dans l'eau glacée.

– Brrr, je déteste faire ce genre de chose, fit Uthar.

– Ça t'arrive souvent ?

– C'est la quatrième fois. Remue-toi, ou tu vas geler.

Se cramponnant aux piliers gluants qui soutenaient le quai, il gagnèrent à la nage la jetée de pierre où *L'Aile du Dragon* était amarré.

Uthar approcha sa bouche de l'oreille de Roran :

– Je prends l'ancre de tribord.

Roran acquiesça d'une signe de tête.

Uthar plongea dans l'eau noire et passa avec l'agilité d'une grenouille sous la proue du navire. Roran se dirigea vers l'ancre de babord pour s'accrocher à l'énorme chaîne. Il détacha le gourdin accroché à sa taille et le saisit entre ses dents, autant pour les empêcher de claquer que pour avoir les mains libres ; puis il attendit. Le contact du métal rouillé, aussi froid que la glace, lui engourdissait les bras.

Moins de trois minutes plus tard, Roran entendit au-dessus de lui les pas traînants de Birgit, qui gagnait l'extrémité de la jetée, à mi-longueur du navire. De là, le son affaibli de sa voix lui parvint, tandis qu'elle engageait la conversation avec les sentinelles. Le but était qu'elle détournât leur attention de la proue.

« C'est le moment ! »

Roran se hissa, une main après l'autre, le long de la chaîne. Son épaule droite le brûlait, là où le Ra'zac l'avait mordu, mais il ne ralentit pas. Prenant appui sur le sabord où la chaîne pénétrait dans le navire, il escalada la corniche qui soutenait la figure de proue, enjamba le bastingage et sauta sur le pont. Uthar était déjà là, dégoulinant et hors d'haleine. Le gourdin à la main, ils se dirigèrent à pas de loup vers l'arrière du navire, se tapissant derrière ce qu'ils trouvaient, et s'immobilisèrent à dix pas des sentinelles. Les deux hommes, accoudés au bastingage, échangeaient des plaisanteries avec Birgit.

Roran et Uthar bondirent et les assommèrent avant qu'ils aient eu le temps de dégainer leur sabre. En bas, Birgit fit signe à Jeod et aux autres. Ensemble, ils levèrent la passerelle, la firent glisser jusqu'au navire, où Uthar l'arrima.

Dès que Nolfavrell eut mis le pied sur le pont, Roran lui lança sa corde :

– Ligote ces deux-là, et bâillonne-les !

La petite troupe, à l'exception de Gertrude, descendit vers les ponts inférieurs à la recherche des autres sentinelles. Ils trouvèrent quatre hommes de plus – le commissaire du bord, le maître d'équipage, le cuisinier et son marmiton –, qui furent tirés du lit et saucissonnés, avec un coup de gourdin sur la tête en prime pour ceux qui tentaient de résister. Birgit prouva une nouvelle fois sa valeur en maîtrisant deux hommes à elle seule.

Jeod fit aligner les prisonniers, piteux, sur le pont, de sorte qu'ils fussent à tout instant sous surveillance, puis il déclara :

– Il reste beaucoup à faire, et nous avons peu de temps. Uthar devient le capitaine de *L'Aile du Dragon*. Toi, Roran, et les autres, vous serez sous ses ordres.

Au cours des deux heures qui suivirent, une activité frénétique se déploya sur le navire. Les matelots s'occupaient des gréements pendant que Roran et ses compagnons vidaient la soute de sa cargaison inutile. Hormis les vivres, celle-ci était composée principalement de ballots de laine brute, qu'ils balancèrent par-dessus bord côté mer, pour éviter des bruits suspects d'éclaboussures côté quai. Si les gens de Carvahall devaient embarquer sur *L'Aile du Dragon*, il fallait leur faire de la place.

Roran était en train d'arrimer un tonneau quand il entendit un cri enroué :

– Quelqu'un arrive !

Tous saisirent leurs armes et se jetèrent à plat ventre, sauf Jeod et Uthar, qui se mirent à arpenter le pont à la manière des sentinelles. Le cœur de Roran battait à en éclater ; il restait allongé, immobile, retenant son souffle. Jeod s'adressa à l'importun, puis un bruit de pas résonna sur la passerelle.

C'était Helen.

Elle était vêtue avec simplicité ; un foulard retenait ses cheveux, et elle portait à l'épaule un sac de grosse toile. Sans dire un mot, elle alla déposer ses affaires dans la cabine principale, puis revint près de son mari. Roran pensa qu'il n'avait jamais vu un homme aussi heureux.

Derrière les lointaines montagnes de la Crête, le ciel commençait à peine à s'éclaircir quand un des matelots, perché en haut du grand mât, siffla : il avait aperçu les villageois.

Roran s'activa : ils n'avaient plus beaucoup de temps.

Il courut sur le pont pour regarder la colonne de silhouettes noires qui progressait le long de la côte. Cette partie de leur plan reposait sur la particularité de Teirm, qui, à l'inverse des autres cités côtières, n'avait pas de remparts sur la mer. Les fortifications enfermaient le centre de la ville pour le protéger des fréquentes attaques des pirates. Les abords du port étaient donc accessibles, et les gens de Carvahall pourraient avancer directement jusqu'à *L'Aile du Dragon*.

– Dépêchez-vous ! lança Jeod à ses hommes. Vite !

Sur l'ordre d'Uthar, les matelots apportèrent des brassées de javelots ainsi que des tonneaux de goudron. Ayant fait sauter les couvercles, ils se mirent à badigeonner la moitié supérieure des javelots de cette mixture nauséabonde. Puis ils préparèrent les balistes de tribord. Il fallait deux hommes pour tendre chaque corde faite de nerfs de bœuf et la fixer à son crochet.

Les villageois n'avaient plus qu'un tiers du chemin à parcourir quand ils furent repérés par les sentinelles, depuis les remparts de Teirm. Les trompettes sonnèrent l'alarme. À peine les premières notes avaient-elles retenti qu'Uthar beugla :

– Tirez !

Attrapant la lanterne de Jeod, Nolfavrell galopa d'une baliste à l'autre pour enflammer le goudron des javelots. Dès que l'un avait pris, l'homme préposé à la baliste lâchait la corde, et le trait filait avec un vrombissement sourd. Douze éclairs de feu atteignirent les bateaux et les constructions du port telles des météorites incandescentes tombées du ciel.

– Rechargez ! hurla Uthar.

Le bois des balistes craqua lorsque les hommes tirèrent sur les cordes. De nouveaux javelots furent mis en place. Nolfavrell refit son circuit. Roran sentit le sol vibrer sous ses pieds quand sa baliste lâcha le projectile mortel.

L'incendie se répandit rapidement sur le front de mer, formant une barrière infranchissable qui interdisait aux soldats l'accès à *L'Aile du Dragon* par la porte est de la ville. Roran avait escompté que les volutes de fumée cacheraient le vaisseau aux archers postés aux créneaux, mais ceux-ci eurent le temps de décocher une volée de flèches, qui s'abattit sur les gréements. Avant que le bateau ne fût hors de vue, l'une d'elles se planta sur le pont, tout près de Gertrude.

Depuis la proue, Uthar ordonna :

– Feu à volonté !

Les villageois cavalaient à présent en désordre le long du rivage. Ils atteignirent l'extrémité du quai, et une poignée d'entre eux tituba et tomba lorsque les archers de Teirm eurent ajusté le tir. Les enfants criaient de terreur. Puis les villageois reprirent leur élan. Le bruit de leurs pas résonna sur les planches de l'embarcadère tandis qu'ils longeaient un entrepôt en feu. Ils atteignirent la jetée et, haletants, s'élancèrent sur la passerelle dans une bousculade effrénée.

Birgit et Gertrude guidèrent le flot des arrivants vers les écoutilles avant et arrière. En quelques minutes, chaque étage du bâtiment fut rempli à la limite de sa capacité, des cales à la cabine du capitaine. Ceux qui ne tenaient pas en bas restaient agglutinés sur le pont, les boucliers confectionnés par Fisk levés au-dessus de leur tête.

Comme Roran l'avait demandé dans son message, tous les hommes valides de Carvahall s'étaient rassemblés au pied du grand mât et attendaient les instructions. Roran vit au milieu d'eux Mandel, qui lui adressa un salut plein de fierté.

S'adressant à un matelot, Uthar aboya alors :

– Toi, Bonden, au cabestan ! Qu'on lève les ancres et qu'on abaisse les rames ! En vitesse !

Se tournant vers les hommes chargés des balistes, il ordonna :

– La moitié d'entre vous, aux balistes bâbord ! On largue les amarres !

Roran faisait partie de ceux qui changeaient de côté. Tout en préparant sa baliste, il aperçut quelques retardataires surgir de l'âcre rideau de fumée et monter sur le bateau. Puis il vit Jeod et Helen pousser un à un les six prisonniers sur la passerelle et les rouler jusqu'au quai.

En un rien de temps, les ancres furent relevées, la passerelle tirée à bord, et un sourd battement résonna sous les pieds de Roran, indiquant la cadence aux rameurs.

Lentement, *L'Aile du Dragon* vira à tribord, vers le large ; puis, prenant de la vitesse, s'éloigna des docks.

Roran accompagna Jeod jusqu'au gaillard d'arrière, et ils regardèrent l'enfer rougeoyant dévorer tout ce qui pouvait brûler entre les fortifications de Teirm et l'océan. À travers l'écran de fumée apparut un large disque, d'un rouge sanglant : le soleil se levait sur la cité.

« J'en ai tué combien, à présent ? » se demanda Roran.

Comme en écho à ses pensées, Jeod fit remarquer :

– Bien des gens innocents vont en pâtir...

La culpabilité poussa Roran à répondre plus rudement qu'il ne l'aurait voulu :

– Tu préfères les geôles de Lord Risthart ? Je ne crois pas que l'incendie fasse trop de blessés ; quant à ceux qui s'en sortiront indemnes, ils ne risquent pas la mort, alors que ce sera notre cas si l'Empire nous arrête.

– Inutile de me sermonner, Roran. Je connais ces arguments. Nous avons agi comme il fallait. Mais ne me demande pas de me réjouir des souffrances causées pour assurer notre propre sécurité.

À midi, les rames avaient été rentrées, et *L'Aile du Dragon* faisait voile vers le nord, poussé par des vents favorables, dont la voix chantait dans les gréements.

Le navire était affreusement surchargé ; Roran espérait toutefois qu'avec un peu d'organisation ils atteindraient le Surda sans trop d'inconfort. Le plus dur à gérer, c'était les quantités limitées de nourriture ; s'ils ne voulaient pas mourir de faim, ils devraient réduire les rations de façon drastique. Par ailleurs, dans une telle promiscuité, les maladies pouvaient survenir.

Après un bref discours du nouveau capitaine sur l'importance de la discipline à bord, les villageois se consacrèrent aux tâches les plus urgentes : soigner les blessés, déballer leurs maigres biens et s'installer au mieux pour dormir. Ils durent également désigner ceux d'entre eux qui rempliraient différents rôles sur *L'Aile du Dragon* : qui serait aux cuisines, qui apprendrait le métier de marin sous la direction des hommes d'Uthar, et ainsi de suite.

Roran aidait Elain à accrocher un hamac quand il fut entraîné dans une vive discussion entre Odele, ses parents et Frewin, qui avait déserté l'équipage de Torson pour rester avec la jeune fille. Les deux jeunes gens désiraient se marier, ce à quoi le père et le mère d'Odele s'opposaient avec véhémence, sous prétexte que le matelot était sans famille, qu'il n'avait ni une profession respectable ni les moyens d'offrir à leur fille le minimum de confort. Roran estimait préférable de laisser les amoureux ensemble – il semblait difficile de les séparer tant qu'ils resteraient confinés sur le même bateau –, mais les parents d'Odele réfutèrent un à un ses arguments.

Agacé, il s'écria :

– Qu'est-ce qu'on fait, alors ? Vous ne pouvez pas l'enfermer ! Et je suppose que Frewin lui a donné assez de preuves de son…

– Les Ra'zacs !

L'exclamation était tombée du nid-de-pie.

Sans même réfléchir, Roran tira son marteau de sa ceinture et escalada l'échelle de l'écoutille, s'arrachant la peau du tibia au passage. Il fonça rejoindre le petit groupe rassemblé sur le gaillard d'arrière et s'arrêta aux côtés de Horst.

Le forgeron désigna quelque chose.

L'une des affreuses montures planait, telle une ombre aux bords déchiquetés, au-dessus de la côte, un Ra'zac sur son dos. Roran tressaillit. Découvrir ces monstres à la lumière du jour ne fit qu'accroître le sentiment d'horreur qu'ils lui inspiraient. La créature ailée lança son horrible cri, et il frissonna. Alors la voix désincarnée du Ra'zac lui parvint, faible mais distincte :

– Sssi tu crois nous échapper...!

Roran chercha les balistes des yeux, mais il dut renoncer à s'en servir : on ne pouvait les faire pivoter suffisamment pour viser le Ra'zac ou sa monture.

– Qui a un arc ?

– Moi, dit Baldor en mettant un genou au sol.

Il arma son arc :

– Cachez-moi !

Tous se pressèrent autour de lui, le dissimulant au regard malveillant du monstre.

– Pourquoi n'attaque-t-il pas ? gronda Horst.

Perplexe, Roran chercha une explication et n'en trouva pas. Ce fut Jeod qui suggéra :

– Il y a peut-être trop de lumière. Les Ra'zacs chassent la nuit et, d'après ce que je sais, ils n'aiment pas s'aventurer loin de leur repaire tant que le soleil brille dans le ciel.

– Il n'y a pas que ça, ajouta lentement Gertrude. Je crois qu'ils ont peur de la mer.

– Peur de la mer ? railla Horst.

– Observez-les ! Ils ne volent pas à plus d'une dizaine de pieds de la rive.

– Elle a raison, dit Roran.

« Au moins une faiblesse qu'on peut mettre à profit ! »

Quelques secondes plus tard, Baldor cria :

– Poussez-vous !

Aussitôt, ceux qui le protégeaient de leurs corps s'écartèrent. Baldor sauta sur ses pieds et, d'un geste sûr, tendit la corde de son arc, tirant l'empennage contre sa joue, et lâcha le trait de roseau.

Ce fut un tir magnifique. Le Ra'zac était à la limite de la portée de l'arc – Roran n'avait jamais vu un archer viser une cible aussi éloignée –, pourtant Baldor l'atteignit. Sa flèche frappa la créature volante au flanc droit, et la bête poussa un cri de douleur si puissant que les hublots de verre du navire éclatèrent et que des pierres se fendirent sur le rivage. Roran se boucha les oreilles. Sans cesser de crier, le monstre fit demi-tour et disparut derrière un horizon de collines brumeuses.

Jeod était blême :

– Il n'est pas mort...

– Non, dit Baldor, mais il est blessé.

Loring, qui venait d'arriver, fit remarquer, réjoui :

– Oui, tu l'as touché ! Et je parie qu'il y réfléchira à deux fois avant de nous importuner de nouveau.

La mine sombre, Roran soupira :

– Ne te réjouis pas trop vite, Loring ! Ce n'est pas une victoire.

– Pourquoi pas ? demanda Horst.

– Parce que, à présent, l'Empire sait où nous sommes.

Tous se turent, songeant à ce que ces paroles impliquaient.

55
UN JEU D'ENFANT

– Et voici le dernier motif que nous avons créé, dit Trianna.

Nasuada prit le voile noir que lui tendait la sorcière et le déploya, admirant sa qualité. Aucune main humaine n'aurait été capable de réaliser une dentelle d'une telle finesse. Elle considéra avec satisfaction les boîtes alignées sur son bureau, contenant des échantillons des nombreux motifs que le Du Vrangr Gata avait déjà produits.

– Beau travail ! approuva-t-elle. Très supérieur à ce que j'attendais. Dites à vos magiciens combien je suis contente de leur travail. Cela signifie beaucoup pour les Vardens.

À ces compliments, Trianna s'inclina :

– Je leur transmettrai votre message, Dame Nasuada.

– Ont-ils déjà..., commença celle-ci.

Un brouhaha derrière la porte de ses appartements l'interrompit. On entendit des jurons, des éclats de voix, puis un bref cri de douleur. Le bruit du métal frappant le métal résonna dans le vestibule. Alarmée, Nasuada recula au fond de la pièce, tirant son poignard de sa gaine.

– Fuyez, Madame ! lança Trianna.

La sorcière se plaça devant la jeune fille et releva ses manches, dénudant ses bras blancs, prête à faire usage de la magie.

– Passez par la porte de service !

Avant que Nasuada eût fait un pas, le battant s'ouvrit à la volée et une petite silhouette jaillit, qui lui attrapa les jambes, la plaquant au sol. Elle ne vit donc pas qu'à l'instant où elle s'affalait, un projectile argenté traversait l'espace qu'elle avait occupé et se fichait dans le mur avec un bruit mat.

Les quatre gardes firent alors irruption dans la pièce. Il y eut un mouvement confus ; Nasuada sentit qu'on s'emparait de son assaillant. Quand elle réussit à se relever, elle découvrit Elva, maintenue par les soldats.

– Que signifie tout ceci ? s'exclama-t-elle.

La fillette aux cheveux noirs sourit, se plia en deux et vomit sur le tapis tressé. Après quoi, elle posa sur Nasuada ses yeux violets et – de la terrible voix de celle qui sait – elle dit :

– Dis à ta magicienne d'examiner le mur, ô fille d'Ajihad, et tu verras que je suis digne de ta confiance !

Nasuada adressa un signe de tête à Trianna, qui se glissa jusqu'au trou aux bords déchiquetés et murmura un sort. Lorsqu'elle se retourna, elle tenait une fléchette de métal :

– C'était enfoncé dans la boiserie.

– D'où cela provient-il ? souffla Nasuada, stupéfaite.

Trianna désigna la fenêtre ouverte, d'où l'on dominait la ville d'Aberon :

– De l'extérieur, je suppose.

Nasuada dirigea de nouveau son attention vers l'enfant, qui attendait sans rien dire :

– Que sais-tu, Elva ?

L'affreux sourire de la fillette s'élargit :

– C'était un assassin.

– Qui l'a envoyé ?

– Galbatorix. Le roi l'a instruit personnellement dans l'art de la magie noire.

Ses yeux se révulsèrent comme si elle entrait en transe :

– Cet homme te hait. Il est venu pour toi. Il t'aurait tuée si je ne t'avais pas poussée.

Elle se convulsa et hoqueta, éclaboussant encore une fois le plancher de vomissures. Nasuada en eut un haut-le-cœur.

– Et il va endurer une grande douleur, reprit la fillette.
– Pour quelle raison ?
– Parce que je peux te révéler qu'il réside à l'auberge de la rue Fane, dans la dernière chambre du dernier étage. Fais vite, sinon il s'enfuira loin d'ici... très loin !

Elle grogna comme un animal blessé et referma les mains sur son ventre :
– Vite ! Dépêche-toi, avant que le sort lancé sur moi par Eragon ne me force à t'empêcher de lui faire du mal ! Alors, tu te désoleras.

Trianna bondissait déjà quand Nasuada ordonna :
– Préviens Jörmundur ! Réunissez vos magiciens les plus puissants et poursuivez cet homme ! Capturez-le si vous le pouvez ; sinon, tuez-le !

Quand la sorcière fut sortie, Nasuada regarda ses soldats et vit que leurs jambes saignaient, couvertes d'une multitude de petites coupures. Imaginant ce qu'il avait dû en coûter à Elva de leur infliger ces blessures, elle leur dit :
– Allez trouver un guérisseur pour vous panser !

Ils refusèrent d'un signe de tête, et leur capitaine déclara :
– Non, Madame. Nous resterons à vos côtés jusqu'à ce que nous soyons sûrs que vous n'avez plus rien à craindre.
– Comme vous voudrez, Capitaine.

Les hommes obstruèrent les fenêtres, ce qui augmenta encore la chaleur suffocante régnant dans le château de Borromeo ; puis tous se retirèrent dans les pièces intérieures, plus sûres.

Nasuada marchait de long en large, le cœur battant rétrospectivement d'effroi ; il s'en était fallu de bien peu qu'elle fût tuée. « Que deviendraient les Vardens si je mourais ? songeait-elle. Qui me succéderait ? »

Cessant ses déambulations, elle dit :
– Je suis ta débitrice, Elva.
– Maintenant et à jamais.

Nasuada hésita, déconcertée une fois de plus par la réponse de la fillette. Puis elle poursuivit :

– Je n'avais pas donné consigne à mes gardes de te laisser passer à n'importe quelle heure du jour ou de la nuit. Pardonne-moi ! J'aurais dû prévoir un événement de ce genre.

– Tu aurais dû, acquiesça Elva, moqueuse.

Lissant sa robe de la main, Nasuada reprit ses allées et venues, autant pour éviter la vue d'Elva – son visage d'un blanc de craie, son front marqué du signe du dragon – que pour apaiser sa nervosité.

– Comment as-tu réussi à sortir de ta chambre sans être accompagnée ?

– J'ai dit à Greta, la femme qui s'occupe de moi, ce qu'elle désirait entendre.

– C'est tout ?

Elva battit des paupières :

– Elle en a été très heureuse.

– Et Angela ?

– Elle est partie ce matin pour faire une course.

– En tout cas, tu m'as sauvé la vie. Je t'en suis reconnaissante. Demande-moi ce que tu voudras en récompense, et je te l'accorderai si c'est en mon pouvoir.

Elva parcourut du regard la chambre richement décorée et dit :

– As-tu quelque chose à manger ? J'ai faim.

56
Présages de guerre

Deux heures plus tard, Trianna revint, précédant deux soldats qui traînaient entre eux un corps flasque. Sur l'ordre de la sorcière, ils laissèrent tomber le cadavre sur le plancher. Trianna dit alors :

– Nous l'avons trouvé là où Elva nous l'avait indiqué. Son nom était Drail.

Poussée par une curiosité morbide, Nasuada examina le visage de l'homme qui avait essayé de la tuer. L'assassin, petit, barbu et d'apparence banale, ressemblait à n'importe quel homme de la ville. Elle ressentit une sorte de connivence avec lui, comme si le fait qu'il avait attenté à sa vie et qu'en retour elle avait organisé sa mort les liait d'une façon particulièrement intime.

– Comment a-t-il été abattu ? voulut-elle savoir. Je ne vois aucune trace sur son corps.

– Il s'est suicidé grâce à la magie quand nous avons débordé ses défenses et envahi son esprit, sans avoir eu, hélas, le temps de contrôler ses actes.

– Avez-vous pu apprendre quoi que ce soit d'intéressant avant qu'il meure ?

– En effet. Drail faisait partie d'un réseau d'agents fidèles à Galbatorix, basé ici, au Surda. On l'appelle la Main Noire. Ils nous espionnent, sabotent nos efforts de guerre et, autant que nous ayons pu le déterminer lors de notre brève incursion dans la mémoire de Drail, sont responsables de douzaines de meurtres de Vardens. Apparemment, ils étaient prêts à vous tuer à la première occasion depuis notre arrivée de Farthen Dûr.

– Pourquoi cette Main Noire n'a-t-elle pas déjà assassiné le roi Orrin ?

Trianna haussa les épaules :

– Je ne saurais le dire. Galbatorix vous craint-il plus qu'Orrin ? Si c'est le cas, dès que la Main Noire aura compris que vous êtes protégée de leurs attaques – là, la sorcière jeta un coup d'œil à Elva –, Orrin sera en danger, à moins d'être sous la garde constante de ses magiciens. Il est possible que Galbatorix se soit abstenu d'une action aussi directe pour éviter que la Main Noire soit repérée. Si le Surda existe, c'est parce que le roi l'a toléré. Maintenant que ce pays est devenu une menace...

Nasuada se tourna vers Elva :

– Peux-tu aussi protéger Orrin ?

Une flamme s'alluma dans les yeux violets :

– S'il le demande gentiment.

Face à ce nouveau danger, Nasuada sentait les pensées se bousculer dans sa tête.

– Tous les agents de Galbatorix savent-ils se servir de la magie ?

– Il est difficile de l'affirmer, l'esprit de Drail était fort confus, dit Trianna. Mais je suppose que beaucoup en sont capables.

« La magie ! » jura Nasuada pour elle-même. Ce que les Vardens avaient surtout à craindre des magiciens – comme de chaque personne habile à lire dans les esprits – n'était pas l'assassinat, mais plutôt l'espionnage. Les magiciens pouvaient épier les pensées des gens et en tirer des informations utilisables contre les Vardens. C'était bien pour cette raison que Nasuada et tout le haut commandement des Vardens avaient été entraînés à reconnaître si quelqu'un s'immisçait dans leur esprit, et à se protéger de ce genre d'intrusion. Nasuada soupçonnait Orrin et Hrothgar d'avoir instauré le même type de précautions dans leurs gouvernements respectifs. L'une des nombreuses responsabilités du Du Vrangr Gata était de poursuivre quiconque extirpait des informations des consciences des gens. Une telle vigilance avait des conséquences : les magiciens du Du Vrangr Gata espionnaient aussi bien les Vardens que leurs ennemis. Nasuada s'était bien gardée d'en informer son peuple, car cela n'aurait engendré que haine, méfiance et discorde. Elle détestait cette pratique, mais ne voyait pas d'alternative.

Ce que Nasuada avait appris sur la Main Noire renforçait sa conviction : tous les magiciens, d'une façon ou d'une autre, devaient être contrôlés.

– Pourquoi, demanda-t-elle, n'aviez-vous pas découvert cela ? Je comprends qu'un assassin solitaire ait pu vous échapper, mais pas un réseau entier de jeteurs de sorts voué à notre destruction ! Expliquez-vous, Trianna !

À cette accusation, la colère flamba dans les yeux de la sorcière :

– Parce que, ici, contrairement à Farthen Dûr, il nous est impossible d'examiner l'esprit de chacun et de mesurer sa duplicité ! Il y a trop de gens pour que nous, magiciens, puissions les suivre tous à la trace. Voilà pourquoi nous n'avons rien su à propos de la Main Noire jusqu'à ce jour, Dame Nasuada.

Nasuada resta un instant silencieuse, puis elle inclina la tête :

– Soit. Avez-vous identifié les autres membres de la Main Noire ?

– Quelques-uns.

– Bien. Utilisez-les pour démasquer la totalité des agents. Je veux que vous détruisiez cette organisation, Trianna. Éradiquez-la tel un nid de vermine ! Je vous donnerai tous les hommes qu'il vous faudra.

La sorcière fit une révérence :

– À vos ordres, Dame Nasuada.

On frappa à la porte. Aussitôt, les gardes tirèrent leur épée et se placèrent de chaque côté du battant ; puis le capitaine l'ouvrit brusquement. Un jeune page se tenait sur le seuil, le poing levé, prêt à toquer une deuxième fois. Ses yeux s'arrondirent de stupéfaction quand il vit le corps gisant sur le sol, et il sursauta quand le capitaine le questionna :

– Qu'y a-t-il, petit ?

– J'ai un message pour Dame Nasuada, de la part du roi Orrin.

– Alors, parle et sois bref, dit Nasuada.

Il fallut un instant au garçon pour reprendre contenance :

– Le roi Orrin vous prie de le rejoindre séance tenante à la chambre du Conseil, car il a reçu de l'Empire des rapports qui exigent votre attention immédiate.

– C'est tout ?

– Oui, Madame.

– Je dois y aller. Trianna, vous savez ce que vous avez à faire. Capitaine, veuillez laisser un de vos hommes s'occuper de Drail.

– Oui, Madame.

– Qu'il trouve aussi Farica, ma servante. Elle veillera à ce que mon bureau soit nettoyé.

Elva tendit le cou :

– Et moi ?

– Toi, dit Nasuada, tu m'accompagnes. Du moins, si tu t'en sens la force.

L'enfant renversa la tête, et de sa petite bouche ronde jaillit un rire glacé :

– Je m'en sens la force, Nasuada. Et toi ?

Ignorant la question, Nasuada s'élança dans le corridor, ses gardes autour d'elle. La chaleur était telle que les pierres du château exhalaient une odeur de terre. La jeune femme entendait derrière elle le trottinement d'Elva, et le fait que l'horrible fillette était obligée de presser le pas pour suivre l'allure des adultes lui procura un plaisir pervers.

Les gardes restèrent dans le vestibule tandis que Nasuada et Elva pénétraient dans la chambre du Conseil. La salle était d'une nudité presque sévère, à l'image de l'austérité du pays rebelle. Les rois qui s'y étaient succédé avaient consacré leurs ressources à la protection de leur peuple et à la lutte pour détrôner Galbatorix, pas à décorer le château de Borromeo de richesses inutiles, comme les nains l'avaient fait à Tronjheim.

Le centre de la pièce était occupé par une table en bois brut de douze pieds de long, sur laquelle était déroulée une carte de l'Alagaësia, maintenue par des poignards plantés aux quatre coins. Comme le voulait la coutume, Orrin siégeait au bout de la table, tandis que ses conseillers, dont beaucoup étaient violemment hostiles à Nasuada – celle-ci le savait –, occupaient les chaises de côté. Le Conseil des Anciens était également présent. Jörmundur regarda Nasuada, et la jeune femme fut frappée par l'inquiétude qui marquait son visage. Elle en déduisit que Trianna lui avait déjà parlé de Drail.

– Sire, vous m'avez fait demander ?

Orrin se leva :

– En effet. Nous avons à présent...

Il laissa sa phrase en suspens lorsqu'il découvrit Elva.

– Ah, Front Brillant ! Je n'avais pas encore eu l'opportunité de te souhaiter la bienvenue ; pourtant le récit de tes exploits est parvenu jusqu'à moi, et je dois reconnaître que j'étais fort curieux de te rencontrer. Les appartements arrangés pour toi te conviennent-ils ?

– Ils sont très agréables, Sire. Merci.

En entendant cette étrange voix, celle d'une adulte dans un corps d'enfant, l'assistance frémit. Irwin, le premier ministre, se dressa comme un ressort et pointa sur la fillette un doigt tremblant :

– Pourquoi avez-vous amené ici cette... cette abomination ?

– Vous oubliez vos bonnes manières, Monsieur, le rembarra Nasuada, bien qu'elle comprît sa réaction.

Orrin fronça les sourcils :

– Oui, reprenez-vous, Irwin ! Cependant, la question est légitime, Nasuada ; nous ne pouvons permettre à cette... enfant d'assister à nos délibérations.

– L'Empire, rétorqua la jeune femme, vient de tenter de m'assassiner.

Des exclamations de surprise fusèrent autour de la table.

– Sans l'intervention d'Elva, continua-t-elle, je serais morte. Voilà pourquoi elle a désormais ma confiance ; où j'irai, elle ira.

« Laissons-les imaginer ce que sont les pouvoirs d'Elva », songea-t-elle.

– Quelle nouvelle affligeante, en vérité ! s'exclama le roi. L'infâme coupable a-t-il été pris ?

Devant les expressions avides des conseillers, Nasuada choisit la prudence :

– Il serait plus raisonnable que je vous fasse un récit de l'affaire en privé, Sire.

Orrin parut déconcerté par cette réponse, mais il n'insista pas :

– Très bien. Asseyez-vous donc ! Asseyez-vous ! Nous avons reçu un rapport des plus troublants.

Après que Nasuada eut prit place à l'autre extrémité de la table, Elva dissimulée derrière elle, il poursuivit :

– Il semble qu'on ait trompé nos espions à Gil'ead sur la position de l'armée de Galbatorix.

– Comment cela ?

– Ils croient que l'armée est actuellement *dans* Gil'ead. Or, une lettre d'un de nos hommes à Urû'baen vient de nous parvenir : il aurait été témoin d'un important passage de soldats au sud de la capitale, il y a une semaine et demie. Il faisait nuit, aussi n'est-il pas sûr de leur nombre, mais il y avait, selon lui, bien plus que les seize mille hommes formant le gros des troupes de Galbatorix ; ils seraient environ cent mille, peut-être davantage.

« Cent mille ! » Une peur glacée vrilla l'estomac de Nasuada :

– Vous êtes sûr de votre informateur ?

– Son discernement n'a jamais été contesté.

– Je ne comprends pas, dit Nasuada. Comment Galbatorix a-t-il pu faire mouvement avec autant d'hommes sans que nous en ayons connaissance ? Le convoi de vivres à lui seul s'étirerait sur plusieurs lieues ! Il était évident que l'armée se mobilisait, mais l'Empire ne semblait nullement prêt à déployer ses forces.

Falberd prit alors la parole, abattant sa large main sur la table pour donner plus de poids à son propos :

– On s'est joué de nous ! Nos espions ont pu être abusés par magie ; on leur a fait croire que l'armée occupait toujours son casernement de Gil'ead.

Nasuada sentit le sang se retirer de son visage :

– La seule personne assez puissante pour mettre en œuvre une illusion de cette taille et de cette durée, c'est...

– ... Galbatorix en personne, termina Orrin. Telle est notre conclusion. Cela signifie que Galbatorix a quitté son repaire et se prépare au combat. À l'instant où nous parlons, notre sinistre ennemi approche.

Irwin se pencha en avant :

– La question, à présent, est de savoir comment nous allons riposter. Nous devons affronter cette menace, naturellement, mais de quelle façon ? Où, quand et comment ? Nos propres troupes ne sont pas préparées pour une campagne de cette importance, alors que les vôtres, Dame Nasuada – les Vardens –, sont déjà accoutumées à la féroce clameur de la guerre.

– Où voulez-vous en venir ?

« Qu'on devrait mourir pour vous ? »

– C'est un simple constat. Prenez-le comme vous l'entendez.

– Seuls, nous serons anéantis face à une telle armée, intervint Orrin. Nous avons besoin de votre alliance et, par-dessus tout, nous avons besoin d'Eragon, en particulier si nous devons tenir tête à Galbatorix. Nasuada, pouvez-vous l'envoyer chercher ?

– Je le ferais si je le pouvais, mais, tant qu'Arya n'est pas revenue, je n'ai aucun moyen de contacter les elfes ou de convoquer Eragon.

– En ce cas, dit Orrin d'une voix accablée, espérons qu'elle arrivera avant qu'il ne soit trop tard. Étant donné la situation, je ne pense pas que nous puissions compter sur l'appui des elfes. Autant un dragon est capable de survoler la distance séparant Aberon d'Ellesméra à la vitesse d'un faucon, autant il est impossible aux elfes de se rassembler et de parcourir autant de lieues avant que l'Empire nous soit tombé dessus. Restent les nains. Je sais que vous êtes amis avec Hrothgar depuis des années. Accepteriez-vous de lui demander son aide de notre part ? Les nains ont toujours promis qu'ils combattraient quand le temps serait venu.

Nasuada acquiesça :

– Le Du Vrangr Gata a passé des accords avec quelques magiciens nains, ce qui nous permet de transmettre des messages dans l'instant. Je ferai parvenir votre – *notre* – requête. Et je prierai Hrothgar d'envoyer un émissaire à Ceris pour informer les elfes de la situation ; qu'au moins ils soient prévenus.

– Bien. Nous sommes à un bon bout de chemin de Farthen Dûr, mais, si nous parvenons à retarder les forces de l'Empire ne serait-ce que d'une semaine, les nains auront une chance d'arriver à temps.

La discussion qui suivit fut particulièrement austère. Il existait de nombreuses tactiques destinées à tenir en échec une armée supérieure en nombre – et pas nécessairement en force –, mais personne, autour de la table, n'arrivait à concevoir un moyen de battre Galbatorix, d'autant qu'Eragon était encore peu puissant, comparé au roi. L'unique stratagème envisageable était d'entourer Eragon d'autant de magiciens, nains et humains, que possible, puis d'obliger Galbatorix à leur livrer combat. « Le problème, avec ce plan, songea Nasuada, c'est que Galbatorix a écrasé les Dragonniers, des adversaires bien plus redoutables, et, depuis, ses forces n'ont fait qu'augmenter. » Tous avaient cela à l'esprit, elle en était certaine. « Si seulement les elfes jeteurs de sorts rejoignaient nos rangs, la victoire serait peut-être à notre portée ; mais, sans eux... Si nous ne l'emportons pas sur Galbatorix, notre dernière issue sera de nous enfuir d'Alagaësia par la mer, et de trouver une nouvelle terre pour y rebâtir notre vie, une terre où nous attendrions que Galbatorix ne soit plus. Personne ne peut vivre éternellement, pas même lui. La seule certitude que nous ayons, c'est que, au bout du compte, tout a une fin. »

On passa de la tactique à la logistique, et le débat s'envenima, le Conseil des Anciens et les conseillers d'Orrin se disputant la répartition des responsabilités entre les Vardens et le Surda : qui paierait ceci ou cela, qui fournirait le ravitaillement des hommes des deux groupes, qui assurerait l'acheminement des vivres pour les combattants, sans compter les questions diverses et multiples qui devraient encore être examinées.

Au beau milieu de cette empoignade verbale, Orrin tira un parchemin roulé de sa ceinture et dit à Nasuada :

– À propos de financement, auriez-vous la bonté de m'expliquer un détail curieux qui a attiré mon attention ?

– Je ferai de mon mieux, Sire.

– J'ai là une plainte de la corporation des tisseurs, prétendant que les artisans du Surda ont perdu une grande partie de leurs profits parce que le marché du textile a été inondé de dentelles exceptionnellement bon marché – dentelles qu'ils assurent être de fabrication varden.

Son visage prit une expression peinée :

– Je trouve insensé d'avoir à poser la question, mais ces doléances sont-elles fondées, et, si oui, pourquoi les Vardens auraient-ils fait une chose pareille ?

Nasuada n'essaya même pas de dissimuler un sourire :

– Rappelez-vous, Sire ! Quand vous avez refusé de m'allouer davantage d'or, vous m'avez conseillé de trouver un autre moyen de subvenir à nos besoins.

– En effet. Et alors ? fit Orrin, soupçonneux.

– Eh bien, une idée m'est venue à l'esprit : si la dentelle est aussi chère, c'est que sa confection à la main prend énormément de temps. En revanche, il est très facile de la produire par magie, étant donné le peu d'énergie que cela requiert. En tant qu'authentique savant, vous êtes le mieux placé pour en juger. La vente de notre dentelle, ici et dans tout l'Empire, nous a fourni les fonds dont nous avions besoin pour soutenir notre effort de guerre. Les Vardens n'ont plus à mendier leur nourriture et leur logement.

Peu de choses encore, dans sa vie, avaient procuré autant de plaisir à Nasuada que l'expression incrédule affichée par Orrin à cet instant. Le parchemin s'était immobilisé dans sa main levée, à mi-distance entre la table et son menton ; sa bouche entrouverte et le pli perplexe qui lui barrait le front lui donnaient l'air d'un parfait ahuri. La jeune femme savoura le spectacle.

– De... de la dentelle ? balbutia-t-il.

– Oui, Sire.

– Vous n'allez tout de même pas combattre Galbatorix avec de la dentelle !

– Pourquoi pas, Sire ?

Il s'agita sur son siège, puis grommela :

– Parce que... parce que ce n'est pas sérieux, voilà pourquoi ! Quel barde voudrait composer un récit épique sur nos actions et y parler de *dentelle* ?

– Nous ne combattons pas pour inspirer les bardes !

– Ah, laissons là les bardes ! Que suis-je censé répondre à la corporation des tisseurs ? En vendant votre dentelle à bas prix, vous attentez au gagne-pain des gens et minez notre économie. Ça ne va pas ! Ça ne va pas du tout.

Avec un sourire charmant, Nasuada déclara de sa voix la plus aimable :

– Oh, cher ami ! Si c'est un trop grand problème pour votre trésorerie, les Vardens seraient tout disposés à vous faire un prêt, en remerciement de la bonté que vous avez manifestée à leur égard ; à un taux d'intérêt raisonnable, naturellement.

Le Conseil des Anciens réussit à conserver sa dignité. Elva, elle, cachée derrière Nasuada, ne put retenir un bref éclat de rire.

57
LAME ROUGE, LAME BLANCHE

À l'instant où le soleil apparut derrière la ligne des arbres, Eragon amplifia sa respiration, accéléra les battements de son cœur et ouvrit les yeux, retrouvant sa pleine lucidité. Il ne sortait pas du sommeil, puisqu'il n'avait pas dormi depuis sa transformation. Quand il se sentait las et qu'il s'allongeait pour se reposer, il entrait dans une sorte de rêve éveillé. Là, il était visité par de merveilleuses visions : il marchait parmi les ombres grises de ses souvenirs, sans néanmoins jamais perdre conscience de ce qui l'entourait.

Il regarda le soleil se lever, et Arya occupa ses pensées, comme à chaque heure depuis l'Agaetí Sänghren, deux jours plus tôt. Le matin suivant, il était parti à sa recherche dans Tialdarí Hall, avec l'intention de faire amende honorable pour son attitude, et il avait appris qu'elle était déjà en route vers le Surda. « Quand la reverrai-je ? » s'était-il demandé. Dans la claire lumière du jour, il avait réalisé à quel point les enchantements des elfes et des dragons avaient obscurci son esprit lors de la célébration. « Je me suis peut-être comporté comme un imbécile, mais ce n'était pas tout à fait ma faute. Je n'étais pas plus responsable de ma conduite que si j'avais été ivre. »

Pourtant, chacun des mots qu'il avait dits à Arya était vrai, même si, dans son état normal, il n'aurait pas dévoilé à ce point ses sentiments. Que l'elfe l'eût repoussé lui avait remis les idées en place. Libéré des brumes de la magie, il avait été obligé d'admettre qu'elle avait probablement raison, que leur différence d'âge était un obstacle insurmontable. Il avait eu du mal à l'accepter, et, après qu'il y avait réussi, sa détresse n'avait fait qu'augmenter.

Eragon avait déjà entendu l'expression « cœur brisé ». Jusqu'alors, il l'avait considérée comme une métaphore, pas comme la description d'un symptôme physique. À présent, une douleur lui enserrait la poitrine, comparable à celle d'un muscle blessé, et chaque battement de cœur lui faisait mal.

Son unique réconfort lui venait de Saphira. Durant ces deux jours, elle n'avait pas eu un mot de reproche, et ne l'avait jamais laissé seul plus de quelques minutes, lui offrant à tout instant le secours de sa présence. Elle lui parlait sans cesse, le poussant de son mieux à sortir de sa carapace de silence.

Pour ôter Arya de ses pensées, Eragon prit le puzzle d'Orik sur sa table de nuit et le fit rouler entre ses doigts, s'émerveillant de l'acuité nouvelle de son toucher. Il pouvait sentir le moindre défaut du métal. En examinant la chaînette, il perçut dans la disposition des maillons un motif qui, jusqu'alors, lui avait échappé. Se fiant à son instinct, il manipula les maillons dans l'ordre que lui suggéraient ses observations. À son grand plaisir, les huit pièces s'encastrèrent à la perfection, formant un anneau solide. Il le glissa à son annulaire et admira le jeu de lumière dans la tresse dorée.

« Tu n'aurais pas pu, avant », lui fit remarquer Saphira depuis sa couche.

« Je vois désormais bien des choses qui m'étaient cachées autrefois. »

Eragon passa à la salle de bains pour ses ablutions matinales, sans oublier de se raser les joues à l'aide d'un sort. Bien qu'il ressemblât maintenant de très près à un elfe, sa barbe poussait toujours.

Orik les attendait quand Eragon et Saphira arrivèrent au champ d'entraînement. Les yeux du nain brillèrent lorsqu'Eragon leva la main pour lui montrer l'anneau.

– Tu as réussi, alors !

– Cela m'a demandé plus de temps que je ne pensais, mais, oui, j'ai réussi ! Es-tu ici pour t'entraîner ?

– Hé ! J'ai joué de la hache avec un elfe qui a pris un plaisir pervers à m'assommer. Non, je suis venu te voir combattre.

– Tu as déjà assisté à mes combats, observa Eragon.

– Pas depuis un bon moment.

– Tu es curieux de constater les changements, c'est ça ?

Pour toute réponse, le nain haussa les épaules.

Vanir, qui venait vers eux, cria :

– Es-tu prêt, Tueur d'Ombre ?

L'attitude condescendante de l'elfe s'était un peu atténuée depuis leur dernier duel, avant l'Agaetí Sänghren.

– Je suis prêt.

Eragon et Vanir se mirent en place dans un espace dégagé. Vidant son esprit, Eragon empoigna Zar'roc et la tira d'un geste vif. À sa surprise, l'arme lui parut aussi légère qu'une baguette de saule. Sans aucune difficulté, le bras du garçon se détendit et envoya la lame virevoltante à une vingtaine de mètres, où elle se planta dans le tronc d'un pin.

– Ne peux-tu tenir correctement ton arme, Dragonnier ? railla Vanir.

– Je te prie de m'excuser, Vanir-vodhr, souffla Eragon, haletant.

Il frictionna son épaule endolorie :

– J'ai sous-estimé ma force.

– Veille à ce que cela ne se reproduise pas !

Vanir s'approcha de l'arbre, saisit le pommeau de Zar'roc et tira pour la libérer. L'arme ne bougea pas. L'elfe fronça les sourcils, observant la lame rouge comme s'il la suspectait de tricherie. S'arc-boutant, il tira de nouveau et, dans un craquement de bois, extirpa Zar'roc de l'écorce.

Il remit l'épée à Eragon, qui la leva, troublé encore une fois par sa légèreté. « Quelque chose ne va pas », pensa-t-il.

– En garde !

Cette fois, ce fut Vanir qui prit l'initiative de l'assaut. D'un bond, il franchit la distance entre eux et visa l'épaule d'Eragon de la pointe de l'épée. Le jeune Dragonnier eut l'impression que l'elfe bougeait plus lentement qu'à l'ordinaire, comme si les réflexes de Vanir n'étaient plus différents de ceux d'un humain. Eragon para sans difficulté, et des étincelles bleutées jaillirent du métal lorsque les lames se heurtèrent.

L'elfe parut interloqué. Il frappa de nouveau, et Eragon évita l'épée en se ployant en arrière, tel un arbuste dans le vent. Vanir fit pleuvoir sur son adversaire une série de coups violents, qu'Eragon esquivait ou bloquait, utilisant aussi bien le fourreau de Zar'roc que sa lame pour parer les coups de Vanir.

Le garçon réalisa bientôt que le dragon spectral de l'Agaetí Sänghren avait fait bien plus que modifier son apparence : il lui avait aussi donné les capacités physiques des elfes. En force et en agilité, il égalerait désormais le plus athlétique d'entre eux.

Excité par cette découverte et curieux de tester ses limites, il sauta aussi haut qu'il put. Zar'roc dessina un éclair rouge dans le soleil tandis qu'Eragon s'envolait plus de dix pieds au-dessus du sol, avant d'exécuter une pirouette d'acrobate et de retomber derrière Vanir.

Un rire farouche jaillit de la gorge du Dragonnier. Il n'était plus sans défense face à un elfe, un Ombre ou toute autre créature née de la magie ! Plus jamais il n'aurait à subir le mépris des elfes. Plus jamais il ne devrait se reposer sur Arya ou Saphira pour le sauver d'ennemis comme Durza.

Il chargea Vanir, et le champ d'entraînement retentit du fracas furieux de leur combat ; le sol vibrait sous leurs bottes, qui piétinaient l'herbe du pré ; des bourrasques provoquées par la puissance de leurs coups leur emmêlaient les cheveux. Au-dessus d'eux, les pins secoués perdaient leurs aiguilles. Leur duel dura une bonne partie de la matinée, car, malgré les nouveaux talents d'Eragon, Vanir restait un adversaire redoutable. Au bout du compte, Eragon remporta la victoire. Décrivant un cercle avec la pointe de Zar'roc, il trompa la garde de Vanir et le frappa au bras droit, lui fracturant l'humérus.

L'elfe lâcha son arme et blêmit sous le choc.

– Que ta lame est rapide ! s'exclama-t-il.

Et Eragon reconnut un vers célèbre du *Lai de Umhodan*.

– Par tous les dieux ! s'écria Orik. Voilà le plus beau duel auquel j'aie jamais assisté ! Pourtant, j'étais là quand tu as combattu Arya à Farthen Dûr, même si, ce jour-là, tu as perdu.

Vanir eut alors une réaction à laquelle Eragon ne se serait jamais attendu : il retourna son bras blessé en un geste d'allégeance, le plaça contre sa poitrine et s'inclina :

– Je te prie de me pardonner mon comportement antérieur, Eragon-elda. Je pensais que tu avais condamné mon peuple au néant, et la peur m'a fait agir de façon indigne. Il m'apparaît aujourd'hui que tu ne mets plus notre cause en danger.

À contrecœur, il ajouta :

– Tu mérites désormais le titre de Dragonnier.

Eragon s'inclina à son tour :

– Tu m'honores. Je regrette de t'avoir infligé cette blessure. Me permettras-tu de soigner ton bras ?

– Non, je vais laisser la nature le guérir à son rythme, pour me souvenir que j'ai un jour croisé le fer avec Eragon le Tueur d'Ombre. N'aie crainte ! Cela ne perturbera pas notre combat de demain ; je suis tout aussi adroit du bras gauche.

Ils échangèrent un salut, et Vanir se retira.

Orik se frappa la cuisse :

– Maintenant, nous avons une chance de remporter la victoire, une vraie chance ! Je le sens dans mes os. Les os sont comme la pierre, dit-on. Ah, voilà qui va réjouir Hrothgar et Nasuada !

Eragon ôta avec soin la protection du tranchant de Zar'roc, tout en confiant à Saphira :

« S'il suffisait d'avoir des muscles pour détrôner Galbatorix, les elfes l'auraient fait depuis longtemps. »

Il ne pouvait s'empêcher, toutefois, de se réjouir de sa prouesse, ainsi que de la délivrance tant espérée des tourments que lui infligeait son dos. Depuis qu'il était libéré de ces incessantes explosions de douleur, il lui semblait qu'un brouillard s'était dissipé dans son esprit, lui permettant de penser à nouveau avec clarté.

Il restait encore plusieurs minutes à Eragon et Saphira avant d'aller retrouver Oromis et Glaedr ; aussi le garçon décrocha-t-il son arc et son carquois de la selle de Saphira, et il se dirigea vers le terrain où les elfes s'entraînaient au tir. Les arcs des elfes étant beaucoup plus puissants que le sien et leurs cibles, à la fois trop petites et trop éloignées pour lui, il devait se placer à mi-distance.

Ayant pris position, Eragon encocha une flèche et tendit lentement la corde avec une facilité qui le ravit. Il visa, lâcha la flèche en gardant la posture, et attendit de voir s'il atteindrait son but. Le trait fila en bourdonnant comme un frelon furieux et s'enfonça au cœur de la cible. Eragon sourit. Il recommença, encore et encore, la rapidité de ses gestes augmentant en même temps que sa confiance en lui, jusqu'à lancer trente flèches à la minute.

À la trente et unième, il tendit la corde avec plus de force qu'il l'avait jamais fait – ou qu'il avait été capable de le faire. L'arc en bois d'if se cassa au-dessous de sa main gauche avec un craquement sec et lui écorcha les doigts, projetant des échardes alentour. Son poignet en fut tout engourdi.

Eragon contempla, désolé, les débris de son arme. C'était Garrow qui la lui avait offerte pour son anniversaire, trois ans auparavant. Depuis ce jour, pas une semaine ne s'était écoulée sans qu'il l'eût utilisée. Grâce à son arc, il avait subvenu aux besoins de sa famille, qui autrement aurait souffert de la faim. Avec son arc, il avait abattu son premier daim. Avec lui, il avait tué son premier Urgal. Et, avec lui, il avait utilisé la magie pour la première fois. Perdre son arc, c'était perdre un ami sur lequel il pouvait compter, même dans les pires situations.

Saphira renifla les deux morceaux de bois qui pendaient dans sa main et dit :

« On dirait que tu vas avoir besoin d'un autre bâton lanceur ! »

Il répondit d'un grognement – il n'était pas d'humeur à discuter – et marcha à grands pas vers les cibles pour récupérer ses flèches.

De là, Saphira l'emporta jusqu'à l'À-pic de Tel'naeír. Ils se présentèrent devant Oromis, qu'ils trouvèrent assis sur un tabouret, au seuil de sa cabane, le regard perdu dans le lointain.

– Es-tu remis des effets de la magie, après la célébration du Serment du Sang, Eragon ? s'enquit l'elfe.

– Oui, Maître.

Un long silence s'ensuivit, durant lequel Oromis but son thé de mûres en contemplant la forêt. Eragon attendit sans rien dire ; il était habitué à ces pauses depuis qu'il travaillait avec l'ancien Dragonnier. Finalement, Oromis déclara :

– Glaedr m'a expliqué de son mieux ce que l'on t'a fait au cours de la célébration. Rien de tel ne s'était produit dans toute l'histoire des Dragonniers... Une fois de plus, les dragons ont accompli un acte dont on ne les aurait jamais imaginés capables.

Il but une gorgée de thé.

– Glaedr n'était pas certain des changements qui s'opéreraient en toi, aussi je voudrais que tu me décrives l'ampleur de ta transformation, y compris en ce qui touche à ton apparence.

Eragon résuma rapidement les modifications qu'il avait notées, en insistant sur l'acuité nouvelle de ses perceptions – vue, odorat, ouïe, toucher –, et termina par un récit de sa victoire sur Vanir.

– Et comment ressens-tu cela ? Es-tu contrarié que ton corps ait été manipulé sans ta permission ?

– Non, non ! Absolument pas ! Je l'aurais sans doute été avant la bataille de Farthen Dûr ; mais, à présent que mon dos ne me fait plus souffrir, je suis seulement reconnaissant d'avoir été délivré de cette torture. Je me serais volontiers soumis à des changements plus grands encore pour échapper à la malédiction de Durza. Non, je n'éprouve que de la gratitude.

Oromis hocha la tête :

– Je suis heureux de cette attitude de sagesse, car le don qui t'a été fait vaut plus que tout l'or du monde. Grâce à lui, je crois que nos pieds se sont enfin posés sur le bon chemin.

Il prit une autre gorgée de thé :

– Continuons ! Saphira, Glaedr t'attend à la Pierre des Œufs Brisés. Eragon, tu vas aborder aujourd'hui le niveau trois du Rimgar, si tu le peux. Je veux voir où tu en es.

Eragon se dirigea vers le carré de terre battue où ils s'exerçaient habituellement à la Danse du Serpent et de la Grue. Il s'y arrêta, indécis, en constatant que l'elfe aux cheveux d'argent ne le suivait pas :

– Vous ne venez pas, Maître ?

Un sourire triste éclaira le visage d'Oromis :

– Pas aujourd'hui, Eragon. Les sorts nécessaires à la célébration du Serment du Sang ont exigé de moi un trop lourd tribut. Cela s'est ajouté à mon... état. J'ai utilisé mes dernières forces pour venir m'asseoir dehors.

– Je suis désolé, Maître.

« En veut-il aux dragons de ne pas l'avoir choisi, lui ? » se demanda Eragon. Il chassa aussitôt cette pensée ; Oromis ne serait jamais aussi mesquin.

– Ne le sois pas ! Ce n'est pas ta faute si je suis estropié.

En s'exerçant au troisième niveau du Rimgar, Eragon dut reconnaître qu'il lui manquait encore l'équilibre et la souplesse des elfes, deux qualités qu'eux-mêmes n'acquéraient que par une pratique régulière. D'une certaine manière, il fut rassuré de constater ses limites. S'il avait été parfait, que lui serait-il resté à accomplir ?

Les semaines suivantes furent difficiles. D'un côté, il faisait d'énormes progrès, maîtrisant l'un après l'autre des sujets qui l'avaient tenu jusque-là en échec. Si les leçons d'Oromis exigeaient encore beaucoup de travail de sa part, il n'avait plus l'impression d'être noyé dans l'océan de ses insuffisances. Il lisait et écrivait avec plus de fluidité, et ses forces grandissantes lui permettaient enfin de maîtriser des sorts elfiques, requérant tant d'énergie qu'ils auraient tué un humain ordinaire. Ces capacités nouvelles lui faisaient comprendre combien Oromis était affaibli, comparé aux autres elfes.

Cependant, en dépit de ces performances, Eragon éprouvait un sentiment grandissant de mécontentement. Malgré ses efforts pour oublier Arya, chaque jour qui passait augmentait le désir qu'il avait de sa présence. De savoir qu'elle ne voulait ni le voir ni lui parler exacerbait son tourment. Plus encore, il avait le pressentiment qu'une tempête inquiétante fermentait au-delà de l'horizon, une tempête qui menaçait d'éclater à tout moment et de balayer le pays, dévastant tout sur son passage.

Saphira, qui partageait son malaise, dit un jour :

« Le tissu du monde s'étire, Eragon. Bientôt, il se déchirera, et la folie surviendra. Ce que tu ressens, les dragons le ressentent aussi, ainsi que les elfes – l'inexorable avancée d'un destin funeste, tandis que notre époque approche de sa fin. Pleurons ceux qui vont mourir dans le chaos qui se prépare à bouleverser l'Alagaësia ! Et espérons conquérir, par la force de ton épée et de ton bouclier, par mes griffes et mes crocs, un avenir meilleur !

58
Visions de près et de loin

Vint le jour où, lorsqu'Eragon se rendit à la clairière, derrière la cabane d'Oromis, et qu'il s'assit sur la souche blanchie, au centre du vallon moussu, ouvrant son esprit aux créatures qui l'entouraient, il sentit non seulement l'existence des oiseaux, des bêtes et des insectes, mais aussi celle des plantes de la forêt.

La conscience des végétaux était différente de celle des animaux : lente, mesurée, décentrée, mais, à sa manière, tout aussi sensible à son environnement que pouvait l'être Eragon lui-même. La faible pulsation de l'âme des plantes baignait la constellation d'étoiles qui dérivait derrière ses paupières – chaque étincelle brillante représentant une vie – d'une douce et constante luminosité. Même le sol le plus nu pullulait de minuscules organismes ; la terre entière était vivante et sensible.

Partout, conclut-il, il existait une vie intelligente.

Tandis qu'Eragon s'immergeait dans les pensées et les sensations des êtres qui l'entouraient, il atteignit un état de paix intérieure si profond que, le temps que cela dura, il cessa d'exister en tant qu'individu. Il se laissa n'être plus qu'une non-entité, un vide, un réceptacle ouvert aux voix du monde. Rien n'échappait à son attention, parce que son attention n'était accaparée par rien.

Il *était* la forêt et ses habitants.

« Est-ce ainsi qu'un dieu ressent les choses ? » se demanda-t-il quand il revint à lui.

Il quitta la clairière, alla retrouver Oromis dans sa cabane et s'agenouilla devant l'elfe :

– Maître, j'ai fait comme vous m'aviez dit. J'ai écouté jusqu'à ce que je n'entende plus rien.

Oromis cessa d'écrire et, pensif, dévisagea le garçon :

– Raconte-moi.

Pendant une heure et demie, Eragon ne tarit pas d'éloquence, décrivant par le menu les plantes et les bêtes qui peuplaient la clairière, jusqu'à ce qu'Oromis l'arrêtât en levant la main :

– Tu m'as convaincu ; tu as entendu tout ce qu'il y avait à entendre. Mais as-tu tout compris ?

– Non, Maître.

– C'est dans l'ordre des choses. La compréhension vient avec l'âge... Beau travail, Eragon-finiarel. Beau travail, vraiment. Si tu avais été mon élève à Ilirea, avant l'arrivée au pouvoir de Galbatorix, tu aurais reçu à présent ton diplôme de fin d'apprentissage et tu serais considéré comme un membre à part entière de notre confrérie. Les mêmes droits et les mêmes privilèges que ceux des plus vieux Dragonniers te seraient accordés.

Oromis se redressa avec effort et resta debout, vacillant :

– Prête-moi ton épaule, Eragon, et aide-moi à sortir. Mes membres trahissent ma volonté.

Accourant aux côtés de son maître, Eragon soutint l'elfe tandis que celui-ci clopinait jusqu'au ruisseau qui se ruait la tête la première vers le bord de l'À-pic de Tel'naeír.

– Maintenant que tu as atteint ce stade de ton éducation, dit le maître, je peux t'enseigner un des plus grands secrets de la magie, un secret que Galbatorix lui-même ignore. C'est ta meilleure chance d'égaler son pouvoir.

Le regard de l'elfe se fit inquisiteur :

– Quel est le prix de la magie, Eragon ?

– L'énergie. Un sort consomme la même quantité d'énergie qu'il faudrait déployer pour accomplir la même tâche avec des moyens ordinaires.

Oromis approuva.

– Et d'où provient cette énergie ?

– Du corps du magicien.

– Est-ce obligatoire ?

L'esprit d'Eragon s'emballa tandis qu'il considérait les incroyables implications soulevées par la question d'Oromis :

– Vous voulez dire qu'elle peut émaner... d'autres sources ?

– C'est exactement ce qui se passe lorsque Saphira t'apporte son assistance.

– Oui, mais elle et moi, nous sommes en connexion, objecta Eragon. C'est ce lien qui me permet de puiser en elle. Pour réussir cela avec quelqu'un d'autre, je devrais entrer dans...

Sa voix mourut, car il commençait à comprendre où le conduisait Oromis.

L'elfe termina la phrase à sa place :

– ... entrer dans la conscience d'un être, ou d'êtres, susceptibles de fournir cette énergie. Tu as prouvé aujourd'hui ta capacité d'y réussir, même avec les plus petites formes de vie. Maintenant...

Il s'interrompit, pressa une main contre sa poitrine et toussa.

– Maintenant, reprit-il, je veux te voir extraire une sphère d'eau du ruisseau, en utilisant uniquement l'énergie que tu pourras glaner autour de toi, dans la forêt.

– Oui, Maître.

En même temps qu'il s'ouvrait aux plantes et aux animaux à proximité, Eragon sentait l'esprit d'Oromis frôler le sien, observant et mesurant ses progrès. Les sourcils froncés de concentration, le garçon s'efforça d'accroître ses forces en puisant dans son environnement et en les accumulant en lui, jusqu'à ce qu'il se sentît prêt à lâcher le flux de sa magie.

– Eragon ! Ne tire rien de moi ! Je suis assez faible comme ça...

Stupéfait, Eragon s'aperçut qu'il avait inclus Oromis dans sa recherche.

– Je suis désolé, Maître, fit-il, confus.

Il acheva le processus, prenant soin de ne pas aspirer la vitalité de l'elfe, et, quand il fut prêt, il ordonna :

– Monte !

Silencieuse comme la nuit, une boule d'eau d'un pied de circonférence s'éleva du ruisseau et s'arrêta à la hauteur des yeux d'Eragon. Et, bien que le garçon ressentît la tension habituelle due à un effort intense, le sort en lui-même ne lui causait aucune fatigue.

La sphère ne flottait dans les airs que depuis un instant lorsqu'un souffle mortel balaya les plus petites créatures avec lesquelles Eragon était en contact. Une colonne de fourmis s'immobilisa, les pattes en l'air ; un souriceau couina et disparut dans le néant, son cœur minuscule ayant cessé de battre. Une multitude de plantes se flétrirent, s'effritèrent et tombèrent en poussière.

Eragon tressaillit, horrifié. Étant donné son respect tout neuf devant le caractère sacré de la vie, un tel crime le consternait. Qu'il se fût senti intimement lié à chacun de ces êtres à l'instant où ils cessaient d'exister rendait les choses encore pires ; c'était comme s'il mourait lui-même, encore et encore. Il rompit le flot de magie, laissant la sphère d'eau s'écraser sur le sol, pivota face à Oromis et gronda :

– Vous saviez ce qui allait arriver !

Une expression de profond chagrin assombrit les traits d'Oromis :

– Il le fallait !

– Il fallait tuer tant de vivants ?

– Il fallait que tu saches le terrible prix à payer quand tu utilises ce type de magie. Les mots sont impuissants à exprimer ce qu'on ressent lorsque des êtres dont on a partagé la conscience meurent. Il fallait que tu en fasses personnellement l'expérience.

– Plus jamais je ne ferai ça ! jura Eragon.

– Et tu n'auras pas à le faire. Si tu sais te maîtriser, tu pourras choisir de tirer ton pouvoir uniquement de plantes et d'animaux capables de supporter cette déperdition. C'est irréalisable dans une bataille, mais tu le feras au cours de ton entraînement.

Oromis lui fit signe d'approcher, et le garçon, tout frémissant, lui offrit son bras pour le ramener à la cabane.

– Tu comprends pourquoi on n'enseigne pas cette technique aux jeunes Dragonniers, reprit l'elfe. Si elle venait à la connaissance d'un magicien mal intentionné, celui-ci – ou celle-ci – pourrait causer d'énormes dégâts, d'autant qu'il serait difficile de stopper quelqu'un ayant acquis un tel pouvoir.

De retour dans la cabane, l'elfe soupira, se laissa tomber sur une chaise et pressa le bout de ses doigts les uns contre les autres. Eragon s'assit également :

– Puisque l'on peut tirer l'énergie de…

Il fit un geste vague de la main :

– … de la *vie*, n'est-il pas possible d'absorber directement celle de la lumière ou du feu, ou de toute autre puissance de ce genre ?

– Ah, Eragon ! Si cela était, nous détruirions Galbatorix en un instant ! Nous pouvons échanger de l'énergie avec d'autres êtres vivants, l'utiliser pour mouvoir nos corps ou alimenter un sort, et même la garder en réserve dans certains objets pour un usage ultérieur, mais nous ne savons pas assimiler les forces fondamentales de la nature. La raison nous dit que cela peut se faire, mais personne n'a encore réussi à formuler un sort le permettant.

Neuf jours plus tard, Eragon se présenta devant Oromis et demanda :

– Maître, une chose m'a frappé, cette nuit : ni vous ni aucun parmi les centaines de parchemins elfiques que j'ai lus n'a jamais fait mention de votre religion. Quelles sont les croyances des elfes ?

Un long soupir fut la première réponse d'Oromis. Puis il dit :

– Nous croyons que le monde est régi par un certain nombre de règles inviolables et que, grâce à un travail incessant, nous pouvons découvrir ces règles et nous en servir pour prédire les événements quand les mêmes circonstances se répètent.

Eragon battit des paupières. Ça ne répondait pas à sa question.

– Mais à qui – ou à quoi – rendez-vous un culte ?
– À rien.
– Vous célébrez le concept du rien ?
– Non, Eragon. Nous ne célébrons aucun culte.

Cette idée était si étrange qu'il fallut un moment à Eragon pour en saisir la signification. Les villageois de Carvahall ne professaient pas de doctrine absolue, mais ils partageaient une collection de rites et de superstitions, la plupart destinés à repousser le mauvais œil. Au cours de sa formation, Eragon avait découvert que la cause de bien des phénomènes que les villageois croyaient surnaturels était en réalité parfaitement naturelle. Il avait appris, par exemple, lors de ses méditations, que les asticots sortaient des œufs de mouches et ne naissaient pas directement de la terre, comme il l'avait toujours cru. Il lui paraissait désormais absurde de faire des offrandes aux esprits pour empêcher le lait de tourner, parce qu'il savait à présent que c'était dû à la prolifération de micro-organismes. Eragon restait cependant convaincu que des forces supranaturelles influençaient la marche du monde de façon mystérieuse, et son contact avec la religion des nains avait renforcé cette croyance. Il dit :

– Alors, quelle est l'origine du monde, à votre avis, s'il n'a pas été créé par des dieux ?

– Quels dieux, Eragon ?

– Nos dieux, les dieux des nains, vos dieux... Quelqu'un a bien dû créer tout ça !

Oromis leva un sourcil :

– Je ne suis pas d'accord avec toi. Cependant, dans l'état actuel de mes connaissances, je ne peux pas prouver que les dieux n'existent pas, ni que le monde – et ce qu'il contient – n'a pas été créé par une ou plusieurs entités, dans un lointain passé. Mais je peux t'assurer que, depuis tant de millénaires que nous, les elfes, nous étudions la nature, nous n'avons jamais été témoins d'une rupture dans les règles qui régissent l'ordre du monde. Autrement dit, nous n'avons jamais assisté à un miracle.

Bien des événements ont mis au défi nos capacités d'explicitation, mais nous sommes convaincus que, si nous avons échoué, c'est à cause de notre lamentable ignorance devant l'univers, pas parce qu'une divinité aurait dévié le cours naturel des choses.

– Un dieu n'aurait pas besoin de bouleverser la nature pour accomplir sa volonté, affirma Eragon. Il pourrait le faire à l'intérieur même du système existant… Il pourrait utiliser la magie pour agir sur les événements.

Oromis sourit :

– Très juste. Mais demande-toi ceci, Eragon : si les dieux existent, ont-ils été de bons gardiens de l'Alagaësia ? La mort, la maladie, la pauvreté, la tyrannie et des misères sans nombre règnent sur le pays. Si tel est l'ouvrage d'êtres divins, alors il faudrait se rebeller contre eux et les détrôner, pas leur accorder obéissance, obédience et révérence.

– Les nains croient…

– Exactement ! Les nains *croient*. Dans certains domaines, ils s'appuient sur leur foi plutôt que sur la raison. Ce qui les amène parfois à ignorer des faits qui contredisent leurs dogmes.

– Quoi, par exemple ?

– Les prêtres nains se servent du corail pour prouver que la pierre peut être vivante et pousser ; cela corrobore l'histoire du dieu Helzvog, qui a créé les nains à partir du granit. Nous, les elfes, nous avons découvert que le corail est en réalité un exosquelette sécrété par de minuscules animaux vivant à l'intérieur. N'importe quel magicien sent la présence de cette petite vie en lui ouvrant son esprit. Nous avons expliqué cela aux nains, mais ils ont refusé de nous écouter, prétendant que cette forme de vie réside dans toutes les sortes de pierre, bien que leurs prêtres soient les seuls à pouvoir la détecter.

Eragon resta un long moment le regard fixé sur la fenêtre, retournant les paroles d'Oromis dans sa tête.

– Donc, reprit-il, vous ne croyez pas à une vie après la mort ?

– D'après ce que Glaedr t'a enseigné, tu connais déjà la réponse.

– Et vous ne faites aucun cas des dieux.

– Nous n'accordons foi qu'à ce qui peut être prouvé. Comme nous ne pouvons mettre en évidence que les dieux, les miracles et autres manifestations surnaturelles sont vrais, nous ne laissons pas tout cela nous préoccuper. Si les choses devaient changer, si Helzvog se révélait à nous, alors nous accepterions cette nouvelle donne et réviserions notre position.

– Ce monde paraît bien froid sans quelque chose… de plus.

– Au contraire, dit Oromis. C'est un monde où l'on est responsable de ses actes, où l'on peut être bons les uns avec les autres parce qu'on le veut et parce que c'est juste, pas par crainte d'une punition divine. Je ne veux pas t'imposer ce que tu dois croire, Eragon. Mieux vaut apprendre à penser de façon critique, afin de décider ensuite librement, que de se plier à des notions imposées. Tu m'as interrogé sur notre religion, et je t'ai répondu avec sincérité. Fais-en ce que tu veux.

Cette discussion – ajoutée à certaines de ses précédentes inquiétudes – laissa Eragon si perturbé qu'il eut du mal à se concentrer sur ses études pendant plusieurs jours, alors même qu'Oromis commençait à lui enseigner les « chants pour les plantes », que le garçon était impatient d'apprendre.

Il devait reconnaître que son expérience personnelle l'avait déjà conduit à adopter un certain scepticisme ; sur le fond, il était en grande partie d'accord avec Oromis. Toutefois, une question continuait de le tourmenter : si les elfes avaient raison, cela signifiait que les nains et les humains étaient dans l'erreur, conclusion qu'Eragon n'arrivait pas à accepter. « Ces gens ne peuvent tous se leurrer », se répétait-il.

Lorsqu'il interrogea Saphira, elle lui dit :

« Ça ne me concerne guère, Eragon. Les dragons n'ont jamais cru en des puissances supérieures. Pourquoi le ferions-nous, alors que les daims et les autres proies *nous* considèrent comme telles ? »

Cette idée fit rire la dragonne.

« Efforce-toi de ne pas chercher du réconfort en ignorant la réalité, ajouta-t-elle. Car, si tu fais cela, tu seras déçu. »

Cette nuit-là, toutes ces questions sans réponse tourmentèrent Eragon dans ses rêves éveillés avec la fureur d'un ours blessé. Des images disparates jaillissaient de sa mémoire, faisant monter dans son esprit une clameur telle qu'il se croyait ramené dans le chaos de la bataille sous Farthen Dûr.

Il revoyait Garrow étendu, mort, dans la maison de Horst ; Brom, mort lui aussi, dans la caverne de grès solitaire ; le visage d'Angela, l'herboriste, qui chuchotait : « Prends garde, Argetlam ! Tu seras trahi ; et tu le seras par les tiens. Prends garde, Tueur d'Ombre ! » Puis le ciel rouge se déchirait, et les deux armées, dont il avait eu la vision prémonitoire dans les Beors, surgissaient devant ses yeux. Les soldats se ruaient les uns sur les autres dans un champ orange et jaune, accompagnés par le cri rauque des corbeaux et le sifflement des flèches. La terre elle-même semblait flamber, éructant des flammes vertes par une multitude de trous embrasés, qui dévoraient les cadavres abandonnés dans le sillage des armées. Il entendait au-dessus de sa tête le rugissement d'une bête gigantesque, qui...

Eragon se dressa sur son lit en sursaut et chercha à tâtons le collier des nains, qui lui brûlait la poitrine. Se servant de sa tunique pour se protéger la main, il éloigna de sa peau le marteau d'argent ; puis, assis, il attendit dans le noir, le cœur battant. Il sentait ses forces décliner à mesure que le sort de protection de Gannel s'opposait à l'être cherchant manifestement à les visualiser, lui et Saphira. Une fois de plus, il se demanda si c'était une tentative de Galbatorix lui-même, ou celle d'un de ses chiens soumis de magiciens.

Le métal se refroidit et Eragon laissa retomber le talisman. « Quelque chose ne va pas, pensa-t-il, les sourcils froncés. Comme Saphira, cela fait un moment que j'ai cette impression. » Trop agité pour replonger dans cet état de transe qui remplaçait désormais pour lui le sommeil, il quitta la chambre sans bruit pour ne pas réveiller la dragonne et monta l'escalier en colimaçon menant à son bureau. Là, il ouvrit le volet d'une lanterne et lut l'un des poèmes épiques d'Analísia jusqu'au lever du soleil, dans l'espoir de retrouver son calme.

À l'instant où il reposait le parchemin, Blagden franchit d'un coup d'aile l'ouverture dans le mur et vint se poser au coin de la table. Le corbeau blanc fixa Eragon de ses yeux ronds comme des perles et croassa :
– Wyrda !
– Et que les étoiles veillent sur toi, Maître Blagden !
Le corbeau se rapprocha en sautillant. Penchant la tête de côté, il émit une petite toux rauque, comme pour s'éclaircir la gorge, puis il déclama de sa voix enrouée :

> *Par mon bec et par mes os,*
> *la pierre noire qui jamais ne ment*
> *voit des voleurs et des escrocs*
> *et des fleuves de sang.*

– Qu'est-ce que cela signifie ? demanda Eragon.
Blagden remua les ailes et répéta les mêmes vers. Comme Eragon le pressait de s'expliquer plus clairement, l'oiseau ébouriffa ses plumes d'un air mécontent et caqueta :

> *Comme est le père, ainsi le fils,*
> *Aussi aveugle qu'une chauve-souris !*

– Attends ! s'exclama Eragon en sautant sur ses pieds. Tu connais mon père ? Qui est-ce ?
Blagden caqueta de nouveau. Cette fois, on aurait dit qu'il riait.

> *Tandis que deux font deux,*
> *et qu'un des deux ne peut être qu'un,*
> *un est possiblement deux.*

– Un nom, Blagden ! Donne-moi un nom !
Le corbeau demeurant silencieux, Eragon lança son esprit en avant, dans l'intention d'arracher l'information à la mémoire de l'oiseau. Mais Blagden était trop rusé. Il détourna la tentative d'une pichenette mentale et lança son cri :
– Wyrda !

Puis, avançant le cou, il attrapa un cabochon de verre brillant qui bouchait un encrier et s'envola, son trophée au bec. Il était hors de vue avant que le garçon eut eu le temps de lancer un sort pour le ramener.

L'estomac noué, Eragon tenta de décoder les deux vers de Blagden. Entendre mentionner son père à Ellesméra était la dernière chose à laquelle il s'attendait. Finalement, il marmonna :

– Tant pis !

« Je retrouverai Blagden plus tard, et je lui arracherai la vérité. Mais, pour l'instant... je serais un imbécile si je ne tenais pas compte de ces prédictions. »

Il se leva vivement et dévala l'escalier. Puis il réveilla Saphira et lui raconta les événements de la nuit. S'étant muni de son miroir dans la salle de bains, il s'assit entre les pattes de devant de la dragonne afin qu'elle pût voir ce qu'il allait voir.

« Arya n'appréciera pas que tu t'introduises dans son intimité », l'avertit Saphira.

« Il faut que je sache si elle est saine et sauve. »

Saphira ne discuta pas. Elle demanda seulement :

« Comment vas-tu la trouver ? Tu m'as dit qu'après son emprisonnement à Gil'ead elle avait élevé autour de son esprit des barrières qui – comme ton collier – empêchent quiconque de la visualiser. »

« Si j'arrive à visualiser les gens avec qui elle est, je pourrai me faire une idée de sa situation. »

Se concentrant sur une image de Nasuada, Eragon passa la main devant le miroir et murmura la formule traditionnelle :

– Draumr kópa ! Par le regard du rêve !

La surface de verre frémit et se couvrit d'un voile blanc, laissant apparaître neuf personnes assises autour d'une table invisible. Eragon reconnut Nasuada et les membres du Conseil des Anciens. Il ne put identifier une étrange fillette affublée d'un capuchon noir, dissimulée derrière Nasuada. Cela le troubla, un magicien ne pouvant visualiser que des êtres ou des choses qu'il avait déjà vus, et il était certain de n'avoir jamais posé les yeux sur cette enfant auparavant. Il l'oublia, cependant, lorsqu'il remarqua que les hommes et Nasuada elle-même étaient en armes.

« Écoute ce qu'ils disent », suggéra Saphira.

Dès qu'Eragon eut aménagé le sort en ce sens, la voix de Nasuada monta du miroir :

– ... et le chaos nous détruira. Nos guerriers ne peuvent obéir qu'à un seul chef au cours d'un tel conflit. Décidez qui ce sera, Orrin, et vite !

Eragon perçut un soupir désincarné. Puis :

– Comme vous voudrez ! Ce rôle est à vous.

– Mais, Sire, elle n'a aucune expérience ! protesta quelqu'un.

– Il suffit, Irwin, trancha le roi. Elle a plus d'expérience de la guerre que n'importe qui au Surda. Et les Vardens sont les seuls à avoir battu l'une des armées de Galbatorix. Si Nasuada était un général du Surda – ce qui serait inhabituel, je vous l'accorde –, vous n'hésiteriez pas à la nommer à ce poste. Je serai heureux de discuter de ces questions d'autorité si elles se posent de nouveau plus tard, car cela signifiera que je serai sur mes pieds, et pas allongé au fond d'une tombe ! Quoi qu'il en soit, nos adversaires nous surpassent à tel point en nombre que je crains un destin funeste, à moins que Hrothgar ne nous rejoigne avant la fin de la semaine. À présent, où est passé ce fichu rapport sur les convois de nourriture ?... Ah, merci, Arya ! Trois jours de plus sans...

Après cela, le débat tourna autour du manque de cordes à arc, dont Eragon ne put rien tirer d'intéressant, aussi mit-il fin au sort. Le miroir s'éclaircit et refléta de nouveau son visage.

« Elle est vivante », murmura-t-il.

Son soulagement était toutefois assombri par les implications de ce qu'il avait entendu. Saphira chercha son regard :

« On a besoin de nous. »

« Oui. Pourquoi Oromis ne nous a-t-il rien dit de tout ça ? Il doit pourtant être au courant ! Peut-être veut-il éviter d'interrompre notre formation ? »

Troublé, le jeune Dragonnier se demanda quels autres événements d'importance se déroulaient en Alagaësia, qu'il ignorait. « Roran. » Cela faisait des semaines qu'il n'avait pas pensé à son cousin ; et la dernière fois qu'il l'avait visualisé, c'était sur la route d'Ellesméra. Il éprouva un brusque sentiment de culpabilité.

Sur l'ordre d'Eragon, le miroir révéla deux silhouettes sur un fond blanc. Il lui fallut un moment pour reconnaître l'homme de droite comme étant Roran. Il portait un costume de voyage usé, le manche d'un marteau était passé dans sa ceinture ; une barbe épaisse lui mangeait le visage, et son expression tourmentée était proche du désespoir. À sa gauche se tenait... Jeod ! Les deux hommes semblaient pris dans un mouvement régulier, ascendant puis descendant, et un fracas de vagues déferlantes recouvrait le son de leurs voix. Au bout d'un instant, Roran fit demi-tour et se mit à arpenter ce qu'Eragon supposa être le pont d'un navire. Des dizaines de villageois lui apparurent alors.

« Où sont-ils, et pourquoi Jeod est-il avec eux ? »

Déconcerté, Eragon invoqua une succession rapide de visions. Il eut un choc en découvrant Teirm : la cité des nains était en ruines. Il vit ensuite Therinsford, ce qui restait de la ferme de Garrow, et enfin Carvahall.

Le garçon poussa un cri : le village n'existait plus.

Toutes les habitations, même la splendide demeure de Horst, avaient été abattues. Il ne restait de Carvahall qu'une tache de suie au bord de la rivière Anora. Les seuls êtres vivants étaient quatre loups gris, qui erraient dans les décombres.

Le miroir échappa aux mains d'Eragon et se brisa sur le sol. S'appuyant contre Saphira, le garçon pleura à nouveau sa maison perdue, des larmes brûlantes plein les yeux. La dragonne émit un profond ronronnement et lui frôla le bras de sa joue, l'enveloppant d'un chaud manteau de compassion :

« Console-toi, petit homme. Au moins tes amis sont-ils tous en vie. »

Il frémit en sentant une boule de détermination se former dans son ventre.

« Nous sommes restés séquestrés ici, loin du monde, beaucoup trop longtemps. L'heure est venue de quitter Ellesméra et d'affronter notre destin, quel qu'il soit. Pour l'instant, Roran est capable de se défendre, mais les Vardens... Nous pouvons aider les Vardens. »

« Est-ce l'heure du combat, Eragon ? » demanda Saphira, une note étrangement solennelle dans la voix.

Il comprit ce qu'elle voulait dire : était-ce le moment de défier l'Empire, le moment de tuer et de donner libre cours à leurs prodigieuses capacités, le moment de déchaîner la plus petite étincelle de leur rage jusqu'à ce que Galbatorix fut étendu, mort, devant eux ? Était-ce le moment de se lancer dans une équipée qui durerait peut-être des décennies ?

« Oui, c'est l'heure. »

59
DONS

Eragon empaqueta ses affaires en moins de cinq minutes. Il équipa Saphira de la selle qu'Oromis lui avait donnée, puis balança ses sacs sur le dos de la dragonne et les fixa avec des lanières.

Saphira secoua la tête, les narines palpitantes :

« Je t'attendrai sur le champ des elfes. »

Poussant un rugissement, elle s'élança hors de la maison dans l'arbre, déploya ses ailes et s'envola au-dessus de la canopée.

À la vitesse d'un elfe, Eragon courut jusqu'à Tialdarí Hall, où il trouva Orik, assis à sa place habituelle, jouant à un jeu de runes. Le nain l'accueillit en lui flanquant une tape chaleureuse sur le bras :

– Eragon ! Qu'est-ce qui t'amène à une heure aussi matinale ? Je pensais que tu devais croiser le fer avec Vanir.

– Saphira et moi, nous partons.

Orik en resta bouche bée. Puis il plissa les yeux, l'air grave :

– De mauvaises nouvelles ?

– Je t'expliquerai plus tard. Tu veux venir ?

– Au Surda ?

– Oui.

Un large sourire illumina le visage barbu du nain :

– Il faudra me mettre aux fers pour me retenir ici ! Je n'ai rien fait d'autre, à Ellesméra, que paresser et engraisser. Un peu d'action me sera des plus profitable. Quand partons-nous ?

– Dès que possible ! Fais tes bagages et retrouve-nous au terrain d'entraînement. Peux-tu te procurer une semaine de provisions pour nous deux ?

– Une semaine ? Ça ne suff...

– Saphira nous transportera.

Orik blêmit :

– L'altitude ne nous vaut rien, à nous les nains, tu sais. Rien du tout. Pourquoi ne pas voyager à cheval, comme à l'aller ?

Eragon secoua la tête :

– Ça prendrait trop de temps. D'ailleurs, c'est facile de chevaucher Saphira. Si tu tombes, elle te rattrapera.

Orik fit une grimace dégoûtée, visiblement peu convaincu. Quittant les lieux, Eragon traversa au pas de course la cité sylvestre pour rejoindre Saphira ; puis ils volèrent jusqu'à l'À-pic de Tel'naeír.

Quand ils se posèrent dans la clairière, il trouvèrent Oromis assis sur l'unique patte avant de Glaedr. Les écailles du dragon projetaient sur le paysage une multitude d'éclairs dorés. L'elfe, tout comme sa monture, se tenait immobile. Sautant à terre, Eragon s'inclina :

– Maître Glaedr... Maître Oromis...

Glaedr prit la parole :

« Vous avez décidé de retourner auprès des Vardens, n'est-ce pas ? »

« En effet », dit Saphira.

Le sentiment d'avoir été trahi fit perdre à Eragon toute retenue :

– Pourquoi nous avoir caché la vérité ? Êtes-vous à ce point déterminés à nous garder ici que vous ayez usé de duplicité ? Les Vardens sont sur le point d'être attaqués, et vous n'y avez même pas fait allusion !

Avec son calme coutumier, Oromis demanda :

– Cela vous intéresse de savoir pourquoi ?

« Beaucoup, Maître ! » fit Saphira avant qu'Eragon ait eu le temps de répondre.

À part, elle grogna, réprobatrice :

« Reste poli ! »

– Nous avons tenu l'information secrète pour deux raisons. La plus importante des deux, c'est que nous n'avons appris la menace pesant sur les Vardens qu'il y a neuf jours. Quant à l'importance, à la localisation et aux mouvements des armées de l'Empire, cela nous est resté inconnu encore trois jours, jusqu'à ce que Lord Däthedr vienne à bout des sorts employés par Galbatorix pour nous empêcher la visualisation.

– Cela ne m'explique toujours pas pourquoi vous n'avez rien dit, rétorqua Eragon, renfrogné. De plus, une fois que vous avez su que les Vardens étaient en danger, pourquoi Islanzadí n'a-t-elle pas levé des troupes ? Les elfes ne sont-ils pas nos alliés ?

– Elle *a* levé des troupes, Eragon. La forêt résonne du bruit des marteaux, du piétinement des bottes et des plaintes de ceux qui vont être séparés. Pour la première fois depuis cent ans, notre peuple s'apprête à sortir du Du Weldenvarden pour défier son pire ennemi. Le moment est venu pour les elfes de se montrer ouvertement en Alagaësia.

D'une voix douce, Oromis ajouta :

– Tu avais d'autres soucis, Eragon, et je sais lesquels. Mais, à présent, tu dois sortir de toi-même. Le monde exige ton attention.

Couvert de honte, Eragon ne put que murmurer :

– Je suis désolé, Maître.

Il se rappela alors les paroles de Blagden et osa un sourire amer :

– Je suis aussi aveugle qu'une chauve-souris.

– Mais non, Eragon ! Tu t'es bien comporté, étant donné les énormes responsabilités que nous avons fait peser sur tes épaules.

Oromis le considéra avec gravité :

– Nous nous attendons à recevoir un message de Nasuada, requérant ton retour et l'aide d'Islanzadí, dans les jours prochains. J'avais l'intention de t'informer alors de la situation des Vardens, ce qui t'aurait laissé le temps d'atteindre le Surda avant que les épées soient tirées. Si je te l'avais dit plus tôt, le serment qui te lie à Nasuada t'aurait obligé à interrompre ton entraînement pour courir au secours de ta suzeraine. Voilà pourquoi Islanzadí et moi-même avons tenu notre langue.

– Mon entraînement ne servira à rien si les Vardens sont écrasés.

– Non. Mais tu es peut-être l'unique personne capable d'empêcher cela, car il y a une probabilité – mince, mais terrible – que Galbatorix en personne soit sur le champ de bataille. Il est trop tard pour que nos guerriers rejoignent les Vardens avant l'affrontement, ce qui signifie que, si Galbatorix est bien là, tu devras l'affronter seul, sans le secours de nos magiciens. Voilà pourquoi il nous a paru vital que ton entraînement se poursuive le plus possible.

La colère d'Eragon fondit aussitôt, remplacée par une détermination froide, brutale, méthodique. Il comprenait le silence d'Oromis. Les sentiments personnels ne comptaient plus face à une situation aussi extrême. D'une voix sans timbre, il admit :

– Vous avez raison. Mon serment d'allégeance m'oblige à assurer la sécurité de Nasuada et des Vardens. Cependant, je ne suis pas prêt à me mesurer à Galbatorix. Pas encore.

– Si Galbatorix révèle sa présence, dit Oromis, je te suggère de tout faire pour détourner son attention des Vardens jusqu'à ce que le sort de la bataille se décide, et d'éviter le combat direct avec lui. Avant de te laisser partir, je ne te demande qu'une chose : jurez-moi, toi et Saphira – autant que les événements le permettent –, que vous reviendrez ici achever votre formation, car vous avez encore beaucoup à apprendre.

« Nous reviendrons », s'engagea Saphira en ancien langage.

– Nous reviendrons, promit de même Eragon, scellant leur destin.

Oromis parut satisfait. Il prit derrière lui un sac rouge en tissu brodé et l'ouvrit :

– En prévision de votre départ, j'ai rassemblé pour toi trois cadeaux, Eragon.

Il tira de la bourse un flacon d'argent :

– D'abord, un peu de faelnirv, amélioré par mes propres enchantements. Cette potion peut te soutenir là où toute autre serait inefficace, et ses propriétés se révèlent utiles quelles que soient les circonstances. Bois-la avec parcimonie ; je n'ai pas eu le temps d'en préparer plus que quelques gorgées.

Il tendit le flacon à Eragon, puis tira du sac une longue ceinture noir et bleu. Lorsqu'Eragon la prit dans sa main, elle lui parut anormalement épaisse et lourde. Elle était faite de tresses de tissu, qui rappelaient les entrelacs compliqués de la Vigne Lianí. Sur l'injonction d'Oromis, Eragon tira sur un gland, à l'extrémité de la ceinture, et poussa un cri de surprise en voyant glisser une bande, qui découvrit douze diamants, disposés à un pouce d'intervalle ; quatre étaient blancs, quatre noirs ; puis il y en avait un rouge, un bleu, un jaune et un brun. Leur éclat était aussi dur et froid que celui de la glace au soleil levant ; les pierres projetaient sur les mains du garçon des rayons couleur de l'arc-en-ciel.

– Maître...

Eragon secoua la tête, le souffle coupé.

– Maître, reprit-il, est-ce bien raisonnable de me donner ça ?

– Garde-la bien, afin que nul ne soit tenté de la voler. C'est la ceinture de Beloth le Sage – dont parle ton *Histoire des Années Sombres* –, l'un des plus précieux trésors des Dragonniers. Ces diamants sont les plus parfaits que les Dragonniers aient trouvés. Certains ont été achetés aux nains ; d'autres ont été gagnés au combat ou créés par nous-mêmes. Les pierres ne possèdent pas de magie propre, mais tu peux les utiliser comme réceptacle de ton énergie et puiser dans cette réserve en cas de besoin. Ceci, ajouté au rubis serti dans le pommeau de Zar'roc, te permet d'amasser une provision de forces et t'évite de t'exténuer en lançant des sorts au cours d'une bataille ou dans un affrontement avec des magiciens ennemis.

Enfin, Oromis tira du sac un tube de bois décoré d'un bas-relief représentant l'arbre Menoa. Il contenait un mince parchemin, qu'Eragon déroula. Il y reconnut le poème qu'il avait récité à l'Agaetí Sänghren. Oromis l'avait retranscrit lui-même dans la plus fine calligraphie. Il l'avait également illustré de délicats dessins à l'encre. Des plantes et des animaux entrelacés ornaient la lettrine de chaque strophe ; d'élégantes arabesques bordaient les colonnes de texte, encadrant les images.

– J'ai pensé, dit l'elfe, que tu aimerais en avoir une copie.

Eragon tenait dans une main douze diamants sans prix, dans l'autre le parchemin d'Oromis, et il savait que le cadeau le plus précieux, pour lui, était le parchemin. Il s'inclina et, la profondeur de sa gratitude lui coupant la parole, il ne sut que murmurer :

– Merci, Maître.

Il fut alors fort surpris en entendant Oromis le saluer selon la tradition, exprimant son respect :

– Que la chance t'accompagne !

– Que la paix règne dans votre cœur ! continua le garçon.

– Et que les étoiles veillent sur toi ! acheva l'elfe aux cheveux d'argent.

Il accomplit le même rituel avec Saphira. Puis il dit :

– Maintenant, partez et volez aussi vite que le vent du nord, Saphira et Eragon le Tueur d'Ombre, avec la bénédiction d'Oromis, dernier représentant de la Maison Thrándurin, également appelé le Sage en Deuil et l'Estropié qui est Tout.

« Ainsi que la mienne », ajouta Glaedr.

Allongeant le cou, il effleura du bout de son nez celui de Saphira, ses yeux d'or étincelant comme des lacs d'ambre :

« Souviens-toi de garder ton cœur en paix, Saphira. »

Elle répondit d'un ronronnement.

Ils se séparèrent après des adieux solennels. Saphira monta comme une flèche au-dessus de l'épaisse forêt. Bientôt, Oromis et Glaedr n'étaient plus que deux minuscules silhouettes solitaires, au bord de l'À-pic. En dépit des épreuves endurées à Ellesméra, Eragon regretterait la compagnie des elfes, car, depuis qu'il avait fui la vallée de Palancar, il avait trouvé chez eux ce qui ressemblait le plus à une maison.

« Je suis un autre homme », songea-t-il.

Il ferma les yeux, se cramponnant à Saphira.

Avant de rejoindre Orik, ils firent une nouvelle halte : Tialdarí Hall. Saphira se posa dans les jardins, en prenant soin de n'abîmer aucune plante avec ses griffes ou sa queue. Sans attendre qu'elle se fût accroupie, Eragon bondit sur le sol ; un saut qui, auparavant, lui eût brisé les jambes.

Un elfe s'approcha et, portant les doigts à ses lèvres, lui demanda ce qu'il pouvait faire pour lui. Lorsqu'Eragon expliqua qu'il sollicitait une audience avec la reine Islanzadí, l'elfe lui dit :

– Patiente un instant ici, Main d'Argent !

Cinq minutes plus tard à peine, la reine en personne surgit des profondeurs du bois, et sa robe rouge semblait une goutte de sang parmi les tuniques blanches des seigneurs et des dames qui l'entouraient. Après que les traditionnelles formules de politesse eurent été échangées, la reine dit :

– Oromis m'a fait part de ton intention de nous quitter. Cela me navre, mais nul ne peut résister à l'appel du destin.

– Non, Votre Majesté... Votre Majesté, nous venons vous présenter nos respects avant notre départ. Vous nous avez traités avec la plus grande considération. Nous vous remercions, ainsi que toute votre Maison, de nous avoir vêtus, logés et nourris. Nous sommes vos débiteurs.

– Tu ne nous devras jamais rien, Eragon. C'est nous qui avons une dette envers vous, dragons et Dragonniers, après notre impardonnable manquement lors de la Chute. Néanmoins, je suis heureuse que tu aies apprécié notre hospitalité.

Elle marqua une pause avant de poursuivre :

– Quand tu arriveras au Surda, porte à Dame Nasuada et au roi Orrin mes royales salutations, et informe-les que nos guerriers attaqueront bientôt la moitié nord de l'Empire. Si la fortune nous sourit, nous prendrons Galbatorix par surprise et diviserons ses forces.

– À vos ordres !

– Sache aussi que j'ai dépêché au Surda douze de mes meilleurs magiciens. Si tu es toujours en vie lorsqu'ils y parviendront, ce que j'espère, ils se placeront sous ton commandement et feront de leur mieux pour te protéger du danger, jour et nuit.

– Merci, Votre Majesté.

Islanzadí tendit le bras, et l'un des seigneurs elfes lui remit un coffret de bois sculpté, long et plat.

– Oromis t'a offert ses cadeaux ; voici le mien. Que ces présents te rappellent les moments que tu as passés avec nous, dans l'ombre des pins !

Elle souleva le couvercle, et un arc apparut, couché sur un lit de velours. Sa poignée et ses extrémités recourbées étaient incrustées de feuilles de cornouiller en argent. À côté reposait un carquois contenant des flèches neuves, empennées avec des plumes d'oie.

– Maintenant que ta force est égale à la nôtre, il nous paraît judicieux que tu possèdes un de nos arcs. Je l'ai « chanté » moi-même d'un if. Sa corde ne peut se casser. Et, aussi longtemps que tu utiliseras ces flèches, il te sera impossible de manquer ta cible, même si une rafale de vent se lève à l'instant ou tu tires.

Émerveillé une fois encore par la générosité des elfes, Eragon s'inclina :

– Que puis-je dire, Ma Dame ? C'est un grand honneur que vous m'ayez jugé digne de recevoir un objet fait par vous.

Islanzadí fit un signe de tête, comme pour marquer son approbation ; puis elle s'avança vers la dragonne :

– Saphira, je n'ai pas de cadeau pour toi ; je n'ai pu imaginer ce qui répondrait à tes désirs ou à tes besoins. Mais, s'il est en notre pouvoir de t'offrir quelque chose, dis-le-nous, et ce sera à toi.

« Les dragons, répondit Saphira, n'ont pas besoin de posséder quoi que ce soit pour être heureux. Que ferions-nous de richesses, quand nos écailles sont plus rutilantes qu'aucun trésor ? Je suis comblée par la bonté que vous avez manifestée à Eragon. »

Islanzadí leur souhaita alors bon voyage. Sa cape rouge flottant autour de ses épaules, elle s'apprêta à quitter le jardin. Se ravisant, elle s'arrêta au bord d'un massif :

– Et, Eragon...

– Oui, Votre Majesté.

– Quand tu verras Arya, transmets-lui, je te prie, mon affection, et dis-lui qu'elle manque douloureusement à tout Ellesméra.

Le ton était raide et officiel. Sans attendre de réponse, la reine s'éloigna à grands pas et disparut dans l'ombre des arbres qui gardaient l'entrée du palais, accompagnée des dames et des seigneurs de sa suite.

Il ne fallut qu'une minute à Saphira pour voler jusqu'au champ d'entraînement, où Orik les attendait, assis sur un énorme sac, faisant passer sa hache d'une main dans l'autre, l'air furieux.

– Vous voilà ! grommela-t-il. Ce n'est pas trop tôt.

Il se leva et glissa la hache dans sa ceinture. Eragon s'excusa pour le retard, puis fixa le sac du nain à l'arrière de la selle. Orik mesura du regard la distance qui le séparait de l'épaule de la dragonne, loin au-dessus de sa tête :

– Par la barbe noire de Morgothal, comment suis-je supposé grimper là-haut ? Une falaise est plus facile à escalader que ton flanc, Saphira !

« Par ici ! » dit-elle.

Elle s'aplatit sur le ventre et allongea une de ses pattes arrière autant qu'elle put. Orik se hissa sur l'énorme tibia avec de grands halètements, et parcourut cette rugueuse passerelle sur les mains et les genoux. Saphira souffla un petit jet de flammes :

« Dépêche-toi, ça chatouille ! »

Arrivé sur l'arrière-train de la dragonne, Orik reprit son souffle, puis il posa un pied de chaque côté de la colonne vertébrale et s'avança avec précaution vers la selle. Enjambant un des piquants d'ivoire, il fit remarquer :

– Un moyen comme un autre de perdre sa virilité !

Eragon sourit :

– Attention de ne pas glisser !

Quand Orik se fut installé à l'avant de la selle, Eragon monta Saphira et s'assit derrière le nain. Puis il utilisa les sangles servant à maintenir ses bras quand la dragonne effectuait des voltiges pour attacher les jambes d'Orik.

Saphira se releva ; Orik vacilla et s'agrippa à un piquant, devant lui :

– Grrrr ! Eragon, ne me dis pas d'ouvrir les yeux avant qu'on soit en l'air, sinon, je vais être malade ! Tout cela n'est pas naturel ; non, pas naturel du tout ! Les nains ne sont pas censés chevaucher des dragons ! Cela ne s'est jamais vu !

– Jamais ?

Orik agita la tête sans répondre.

De petits groupes d'elfes surgirent du Du Weldenvarden, se rassemblèrent au bord du champ et, le visage solennel, regardèrent Saphira déployer ses ailes translucides, se préparant à s'envoler.

Eragon resserra sa prise en sentant la puissance des muscles de la dragonne. D'un seul élan, Saphira décolla et monta dans l'azur du ciel à grands battements d'ailes réguliers pour dépasser la cime des arbres. Elle décrivit un large cercle au-dessus de l'immense forêt, monta en spirale et gagna de l'altitude. Puis elle prit vers le sud, en direction du désert de Hadarac.

Malgré le vent qui lui sifflait aux oreilles, Eragon entendit s'élever dans Ellesméra la voix claire d'une elfe qui chantait :

Va, va ! Tu peux t'envoler
Par-delà monts et vallées
Vers des terres ignorées !
Va, va ! Tu peux t'envoler
Et ne me revenir jamais…

60
LA GUEULE DE L'OCÉAN

La mer d'obsidienne[1] se gonflait sous *L'Aile du Dragon*, soulevant le navire. Il vacillait un instant sur la crête d'écume, puis basculait et, glissant sur le dos de la vague, tombait dans un creux noir. Le vent hurlait tel un démon de l'enfer, jetant dans l'air glacé des tourbillons de brume piquante.

Roran, cramponné à un cordage, se pencha par-dessus le bastingage pour vomir, et ne rendit qu'une bile amère. Il s'était enorgueilli que son estomac ne l'eût jamais trahi, sur la barge de Clovis, mais la tempête qu'ils traversaient était si violente que les hommes d'Uthar eux-mêmes – des marins aguerris – avaient du mal à garder leur whisky dans leur panse.

Une vague prit le vaisseau par le travers, et Roran eut l'impression qu'il recevait un bloc de glace entre les omoplates. La déferlante balaya le pont, et le flot s'écoula par les dalots[2] pour retourner dans la mer furieuse, d'où il venait. Roran essuya l'eau salée de ses yeux, les doigts aussi raides que des morceaux de bois, et scruta l'horizon d'encre, à l'arrière.

« Peut-être cela chassera-t-il au moins notre odeur, et les monstres perdront notre trace... » Trois sloops[3] aux voiles noires

---

1. Verre naturel, d'origine volcanique, de couleur noire, grise ou brune, et parfois chatoyante.
2. Trou dans la paroi d'un navire pour laisser l'eau s'écouler.
3. Bâtiment à voiles à un mât n'ayant qu'un seul foc à l'avant.

les avaient poursuivis jusqu'à ce qu'ils eussent dépassé les Falaises de Fer et contourné ce que Jeod appelait Edur Carthungavë, et Uthar l'Éperon de Rathbar.

– La queue de la Crête, voilà ce que c'est, en fait ! avait déclaré Uthar en riant.

Les sloops, plus rapides que *L'Aile du Dragon*, trop chargé, avaient gagné de vitesse le navire marchand, se rapprochant assez pour que des volées de flèches fussent échangées. Le pire était que le sloop de tête semblait transporter un magicien, car ses tirs, d'une précision surnaturelle, fendaient les cordages, renversaient les balistes et immobilisaient les palans. Après cette attaque, Roran en avait déduit que l'Empire ne se souciait plus de le capturer ; il voulait simplement l'empêcher de trouver refuge auprès des Vardens

Roran venait juste d'appeler les villageois à se préparer à un abordage lorsque les nuages, au-dessus de leurs têtes, lourds de pluie, prirent la couleur violacée d'une ecchymose, et une tempête furieuse monta du nord-ouest. Uthar maintint alors *L'Aile du Dragon* vent de travers, en direction des Îles du Sud, où il espérait échapper aux sloops au milieu des brisants et des criques de Beirland.

Un trait de lumière fulgura entre deux gros cumulonimbus, transformant le paysage en un bas-relief de marbre blanc, puis l'obscurité retomba. Chaque nouvel éclat éblouissant imprimait sur les rétines de Roran une image blafarde qui persistait longtemps après que l'éclair s'était évanoui.

Soudain, dans un embrasement déchaîné, Roran vit – en une succession de tableaux monochromes – le mât de misaine craquer, se briser et basculer dans la mer écumante. Le jeune homme s'agrippa à la main courante pour se haler vers la proue et, joignant ses forces à celles de Bonden, attaqua à la hache les cordages qui reliaient encore le mât à *L'Aile du Dragon* et faisaient dangereusement pencher le navire. Les filins coupés claquèrent en se tordant comme des serpents.

Aussitôt, Roran redescendit sur le pont, cramponné au plat-bord, tandis que le bateau plongeait de vingt ou trente pieds dans un creux de houle. Une vague s'abattit sur le jeune homme, le glaçant jusqu'aux os.

Le corps parcouru de frissons, il se mit à prier, sans trop savoir à qui il s'adressait : « Ne me laisse pas mourir ici ! Ne laisse pas ces flots cruels m'engloutir ! Ma tâche n'est pas achevée. »

Tout au long de cette nuit interminable, il s'accrocha au souvenir de Katrina, y puisant un peu de réconfort quand la lassitude l'envahissait et que l'espoir menaçait de l'abandonner.

La tempête sévit deux jours entiers et se calma enfin aux premières heures de la nuit. Lorsqu'une aube pâle se leva, le ciel était dégagé. Au nord, trois voiles noires parurent à l'horizon. Au sud-ouest, les côtes brumeuses de Beirland se découpaient sous une nappe de nuages accrochée à la montagne escarpée qui dominait l'île.

Roran, Jeod et Uthar se réunirent dans une petite cabine à l'avant – celle du capitaine ayant été aménagée en infirmerie. Uthar déroula sur la table une carte marine et posa le doigt sur un point près de Beirland :

— Nous devons être ici, actuellement.

Il déploya une carte plus grande représentant l'Alagaësia et désigna l'embouchure de la rivière Jiet :

— Et voici notre destination, car nous n'avons pas assez de vivres pour gagner Reavstone. Y arriverons-nous sans être rattrapés ? Je n'en ai pas la moindre idée. Sans notre mât de misaine, nous serons rejoints par ces damnés sloops demain à la mi-journée. Nous tiendrons peut-être jusqu'au soir, si nous manœuvrons habilement.

— Ne peut-on remplacer le mât ? demanda Jeod. Un navire de cette taille transporte toujours des espars[4] pour ce genre de réparation.

Uthar haussa les épaules :

— On pourrait, si on avait un charpentier de bord avec nous. Ce n'est pas le cas, et je ne laisserai pas des mains inexpéri-

---

4. Longue pièce de bois pouvant servir de mât.

mentées monter un espar. Il risquerait de se briser, de tomber sur le pont et de blesser quelqu'un.

— On dépasse largement en nombre les équipages des sloops, intervint Roran. On pourrait se battre, s'il n'y avait pas les magiciens. À cause d'eux, je doute que ce soit la solution. Il paraît peu probable qu'on puisse l'emporter ; rappelez-vous combien de bateaux envoyés au secours des Vardens ont disparu corps et biens !

Uthar approuva d'un grognement et dessina un cercle autour de leur position :

— Voici la distance qu'on peut espérer parcourir avant demain soir, si les vents restent favorables. On pourrait accoster quelque part sur Beirland ou sur Nía si on voulait, mais je ne vois pas à quoi ça nous avancerait. Nous serions pris au piège : un parfait gibier pour nos poursuivants, pour les Ra'zacs ou pour Galbatorix en personne !

Roran considéra la situation d'un air morose ; la bataille contre les sloops semblait malgré tout inévitable.

Pendant quelques minutes, on n'entendit plus, dans la cabine, que le battement des vagues contre la coque. Puis Jeod posa son doigt sur la carte, entre Beirland et Nía, regarda Uthar et demanda :

— Et l'Œil du Sanglier ?

À son grand étonnement, Roran vit le rude visage couturé du marin devenir blême.

— Par ma vie, je ne prendrai pas ce risque, Maître Jeod ! J'aime mieux affronter les sloops et mourir en pleine mer que d'aller dans cet endroit maudit. Il a avalé deux fois plus de navires que la flotte de Galbatorix n'en possède.

— Il me semble avoir lu, signala Jeod en s'appuyant à son dossier, que le passage est possible à marée haute et à marée basse, tant que la mer est étale. Est-ce vrai ?

Uthar l'admit avec réticence :

— C'est vrai. Mais il faut respecter le minutage le plus précis, sinon on ne peut s'approcher de l'Œil sans être détruit. Ce sera impossible, avec les sloops à nos trousses.

– Cependant, insista Jeod, si nous calculons juste, c'est peut-être les sloops qui seraient détruits ou du moins – si les nerfs de leurs capitaines lâchent – obligés de contourner Nía. Ce qui nous donnerait le temps de nous cacher quelque part sur la côte de Beirland.

– Si... Si... Vous nous enverrez par le fond, avec ce genre de raisonnement !

– Allons, Uthar ! Vos craintes sont excessives. Ce que je propose est dangereux, je l'admets ; mais pas plus que de fuir Teirm comme nous l'avons fait. À moins que vous doutiez de vos capacités de manœuvrer pour franchir la passe ? N'êtes-vous pas un homme ?

Uthar croisa ses bras nus :

– Vous n'avez jamais vu l'Œil, n'est-ce pas, Monsieur ?

– Je ne peux pas le prétendre.

– Oui, je suis un homme, croyez-moi ; mais l'Œil est au-delà des forces humaines ; nos plus gros navires, nos plus hauts bâtiments, les plus grandes choses que vous puissiez imaginer sont fétus de paille, devant lui. Tenter de le franchir, c'est vouloir courir plus vite qu'une avalanche ; soit on réussit, soit on est réduit en poussière.

– Qu'est-ce donc, demanda Roran, que l'Œil du Sanglier ?

– C'est la gueule vorace de l'océan, déclara Uthar avec emphase.

D'un ton plus posé, Jeod expliqua :

– C'est un tourbillon, Roran. L'Œil est produit par deux courants contraires qui se heurtent entre Beirland et Nía. À marée montante, il tourne en sens nord-ouest, et nord-est à marée descendante.

– Ça ne paraît pas si dangereux.

Uthar éclata de rire, sa natte balayant sa nuque tannée :

– Pas si dangereux, qu'il dit ! Ha, ha, ha !

– Ce que tu ne t'imagines pas, reprit Jeod, c'est la taille du maelström. En moyenne, le centre de l'Œil mesure un mille de diamètre, et l'aspiration se fait sentir dans un rayon de dix à quinze milles. Si un bateau a le malheur d'être piégé par l'Œil, il est impitoyablement aspiré, et se fracasse contre les rochers acérés qui hérissent les fonds de l'océan. Les morceaux d'épaves, sur les plages des deux îles, en témoignent.

– Alors, personne ne s'attendra à ce qu'on prenne cette route ? supputa Roran.

– Ça, non, et pour une bonne raison ! grommela Uthar, tandis que Jeod secouait négativement la tête.

– Est-il tout de même envisageable de passer par l'Œil ?

– Ce serait la dernière foutue chose à faire !

Roran opina :

– Je sais que tu ne veux pas prendre ce risque, Uthar, mais nous n'avons guère d'alternative. Je ne suis pas un marin, je dois donc m'en remettre à ton jugement : peut-on, oui ou non, traverser l'Œil ?

Le capitaine tergiversa :

– Peut-être que oui, peut-être que non. Il faut être complètement cinglé pour s'approcher à moins de cinq milles de ce monstre.

Brandissant son marteau, Roran l'abattit sur la table, y laissant une entaille d'un demi-pouce de profondeur :

– Alors, je suis complètement cinglé !

Il maintint Uthar sous le feu de son regard, et le marin s'agita, mal à l'aise.

– Dois-je vous rappeler, poursuivit Roran, que nous sommes parvenus jusqu'ici parce que nous n'avons pas tenu compte des « on ne doit pas » et des « on ne peut pas » des ergoteurs et des froussards ! Nous, les gens de Carvahall, avons osé abandonner nos maisons et franchir la Crête. Jeod a osé imaginer qu'on réussirait à voler *L'Aile du Dragon*. Et toi, Uthar, qu'oseras-tu ? Si nous bravons l'Œil et que nous survivions pour le raconter, tu seras salué comme l'un des plus grands capitaines de l'Histoire. Maintenant, réponds-moi, et réponds la vérité : est-ce qu'on peut le faire ?

Uthar se passa la main sur le visage.

Le coup de gueule de Roran lui avait ôté son air bravache, et, lorsqu'il parla, ce fut d'une voix sourde :

– Je ne sais pas, Puissant Marteau... Si on attend que la mer soit étale, les sloops nous auront presque rattrapés et, si nous franchissons l'Œil, ils le franchiront aussi. Mais, si le vent faiblit et qu'on arrive trop tard, on sera pris dans le courant et incapables de lui résister.

– En tant que capitaine, es-tu prêt à risquer le coup ? Ni Jeod ni moi ne pouvons commander le bateau à ta place.

Uthar étudia longuement les cartes. Il tira une ligne ou deux depuis leur position, étudia une table de chiffres dont Roran ne connaissait pas l'usage. Enfin, il déclara :

– J'ai bien peur que nous courions à notre perte, mais, oui, je ferai de mon mieux pour qu'on passe.

Satisfait, Roran rangea son marteau :

– C'est bien.

61
L'Œil du Sanglier

Les sloops continuaient de se rapprocher. Roran observait leur progression chaque fois qu'il pouvait, craignant qu'ils fussent assez près pour attaquer avant que *L'Aile du Dragon* eût atteint l'Œil. Cependant, Uthar semblait capable de les tenir à distance encore un moment.

Suivant les directives du capitaine, Roran et les autres villageois s'activaient à remettre le navire en ordre après la tempête et à le préparer pour l'épreuve à venir. Ils achevèrent le travail à la nuit tombée ; ils éteignirent alors toute lumière à bord, dans l'intention de dissimuler à leurs poursuivants la direction qu'ils prenaient. La ruse fut un demi-succès : au lever du soleil, Roran constata que les sloops s'étaient éloignés vers le nord-ouest, pas assez, hélas ; ils rattraperaient facilement l'avance perdue.

À la fin de la matinée, Roran escalada le grand mât et se hissa dans le nid-de-pie, à cent trente pieds au-dessus du pont, si bien que les hommes, en bas, avaient la taille de son petit doigt. Le ciel et l'eau tanguaient vertigineusement autour de lui.

Dépliant une longue-vue qu'il avait prise avec lui, Roran la porta à son œil et la mit au point jusqu'à ce que les sloops lui apparussent avec netteté ; il n'étaient pas à plus de quatre milles en arrière, et progressaient plus vite que le jeune homme l'avait escompté. « Ils ont dû deviner nos intentions », se dit-il. Il balaya l'océan de son objectif, à la recherche de l'Œil du

Sanglier. Il se figea en apercevant un énorme disque de brume, de la taille d'une île, tournoyant déjà lentement dans le sens nord-est. « Nous allons arriver trop tard », songea-t-il, l'estomac noué. La mer avait commencé à descendre, et l'Œil du Sanglier gagnerait bientôt en vitesse et en puissance.

Roran s'aperçut alors que la corde à nœuds qu'Uthar avait attachée à la poupe – pour détecter le moment où ils entreraient dans l'attraction du tourbillon – avait dévié et flottait à présent de côté, au lieu de traîner à l'arrière. Le seul élément en leur faveur, c'était qu'ils naviguaient avec le courant, et pas contre lui. Si le contraire s'était produit, ils n'auraient pas eu d'autre choix que d'attendre la prochaine marée descendante, et les sloops les auraient rattrapés.

Roran entendit Uthar, au-dessous de lui, crier aux villageois de sortir les rames. Un instant plus tard, deux rangées d'avirons jaillissaient de chaque flanc de *L'Aile du Dragon*, donnant au navire l'aspect d'une gigantesque araignée d'eau. Le battement d'un tambour en peau de bœuf, accompagné par le chant scandé de Bonden, donna le rythme ; les rames s'élevèrent en arc de cercle et plongèrent dans l'eau verte, puis remontèrent, laissant derrière elles de blancs sillons d'écume. *L'Aile du Dragon* bondit, plus rapide à présent que les sloops, qui n'étaient pas encore dans la zone d'attraction de l'Œil.

Roran assistait avec une fascination horrifiée au drame qui se jouait autour de lui. L'élément essentiel, le point crucial dont tout dépendait, était la vitesse : avec l'action combinée de ses rames et de ses voiles, le bateau serait-il assez rapide pour traverser l'Œil dans les temps ? Et les sloops, qui à leur tour avaient déployé leurs rames, parviendraient-ils à réduire assez l'écart entre eux et *L'Aile du Dragon* pour assurer leur propre survie ? Roran n'aurait su le dire. Le tambour battait, les minutes passaient ; et le jeune homme ressentait presque physiquement chaque instant écoulé.

Il sursauta lorsqu'un bras passa par-dessus le bord du nid-de-pie, et qu'il vit apparaître le visage de Baldor :

– Donne-moi un coup de main, tu veux ? J'ai l'impression que je vais tomber.

Roran le saisit sous les épaules et le tira dans la nacelle. Baldor tendit à son ami un biscuit et une pomme :

– J'ai pensé que tu aurais faim.

Roran mordit dans le biscuit avec un hochement de tête reconnaissant et reprit son observation.

– Est-ce que tu vois l'Œil ? s'enquit Baldor.

Roran lui passa la longue-vue et s'accouda pour manger.

Au cours de la demi-heure qui suivit, le disque écumant se mit à tourner de plus en plus vite, jusqu'à tourbillonner comme une toupie. L'eau, sur ses bords, enflait, tandis que l'écume disparaissait, aspirée par l'énorme dépression, qui ne cessait de se creuser et de s'élargir. L'air, autour du vortex[1], formait un cyclone de brume tournoyante, et, de la gueule noire de l'abysse, montait un mugissement sauvage, un hurlement de loup blessé.

La rapidité avec laquelle l'Œil du Sanglier s'était formé stupéfia Roran.

– Tu ferais bien d'aller prévenir Uthar, dit-il.

Baldor enjamba le rebord du nid-de-pie :

– Attache-toi au mât, Roran, ou tu seras éjecté.

– C'est ce que je vais faire.

Le jeune homme s'assura avec un cordage, en gardant les bras libres, et vérifia s'il pourrait tirer aisément son couteau de sa ceinture pour se libérer en cas de besoin. Puis il surveilla l'évolution de la situation avec une anxiété croissante. *L'Aile du Dragon* n'était plus qu'à un mille du centre de l'Œil, les sloops suivaient à environ deux milles, et l'Œil lui-même allait bientôt atteindre l'apogée de sa fureur. Pire, le vent, perturbé par la puissance du tourbillon, soufflait par à-coups et changeait constamment de direction. Les voiles faseyaient, retombaient mollement, puis se gonflaient de nouveau sous les rafales.

---

1. Tourbillon de courant induit par le champ magnétique.

« Uthar avait raison, pensa Roran. Je suis allé trop loin ! J'ai voulu affronter un adversaire que la simple détermination ne suffit pas à dominer. J'envoie peut-être tout le village à la mort. Il y a des forces de la nature contre lesquelles on ne peut rien. »

Le centre béant de l'Œil était à présent gigantesque, et seuls ceux qui avaient été piégés à l'intérieur auraient pu dire quelle en était la profondeur. Les bords du maelström s'élevaient obliquement à quarante-cinq degrés, creusés de sillons comme la glaise façonnée sur le tour d'un potier. Le hurlement atteignit une intensité telle que Roran craignit de voir le monde se briser sous la puissance des vibrations. Soudain, un arc-en-ciel somptueux surgit de la brume et se déploya, enjambant le gouffre.

Le courant, plus violent que jamais, emportait *L'Aile du Dragon* à une allure inouïe vers la lisière du tourbillon, et il paraissait de plus en plus improbable que le bateau pût échapper à l'aspiration de l'Œil. Sa vitesse était si prodigieuse qu'il gîtait sur tribord, et que Roran se trouvait suspendu au-dessus du flot rugissant.

Cependant, les sloops gagnaient sur eux. Les bateaux ennemis faisaient voile de front à moins d'un mille en arrière ; leurs rames s'abaissaient puis se relevaient avec un ensemble parfait, deux gerbes d'eau jaillissant de chaque côté des proues, qui fendaient l'océan. Roran ne put s'empêcher d'admirer le spectacle.

Il rangea la longue-vue dans sa chemise. Il n'en avait plus besoin, les sloops étaient assez près pour être observés à l'œil nu. Le maelström disparaissait à présent derrière une vapeur blanche, arrachée au pourtour de cet entonnoir géant. Puis la nuée fut aspirée dans les profondeurs, s'enroulant en spirales folles, tourbillon à l'intérieur du tourbillon.

L'Aile du Dragon vira alors vers bâbord : Uthar tentait de lui faire reprendre la haute mer et de l'éloigner du courant. La quille cria sous la pression de l'eau, et la vitesse tomba de moitié, tandis que le bateau résistait à l'étreinte mortelle de l'Œil du

Sanglier. Une vibration courut le long du mât, et Roran sentit ses dents s'entrechoquer ; il fut pris de vertige lorsque le nid-de-pie bascula brusquement dans l'autre sens.

Comme ils continuaient de perdre de la vitesse, Roran eut peur. Il se détacha et, au mépris de toute prudence, se pencha par-dessus le rebord de la nacelle, attrapa un cordage pour se laisser glisser le long du gréement avec tant de hâte qu'il lâcha prise et dégringola de plusieurs pieds avant de réussir à se retenir.

Il sauta sur le pont, courut à l'écoutille avant et descendit jusqu'aux bancs des rameurs, où il vint prêter main-forte à Baldor et Albriech.

Sans échanger un mot, ils ramèrent au rythme de leur souffle haletant, du battement frénétique du tambour, des cris enroués de Bonden et du rugissement de l'Œil du Sanglier. Roran sentait la puissance du maelström contrer chacun de leurs coups de rames.

Malgré tous leurs efforts, *L'Aile du Dragon* s'immobilisa presque. « On va être emportés... », s'effraya Roran. Son dos et ses jambes lui brûlaient ; il avait les poumons en feu. En dépit des coups de tambour, il entendit Uthar ordonner d'orienter les voiles de façon à tirer le plus possible parti du vent capricieux.

Deux rangées devant Roran, Darmmen et Hamund passèrent les rames à Thane et Ridley, puis s'affalèrent au milieu de l'allée, les membres agités de tremblements. Moins d'une minute après, un homme s'évanouit un peu plus loin, aussitôt remplacé par Birgit et une autre femme.

« Si nous survivons, pensa Roran, ce sera parce que nous aurons été assez nombreux pour nous relayer et garder ce rythme aussi longtemps qu'il le fallait. »

Il lui sembla ramer ainsi pendant une éternité, dans la soute ténébreuse et confinée, tirant, puis poussant, tâchant d'ignorer la douleur qui avait pris possession de son corps. Il avait mal à la nuque à force de se tenir baissé sous le plafond bas. Le bois de la rame était poisseux du sang qui coulait de ses paumes, couvertes d'ampoules arrachées. Laissant tomber la longue-vue sous le banc, il ôta sa chemise, en enveloppa la rame et reprit la cadence.

Ses forces finirent cependant par l'abandonner. Ses jambes s'amollirent, il bascula, et son corps dérapa sur le sol, tant il était en sueur. Orval prit sa place. Roran resta allongé dans l'allée jusqu'à ce qu'il eût repris haleine. Il se redressa alors sur les mains et les genoux, puis se traîna vers l'écoutille.

Il se hissa le long de l'échelle, balancé par le roulis, s'appuyant régulièrement à la paroi pour se reposer. Quand il parvint sur le pont, à l'air libre, il respira à fond et, d'une démarche d'ivrogne, les jambes raidies par les crampes, tituba jusqu'au gouvernail.

– Tu t'en sors ? souffla-t-il à l'adresse d'Uthar, qui tenait la barre.

Le marin eut un mouvement de tête évasif.

Par-dessus le plat-bord, Roran avisa les sloops, à une distance d'environ un demi-mille, à l'ouest, plus près qu'eux du centre de l'Œil. Tout comme *L'Aile du Dragon*, ils étaient immobilisés.

Pendant un temps, les positions des quatre bateaux lui parurent statiques. Soudain, il décela un changement dans l'allure de *L'Aile du Dragon* : on eût dit que le navire avait dépassé quelque mystérieuse limite et que les forces qui le retenaient avaient diminué. La différence était à peine perceptible ; elle était néanmoins suffisante pour agrandir l'écart entre *L'Aile du Dragon* et ses poursuivants. À chaque coup de rames, le navire gagnait un peu de vitesse.

Les sloops, en revanche, n'arrivaient plus à résister à la force effarante du maelström. Le mouvement de leurs rames ralentissait peu à peu. L'un après l'autre, les bateaux furent aspirés et entraînés vers la nuée de brouillard, au-delà de laquelle les attendaient une noire muraille d'eau tournoyante et les rochers carnassiers des grands fonds.

« Ils n'ont plus la force de ramer, comprit Roran. Leurs équipages ne sont pas assez nombreux, et ils sont trop fatigués. » Il ne put s'empêcher de ressentir une pointe de compassion pour ces hommes et leur terrible destin.

Une flèche jaillit alors du sloop le plus proche et s'enflamma, filant vers *L'Aile du Dragon*. La flamme était verte, et le tir devait être d'origine magique pour avoir une telle portée. Le trait frappa une voile d'artimon et explosa en gouttes de feu liquide qui collaient à tout ce qu'elles touchaient. En quelques secondes, une vingtaine de petits feux s'allumèrent le long du mât et sur le pont en dessous.

– On n'arrive pas à les éteindre ! cria un marin, affolé.

– Arrachez ce qui brûle et jetez-le par-dessus bord ! rugit Uthar en réponse.

Dégainant son couteau, Roran s'élança et creusa une planche du pont pour en extirper une boule incandescente. Pendant plusieurs minutes, ce fut la panique. Il fallait se débarrasser de ces feux surnaturels avant que le navire ne s'embrasât. Un cri retentit enfin :

– C'est nettoyé !

La main d'Uthar, crispée sur la barre, se relâcha :

– Si c'est tout ce qu'ils savent faire, ces magiciens, nous n'avons plus grand-chose à craindre d'eux.

– Nous allons échapper à l'attraction de l'Œil, n'est-ce pas ? demanda Roran, anxieux de voir son espoir se confirmer.

Uthar redressa les épaules et lui lança un bref sourire, à demi satisfait :

– Pas dans l'immédiat, mais ça ne saurait tarder. On ne s'éloignera vraiment de ce monstre affamé qu'à marée basse. Va dire à Bonden de ralentir un peu le rythme ; je ne veux pas que les rameurs tombent comme des mouches !

Et il en fut ainsi. Quand il eut donné un dernier coup de rame, Roran revint sur le pont : le tourbillon s'apaisait. L'affreux hurlement du vortex se fondait dans le bruit familier du vent ; la mer retrouvait un calme surprenant, après ses accès de violence passés ; les volutes de brouillard qui se tordaient au-dessus des abysses s'étaient dissipées sous les chauds rayons du soleil, redonnant à l'air la transparence du verre. De l'Œil du Sanglier lui-même – ainsi que Roran put le constater en récupérant la longue-vue sous les bancs des rameurs – il ne restait qu'un tournoiement de vapeur jaune à la surface de l'eau. Au centre de cette brume, il crut discerner trois mâts brisés et une voile noire, qui tournaient, tournaient dans une ronde sans fin. Mais ce n'était peut-être que le fruit de son imagination.

Du moins, il s'en persuada.

Elain le rejoignit, une main posée sur son ventre proéminent. D'une petite voix, elle dit :

– Nous avons eu de la chance, Roran, plus de chance qu'on pouvait raisonnablement l'espérer.

– C'est vrai, reconnut-il.

62
VERS ABERON

Sous les ailes de Saphira, la forêt s'étendait, dense, d'un horizon à l'autre, passant du vert profond au pourpre nébuleux.

Des hirondelles, des freux et des oiseaux des bois voletaient autour des pins noueux, poussant des piaillements alarmés au passage de la dragonne. Celle-ci volait au ras de la canopée pour protéger ses passagers des températures glaciales qui régnaient en haute altitude.

Depuis le jour où Eragon et Saphira avaient fui les Ra'zacs dans la Crête, c'était la première fois qu'ils parcouraient ensemble une longue distance sans avoir à s'arrêter pour une raison ou une autre. Saphira était particulièrement ravie de ce voyage, et elle prenait plaisir à montrer à Eragon combien l'enseignement de Glaedr lui avait permis d'accroître sa force et son endurance.

Les premiers moments d'inquiétude passés, Orik dit à Eragon :

– Ça m'étonnerait que je me sente un jour à l'aise dans les airs, mais je conçois que vous aimiez tant voler, tous les deux. On se sent libre, sans entraves, tel un faucon à l'œil perçant ! J'en ai le cœur tout palpitant !

Pour combattre la monotonie du voyage, Orik joua aux devinettes avec Saphira. Eragon s'excusa de rester en dehors ; il n'avait jamais eu beaucoup d'intérêt pour les jeux d'énigme, ne possédant pas la bonne tournure d'esprit pour les résoudre. Dans ce domaine, Saphira, elle, excellait. Comme la plupart des dragons, elle était fascinée par les casse-tête et les trouvait faciles à démêler.

Orik déclara :

– Les seules devinettes que je connaisse sont en langage nain. Je vais les traduire de mon mieux, mais le résultat risque d'être approximatif et maladroit.

Puis il énonça :

> *Jeune, je suis grande,*
> *Vieille, je raccourcis.*
> *Tandis que je vis, éclatante,*
> *Le souffle d'Urûr est mon ennemi.*

« Ce n'est pas du jeu, grommela Saphira. Je ne connais rien à votre mythologie. »

Eragon n'avait pas besoin de répéter ses mots, la dragonne ayant accepté de les projeter directement dans l'esprit d'Orik.

Le nain se mit à rire :

– Tu donnes ta langue au chat ?

« Jamais ! » s'offusqua Saphira.

Pendant quelques minutes, on n'entendit rien d'autre que le battement de ses ailes. Puis elle suggéra :

« Une chandelle ? »

– Gagné !

Elle ricana, soufflant un chaud nuage de fumée, qui revint dans la figure de ses cavaliers :

« J'ai du mal avec les devinettes portant sur des sujets domestiques ; je n'ai pas pénétré dans une maison depuis le jour de mon éclosion. »

À son tour, elle demanda :

« Il soigne toutes les petites maladies. Qu'est-ce que c'est ? »

Pour Orik, c'était une vraie colle. Il grogna, gronda, grinça des dents, agacé. Derrière lui, Eragon ne put s'empêcher de sourire, car il lisait clairement la réponse dans l'esprit de Saphira.

Finalement, Orik lâcha :

– Soit, tu as gagné ! C'est quoi ?

« *En tisane ou en décoction,
le thym est la solution.* »

Ce fut au tour d'Orik de protester :
– Tu triches ! Comment veux-tu que je trouve ?
« Je n'ai pas triché ; c'est une bonne devinette. »
Eragon vit la nuque du nain s'arrondir tandis qu'il se penchait en avant :
– Puisque c'est comme ça, ô Dents de Fer, essaie donc de résoudre celle-ci, que chaque enfant des nains connaît :

*On me nomme la Forge de Morgothal et les Entrailles d'Helzvog.
J'enveloppe d'un voile la Fille de Nodvig, j'apporte la mort grise.
Qui suis-je ?*

Ils continuèrent ainsi à échanger des devinettes de complexité croissante, tandis qu'au-dessous d'eux la forêt défilait. Des trouées entre les branches révélaient parfois le ruban argenté d'une des nombreuses rivières qui serpentaient entre les arbres. Autour de Saphira, les nuages changeaient de forme, créant une architecture fantastique : arches, dômes et colonnes, remparts crénelés, tours de la taille d'une montagne. Des crêtes et des vallons noyés de brouillard diffusaient une lueur rougeoyante, et il semblait à Eragon qu'il volait en rêve.

Saphira était si rapide qu'au crépuscule le Du Weldenvarden était loin derrière eux, et qu'ils atteignaient les champs séparant la grande forêt du désert du Hadarac, que le couchant cuivrait.

Ils établirent leur campement sur l'herbe et s'accroupirent autour d'un petit feu, avec le sentiment d'être seuls à la surface du monde. La mine sombre, ils parlaient peu, car les mots rendaient plus impressionnante encore leur petitesse sur cette terre vaste et vide.

Eragon profita de cette pause pour mettre de l'énergie en réserve dans le rubis décorant le pommeau de Zar'roc. La pierre l'absorba aisément, ainsi que celle ajoutée par Saphira. Eragon en conclut qu'il leur faudrait des jours avant de saturer le rubis et les douze diamants cachés dans la ceinture de Beloth le Sage.

Épuisé par cette tâche, le garçon s'enroula dans une couverture, s'allongea contre Saphira et se laissa glisser dans l'état de sommeil éveillé qui était désormais le sien, où ses fantasmes nocturnes se mêlèrent à l'océan d'étoiles.

*

Le matin suivant, peu après qu'ils se furent remis en route, l'herbe mouvante se transforma en un maquis ocre, aux buissons de plus en plus clairsemés, puis laissa la place à un sol aride, écrasé de soleil, où ne survivaient que les plantes les plus résistantes. Des dunes d'or rouge apparurent. Vues de haut, elles évoquaient des lignes de vagues déferlant sans fin vers un lointain rivage.

Lorsque le soleil se mit à baisser, Eragon distingua une chaîne de montagnes, à l'est, et comprit qu'il contemplait le Du Fells Nángoröth, où les dragons sauvages se rendaient pour trouver une compagne, élever leurs petits et, parfois, mourir.

« Nous visiterons cet endroit, un jour », dit Saphira, qui avait suivi son regard.

« Oui. »

Cette nuit-là, Eragon ressentit leur solitude de façon particulièrement aiguë, car ils campaient dans la partie la plus aride du Hadarac, où l'air lui-même était si sec que les lèvres du garçon se craquelaient, bien qu'il les enduisît sans cesse de nalgask. Il ne percevait presque aucune vie dans le sol, sinon une poignée de plantes rachitiques abritant quelques insectes et des lézards.

Comme il l'avait fait lors de leur voyage vers Gil'ead à travers le désert, Eragon fit monter des profondeurs du sol assez d'eau pour remplir leurs outres, et, avant de laisser le sable avaler le précieux liquide, il visionna Nasuada dans le reflet de la flaque afin de s'assurer que les Vardens n'avaient pas déjà été attaqués. Ce n'était pas le cas, et il en fut grandement soulagé.

Trois jours après qu'ils eurent quitté Ellesméra, le vent se leva dans leur dos, propulsant Saphira, ce qui leur permit de franchir le Hadarac plus vite que prévu.

À la lisière du désert, ils survolèrent de nombreux nomades à cheval, vêtus de larges robes qui les protégeaient de la chaleur. Les hommes les apostrophèrent dans leur langue gutturale, menaçant Saphira de leurs épées et de leurs lances ; aucun d'eux, cependant, n'osa lui décocher une flèche.

La nuit, Eragon, Saphira et Orik bivouaquèrent à l'extrême sud de la Forêt Argentée, qui s'étendait le long des rives du lac Tüdosten. On l'appelait ainsi parce qu'elle était composée de hêtres, de saules et de peupliers tremblants. Contrairement au Du Weldenvarden et à l'éternel crépuscule qui régnait sous ses pins austères, la Forêt Argentée n'était que soleil radieux, chants d'alouettes et doux bruissement de feuilles. Il sembla à Eragon que les arbres étaient jeunes, heureux, et lui-même se réjouissait d'être là. Il faisait plus chaud que d'ordinaire à cette époque de l'année. C'était un temps d'été, alors qu'on était au printemps.

De là, ils se rendirent d'une traite jusqu'à Aberon, la capitale du Surda, guidés par les indications qu'Eragon puisait dans la mémoire des oiseaux de passage. Saphira n'essayant pas de se cacher, ils entendirent souvent des cris de stupeur et d'effroi monter des villages survolés.

L'après-midi tirait à sa fin quand ils atteignirent Aberon, une ville trapue ceinturée de remparts, située sur une hauteur, au centre d'une vaste plaine.

Le château de Borromeo, bâti sur un à-pic, dominait la cité. La citadelle, d'une architecture chaotique, était protégée par trois épaisseurs de murailles, de nombreuses tours, ainsi que des centaines de balistes, assez puissantes – nota Eragon – pour abattre un dragon.

La riche lumière ambrée du soleil déclinant soulignait les contours des bâtiments et faisait scintiller un panache de poussière, au portail est de la ville, par où entrait une file de soldats.

Saphira amorça sa descente vers le mur du château, ce qui permit à Eragon de capter les pensées mêlées des habitants de la capitale. Il fut d'abord submergé par cette cacophonie, alors qu'il était censé repérer d'éventuels ennemis. Il finit par comprendre que, comme toujours, il se concentrait trop sur les détails. Il lui fallait simplement percevoir les intentions générales. Il élargit donc son écoute, et les voix particulières qui attireraient son attention se fondirent en un ensemble d'émotions. On aurait dit une nappe d'eau recouvrant le paysage alentour, ondulant avec le flux des sentiments, déferlant parfois en vagues sous la pression d'humeurs violentes.

Eragon perçut l'affolement des gens, au-dessous de lui, à mesure que se répandait la nouvelle de l'arrivée de Saphira.

« Sois prudente, lui intima-t-il. Évitons qu'ils nous agressent ! »

Le puissant battement de ses ailes souleva des tourbillons de poussière lorsque la dragonne se posa dans une cour intérieure du château, plantant ses griffes dans le sol pour se stabiliser. Les chevaux attachés le long d'un mur hennirent de frayeur et firent un tel vacarme qu'Eragon s'introduisit dans leurs esprits pour les apaiser avec des mots de l'ancien langage.

Eragon fit descendre Orik et mit pied à terre après lui, surveillant du coin de l'œil les nombreux soldats alignés sur le chemin de ronde, qui chargeaient les balistes. Les armes ne l'effrayaient pas, mais il n'avait aucune envie d'être engagé dans une bataille avec ses alliés.

Une douzaine de soldats surgirent de la tour de garde et coururent vers Saphira. Celui qui les conduisait, un homme de grande taille, avait le même teint foncé que Nasuada ; c'était la troisième fois qu'Eragon voyait quelqu'un à la peau noire. S'arrêtant à une dizaine de pas, il s'inclina et déclara :

– Bienvenue, Dragonnier. Je suis Dahwar, fils de Kedar, et sénéchal du roi Orrin.

Eragon salua de la tête :

– Je suis Eragon le Tueur d'Ombre, fils d'un inconnu.

— Et moi, dit le nain, je suis Orik, fils de Thrifk.

« Moi, se présenta la dragonne par l'intermédiaire d'Eragon, je suis Saphira, fille de Vervada. »

Dahwar s'inclina de nouveau :

— Je regrette que personne d'un plus haut rang que moi ne soit présent pour accueillir d'aussi nobles hôtes, et je vous prie de m'en excuser. Mais le roi Orrin et Dame Nasuada sont en route avec leurs troupes depuis plusieurs jours, dans l'intention d'affronter l'armée de Galbatorix.

Eragon acquiesça d'un signe. Il s'y attendait.

— Ils ont laissé des instructions, poursuivit le sénéchal, afin que vous les rejoigniez directement, car ils comptent sur vous et sur vos exploits pour l'emporter.

— Pouvez-vous nous montrer sur une carte où les trouver ? demanda Eragon.

— Certainement, Monsieur. Le temps qu'on aille la chercher, voulez-vous entrer à l'abri de la chaleur et prendre des rafraîchissements ?

Eragon secoua la tête :

— Nous n'avons pas le temps. D'ailleurs, ce n'est pas moi qui regarderai cette carte, mais Saphira ; or je doute qu'elle puisse pénétrer dans vos bâtiments.

Cette idée déconcerta visiblement le sénéchal. Il battit des paupières, examina la dragonne et reprit :

— Bien sûr, Monsieur. Dans tous les cas, profitez de notre hospitalité ! Si vous-même ou vos compagnons désirez quoi que ce soit, n'hésitez pas à nous le dire.

Pour la première fois, Eragon réalisa qu'il n'avait qu'à commander pour être obéi.

— Il nous faut des vivres pour une semaine, fit-il. Pour moi, uniquement des fruits, des légumes, de la farine, du fromage, du pain. Nous avons également besoin de remplir nos outres d'eau.

Il nota avec satisfaction que Dahwar ne posait aucune question sur son régime végétarien. Orik, pour sa part, demanda de la viande séchée, du jambon et autres produits du même genre.

D'un claquement de doigts, Dahwar envoya deux serviteurs dans les celliers pour réunir les provisions. En attendant leur retour, il s'enquit :

— Dois-je déduire de votre présence ici, Tueur d'Ombre, que vous avez achevé votre formation chez les elfes ?

— Tant que je serai en vie, ma formation ne sera jamais achevée.

— Je vois.

Dahwar marqua une pause avant de poursuivre :

— Veuillez pardonner mon impertinence, Monsieur, car j'ignore tout des Dragonniers, mais n'êtes-vous pas humain ? On m'a dit que vous l'étiez.

— Oh, il l'est ! grommela Orik. On l'a quelque peu... changé. Et vous pouvez vous en réjouir, sinon, la situation serait bien pire qu'elle ne l'est !

Dahwar eut assez de tact pour ne pas insister, bien qu'Eragon, lisant dans ses pensées, sût que le sénéchal aurait donné cher pour obtenir davantage de détails ; les informations concernant la dragonne et son Dragonnier intéressaient au plus haut point le gouvernement d'Orrin.

Deux pages aux yeux écarquillés apportèrent rapidement les vivres, l'eau ainsi que la carte. Sur un mot d'Eragon, ils les déposèrent à côté de Saphira, puis se réfugièrent derrière Dahwar avec des mines terrifiées. S'agenouillant sur le sol, le sénéchal déroula la carte, qui représentait le Surda et les terres environnantes, et traça du doigt une ligne entre Aberon et Cithrí :

— Aux dernières nouvelles, le roi Orrin et Dame Nasuada ont fait halte ici pour se ravitailler. Ils n'avaient pas l'intention de s'y attarder, cependant, parce que les forces de l'Empire font route vers le sud, le long de la rivière Jiet. À mon humble avis, vous les trouverez certainement sur les Plaines Brûlantes.

— Les Plaines Brûlantes ?

Dahwar sourit :

— Vous les connaissez sans doute sous l'ancien nom qu'emploient les elfes : Du Völlar Eldrvarya.

– Ah, oui !

Eragon s'en souvenait. L'un des livres d'histoire qu'Oromis lui avait confiés en parlait. Ces plaines – une vaste tourbière – s'étendaient sur la rive est du Jiet, avant que la rivière ne franchît la frontière du Surda, et avaient été le théâtre d'une violente escarmouche entre les Dragonniers et les Parjures. Au cours de l'affrontement, les dragons, en crachant leurs flammes, avaient involontairement embrasé la tourbe. Le feu s'était répandu sous la surface, où, depuis lors, il continuait de couver. Les fumées toxiques montant des fentes du sol calciné avaient rendu la terre inhabitable.

Un frisson parcourut le dos d'Eragon tandis qu'il se rappelait sa vision prémonitoire : des lignes de guerriers se heurtant dans une lumière orangée, accompagnés par le cri rauque des corbeaux charognards et le sifflement de noires volées de flèches.

« Le destin est en marche », dit-il à Saphira.

Puis, désignant la carte, il demanda :

« Tu en as vu assez ? »

« Oui. »

Orik et lui rangèrent en hâte les vivres dans les sacs, remontèrent sur le dos de Saphira et, de là-haut, remercièrent Dahwar pour son aide. À l'instant où Saphira s'apprêtait à décoller, Eragon fronça les sourcils : une note discordante lui parvenait.

– Dahwar, signala-t-il, une dispute vient d'éclater entre deux palefreniers, et l'un d'eux, Tathal, est sur le point de commettre un meurtre. Tu peux l'en empêcher si tu envoies tout de suite des hommes aux écuries.

Dahwar écarquilla les yeux, ébahi ; Orik lui-même se retourna pour regarder Eragon.

– Comment sais-tu cela, Tueur d'Ombre ? s'étonna le sénéchal.

– Parce que je suis un Dragonnier, répondit simplement Eragon.

Saphira déploya alors ses ailes, et ceux qui étaient dans la cour reculèrent pour éviter le souffle d'air. La dragonne monta comme une flèche.

Lorsque le château de Borromeo ne fut plus qu'un point, tout en bas, Orik questionna son compagnon :

– Peux-tu entendre mes pensées, Eragon ?

– Tu veux que j'essaie ? Je ne l'ai jamais fait, tu sais.

– Vas-y !

Eragon se concentra sur l'esprit du nain et, à sa grande surprise, découvrit qu'il était protégé par une solide barrière mentale. Il percevait la conscience d'Orik, mais pas ses pensées, ni ses sentiments.

– Rien !

Orik eut un large sourire :

– Parfait ! Je voulais m'assurer que je n'avais pas oublié mes vieilles leçons.

D'un commun accord, ils ne s'arrêtèrent pas pour la nuit mais continuèrent leur vol, dans le ciel qui s'obscurcissait. Ils ne virent ni lune ni étoiles. Pas une lueur ne vint briser l'oppressante obscurité. Les heures nocturnes s'étiraient comme si chaque seconde refusait de s'abandonner au passé.

Lorsque le soleil réapparut enfin, apportant sa clarté réconfortante, Saphira se posa sur la rive d'un petit lac pour qu'Eragon et Orik pussent se dégourdir les jambes et prendre un petit déjeuner.

Ils venaient de repartir quand un long nuage, bas et brunâtre, s'étira à l'horizon, telle une bavure d'encre sépia sur une feuille de papier blanc. La nuée s'élargissait à mesure que Saphira s'en approchait. À la fin de la matinée, elle enveloppait la terre d'un voile de vapeurs fétides.

Ils avaient atteint les Plaines Brûlantes de l'Alagaësia.

63
LES PLAINES BRÛLANTES

Saphira descendit à travers la fumée et vira vers la rivière Jiet, dissimulée par les nuées. Eragon se mit à tousser ; les yeux lui piquaient. Il cligna des paupières et essuya ses larmes.

Près du sol, l'atmosphère s'éclaircit, donnant un aperçu de leur destination. Le voile de fumées noires et rouges filtrait les rayons du soleil, baignant le paysage d'une lueur sanglante. Ici et là, des trouées dans le ciel sali laissaient passer de pâles rais de lumière, qui frappaient le sol, tels des piliers de verre translucides, vite avalés par les nuages mouvants.

La rivière Jiet coulait devant eux, gonflée comme un serpent repu, sa surface ridée reflétant la teinte sinistre des Plaines Brûlantes. Lorsqu'une tache de soleil tombait sur l'eau, celle-ci devenait d'un blanc crayeux, opaque, opalescent, évoquant le lait de quelque bête effroyable.

Deux armées campaient sur la berge est du cours d'eau. Au sud, les Vardens et les hommes du Surda, ainsi que les chevaux bais de la cavalerie d'Orrin, étaient retranchés derrière de multiples lignes de défense. Leurs oriflammes flottaient fièrement au-dessus de rangées de tentes. Malgré l'importance de ces troupes, leur nombre n'était rien, comparé à celui des forces rassemblées au nord. L'armée de Galbatorix était immense. Elle s'étendait sur trois lieues de large, et il était impossible d'en déterminer la longueur, car les hommes se fondaient en une masse confuse dans le lointain.

Les adversaires se faisaient face, à une distance d'environ deux lieues. Cet espace, comme celui sur lequel campaient les deux armées, était parsemé d'orifices irréguliers, où dansaient des langues de flammes vertes. De ces torches maladives montaient des tourbillons de fumée, qui obscurcissaient le soleil. La maigre végétation était brûlée, roussie. Seules des plaques de lichen noir, orange et verdâtre s'accrochaient au sol desséché, lui donnant, d'en haut, l'apparence d'une peau infectée, couverte d'escarres. Jamais Eragon n'avait eu sous les yeux un spectacle aussi sinistre.

Saphira surgit entre les troupes menaçantes, puis elle vira et plongea vers les Vardens à sa vitesse maximale, car, tant qu'elle restait visible, elle-même et ses cavaliers étaient à la merci des magiciens ennemis. Eragon déploya sa conscience dans toutes les directions, à l'affût des esprits hostiles. En la percevant, les magiciens ainsi que les gens entraînés à détourner les sorts réagiraient.

En guise de réponse, il sentit la panique soudaine qui s'emparait des sentinelles Vardens, dont beaucoup — comprit-il — n'avaient jamais vu Saphira. La peur leur fit perdre la tête, et les archers lâchèrent sur elle une volée de flèches barbelées.

Levant la main droite, Eragon cria :
— Letta orya thorna !
Les flèches se figèrent sur place.

Il secoua son poignet et, d'un mot — Gánga ! —, envoya les traits acérés vers l'espace vide ; ils se fichèrent dans le sol nu sans causer aucun mal. Toutefois, une flèche, lancée quelques secondes après les autres, lui échappa. Eragon se pencha autant qu'il put et, avec une vivacité inhumaine, cueillit la flèche en plein vol à l'instant où elle frôlait Saphira.

À une centaine de pieds au-dessus du sol, Saphira étendit les ailes pour ralentir sa descente, avant d'atterrir avec légèreté sur ses pattes arrière. Puis elle posa ses pattes avant et termina sa course entre les tentes des Vardens.

— Werg ! grogna Orik en détachant les lanières qui retenaient ses jambes. J'aimerais mieux combattre une dizaine de Kulls plutôt que de revivre un plongeon de ce genre !

Il se suspendit sur un côté de la selle, puis se laissa tomber sur la patte avant de Saphira et, de là, sauta à terre.

À peine Eragon était-il descendu que des dizaines de guerriers se massèrent autour de la dragonne avec des mines terrifiées. Un homme se détacha du groupe, un barbu corpulent qu'Eragon reconnut : Fredric, le maître d'armes de Farthen Dûr, toujours revêtu de sa brigandine fourrée, taillée dans une peau de bœuf.

– Ne restez pas là, bouche bée, bande de rustres ! rugit-il. Retournez à vos postes ou je vous colle des tours de garde supplémentaires !

Les hommes obéirent et se dispersèrent avec moult grommellements et coups d'œil en arrière. Fredric s'approcha alors, et tressaillit devant la nouvelle apparence d'Eragon. Dissimulant sa stupéfaction, le barbu se toucha le front et dit :

– Sois le bienvenu, Tueur d'Ombre. Tu tombes à pic... Je ne peux te dire à quel point je suis honteux de l'accueil que l'on t'a réservé. L'honneur de chacun, ici, en est entaché. L'un de vous trois a-t-il été blessé ?

– Non.

Le soulagement se lut sur le visage de Fredric :

– Voilà au moins une chose dont on peut se réjouir. Les responsables de cette bavure ont été retirés des rangs. Ils seront fouettés et dégradés... Cette punition te semble-t-elle suffisante ?

– Je voudrais voir ces hommes, dit Eragon.

Fredric se raidit ; visiblement, il craignait que le Dragonnier fît payer leur erreur aux archers par quelque moyen terrible et surnaturel. Cependant, sa voix ne trahit pas son inquiétude :

– En ce cas, suis-moi.

Il conduisit les trois arrivants à travers le camp, les menant jusqu'à une vaste tente rayée, où ils trouvèrent une vingtaine de soldats à la mine piteuse dépouillés de leurs armes et de leurs armures sous la surveillance d'une douzaine de gardes. À l'entrée d'Eragon, les prisonniers mirent un genou en terre et restèrent ainsi, tête baissée.

– Salut à toi, Tueur d'Ombre ! lancèrent-ils

Eragon ne répondit rien. Il longea la rangée d'hommes agenouillés, scrutant leurs pensées, tandis que ses bottes s'enfonçaient dans la croûte de terre brûlée avec un crissement agaçant. Enfin, il déclara :

– Soyez fiers d'avoir réagi aussi vite en nous apercevant ! Si Galbatorix attaque, c'est exactement ce que vous devrez faire, bien que je doute que vos flèches se montrent plus efficaces contre lui qu'elles l'ont été contre Saphira et moi.

Les sentinelles, incrédules, levèrent vers lui leurs visages cuivrés.

– Je vous demande seulement, à l'avenir, de prendre le temps d'identifier votre cible avant de tirer. La prochaine fois, je risque d'être trop occupé par autre chose pour arrêter vos traits. M'avez-vous compris ?

Tous crièrent d'une seule voix :

– Oui, Tueur d'Ombre !

S'arrêtant face à l'avant-dernier homme de la file, Eragon lui tendit la flèche qu'il avait attrapée au vol :

– Je crois que celle-ci est à toi, Harwin.

L'homme la prit, l'air abasourdi :

– Elle est bien à moi. Elle porte la bande blanche que je peins sur mes traits pour les récupérer ensuite. Merci, Tueur d'Ombre.

Eragon fit un signe de tête et dit à Fredric, de sorte que tous pussent entendre :

– Ce sont de bons et fidèles soldats, et je ne veux pas que cet incident entraîne la moindre disgrâce.

– J'y veillerai personnellement, promit Fredric avec un sourire.

– Maintenant, peux-tu me conduire à Dame Nasuada ?

– Bien sûr, Dragonnier.

En sortant de la tente, Eragon sut que sa clémence lui avait gagné l'indéfectible loyauté des sentinelles, et que la nouvelle courrait comme une vague parmi les Vardens.

Sur le chemin que Fredric emprunta entre les tentes, Eragon se mit en contact avec plus d'esprits qu'il n'en avait jamais touché jusqu'alors. Des centaines de pensées, d'images et de sensations pénétraient en lui en se bousculant. En dépit de ses efforts pour les garder à distance, il ne pouvait éviter d'absorber au hasard quantité de détails sur la vie des gens. Les uns le choquaient, d'autres lui étaient incompréhensibles, d'autres encore l'émouvaient ou, à l'inverse, le dégoûtaient, et beaucoup le gênaient. Quelques personnes avaient une vision du monde si différente de la sienne que leur mental lui échappait.

« Ce serait si facile, songea-t-il, de considérer ces êtres comme de simples objets à manipuler ! Pourtant, chacun d'eux a ses espoirs, ses rêves, la possibilité de réaliser de belles choses, et le souvenir de celles qu'il a déjà accomplies. Et tous connaissent la souffrance. »

Certains des esprits, conscients de son contact, avaient un mouvement de recul et dissimulaient leur intimité derrière des défenses de résistance inégale. Eragon en fut d'abord perturbé, s'imaginant avoir décelé de nombreux ennemis infiltrés dans les rangs des Vardens. Puis, après un rapide examen, il découvrit qu'il s'agissait des membres du Du Vrangr Gata.

« Ils doivent être affolés, fit remarquer Saphira, convaincus d'être assaillis par quelque étrange magicien. »

« Je ne peux pas les rassurer s'ils me repoussent ainsi. »

« Tu devrais les rencontrer en personne, et le plus tôt sera le mieux, avant qu'ils ne décident de s'allier et de passer à l'attaque. »

« Oui. Mais, à mon avis, ils ne représentent pas une menace pour nous... Le Du Vrangr Gata ! Ce nom lui-même trahit leur ignorance. En ancien langage, la formulation correcte serait le Du Gata Vrangr ! »

Leur circuit s'acheva à l'arrière des lignes, devant un vaste pavillon rouge, au-dessus duquel battait une oriflamme aux armes des Vardens : un bouclier noir et deux glaives croisés. Fredric releva la porte de toile pour laisser entrer Eragon et Orik. Saphira glissa la tête par l'ouverture et regarda par-dessus leurs épaules.

La tente était meublée, et une longue table en occupait le centre. Nasuada, debout à une extrémité, appuyée sur ses mains, était plongée dans l'étude d'un amoncellement de cartes et de parchemins. Eragon eut un coup au cœur en découvrant Arya, à l'autre bout de la table. Les deux femmes portaient une armure, comme des hommes prêts à la bataille.

Nasuada leva vers les arrivants ses yeux en amande.

– Eragon ? murmura-t-elle.

Le garçon ne s'attendait pas à se sentir aussi heureux de la revoir. Un large sourire sur le visage, il posa sa main retournée sur sa poitrine – le geste d'allégeance des elfes – et s'inclina :

– À ton service !

– Eragon !

Cette fois, c'était une exclamation de joie et de soulagement. Arya aussi paraissait contente.

– Comment notre message a-t-il pu te parvenir aussi vite ? s'étonna Nasuada.

– Je n'ai pas reçu de message. J'ai appris par visualisation que les armées de Galbatorix se déplaçaient, et j'ai quitté Ellesméra le jour même.

Il lui sourit de nouveau :

– Je me réjouis d'être de retour parmi les Vardens.

Nasuada le dévisageait d'un air intrigué :

– Que t'est-il arrivé, Eragon ?

« Arya ne lui a rien dit », en déduisit Saphira.

Eragon leur conta ce qu'il avait vécu depuis le jour, à présent lointain, où ils avaient quitté Nasuada à Farthen Dûr. Il devina qu'elle en avait déjà entendu une partie, par Arya ou par les nains ; elle le laissa pourtant parler sans l'interrompre. Eragon resta circonspect en ce qui concernait sa formation. Il avait donné sa parole de ne pas révéler sans permission l'existence d'Oromis. Quant au contenu de la plupart de ses leçons, il ne pouvait être partagé avec des personnes extérieures. Il fit cependant de son mieux pour donner à Nasuada un aperçu de ses talents et de ce que permettaient ses nouvelles capacités. De l'Agaetí Sänghren, il dit simplement :

– ... Au cours de cette célébration, j'ai reçu le don des dragons, qui a provoqué en moi les modifications que tu peux voir, guérissant mon dos et me prêtant les aptitudes physiques des elfes.

– Donc, ta cicatrice a disparu ?

Il acquiesça et acheva en quelques phrases, mentionnant brièvement les raisons qui l'avaient poussé à quitter le Du Weldenvarden, et résumant les péripéties de leur voyage. Nasuada hocha la tête :

– Quelle histoire ! Saphira et toi, vous avez vécu tant de choses depuis votre départ de Farthen Dûr !

– Tout comme toi.

Il balaya la tente d'un geste :

– Ce que tu as accompli est stupéfiant ! Amener les Vardens jusqu'au Surda a dû représenter un travail considérable... Le Conseil des Anciens t'a-t-il causé beaucoup de problèmes ?

– Un peu, mais rien d'insurmontable. Il semble s'être résigné à reconnaître mon autorité.

Dans un cliquetis de cotte de mailles, Nasuada alla s'asseoir sur une chaise à haut dossier et se tourna vers Orik, qui n'avait pas encore parlé. Elle lui souhaita la bienvenue et lui demanda s'il avait quelque chose à ajouter au récit d'Eragon. Le nain haussa les épaules et lui conta quelques anecdotes sur leur séjour à Ellesméra. Eragon le suspecta de garder secrètes ses véritables impressions, qu'il réservait à son roi.

Quand il eut terminé, Nasuada déclara :

– Cela me fait chaud au cœur de penser que, si nous résistons à l'attaque qui se prépare, nous aurons ensuite les elfes à nos côtés. Avez-vous aperçu les guerriers de Hrothgar, en venant d'Aberon ? Nous comptons sur leur renfort.

« Non, répondit Saphira, dont Eragon retransmit les propos. Mais il faisait sombre, et je volais le plus souvent au milieu des nuages ou au-dessus. Dans ces conditions, nous ne pouvions pas remarquer un campement. De toute façon, je doute que nous ayons pu les croiser, car j'ai suivi une ligne droite depuis le château de Borromeo, et les nains auront certainement choisi un autre chemin, empruntant peut-être des routes existantes plutôt que de couper à travers le désert. »

– Quelle est la situation, ici ? voulut savoir Eragon.

Nasuada soupira, puis elle raconta comment Orrin et elle-même avaient appris que Galbatorix levait une armée, et comment ils avaient réussi, à marche forcée, à atteindre les Plaines Brûlantes avant les soldats du roi. Elle conclut en disant :

– Les forces adverses sont arrivées il y a trois jours. Depuis, nous avons échangé deux messages. Dans le premier, l'Empire nous demandait de nous rendre. Dans le second, nous avons refusé. Maintenant, nous attendons sa réaction.

– De combien d'hommes dispose-t-il ? grommela Orik. Vu d'en haut, c'était une masse impressionnante.

– Nous estimons que Galbatorix a rassemblé environ cent mille soldats.

Cette information fit bondir Eragon :

– Cent mille soldats ? Mais d'où viennent-ils ? Ça paraît incroyable que Galbatorix puisse trouver plus qu'une poignée de gens disposés à le servir !

– Ils ont été enrôlés contre leur gré. Notre seul espoir, c'est que ces hommes arrachés à leurs foyers n'auront guère le cœur à combattre. Nous parviendrons peut-être à les effrayer assez pour qu'ils rompent les rangs et s'enfuient. Nous sommes plus nombreux qu'à Farthen Dûr, grâce au roi Orrin, qui a joint ses forces aux nôtres, et nous avons bénéficié d'un véritable flot de volontaires dès que nous avons répandu le bruit de ton arrivée, Eragon. Cependant, nous sommes infiniment plus faibles en nombre que l'Empire.

Saphira intervint alors, et Eragon dut répéter la redoutable question :

« Quelles sont nos chances de victoire, selon vous ? »

– Nos chances, répondit Nasuada en insistant sur le mot, dépendent en grande partie de toi, Saphira, et d'Eragon, et du nombre de magiciens disséminés dans leurs troupes. Si vous réussissez à les localiser et à les mettre hors d'état de nuire, nos ennemis ne seront plus protégés, et vous pourrez les massacrer. À mon avis, une victoire totale repose sur ces atouts-là. Mais nous devrions être capables de les tenir en échec jusqu'à ce qu'ils soient à court d'approvisionnement, ou jusqu'à ce que la reine Islanzadí nous vienne en renfort. Du moins... tant que Galbatorix ne se lancera pas en personne dans la bataille. Si c'est le cas, nous n'aurons d'autre choix que de sonner la retraite.

À cet instant, Eragon sentit l'approche d'un esprit étrange, un esprit froid et dur, calculateur, qui, tout en sachant que le Dragonnier le percevait, ne reculait pas devant le contact. Tous ses sens en alerte, il fouilla du regard le fond du pavillon, où il aperçut la fillette aux cheveux noirs qui lui était apparue quand il visionnait Nasuada depuis Ellesméra. Elle le fixait de ses yeux violets.

– Bienvenue, Tueur d'Ombre, dit-elle. Bienvenue, Saphira.

Eragon frissonna au son de sa voix, celle d'une adulte. Il déglutit, la bouche sèche, et demanda :

– Qui es-tu ?

Elle ne répondit pas. Repoussant sa frange luisante, elle dégagea la marque argentée qu'elle avait au front, en tout point semblable à la gedwëy ignasia d'Eragon. Il sut alors qui elle était.

Chacun resta figé quand le Dragonnier s'avança, tandis que Saphira allongeait le cou le plus loin possible à l'intérieur du pavillon. Mettant un genou en terre, Eragon prit la main de la petite fille dans la sienne ; il sentit sa peau brûler comme si elle avait la fièvre. Elle ne résista pas, mais laissa sa main inerte. En ancien langage, Eragon dit :

– Je suis désolé. Peux-tu me pardonner ce que je t'ai fait ?

Le regard de l'enfant s'adoucit. Elle se pencha et déposa un baiser sur le front du garçon.

– Je te pardonne, murmura-t-elle, d'une voix qui, pour la première fois, avait l'intonation de son âge. Comment pourrais-je te le refuser ? Toi et Saphira êtes à l'origine de ce que je suis, et je sais que vous ne me vouliez pas de mal. Je te pardonne, mais ce que je vais te dire torturera ta conscience : tu m'as condamnée à connaître la moindre souffrance autour de moi. À cet instant même, le sort que tu m'as jeté me pousse à venir en aide à un homme, à trois tentes d'ici, qui s'est coupé à la paume, à secourir le jeune porte-drapeau qui s'est brisé un doigt dans les rayons d'une roue, et des quantités d'autres qui sont ou qui vont être blessés. Cela me coûte terriblement de résister à leur appel, et plus encore de causer sciemment une souffrance à quelqu'un, comme je le fais en te parlant ainsi... Ma douleur est si grande qu'elle m'empêche de dormir la nuit. Voilà le don que tu m'as fait, ô Dragonnier.

Sur ces derniers mots, sa voix avait retrouvé son ton d'amère ironie.

Saphira s'interposa entre eux et, du bout du museau, toucha la marque de la fillette :

« Paix, petite fille ! Tu as trop de colère dans le cœur. »

– Tu n'auras pas à vivre ainsi pour toujours, dit Eragon. Les elfes m'ont enseigné comment délier un sort, et je crois pouvoir te délivrer de cette malédiction. Ce ne sera pas facile, mais c'est possible.

L'espace d'un instant, la fillette sembla perdre son effrayant contrôle d'elle-même. Sa bouche laissa échapper un petit cri, sa main trembla dans celle d'Eragon, et des larmes brillèrent dans ses yeux. Mais elle dissimula aussitôt son émotion derrière un masque cynique et moqueur :

– Eh bien, nous verrons. De toute façon, tu devras attendre la fin de la bataille pour essayer.

– Je pourrais pourtant t'épargner bien des douleurs.

– Ce n'est pas le moment de t'épuiser ; notre survie dépend de tes talents. Je ne me fais pas d'illusion ; tu es plus important que moi.

Un sourire rusé lui étira les lèvres :

– D'ailleurs, si tu me déliais maintenant, je ne pourrais pas venir en aide aux Vardens en danger. Tu ne voudrais pas que Nasuada meure à cause de ça, n'est-ce pas ?

– Non, admit Eragon.

Il marqua une longue pause, examinant la situation. Puis il reprit :

– Très bien, j'attendrai. Mais je t'en fais le serment : si nous gagnons cette bataille, je redresserai ce que j'ai faussé.

La fillette pencha la tête de côté :

– Je compte sur ta parole, Dragonnier.

Se levant de sa chaise, Nasuada dit alors :

– C'est Elva qui m'a sauvée, en Aberon, quand un assassin a attenté à ma vie.

– Vraiment ? En ce cas, je suis ton débiteur, Elva, car tu as protégé ma suzeraine.

– Venez, maintenant, reprit Nasuada. Je veux vous présenter tous les trois à Orrin et à sa cour. As-tu déjà rencontré le roi, Orik ?

– Non, je ne suis jamais venu au Surda.

Quand ils quittèrent le pavillon, Nasuada marchant devant, Elva à ses côtés, Eragon tenta de se placer près d'Arya pour lui parler. Mais, dès qu'il s'approcha d'elle, l'elfe pressa le pas pour rattraper Nasuada. Elle ne le regarda pas une fois, et cette offense lui causa plus d'angoisse qu'aucune blessure physique. Elva lui jeta un coup d'œil par-dessus son épaule, et il sut qu'elle ressentait sa détresse.

Ils atteignirent bientôt un autre pavillon, jaune et blanc, celui-là, bien qu'il fût difficile de distinguer exactement les couleurs, dans le rougeoiement des Plaines Brûlantes. On les pria d'entrer, et Eragon fut stupéfait : la tente était envahie de verres gradués, cornues, alambics et autres instruments d'alchimiste, parfaitement incongrus en ce lieu.

« Qui peut bien s'encombrer de ça sur un champ de bataille ? » se demanda-t-il, perplexe.

– Eragon, dit Nasuada, je te présente Orrin, fils de Larkin, souverain du royaume du Surda.

Des profondeurs de ce fatras de verre surgit un homme de belle taille et de belle mine, dont les cheveux, coupés au niveau des épaules, étaient retenus par une couronne d'or. Comme celui de Nasuada, son esprit était protégé par une barrière aussi solide que le fer ; à l'évidence, il avait reçu une formation intensive. Au cours de la discussion, Eragon trouva Orrin plutôt agréable, quoique un peu novice en matière de commandement, et pour le moins original. Il en conclut qu'il ferait davantage confiance à Nasuada pour diriger les opérations.

Après avoir éludé les questions d'Orrin à propos de son séjour chez les elfes, Eragon dut sourire et saluer avec amabilité tout le temps que dura le défilé des nobles de la cour, chacun insistant pour lui serrer la main, lui dire quel honneur c'était pour lui de le rencontrer et l'invitant dans son domaine respectif. Eragon mémorisa consciencieusement leurs noms et leurs titres, sachant qu'Oromis aurait souhaité qu'il le fît, et s'efforça de garder son calme malgré une impatience grandissante.

« On est sur le point d'engager le combat contre la plus grande armée jamais réunie, et nous voilà coincés là, à échanger des civilités ! »

« Prends patience, lui conseilla Saphira, c'est bientôt fini... Et dis-toi que, si nous sommes vainqueurs, ils nous devront une année entière de dîners ! »

Eragon se retint de pouffer :

« S'ils avaient idée de la quantité de nourriture nécessaire pour te rassasier, ils seraient atterrés. Sans parler de leurs caves pleines de vin et de bière, que tu viderais en une seule nuit ! »

La dragonne renifla :

« Oh, j'en serais incapable ! »

Puis elle admit :

« En deux nuits, à la rigueur... »

Quand ils quittèrent enfin la tente du roi, Eragon interrogea Nasuada :

– Que dois-je faire, à présent ? Comment puis-je te servir ?

Nasuada lui lança un regard inquisiteur :

– Quelle est, à ton avis, la meilleure façon de me servir, Eragon ? Tu connais mieux que moi tes propres capacités.

Arya elle-même le dévisageait, maintenant, attendant sa réponse.

Eragon leva les yeux vers le ciel couleur de sang tout en réfléchissant :

– Je pourrais prendre le contrôle des membres du Du Vrangr Gata, ainsi que Trianna me l'avait demandé à Farthen Dûr, de façon à les diriger lors de la bataille. Travailler conjointement nous donnerait une chance de déjouer les sorts des magiciens de Galbatorix.

– Cette idée me paraît excellente.

« Y a-t-il un endroit, intervint Saphira, où déposer les bagages ? Je n'ai pas l'intention de les transporter plus longtemps, pas plus que cette selle. »

Eragon ayant retransmis sa requête, Nasuada s'écria :

– Bien sûr ! Laissez cela dans mon pavillon ! Je vais faire dresser une tente pour toi, Eragon. Je te conseille néanmoins de revêtir ton armure avant de te séparer de tes affaires. Tu peux en avoir besoin à tout instant... D'ailleurs, j'y pense, ton armure à toi est ici, Saphira. Je vais te la faire apporter.

– Et moi, Dame Nasuada ? s'enquit Orik. Qu'attends-tu de moi ?

– Plusieurs knurlans du Dûrgrimst Ingeitum sont parmi nous. Ils nous ont prêté leur concours pour élever nos lignes de défense terrestres. Prends le commandement de leur groupe, si cela te convient.

L'idée de retrouver d'autres nains, et en particulier ceux de son propre clan, parut ragaillardir Orik. Il se frappa la poitrine du poing et s'exclama :

– Cela me convient ! Si vous voulez bien m'excuser, je vais les rejoindre de ce pas.

Et, sans un regard en arrière, il s'élança à travers le camp en direction du parapet.

Les autres retournèrent au pavillon de Nasuada.

– Viens me faire ton rapport, Eragon, dit-elle, dès que tu te seras organisé avec le Du Vrangr Gata.

Elle souleva le pan de toile qui fermait l'entrée et disparut à l'intérieur avec Elva. Comme Arya s'apprêtait à les suivre, Eragon se plaça devant elle et lui dit en ancien langage :

– Attends !

L'elfe le dévisagea, impassible. Il soutint son regard sans ciller, plongeant droit dans ses yeux, où se reflétait l'étrange luminosité des lieux.

– Arya, dit-il, je ne m'excuserai pas de mes sentiments pour toi. Cependant, je veux que tu saches combien je regrette la façon dont je me suis comporté pendant la célébration du Serment du Sang. Je n'étais pas moi-même, cette nuit-là ; sinon, jamais je ne me serais montré si audacieux.

– Et tu ne le feras plus ?

Il eut un rire sans joie :

– Ça ne me mènerait nulle part, si je recommençais, n'est-ce pas ?

Comme elle ne répondait rien, il s'écria :

– Qu'importe ! Je ne t'ennuierai plus, même si tu...

Il se mordit la lèvre pour ne pas laisser échapper des paroles qu'il regretterait ensuite.

L'expression d'Arya s'adoucit :

– Je n'essaie pas de te blesser, Eragon. Tu dois le comprendre.

– Je comprends, lui assura-t-il, quoique sans grande conviction.

Un silence inconfortable s'étira entre eux. Enfin, l'elfe reprit :

– Votre voyage s'est bien passé, je suppose ?

– Plutôt bien.

– Vous n'avez pas eu de problème dans le désert ?

– Non. Pourquoi ?

– Comme ça. Simple question.

Puis, aimablement, elle demanda :

– Et toi, Eragon ? Comment vas-tu, depuis la célébration ? J'ai entendu le récit que tu as fait à Nasuada, mais tu n'as parlé que de ton dos.

– Je...

Il voulut mentir, pour ne pas lui révéler à quel point elle lui avait manqué. L'ancien langage retint les mots dans sa bouche, et il resta muet. En fin de compte, il eut recours à une technique des elfes : ne dire qu'une partie de la vérité de façon à induire le contraire de cette vérité tout entière.

– Je vais beaucoup mieux qu'avant, dit-il, gardant à l'esprit l'état de son dos.

En dépit de ce subterfuge, Arya ne sembla pas convaincue. Néanmoins, elle ne l'interrogea pas plus avant et déclara simplement :

– Je m'en réjouis.

La voix de Nasuada leur parvint de l'intérieur du pavillon. Arya tourna la tête de ce côté avant de regarder de nouveau le garçon :

– On a besoin de moi, Eragon... On a besoin de nous deux. Une bataille se prépare.

Soulevant le pan de toile, elle s'apprêtait à pénétrer dans la tente obscure lorsqu'elle marqua un temps d'hésitation.

– Sois prudent, Eragon, le Tueur d'Ombre ! ajouta-t-elle.

Et elle s'éloigna.

L'abattement figea Eragon sur place. Certes, il avait parlé, mais ça n'avait rien changé entre Arya et lui. Les poings crispés, il courba le dos et fixa le sol, le regard vide, tremblant de frustration.

Il sursauta en sentant le museau de Saphira sur son épaule :

« Viens, petit homme, dit-elle tendrement. Ne reste pas planté là ! Cette selle commence à me démanger. »

Eragon s'approcha de son flanc, tira sur une bride, grommelant entre ses dents parce que la boucle résistait. Il aurait presque voulu déchirer le cuir. Il défit les autres harnais, ôta la selle, et tout ce qui y était attaché dégringola et rebondit sur le sol.

« Ouf, ça fait du bien », dit Saphira en secouant ses épaules massives.

Eragon sortit son armure des sacs de selle et revêtit son étincelant costume de guerre. Il enfila d'abord le haubert par-dessus sa tunique d'elfe, puis il laça ses jambières et ses brassards ciselés. Sur sa tête, il ajusta la calotte de cuir capitonnée, puis la coiffe d'acier trempé, et enfin son heaume d'or et d'argent. Il remplaça ses gants par des gantelets au fin maillage, accrocha Zar'roc contre sa hanche gauche, à la ceinture de Beloth le

Sage, et passa à son épaule le carquois orné de plumes de cygne, cadeau d'Islanzadí. Il fut heureux de découvrir que le carquois pouvait également contenir l'arc que la reine des elfes avait « chanté » pour lui.

Quand il eut déposé ses affaires et celles d'Orik dans le pavillon de Nasuada, Eragon se mit à la recherche de Trianna, l'actuel chef du Du Vrangr Gata. À peine avait-il fait quelques pas qu'il sentit à proximité un esprit qui se protégeait de lui. Supposant qu'il s'agissait d'un des magiciens des Vardens, il se dirigea de ce côté, suivi de Saphira.

Ils parvinrent bientôt devant une petite tente verte. À côté, un âne était attaché à un piquet, et un chaudron de fer noirci pendait à un trépied de métal, au-dessus d'une des flammes malodorantes surgies des profondeurs du sol. Sur des cordes séchaient de la belladone, de la ciguë, du rhododendron, des écorces d'if et toutes sortes de champignons, telles les amanites et les citrines, qu'Eragon avait appris à reconnaître au cours des leçons d'Oromis sur les poisons. Et, debout près du chaudron, dont elle remuait le contenu avec une longue cuillère en bois, se tenait Angela, l'herboriste. Solembum était couché à ses pieds.

Le chat-garou émit un miaulement mélancolique, et Angela leva les yeux de son brouet, ses cheveux bouclés encadrant son visage comme une nuée d'orage. Elle fronça les sourcils, ce qui lui donna une expression sinistre, car les flammes vertes et mouvantes l'éclairaient par en dessous.

– Alors, vous revoilà, hein ?

– Oui.

– C'est tout ce que tu trouves à répondre ? Tu as rencontré Elva ? Tu as vu ce que tu as fait à cette pauvre gamine ?

– Oui.

– Oui ? répéta Angela en criant. Tu n'as rien de mieux à dire ? Après tant de temps passé à Ellesméra, à recevoir l'enseignement des elfes, tu n'arrives à me sortir que ce « oui » ? Laisse-moi t'apprendre quelque chose, tête de bois : quand on est assez stupide pour faire ce que tu as fait, on...

Eragon croisa les mains dans son dos et attendit qu'Angela eût achevé de lui décrire, en long, en large et en travers, et dans les termes les plus imagés, à quel point il était une tête de bois ; quels ancêtres butés il devait avoir eus pour être une tête de bois aussi monumentale – elle alla jusqu'à insinuer que l'un d'eux avait dû être un Urgal ; et quel effroyable châtiment il méritait pour avoir fait preuve d'une telle stupidité. Si n'importe qui d'autre l'avait insulté de la sorte, Eragon aurait provoqué l'insolent en duel. Mais il subit le fiel de l'herboriste jusqu'au bout, parce qu'il savait sa colère justifiée : il avait commis une erreur impardonnable.

Elle s'interrompit pour reprendre haleine, et il en profita pour déclarer :

– Tu as parfaitement raison, et je vais tenter d'annuler ce sort, si l'issue de la bataille me le permet.

Angela battit des paupières trois fois de suite, et sa bouche resta ouverte en un « oh ! » muet avant de se refermer. L'œil suspicieux, elle demanda :

– Tu ne dis pas ça juste pour me calmer ?

– Certes pas !

– Tu as vraiment l'intention de rompre la malédiction ? Je croyais de tels sorts irréversibles.

– Les elfes ont découvert bien des façons d'utiliser la magie.

– Ah...! Alors, en ce cas, l'affaire est entendue, hein ?

Elle lui adressa un large sourire, puis s'avança vers la dragonne pour lui flatter l'encolure :

– Tu as grandi, Saphira. C'est bon de te revoir.

« Pour moi aussi, Angela. »

Comme l'herboriste se remettait à touiller sa mixture, Eragon lui dit :

– Quelle tirade tu m'as servie ! Impressionnant !

– Merci. J'y travaillais depuis plusieurs semaines. Dommage que tu m'aies interrompue avant la fin ! C'était quelque chose ! Veux-tu que j'aille jusqu'au bout ?

– Non, ça suffira. J'imagine très bien tout seul.

L'observant du coin de l'œil, Eragon lui fit remarquer :
– Tu n'as pas l'air étonnée par ma transformation.
Angela haussa les épaules :
– J'ai mes renseignements. C'est une amélioration, de mon point de vue. Tu étais un peu... comment dire ?... inachevé, avant.
– C'est vrai.
Il désigna les plantes en train de sécher :
– Qu'as-tu l'intention de faire avec ça ?
– Oh, c'est un petit projet que j'ai en tête, une expérience, si tu préfères.
– Hmmm...

Admirant les taches de couleur sur un champignon accroché devant lui, il demanda :
– As-tu finalement réussi à prouver que les crapauds n'existaient pas[1] ?
– En fait, oui ! Il semblerait que tous les crapauds soient des grenouilles, mais que toutes les grenouilles ne soient pas des crapauds. On peut donc en déduire que les crapauds n'existent pas en tant que tels, et que j'ai raison depuis le début.

Cessant soudain son bavardage, elle se pencha, saisit un gobelet posé sur un banc et le tendit au garçon :
– Tu prendras bien une tasse de tisane ?

Eragon jeta un coup d'œil sur les plantes mortelles suspendues autour d'eux, puis dévisagea Angela avant d'accepter le récipient. Entre ses dents, de sorte que l'herboriste ne l'entendît pas, il murmura trois sorts destinés à détecter le poison, et n'osa boire qu'une fois assuré que le breuvage ne contenait rien de nocif. Il trouva la tisane délicieuse, sans réussir à en identifier les ingrédients.

Solembum se leva alors, s'approcha à pas feutrés de Saphira, fit le gros dos et se frotta contre sa patte, à la manière d'un chat ordinaire. Saphira courba le cou et caressa l'échine du chat-garou du bout de son museau.

---

1. Lire *Eragon*, au chapitre « Un séjour à Teirm ».

« J'ai rencontré quelqu'un, à Ellesméra, qui te connaissait », lui confia-t-elle.

Solembum releva la tête :

« Vraiment ? »

« Oui. On l'appelle Patte Rapide, Celle-Qui-Danse-En-Rêve, et aussi Maud. »

Solembum écarquilla ses yeux d'or. Un ronronnement puissant monta de sa gorge, et il se frotta contre Saphira avec une ardeur renouvelée.

– Donc, Eragon, reprit Angela, je suppose que tu as déjà parlé avec Nasuada, Arya et le roi Orrin.

Le garçon acquiesça.

– Et que penses-tu de ce cher souverain ?

Eragon choisit ses mots avec soin, n'oubliant pas qu'il parlait d'une personne royale :

– Eh bien... il semble s'intéresser à beaucoup de choses.

– Oui, c'est un doux dingue, à croire qu'il a pris un sacré coup de lune ! Mais nous le sommes tous un peu, d'une façon ou d'une autre.

Amusé par son franc-parler, Eragon renchérit :

– Il doit être un peu fou, en effet, pour avoir apporté d'Aberon autant d'objets en verre.

Angela leva un sourcil :

– De quoi parles-tu ?

– Tu n'es pas entrée dans sa tente ?

– Je ne m'insinue pas dans les bonnes grâces de tous les monarques que je rencontre, comme certains, fit-elle d'un ton ironique.

Il lui décrivit les nombreux instruments d'Orrin. Angela l'écouta avec le plus grand intérêt. Dès qu'il eut terminé, elle s'affaira autour de son chaudron, cueillant des plantes sur les fils – certaines à l'aide de pincettes –, et déclara :

– Je crois que je ferais bien d'aller voir Orrin. Tu me raconteras ton voyage à Ellesméra une autre fois... Allez, à plus tard, vous deux !

Laissant Eragon sa tasse à la main, la petite bonne femme écarta ses visiteurs et s'en fut.

« Une conversation avec Angela, c'est toujours quelque chose de... »

« De singulier ? » suggéra Saphira.

« C'est le mot. »

64
NUAGES DE GUERRE

Eragon et Saphira mirent près d'une demi-heure pour atteindre le pavillon de Trianna, qui servait officieusement de quartier général au Du Vrangr Gata. Ils avaient eu du mal à le localiser, et les rares personnes connaissant son existence ignoraient où il se trouvait, car il était dressé à l'abri d'un éperon rocheux, dissimulé aux regards des magiciens ennemis.

Alors qu'ils s'approchaient de la tente noire, la toile de l'entrée se souleva, laissant apparaître Trianna, les manches roulées jusqu'aux coudes, prête à faire usage de la magie contre les intrus. Derrière elle se pressait un groupe de magiciens à l'air déterminé, quoique pour le moins apeuré. Eragon avait vu la plupart d'entre eux lors de la bataille de Farthen Dûr, combattant ou soignant les blessures.

Comme il s'y attendait, tous marquèrent leur surprise devant sa nouvelle apparence. Baissant les bras, Trianna s'écria :

– Tueur d'Ombre ! Saphira ! Vous auriez dû nous faire savoir que vous étiez ici. Nous nous préparions à affronter ce que nous pensions être un puissant ennemi !

– Je regrette de vous avoir effrayés, s'excusa Eragon. Mais, à notre arrivée, il nous a d'abord fallu rencontrer Nasuada et le roi Orrin.

– Et qu'est-ce qui nous vaut l'honneur de ta visite ?

– Je suis venu prendre la direction du Du Vrangr Gata.

Trianna se raidit, et un grommellement de surprise parcourut l'assemblée des magiciens. Eragon sentit que plusieurs d'entre eux tentaient de s'immiscer dans son esprit pour y lire ses véritables intentions. Au lieu de se protéger, il riposta en forçant les consciences de ses assaillants, les obligeant à se retirer derrière leurs propres barrières mentales. Il eut alors la satisfaction de voir deux hommes et une femme tressaillir et détourner le regard.

– Sur l'ordre de qui ? demanda Trianna.

– De Nasuada.

– Ah ! fit la sorcière avec un sourire triomphant. Mais Nasuada n'a pas autorité sur nous ! Nous sommes ici de notre propre volonté.

Cette réaction laissa Eragon perplexe.

– Nasuada serait étonnée d'entendre ça, j'en suis sûr, dit-il enfin, après tout ce que son père et elle ont fait pour le Du Vrangr Gata. Elle pourrait supposer que vous n'acceptez plus l'assistance et la protection des Vardens.

Il laissa la menace planer dans l'air un instant.

– D'autre part, ajouta-t-il, si je me souviens bien, tu souhaitais m'offrir ce poste, il y a quelque temps. Pourquoi pas maintenant ?

Trianna arqua les sourcils :

– Tu as décliné ma proposition, Tueur d'Ombre... L'aurais-tu oublié ?

Malgré son calme apparent, elle était sur la défensive, et Eragon devina qu'elle savait sa position intenable. Elle paraissait plus mature que lors de leur dernière rencontre, ce qui n'était pas étonnant après les épreuves qu'elle avait traversées : la marche forcée vers le Surda à travers l'Alagaësia, la responsabilité du Du Vrangr Gata, les préparatifs de guerre.

– Je ne pouvais pas accepter, alors. Ce n'était pas le bon moment.

Changeant brusquement de tactique, elle demanda :

– Et pourquoi Nasuada s'imagine-t-elle que tu doives nous diriger ? Saphira et toi seriez bien plus utiles ailleurs.

– Nasuada veut que je prenne le commandement du Du Vrangr Gata dans la bataille qui se prépare ; et je le ferai.

Eragon estimait préférable de taire que l'idée venait de lui.

Trianna se renfrogna. Elle désigna d'une geste rageur les magiciens massés derrière elle :

– Nous avons consacré nos vies à l'étude de notre art. Tu pratiques la magie depuis moins de deux ans. En quoi es-tu mieux qualifié pour cette tâche qu'aucun d'entre nous...? Mais qu'importe ! Dis-moi : quelle est ta stratégie ? Comment penses-tu nous utiliser ?

– Mon plan est simple. Vous unirez vos esprits dans la recherche des jeteurs de sorts ennemis. Dès que vous en aurez détecté un, je joindrai mes forces aux vôtres et, ensemble, nous briserons sa résistance. Les nôtres pourront ensuite vaincre les troupes privées de protection.

– Et que feras-tu, le reste du temps ?

– Je combattrai en compagnie de Saphira.

Après un silence embarrassé, l'un des hommes déclara :

– C'est un bon plan.

Trianna lui lança un regard furibond, et il recula, penaud. La sorcière se retourna lentement vers Eragon :

– Depuis la mort des Jumeaux, j'ai pris la tête du Du Vrangr Gata. Sous mon autorité, ses membres ont procuré aux Vardens des fonds pour leur effort de guerre, mis hors d'état de nuire la Main Noire, ce nid d'espions de Galbatorix, qui a tenté d'assassiner Nasuada, et nous avons rendu bien d'autres précieux services. Je peux affirmer sans me vanter que nous avons été utiles aux Vardens. Je continuerai à produire de semblables résultats, j'en suis convaincue... Dans ces conditions, pourquoi Nasuada désire-t-elle me démettre de ma charge ? En quoi lui ai-je déplu ?

À cet instant, tout devint clair pour Eragon.

« Elle a goûté au pouvoir et ne veut pas en être dépossédée. Plus encore, elle pense que ma prise en main remet en cause sa façon de diriger. »

« Il faut résoudre ce problème, et vite, dit Saphira. On n'a plus beaucoup de temps. »

Eragon se creusa la cervelle pour imaginer une façon d'asseoir son autorité sur le Du Vrangr Gata sans s'aliéner Trianna. Finalement, il déclara :

– Je ne suis pas ici pour semer le trouble, mais pour vous demander assistance.

Il s'adressait à l'ensemble de la confrérie, mais ne quittait pas la sorcière des yeux.

– Je suis puissant, c'est vrai. Saphira et moi serions capables d'anéantir beaucoup de ces chiens de magiciens soumis à Galbatorix. Nous ne pouvons cependant protéger chacun des Vardens ; impossible d'être partout ! Et, si les mages guerriers de l'Empire unissent leurs forces contre nous, nous aurons bien du mal à simplement rester en vie... Nous ne mènerons pas cette bataille à deux. Tu as raison, Trianna, tu as accompli de grandes choses avec le Du Vrangr Gata, et je ne viens pas usurper ton autorité. En tant que magicien, il me faut travailler avec vous. Mais, en tant que Dragonnier, je suis appelé à vous donner des ordres, et j'ai besoin de savoir qu'ils seront exécutés sans discussion. Une hiérarchie de l'autorité doit être établie. Cela dit, vous garderez quasiment votre autonomie. La plupart du temps, je serai trop occupé pour vous consacrer mon attention. Je ne prétends pas non plus me passer de vos conseils, car votre expérience est de loin supérieure à la mienne, j'en ai conscience... Aussi, je vous le demande de nouveau, voulez-vous nous aider, pour le bien des Vardens ?

Trianna garda le silence un instant, puis elle s'inclina :

– Certainement, Tueur d'Ombre, pour le bien des Vardens ! Ce sera un honneur pour le Du Vrangr Gata de travailler sous tes ordres.

– Alors, commençons !

Au cours des heures qui suivirent, Eragon parla avec chacun des magiciens, quoique beaucoup fussent absents, occupés à telle ou telle tâche avec les Vardens. Il fit de son mieux pour évaluer leurs connaissances en magie. Il apprit que la majorité des hommes et des femmes du Du Vrangr Gata avaient été formés à cet art par des parents, toujours dans le plus grand secret, pour ne pas attirer l'attention de ceux qui craignaient les enchantements – et, bien sûr, de Galbatorix lui-même. Seule une poignée d'entre eux avaient bénéficié d'un véritable apprentissage. En conséquence, ils n'avaient que peu de notions de l'ancien langage – aucun ne le parlait couramment –, leurs croyances en matière de magie étaient souvent faussées par la superstition, et ils ignoraient les nombreuses applications de la gramarie.

« Pas étonnant que les Jumeaux aient cherché si désespérément à t'extirper ton vocabulaire d'ancien langage, quand ils t'ont testé à Farthen Dûr ! fit remarquer Saphira. Avec ce savoir, ils auraient dominé sans peine des magiciens aussi peu puissants. »

« Il n'empêche, nous n'aurons personne d'autre avec qui collaborer. »

« Exact. Tu vois à présent que je ne m'étais pas trompée sur Trianna. Elle place ses désirs personnels avant l'intérêt commun. »

« Tu avais raison, reconnut-il. Pourtant, je ne la condamne pas. Trianna s'arrange comme elle peut avec le monde où elle vit, ainsi que nous tous. Je comprends cela, même si je ne l'approuve pas. Et la compréhension, comme disait Oromis, engendre l'empathie et la compassion. »

Un bon tiers des magiciens étaient surtout des guérisseurs. Ceux-là, Eragon les libéra après leur avoir enseigné cinq ou six nouveaux sorts, qui leur permettraient de traiter plusieurs genres de blessures. Avec les autres, il tâcha d'établir une chaîne de commandement claire – Trianna devenant son lieutenant, chargé de transmettre ses ordres –, afin de former une unité de combat cohérente.

Convaincre les magiciens de coopérer, découvrit-il, c'était obliger une meute de chiens à partager le même os. Le respect qu'ils lui témoignaient ne l'aidait en rien, car il ne parvenait pas à user de son influence pour apaiser leurs querelles intestines.

Pour se faire une idée de leurs compétences, Eragon leur demanda de lancer une série de sorts. En les voyant se débattre avec des enchantements qu'il jugeait simples à présent, Eragon mesura à quel point ses propres pouvoirs s'étaient développés. Il confia son émerveillement à Saphira :

« Dire qu'il fut un temps où je n'arrivais pas à maintenir un caillou en l'air ! »

« Et dire que Galbatorix a eu plus d'un siècle pour affûter ses talents ! » répliqua-t-elle.

Le soleil baissait, et sa lumière orangée s'intensifia ; le camp des Vardens, la rivière livide et les Plaines Brûlantes tout entières se mirent à luire d'un éclat diapré, tel un paysage surgi du rêve d'un fou. Il ne restait plus qu'une ligne pourpre à l'horizon quand un messager se présenta : Nasuada ordonnait à Eragon de la rejoindre sur l'heure.

– Et tu ferais bien de te dépêcher, Tueur d'Ombre, si tu veux mon avis ! précisa le garçon.

Après avoir arraché au Du Vrangr Gata la promesse de se tenir prêt à agir dès qu'il requerrait son assistance, Eragon courut avec Saphira entre les rangées de tentes grises jusqu'au pavillon de Nasuada, en évitant de son mieux les accidents du sol. Un tumulte de cris discordants, au-dessus de leur tête, le força à lever les yeux.

Un gigantesque vol d'oiseaux tourbillonnait entre les deux armées ennemies : des aigles, des faucons, des éperviers, mêlés à des corneilles innombrables et à leurs cousins au dos bleuté et au bec acéré, les corbeaux. Tous réclamaient avec des glapissements stridents du sang pour s'abreuver, de la chair fraîche pour se remplir le ventre et apaiser leur faim. Tous savaient d'instinct que, en Alagaësia, là où campaient des armées, les cadavres joncheraient bientôt le sol.

« Les nuages de la guerre sont sur nous », songea Eragon.

65
NAR GARZHVOG

Eragon pénétra dans le pavillon, et Saphira passa la tête par l'ouverture. Le Dragonnier fut accueilli par un crissement d'acier : Jörmundur et une demi-douzaine d'officiers Vardens avaient tiré leur épée à l'arrivée des intrus. Ils baissèrent la garde en entendant Nasuada ordonner :

Entre, Eragon !

Que désires-tu ? s'enquit celui-ci.

Nos éclaireurs nous ont fait savoir qu'une troupe d'une centaine de Kulls approchait par le nord-est.

Eragon se rembrunit. Il ne s'était pas attendu à devoir affronter des Urgals dans cette bataille, puisque Durza n'était plus là pour les contrôler et qu'un grand nombre d'entre eux avaient été éliminés à Farthen Dûr. Pourtant ils arrivaient ! Le désir de tuer monta en lui ; un sourire féroce aux lèvres, il s'imagina anéantissant ces monstres avec sa force nouvelle. Il referma la main sur le pommeau de Zar'roc :

– Je me ferai un plaisir de les éliminer. Saphira et moi, nous nous en chargerons nous-mêmes, si tu le souhaites.

Nasuada le dévisagea avec intensité :

– Non, Eragon. Ils brandissent un drapeau blanc et me demandent une audience.

Eragon la regarda, bouche bée :

Tu n'as tout de même pas l'intention de la leur accorder ?

Je les recevrai avec la courtoisie due à tout ennemi se présentant sous la bannière de la trêve.

– Enfin, ce sont des brutes ! Des êtres sanguinaires ! Les laisser entrer dans ce camp, c'est de la folie...! Nasuada, j'ai vu les atrocités que commettent les Urgals. Ils se repaissent des souffrances de leurs victimes, et ne méritent pas plus de pitié qu'un chien enragé. Ne gaspille pas ton temps ! À coup sûr, c'est un piège ! Tu n'as qu'un ordre à donner, et moi-même ainsi que chacun de tes guerriers nous serons plus que satisfaits de te débarrasser de ces créatures !

– Sur ce point, intervint Jörmundur, je suis d'accord avec Eragon. Si tu ne nous écoutes pas, Nasuada, au moins, écoute-le !

Nasuada murmura, de sorte que personne d'autre ne pût entendre :

– Ta formation n'est décidément pas achevée, pour que tu sois aveugle à ce point, Eragon !

Puis elle éleva la voix, et le garçon reconnut le timbre de commandement que son père avait eu, dur comme le diamant :

– Vous oubliez que j'ai combattu à Farthen Dûr, comme vous, et que j'ai été témoin de la sauvagerie des Urgals ! J'ai vu cependant nos hommes commettre des actes tout aussi odieux. Je ne sous-estime pas ce que nous avons enduré, mais je ne méprise pas pour autant des alliés potentiels, à l'heure où nous sommes largement surpassés en nombre par les forces de l'Empire.

– Ma Dame ! s'insurgea Jörmundur. Rencontrer un Kull est bien trop dangereux !

– Trop dangereux ?

Nasuada leva un sourcil :

– Alors que je suis protégée par Eragon, Saphira, Elva et tous ces guerriers qui m'entourent ? Je ne le crois pas.

Eragon en grinça des dents d'énervement.

« Dis quelque chose, Saphira ! Tu peux la convaincre d'abandonner ce plan insensé ! »

« Je n'en ferai rien. Sur ce coup, tu as l'esprit embrumé. »

« Tu ne peux pas être de son avis ! fit-il, consterné. Tu étais à Yazuac avec moi ; tu as vu ce que les Urgals ont fait aux villageois ! Rappelle-toi notre départ de Teirm, ma capture à Gil'ead, la bataille de Farthen Dûr ! Chaque fois que nous avons rencontré des Urgals, ils ont essayé de nous tuer, ou pire encore. Ce ne sont que des bêtes vicieuses. »

« Les elfes pensaient la même chose des dragons, pendant le Du Fyrn Skulblaka. »

Nasuada ordonna aux gardes de relever les pans de toile du pavillon sur le devant et le côté, pour permettre à la dragonne de s'accroupir près d'Eragon. Jörmundur et les autres officiers formèrent deux rangs parallèles, de part et d'autre de la chaise à haut dossier sur laquelle siégeait Nasuada, de sorte que toute personne lui demandant audience fût obligée de passer entre eux. Eragon se plaça à la gauche de la jeune femme, Elva à sa droite.

Quelques minutes plus tard, un puissant grondement de colère monta à l'est du camp, suivi par une tempête de huées et de sarcasmes. Un Kull parut alors et s'avança vers le pavillon, sous les invectives d'une foule de Vardens. Le Bélier – comme on appelait parfois les Urgals, se souvint Eragon – marchait la tête droite en découvrant ses crocs jaunes, sans s'émouvoir de cet accueil. C'était un magnifique représentant de son espèce, haut de huit pieds et demi, aux traits rudes et fiers – quoique grotesques –, le front orné de deux énormes cornes spiralées, et doté d'une musculature à assommer un ours d'un coup de poing. Pour tout vêtement, il portait un pagne noué autour des reins, un haubert fait de simples plaques assemblées avec du fil de fer, et une calotte de métal entre les cornes pour protéger son crâne. Ses longs cheveux noirs étaient attachés en queue de cheval.

Eragon sentit ses lèvres s'étirer en un rictus de haine ; il dut se contenir pour ne pas dégainer Zar'roc et attaquer. Malgré lui, néanmoins, il admirait le courage de l'Urgal, qui osait se présenter au milieu d'autant d'ennemis, seul et sans arme. À sa grande surprise, il découvrit que l'esprit du Kull était solidement protégé.

L'Urgal s'arrêta à l'entrée du pavillon, n'osant s'approcher davantage, lorsque Nasuada ordonna à ses gardes de faire taire la foule. Tous les yeux étaient fixés sur la créature.

L'Urgal leva ses bras musculeux vers le ciel, prit une profonde inspiration ; ses mâchoires s'ouvrirent et il émit un mugissement. Aussitôt, une forêt d'épées pointa vers lui. Il n'y prêta pas la moindre attention et poursuivit son hululement, jusqu'à ce qu'il eût vidé ses poumons. Puis il regarda Nasuada, ignorant la centaine de gens prêts à le tuer, et d'une voix gutturale déclara :

– Quelle traîtrise est-ce là, Dame Qui-Marche-La-Nuit ? On m'avait promis la sécurité. Les humains n'ont-ils aucune parole ?

L'un des officiers se pencha vers Nasuada et lui souffla :

– Laissez-nous lui faire payer son insolence, Ma Dame ! Quand on lui aura appris ce qu'est le respect, alors vous pourrez entendre son message, quel qu'il soit.

Eragon aurait préféré garder le silence, mais il connaissait son devoir envers Nasuada et les Vardens. Aussi chuchota-t-il à l'oreille de la jeune femme :

– Ne vous montrez pas offensée. C'est par ce cri qu'ils saluent leurs chefs de guerre. Chez eux, la réponse appropriée est un coup de tête, mais je doute que vous ayez envie d'essayer.

– Ce sont les elfes qui t'ont enseigné ça ? s'enquit-elle sans quitter des yeux le Kull, qui attendait.

– Oui.

– Que t'ont-ils appris d'autre à propos des Urgals ?

– Beaucoup de choses, avoua-t-il à contrecœur.

Nasuada s'adressa alors à son visiteur, ainsi qu'à toute l'assemblée :

– Les Vardens ne sont pas des menteurs, comme Galbatorix et les hommes de l'Empire. Parle librement ; tu n'as rien à craindre tant que nous tenons conseil selon la loi de la trêve.

Avec un grognement, l'Urgal releva le menton, mettant sa gorge à découvert. Eragon y reconnut un geste d'amitié. Baisser la tête, au contraire, était une menace, signifiant que la créature s'apprêtait à vous encorner.

– Je suis Nar Garzhvog, de la tribu de Bolvek, déclara l'Urgal. Je parle au nom de mon peuple.

On aurait dit qu'il mâchait chaque mot avant de le cracher.
– Les Urgals sont haïs de tous, poursuivit-il. Elfes, nains et humains nous traquent, nous brûlent, nous chassent de nos terres.
– Non sans raison, lui fit remarquer Nasuada.
Garzhvog approuva de la tête :
– Non sans raison. Notre peuple aime la guerre. Cependant, ne sommes-nous pas souvent attaqués uniquement parce que vous nous trouvez aussi hideux que nous vous trouvons laids ? Nous avons prospéré, depuis la chute des Dragonniers. Nos tribus sont aujourd'hui si importantes que le pays aride où nous vivons ne parvient plus à nourrir nos compagnes et nos petits.
– C'est pourquoi vous avez fait un pacte avec Galbatorix.
– Oui, Dame Qui-Marche-La-Nuit ! Il nous a promis de bonnes terres en récompense du massacre de ses ennemis. Mais il nous a trompés. Son chaman aux cheveux de feu, Durza, s'est emparé des esprits de nos chefs, et a forcé nos tribus à se fondre en une seule ; ce ne sont pas nos coutumes. Quand nous avons compris cela, dans la montagne creuse des nains, notre Herndall – le Bélier qui nous gouverne – a envoyé la mère de mes enfants demander à Galbatorix pourquoi il se servait ainsi de nous.
Garzhvog secoua sa tête massive :
– Elle n'est jamais revenue. Nos meilleurs Béliers sont morts pour Galbatorix, et il nous a laissés tomber comme une épée cassée ! C'est un *drajl*, une langue de serpent, un traître sans cornes. Dame Qui-Marche-La-Nuit, nous sommes moins nombreux, à présent, mais nous combattrons avec toi, si tu nous le permets.
– Quel est votre prix ? l'interrogea Nasuada. Votre Herndall exige certainement quelque chose en retour.
– Du sang. Le sang de Galbatorix. Et, si l'Empire est battu, nous voulons une terre ; une terre où nos enfants naîtront et grandiront, une terre à nous, pour éviter d'autres batailles.
Eragon lut la réponse sur le visage de Nasuada avant même qu'elle eût parlé.
Jörmundur aussi, apparemment, parce qu'il se pencha vers elle et lui dit à voix basse :

– Nasuada, tu ne peux pas faire ça ; c'est contre nature.
– La nature ne nous aidera pas à vaincre l'Empire. Nous avons besoin d'alliés.
– Nos hommes déserteront plutôt que de combattre aux côtés des Urgals !
– On peut empêcher cela. Qu'en penses-tu, Eragon ? Les Urgals tiendront-ils leur parole ?
– Oui, tant que nous aurons un ennemi commun.

Après un bref hochement de tête, Nasuada déclara :
– Très bien, Nar Garzhvog. Toi et tes guerriers, vous bivouaquerez le long de notre flanc gauche, loin du gros de nos troupes, et nous discuterons les termes de notre pacte.
– Ahgrat ukmar, grommela le Kull en se frappant la poitrine du poing. Tu es un sage Herndall, Dame Qui-Marche-La-Nuit !
– Pourquoi m'appelles-tu ainsi ?
– Herndall ?
– Non, *Qui-Marche-La-Nuit*.

Un son étrange sortit de la gorge de Garzhvog, qu'Eragon supposa être un rire.
– Qui-Marche-La-Nuit est le nom que nous avons donné à ton père, à cause de la façon dont il nous a poursuivis dans les noirs tunnels, sous la montagne des nains, et à cause de la couleur de sa peau. Tu es son enfant, tu mérites donc d'être appelée ainsi.

Sur ces mots, il tourna les talons et s'éloigna à grands pas.
Nasuada se leva et proclama :
– Quiconque s'en prendra à un Urgal encourra le même châtiment que s'il avait attaqué l'un de ses semblables. Je veux que cet avis soit affiché dans chaque compagnie !

À peine eut-elle fini sa phrase qu'Eragon vit le roi Orrin s'avancer vivement, sa cape flottant autour de lui. Dès qu'il fut assez près, il cria :
– Nasuada ! Est-il vrai que vous avez rencontré un Urgal ? Qu'est-ce que ça signifie, et pourquoi n'en ai-je pas été averti plus tôt ? Je ne...

Il fut interrompu par une sentinelle, surgie des rangées de tentes, qui lança :

– Un cavalier de l'Empire approche !

En un instant, Orrin oublia ses griefs et s'élança aux côtés de Nasuada, imité par une bonne centaine de gens. Plutôt que de rester au milieu de la bousculade, Eragon sauta sur le dos de Saphira, qui l'emporta.

Lorsque la dragonne se posa derrière la ligne de défense – remblais, tranchées et rangées de pieux épointés –, protégeant l'avant-garde, Eragon aperçut un cavalier traversant à folle allure le morne espace vide qui séparait les deux armées. Les oiseaux de proie tournoyaient au-dessus de lui, dans l'espoir qu'il annonçât le début du festin.

Au moment où Nasuada et sa suite arrivaient, le soldat stoppa son étalon noir à une vingtaine de pas des fortifications et cria :

– En refusant de vous rendre, en dépit de l'offre que le roi Galbatorix vous a si généreusement faite, vous avez choisi votre destin : la mort ! Il n'y aura plus de négociations. La main de l'amitié s'est changée en poing de guerre ! Si vous ne vous soumettez pas à votre légitime souverain, le tout-puissant et sage roi Galbatorix, fuyez ! Personne ne pourra tenir face à nous dès que nous serons en marche pour nettoyer l'Alagaësia des mécréants, des traîtres et des rebelles. Et, bien que notre seigneur en éprouve un grand chagrin – car il sait que la plupart de ces actes subversifs se commettent à l'instigation de chefs menteurs et hypocrites –, nous châtierons comme il le mérite le territoire insoumis connu sous le nom de Surda. Nous le ramènerons sous les généreuses lois de notre roi Galbatorix, qui se sacrifie nuit et jour pour le bien de son peuple. Fuyez donc, dis-je, ou subissez le sort funeste de votre messager !

Sur ce, le soldat ouvrit un sac de toile et en sortit une tête coupée. Il la jeta dans les airs et la regarda tomber au milieu des Vardens. Puis il fit virer son étalon, l'éperonna et repartit au grand galop vers la masse sombre de l'armée de Galbatorix.

– Dois-je le tuer ? demanda Eragon.

Nasuada refusa d'un signe de tête :

– Nous aurons notre revanche. Je ne violerai pas la loi protégeant les messagers, même si l'Empire se le permet.

– Comme tu v...

Il hoqueta de surprise et se cramponna au cou de Saphira pour ne pas tomber, car la dragonne s'était cabrée et enfonçait ses pattes avant dans la terre verdâtre d'un remblai. Gueule ouverte, elle poussa un long et profond rugissement, assez semblable à celui de Garzhvog ; mais le sien était un défi adressé à leurs ennemis, un avertissement plein de fureur, un appel au rassemblement pour tous ceux qui haïssaient Galbatorix.

Sa voix, qui sonna comme un coup de trompette, effraya si fort l'étalon du messager qu'il fit un brusque écart, dérapa sur le sol brûlant et tomba sur le flanc. Le cavalier fut éjecté et happé par une nappe de feu qui jaillissait au même instant. Il ne poussa qu'un seul hurlement, si effroyable qu'Eragon sentit ses cheveux se hérisser sur la nuque. Puis il se tut, immobile et silencieux pour toujours.

Les oiseaux amorcèrent leur descente.

Des clameurs et des applaudissements montèrent de l'armée des Vardens. Nasuada elle-même s'autorisa un petit sourire avant de frapper dans ses mains et déclarer :

– Je suppose qu'ils attaqueront à l'aube. Eragon, réunis les membres du Du Vrangr Gata, et tenez-vous prêts. Je vous donnerai mes ordres dans l'heure.

Prenant Orrin par l'épaule, elle le ramena vers le centre du camp :

– Sire, nous avons des décisions à prendre. J'ai un plan en tête, mais il exige...

« Qu'ils viennent ! » fulminait Saphira.

Le bout de sa queue remuait comme celle d'un chat guettant une souris.

« Ils brûleront tous. »

66
Un breuvage de sorcière

La nuit était tombée sur les Plaines Brûlantes. La couche de fumée opaque dissimulait la lune et les étoiles, plongeant la terre dans une profonde obscurité, que perçait la lueur sporadique des feux de tourbe, et le brasillement des milliers de torches allumées par l'une et l'autre armée. De l'endroit où se tenait Eragon, non loin des premières lignes vardens, les forces de l'Empire semblaient un amas compact, irradiant une vague lumière orangée, aussi vaste qu'une cité.

Tout en bouclant la dernière pièce d'armure sur la queue de Saphira, Eragon ferma les yeux pour mieux rester en contact avec les magiciens du Du Vrangr Gata ; sa vie dépendrait peut-être de sa capacité de communiquer avec eux à la moindre alerte. En retour, les magiciens devaient apprendre à reconnaître l'approche de son esprit, afin de ne pas le bloquer si le Dragonnier avait besoin de leur assistance.

– Salut, Orik ! lança-t-il en souriant.

Et il rouvrit les yeux.

Orik escaladait l'amas de rochers sur lequel Eragon s'était installé avec Saphira. Le nain, caparaçonné de pied en cap, portait à la main son arc taillé dans une corne d'Urgal. S'accroupissant près d'Eragon, il s'essuya le front et secoua la tête :

– Comment as-tu deviné que c'était moi ? Je me protégeais.

« Chaque conscience a quelque chose d'unique, lui expliqua Saphira. De même que chaque voix a une tonalité différente. »

– Ah !
– Qu'est-ce qui t'amène ? demanda Eragon.
Orik haussa les épaules :
– J'ai pensé que tu apprécierais un brin de compagnie, par cette nuit lugubre. D'autant qu'Arya est occupée ailleurs, et que tu n'as pas Murtagh auprès de toi pour engager cette bataille.
« J'aimerais tant qu'il soit là… », songea Eragon.
Murtagh avait été le seul humain à égaler le garçon à l'épée ; mais c'était avant l'Agaetí Sänghren. Se mesurer à lui avait été l'un de ses rares plaisirs, à l'époque où ils cheminaient ensemble…
« Comme j'aurais aimé combattre ici avec toi, mon ami ! »
Le souvenir de la façon dont Murtagh avait été tué – traîné sous terre par les Urgals à Farthen Dûr – obligea Eragon à affronter une vérité qui donnait à réfléchir : aussi grand guerrier que l'on fût, dans une bataille, le plus souvent, seule la chance décidait de qui vivrait et de qui mourrait.
Orik dut percevoir son humeur sombre, car il lui envoya une claque sur l'épaule :
– Tout ira bien. Imagine un peu ce que les soldats, là-bas, ressentent, à l'idée de devoir t'affronter dans quelques heures !
La gratitude envahit le garçon :
– Je suis content que tu sois là.
Le nez d'Orik devint tout rouge ; le nain fixa le sol, faisant rouler son arc entre ses mains noueuses.
– Ah, grommela-t-il, Hrothgar m'en voudrait s'il t'arrivait quoi que ce fût. D'ailleurs, nous sommes frères, maintenant, hein ?
Saphira posa une question, qu'Eragon répéta :
– Et les autres nains ? Ne sont-ils pas sous ton commandement ?
– Oh, que si, ils le sont ! s'exclama Orik, l'œil pétillant. Et ils ne vont pas tarder à nous rejoindre. Puisque tu es membre du Dûrgrimst Ingeitum, il est juste que nous combattions l'Empire côte à côte. De la sorte, vous serez moins vulnérables, tous les deux ; vous pourrez vous concentrer sur la localisation des magiciens de Galbatorix sans avoir à vous défendre de constantes attaques.

– C'est une bonne idée. Merci.

Orik acquiesça d'un grognement.

Eragon reprit :

– Que penses-tu de la décision de Nasuada à propos des Urgals ?

– Elle a fait le bon choix.

– Tu l'approuves !

– Oui. Ça ne me plaît pas plus qu'à toi, mais je l'approuve.

Ils restèrent silencieux. Eragon s'adossa à Saphira et contempla l'armée de l'Empire, luttant contre une anxiété grandissante. Les minutes s'écoulaient. Pour le garçon, l'interminable attente avant la bataille était aussi éprouvante que le combat lui-même. Il se mit à huiler la selle de Saphira, à polir les parties rouillées de son haubert, et continua de se familiariser avec les esprits des membres du Du Vrangr Gata, n'importe quoi qui l'aidât à passer le temps.

Une heure plus tard, il sentit deux êtres, dans la zone frontière entre les deux armées, venir de leur côté. « Angela ? Solembum ? »

Inquiet et troublé, il secoua Orik, qui s'était endormi, et lui fit part de ses impressions.

Le nain fronça les sourcils et tira sa hache de guerre de sa ceinture :

– Je n'ai rencontré l'herboriste que deux ou trois fois, mais je ne crois pas qu'elle soit du genre à nous trahir. Elle a toujours été la bienvenue chez les Vardens.

– Tâchons de savoir ce qu'elle fabrique ici, dit Eragon.

Ils se faufilèrent à travers le camp pour intercepter les arrivants, qui approchaient des fortifications. Angela émergea bientôt, Solembum sur ses talons. La sorcière était enveloppée dans un long manteau noir, sans doute pour mieux se fondre dans la nuit. Avec une rapidité, une force et une souplesse surprenantes, elle escalada les nombreuses rangées de défenses que les nains avaient élevées, progressant d'un piquet à l'autre, franchissant les fossés d'un bond, pour dévaler finalement comme sur un toboggan la pente du remblai et s'arrêter, haletante, devant Saphira.

Rejetant la capuche de son manteau, Angela leur adressa à tous trois un sourire radieux :

— Un comité d'accueil ! Que c'est gentil à vous !

Tandis qu'elle parlait, le chat-garou se mit à frissonner, sa fourrure ondula. Ses contours devinrent flous, comme noyés dans la brume, puis ils se redessinèrent, faisant apparaître un gamin aux cheveux en broussaille. Angela fouilla dans un sac de cuir pendu à sa ceinture et tendit à Solembum sa tunique et ses chausses d'enfant, ainsi que la courte dague avec laquelle il se battait.

— Qu'est-ce que vous faisiez en dehors de nos lignes ? demanda Orik en les scrutant d'un œil suspicieux.

— Oh, ci et ça.

— Tu ferais mieux de répondre, insista Eragon.

Le visage de l'herboriste se durcit :

— Vraiment ? Vous ne nous faites pas confiance, à Solembum et à moi ?

Le garçon montra ses dents pointues.

— Pas tout à fait, admit Eragon avec un léger sourire.

— Fort bien, dit Angela. Tu vivras longtemps.

Elle lui tapota la joue :

— Si tu veux le savoir, je faisais de mon mieux pour aider à vaincre l'Empire. Seulement, avec mes méthodes, nul besoin de courir en hurlant et en agitant une épée !

— Et quelles sont exactement tes méthodes ? gronda Orik.

Angela prit le temps de rouler son manteau et de le ranger dans son sac.

— Je préfère ne pas vous le dire ; je voudrais que ce soit une surprise. Vous n'aurez pas à attendre longtemps pour comprendre. Ça commencera dans quelques heures.

Orik triturait sa barbe :

— Qu'est-ce qui commencera ? Si tu ne nous donnes pas une explication valable, nous devrons te conduire devant Nasuada. Peut-être saura-t-elle tirer quelque chose de toi.

— Inutile de m'amener à Nasuada. C'est elle qui m'a donné la permission de sortir de nos lignes.

– C'est ce que tu prétends ! répliqua Orik, de plus en plus agressif.

– Et je le confirme ! conclut Nasuada, surgissant dans leur dos.

Eragon n'en fut pas surpris ; il avait perçu son arrivée. Il savait également qu'elle était accompagnée de quatre Kulls, dont Garzhvog.

Il se tourna vers eux, hargneux, sans faire aucun effort pour cacher la colère que provoquait en lui la présence des Urgals.

– Ma Dame…, marmonna-t-il.

Orik réagit violemment. Il bondit en jurant et en brandissant sa hache. Comprenant alors qu'ils n'étaient pas attaqués, il adressa à Nasuada un salut laconique. Mais sa main ne lâcha pas le manche de l'arme, et ses yeux ne quittèrent pas les monstrueuses créatures.

Angela ne montra pas les mêmes réticences. Elle s'inclina devant Nasuada avec le respect qui lui était dû, puis s'adressa aux Urgals dans leur langue gutturale. Ils lui répondirent avec un plaisir évident.

Nasuada entraîna Eragon à l'écart :

– Je compte sur toi pour mettre tes sentiments personnels de côté pour le moment, et juger ce que je vais te dire avec logique et raison. Peux-tu faire cela ?

Il hocha la tête, l'air buté.

– Bien. Je dois tout mettre en œuvre pour que nous n'essuyions pas une défaite aujourd'hui. Qu'importe, cependant, la façon dont nous combattrons ou celle dont je mènerai les Vardens ; qu'importe, même, que nous mettions l'Empire en déroute si *toi* – elle lui enfonça un doigt dans la poitrine –, tu es tué. Tu comprends ?

Il hocha de nouveau la tête.

– Je n'ai aucun moyen de te protéger au cas où Galbatorix se montre ; tu devras l'affronter seul. Le Du Vrangr Gata ne représente pas une menace pour lui, et je ne veux pas voir ses membres anéantis bêtement.

– J'ai toujours su, dit Eragon, que Saphira et moi, nous serions seuls face à Galbatorix.

Nasuada sourit avec tristesse. À la lueur dansante des torches, elle paraissait exténuée.

– Allons, ne voyons pas des problèmes là où il n'y en a pas ! Rien ne nous dit que Galbatorix sera présent.

Elle-même ne semblait pas croire à ses paroles.

– Du moins puis-je t'éviter de mourir d'un coup d'épée dans le ventre. J'ai appris ce que les nains avaient l'intention de faire, et j'ai pensé à un moyen de les assister. J'ai demandé à Garzhvog et à trois de ses Béliers d'être tes gardes personnels, à la condition qu'ils acceptent – et ils ont accepté – de te laisser sonder leur esprit pour écarter toute traîtrise.

Eragon se raidit :

– Tu n'espères quand même pas que je vais combattre à côté de ces *monstres* ! D'autant que j'ai déjà agréé l'offre des nains de nous défendre, Saphira et moi. Ils n'apprécieraient sûrement pas que je les écarte en faveur des Urgals !

– Rien n'empêche que tu sois protégé par les uns et par les autres, répliqua Nasuada.

Elle le dévisagea un long moment, essayant de deviner ce qu'il taisait.

– Oh, Eragon ! reprit-elle. Je voudrais tant que tu voies au-delà de ta haine. Que ferais-tu, si tu étais à ma place ?

Comme il restait muet, elle soupira :

– Si quelqu'un, ici, devait garder rancune aux Urgals, c'est moi. Ils ont tué mon père. Cependant, je prendrai la meilleure décision pour le bien des Vardens... Demande au moins son avis à Saphira avant de me répondre. Je pourrais t'ordonner d'accepter la protection des Urgals, mais je préférerais ne pas y être obligée.

« Tu te conduis comme un idiot », observa Saphira sans y avoir été invitée.

« Un idiot ? Parce que je ne veux pas d'un Kull dans mon dos ? »

« Non, parce que, étant donné la situation, tu refuses une aide précieuse. Tant pis pour sa provenance ! Réfléchis ! Tu sais comment Oromis agirait, et ce qu'il dirait. N'as-tu pas confiance en son jugement ? »

« Il ne peut pas avoir raison sur tout. »

« Ce n'est pas un argument... Interroge-toi, Eragon, et ose prétendre que je ne dis pas la vérité ! Tu connais le bon chemin. Tu me décevrais si tu ne te décidais pas à l'emprunter. »

L'insistance de Saphira et de Nasuada ne réussit qu'à rendre le garçon encore plus réticent. Il savait pourtant qu'il n'avait pas le choix :

– D'accord, j'accepte leur protection, mais à la seule condition que je ne découvre rien de suspect dans leur esprit. Et promets-moi que, cette bataille terminée, tu n'exigeras plus jamais que je m'associe à un Urgal !

Nasuada secoua la tête :

– Non, ça m'est impossible ; cet engagement pourrait nuire aux Vardens.

Elle marqua une pause, puis poursuivit :

– Oh ! Et, Eragon...?

– Oui, Ma Dame ?

– Au cas où je mourrais, je t'ai désigné comme mon successeur. Si cela se produit, je te conseille de t'appuyer sur Jörmundur – de tous les membres du Conseil des Anciens, c'est lui qui a le plus d'expérience –, et j'espère que tu sauras placer le bien de mon peuple avant toute autre considération. Suis-je claire, Eragon ?

Cette déclaration prit le jeune Dragonnier au dépourvu. Rien ne comptait davantage pour Nasuada que les Vardens. Les remettre entre ses mains était une grande marque de confiance, qui le touchait et le ramenait à un peu plus d'humilité ; il inclina la tête :

– Je m'efforcerais de gouverner aussi bien que toi et qu'Ajihad avant toi. Tu m'honores, Nasuada.

– En effet.

Tournant les talons, elle rejoignit les autres.

Encore sous le coup de cette nouvelle, et sa colère un peu apaisée, Eragon revint lentement vers Saphira. Il sonda

Garzhvog et ses trois compagnons, jaugeant leur humeur ; mais leur façon d'être était si différente de ce à quoi il était habitué qu'il ne discerna qu'un magma d'émotions. Il ne ressentit pas non plus d'empathie à leur égard. Pour lui, ils restaient des bêtes fauves, prêtes à le tuer pour un rien, incapables d'amour et de tendresse, pas même dotées d'une véritable intelligence ; en un mot, des êtres inférieurs.

Au fond de lui, il entendit Saphira murmurer :

« C'est exactement ce que pense Galbatorix. »

« Et il a bien raison », marmonna-t-il dans l'intention de la choquer.

Surmontant sa répulsion, il déclara :

– Nar Garzhvog, on me dit que vous acceptez tous les quatre de me laisser examiner vos esprits.

– C'est vrai, Épée de Feu. Dame Qui-Marche-La-Nuit nous l'a demandé. Ce sera un privilège de combattre auprès d'un guerrier aussi puissant, et qui a tant fait pour nous.

– Que veux-tu dire ? J'ai tué beaucoup des vôtres.

Le passage d'un des parchemins d'Oromis lui revint à l'instant en mémoire. Il se rappela avoir lu que le rang social des Urgals, qu'ils soient mâles ou femelles, se déterminait au combat, et que cette coutume expliquait les nombreux conflits entre eux et les autres peuples. Si, durant la bataille, ils avaient l'occasion d'admirer ses exploits, en déduisit-il, ils lui accorderaient le même statut qu'à l'un de leurs chefs de guerre.

– En tuant Durza, expliqua l'Urgal, tu nous as libérés de son emprise. Nous sommes tes débiteurs, Épée de Feu. Aucun de nos Béliers ne te provoquera jamais ! Et, si vous nous rendiez visite dans nos demeures, toi et le dragon Langue de Flamme, vous seriez accueillis comme aucun étranger ne l'a été avant vous.

La dernière chose à quoi Eragon s'attendait, c'était la gratitude ! Incapable de trouver une meilleure réponse, il ne sut que marmonner :

– Je ne l'oublierai pas.

Il promena son regard sur les autres Urgals, puis plongea de nouveau dans les yeux jaunes de son interlocuteur :

– Tu es prêt ?

– Oui, Dragonnier.

Pénétrer la conscience de Garzhvog rappela à Eragon l'incursion des Jumeaux dans son esprit, lors de leur première rencontre à Farthen Dûr. Cette impression fut balayée dès qu'il s'immergea dans la personnalité de l'Urgal. Le véritable but de cette inquisition – découvrir les intentions malveillantes peut-être enfouies dans le passé de la créature – impliquait qu'Eragon examinât des années de sa mémoire. Contrairement aux Jumeaux, il prit soin de ne lui causer aucune douleur, sans pour autant faire preuve de douceur. De temps à autre, il sentait Garzhvog tressaillir. À l'instar des nains et des elfes, l'esprit d'un Urgal présentait des structures différentes de celui des humains. Rigueur et sens de la hiérarchie y étaient incrustés – conséquence d'une organisation tribale – mais de façon rude, grossière, brutale et rusée : tel devait être l'esprit d'une bête sauvage.

Bien qu'il n'essayât pas d'en apprendre davantage sur l'intimité de Garzhvog, Eragon absorbait involontairement des morceaux de sa vie. Garzhvog ne s'y opposait pas. Il se montrait même désireux de partager ses expériences, afin de convaincre Eragon que les Urgals n'étaient pas ses ennemis ataviques. « Nous ne pouvons nous permettre de voir surgir un nouveau Dragonnier prêt à nous détruire, lui laissait-il entendre. Regarde bien, ô Épée de Feu ! Et vois si nous sommes vraiment les monstres que tu imagines ! »

Tant d'images et d'impressions se succédaient qu'Eragon avait du mal à garder le fil : Garzhvog enfant, avec les membres de son clan, dans un village misérable, quelque part au cœur de la Crête ; sa mère le coiffant avec un peigne taillé dans un andouiller, et lui fredonnant une chanson ; Garzhvog apprenant à chasser le daim et autres gibiers à mains nues ; grandissant et se fortifiant, jusqu'à atteindre une taille de plus de huit pieds et devenant un Kull, grâce au sang de ses ancêtres qui coulait dans ses veines ; les défis qu'il avait lancés, relevés et gagnés ; ses expéditions loin du village pour faire ses preuves, et gagner ainsi le droit de prendre une compagne ; son apprentissage progressif de la haine, de la défiance et de la peur – oui, de la *peur* –, face à un monde qui condamnait son espèce ; Garzhvog combattant à Farthen Dûr, découvrant que lui et les siens avaient été manipulés par Durza, et comprenant que le seul espoir d'une vie meilleure reposait sur l'oubli des anciens antagonismes, la réconciliation avec les Vardens et le renversement de Galbatorix. Nulle trace de mensonge dans toute cette vie.

Eragon n'arrivait pas à y croire. Se retirant de l'esprit de Garzhvog, il se plongea successivement dans celui des trois autres Urgals. Leur mémoire confirma ce qu'il avait découvert. Ils ne firent aucune tentative pour dissimuler qu'ils avaient tué des humains – sur ordre de Durza, au temps où le sorcier les contrôlait, ou lorsqu'ils combattaient pour gagner des terres et de la nourriture. « Nous agissions pour le bien de nos familles », disaient-ils.

Quand il eut terminé, Eragon regarda Garzhvog, et sut que la lignée de l'Urgal était aussi royale que celle d'un prince de sang. Quoique fruste, Garzhvog était un grand chef, et un penseur aussi sage qu'Oromis lui-même. S'adressant à Saphira, le Dragonnier dut admettre :

« Il est plus intelligent que moi. »

Découvrant sa gorge en signe de respect, il déclara à voix haute :

– Nar Garzhvog – et, pour la première fois, il comprenait la noblesse de ce titre de *Nar* –, je suis fier de t'avoir à mes côtés. Dis à ton Herndall que, aussi longtemps que les Urgals tiendront leur parole et ne se retourneront pas contre les Vardens, je ne m'opposerai pas à eux.

Le garçon savait que jamais il ne parviendrait à *aimer* un de ces êtres. Mais ce à quoi il croyait auparavant dur comme fer ne tenait plus ; il ne pouvait, en conscience, leur tenir encore rigueur des préjudices subis.

Saphira lui donna un coup de langue sur le bras, ce qui fit cliqueter les anneaux de sa cotte de mailles :

« C'est courageux d'admettre qu'on a eu tort. »

« Seulement si on craint d'avoir l'air stupide, et je l'aurais été, si je m'étais accroché à des convictions erronées. »

« C'est bien, petit homme. Tu parles avec sagesse. »

En dépit de son ton railleur, Eragon sentit à quel point elle était fière de lui.

– Une fois de plus, nous sommes tes débiteurs, Épée de Feu, reprit Garzhvog.

Et les quatre Urgals pressèrent leur poing contre leur front saillant.

Nasuada s'était rapprochée ; Eragon comprit qu'elle avait très envie de connaître les détails de ce qui venait de se passer, mais elle se contint.

– Bien, dit-elle. Maintenant que vous vous êtes entendus, je dois me retirer, Eragon. Trianna te transmettra mes ordres, le temps venu.

Sur ces mots, elle s'éloigna à grands pas et disparut dans l'obscurité.

Eragon se laissa aller contre Saphira, et Orik s'approcha furtivement :

– C'est une chance qu'on soit là, nous, les nains, hein ? On va surveiller les Kulls avec des yeux de faucons, tu peux compter sur nous ! On les empêchera de te tomber dessus quand tu auras le dos tourné. Et, s'ils t'attaquent, on leur coupera les jarrets par derrière.

– Je croyais que tu approuvais Nasuada d'avoir accepté leur offre ?

– Hé ! Ça ne signifie pas que je leur fais confiance, ni que je suis prêt à me battre à leurs côtés !

Eragon sourit et ne chercha pas à polémiquer : comment convaincre Orik que les Urgals n'étaient pas des tueurs sanguinaires, quand lui-même s'était catégoriquement refusé à admettre cette hypothèse avant de les sonder ?

La nuit les enveloppait à présent ; ils n'avaient plus qu'à attendre l'aube.

Orik tira de sa poche une pierre à aiguiser et se mit à affûter la lame de sa hache. Les six autres nains qui les rejoignirent firent de même, et seul le frottement du métal sur la pierre troubla le silence. Les Kulls s'assirent dos à dos, chantant à mi-voix des complaintes funèbres. Eragon passa le temps en formulant des sorts de protection sur lui-même, sur Saphira, Nasuada, Orik, et même Arya. Il savait qu'il était dangereux de protéger autant de personnes, mais il ne supporterait pas de les voir blessées. Puis il chargea d'énergie les diamants incrustés dans la ceinture de Beloth le Sage.

Il regarda avec intérêt Angela revêtir une armure verte et noire. Après avoir ouvert un coffret de bois sculpté, elle assembla les pièces de son épée-bâton, constituée de deux longues tiges de bois qui s'emmanchaient par le milieu, et de deux lames d'acier trempé, fichées à chaque extrémité. Elle fit siffler l'arme autour de sa tête deux ou trois fois et parut satisfaite : l'étrange épée tiendrait le choc pendant la bataille.

Les nains, eux, l'observaient d'un œil désapprobateur, et Eragon saisit un grommellement :

– ... blasphème ! Seul un membre du Dûrgrimst Quan devrait manier le hûthvír.

Après quoi, il n'y eut plus que la musique discordante des lames qu'on affûtait.

L'aube pointait quand les cris retentirent. Eragon et Saphira furent les premiers à les percevoir, grâce à leurs sens aiguisés, mais les hurlements d'agonie furent bientôt assez forts pour que tous les entendent.

Sautant sur ses pieds, Orik scruta la plaine en direction des troupes de l'Empire, d'où montait ce vacarme.

– Quelles créatures peuvent-ils bien torturer pour leur arracher des mugissements aussi effroyables ? C'est à vous glacer la moelle des os !

– Je t'avais dit que tu n'aurais pas à attendre longtemps, murmura Angela.

Sa jovialité habituelle l'avait quittée ; blême, les traits tirés, elle semblait mal en point.

De son poste, à côté de Saphira, Eragon l'interpella :

– C'est *toi* qui as provoqué ça ?

– Oui. J'ai assaisonné à ma façon leur soupe, leur pain, leurs boissons, tout ce qui m'est tombé sous la main. Certains vont mourir immédiatement, d'autres plus tard, le temps que le poison fasse son œuvre. J'ai versé dans le vin des officiers de la belladone et autres substances qui leur donneront des hallucinations pendant la bataille.

Elle tenta de sourire, sans succès :

– Ce n'est pas une façon très loyale de combattre, je l'admets, mais j'aime mieux ça que de me faire tuer. Créer la confusion chez l'ennemi et tout ce qui s'ensuit...

– Seuls les lâches ont recours au poison ! s'exclama Orik. Quelle gloire y aura-t-il à vaincre un ennemi malade ?

Les hurlements s'intensifièrent.

Angela eut un rire désagréable :

– La gloire ? Si tu veux la gloire, il reste encore des milliers de soldats que je n'ai pas empoisonnés ! Va, je suis sûre que tu auras ton content de *gloire* avant la fin de la journée !

– C'est pour cela que tu avais besoin du matériel entreposé dans la tente d'Orrin ? devina Eragon.

Il trouvait son acte détestable, mais ne prétendait pas juger si c'était bien ou mal ; c'était nécessaire. Angela avait empoisonné des soldats – de même que Nasuada avait accepté l'alliance avec les Urgals – parce que ce serait peut-être leur seul espoir de survivre.

– C'est pour cela, confirma-t-elle.

Les plaintes des agonisants devenaient si insupportables qu'Eragon aurait voulu se boucher les oreilles pour ne plus les entendre. Il grimaçait et grinçait des dents. Pourtant, il se força à écouter : tel était le prix à payer pour s'être élevé contre l'Empire. Il n'avait pas le droit de l'ignorer. Alors, il s'assit, les poings serrés, les mâchoires douloureusement crispées, tandis que les Plaines Brûlantes retentissaient des voix désincarnées des mourants.

67
LA TEMPÊTE SE DÉCHAÎNE

Les premiers rayons du jour striaient déjà la plaine quand Trianna contacta Eragon :

« C'est l'heure. »

Une bouffée d'énergie tira le garçon de sa somnolence. Il répercuta le signal autour de lui, grimpa sur la selle de Saphira et tira son nouvel arc du carquois. Les Kulls et les nains se pressèrent autour de la dragonne, et tous s'élancèrent vers les lignes de défense, où une ouverture avait été pratiquée pendant la nuit.

Les Vardens s'engageaient dans cette trouée, silencieux. Ils avaient rembourré leurs armures avec des chiffons et emballé leurs armes afin qu'aucun bruit n'avertît l'Empire de leur approche. Rang après rang, ils passaient. Saphira se joignait à la procession quand Nasuada apparut au milieu de ses hommes, chevauchant un destrier rouan[1], Arya et Trianna à ses côtés. Eragon n'échangea avec elles qu'un bref regard.

Pendant la nuit, les vapeurs méphitiques s'étaient accumulées au ras du sol, et la lumière blême du petit matin cuivrait leur masse opaque et boursouflée. Les Vardens réussirent à traverser les trois quarts du terrain avant d'être repérés par les sentinelles

---

1. Se dit d'un cheval dont les crins de la queue et de la crinière sont noirs et la robe formée de poils roussâtres et de poils blancs.

ennemies. Les cornes se mirent à sonner l'alerte. Nasuada clama alors :

– Va, Eragon ! Dis à Orrin de donner l'assaut ! À moi, les Vardens ! Combattez pour revenir vainqueurs dans vos maisons ! Combattez pour vos femmes et vos enfants ! Combattez pour renverser Galbatorix ! Attaquez et plongez vos lames dans le sang de nos ennemis ! Chargez !

Elle lança son cheval, et, dans une immense clameur, les hommes la suivirent en brandissant leurs épées.

Eragon transmit l'ordre de Nasuada à Barden, le magicien qui chevauchait auprès d'Orrin. Quelques instants plus tard, il entendit un grondement de sabots : le roi et sa cavalerie – accompagnés par les autres Kulls, qui couraient aussi vite que les chevaux – surgissaient au grand galop du côté est du camp. Ils chargèrent, prenant les troupes de l'Empire à revers, acculant les soldats à la rivière Jiet, et les retinrent assez longtemps pour que les Vardens franchissent la distance qui les séparait d'eux sans rencontrer de résistance.

Les deux armées se heurtèrent dans un fracas assourdissant. Les piques résonnaient contre les lances, les masses d'armes contre les boucliers, les épées contre les casques. Les corbeaux affamés tourbillonnaient au-dessus de la mêlée avec des croassement rauques, rendus fous par l'odeur de la chair ensanglantée.

Le cœur d'Eragon cognait à grands coups dans sa poitrine. « À présent, il me faut tuer ou être tué. » Presque aussitôt, il sentit son énergie se déployer pour détourner les attaques d'Arya, Orik, Nasuada et Saphira.

La dragonne s'éloigna des lignes du front, où elle-même et son cavalier étaient trop exposés aux agressions des magiciens de Galbatorix. Inspirant à pleins poumons, Eragon se mit mentalement à leur recherche, sans cesser de lancer des flèches.

Le Du Vrangr Gata localisa un premier magicien ennemi. Dès qu'il eut alerté Eragon, celui-ci se connecta à l'esprit de la femme qui l'avait repéré et, de là, à celui de l'adversaire qu'elle affrontait. Rassemblant toute la puissance de sa volonté, Eragon força les défenses du magicien et prit le contrôle de sa conscience, en tâchant d'ignorer la terreur de sa victime. Il détermina sur quelle section de combattants cet homme étendait sa protection, et l'abattit en prononçant l'un des douze mots de mort. Dans la foulée, il accéda au mental de ces soldats, désormais sans défense, et les tua de même. Les voyant s'effondrer, les Vardens poussèrent une clameur de triomphe.

La facilité avec laquelle il avait supprimé autant d'hommes stupéfia Eragon. Il ne leur avait pas laissé la moindre chance de fuir ou de se battre. « Comme c'est différent de Farthen Dûr ! » songea-t-il. Si ses nouveaux talents l'émerveillaient, ce carnage le rendait malade. Mais il n'avait pas le loisir d'y réfléchir.

Réagissant à l'assaut des Vardens, les armées de l'Empire préparèrent leurs machines de guerre : des catapultes, qui envoyaient des boulets d'argile durcie au feu ; des trébuchets armés de tonneaux de liquide enflammé ; et des balistes, qui lançaient sur les assaillants des volées de flèches de six pieds de long.

Les boulets et le feu liquide causaient de terribles dégâts, là où ils tombaient. Un boulet explosa à dix pas de Saphira. Eragon plongea derrière son bouclier et, d'un sort, arrêta en plein vol un éclat tranchant qui filait droit vers sa tête. Cette soudaine dépense d'énergie le fit ciller.

Les projectiles stoppèrent l'avancée des Vardens, semant la panique dans les rangs. « Il faut détruire ces machines, pensa Eragon, si nous voulons résister assez longtemps pour abattre l'Empire. » Saphira aurait pu les démanteler aisément, mais elle n'osait s'aventurer au-dessus des troupes ennemies, redoutant une attaque des magiciens.

Brisant les lignes vardens, huit soldats armés de piques assaillirent la dragonne. Avant qu'Eragon eût eu le temps de tirer Zar'roc, les nains et les Kulls les éliminèrent.

– Un beau combat ! rugit Garzhvog.

– Tu l'as dit ! renchérit Orik avec un sourire féroce.

Eragon ne lança pas de sorts contre les machines de guerre ; elles étaient certainement entourées de puissants enchantements. « À moins que… »

Projetant son esprit, il toucha le servant d'une catapulte. Bien que le soldat fût défendu par un magicien, Eragon réussit à le dominer et à diriger ses gestes à distance. Il le força à tirer son épée et à couper les cordes qui maintenaient l'arme bandée. Le filin était épais, et, avant qu'il eût cédé, le soldat fut maîtrisé par ses camarades. Mais le mal était fait. Avec un craquement sonore, la corde cisaillée se rompit ; le bras de la catapulte se détendit, blessant plusieurs hommes. Un rictus tordit la bouche d'Eragon. Il s'attaqua aussitôt à la deuxième catapulte, puis à la troisième, et, en peu de temps, rendit les engins inutilisables.

Reportant son attention sur ce qui l'entourait, le Dragonnier s'aperçut que les Vardens tombaient par dizaines autour de Saphira ; l'un des membres du Du Vrangr Gata avait été abattu par un sort fatal. Eragon lâcha un juron et remonta le flux de magie pour rechercher sa source, confiant sa propre sécurité à Saphira et à ses gardes.

Pendant plus d'une heure, il traqua les magiciens de Galbatorix, sans grand résultat, car ils étaient roués et retors, et ne s'attaquaient jamais à lui directement. Cette façon de rester en retrait laissa Eragon perplexe, jusqu'à ce qu'il arrachât à l'un des jeteurs de sorts – juste avant que celui-ci ne se suicidât – une pensée : « ... ordre de ne pas te tuer, ni toi ni le dragon, ... ni toi ni le dragon. »

« Voilà qui explique tout, dit-il à Saphira. Mais pourquoi Galbatorix veut-il nous garder vivants ? Nous lui avons clairement prouvé que nous soutenons les Vardens. »

Nasuada surgit alors devant eux, le visage couvert de poussière et de sang, son bouclier entamé à plusieurs endroits, sa jambe gauche rougie à cause d'une entaille à la cuisse. Elle haleta :

– Eragon, j'ai besoin de toi, de vous deux, pour combattre. Montrez-vous ! Il faut qu'on vous voie : cela rendra courage à nos hommes... et effraiera les soldats.

Son état alarma Eragon.

– Je vais d'abord te soigner ! cria-t-il, craignant qu'elle ne s'évanouît.

« J'aurais dû mieux l'entourer de sorts de protection... ! »

– Non, nous n'avons pas le temps ! Et nous sommes perdus si tu n'endigues pas cette marée de soldats !

Ses yeux noirs étaient hagards.

– Il nous faut... un Dragonnier !

Elle vacilla sur sa selle.

Eragon la salua de son épée :

– En voici un, Ma Dame !

– Va ! fit-elle. Et que les dieux, quels qu'ils soient, veillent sur toi !

Eragon était trop en hauteur, sur sa selle, pour frapper les assaillants. Aussi mit-il pied à terre contre le flanc droit de la dragonne.

Il lança à Orik et à Garzhvog :

– Protégez son flanc gauche ! Et ne vous mettez en aucun cas en travers de nos pas !

– Tu vas être submergé, Épée de Feu !

– Non, je ne le serai pas ! À vos postes !

Ils obéirent. Le garçon posa une main sur la patte de Saphira et plongea son regard dans son œil bleu saphir :

« M'accorderez-vous cette danse, amie de mon cœur ? »

« Avec plaisir, petit homme ! »

Ils se fondirent alors l'un dans l'autre comme jamais ils ne l'avaient fait, abolissant tout ce qui les séparait pour ne plus former qu'un seul être. Ensemble, ils rugirent ; ensemble, ils s'élancèrent, se traçant un chemin jusqu'aux premières lignes. Là, Eragon n'aurait su dire de quelle bouche jaillit le feu vorace qui consuma une douzaine de soldats, les cuisant dans le fer de leur armure, ni quel bras fit siffler Zar'roc, fendant un casque en deux.

L'odeur métallique du sang alourdissait l'air, et des rideaux de fumée flottaient sur les Plaines Brûlantes, cachant et découvrant tour à tour l'enchevêtrement furieux des corps.

Au-dessus, les charognards planaient, attendant leur repas, et le soleil montait au firmament. Il serait bientôt midi.

Eragon et Saphira captaient, dans les esprits alentour, la perception qu'on avait d'eux. On remarquait d'abord la dragonne, gigantesque bête féroce aux griffes et aux crocs rougis, dévastant tout sur son passage d'un coup de patte ou d'un battement de queue, crachant des flots de flammes qui dévoraient des bataillons entiers. Ses écailles scintillaient comme des étoiles et réfléchissaient la lumière, éblouissant ses adversaires. Puis on découvrait Eragon, aux côtés de la bête. Ses gestes étaient si rapides qu'aucun soldat n'avait le temps de riposter ; déployant une force surhumaine, il éclatait les boucliers d'un seul coup d'épée, fendait les armures et brisait les lames. Les flèches tombaient à dix pas de lui sur le sol puant, arrêtées par sa magie.

Il était plus difficile à Eragon – et, de ce fait, à Saphira – de combattre ses semblables. À Farthen Dûr, c'était différent : ils avaient affronté des Urgals. Chaque fois qu'un visage terrifié lui apparaissait ou que le Dragonnier s'immisçait dans l'esprit d'un soldat, il pensait : « Ce pourrait être moi. » Mais ni lui ni la dragonne ne pouvaient s'autoriser la moindre pitié ; dès qu'un ennemi se montrait devant eux, il mourait.

Trois fois, les soldats firent une percée, et trois fois Eragon et Saphira anéantirent les premiers rangs des bataillons de l'Empire, avant de se retirer vers le gros des troupes vardens, pour éviter l'encerclement. Après le dernier assaut, Eragon dut réduire ou supprimer certains sorts protégeant Arya, Orik, Nasuada, Saphira et lui-même, afin que son énergie ne s'épuisât pas trop vite. Ses forces étaient grandes, mais la bataille en exigeait beaucoup.

« Prête ? » demanda-t-il à Saphira après une brève pause.

Elle émit un grognement affirmatif.

À l'instant où Eragon repartait au combat, une volée de flèches s'abattit sur lui en sifflant. Aussi rapide qu'un elfe, il en esquiva la plupart – bien que sa magie ne le préservât plus de telles attaques –, en arrêta douze avec son bouclier, et broncha lorsque deux d'entre elles le frappèrent, la première au ventre et la seconde au côté. Aucun des deux traits ne perça son armure, mais la douleur lui coupa le souffle. « Ne t'arrête pas ! s'ordonna-t-il mentalement. Tu as supporté de plus terribles souffrances ! »

Il fondit sur un groupe de huit soldats. Écartant leurs lances, il les transperça l'un après l'autre. Dans sa main, Zar'roc semblait un éclat de lumière mortel. L'épuisement finit cependant par ralentir ses réflexes ; la pique d'un soldat traversa son haubert et lui déchira le triceps.

Saphira poussa un tel rugissement que les assaillants reculèrent. Eragon en profita pour se régénérer, puisant un peu de force dans le rubis du pommeau de Zar'roc, et abattit ses trois derniers adversaires.

D'un coup de queue, Saphira projeta un groupe d'hommes à terre pour dégager le terrain. Eragon profita de ce répit pour soigner son bras.

– Waíse heill ! lança-t-il.

Il guérit également les meurtrissures de son ventre et de son flanc, usant du pouvoir du rubis, ainsi que des diamants incrustés dans la ceinture de Beloth le Sage.

Puis le Dragonnier et sa dragonne repartirent de nouveau.

À eux deux, ils couvrirent les Plaines Brûlantes de montagnes de cadavres ennemis ; cependant les troupes de l'Empire ne faiblissaient ni ne reculaient. À chaque fois qu'un homme tombait, un autre surgissait pour prendre sa place. Un sentiment de désespoir envahit Eragon, tandis que la masse des ennemis forçait peu à peu les Vardens à reculer vers leur campement. Il lisait le même découragement sur le visage de Nasuada, d'Arya, du roi Orrin et d'Angela, quand il les croisait dans la mêlée.

« S'être tant entraîné, et se montrer incapable de résister à l'Empire ! ragea le garçon. Les soldats sont trop nombreux ! Nous ne pourrons pas nous battre éternellement. Et j'ai presque épuisé les réserves d'énergie de Zar'roc et de la ceinture ! »

« Tu peux en aspirer dans ce qui t'entoure, s'il le faut. »

« Non ! Pas avant d'avoir éliminé un autre magicien de Galbatorix. Je pourrai alors en prendre aux soldats. Sinon, je risque d'en tirer aux survivants Vardens et de les affaiblir encore, puisqu'il n'y a ici ni végétaux ni animaux à utiliser. »

De longues heures passèrent ; Eragon s'épuisait et, dépouillé d'une partie de ses défenses secrètes, souffrait de nombreuses petites blessures. Son bras gauche était engourdi à force de parer avec son bouclier, déformé par les coups. Sur son front entaillé ruisselait un sang chaud et poisseux, mêlé de sueur, qui l'aveuglait. Il avait, pensait-il, un doigt cassé.

Saphira ne valait guère mieux. Elle s'écorchait la gueule sur les cuirasses des soldats, des dizaines de flèches et de coups d'épée avaient déchiré ses ailes, que rien ne protégeait, et un javelot avait transpercé une des plaques d'armure, lui entamant l'épaule. Eragon avait vu le trait arriver ; il avait tenté de le détourner par un sort. Il n'avait pas été assez rapide. Chaque fois que la dragonne s'ébrouait, elle éclaboussait le sol d'une pluie de sang.

Derrière eux, trois des guerriers d'Orik tombèrent, ainsi que deux Kulls.

Lentement, le soleil amorça sa descente. Le soir venait.

Eragon et Saphira se préparaient à un septième et dernier assaut quand une trompette sonna, vers l'est, claire et vibrante.

– Les nains ! s'exclama le roi Orrin. Les nains sont là !

« Les nains ? » Eragon battit des paupières et regarda autour de lui, hébété. Il ne distinguait que des soldats. Puis il comprit, et un frisson d'excitation le parcourut. « Les nains ! » Il sauta sur le dos de Saphira, qui décolla, oscillant un instant sur ses ailes déchirées, et survola le champ de bataille.

C'était vrai. Une grande armée venait de l'est, marchant vers les Plaines Brûlantes. À sa tête chevauchait le roi Hrothgar, revêtu de sa cotte d'or, son heaume orné de joyaux sur le front et Volund, le marteau de guerre de ses ancêtres, à la main. Le roi des nains leva Volund et l'agita en apercevant Eragon et Saphira.

Le Dragonnier lui rendit son salut, brandissant Zar'roc, et hurla de toute la force de ses poumons. Une vigueur nouvelle l'envahit, une détermination féroce monta en lui ; ses blessures étaient oubliées. Saphira joignit sa voix à la sienne, et les Vardens reprirent espoir, tandis que la peur et le désarroi s'emparaient des soldats de l'Empire.

– Qu'avez-vous vu ? cria Orik, quand Saphira revint se poser. C'est Hrothgar ? Combien de guerriers a-t-il avec lui ?

Transfiguré par le soulagement, Eragon se dressa sur ses étriers et clama :

– Reprenez courage ! Le roi Hrothgar est là ! Et on dirait que tout le peuple des nains marche derrière lui ! Nous écraserons l'Empire !

Lorsque les acclamations se turent, il ajouta :

– Maintenant, tirez vos épées et montrez à cette vermine qu'elle a une bonne raison de nous craindre ! À l'attaque !

Au moment où Saphira s'élançait, Eragon perçut un cri venu de l'ouest :

– Un bateau ! Un bateau remonte la rivière Jiet !

– Sacrebleu ! jura-t-il.

« S'il amène des renforts à l'Empire, il ne faut pas le laisser accoster ! »

Il contacta aussitôt Trianna :

« Préviens Nasuada que Saphira et moi, nous nous en occupons. Si c'est un navire de Galbatorix, nous le coulerons. »

« À tes ordres, Argetlam », répondit la sorcière.

Saphira prit aussitôt son envol et monta très haut, tournoyant au-dessus de la plaine piétinée et fumante. La clameur de la guerre s'éloigna. Eragon inspira profondément, l'esprit plus net. Il fut étonné de constater combien les rangs des deux armées s'étaient éclaircis. Les forces de l'Empire et les Vardens étaient à présent dispersés en petits groupes, qui s'affrontaient sur l'étendue des Plaines Brûlantes. Ce fut dans cette confusion que les nains surgirent, prenant l'Empire par le travers, comme Orrin l'avait fait avec sa cavalerie au début des combats.

Eragon perdit de vue le champ de bataille quand Saphira, virant sur la gauche, piqua à travers les nuages en direction de la rivière. Une rafale de vent chassa la fumée qui montait des tourbières et révéla un grand trois-mâts naviguant sur les eaux cuivrées ; ses deux rangées de rameurs luttaient contre le courant. Le bâtiment était en piteux état, et aucun pavillon n'annonçait son appartenance. Eragon se préparait néanmoins à le détruire. Tandis que Saphira fondait sur le navire, il brandit Zar'roc en poussant un féroce cri de guerre.

68
CONVERGENCES

Debout à la proue de *L'Aile du Dragon*, Roran écoutait les rames frapper l'eau. Il venait d'achever son tour au banc des rameurs, et une douleur aiguë lui vrillait l'épaule droite. « Devrai-je vivre jusqu'à la fin de mes jours avec ce souvenir des Ra'zacs ? »

Il essuya son front moite et tenta d'ignorer la souffrance en se concentrant sur la rivière, obscurcie par une épaisse couche de nuages couleur de suie.

Elain vint s'accouder au bastingage près de lui. Posant la main sur son ventre gonflé, elle dit :

– Cette eau a quelque chose de maléfique. On aurait peut-être dû rester à Dauth, plutôt que d'aller tenter le diable...

Roran craignait qu'elle eût raison. Après avoir dépassé l'Œil du Sanglier, ils avaient fait voile vers les Îles du Sud, tournant le dos à la côte, puis emprunté l'embouchure de la rivière Jiet, pour aller jusqu'au port de Dauth, au Surda. Le temps d'y parvenir leurs provisions étaient épuisées et les villageois, exténués.

Roran avait eu l'intention de rester à Dauth, surtout après l'accueil enthousiaste du gouverneur, Dame Alarice. Mais, entre temps, il avait eu vent des mouvements de l'armée de Galbatorix. Si les Vardens étaient vaincus, il ne reverrait jamais Katrina. Aussi, avec l'appui de Jeod, avait-il persuadé Horst et bon nombre de membres de l'expédition de remonter la rivière Jiet et de se porter au secours des Vardens. S'ils voulaient s'établir au Surda, à l'abri des agissements de l'Empire, c'était le seul plan envisageable. Sitôt qu'ils avaient confié leur projet à Dame Alarice, celle-ci les avait généreusement fournis en vivres.

Depuis, Roran ne cessait de se demander s'il avait fait le bon choix. Les gens ne supportaient plus la vie sur le navire. Ils étaient tendus, irritables, et l'idée qu'ils voguaient droit vers le champ de bataille n'était pas pour arranger leur humeur. « N'est-ce qu'égoïsme de ma part ? songeait Roran. Ai-je pris cette décision pour le bien des villageois, ou parce que cela me rapproche un peu de Katrina ? »

– On aurait peut-être dû..., reconnut-il.

Côte à côte, ils observèrent les nuages de fumée qui s'épaississaient au-dessus de leurs têtes, salissant le ciel, cachant le soleil et filtrant les rares rayons de lumière, si bien que tout se teintait d'une écœurante couleur orangée. Roran n'avait jamais vu de lumière si étrange, si irréelle. Sur le pont, les marins jetaient autour d'eux des regards apeurés en marmonnant des formules de protection. Ils avaient passé à leur cou des amulettes censées éloigner le mauvais œil.

– Écoute ! dit soudain Elain en inclinant la tête. Qu'est-ce que c'est ?

Roran tendit l'oreille et perçut un bruit lointain de métal heurtant le métal.

– Ça ? fit-il. C'est le chant de notre destin.

Se retournant, il cria :

– Capitaine ! On se bat non loin d'ici !

– Armez les balistes ! rugit Uthar. Bonden, double la cadence des rameurs ! Que ceux d'entre vous qui ne sont ni manchots ni culs-de-jatte se tiennent prêts, ou leurs boyaux leur serviront bientôt d'oreillers !

Une activité fébrile emplit aussitôt *L'Aile du Dragon*. Roran resta là où il était. Malgré le vacarme, il percevait le choc des épées sur les boucliers, les cris des soldats, et quelque chose évoquant le rugissement d'une bête gigantesque.

Jeod les rejoignit à la proue. Le visage du marchand était blême.

– Tu t'es déjà battu ? lui demanda Roran.

Jeod déglutit difficilement et secoua la tête :

– J'ai mené bien des combats aux côtés de Brom, mais aucun de cette ampleur.

– C'est une première pour nous deux, alors.

À leur droite, la couche de fumée s'éclaircit, dévoilant une terre noire, que piétinait une foule de combattants. Il était impossible de distinguer, dans cette mêlée, lesquels étaient les soldats de l'Empire et lesquels les Vardens ; mais il apparut clairement à Roran qu'il suffirait d'un rien pour que la victoire basculât d'un côté ou de l'autre. « Et nous pouvons apporter ce *rien*... »

Un cri retentit alors sur la berge :

– Un bateau ! Un bateau remonte la rivière Jiet !

– Tu devrais te réfugier au pont inférieur, conseilla-t-il à Elain. Tu n'es pas en sécurité, ici.

Elle acquiesça et se dirigea à la hâte vers l'écoutille avant, descendit l'échelle et referma la trappe derrière elle. L'instant d'après, Horst accourut et tendit à Roran un des boucliers de Fisk :

– J'ai pensé que tu en aurais besoin.

– Merci. Je...

Roran s'interrompit, car l'air, autour d'eux, s'était mis à vibrer, comme brassé avec force. *Ffffrrr*. Le jeune homme serra les dents. *Ffffrrr*. La pression sur ses tympans le fit grimacer. *Ffffrrr*. Ce dernier battement fut suivi d'un cri rauque que Roran reconnut pour l'avoir tant de fois entendu dans son enfance. Il leva les yeux et découvrit un énorme dragon d'un bleu de saphir surgissant de la couche nuageuse. Et sur le dragon, à la jointure du cou et des épaules, était assis son cousin, Eragon.

Cet Eragon-là ne ressemblait guère au garçon qu'il avait connu. On aurait dit qu'un artiste avait remodelé ses traits, les affinant, leur donnant une noblesse et une beauté félines. Cet

Eragon était revêtu comme un prince d'une armure somptueuse, quoique ternie par la poussière du combat ; dans sa main droite, il brandissait une épée d'un rouge flamboyant. Cet Eragon, Roran le comprit aussitôt, pouvait tuer sans l'ombre d'une hésitation. Il était puissant et implacable. Cet Eragon était capable de massacrer les Ra'zacs et leurs montures, et de l'aider à sauver Katrina.

Déployant ses ailes translucides, le dragon ralentit et s'immobilisa au-dessus du navire. Alors les yeux d'Eragon rencontrèrent ceux de Roran.

Jusqu'à cet instant, Roran n'avait pas tout à fait cru au récit de Jeod à propos d'Eragon et de Brom. À présent qu'il fixait son cousin, une vague d'émotions contradictoires le submergeait. « Eragon est un Dragonnier ! »

Il paraissait incroyable que le frêle gamin au caractère difficile avec qui il avait grandi fût devenu ce guerrier intrépide. Le découvrir vivant emplit Roran d'une joie inattendue. En même temps, la colère, terrible et familière, provoquée par le rôle qu'Eragon avait joué dans la mort de Garrow et le siège de Carvahall, enflait dans sa poitrine. Pendant ces quelques secondes, Roran n'aurait su dire s'il aimait ou haïssait son cousin.

Il sursauta, alarmé, quand une conscience étrangère pénétra la sienne. De cet autre esprit sortit la voix d'Eragon :

« Roran ? »

– Oui.

« Pense tes réponses, je les entendrai. Tous les gens de Carvahall sont-ils avec toi ? »

« La plupart. »

« Comment es-tu... Non, ce n'est pas le moment d'en discuter. Restez où vous êtes jusqu'à l'issue de la bataille. Mieux, redescendez le cours de la rivière et mettez-vous à l'abri des attaques de l'Empire. »

« Nous avons à parler, Eragon. Tu devras répondre à bien des questions. »

Le Dragonnier hésita, troublé. Puis il reprit :

« Je sais. Mais ce n'est pas le moment. On verra ça plus tard. »

Le dragon vira, s'éloigna du navire et disparut dans les nuées flottant sur les Plaines Brûlantes.

D'une voix emplie de crainte et de respect, Horst balbutia :

– Un Dragonnier ! Un… un véritable Dragonnier ! Je n'aurais jamais imaginé voir cela un jour, et encore moins qu'il s'agirait d'Eragon !

Secouant la tête, il ajouta :

– Tu n'avais pas menti, hein, la Balafre !

Jeod eut un sourire d'enfant ravi.

Roran les entendait à peine ; il fixait le pont, si tendu qu'il se croyait sur le point d'exploser. Tant de questions sans réponse ! Il s'efforça de les ignorer. « Je ne dois pas penser à Eragon maintenant. Il faut combattre. Il faut que les Vardens l'emportent. »

Une rage brûlante le consumait. Il avait déjà éprouvé cette fureur, cette frénésie : elles lui avaient permis de franchir les obstacles, de soulever des objets qu'il n'aurait pu bouger d'un pouce en temps ordinaire, d'affronter un ennemi sans ressentir la moindre peur. Voilà ce qui s'emparait de lui, à cet instant, une fièvre qui courait dans ses veines, accélérant sa respiration et les battements de son cœur.

Il lâcha le plat-bord, se précipita jusqu'au gaillard d'arrière, où Uthar tenait le gouvernail, et lança au capitaine :

– Échoue le bateau !

– Quoi ?

– Échoue le bateau, je te dis ! Reste à bord avec tes hommes, et sers-toi des balistes pour faire autant de dégâts que tu pourras ! Empêche tout abordage de *L'Aile du Dragon*, et protège nos familles, au prix de ta vie s'il le faut ! Compris ?

Uthar lui jeta un regard vide, et Roran redouta qu'il refusât d'exécuter ses ordres. Puis le marin au visage couturé grogna :

– Oui, oui, Puissant Marteau.

Des pas pressés retentirent sur le pont. Horst s'approchait :
– Qu'as-tu l'intention de faire, Roran ?
Le jeune homme éclata de rire et pivota sur ses talons. Nez à nez avec le forgeron, il lui souffla :
– Ce que j'ai l'intention de faire ? Je vais changer le destin de l'Alagaësia !

69
L'AÎNÉ

Eragon se rendit à peine compte que Saphira le ramenait dans le chaos de la bataille. S'il avait appris, grâce à la visualisation, que Roran était en mer, jamais il n'aurait imaginé que son cousin naviguait vers le Surda, ni que tous deux se trouveraient réunis de si surprenante manière. Et le regard de Roran ! Eragon s'était senti transpercé par ce regard – à la fois soulagé et furieux – qui le questionnait, qui... *l'accusait*. Eragon y avait lu que son cousin connaissait sa responsabilité dans la mort de Garrow, et qu'il ne lui avait pas encore pardonné.

Il fallut qu'une épée frappât sa genouillère pour qu'Eragon revînt à la réalité. Avec un rugissement rauque, il renversa son assaillant d'un violent coup de Zar'roc. Se maudissant de son imprudence, il contacta mentalement Trianna :

« Les gens de ce bateau ne sont pas des ennemis. Fais passer le mot : que personne ne les attaque ! Prie Nasuada d'envoyer un émissaire afin qu'il leur explique la situation, et s'assure qu'ils restent éloignés des combats. »

« À tes ordres, Argetlam ! »

Saphira se posa près du flanc ouest des armées ; de là, en quelques bonds de géant, elle traversa les Plaines Brûlantes et s'arrêta devant Hrothgar et ses guerriers nains. Sautant à terre, Eragon courut vers le roi.

– Salut à toi, Argetlam ! s'écria celui-ci. Il semble que les elfes aient fait pour toi plus qu'ils ne l'avaient promis !

Orik, qui se tenait à ses côtés, précisa :

– Non, Sire, c'est un don des dragons.

– Vraiment ? Il faudra que tu me contes tes aventures, dès que notre sanglante besogne, ici, sera achevée. Je suis heureux que tu aies accepté mon offre de devenir membre du Dûrgrimst Ingeitum. C'est un honneur de t'avoir dans ma parenté.

– L'honneur est pour moi.

Hrothgar éclata de rire et se tourna vers la dragonne :

– Salut à toi, Saphira ! Je n'ai pas oublié ta promesse de restaurer l'étoile de saphir au cœur de la cité de Tronjheim. J'espère la revoir un jour prochain dans tout son éclat.

La dragonne inclina la tête :

« Il en sera ainsi, je te l'ai juré. »

Lorsqu'Eragon eut répété ses paroles, Hrothgar s'approcha et tapota de son gros doigt l'une des plaques de métal qui lui couvraient le ventre :

– Je vois que tu portes notre armure. J'espère qu'elle te protège.

« Parfaitement, roi Hrothgar, répondit Saphira par la bouche d'Eragon. Elle m'a évité bien des blessures. »

Hrothgar se redressa et brandit Volund, les yeux étincelants :

– Alors, en avant ! Mettons-la de nouveau à l'épreuve de la bataille !

Se tournant vers ses guerriers, il rugit :

– Akh sartos oen dûrgrimst !

– Vor Hrothgarz korda ! Vor Hrothgarz korda !

Eragon lança à Orik un coup d'œil interrogateur, et le nain beugla :

– Par le marteau de Hrothgar !

Reprenant la devise, Eragon s'élança avec le roi des nains vers les rangs des soldats ennemis en tunique cramoisie, Saphira à ses côtés.

Grâce au renfort des nains, la bataille tournait enfin en faveur des Vardens. Ensemble, ils repoussèrent les forces de l'Empire, les dispersant, les écrasant, obligeant l'immense armée de Galbatorix à abandonner les positions qu'elle tenait depuis le matin.

Les poisons d'Angela poursuivaient leurs ravages. Beaucoup d'officiers de l'Empire se comportaient de façon étrange, donnaient des ordres incohérents, ce qui permettait aux Vardens de pénétrer plus avant dans les rangs ennemis et de semer la confusion autour d'eux. Les soldats, comprenant que la chance avait changé de camp, se rendaient par centaines, désertaient et ralliaient les Vardens ou encore jetaient leurs armes et s'enfuyaient.

La journée s'écoula ainsi. Puis ce fut la fin de l'après-midi.

Eragon était en plein combat quand un javelot enflammé frôla sa tête en ronflant, et se ficha, à vingt pas de là, dans la toile d'un des pavillons de commandement de l'Empire, qui prit feu. Forçant ses adversaires à reculer, le garçon jeta un coup d'œil par-dessus son épaule et vit des dizaines de traits brûlants, qui jaillissaient du bateau, depuis la rivière Jiet. « À quoi joues-tu, Roran ? » se demanda-t-il, avant de repartir à la charge.

Peu après, une trompe sonna à l'arrière de l'armée de l'Empire, puis une autre, et une autre encore. Un puissant roulement de tambour s'éleva, et les cris de guerre se turent, chacun tâchant de déterminer d'où cela provenait. Eragon vit alors une silhouette menaçante monter à l'horizon, au nord, et se déployer sur le fond rougeoyant du ciel. Les oiseaux charognards se dispersèrent, affolés, devant l'immense ombre noire, suspendue à présent parmi les fumerolles. Eragon pensa d'abord qu'il s'agissait d'un Lethrblaka, l'une des montures des Ra'zacs, lorsqu'un rayon de lumière coula entre les nuages et dessina les contours de la créature.

Un dragon rouge planait au-dessus d'eux, ses écailles brasillant dans les derniers rayons du soleil tels des charbons ardents. Ses ailes membraneuses avaient la teinte du vin quand on lève son verre devant une lanterne. Ses griffes, ses dents et les pointes hérissant son échine étaient d'un blanc de neige. Ses yeux vermillon étincelaient d'une joie sauvage. Le dragon était sellé, et sur la selle était assis un homme revêtu d'une armure d'acier poli, brandissant une épée à lame courte.

Eragon fut saisi d'effroi : « Galbatorix a réussi à faire éclore un autre dragon ! »

L'homme à l'habit d'acier leva alors sa main gauche ; un éclair couleur de rubis fulgura de sa paume et vint frapper Hrothgar en pleine poitrine. Les nains magiciens, qui avaient voulu parer l'attaque, poussèrent un cri d'agonie. Leur énergie consumée d'un coup, ils s'effondrèrent, morts. Hrothgar porta la main à son cœur et bascula sur le sol. Les nains poussèrent une clameur de désespoir. Saphira gronda et Eragon hurla :

– Non !

Il lança au Dragonnier ennemi un regard de haine :

« Je te tuerai pour ce que tu as fait ! »

Eragon savait que Saphira et lui étaient trop épuisés pour affronter un pareil adversaire. Il regarda autour de lui, et vit un étalon couché dans la boue, une lance fichée dans le flanc. L'animal était encore vivant. Eragon posa une main sur son encolure et murmura :

« Dors, mon frère ! »

Puis il absorba pour lui et Saphira les ultimes forces du cheval. Ce n'était pas suffisant pour restaurer leur énergie, mais la douleur de leurs muscles s'apaisa, et leurs membres cessèrent de trembler.

Revigoré, Eragon enfourcha Saphira et cria à Orik :

– Prends le commandement des guerriers de ton clan !

Un peu plus loin, il aperçut Arya, qui l'observait avec inquiétude. Il l'écarta de ses pensées tout en attachant les sangles de la selle à ses jambes. Puis Saphira décolla, battant furieusement des ailes pour gagner assez de vitesse, et fonça droit sur le dragon rouge.

« C'est le moment de te souvenir de ce que tu as appris avec Glaedr », lui dit-il.

Il resserra sa prise sur son bouclier.

Saphira ne lui répondit pas, mais elle lança à l'autre dragon un rugissement mental :

« Traître ! Voleur d'œufs ! Briseur de serment ! Meurtrier ! »

Puis ils unirent leurs forces pour prendre d'assaut l'esprit de leurs pairs, cherchant à abattre leurs défenses. La conscience de l'autre Dragonnier parut étrange à Eragon, à croire qu'elle en contenait plusieurs ; des échos de voix multiples chuchotaient dans les replis de son esprit, telles des âmes emprisonnées suppliant qu'on les libérât.

À l'instant où ils entrèrent en contact, l'autre Dragonnier riposta par une implosion de force pure, si puissante qu'Oromis lui-même n'aurait su en générer une semblable. Eragon se retira profondément derrière ses propres barrières en récitant avec fièvre quelques vers de mirliton, qui faisaient diversion en de pareilles circonstances, et que son maître lui avait enseignés :

Sous un ciel d'hiver bien sombre,
Un petit, petit bonhomme
Estocadait follement,
Avec son épée d'argent,
Bataillant avec des ombres...

La pression se relâcha dans l'esprit d'Eragon au moment où Saphira et le dragon rouge se heurtaient. On aurait dit deux météores incandescents entrant en collision. Ils s'agrippèrent, se frappant au ventre avec leurs serres. Leurs griffes crissaient horriblement sur les écailles de l'un et sur l'armure de l'autre. Le dragon rouge était plus petit mais, avec ses membres épais, plus trapu que Saphira. Il la repoussa d'un revers de patte, puis ils se colletèrent de nouveau, chacun essayant de refermer sa gueule sur le cou de l'adversaire.

Ils dégringolèrent vers le sol, sans cesser de se fouetter de leurs queues ; Eragon manqua d'en lâcher Zar'roc. À cinquante pas à peine de la surface des Plaines Brûlantes, les deux dragons se dégagèrent, battant des ailes pour reprendre de l'altitude.

Dès qu'elle se fut stabilisée, Saphira dressa la tête comme un serpent prêt à mordre et cracha un flot de feu, qui n'atteignit pas sa cible : à douze pieds du dragon rouge, les flammes s'écartèrent et passèrent de part et d'autre de son corps, sans lui faire aucun mal.

« Sacrebleu ! » jura Eragon.

Voyant que l'ennemi ouvrait la gueule pour riposter, le garçon cria :

– Skölir nosu fra brisingr !

Il était temps ! La boule de feu tourbillonna autour de Saphira, mais ne lui roussit pas une seule écaille.

Saphira et le dragon rouge traversèrent comme des flèches les nuages de fumée pour atteindre le ciel clair et froid, tous deux donnant de puissants coups d'aile pour monter plus haut que l'adversaire. Le dragon rouge mordit la queue de la dragonne, et Eragon poussa le même cri de douleur que Saphira. Haletante, celle-ci exécuta un saut périlleux, pour resurgir derrière son ennemi, qui vira alors sur la gauche et tenta de s'enrouler autour d'elle.

Tandis que les dragons combattaient en effectuant des acrobaties de plus en plus téméraires, l'attention d'Eragon fut attirée par un mouvement de panique, en bas : deux nouveaux magiciens de l'Empire étaient entrés en action. Infiniment plus puissants que les précédents, ils avaient déjà tué l'un des membres du Du Vrangr Gata et s'apprêtaient à abattre les protections d'un second. Eragon entendit Trianna l'appeler mentalement :

« Tueur d'Ombre, aide-nous ! Nous n'arrivons pas à les arrêter ! Ils vont massacrer tous les Vardens ! Aide-nous, c'est... »

La voix de la sorcière se perdit, car l'autre Dragonnier agressait sa conscience.

« Il faut en finir ! » siffla Eragon entre ses dents serrées, en s'efforçant de résister à l'assaut. Par-dessus l'épaule de sa monture, il vit le dragon rouge plonger, dans l'intention de passer sous le ventre de la dragonne. Le garçon n'osait pas ouvrir son esprit pour parler à Saphira, aussi lui lança-t-il à voix haute :

– Tâche de me rattraper !

En deux coups d'épée, il trancha les lanières qui retenaient ses jambes et sauta dans le vide.

« C'est de la folie... », pensa-t-il.

Il éclata de rire, saisi d'une exaltation fiévreuse, avec l'impression d'échapper à la pesanteur. Un violent souffle d'air lui arracha son heaume et lui emplit les yeux de larmes. Lâchant son bouclier, il étendit bras et jambes, ainsi qu'Oromis le lui avait enseigné, pour stabiliser son vol.

Le Dragonnier vêtu d'acier avait remarqué sa manœuvre. Le dragon rouge fit un écart, sans réussir à éviter une attaque cinglante de Zar'roc. Eragon sentit la lame pénétrer dans le jarret de la créature, et continua de filer vers le sol.

Le dragon rugit de douleur.

La force du coup avait projeté Eragon en vrille. Le temps qu'il parvienne à faire cesser sa rotation, il avait dégringolé à travers la couche nuageuse et tombait à présent comme une pierre. Il aurait pu stopper sa chute par magie, mais il voulait économiser ses dernières réserves d'énergie. Il regarda autour de lui :

« Saphira ! Dépêche-toi ! Où es-tu ? »

En guise de réponse, elle surgit des nuées fétides, les ailes repliées contre son corps, passa en piqué au-dessous de lui et redéploya ses ailes pour ralentir sa descente. En prenant soin de ne pas s'empaler sur un de ses piquants, Eragon se remit en selle. Il fut soulagé de retrouver une stabilité normale, tandis que la dragonne reprenait de la hauteur.

« Ne me fais plus jamais ça ! » aboya-t-elle.

Il regarda le filet de sang qui fumait sur la lame de Zar'roc :

« Ça a marché, non ? »

Sa satisfaction ne dura pas : cette belle cascade avait mis Saphira à la merci du dragon rouge. Il fondit sur elle et la harcela, la forçant à virer de droite et de gauche, et la poussant vers le sol. La dragonne essayait de l'esquiver, mais, à chaque tentative, l'adversaire l'assaillait, la fouettant de ses ailes pour l'en empêcher.

Les deux dragons poursuivirent le combat en tourbillonnant jusqu'à l'épuisement, la langue pendante, la queue battant l'air. Enfin, ils cessèrent de battre des ailes et se mirent à planer.

L'esprit toujours fermé à tout contact, ami ou ennemi, Eragon ordonna à voix haute :

– Ça ne va pas, Saphira. Atterris ! Je le combattrai au sol. »

Avec un grognement résigné, Saphira descendit vers le plus proche espace dégagé, une étroite plate-forme rocheuse, sur la rive ouest de la rivière Jiet. L'eau était rouge du sang répandu. Dès que la dragonne se fut posée, Eragon sauta à terre et tâta le sol du pied : il était lisse et dur, sans aspérités contre lesquelles trébucher. Il hocha la tête, satisfait.

Quelques secondes plus tard, le dragon rouge passait au-dessus de lui et se posait sur le côté opposé du plateau. Il tenait sa patte arrière gauche repliée, à cause de sa blessure – une profonde entaille qui avait presque sectionné le tendon – et tremblait de tout son corps comme une bête malade. Il tenta de bondir, retomba et rugit, le cou tendu vers Eragon.

L'autre Dragonnier libéra ses jambes des sangles et descendit en prenant appui sur la patte intacte de sa monture. Puis il la contourna pour examiner la plaie. Eragon le laissa faire ; il savait quelle douleur l'homme ressentait, lié comme il l'était à son compagnon. Mais il attendit trop longtemps, car le Dragonnier marmonna quelques paroles inaudibles, et, en l'espace de trois secondes, les chairs déchirées s'étaient refermées.

Eragon eut un frisson d'effroi. « Comment a-t-il fait ça, aussi vite et avec un sort aussi court ? » En tout cas, le Dragonnier inconnu n'était pas Galbatorix, puisque le dragon du roi était noir.

Le garçon s'accrocha à cette certitude, tout en s'avançant pour affronter son adversaire. Ils se firent face au centre du plateau, les deux dragons décrivant des cercles à distance derrière eux.

Le Dragonnier saisit son épée à deux mains et l'éleva au-dessus de sa tête. Eragon tira Zar'roc. Les lames se heurtèrent dans une explosion d'étincelles. Eragon repoussa son assaillant et enchaîna une série de coups compliqués. Il se fendait, esquivait, sautillant tel un danseur, et obligeant le Dragonnier vêtu d'acier à reculer vers le bord du plateau.

Lorsqu'il y fut acculé, le Dragonnier se campa sur le sol, et para chaque attaque d'Eragon, aussi habile fût-elle. « On dirait qu'il anticipe chacun de mes gestes », pensa le garçon, exaspéré. S'il avait été moins fatigué, il aurait battu son ennemi sans difficulté. Hélas, dans l'état où il se trouvait, il n'arrivait pas à prendre l'avantage. L'autre Dragonnier ne possédait ni la vitesse ni la force d'un elfe ; en revanche, sa technique de combat, supérieure à celle de Vanir, équivalait à celle d'Eragon.

Le garçon eut un instant de panique en sentant ses forces décroître, alors qu'il n'avait encore réussi qu'à égratigner le plastron de métal du Dragonnier. Les dernières réserves d'énergie stockées dans le rubis de Zar'roc et dans la ceinture de Beloth le Sage s'amenuisaient et ne le protégeraient de l'épuisement que quelques minutes de plus. Le Dragonnier avança d'un pas, puis d'un autre. Et, avant qu'Eragon eût pu réagir, ils étaient revenus au centre du plateau, où ils demeurèrent face à face, à échanger des coups.

Zar'roc devenait si lourde dans sa main qu'Eragon ne la levait plus qu'à grand-peine. L'épaule lui brûlait, il haletait, et la sueur lui coulait sur le visage. Malgré son désir de venger Hrothgar, il ne parvenait plus à dominer son épuisement.

Finalement, il glissa et tomba. Refusant d'être tué tandis qu'il gisait à terre, il roula sur lui-même, se remit sur ses pieds et pointa sa lame vers son adversaire, qui la détourna d'un simple mouvement du poignet.

Le geste qu'eut alors le Dragonnier, décrivant un cercle rapide pour ramener son arme à son côté, parut soudain familier à Eragon, comme l'avait été, depuis le début, sa façon de combattre. Avec une horreur grandissante, le garçon fixa la courte épée de son ennemi, puis les deux fentes du casque miroitant, à la hauteur des yeux, et il lança :

– Je te connais !

Il se jeta sur le Dragonnier, bloquant les deux armes entre leurs corps, introduisit ses doigts sous le heaume et l'arracha.

Devant lui, sur cette plate-forme rocheuse, au centre des Plaines Brûlantes, se tenait Murtagh.

70
L'HÉRITAGE

Murtagh sourit, puis il dit :
– Thrysta vindr.

Une boule d'air se forma entre eux, dure comme la pierre ; elle frappa Eragon au milieu de la poitrine et le projeta à vingt pas de là.

Le garçon entendit Saphira grogner ; il avait atterri contre le dos de la dragonne. Des éclairs rouges passèrent devant ses yeux ; puis il se recroquevilla, attendant que la douleur s'apaisât. Tout le plaisir qu'il aurait pu ressentir à voir réapparaître Murtagh était balayé par les funestes circonstances de leurs retrouvailles. Un mélange confus de stupeur et de colère bouillonnait en lui.

Baissant son épée, Murtagh leva son poing ganté de fer, un doigt tendu vers Eragon :
– Tu n'abandonneras donc jamais !

Un frisson courut le long du dos d'Eragon, car il reconnaissait la vision prémonitoire qu'il avait eue, sur le radeau, quand il remontait l'Az Ragni vers Hedarth :

Il voyait un ciel torturé, envahi de fumées noires et rougeoyantes. Des corbeaux et des aigles planaient très haut, au-dessus de volées de flèches sifflant d'un bout à l'autre d'un champ de bataille.

Une main couverte de métal apparaissait. Le gantelet était si proche qu'il masquait la moitié de la scène. Telle une machine inexorable, le pouce et les trois derniers doigts se refermèrent, dégageant l'index, qui se pointa avec l'autorité du destin lui-même.

Le passé et l'avenir convergeaient. Le sort d'Eragon allait se jouer.

Se remettant sur ses pieds, il toussa et dit :

– Murtagh... Comment peux-tu être vivant ? Les Urgals t'ont entraîné sous terre. J'ai essayé de te visualiser, mais je ne voyais que du noir.

Murtagh émit un rire sans joie :

– Tu n'as rien vu, de même que je n'ai rien vu quand j'ai essayé moi aussi de te visualiser pendant les jours que j'ai passés à Urû'baen.

– Mais tu es *mort* ! hurla Eragon, décomposé. Tu es mort dans les tunnels, sous Farthen Dûr. Arya y a retrouvé tes vêtements ensanglantés.

Une ombre passa sur le visage de Murtagh :

– Non, je ne suis pas mort. C'était une ruse des Jumeaux, Eragon. Ils avaient pris le contrôle d'une troupe d'Urgals, et ont organisé une embuscade pour tuer Ajihad et me capturer. Puis ils m'ont jeté un sort, de sorte que je ne puisse m'échapper, et m'ont fait disparaître pour m'emmener à Urû'baen.

Eragon secoua la tête, dépassé par les événements.

– Mais pourquoi as-tu accepté de servir Galbatorix ? Tu m'avais dit que tu le haïssais. Tu m'avais dit...

– Accepté !

Murtagh éclata encore une fois d'un rire où traînait une note de démence.

– Je n'ai pas *accepté*. Pour commencer, Galbatorix m'a châtié pour avoir renié les années passées sous sa protection, lors de mon éducation à Urû'baen ; pour avoir défié son autorité et m'être enfui. Ensuite, il a extirpé de moi tout ce que je savais sur toi, sur Saphira et sur les Vardens.

– Tu nous as trahis ! Je pleurais ta mort, et toi, tu nous trahissais !

– Je n'avais pas le choix.

– Ajihad avait raison de vouloir t'enfermer. Il aurait dû te laisser moisir dans ta cellule, et rien de tout cela ne...

– Je n'avais pas le choix ! rugit Murtagh. Et, après que Thorn, mon dragon, eut éclos pour moi, Galbatorix nous a forcés à lui jurer fidélité en ancien langage. Nous ne pouvons désobéir à ses ordres, désormais.

Un mélange de pitié et de dégoût envahit Eragon :

– Tu es devenu comme ton père.

Une étrange lueur s'alluma dans les prunelles de Murtagh :

– Non, pas comme mon père. Je suis plus puissant que Morzan le fut jamais. Galbatorix m'a enseigné sur la magie des choses que tu n'as même pas rêvé de connaître…; des sorts si puissants que les elfes, couards comme ils sont, n'oseraient pas les prononcer ; des mots perdus de l'ancien langage, que Galbatorix a redécouverts ; des moyens de manipuler l'énergie… Des secrets, des secrets terribles, capables d'anéantir tes ennemis et de combler tes moindres désirs.

Se souvenant de certaines leçons d'Oromis, Eragon répliqua :

– Toutes choses qui auraient dû rester secrètes.

– Si tu les connaissais, tu ne parlerais pas ainsi. Brom n'était qu'un amateur. Quant aux elfes… Bah ! Ils ne savent que se terrer dans leur forêt en attendant d'être conquis.

Murtagh détailla Eragon de la tête aux pieds :

– Tu as l'apparence d'un elfe, à présent. Est-ce Islanzadí qui t'a transformé ainsi ?

Comme Eragon restait muet, Murtagh haussa les épaules en souriant :

– Peu importe ! Je connaîtrai la vérité bien assez tôt.

Il se tut et, les sourcils froncés, se tourna vers l'est.

Suivant son regard, Eragon aperçut les Jumeaux, debout en première ligne devant les forces de l'Empire, qui projetaient des boules d'énergie dans les rangs des Vardens et des nains. Un rideau de fumée les dissimulait en partie, mais Eragon aurait juré que les magiciens à tête chauve riaient en massacrant ces hommes à qui ils avaient solennellement juré fidélité. Ce que les Jumeaux ne pouvaient savoir – et que seuls Murtagh et Eragon voyaient clairement, de là où ils se tenaient –, c'était que Roran rampait vers eux, prêt à les prendre à revers.

Le cœur d'Eragon manqua un battement quand il reconnut son cousin. « Tu es fou ! Éloigne-toi d'eux ! Tu vas te faire tuer ! »

À l'instant où il s'apprêtait à lancer un sort pour éloigner Roran du danger – sans se soucier de l'énergie perdue –, Murtagh dit :

– Attends. Laisse-le faire.

– Pourquoi ?

Un sourire sinistre étira les lèvres du jeune homme :

– Les Jumeaux ont pris plaisir à me tourmenter quand j'étais leur prisonnier...

Eragon lui lança un coup d'œil soupçonneux :

– Tu ne lui feras pas de mal ? Tu n'avertiras pas les Jumeaux ?

– Non ! Vel eïnradhin iet ai Shur'tugal. Sur ma parole de Dragonnier !

Ils observèrent donc Roran, qui se cachait derrière un amas de cadavres. Les Jumeaux jetèrent un regard dans cette direction. Eragon se raidit. Un instant, il crut qu'ils l'avaient repéré ; mais ils se détournèrent, et Roran bondit sur eux. Il balança son marteau, frappa l'un des Jumeaux en pleine tête, lui brisant le crâne. Pris de convulsions, l'autre Jumeau tomba sur le sol en émettant des cris inarticulés. Un coup de marteau l'abattit à son tour. Roran se dressa alors sur les corps de ses ennemis, brandit son arme et poussa un rugissement de victoire.

– Et maintenant ? demanda Eragon, quittant des yeux le champ de bataille. Es-tu ici pour me tuer ?

– Bien sûr que non. Galbatorix te veut vivant.

– Pour quelle raison ?

Murtagh eut une grimace railleuse :

– Tu ne le sais pas ? Ha, c'est la meilleure ! Ce n'est pas à cause de toi, mais à cause d'*elle* !

Il pointa le doigt sur Saphira :

– Le dragon qui attend d'éclore dans le dernier œuf de Galbatorix – le dernier œuf de dragon au monde – est un mâle. Saphira est donc la seule femelle qui existe ; la seule, si elle s'accouple, à pouvoir être la mère d'une nouvelle lignée.

Comprends-tu, à présent ? Galbatorix ne veut pas éradiquer les dragons. Il a besoin de Saphira pour recréer la caste des Dragonniers. Il ne peut donc vous tuer, ni l'un ni l'autre, si sa vision de l'avenir doit devenir réalité... Et quelle vision, Eragon ! Si tu l'entendais la décrire, tu ne penserais plus autant de mal de lui ! Est-ce un crime de vouloir unifier l'Alagaësia en la rassemblant sous une seule bannière, éliminer les causes de guerre et restaurer les Dragonniers ?

– C'est pourtant lui qui les a détruits !

– Il avait une bonne raison de le faire, affirma Murtagh. Ils étaient vieux, gras et corrompus. Les elfes les contrôlaient et les utilisaient pour asservir les humains. Il fallait les éliminer ! Recommencer à zéro.

Un rictus tordit les traits d'Eragon. Il se mit à arpenter le plateau de long en large en respirant bruyamment. Puis il désigna le champ de bataille.

– Et tu justifies toutes ces souffrances par les élucubrations d'un fou ? éclata-t-il. Galbatorix ne sait que brûler, massacrer, et ne songe qu'au pouvoir. Il ment. Il assassine. Il manipule. Et tu le *sais* ! C'est pour cela que tu avais refusé de travailler pour lui.

Eragon marqua une pause et poursuivit plus doucement :

– Je comprends que tu as été forcé par Galbatorix d'agir contre ta volonté et que tu n'es pas responsable de la mort de Hrothgar. Mais pourquoi ne pas tenter de te libérer ? Je suis sûre qu'Arya et moi, nous saurions imaginer un moyen de neutraliser les chaînes qui t'entravent... Rejoins-moi, Murtagh ! Tu ferais tant pour les Vardens ! Avec nous, tu recevrais louange et admiration, au lieu d'être craint, haï, maudit !

Un long moment, Murtagh garda les yeux fixés sur son épée ébréchée, et Eragon espéra qu'il accepterait. Puis le jeune homme répondit d'une voix lente :

– Tu ne peux rien pour moi, Eragon. Seul Galbatorix a le pouvoir de me délier de mon serment, et il ne le fera jamais... Il connaît nos vrais noms, Eragon... Nous sommes ses esclaves à jamais.

Malgré lui, Eragon ressentait de la compassion pour Murtagh, en le voyant prisonnier d'une telle situation. Avec gravité, il demanda :

– Alors, laisse-nous te tuer, toi et ton dragon !

– Nous tuer ? Pourquoi vous le permettrais-je ?

Le jeune Dragonnier choisit ses mots avec soin :

– Vous seriez délivrés du contrôle de Galbatorix. Et cela sauverait la vie de centaines, voire de milliers de gens. N'est-ce pas une cause assez noble à laquelle te sacrifier ?

Murtagh secoua la tête :

– Pour toi, peut-être, mais la vie m'est encore trop douce pour que j'y renonce aussi aisément. Aucune vie ne compte pour moi autant que la mienne et celle de Thorn.

Quoiqu'il détestât ce qu'il allait faire – ainsi que toute la situation – Eragon sut alors ce qu'il avait à accomplir. Attaquant de nouveau l'esprit de son ancien compagnon, il sauta, s'éleva au-dessus du sol, et fondit sur lui pour le frapper au cœur.

– Letta ! aboya Murtagh.

Eragon retomba, immobilisé par des liens invisibles qui lui enserraient bras et jambes. À sa droite, Saphira cracha sur l'agresseur un jet de flammes crépitantes, comme un chat se jetant sur une souris.

– Rïsa ! ordonna Murtagh, les doigts tendus comme des griffes.

Saphira couina de surprise : le mot de Murtagh l'avait soulevée et la maintenait en l'air, à plusieurs pieds de hauteur. Elle avait beau se débattre, elle ne parvenait ni à se poser, ni à s'envoler.

« Comment lui, encore un simple humain, a-t-il la force de faire ça ? se demanda Eragon. Même avec mes nouvelles capacités, un tel sort me laisserait hors d'haleine et les jambes molles. » Se rappelant comment il contrait les sorts d'Oromis, il récita :

– Brakka du vanyalí sem huildar Saphira un eka !

Murtagh ne tenta pas de l'interrompre. Il lui jeta seulement un regard ennuyé, comme s'il trouvait la résistance d'Eragon un peu inconvenante. Les dents serrées, Eragon redoubla d'efforts. Ses mains refroidirent, ses os devinrent douloureux, son pouls ralentit ; la magie dévorait son énergie. Sans qu'il le lui eût demandé, Saphira avait joint ses forces aux siennes, lui ouvrant l'accès aux formidables ressources de son corps.

Cinq secondes s'écoulèrent...

Vingt secondes... Une veine palpitait sur le cou de Murtagh.

Une minute...

Une minute et demie... Eragon était secoué de tremblements incontrôlables. Les muscles de ses bras ballottaient, et ses jambes se seraient dérobées s'il avait dû marcher.

Deux minutes passèrent...

Eragon fut contraint de relâcher sa magie, car il risquait de sombrer dans l'inconscience. Il s'affaissa, totalement vidé.

Il avait connu la peur, auparavant, mais seulement celle d'échouer dans sa mission. Là, il avait peur parce qu'il ignorait ce que Murtagh était capable de faire.

– N'espère pas te mesurer à moi, dit celui-ci. Personne n'en est capable, à l'exception de Galbatorix.

Murtagh s'avança et lui enfonça la pointe de son épée dans la peau du cou. Eragon résista à la tentation de se dérober.

– Ce serait si facile de te ramener à Urû'baen ! murmura son ancien compagnon.

Eragon le fixa dans les yeux :

– Ne fais pas ça ! Laisse-moi m'en aller !

– Tu as tenté de me tuer.

– Tu aurais agi de même, à ma place.

Murtagh demeurant silencieux, le regard vide, Eragon ajouta :

– Nous étions amis, avant. Nous combattions ensemble. Galbatorix ne t'a pas égaré au point que tu l'aies oublié... Si tu fais cela, Murtagh, tu te perds pour toujours.

Une autre longue minute passa, pendant laquelle on n'entendit que les clameurs de la guerre, en contrebas. Un filet de sang coulait sur le cou d'Eragon. Saphira agitait la queue avec fureur, en vain.

Murtagh parla enfin :

– J'ai été envoyé ici pour vous capturer, Saphira et toi.

Il se tut, puis reprit :

– J'ai essayé… Prenez garde à ne plus jamais croiser ma route ! Galbatorix me fera prononcer d'autres serments en ancien langage, qui m'empêcheront de vous montrer la moindre pitié à notre prochaine rencontre.

Il abaissa son épée.

– Tu fais le bon choix, dit Eragon.

Il voulut reculer, mais il était encore immobilisé.

– Peut-être. Toutefois, avant de te laisser partir…

Murtagh ôta Zar'roc de la main d'Eragon et détacha le fourreau de l'épée de la ceinture de Beloth le Sage :

– Si j'étais devenu comme mon père, je porterais l'épée de mon père. Thorn[1] est mon dragon, et il doit être une épine dans la chair de nos ennemis. Il est juste que je manie l'épée appelée *Souffrance*. Thorn et *Souffrance*, cela va bien ensemble. D'ailleurs, Zar'roc devait revenir au fils aîné de Morzan, pas à son cadet. Elle est donc mienne, par droit d'aînesse.

Une poigne glacée se referma sur l'estomac d'Eragon. « Non ! Ce n'est pas possible… »

Murtagh eut un sourire ironique :

– Je ne t'ai jamais révélé le nom de ma mère, n'est-ce pas ? Et tu ne m'as pas révélé celui de la tienne. Je vais te le dire, à présent : Selena. Selena était ma mère, et la tienne. Morzan était notre père. Les Jumeaux ont découvert le lien qui nous unissait quand ils ont fouillé ta cervelle, à Farthen Dûr. Galbatorix s'est montré fort intéressé par cette information…

– Tu mens ! rugit Eragon.

Il ne supportait pas l'idée d'être le fils de Morzan.

« Brom le savait-il ? Oromis le savait-il… ? Pourquoi ne m'ont-ils rien dit ? »

---

1 En anglais, Thorn signifie *épine*. (Note de la traductrice.)

Il se rappela alors la prédiction d'Angela, qu'il serait trahi par quelqu'un de sa famille. « Elle avait raison. »

Murtagh se contenta de secouer la tête et répéta les mêmes mots en ancien langage. Puis, approchant sa bouche de l'oreille d'Eragon, il chuchota :

– Toi et moi, nous sommes semblables, Eragon, le reflet l'un de l'autre. Tu ne peux le nier.

– Tu te trompes ! gronda le garçon, luttant de nouveau contre le sort qui le retenait. Nous n'avons rien en commun. Mon dos ne porte plus de cicatrice, à présent.

Murtagh recula, comme si Eragon l'avait frappé, le visage dur. Il leva Zar'roc et la tint dressée devant sa poitrine :

– C'est ainsi ! Je te reprends mon héritage, frère ! Adieu.

Il récupéra son heaume et remonta sur le dos de Thorn, sans un regard pour le garçon. Le dragon se ramassa sur lui-même, déploya ses ailes, décolla et se dirigea vers le nord. Lorsqu'il eut disparu à l'horizon, alors seulement la magie se relâcha, libérant Eragon et Saphira.

Les griffes de la dragonne cliquetèrent sur la pierre quand elle retomba sur le sol. Elle tendit le cou et posa son museau sur le bras d'Eragon :

« Ça va, petit homme ? »

« Ça va... »

En vérité, ça n'allait pas, elle le savait.

Marchant jusqu'au rebord du plateau, il observa, sur les Plaines Brûlantes, les traces des combats. Car la bataille était terminée. Après la mort des Jumeaux, les Vardens et les nains avaient regagné le terrain perdu et mis en déroute les dernières formations de soldats affolés, les repoussant dans les eaux de la rivière ou les renvoyant là d'où ils venaient.

Bien que le gros de ses forces restât intact, l'Empire avait sonné la retraite. Nul doute qu'il regrouperait ses troupes en prévision d'une nouvelle tentative pour envahir le Surda. Il laissait dans son sillage un enchevêtrement de cadavres des deux camps ; autant de morts, humains et nains, que la population d'une grande cité. Des tourbillons de fumée âcre montaient des corps consumés par la tourbe brûlante.

Avec la fin des combats, des nuées d'aigles, de faucons et de corbeaux s'abattaient sur le sol tel un noir linceul.

Eragon ferma les yeux, des larmes roulèrent sous ses paupières.

Ils avaient gagné ; mais, lui, il avait perdu.

71
RETROUVAILLES

Eragon et Saphira se frayèrent un passage entre les corps qui jonchaient les Plaines Brûlantes. Ils marchaient lentement, autant à cause de leurs blessures que de leur épuisement. Ils croisaient d'autres survivants, titubant sur le sol calciné, des êtres hagards aux yeux rougis, qui les regardaient sans les voir, fixant on ne savait quoi, droit devant eux.

À présent que la pression de son sang était retombée, Eragon ne ressentait plus que du chagrin. Ce combat lui paraissait vain. « Quelle tragédie ! Tous ces morts à cause de la folie d'un seul homme ! » Il contourna un bouquet de flèches plantées dans la boue, et remarqua alors une entaille sur la queue de Saphira, là où Thorn l'avait mordue, et toutes ses autres blessures.

« Attends ! Prête-moi un peu de ton énergie, je vais te soigner. »

« Occupe-toi d'abord de ceux qui sont près de mourir ! »

« Tu es sûre ? »

« Tout à fait sûre, petit homme. »

Il acquiesça. Se baissant, il répara le cou brisé d'un soldat avant de se tourner vers un Varden. Il ne fit aucune distinction entre amis et ennemis, apportant son aide aux uns et aux autres dans la mesure de ses moyens.

Eragon était à ce point plongé dans ses pensées qu'il ne prêtait guère attention à sa tâche. Il aurait voulu effacer de son esprit la révélation de Murtagh, mais tout ce que celui-ci avait dit sur sa mère – *leur* mère – coïncidait avec le peu de chose qu'il savait d'elle : Selena avait quitté Carvahall environ vingt ans plus tôt, y était revenue pour le mettre au monde, et personne ne l'avait jamais revue. Il se rappela le moment où Murtagh et lui étaient arrivés à Farthen Dûr. Murtagh avait raconté comment sa mère s'était enfuie du château de Morzan, tandis que le Parjure poursuivait Brom et Jeod, qui emportaient l'œuf de Saphira. « Après que Morzan eut jeté Zar'roc à Murtagh, manquant de le tuer, ma mère a dû cacher sa grossesse et retourner à Carvahall pour me mettre hors d'atteinte de Morzan et de Galbatorix. » En réalisant ce que sa mère avait fait pour lui, Eragon avait le cœur serré.

Du jour où il avait été assez grand pour comprendre qu'il était un orphelin, Eragon s'était demandé qui était son père, et pourquoi sa mère l'avait confié à Garrow, son frère, et à sa femme, Marian. Ces réponses venaient de lui être assenées de façon si inattendue, à un moment si peu approprié, qu'il n'arrivait pas, pour l'instant, à leur donner un sens. Il lui faudrait des mois, des années peut-être, pour s'y accoutumer.

Eragon avait toujours cru qu'il serait heureux d'apprendre l'identité de son père. À présent qu'il la connaissait, cela le révoltait. Petit, il aimait s'imaginer que son père était un personnage, quelqu'un d'important, même s'il se doutait que ce n'était pas le cas. Il n'avait cependant jamais envisagé, pas même dans ses rêves les plus fous, qu'il pût être le fils d'un Dragonnier, encore moins d'un Parjure.

Et ses rêves avaient tourné au cauchemar.

« J'ai été engendré par un monstre... Mon père a trahi les Dragonniers, il les a livrés à Galbatorix. »

Eragon se sentait souillé.

« Mais non... » Tandis qu'il soignait un nain à la colonne vertébrale cassée, un nouvel aspect de la situation lui apparut, qui restaurait en partie sa propre estime : « Si Morzan est mon géniteur, il n'est pas ma famille. Garrow était mon père ; il m'a élevé. Il m'a appris à vivre honnêtement, en homme intègre. C'est grâce à lui si je suis ce que je suis. Brom et Oromis aussi ont été des pères pour moi, bien plus que Morzan. Et mon frère, c'est Roran, pas Murtagh. »

Eragon hocha la tête, déterminé à conserver cette vision des choses. Jusqu'alors, il s'était refusé à considérer pleinement Garrow comme son père. Et, même si Garrow était mort, l'accepter comme tel, désormais, redonnait au garçon un sentiment d'achèvement, l'aidait à surmonter sa détresse.

« Tu deviens sage », observa Saphira.

« Sage ? »

Il secoua la tête :

« Non, j'ai seulement appris à penser juste. Voilà au moins quelque chose qu'Oromis m'aura donné. »

Eragon essuya le visage couvert de poussière d'un jeune porte-bannière, s'assurant qu'il était mort. Puis il se redressa, étira ses muscles douloureux.

« Tu es consciente, n'est-ce pas, que Brom devait savoir ça. Sinon, pourquoi se serait-il caché à Carvahall pour attendre ton éclosion... ? Il voulait garder un œil sur le fils de son ennemi. »

L'idée que Brom ait pu le considérer comme un danger perturbait Eragon. « Et il avait raison. Vois ce qui m'arrive, aujourd'hui ! »

Saphira lui ébouriffa les cheveux de son souffle chaud :

« Quelles qu'aient été les raisons de Brom, souviens-toi qu'il a toujours essayé de nous protéger. Il est mort en te sauvant des Ra'zacs. »

« Je sais... Crois-tu qu'il m'a caché mes origines de peur que je devienne un émule de Morzan, comme Murtagh ? »

« Certainement pas. »

Il la regarda avec curiosité :

« Comment en es-tu aussi sûre ? »

Elle tendit son cou sans répondre, levant haut la tête pour ne pas rencontrer son regard.

« D'accord, fais comme tu veux ! »

Eragon s'agenouilla auprès d'un des soldats du roi Orrin, qui avait une flèche dans le ventre. Il le tint par le bras pour l'empêcher de s'agiter :

– Paix !

– De l'eau ! râla l'homme. De l'eau, par pitié ! J'ai la gorge sèche comme du sable. Je t'en prie, Tueur d'Ombre !

La sueur lui poissait le visage.

Eragon sourit pour le réconforter :

– Je ne peux te donner à boire maintenant ; attends que je t'aie soigné ! Je te promets alors toute l'eau que tu voudras.

– Tu promets, Tueur d'Ombre ?

– Je promets.

L'homme lutta visiblement contre une nouvelle vague de douleur, puis soupira :

– S'il le faut…

S'aidant de la magie, Eragon retira la flèche, puis il referma les chairs déchirées, puisant dans l'énergie du guerrier pour nourrir le sort. Cela dura plusieurs minutes. Après quoi, l'homme examina son abdomen, pressa la peau restaurée et regarda Eragon, les larmes aux yeux :

– Je… Tueur d'Ombre… Tu…

Eragon lui tendit sa gourde :

– Prends-la ! Tu en as plus besoin que moi.

À une centaine de mètres de là, Eragon et Saphira franchirent une barrière de fumée âcre. Ils aperçurent alors Orik, ainsi qu'une dizaine d'autres nains – et parmi eux quelques femmes –, agenouillés autour du corps de Hrothgar. Le roi était étendu sur quatre boucliers, resplendissant dans son armure en or. Les nains s'arrachaient les cheveux, se frappaient la poitrine et lançaient leurs lamentations vers le ciel. Eragon inclina la tête et murmura :

– Stydja unin mor'ranr, Hrothgar Könungr.

Orik remarqua qu'il était là et se leva, le visage rougi d'avoir pleuré, les tresses de sa barbe défaites. Il tituba jusqu'à Eragon et, sans préambule, demanda :

– As-tu tué le lâche qui a fait ça ?
– Il s'est échappé.

Eragon ne tenait pas à révéler que le Dragonnier était Murtagh. Orik se frappa la paume de son poing :

– Barzûln !

– Mais, en tant que membre du Dûrgrimst Ingeitum, je jure sur chaque pierre de l'Alagaësia que je ferai tout pour venger le meurtre de Hrothgar.

– Oui, tu es le seul, en dehors des elfes, qui soit assez fort pour châtier cet infâme assassin. Quand tu l'auras trouvé... Réduis ses os en poussière, Eragon ! Arrache-lui les dents et emplis ses veines de plomb fondu ; fais-lui payer chaque minute de vie qu'il a volée à Hrothgar !

– N'a-t-il pas eu une belle mort ? Hrothgar n'aurait-il pas souhaité mourir en combattant, Volund à la main ?

– En combattant, oui ! Face à un ennemi loyal, osant l'affronter comme un homme ! Pas abattu en traître par un sale tour de magicien... !

Secouant la tête, Orik regarda de nouveau son roi, puis il croisa les bras et appuya son menton sur sa poitrine. Il respira profondément :

– Quand mes parents ont été emportés par la variole, Hrothgar m'a offert une nouvelle vie. Il m'a accueilli chez lui. Il a fait de moi son héritier. Le perdre, c'est...

Orik se couvrit le visage de ses mains :

– Le perdre, c'est perdre une deuxième fois ma famille.

Il y avait tant de douleur dans sa voix qu'Eragon ressentit le même chagrin.

– Je comprends, dit-il.

– Je sais, Eragon... Je sais que tu comprends.

Orik s'essuya les yeux et désigna ses compagnons :

– Avant toute chose, il nous faut ramener la dépouille de Hrothgar à Farthen Dûr, afin qu'il soit enseveli parmi ses prédécesseurs. Le Dûrgrimst Ingeitum devra choisir un nouveau grimstborith, puis les treize chefs de clan – dont ceux que tu vois ici – éliront celui d'entre eux qui deviendra notre nouveau souverain. Ce qu'il adviendra ensuite, je l'ignore. Cette tragédie va enhardir certains clans et en aliéner d'autres à notre cause...

Il poussa un gros soupir.

Eragon lui posa la main sur l'épaule :

– Ne t'inquiète pas de ça pour l'instant. Tu n'as qu'à demander, mon bras et ma volonté sont à ton service... Si tu le souhaites, viens dans ma tente, et nous lèverons une coupe d'hydromel à la mémoire de Hrothgar.

– J'aimerais bien, mais pas tout de suite. Pas avant que nous ayons fini d'invoquer les dieux, pour qu'ils assurent à Hrothgar un passage paisible dans l'autre vie.

Laissant là Eragon, Orik reprit place dans le cercle des nains et joignit sa voix à leur mélopée funèbre.

Alors qu'ils traversaient les Plaines Brûlantes, Saphira dit :

« Hrothgar était un grand roi. »

« Oui, et une personne de cœur. »

Eragon soupira :

« Trouvons Arya et Nasuada. Je n'aurais même plus la force de guérir une écorchure, à présent, et il faut qu'elles sachent, pour Murtagh. »

« Tu as raison. »

Ils prirent vers le sud, en direction du campement des Vardens, mais ils n'avaient pas parcouru dix pas que Roran se planta devant eux, bien campé sur ses pieds écartés, et fixa Eragon en jouant des maxillaires, comme si les mots ne parvenaient pas à franchir la barrière de ses dents.

Puis il décocha à Eragon un crochet à la mâchoire.

Le garçon aurait pu esquiver le coup aisément, mais il l'accepta, reculant juste assez pour que Roran ne se brisât pas les jointures.

Il grimaça, un peu sonné, malgré tout :

– Je suppose que je le méritais.

– En effet. Nous avons à parler, nous deux.

– Maintenant ?

– Ça ne peut pas attendre. Les Ra'zacs ont capturé Katrina, et j'ai besoin de toi pour la délivrer. Ils la détiennent depuis que nous avons quitté Carvahall.

« C'était donc ça. » En une seconde, Eragon comprit pourquoi Roran avait cette mine lugubre, hallucinée, et pourquoi il avait conduit les gens du village au Surda. « Brom avait raison, c'est Galbatorix qui a envoyé les Ra'zacs dans la vallée de Palancar. »

Eragon fronça les sourcils, partagé entre son devoir envers Roran et l'urgence de faire son rapport à Nasuada :

– J'ai une démarche à accomplir. Après, nous discuterons. D'accord ? Accompagne-moi, si tu veux…

– Je viens.

Tout en parcourant la plaine bouleversée, Eragon observait son cousin à la dérobée. Finalement, il avoua à voix basse :

– Tu m'as manqué.

Roran tressaillit, puis opina d'un bref hochement de tête. Quelques pas plus loin, il demanda :

– C'est Saphira, n'est-ce pas ? Jeod nous a dit qu'elle s'appelait ainsi.

– Oui.

Saphira fixa Roran de son œil étincelant. Il supporta cet examen sans sourciller, ce que peu de gens étaient capables de faire.

« J'ai toujours désiré connaître celui qui a partagé la nichée d'Eragon. »

– Elle parle ! s'exclama Roran quand le garçon répéta la phrase.

Cette fois, Saphira s'adressa à lui directement :

« Et alors ? Tu me croyais muette ? Je ne suis pas un lézard des rochers ! »

Roran battit des paupières :

– Je te demande pardon. J'ignorais que les dragons étaient aussi intelligents.

Un sourire amer lui retroussa la lèvre :

– D'abord des Ra'zacs et des magiciens, maintenant des nains, des Dragonniers et des dragons qui parlent. Le monde est devenu fou !

– Ça peut donner cette impression.

– Je t'ai vu combattre cet autre Dragonnier. Tu l'as blessé ? C'est pour ça qu'il s'est enfui ?

– Attends, tu sauras tout.

Ils étaient parvenus devant le pavillon. Eragon souleva le pan de toile et entra, suivi de Roran. Allongeant le cou, Saphira introduisit sa tête à l'intérieur. Nasuada était assise sur le bord de la table, en pleine discussion avec Arya, tandis qu'une servante la débarrassait de son armure défoncée. La blessure de sa cuisse avait été soignée.

Nasuada s'interrompit au milieu d'une phrase en voyant entrer les arrivants. Courant vers eux, elle entoura Eragon de ses bras et s'écria :

– Où étais-tu ? On te croyait mort, ou pire...

– Pas vraiment.

– La chandelle brûle encore, murmura Arya.

Nasuada s'écarta :

– On ne distinguait plus ce qui se passait, après que Saphira et toi avez atterri sur ce plateau. Quand le dragon rouge s'est envolé, et voyant que tu ne réapparaissais pas, Arya a essayé de te contacter, mais elle ne sentait rien, alors on a cru...

Elle se tut, puis reprit :

– On était en train de débattre du meilleur moyen de faire franchir le Jiet au Du Vrangr Gata et à une compagnie de guerriers.

– Désolé ! Je ne voulais pas vous inquiéter. Mais j'étais si exténué que j'ai oublié d'abaisser mes barrières mentales.

Eragon poussa Roran devant lui :

– Nasuada, je voudrais te présenter mon cousin, Roran. Ajihad t'avait sans doute parlé de lui. Roran, voici Dame Nasuada, chef des Vardens et ma suzeraine. Et voici Arya Svit-kona, ambassadeur des elfes.

Roran s'inclina devant les deux femmes.

– C'est un honneur de rencontrer le cousin d'Eragon, dit Nasuada.

– Oui, un honneur, répéta Arya.

Après cet échange de salutations, Eragon raconta l'arrivée des gens de Carvahall sur *L'Aile du Dragon*, et leur apprit que la mort des Jumeaux était l'œuvre de Roran.

Nasuada leva un sourcil noir :

– Les Vardens te doivent beaucoup, Roran, pour avoir abattu ces deux malfaisants. Qui sait quels ravages ils auraient encore causés avant qu'Eragon ou Arya aient pu les affronter ? Tu nous as aidés à gagner cette bataille, je ne l'oublierai pas. Notre stock de vivres est limité, mais je veillerai à ce que chacun des tiens soit nourri, abrité, et que les malades soient soignés.

Roran s'inclina plus bas :

– Merci, Dame Nasuada.

– Si nous n'étions pas si pressés par le temps, j'insisterais pour savoir pourquoi toi-même et les gens de ton village étiez poursuivis par les hommes de Galbatorix, comment vous leur avez échappé, voyagé jusqu'au Surda et réussi à nous retrouver ici. C'est une véritable épopée ! Je compte bien en apprendre tous les détails – d'autant que, j'imagine, cela concerne Eragon –, mais j'ai des obligations plus urgentes pour l'instant.

– Bien sûr, Dame Nasuada.

– Tu peux te retirer, à présent.

– S'il te plaît, intervint Eragon, permets-lui de rester. Il doit entendre ce que j'ai à dire.

Nasuada lui jeta un regard perplexe :

– Très bien. Si tu veux. Mais assez perdu de temps. Va droit au but, et parle-nous de ce Dragonnier !

Eragon retraça rapidement l'histoire des trois derniers œufs de dragon – deux d'entre eux éclos, désormais –, ainsi que celle de Morzan et celle de Murtagh, pour que Roran comprenne l'enchaînement des événements. Puis il décrivit son combat avec Saphira contre Thorn et le mystérieux Dragonnier, insistant sur ses extraordinaires pouvoirs :

– À un geste qu'il a eu avec son épée, j'ai réalisé que je m'étais *déjà* mesuré à lui. Je me suis donc jeté sur lui et je lui ai arraché son heaume.

Eragon marqua une pause.

– C'était Murtagh, n'est-ce pas ? demanda tranquillement Nasuada.

– Comment... ?

Elle soupira :

– Puisque les Jumeaux avaient survécu, on pouvait s'attendre à ce que Murtagh fût vivant, lui aussi. T'a-t-il dit ce qui s'était réellement passé, ce triste jour, à Farthen Dûr ?

Eragon rapporta alors la trahison des Jumeaux, l'enlèvement de Murtagh.

Une larme roula sur la joue de Nasuada :

– Pauvre Murtagh ! Lui qui avait enduré tant d'épreuves ! J'appréciais sa compagnie, à Tronjheim, et je le croyais notre allié, en dépit de son ascendance. Il m'est difficile de penser à lui comme à un ennemi.

S'adressant à Roran, elle ajouta :

– Je te suis personnellement reconnaissante d'avoir tué les traîtres qui ont assassiné mon père.

« Pères, mères, frères, cousins, pensa Eragon. Tout nous ramène à la famille. »

Rassemblant son courage, il acheva son récit en signalant le vol de Zar'roc par Murtagh et, enfin, révéla son terrible secret.

– Ce n'est pas possible..., murmura Nasuada.

Eragon eut le temps de voir la répulsion crisper le visage de Roran, avant que son cousin eût réussi à dissimuler ses sentiments. Cette réaction le blessa plus que tout.

– Murtagh n'aurait-il pu mentir ? demanda Arya.

– Je ne vois pas comment. Lorsque je l'ai questionné, il m'a redit la même chose en ancien langage.

Un silence embarrassé emplit le pavillon. Enfin, Arya décida :

— Gardons cela pour nous ! Les Vardens sont suffisamment démoralisés par l'apparition de ce nouveau Dragonnier. Ils seront encore plus bouleversés s'ils apprennent qu'il s'agit de Murtagh, qui a combattu à leurs côtés, et à qui ils ont accordé leur confiance à Farthen Dûr. Et, si le bruit se répand qu'Eragon le Tueur d'Ombre est le fils de Morzan, les hommes perdront leurs dernières illusions, et plus personne ne voudra rejoindre nos rangs. Le roi Orrin lui-même doit l'ignorer.

Nasuada se frictionna les tempes :

— Je crains que tu aies raison. Un nouveau Dragonnier...

Elle secoua la tête :

— Je savais que cela pouvait arriver, mais je n'y croyais pas vraiment, les derniers œufs détenus par Galbatorix étant restés si longtemps sans éclore...

— Deux dragons dans chaque camp, fit remarquer Eragon. Il y a une certaine symétrie.

— Notre tâche est doublement difficile, désormais. Nous avons rempli la nôtre, aujourd'hui, mais les troupes de l'Empire sont toujours plus nombreuses que les nôtres, et, en face de nous, nous avons non plus un mais deux Dragonniers, chacun étant plus fort que toi, Eragon. Penses-tu être capable de vaincre Murtagh, avec l'aide des magiciens elfes ?

— Peut-être. Je doute cependant qu'il soit assez fou pour nous affronter ensemble.

Pendant quelques minutes, le débat porta sur les stratégies possibles permettant d'affaiblir ou d'éliminer Murtagh. Nasuada déclara enfin :

— Assez ! Nous ne pouvons rien décider dans l'état où nous sommes, épuisés, sanglants et encore abrutis par la bataille. Allez ! Reposez-vous ! Nous reprendrons cette discussion demain matin.

Au moment où Eragon s'apprêtait à partir, Arya le rattrapa et le fixa droit dans les yeux :

— Ne te laisse pas troubler outre mesure, Eragon-elda. Tu n'es ni ton père ni ton frère. Leur déshonneur n'est pas le tien.

– C'est juste, approuva Nasuada. Ne crois pas non plus que cela modifie l'opinion que nous avons de toi.

Elle s'approcha et prit le visage du garçon entre ses mains :

– Je te connais, Eragon. Ton cœur est bon. Le nom de ton père n'y changera rien.

Une sensation de chaleur monta en lui. Son regard passa d'une femme à l'autre, puis il mit la main sur sa poitrine, débordant de reconnaissance pour l'amitié qu'elles lui témoignaient :

– Merci.

Les deux cousins sortirent de la tente. Eragon posa les poings sur ses hanches et inspira une profonde bouffée d'air enfumé. Il était tard, et la vive clarté orange de l'après-midi avait viré au cuivre, donnant au champ de bataille une étrange beauté.

– Voilà, tu sais tout, dit-il.

Roran haussa les épaules :

– Le sang ne saurait mentir.

– Ne dis pas ça, gronda Eragon. Ne dis jamais ça !

Son cousin l'observa un instant :

– Tu as raison ; c'était une remarque stupide. Je ne le pensais pas vraiment.

Il se gratta la barbe et plissa les yeux, tourné vers le large disque du soleil, qui s'enfonçait à l'horizon :

– Nasuada n'est pas comme je l'imaginais.

Cette réflexion arracha à Eragon un rire las :

– Tu t'attendais à voir son père, Ajihad ! Elle se montre pourtant aussi bon chef que lui, peut-être même meilleur.

– Sa peau, elle la teint ?

– Non, c'est sa couleur naturelle.

Eragon sentit alors approcher Jeod, Horst et plusieurs hommes de Carvahall. Ils couraient vers eux. Les villageois contournèrent une tente et ralentirent en apercevant Saphira.

– Horst ! s'exclama Eragon.

Il serra le forgeron dans ses bras avec la vigueur d'un ours :

– Que c'est bon de te revoir !

Horst regarda le garçon avec étonnement, puis un sourire ravi éclaira son visage :

– Pardi, oui, que c'est bon ! Tu t'es remplumé, on dirait, depuis ton départ !

– Tu veux dire depuis ma fuite.

Retrouver les gens du village fut une expérience singulière pour Eragon. Les épreuves avaient marqué certains à tel point qu'il avait du mal à les reconnaître. Et, ils ne le considéraient plus comme avant, montrant un mélange de crainte et de respect. Cela lui rappelait un rêve, où ce qui était jusque-là familier lui devenait étranger. Il ne se sentait plus à sa place parmi eux, et il en était déconcerté.

Eragon s'approcha de Jeod :

– Tu as su, pour Brom ?

– Ajihad m'avait envoyé un message, mais j'aimerais apprendre par ta bouche ce qui s'est vraiment passé.

Le garçon hocha la tête, l'air grave :

– Dès que ce sera possible, nous aurons une longue conversation.

Jeod s'avança alors vers Saphira et s'inclina devant elle :

– Toute ma vie, j'ai espéré voir un dragon, et, en une seule journée, j'en ai découvert deux ! Néanmoins, c'est bien toi que je voulais rencontrer.

Allongeant le cou, Saphira effleura de son museau le front de Jeod. Ce contact le fit frissonner.

« Remercie-le, dit-elle à Eragon, d'avoir aidé à me libérer des mains de Galbatorix. Sinon, je me languirais encore dans le trésor royal. Il était l'ami de Brom, il est donc notre ami. »

Lorsqu'Eragon eut répété ces mots, Jeod déclara :

– Atra esterní ono thelduin, Saphira Bjartskular !

Ses amis furent étonnés par sa connaissance de l'ancien langage.

Horst apostropha Roran :

– Où étais-tu passé ? On t'a cherché partout, après que tu t'es lancé à l'attaque de ces deux magiciens !

– Ça n'a plus d'importance. Retourne au bateau, et fais débarquer tout le monde ; les Vardens vont nous fournir des vivres et des abris. Nous dormirons sur la terre ferme, ce soir.

Les hommes présents l'acclamèrent.

Eragon observait avec intérêt la façon dont Roran prenait le commandement. Lorsque Jeod et les autres se furent retirés, il lui fit remarquer :

– Ils te font confiance. Horst lui-même t'obéit sans discuter. Tu es devenu le porte-parole du village ?

– En effet.

Le temps qu'Eragon eût situé la petite tente pour deux que les Vardens leur avaient assignée, une profonde obscurité recouvrait les Plaines Brûlantes. Saphira ne pouvant même pas passer sa tête par l'ouverture, elle se roula en boule sur le sol, dehors, et se prépara à monter la garde.

« Dès que j'aurais recouvré mes forces, promit Eragon, je regarderai tes blessures. »

« Je sais. Ne passez pas la nuit à bavarder ! »

Dans la tente, Eragon trouva une lampe à huile, qu'il alluma avec un briquet à silex. Il y voyait très bien sans cela, mais Roran avait besoin de lumière.

Ils s'assirent l'un en face de l'autre, Eragon sur une couchette installée d'un côté de la tente, Roran sur un tabouret pliant qu'il dénicha dans un coin. Eragon ne savait trop par où commencer ; aussi resta-t-il muet, les yeux fixés sur la flamme dansante de la lampe.

Aucun des deux ne bougeait.

Au bout de longues minutes de silence, Roran demanda :

– Raconte-moi comment est mort mon père.

– Notre père.

Eragon garda son calme en voyant Roran se raidir. D'une voix douce, il dit :

– J'ai autant que toi le droit de l'appeler ainsi. Interroge-toi ; tu sais que c'est vrai.

– D'accord. Notre père, comment est-il mort ?

Eragon avait raconté cette histoire à de nombreuses occasions. Mais, cette fois, il ne cacha rien. Au lieu de dérouler simplement les événements, il décrivit ses pensées et ses sentiments depuis le jour où il avait trouvé l'œuf de Saphira, essayant de faire comprendre à Roran *pourquoi* il avait agi ainsi. Jamais il n'avait été aussi anxieux.

– J'ai eu tort de vous cacher l'existence de Saphira, conclut-il. Mais j'avais peur que vous vouliez la tuer, et je n'avais pas conscience du danger qu'elle représentait pour nous tous. Si j'avais su... Après la mort de Garrow, j'ai décidé de partir, autant pour traquer les Ra'zacs que pour éloigner le péril de Carvahall.

Un rire sans joie lui échappa :

– Ça n'a servi à rien, sauf que, si j'étais resté, les soldats seraient venus beaucoup plus tôt. Alors, qui sait ? Galbatorix se serait peut-être montré en personne dans la vallée de Palancar. Garrow, notre père, est sans doute mort à cause de moi ; mais il n'a jamais été dans mes intentions que quiconque, à Carvahall, ait à souffrir de mes décisions...

Il eut un geste d'impuissance :

– J'ai fait de mon mieux, Roran.

– Et ce que j'ai entendu : que Brom était un Dragonnier, que tu as sauvé Arya à Gil'ead, et tué un Ombre dans la capitale des nains, c'est vrai ?

– Oui.

Eragon résuma brièvement les événements depuis qu'il s'était mis en route avec Saphira et Brom, terminant par son séjour à Ellesméra et sa transformation au cours de l'Agaetí Sänghren.

Roran l'écoutait, penché en avant, les coudes sur ses genoux, les mains croisées, le regard rivé au sol. Eragon ne pouvait lire ses émotions sans s'introduire dans sa conscience, ce à quoi il se refusait, estimant inconcevable de violer l'intimité de son cousin.

Roran garda le silence si longtemps qu'Eragon se demanda s'il finirait pas réagir. Puis il dit :

– Tu as commis des erreurs, mais pas plus grandes que les miennes. Garrow est mort parce que tu avais gardé le secret sur Saphira. Beaucoup d'autres gens sont morts parce que j'ai refusé de me rendre à l'Empire... Nous sommes également coupables.

Il se redressa et, lentement, tendit sa main droite :

– Frère ?

– Frère ! dit Eragon.

Il saisit le bras de Roran, et ils s'attirèrent l'un l'autre, s'étreignant avec rudesse, dans un simulacre de lutte, comme ils le faisaient autrefois. Quand ils se séparèrent, Eragon dut s'essuyer les yeux d'un revers de manche.

– Maintenant qu'on est ensemble, plaisanta-t-il, Galbatorix n'a qu'à bien se tenir ! Qui pourrait nous résister ?

Il se rassit sur le lit de camp :

– À ton tour ! Comment les Ra'zacs ont-ils capturé Katrina ?

Toute gaieté s'effaça du visage de Roran. Il commença à raconter d'une voix basse et monocorde. Eragon écoutait avec un effarement grandissant, tandis que se déroulait devant ses yeux une véritable épopée : attaques, siège, trahison ; le départ de Carvahall, la traversée de la Crête, le vol du bateau, le passage du monstrueux tourbillon.

Quand Roran eut terminé, Eragon déclara :

– Tu es plus courageux que moi. Je n'aurais pas pu faire la moitié de ce que tu as entrepris ! Me battre, oui, mais pas convaincre tout un village de me suivre.

– Je n'avais pas le choix. Quand ils ont emmené Katrina – la voix de Roran se brisa –, j'aurais pu renoncer et mourir, ou tenter d'échapper au piège tendu par Galbatorix, quoi qu'il m'en coûtât.

Il fixa sur Eragon un regard flamboyant :

– J'ai menti, brûlé, massacré pour parvenir jusqu'ici. Je n'ai plus à m'inquiéter de la protection des gens de Carvahall, les Vardens vont s'en occuper. Il ne me reste plus qu'un but dans la vie, retrouver Katrina et la sauver, si elle n'est pas déjà morte... Veux-tu m'aider, Eragon ?

Le garçon tira ses sacs de selle d'un coin de la tente, où les Vardens les avaient déposés. Il en sortit le flacon de faelnirv enchanté qu'Oromis lui avait donné. Il but une minuscule gorgée de liqueur pour récupérer quelque force. Elle coula dans sa gorge et courut le long de ses nerfs comme un feu glacé, lui arrachant un petit cri. Puis il en versa assez dans un bol pour obtenir une surface liquide de la largeur d'une main.

– Regarde ! dit-il.

Avec un sursaut d'énergie, il prononça :

– Draumr kópa.

La liqueur frissonna et devint noire. Au bout de quelques secondes, un mince rai de lumière éclaira son centre, révélant Katrina. Elle était affaissée contre un mur invisible, les mains accrochées au-dessus de la tête par des menottes, également invisibles, ses cheveux roux répandus en éventail sur les épaules.

– Elle est vivante !

Roran se courba au-dessus du bol, s'y agrippant comme s'il avait voulu plonger dans le faelnirv pour rejoindre son aimée. Sur son visage, l'espoir et la détermination se mêlaient à une profonde expression de tendresse ; Eragon sut alors que seule la mort empêcherait Roran de courir au secours de la jeune fille.

Incapable de prolonger le sort plus longtemps, Eragon laissa l'image s'effacer et s'adossa à la paroi de toile :

– Oui, fit-il avec lassitude, elle est vivante. Et, selon toute probabilité, elle est prisonnière à Helgrind, dans le repaire des Ra'zacs.

Il saisit Roran par l'épaule :

– La réponse à ta question, frère, est oui ! Oui, je ferai le voyage vers Dras-Leona avec toi. Je t'aiderai à sauver Katrina. Puis, toi et moi, nous tuerons les Ra'zacs et nous vengerons notre père !

FIN DU LIVRE II

L'HISTOIRE CONTINUE DANS LE LIVRE III
DE LA TRILOGIE DE

L'Héritage

Répertoire de l'ancien langage

Adurna : Eau.
Agaetí Sänghren : Le Serment du Sang.
Aiedail : L'étoile du Matin.
Argetlam : Main d'argent.
Atra esterní ono thelduin/Mor'ranr lífa unin hjarta onr/Un du evarínya ono varda : Que la chance t'accompagne/Que la paix règne dans ton cœur/Et que les étoiles veillent sur toi.
Atra guliä un ilian tauthr ono un atra ono waíse skölir fra rauthr : Que la chance et le bonheur t'accompagnent et puisses-tu être un bouclier contre la mauvaise fortune.
Atra nosu waíse vardo fra eld hórnya : Puissions-nous être à l'abri des oreilles indiscrètes.
Bjartskular : Écailles de couleur vive.
Blöthr : Cesser ou s'arrêter.
Brakka du vanyalí sem huildar Saphira un eka ! : Tempère la magie qui nous tient, Saphira et moi !
Brisingr : Feu.
Dagshelgr : Jour saint.
Draumr kópa : Par le regard du rêve.
Du Fells Nángoröth : Les Montagnes désolées.
Du Fyrn Skulblaka : La Guerre des Dragons.

Du Völlar Eldrvarya : Les Plaines Brûlantes.
Du Vrangr Gata : Le Sentier vagabond.
Du Weldenvarden : La Forêt gardienne.
Dvergar : Nains.
Ebrithil : Maître.
Edur : Une butte *ou* une hauteur.
Eka fricai un Shur'tugal : Je suis un ami et un Dragonnier.
Elda : Titre honorifique très élogieux, employé indifféremment pour les hommes et pour les femmes.
Eyddr eyreya onr ! : Vide tes oreilles !
Fairth : Une image créée par des moyens magiques.
Finiarel : Titre honorifique donné à un jeune homme à l'avenir prometteur.
Fricai Andlát : Ami de la mort (une variété de champignon vénéneux).
Gala O Wyrda brunhvitr/Abr Berundal vandr-fódhr/Burthro laufsblädar ekar undir/Eom kona dauthleikr... : Chante, ô Destin au front blanc/le chant de Berundal marqué par le sort/ Né sous les feuilles de chêne/D'une femme mortelle...
Gánga aptr : Avancer.
Gánga fram : Reculer.
Gath sem oro un lam iet : Unis cette flèche avec ma main.
Gedwëy ignasia : Paume brillante.
Gëuloth du knífr : Protège cette lame.
Haldthin : Datura.
Helgrind : Les Portes de la mort.
Hlaupa : Courir.
Hljödhr : Silencieux.
Jierda : (se) Briser *ou* (se) casser.
Kodthr : Attraper.
Kvetha Fricai : Je te salue, ami.
Lethrblaka : Chauve-souris *ou* les montures Ra'zac's (littéralement : ailes de cuir).
Letta : Arrêter.
Letta orya thorna ! : Arrête ces flèches !

Liduen Kvaedhí : Écriture poétique.
Losna kalfya iet : Lâche mes jambes.
Malthinae : Attacher *ou* maintenir en place *ou* retenir prisonnier.
Nalgask : Mélange de cire d'abeille et d'huile de noisette servant à hydrater la peau.
Osthato Chetowä : Le Sage en deuil.
Reisa du adurna : Fais monter l'eau.
Rïsa : Monter *ou* s'élever.
Sé mor'ranr ono finna : Puisses-tu trouver la paix.
Sé onr sverdar sitja hvass ! : Que vos épées restent acérées !
Sé orúm thornessa hávr sharjalví lífs : Puisse ce serpent être animé de vie.
Skölir : Bouclier.
Skölir nosu fra brisingr ! : Protège-nous du feu !
Sköliro : Protégé.
Skulblaka : Dragon (littéralement : celui-qui-bat-des-écailles).
Stydja unin mor'ranr, Hrothgar Könungr : Repose en paix, Roi Hrothgar.
Svit-kona : Titre honorifique protocolaire donné à une elfe d'une grande sagesse.
Thrysta : Pousser *ou* tasser.
Thrysta vindr : Comprime l'air.
Togira Ikonoka : L'Estopié qui est Tout.
Varden : Gardien.
Vel eïnradhin iet ai Shur'tugal : Sur ma parole de Dragonnier.
Vinr Älfakyn : Ami elfe.
Vodhr : Titre honorifique masculin assez élogieux.
Vor : Titre honorifique masculin donné à un proche.
Waíse heill : Sois guéri.
Wiol ono : Pour toi.
Wyrda : Destin.
Wyrdfell : Nom du forsworn (parjure) dans le langage des elfes.
Yawë : Lien de confiance.
Zar'roc : Souffrance.

Répertoire du langage des nains

Akh sartos oen dûrgrimst ! : Pour la famille et pour le clan !
Ascûdgamln : Poings d'acier.
Astim Hefthyn : Gardien de la vue.
Az Ragni : Le fleuve.
Az Sweldn rak Anhûin : Les Larmes d'Anhûin.
Azt jok jordn rast : Alors, tu peux passer.
Barzûl : Maudire *ou* jeter une malédiction sur.
Barzûl knurlar ! : Maudits soient-ils !
Barzûln : Jeter sur quelqu'un un ensemble de malédictions.
Beor : Ours des cavernes (mot du langage des elfes).
Dûrgrimst : Clan (littéralement : notre foyer, notre maison).
Eta : Non.
Etzil nithgech ! : Arrêtez-vous là !
Farthen Dûr : Notre Père.
Feldûnost : Barbiche des glaces (une variété de chèvre vivant dans les Montagnes de Beor).
Formv Hrethcarach... formv Jurgencarmeitder nos eta goroth bahst Tarnag, dûr encesti rak kythn ! Jok is warrev az barzûlegûr dûr dûrgrimst, Az Sweldn rak Anhûin, môgh tor rak Jurgenvren ? Né ûdim etal os rast knurlag. Knurlag ana... : Ce tueur d'Ombres... ce Dragonnier n'a pas

sa place à Tarnag, notre ville sainte ! Oublies-tu la malédiction qui pèse sur notre clan, les Larmes d'Anhûin, depuis la Guerre des Dragons ? Nous ne le laisserons pas passer. Il est...

Grimstborith : Chef de clan.

Grimstcarvlorss : Organisateur de la maison.

Gûntera Arûna : Que Gûntera te bénisse.

Hert dûrgrimst ? Fild rastn ? : Quel clan ? Qui va là ?

Hírna : Ressemblance *ou* statue.

Hûthvir : Épée équipée d'une double lame utilisée par Dûrgrimst Quan.

Ignh az voth ! : Apportez à manger !

Ilf gauhnith : Expression propre au langage des nains, signifiant « C'est bon et sans danger ». Généralement prononcée par l'hôte au début d'un repas, c'est un souvenir du temps où l'empoisonnement était une pratique courante entre les différents clans.

Ingeitum : Métallurgistes *ou* forgerons.

Isidar Mithrim : L'étoile de saphir.

Jok is frekk dûrgrimstvren ? : Cherchez-vous une guerre de clans ?

Knurl : Pierre *ou* roche.

Knurla : Nain (littéralement : qui est fait de pierre).

Knurlag qana qirânû Dûrgrimst Ingeitum ! Qarzûl ana Hrothgar oen volfild : Il a été nommé membre du clan des Forgerons ! Maudits soient Hrothgar et ceux qui...

Knurlagn : Hommes.

Knurlhiem : Tête de pierre.

Knurlnien : Cœur de pierre.

Nagra : Sanglier géant vivant dans les Montagnes de Beor.

Oef : Oui *ou* affirmatif.

Orik Thrifkz menthiv oen Hrethcarach Eragon rak Dûrgrimst Ingeitum. Wharn, az vanyali-carharûg Arya. Né oc Ûndinz grimstbelardn : Orik, fils de Thrifkz, et Eragon le Tueur d'Ombre du clan des Forgerons. Et aussi l'elfe messager Arya. Nous sommes les invités de la maison d'Ûndin.

Os il dom qirânû carn dûr thargen, zeitmen, oen grimst vor formv edaris rak skilfz. Narho is belgond… : Que notre chair, notre honneur et nos maisons ne fassent plus qu'un par mon sang. Je fais le serment…
Otho : Foi.
Ragni Hefthyn : Gardien du fleuve.
Shrrg : Loup géant vivant dans les Montagnes de Beor.
Smet voth : Servez la nourriture.
Tronjheim : Casque de géant.
Urzhad : Ours des cavernes.
Vanyali : Elfe (les nains ont emprunté le terme à l'ancien langage, dans lequel il signifie *magie*).
Vor Hrothgarz korda ! : Par le marteau de Hrothgar !
Vrron : Assez.
Werg : Exclamation de dégoût (l'équivalent de *pouah !* chez les nains).

Répertoire du langage des Urgals

Ahgrat ukmar : C'est d'accord.
Drajl : Fils d'asticot !
Nar : Titre de grand respect, s'appliquant indifféremment aux hommes et aux femmes.

Remerciements

Kvetha Fricäya,

Comme il arrive souvent aux auteurs de récits épiques d'une ampleur comparable à celle de la Trilogie de l'Héritage, la création de *Eragon*, puis celle de *L'Aîné*, a tourné pour moi à la quête personnelle ; elle m'a changé au moins autant qu'elle a changé Eragon.

Quand j'ai eu l'idée de ce livre, j'avais quinze ans, l'âge où l'on n'est plus tout à fait un enfant, et pas encore un homme. Je quittais le lycée, sans trop savoir quel chemin j'allais suivre, et j'étais fasciné par la puissance magique de la littérature de fantasy qui garnissait mes étagères. Le processus d'écriture de *Eragon*, de sa promotion dans le monde entier et, pour finir, l'achèvement de *L'Aîné*, m'ont fait basculer dans l'âge adulte. Aujourd'hui, à vingt et un ans, j'ai publié deux romans. J'en suis moi-même étonné.

Le voyage d'Eragon a été le mien ; j'ai été enlevé à une enfance rurale, pour errer de par le monde dans une course acharnée contre le temps ; soumis à la pression d'un entraînement intense et difficile ; confronté contre toute attente à la réussite et à la gestion des effets de la célébrité ; avant d'accéder, enfin, à une forme de paix.

Comme en fiction, lorsque le protagoniste déterminé et bourré de bonnes intentions – et pas si futé que ça, à bien y regarder – trouve en chemin l'aide de personnages pleins de sagesse, j'ai, moi aussi, été guidé par quelques personnes impressionnantes de talent. Je tiens à les remercier.

Chez moi : ma mère, qui m'a écouté quand j'avais des problèmes à résoudre sur l'histoire ou les personnages, et m'a donné le courage de jeter douze pages, pour réécrire l'entrée d'Eragon dans Ellesméra (ce fut douloureux) ; mon père, pour ses remarques incisives sur le texte ; et ma chère sœur, Angela, pour avoir daigné reprendre son rôle de sorcière et pour sa contribution au dialogue de son double.

À la Maison des Auteurs : mon agent, le grand et puissant Comma Laster ; Simon Lipskar, pour qui tout est possible ; et son vaillant assistant, Daniel Lazar, qui seul permet à Comma Laster de ne pas se laisser ensevelir sous des piles de manuscrits spontanés, dont beaucoup, je le crains, sont l'un des effets secondaires d'Eragon.

Chez Knopf : mon éditrice, Michelle Frey, qui a largement devancé et dépassé les exigences du devoir professionnel, pour toutes les améliorations que lui doit *L'Aîné* ; la responsable de la publicité, Judith Haut, pour avoir prouvé une fois encore qu'aucun exploit promotionnel ne lui était impossible (entendez-la rugir !) ; Isabel Warren-Lynch, l'inégalable directrice artistique qui, avec *L'Aîné*, s'est encore surpassée ; John Jude Palencar, pour une illustration de couverture que j'aime encore plus que celle d'*Eragon* ; Artie Bennett, correctrice, qui a brillamment vérifié tous les termes obscurs de cette trilogie et qui en sait sans doute davantage que moi sur l'ancien langage, bien que son urgal trahisse çà et là quelques faiblesses ; Chip Gibson, grand maître du département jeunesse de Random House ; Nancy Hinkel, directrice de publication *extraordinaire**, Joan

---

* En français dans le texte.

DeMayo, directrice des ventes (avec applaudissements, hourras et révérences !) et son équipe ; Daisy Kline qui, avec ses assistants, a conçu un matériel de marketing aussi esthétique qu'accrocheur ; Linda Palladino, Rebecca Price et Timothy Terhune, du service de fabrication. Tous mes remerciements aussi à Pam White et à son équipe, qui ont fait connaître Eragon aux quatre coins du monde ; à Melissa Nelson, pour la maquette ; à Alison Kolani, secrétaire d'édition ; à Michele Burke, l'assistante dévouée et infatigable de Michelle Frey ; et à tous ceux qui m'ont apporté leur soutien chez Knopf.

Chez Listening Library : Gerard Doyle, qui a su donner corps au monde d'Alagaësia ; Taro Meyer, pour sa maîtrise si parfaite de la prononciation de mes langages ; Jacob Bronstein pour sa supervision ; et Tim Ditlow, éditeur.

De tout cœur, merci à tous.

Encore un volume, et nous atteindrons la fin de cette histoire. Encore un manuscrit de chagrin, d'extase et de persévérance... Encore un grimoire de rêves.
Restez avec moi, et nous verrons bien où nous mèneront les détours du chemin, que ce soit dans ce monde ou dans celui d'Alagaësia.

Christopher Paolini
Le 23 août 2005